westermann

Rainer Dahlem, Bettina Gritz, Hans-Peter Lückge, Barbara Meinecke, Bernd Oßwald, Daniela Sonntag

Mitgestalten

Das kompetenzorientierte Lehrbuch

18. Auflage

Bestellnummer 02385

Die in diesem Produkt gemachten Angaben zu Unternehmen (Namen, Internet- und E-Mail-Adressen, Handelsregistereintragungen, Bankverbindungen, Steuer-, Telefon- und Faxnummern und alle weiteren Angaben) sind i. d. R. fiktiv, d. h., sie stehen in keinem Zusammenhang mit einem real existierenden Unternehmen in der dargestellten oder einer ähnlichen Form. Dies gilt auch für alle Kunden, Lieferanten und sonstigen Geschäftspartner der Unternehmen wie z. B. Kreditinstitute, Versicherungsunternehmen und andere Dienstleistungsunternehmen. Ausschließlich zum Zwecke der Authentizität werden die Namen real existierender Unternehmen und z. B. im Fall von Kreditinstituten auch deren IBANs und BICs verwendet.

Materialien für Lehrerinnen und Lehrer

Lösungen: 978-3-427-02391-3
Lösungen Download: 978-3-427-02388-3

BiBox westermann inkl. E-Book

BiBox Einzellizenz für Lehrer/-innen (Dauerlizenz): 978-3-427-02394-4
BiBox Kollegiumslizenz für Lehrer/-innen (Dauerlizenz): 978-3-427-02397-5
BiBox Kollegiumslizenz für Lehrer/-innen (1 Schuljahr): 978-3-427-83440-3

Materialien für Schülerinnen und Schüler

BiBox westermann inkl. E-Book

BiBox (Laufzeit 1 Jahr) 978-3-427-02401-9

Diese Auflage enthält folgende Neuerungen:
- aktuelle Schemata, Fallbeispiele und Übersichten
- aktuelle Quellentexte
- aktuelle Entwicklungen, wie z. B. Brexit, Corona, Freiwilligendienst
- verstärktes Sensibilisieren der Schüler- und Schülerinnen für Gefahren der Online-Nutzung
- viele motivierende interaktive Anwendungen und Beispiele

westermann GRUPPE

Druck und Bindung: Westermann Druck GmbH, Braunschweig

ISBN 978-3-427-**02385**-2

Inhaltsverzeichnis

Junge Menschen im Staat
Demokratische Prozesse mitgestalten

Junge Menschen in Europa und der Welt
Sich in Europa und der Welt zurechtfinden und engagieren

Vorwort

Demokratie aktiv gestalten

Politik betrifft uns alle

Täglich übermitteln uns die Medien aktuelle Nachrichten aus Deutschland, Europa und der Welt. Hinter Schlagworten wie demografischer Wandel, Strukturwandel, Klimawandel, europäische Integration, Globalisierung verbergen sich politische Entscheidungen, Prozesse und Probleme, die jeden von uns betreffen.

Demokratie braucht aktive Bürgerinnen und Bürger

Wir leben in einem demokratischen Staat. Demokratie braucht – wie keine andere Staats- und Regierungsform – aktive Bürgerinnen und Bürger, die sich mit gesellschaftlichen und politischen Themen auseinandersetzen, sich in die Politik einmischen und den eigenen Standpunkt vertreten.

Lebendiger Unterricht

„Mitgestalten" will dazu beitragen, junge Menschen für Politik zu interessieren, damit sie ihre Interessen in einer immer komplizierter werdenden Welt besser vertreten können.

Vielfältiges und aktuelles Material

Das Autorenteam und der Verlag haben ein Buch entwickelt, das sich am Bildungsplan von Baden-Württemberg orientiert, gleichzeitig aber genügend Spielräume für besondere Schwerpunktsetzungen und die vertiefende Behandlung einzelner Themen möglich macht. Dabei werden unterschiedliche Vorkenntnisse der Schülerinnen und Schüler berücksichtigt. Die vielfältigen Materialien und Texte ermöglichen eine differenzierte Herangehensweise im Unterricht. „Mitgestalten" bietet damit nicht nur die Grundlage für einen abwechslungsreichen Unterricht, sondern ist auch die ideale Vorbereitung auf die Abschlussprüfung.

Kompetenzorientierung als Grundprinzip

Das kompetenzorientierte Lehrbuch „Mitgestalten" bietet eine Mischung aus Basisinformationen, Materialien zur Reflexion und Beurteilung sowie Ideen zum politischen Handeln. Zugleich ermöglicht es umfangreiches Methodentraining und Selbstreflexion des eigenen Lernfortschritts. Der Kompetenzerwerb wird als Prozess verstanden; und so steigert sich das Anforderungsniveau im Laufe der drei Schuljahre.

Einstieg ins Thema

Die Themen für jedes Schuljahr beginnen mit einem interessanten und lebendigen Einstieg, in dem in Wort und Bild dargestellt wird, worum es in den Kapiteln geht und welche Probleme und Fragen geklärt werden.

Zwei Seiten – ein Kapitel

Die einzelnen Kapitel sind nach dem „Doppelseiten-Prinzip" gestaltet: Jedes Kapitel umfasst zwei Seiten; die Materialien sind farblich gekennzeichnet und mit einer Nummer versehen, sodass sie leicht den entsprechenden Arbeitsvorschlägen zugeordnet werden können. Ergänzend dazu gibt es weiterführende Arbeitsvorschläge, die es Ihnen ermöglichen, ein Thema vertiefend zu bearbeiten.

Arbeitsvorschläge erleichtern die Arbeit

Die Marginalspalte der linken Seite bietet zusätzliche Informationen zu Personen, ergänzende Erklärungen oder statistische Angaben. Die Arbeitsvorschläge auf der rechten Seite sollen helfen, das Thema zu bearbeiten.

Transparente und kompetenzorientierte Aufgabenstellung

Die Farben des Kompetenzsymbols bei den Aufgabenvorschlägen bedeuten:

- Orange für Analysekompetenz
- Rot für politische Urteilskompetenz
- Violett für politische Handlungskompetenz
- Blau für kommunikative Kompetenz

So ist auf einen Blick zu erkennen, auf welche Kompetenz das Autorenteam bei der jeweiligen Aufgabe besonderen Wert legt.

Den Kompetenzen entsprechen bestimmte „Operatoren“, sodass Sie auch darüber eine transparente Aufgabenstellung vorfinden. Zum Beispiel bedeutet die Formulierung „Analysieren Sie ...“ immer Training der Analysekompetenz oder der Operator „Begründen Sie ...“ Training der politischen Urteilskompetenz.

Das Autorenteam legt großen Wert auf das Training der kommunikativen Kompetenz. So finden sich auch viele Aufgaben mit dem blauen Kompetenzsymbol.

Methodentraining

Methodenkompetenz ist Voraussetzung für politische Handlungskompetenz. Deshalb gibt es in jedem Kapitel zwei Doppelseiten zu einer Methode. Die jeweilige Methode wird an einem Beispiel vorgestellt; dann kann sie selbst ausprobiert werden. Im Laufe der drei Unterrichtsjahre werden die Methoden immer komplexer. Am Ende verfügen die Schülerinnen und Schüler über einen Werkzeugkasten mit 19 unterschiedlichen Methoden.

Angebote zur Selbstreflexion

Jedes Kapitel endet mit zwei besonderen Seiten. Beim „Wissens-Check“ sind die wichtigsten Fachbegriffe und Basisinformationen zum jeweiligen Thema zusammengestellt. Beim „Kompetenz-Check“ sind die wichtigsten Kompetenzen zusammengestellt, um die es in dem jeweiligen Kapitel geht. Beide „Check-Seiten“ sollen Schülerinnen und Schülern dazu dienen, sich selbst zu überprüfen und die eigenen Fortschritte bzw. den Nachholbedarf zu reflektieren.

Gute Vorbereitung für die Prüfung

Zur Prüfungsvorbereitung finden Sie am Ende des Buches drei mögliche Prüfungsaufgaben. Ergänzend werden in der BiBox zu diesem Schulbuch zahlreiche modulübergreifende Aufgabensätze angeboten, die eine inhaltliche Verbindung zwischen unterschiedlichen Kapiteln herstellen und unterschiedliche Kompetenzen erfordern. Der Umfang geht deutlich über eine „echte“ Prüfung hinaus, vielmehr können Sie einzelne Aufgaben auswählen und zusammenstellen. Ausgearbeitete Lösungsvorläge stehen ebenfalls zur Verfügung. Darüber hinaus bietet die BiBox weitere Materialien, wie z. B. Klassenarbeiten und interaktive Aufgaben, die zu den jeweiligen Kapiteln passend erstellt wurden.

Das Autorenteam und der Verlag hoffen, dass die Arbeit mit „Mitgestalten“ nicht nur als Pflicht angesehen wird, sondern auch Spaß macht. Kritik und Anregungen nehmen wir gerne entgegen.

Autorenteam und Verlagsredaktion Allgemeinbildung

Junge Menschen in Beruf, Familie und Gesellschaft

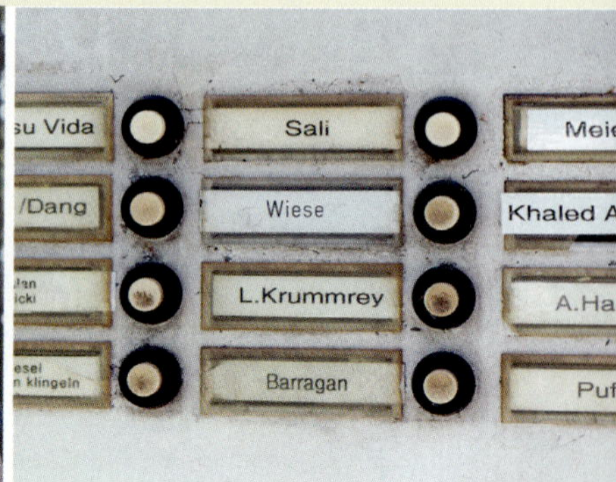

Zusammenleben gestalten

Auszubildende und ihre Lebenswelt	Strukturwandel der Gesellschaft	Medien und Mediennutzung
Für Jugendliche beginnt ein neuer Lebensabschnitt, wenn sie eine Ausbildung beginnen. Sie nehmen in einem Beziehungsgeflecht verschiedene soziale Rollen ein, die an Erwartungen ihrer Mitmenschen gekoppelt sind. Dabei gerät man auch in Konflikte. Welche Ziele habe ich im Leben? Was ist das Besondere am Jungsein? Wann ist man eigentlich erwachsen? Ist die Familie das Modell der Zukunft? Liebe – Ehe – Scheidung? Wie kann man Konflikte lösen?	Die Lebenserwartung steigt, immer mehr ältere Menschen werden von immer weniger jungen versorgt. Die öffentlichen Kassen sind leer. Menschen verlassen aus verschiedenen Gründen ihr Land auf der Suche nach einer neuen Heimat. Deutschland entwickelt sich zu einer Informations- und Dienstleistungsgesellschaft. Wie hat sich die Bevölkerungsstruktur in Deutschland verändert? Warum verlassen Menschen ihre Heimat? Welche Folgen hat Migration? Wie haben sich die Sozialversicherungen in Deutschland entwickelt? Wie hat sich unsere Arbeitswelt verändert?	Medien sind heute allgegenwärtig. Wir kommunizieren, shoppen, buchen Urlaub, informieren uns im Internet und arbeiten mit dem Computer. Neben den vielen Chancen, die uns das Informationszeitalter bietet, müssen wir uns auch der Gefahren bewusst sein und uns schützen. Wie sieht mein eigenes Nutzungsverhalten von Medien aus? Wie kann ich vom Internet profitieren? Welche Risiken birgt die digitale Welt? Wie gehe ich kritisch und verantwortungsvoll mit digitalen Medien um? Wie kann ich mich vor Gefahren im Internet schützen?

1.1 Start ins Berufsleben:

Soziale Rolle

Jedes Individuum befindet sich in einem privaten, beruflichen und gesellschaftlichen Beziehungsgeflecht. In jeder Position nimmt man eine Rolle ein, in der man bestimmte Aufgaben und Funktionen innehat. Beispiel: Man kann gleichzeitig Mutter, Tochter, Ehefrau, Freundin, Kollegin und Chefin sein.

Formen von Erwartungen

Kann-Erwartung
Als Kann-Erwartung wird die Erwartung an eine Person bezeichnet, etwas zu tun, was nicht unbedingt notwendig ist. Man muss diese Erwartung nicht erfüllen. Wenn man sie aber erfüllt, dann ist das gut für das eigene Ansehen und man erhält Lob oder andere positive Rückmeldungen.

Soll-Erwartung
Soll-Erwartungen enthalten eine stärkere Anforderung an eine Person. Diese Erwartungen sind zwar nirgends aufgeschrieben, sie gehören aber zu den gesellschaftlichen Normen im sozialen Umfeld. Wenn jemand diese Erwartungen nicht erfüllt, drohen negative soziale Folgen.

Muss-Erwartung
Muss-Erwartungen sind Pflichten. Diese Erwartungen sind in Gesetzen verbindlich festgeschrieben. Erfüllt man sie nicht, wird man bestraft.

Vgl. Dahrendorf, Ralf: Homo Sociologicus: Ein Versuch zur Geschichte, Bedeutung und Kritik der Kategorie der sozialen Rolle. Wiesbaden: VS Verlag für Sozialwissenschaften 2010.

Welche Rolle habe ich?

Sie haben die Schule beendet, vielleicht ein freiwilliges soziales Jahr absolviert, und nun beginnt ein neuer Lebensabschnitt – der Eintritt in das Berufsleben. Der Beginn einer Ausbildung bringt viele Neuerungen mit sich. Als Jugendlicher ist man mit vielfältigen Erwartungen konfrontiert – mit eigenen, aber auch mit denen im Berufsleben, in der Familie und Gesellschaft. Man befindet sich in verschiedenen sozialen Rollen, also in verschiedenen Positionen im privaten und beruflichen Umfeld.

Eine Selbstreflexion

Sicherlich haben Sie sich vor Ausbildungsbeginn Gedanken dazu gemacht, was der neue Lebensabschnitt wohl so mit sich bringen würde. Welche Erwartungen haben/hatten Sie dabei an sich selbst? Und welche Hoffnungen und Sorgen haben Sie vielleicht auch gehabt?

Meine Erwartungen an mich selbst:	Meine Hoffnungen:	Meine Bedenken: 1
...	...	...

Meine ersten Eindrücke zu Beginn der Ausbildung:

☺	☹ 2
...	...

Folgende Akteure haben auch Erwartungen an mich:

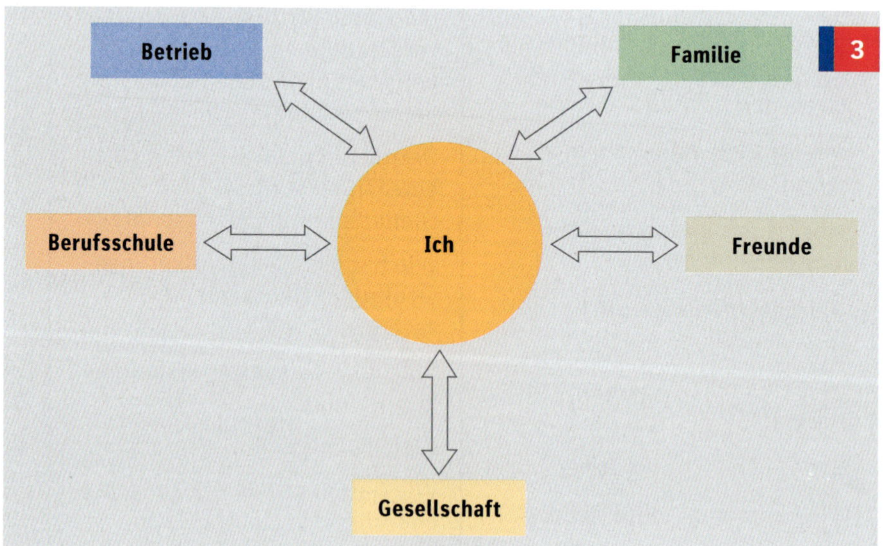

Was ist mir in meinem Leben wichtig? Was will ich erreichen?

Manche Jugendliche wissen frühzeitig, welchen (beruflichen) Weg sie einschlagen wollen, andere wiederum tun sich etwas schwer. Daher kann es hilfreich sein, sich zu überlegen, welche Ziele man im Leben anstrebt und wie man diese erreichen kann.

4

Partnerschaft • Kinder • finanzielle Sicherheit • Zufriedenheit • Ehe • Harmonie • Familie • Unabhängigkeit • gute Freundschaften • Spaß am Beruf • Erfolg im Beruf • sicherer Job • eigenes Haus/eigene Wohnung • Abwechslung • viel Freizeit • soziale Anerkennung • soziales Engagement • Selbstverwirklichung • Balance zwischen Berufs- und Privatleben • Gesundheit • Reisen

5

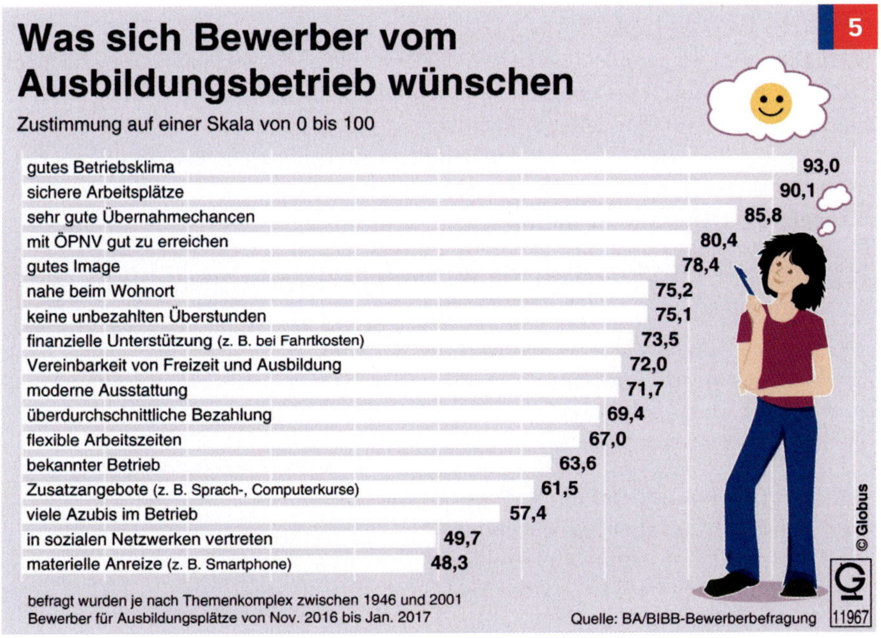

ARBEITSVORSCHLÄGE

1

Welche Erwartungen, Hoffnungen und Bedenken haben bzw. hatten Sie zu Beginn der Ausbildung?

2

Beschreiben Sie Ihre ersten Eindrücke zu Beginn Ihrer Ausbildung.

3

Welche Erwartungen haben Betrieb, Berufsschule, Familie, Freunde, Gesellschaft? Setzen Sie diese in Beziehung.

3

Diskutieren Sie in der Klasse, ob die allgemeinbildenden Schulen ausreichend auf die Anforderungen in der Berufsausbildung vorbereiten:
- Was wurde gemacht?
- Was hätten Sie sich gewünscht?

4

Was sind Ihre Ziele im Leben? Wählen Sie aus den aufgelisteten Begriffen die zehn wichtigsten aus. Erstellen Sie davon Ihre persönliche Rangliste. Schreiben Sie auch auf, wie Ihr Leben in einem Jahr, in drei und in zehn Jahren aussehen soll.

5

Analysieren Sie das Schaubild. Führen Sie eine Klassenumfrage zum gleichen Thema durch und werten Sie anschließend das Ergebnis aus.

Die Shell-Jugendstudien

Die Deutsche Shell AG veröffentlicht ca. alle vier Jahre eine aktuelle Jugendstudie. Darin werden Zukunftsperspektiven, gesellschaftliches Engagement und politische Orientierung junger Menschen zwischen 12 und 25 Jahren untersucht. Die neueste Studie erschien 2019.

Was macht Jugendlichen Angst? 4

Angaben in % (in Klammern: Jugendstudie 2015)

1. Umweltverschmutzung 71 (61)
2. Terroranschläge 66 (73)
3. Klimawandel 65 (56)
4. Wachsende Feindlichkeit zwischen Menschen mit unterschiedlichen Meinungen 56 (–)
5. Wirtschaftliche Lage und steigende Armut 52 (52)
6. Ausländerfeindlichkeit 52 (48)
7. Schwere Krankheit 48 (49)
8. Krieg in Europa 46 (62)
9. Arbeitslosigkeit, kein Ausbildungsplatz 39 (48)
10. Dass man bedroht oder geschlagen wird 38 (39)
11. Dass einem etwas gestohlen wird 35 (31)
12. Zuwanderung nach Deutschland 33 (28)

Was ist für meine Lebensgestaltung besonders wichtig? 5

Angaben in % (in Klammern: Jugendstudie 2015)

1. Freunde 97 (97)
2. Partnerschaft 94 (93)
3. Familienleben 90 (89)
4. Eigenverantwortung 89 (88)
5. Gesetz und Ordnung 87 (84)
6. Vielfalt in der Gesellschaft 82 (81)
7. Unabhängigkeit 83 (84)
8. Lebensgenuss 80 (80)
9. Fleiß und Ehrgeiz 81 (82)
10. Gesundheit 79 (79)
11. Kreativität 79 (79)
12. Sicherheit 77 (78)

Vgl. Albert, Mathias; Hurrelmann, Klaus; Quenzel, Gudrun: Jugend 2019, hrsg. von Shell Deutschland Holding GmbH, Weinheim: Beltz 2019, S. 56, 106.

1

„Die Jugend liebt heutzutage den Luxus. Sie hat schlechte Manieren, verachtet die Autorität, hat keinen Respekt vor den älteren Leuten und schwatzt, wo sie arbeiten sollte."

(Das Zitat wird dem griechischen Philosophen Sokrates zugeschrieben.)

Was bedeutet Jugend?

2

Freiheit? | Neue Erfahrungen? | Coolness? | ...? | Probleme?

Die **Jugend** gibt es genauso wenig wie die Deutschen. Im Allgemeinen bezeichnet man den Lebensabschnitt zwischen Kindheit und Erwachsenenalter als Jugend. Die Grenzen sind allerdings fließend. Rechtlich ist das Jugendalter klar definiert – es dauert vom vollendeten 14. bis zum vollendeten 18. Lebensjahr. Das Verhältnis zwischen der Jugend und der älteren Generation ist häufig sehr gespannt – Fachleute sprechen vom **Generationenkonflikt**.

Jugendliche und Politik: „Sie merken plötzlich, sie können was bewegen" 3

Der Soziologe Mathias Albert verantwortet die Shell-Jugendstudie. Ihn stimmt es optimistisch, dass politisches Engagement nicht mehr „uncool" ist. [...]

SZ: Mehr als zwei Drittel der Befragten stimmen Aussagen zu wie: Man darf nichts sagen gegen Ausländer, sonst gilt man als Rassist. Halten Sie das für bedenklich?

Es gibt eine signifikante Aufgeschlossenheit für einzelne populistische Statements wie diese. Die große Mehrheit der Jugendlichen ist aber weit davon entfernt, dafür tatsächlich empfänglich zu sein. Nur ein sehr kleiner Anteil der Jugendlichen lässt sich laut den Erkenntnissen der Studie umfassend auf verschiedenste populistische Statements ein, also etwa neun Prozent der von uns Befragten. Dem gegenüber steht eine erkleckliche Anzahl an Jugendlichen, die zum Beispiel sagen: Zuwanderung? Kein Problem für mich. Man muss wirklich sehr aufpassen, dass man das nicht so interpretiert, als gäbe es ein Riesenpotenzial, das anfällig ist für Populismus auf breiter Front.

Laut Ihrer Studie hängt solche Aufgeschlossenheit für Populismus oft damit zusammen, dass Jugendliche meinen, ohnehin nichts bewirken zu können. Wie könnte die Politik hier gegensteuern?

Klar ist: Jugendliche wollen mit ihren Anliegen gehört werden. Klar ist aber auch, dass bestimmte Jugendliche sich nicht von selbst heraus engagieren und beteiligen. Man muss ihnen daher Foren bieten und nicht warten, dass ihnen diese dort geboten werden, wo man sie nicht haben möchte.

Wären Jugendstadträte hier eine Lösung?

Jugendstadträte und Jugendparlamente kann ich anbieten noch und nöcher, aber dahin gehen primär jene, die ohnehin engagiert sind. Was aber nicht heißt, dass man das nicht noch ausbauen kann und sollte.

Wäre es denn eine Lösung, das Wahlalter generell auf 16 herabzusetzen?

Ich persönlich bin ein Befürworter der Wahl ab 16. Denn das zwingt die Politik, sich auch schon diesen jungen Wählerkreis als Adressaten zu erschließen. Aber das ist natürlich kein Allheilmittel. Wichtig wäre, dass man Jugendliche anspricht, die aufgrund ihres sozialen Status und ihres Bildungshintergrunds eher distanziert sind und meinen, dass sie daher ohnehin nicht ernst genommen werden.

Aber wie erreicht man die? Über Smartphones, Apps, digitale Beteiligung?

Man sollte es zumindest versuchen. Man muss sich aber auch vor Augen halten, dass es Grenzen gibt. Denn es ist ja weiterhin so, dass die politische Sozialisation von Jugendlichen nicht über Beteiligungs- und Partizipationsangebote oder über die Schule läuft, sondern primär übers Elternhaus. Und dann vielleicht noch über die Clique. Wenn da keiner politisch interessiert ist, wird es ganz schwer, die Jugendlichen über welche politischen Beteiligungsangebote auch immer hinter dem Ofen hervorzulocken.

Also was tun?

Was mich sehr optimistisch stimmt, ist die wachsende Zustimmung zu der Aussage, dass politisches Engagement „in“ ist. Das mag unserem klassischen Politikverständnis widersprechen, aber: Ich mache natürlich viel eher bei etwas mit, das „in“ ist, ob ich mich politisch interessiere oder nicht. Politisches Engagement ist also nichts mehr, was „uncool“ ist. Und insofern würde es mich sehr wundern, wenn wir in den nächsten Jahren nicht noch weitere Effekte sehen würden.

Tatsächlich ist „Fridays for Future“ immer noch „in“. Aber wird das auch so bleiben?

Was die „Fridays for Future“-Bewegung vor allem mit den Jugendlichen gemacht hat, ist diese Selbstwirksamkeitserfahrung: Sie merken plötzlich, sie können was bewegen. Und wie bewege ich was? Nicht im Internet, sondern indem ich mich freitags physisch auf einen Platz stelle.

Rattenhuber, Edeltraud/gal: Jugendliche und Politik: „Sie merken plötzlich, sie können was bewegen“, Interview mit Mathias Albert. In: Süddeutsche Zeitung, 16.10.2019, abgerufen unter: www.sz.de/1.4642198 [08.10.2020].

ARBEITSVORSCHLÄGE

1, 2

Was bedeutet Jugend für Sie? Finden Sie eine Definition von „Jugend“.

3

Arbeiten Sie die wichtigsten Aussagen über die Jugend von heute und ihren Bezug zur Politik aus dem Interview heraus. Vergleichen Sie die Ergebnisse mit Ihren eigenen Erfahrungen

3, 4, 5, 6

Beschreiben Sie „die Jugend von heute“ anhand der Materialien.

4, 5, 6

Zu den Ergebnissen der Jugendstudie: Erstellen Sie in Ihrer Klasse Vergleichserhebungen und diskutieren Sie Ihre Ergebnisse.

WEITERFÜHRENDE HINWEISE

Informieren Sie sich unter **www.shell.de/jugendstudie.**

6

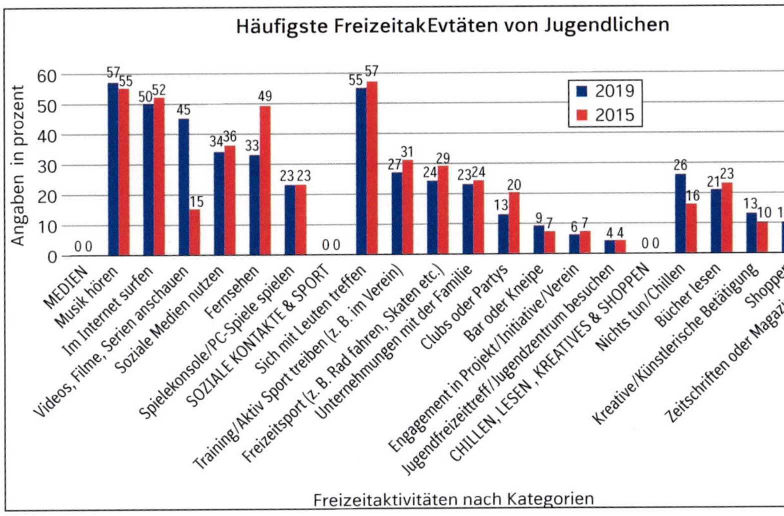

eigene Grafik, zu den Daten vgl. Albert, Mathias; Hurrelmann, Klaus; Quenzel, Gudrun: Jugend 2019, hrsg. von Shell Deutschland Holding GmbH, Weinheim: Beltz 2019, S. 214.

Grundgesetz Artikel 12

(1) Alle Deutschen haben das Recht, Beruf, Arbeitsplatz und Ausbildungsstätte frei zu wählen […]

Interview zu Berufswahl und Ausbildung

1

Julia, du bist 20 Jahre alt und lernst Hotelfachfrau im ersten Ausbildungsjahr. Ist das dein Traumberuf oder hast du dich auch für andere Berufe beworben?

Der Beruf ist sehr abwechslungsreich, jeder Tag sieht etwas anders aus – vielleicht habe ich tatsächlich meinen Traumberuf gefunden. Im Anschluss an das Berufskolleg habe ich zur Überbrückung erst einmal in einem Restaurant in unserer Nachbarschaft gejobbt, deren Inhaber ich gut kenne. Dieser Einblick in die Gastronomie hat mich neugierig auf die Ausbildung gemacht – es ist immer wieder interessant, so vielen verschiedenen Menschen zu begegnen. Die Zeit hat mir geholfen herauszufinden, was mich im Gastronomiebereich erwartet und ob er zu mir passt. Ich habe mich dann aber nicht für die Ausbildung zur Restaurantfachfrau, sondern zur Hotelfachfrau entschieden, weil sie noch vielfältiger ist und ich später mehr Möglichkeiten auf dem Arbeitsmarkt habe.

Es wird immer wieder berichtet, dass sich die Situation auf dem Lehrstellenmarkt entspannt hat und die Betriebe händeringend Azubis suchen. Stimmt dies mit deiner Erfahrung überein, oder musstest du viele Bewerbungen schreiben?

Ich habe fünf Bewerbungen abgeschickt und wurde zu vier Vorstellungsgesprächen eingeladen. Ich hatte schließlich vier Zusagen und war sehr erleichtert. Gute Chancen in der Bewerbungssituation hatte ich sicher auch durch die Erfahrungen, die ich bereits vorher schon im Restaurant gesammelt hatte und dass ich genau sagen konnte, was mich an der Tätigkeit interessiert.

Bist du in der Schule gut genug bei der Berufswahl unterstützt worden?

Insgesamt wurde ich gut beraten. Über einige Praktika hatte ich zunächst versucht, verschiedene berufliche Tätigkeiten kennenzulernen. Außerdem gab es Gesprächsangebote von unseren Lehrkräften und von der Bundesagentur für Arbeit, die ich für mich nutzen konnte, teilweise sogar mit meinen Eltern zusammen.

Auf der einen Seite wird in Deutschland viel über den drohenden Fachkräftemangel gesprochen, andererseits finden viele nach der Schule nur schwer einen Ausbildungsplatz. Woran liegt das deiner Meinung nach?

Der Gastronomiebereich, schätze ich, ist wegen der Wechselschichten und des nicht besonders hohen Gehalts weniger beliebt. Manche Berufe wirken da reizvoller, z. B. Jobs im Büro, schon aufgrund der geregelten Arbeitszeiten und der höheren Gehälter. Vielleicht auch, weil man später auf dem Arbeitsmarkt flexibler einsetzbar ist und gute Weiterbildungsmöglichkeiten hat. Manche Ausbildungsberufe müssen einfach attraktiver gemacht werden, z. B. durch eine höhere Vergütung, gerade auch im pflegerischen Bereich, wie man in der Corona-Situation im letzten Jahr gesehen hat. In meinem Bekanntenkreis sind einige, die neben der Ausbildung auch noch auf 450-Euro-Basis jobben müssen, um sich die Ausbildung überhaupt leisten zu können. Oft können die Eltern nicht mehr finanziell unterstützen.

Du bist nun seit einem Dreivierteljahr in Ausbildung. Bist du zufrieden, wie es im Betrieb und in der Schule läuft?

Der Blockunterricht ist manchmal anstrengend, daran musst ich mich erst gewöhnen. Mit meinen Ausbilderinnen komme ich aber gut zurecht, auch die anderen, die mit mir zusammenarbeiten, sind nett und offen. Es gibt natürlich auch Ausnahmen. Damit muss man einfach umgehen, manchmal muss man sich anpassen – bislang klappt es gut.

2

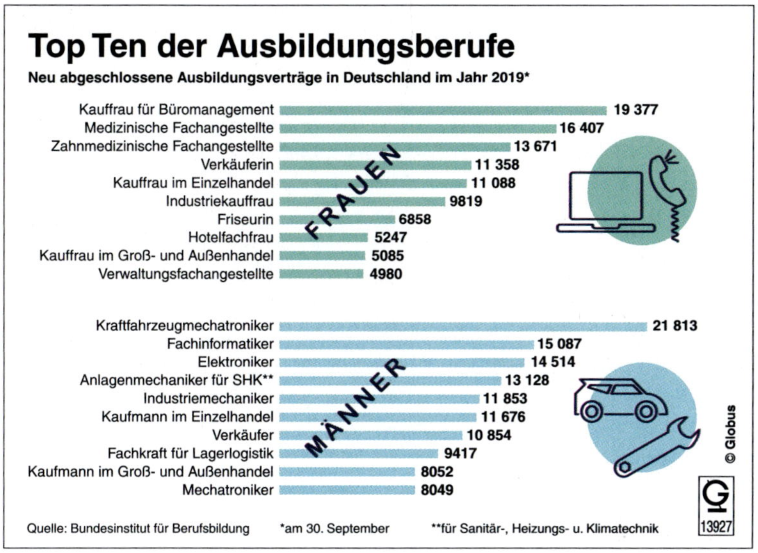

Berufswahl und **Berufseinstieg** sind heute sehr viel schwieriger als früher. Der schnelle technische Wandel, die Globalisierung und wirtschaftliche Krisen führen zu großer Unsicherheit bei jungen Menschen, für welchen Beruf sie sich entscheiden sollen. Trotzdem ist die Berufswahl eine wichtige Weichenstellung im Leben.

Das Grundgesetz garantiert allen Menschen – unabhängig von Herkunft, Geschlecht, Hautfarbe und Religion – die freie Wahl des Ausbildungsplatzes. Ob man jedoch seinen „Traumberuf" ergreifen kann, hängt stark vom Angebot an Lehrstellen, von der wirtschaftlichen Lage und den persönlichen Leistungen ab.

Auch die Zahl der Schulabgänger/-innen schwankt stark. Besonders Jugendliche ohne Schulabschluss und mit Migrationshintergrund finden oft nur schwer einen Ausbildungsplatz.

In vielen Regionen gibt es Bildungsmessen und Ausbildungsbörsen, um die Jugendlichen bei der Ausbildungsplatzsuche zu unterstützen und zu beraten.

3

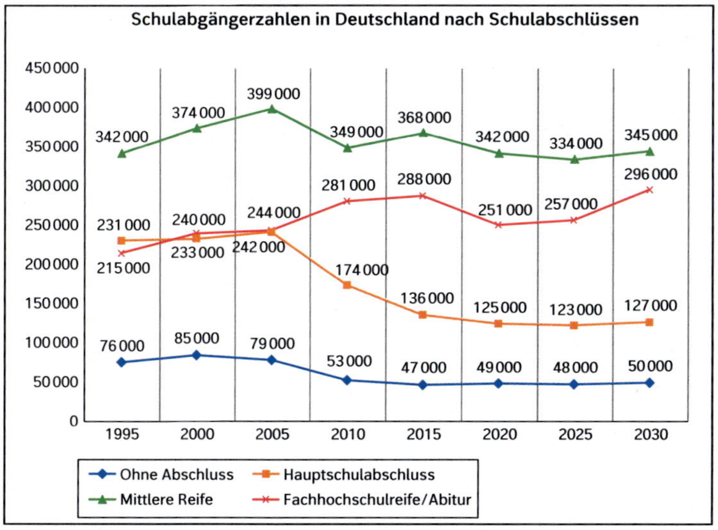

Vgl. Sekretariat der Ständigen Konferenz der Kultusminister der Länder in der Bundesrepublik Deutschland (Hrsg.): Vorausberechnung der Schüler- und Absolventenzahlen 2018 bis 2030. In: Statistische Veröffentlichungen der Kultusministerkonferenz, Nr. 222, Berlin 2019, S. 57-63.

ARBEITSVORSCHLÄGE

1

Ging es Ihnen beim Beginn Ihrer Ausbildung ähnlich wie Michelle oder haben Sie andere Erfahrungen gemacht?

Welche Voraussetzungen müssen Jugendliche heute besonders erfüllen, um einen Ausbildungsplatz zu bekommen?

2

Vergleichen Sie die Top Ten der gewählten Berufe junger Frauen und Männer. Welche Unterschiede können Sie feststellen? Begründen Sie, warum das so ist.

3

Analysieren Sie das Schaubild. Erläutern Sie anschließend, welche Auswirkungen der Rückgang der Zahl der Schulabgänger/-innen

- bei der Suche nach einem Ausbildungsplatz und
- für die wirtschaftliche Entwicklung insgesamt hat.

WEITERFÜHRENDE HINWEISE

Das Bundesministerium für Bildung und Forschung veröffentlicht jedes Jahr einen Berufsbildungsbericht, der einen ausführlichen Überblick über alle Aspekte der Berufsbildung ermöglicht (www.bmbf.de).

Weitere Informationen über aktuelle Entwicklungen in der Berufsausbildung gibt es bei der Bundesagentur für Arbeit (www.arbeitsagentur.de) und dem Bundesinstitut für Berufsbildung (www.bibb.de).

Methodenkompetenz: „Schaubildanalyse" S. 182–183

Konflikt

Eine schwierige Situation, die durch unterschiedliche Auffassungen, Ansichten, Interessen etc. entsteht und zum Abbruch der Beziehung führen kann.

Mobbing

Beim Mobbing werden Personen systematisch und über einen längeren Zeitraum Opfer von Angriffen. Sie werden gedemütigt, seelisch verletzt und ausgegrenzt.

Pflichten der Auszubildenden

- Lernpflicht
- Sorgfaltspflicht
- Teilnahmepflicht
- Weisungen Folge leisten
- Einhalten der Betriebsordnung
- Bewahrungspflichten
- Krankheitsmeldung
- Pflicht zur Verschwiegenheit

Rechte der Auszubildenden

1. Angemessene Vergütung
2. Kostenlose Ausbildungsmittel
3. Freistellung für Ausbildungsmaßnahmen
4. Arbeiten nur für das Ausbildungsziel
5. Besondere Kündigungsmöglichkeit
6. Möglichkeit, einen Teil der Ausbildung im Ausland zu absolvieren
7. Anspruch auf ein Zeugnis
8. Bildung einer Jugend- und Auszubildendenvertretung

Vgl. Bundesministerium für Bildung und Forschung (BMBF) (Hrsg.): Ausbildung & Beruf, Rechte und Pflichten während der Berufsausbildung, Bonn 2020, abgerufen unter: www.bmbf.de/upload_filestore/pub/Ausbildung_und_Beruf.pdf [09.10.2020].

Konfliktsituation am Arbeitsplatz: Unangemessene Arbeitskleidung 1

Fabian ist im zweiten Lehrjahr und hat viel Spaß bei seiner Ausbildung als Erzieher im Städtischen Kindergarten. Als einziger Mann in der ganzen Einrichtung lieben die Kinder ihn besonders. Auch die Eltern mögen seinen feinfühligen Umgang. Die Kindergartenleiterin Frau Krauss schätzt ihn als Mitarbeiter sehr. Was ihr allerdings missfällt, ist sein Outfit. Häufig erscheint er in ausgefallener Kleidung und neuerdings auch mit bunt gefärbten Haaren. Als Frau Krauss Fabian eines Vormittags auf dem Flur begegnet, erblickt sie ein neues Augenbrauen-Piercing. Wütend zitiert sie ihn zu sich ins Büro. Er müsse sich als Vorbild für die Kinder angemessen kleiden und die Piercings bei der Arbeit entfernen! Fabian versteht nicht, warum sie plötzlich so strenge Kleidervorschriften macht. Bisher habe sie doch nichts dagegen gehabt, wie er sich kleide.

Wenn Menschen aufeinandertreffen, sind **Konflikte** manchmal unvermeidlich. Unterschiedliche Erwartungen, Interessen und Vorstellungen begünstigen die Entstehung von Konflikten. Besonders unangenehm sind Konflikte am Arbeitsplatz. In extremen Fällen führen sie sogar zum Ausbildungsabbruch oder zur Kündigung einer Arbeitsstelle. Doch wie kann man Konflikte lösen?

Es gibt verschiedene lösungsorientierte Herangehensweisen, wie man Konflikte bewältigen kann. Grundsätzlich sollten bei einem Konfliktgespräch Gesprächsregeln eingehalten werden.

Gesprächsregeln bei Konfliktgesprächen 2

☺	☹
✓ aufmerksam zuhören	✗ Konfliktpartner beschuldigen
✓ bei Unklarheiten nachfragen	✗ sich rechthaberisch zeigen
✓ Anliegen klar und sachlich darlegen	✗ Vorwürfe machen
✓ Problem in Kürze darstellen	✗ jemanden angreifen
✓ höflich bleiben	✗ Person bewerten und beurteilen
✓ Blickkontakt halten	✗ beleidigen
✓ um Lösungsvorschlag bitten	✗ keine allgemeine Kritik äußern
✓ „Ich-Botschaften“ verwenden	✗ „Du-Botschaften“ verwenden

Vgl. Institut zur Fortbildung von Betriebsräten KG (ifb): Konfliktgespräche meistern, Seehausen am Staffelsee 2020, abgerufen unter: www.betriebsrat.de/mobbing-konflikt/grundsaetze-fuer-konfliktgespraeche/konfliktgespraeche-meistern.html [09.10.2020].

„Du-Botschaft“ und „Ich-Botschaft“ – Merken Sie den Unterschied?

„Du drückst dich doch jedes Mal davor, die Werkstatt zu kehren!“
„Mich ärgert es, dass ich jedes Mal länger dableiben muss, um die Werkstatt zu kehren. Ich lege Wert darauf, dass wir uns dabei abwechseln. Wie siehst du das?“

Umgang mit Konflikten: Konfliktlösungsstrategien

Um einen Konflikt konstruktiv zu bearbeiten und letztlich aufzulösen, ist es sinnvoll, einen „roten Gesprächsleitfaden" an der Hand zu haben. Es gibt verschiedene Konfliktlösungsmodelle, die manchmal auch die Hilfe Dritter erfordern, beispielsweise von Mediatoren.

Konfliktlösungsmodell „Gesprächsführung" in sechs Phasen

Das folgende Modell zur Konfliktlösung ist eine von vielen wirksamen Möglichkeiten, Konflikten zu begegnen und sie aus der Welt zu schaffen.

3

1. Phase: Gesprächseröffnung	Die Person im Konfliktgespräch mit dem größeren Gesprächsbedarf eröffnet das Gespräch. Benennen Sie das Anliegen und auch das Ziel des Gesprächs. Schaffen Sie eine Vertrauensbasis, auf der ein konstruktives Gespräch möglich ist.
2. Phase: Die eigene Betroffenheit beschreiben	Die Person, die das Gespräch eröffnet, beschreibt sachlich den Konflikt in Ich-Botschaften und teilt auch ihre Gefühle mit.
3. Phase: Die Sicht des anderen	Nun stellt die andere Person ihre Sicht des Problems dar.
4. Phase: Lösungen vorschlagen	Die beteiligten Konfliktparteien suchen nach zufriedenstellenden Lösungen. Die Vorschläge werden bewertet.
5. Phase: Vereinbarung treffen	Es werden nun konkrete Vereinbarungen mit überprüfbaren Zielen getroffen: Z. B. Wer macht was? In welcher Zeit muss was erledigt werden? Wer spricht/ arbeitet/ tauscht mit wem?
6. Phase: Kontrolle der Vereinbarung	Nach der vereinbarten Zeit findet ein erneutes Treffen der Konfliktparteien statt. Es wird nun überprüft, ob die Absprachen eingehalten wurden.

Vgl. Institut zur Fortbildung von Betriebsräten KG (ifb): Verschiedene Modelle der Konfliktlösung, Seehausen am Staffelsee 2020, abgerufen unter: www.betriebsrat.de/mobbing-konflikt/konfliktloesungsmodelle/ verschiedene-modelle-der-konfliktloesung. html [09.10.2020].

ARBEITSVORSCHLÄGE

1

Lesen Sie das Fallbeispiel und klären Sie, welches Problem vorliegt. Beziehen Sie auch die Rechte und Pflichten des Auszubildenden mit ein.

1, 2, 3

Wie würden Sie den Konflikt im Fallbeispiel lösen? Suchen Sie zusammen mit Ihrem Lernpartner nach Lösungen. Führen Sie dazu ein Rollenspiel durch.

3

Bilden Sie eine Beobachtergruppe in der Klasse und beurteilen Sie das Rollenspiel nach folgenden Kriterien:
- War die Argumentation sachlich?
- Wurden Gesprächsregeln eingehalten?
- Wurde für die Konfliktparteien eine akzeptable Lösung gefunden?

Entwickeln Sie weitere Strategien zur Konfliktvermeidung bzw. -lösung.

WEITERFÜHRENDE HINWEISE

Informieren Sie sich in Ihrem Betrieb und in der Schule über konkrete Ansprechpartner bei Problemen (z. B. Personalrat, Betriebsrat, Beratungslehrer/-innen).

ABC-Methode

Bei der ABC-Methode schreiben Sie alle Buchstaben des Alphabets untereinander. Suchen Sie zu jedem Buchstaben mindestens einen Begriff, der mit dem Thema zu tun hat. Natürlich dürfen Sie auch Verben oder Adjektive aufschreiben. Auf diese Weise erhalten Sie ein weites Begriffsfeld, das Ihnen einen Überblick über ein Thema ermöglicht. Außerdem kann Ihnen die Methode auch dabei helfen, sich die wichtigsten Gesichtspunkte eines Themas zu merken.

Wenn alle ihre Liste ausgefüllt haben, erklärt jede Person, welche Bedeutung der jeweilige Begriff im Zusammenhang mit dem Thema hat.

Aufgabe

Sammeln Sie mithilfe der ABC-Methode alle Begriffe, die Ihnen zum Thema „Familie“ einfallen. Begründen Sie anschließend mithilfe Ihrer Liste, was Familie für Sie bedeutet.

1. Einzelarbeit

Nehmen Sie ein Blatt Papier und notieren Sie das Thema „Familie“ als Überschrift (s. Muster rechts).

Schreiben Sie nun alle Buchstaben des Alphabets untereinander. Finden Sie anschließend mindestens einen Begriff zum Thema für jeden Buchstaben.

So geht's

ABC-Methode

ABC-Methode

THEMA: FAMILIE

A	Achtung
B	Bündnis
C	Charakter
D	...

usw.

FÜR MICH BEDEUTET „FAMILIE“: ____________________

____

2. Zweiergruppe

Vergleichen Sie Ihre Begriffe mit Ihrer Nachbarin/Ihrem Nachbarn. Ergänzen Sie Begriffe, die Sie selbst nicht gefunden haben.

3. Vierergruppe

Finden Sie gemeinsam geeignete Oberbegriffe zum Thema Familie und sortieren Sie Ihre ABC-Begriffe jeweils passend dazu ein. Wählen Sie eine geeignete Skizze dafür. Sie können auch eine Mindmap gestalten (s. S. 228).

4. Besprechung in der Klasse

Sprechen Sie anschließend in der Klasse darüber, was Familie für Sie bedeutet.

Diskutieren Sie über Gemeinsamkeiten und Unterschiede.

Grundgesetz Artikel 6

(1) Ehe und Familie stehen unter dem besonderen Schutze der staatlichen Ordnung.
(2) Pflege und Erziehung der Kinder sind das natürliche Recht der Eltern und die zuvörderst ihnen obliegende Pflicht. Über ihre Betätigung wacht die staatliche Gemeinschaft.

„Ehe für alle"

Seit dem 1. Oktober 2017 dürfen auch gleichgeschlechtliche Paare „ganz normal" standesamtlich heiraten. Davor durften sie ihrer Beziehung lediglich den beurkundeten rechtlichen Rahmen einer „eingetragenen Lebenspartnerschaft" geben.

Regenbogenfamilie

So wird eine Familienkonstellation bezeichnet, in der ein gleichgeschlechtliches Paar mit Kindern zusammenlebt.

Patchworkfamilie

Patchworkfamilie ist die umgangssprachliche Bezeichnung für eine Stief- oder Fortsetzungsfamilie, bei der mindestens ein Elternteil ein Kind aus einer früheren mit in die neue Beziehung eingebracht hat, in der ebenfalls schon ein Kind lebt oder aus der neuen Beziehung hervorgeht.

In Deutschland leben ca. 40 % der Bevölkerung in **Single-Haushalten**.

1

Familie 1900

Familie 1964

Familie heute?

Die **Familie** ist einem ständigen Wandel unterworfen. Dennoch ist sie seit mehreren hundert Jahren die dauerhafteste Form menschlichen Zusammenlebens. Die **Kleinfamilie** gibt es erst seit der Industrialisierung im 19. Jahrhundert. Sie löst die **Großfamilie** ab und besteht aus Vater, Mutter und den Kindern. Allerdings haben sich in den letzten Jahrzehnten neue Familienformen entwickelt. Die Familie übernimmt in unserer Gesellschaft wichtige Aufgaben. Sie ist Lebens- und Wirtschaftsgemeinschaft, sorgt für die Nachkommen und ist für die Erziehung der Kinder und deren gesellschaftliche Zukunft mit verantwortlich.

Das Grundgesetz verpflichtet den Staat, Ehe und Familie besonders zu schützen, zu fördern, bei der Erfüllung ihrer Aufgaben zu unterstützen und ihr bestimmte Aufgaben abzunehmen. 2017 wurde in Anpassung an die Lebenswirklichkeit ein Gesetz verabschiedet, das auch gleichgeschlechtlichen Paaren das Heiraten ermöglicht. Der rechtliche Rahmen „eingetragene Lebenspartnerschaft" wurde von der sogenannten **„Ehe für alle"** abgelöst.

2

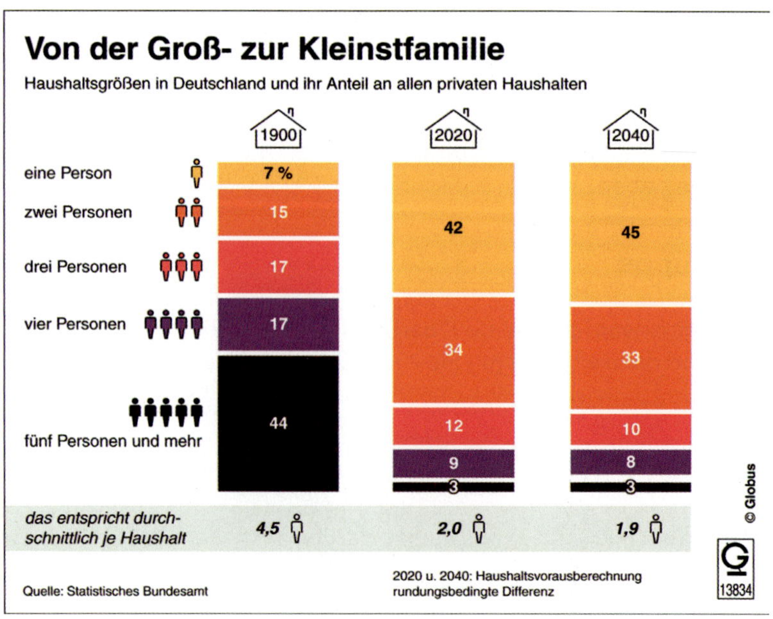

3

Mutter kocht für die vier Kinder, Vater geht zur Arbeit – die traditionelle Familie weicht einer neuen Vielfalt des Privatlebens.

4

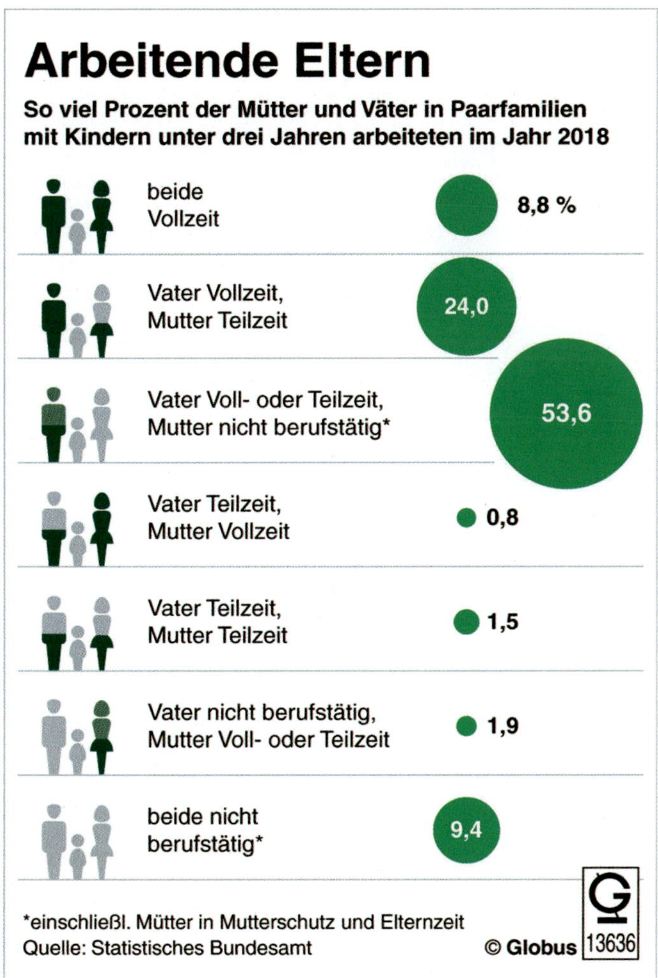

ARBEITSVORSCHLÄGE

1

Vergleichen Sie die Familienbilder von 1900 und 1964. Welches Musterfamilienfoto würden Sie heute schießen?

2

Wie hat sich die Familiengröße in Deutschland in den letzten 120 Jahren verändert? Begründen Sie.

3, 4

Erstellen Sie eine Tabelle mit den verschiedenen Familienformen. Erarbeiten Sie Vor- und Nachteile.

4

Welche Familienform würden Sie bevorzugen, wenn Sie wählen könnten? Begründen Sie Ihre Aussage.

In der Shell-Jugendstudie 2019 gehört zu den wichtigsten Wertorientierungen für Jugendliche die Familie, noch vor Eigenverantwortlichkeit und Unabhängigkeit genannt. Diskutieren Sie diese Aussage unter Berücksichtigung der statistischen Angaben in 2.

Grundgesetz Artikel 6

(4) Jede Mutter hat Anspruch auf den Schutz und die Fürsorge der Gemeinschaft.
(5) Den unehelichen Kindern sind durch die Gesetzgebung die gleichen Bedingungen für ihre leibliche und seelische Entwicklung und ihre Stellung in der Gesellschaft zu schaffen wie den ehelichen Kindern.

Kinder in Deutschland

2

2018 lebten in Deutschland 13,2 Millionen minderjährige Kinder und Jugendliche. Davon lebten:

- 74 % bei den verheirateten Eltern
- 16 % bei Alleinerziehenden
- 10 % in Lebensgemeinschaften

Vgl. Bundesministerium für Familie, Senioren, Frauen und Jugend (Hrsg.): Familienreport 2020, Berlin 2020, S. 47.

1

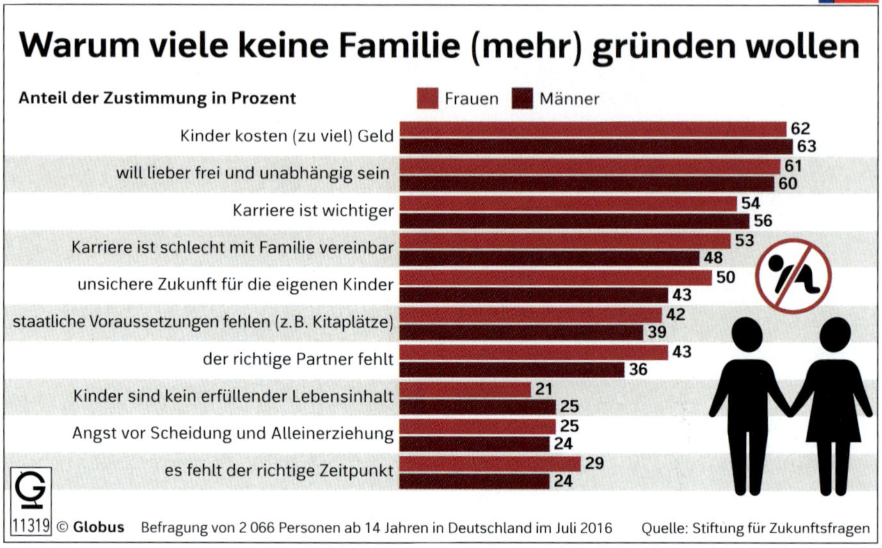

Monatliche Konsumausgaben in privaten Haushalten nach Anzahl der Kinder im Jahr 2018 – Angaben in Euro

3

	Paare mit ...			Alleinerziehende mit ...	
Private Konsumausgaben	**einem Kind**	**zwei Kindern**	**drei und mehr Kindern**	**einem Kind**	**zwei und mehr Kindern**
Nahrungsmittel, Getränke, Tabakwaren	480	554	635	302	399
Bekleidung und Schuhe	181	212	230	113	157
Wohnen, Energie, Wohnungsinstandhaltung	1 083	1 209	1 319	724	898
Innenausstattung, Haushaltsgeräte und -gegenstände	218	204	220	90	118
Gesundheit	116	109	142	57	66
Verkehr	589	571	631	229	275
Post und Telekommunikation	94	94	98	66	79
Freizeit, Unterhaltung und Kultur	387	437	464	216	291
Bildungswesen	85	113	127	37	50
Gaststätten- und Beherbergungsdienstleistungen	213	252	239	97	134
Andere Waren und Dienstleistungen	145	155	153	95	121
Private Konsumausgaben gesamt	**3 593**	**3 910**	**4 259**	**2 027**	**2 588**

Vgl. Statistisches Bundesamt (Destatis) (Hrsg.): Wirtschaftsrechnungen – Einkommens- und Verbrauchsstichprobe, Konsumausgaben privater Haushalte 2018, Wiesbaden 2020, S. 43–44.

Welche Probleme haben Familien?

Trotz der zahlreichen staatlichen Unterstützungshilfen haben manche Familien Schwierigkeiten, allen Familienmitgliedern die nötige Versorgung zu geben und die grundlegenden Bedürfnisse ausreichend zu erfüllen. Das Geld ist knapp, man kann sich vieles nicht leisten, und so gibt es auch heute in einem so reichen Land wie Deutschland Armut in Familien, insbesondere die **relative Armut**. Alleinerziehende sind besonders häufig von Armut betroffen. Aber wie äußert sich Armut? Kinder in Armut lebend ...

- bekommen nicht genügend zu essen oder ernähren sich ungesund,
- werden emotional bzw. sozial vernachlässigt,
- haben weniger Selbstbewusstsein und Selbstvertrauen,
- leiden unter einer schlechteren Gesundheit,
- sind durch insgesamt geringere Bildungschancen benachteiligt,
- haben weniger Möglichkeiten zur Teilhabe an der Gesellschaft, sprich Freizeitaktivitäten in den Bereichen Bildung, Kultur und Sport,
- haben insgesamt weniger Entfaltungsmöglichkeiten,
- haben zu wenig Rückzugsmöglichkeiten, weil sie in beengten Wohnverhältnissen leben, da die Familie ausreichend großen Wohnraum nicht bezahlen kann,
- aus einkommensschwachen Migrantenfamilien haben aufgrund ihrer Sprachdefizite zusätzliche Nachteile,
- schaffen seltener einen höheren Bildungsabschluss als Kinder aus einkommensstarken Familien.

Diese Auflistung zeigt, wie vielfältig Armut sich in Deutschland äußert. Das Deutsche Kinderhilfswerk e. V. hilft z. B. durch Spenden und Projekte, Kinderarmut in Deutschland zu bekämpfen.

Was leistet die Familienpolitik?

Zu den Aufgaben eines Sozialstaates gehört auch die **Familienpolitik**. Unterstützung für Familien gibt es durch finanzielle Leistungen, Zeit für Erziehung und Pflege sowie familienbezogene Infrastruktur. Neben diesen Leistungen gibt es auch Hilfen in Form von Beratungsangeboten, beispielsweise Schwangerschaftsberatung oder Familienberatungsstellen. Die Bedürfnisse von Familien haben sich in den letzten Jahrzehnten stark verändert. Die Vereinbarkeit von Familie und Beruf, die sich viele Eltern wünschen, stellt in vielen Berufen immer noch eine Hürde dar. Eltern fordern mehr Betreuungsmöglichkeiten für ihren Nachwuchs und flexiblere Arbeitszeiten. Verglichen mit anderen Staaten, sind staatliche Familienförderung und Maßnahmen zur Vereinbarkeit von Familien- und Erwerbsarbeit in Deutschland sehr viel schlechter.

4

familienpolitische Geldleistungen, z. B.	
Kindergeld – Ehegattensplitting – Elterngeld – ElterngeldPlus – steuerliche Berücksichtigung von Kindern – kostenlose Mitversicherung von Kindern bei der gesetzlichen Krankenkasse – Grundsicherung – Wohnraumförderung – Mutterschaftsgeld – BAföG – Berücksichtigung von Erziehungszeiten bei Rentenansprüchen – Unter-haltsvorschuss – Pflegeunterstützungsgeld	
Familien-Zeitpolitik, z. B.	**familienbezogene Infrastruktur, z. B.**
Teilzeitarbeit – Elternzeit – Familienpflegezeit – Pflegezeit	Kindertageseinrichtungen, Spielplätze, Kindergärten

ARBEITSVORSCHLÄGE

1

Analysieren Sie die Grafik. Unterscheiden Sie die Motive, warum die Bürgerinnen und Bürger keine Kinder bekommen, und finden Sie passende Oberbegriffe dazu.

1, 2, 3

Wie ist Ihre eigene Position zum Thema?
Finden Sie Gründe, die dafür sprechen, Kinder zu bekommen.

4

Recherchieren Sie die Leistungen des Staates, die Ihnen unbekannt sind. Was sind die Voraussetzungen, um diese Leistungen zu erhalten?

2, 3, 4

Erstellen Sie einen Katalog von weiteren Maßnahmen, die verwirklicht werden müssten, um Kinder bzw. Familien noch mehr zu unterstützen.

Diskutieren Sie in der Klasse das Thema „Leistet der Staat genug für Familien?" (siehe Methodenkompetenz auf S. 28/29).

Recherchieren Sie in Ihrer Stadt/Region nach Beratungsstellen, bei denen Sie die auf dieser Seite genannten Probleme besprechen können.

WEITERFÜHRENDE HINWEISE

Begriff „relative Armut"
Deutsches Kinderhilfswerk:
www.dkhw.de

Bundesministerium für Familie, Senioren, Frauen und Jugend:
www.bmfsfj.de

Argumentation und Diskussion

Warum Argumentieren und Diskutieren lernen?

Sie werden immer wieder aufgefordert, ein Thema in Ihrer Klasse zu diskutieren. Das Ziel dabei ist, die anderen von der eigenen Meinung zu überzeugen oder zumindest zu einem Kompromiss zu gelangen.
Politische Themen sind häufig kontrovers geprägt, d. h., es handelt sich um Streitfragen. Um zu einer Lösung bzw. politischen Entscheidung zu kommen, müssen verschiedene Aspekte betrachtet werden. Dazu führt man eine Pro-/Kontra-Diskussion. Wer die überzeugenderen Argumente liefert, steht somit leichter auf der Gewinnerseite, um sein Vorhaben durchsetzen zu können.

Was ist eine überzeugende Argumentation?

Eine Behauptung ist noch keine Argumentation. Wichtig ist beim Argumentieren, dass man seine Aussagen begründet und mit Beispielen, Belegen, Statistiken und Beweisen untermauert. Sagen Sie am Ende auch, welche Schlussfolgerung sich daraus ableiten lässt. Nur so gewinnt man Befürworter für seine Sichtweise.
Ein Argument besteht aus folgenden Teilen:

1. **Behauptung**
   „Ich finde es schlecht, wenn ..."
2. **Begründung**
   „Es ist nicht gut, weil ..."
3. **Beispiel**
   „Das kann man daran sehen, dass z. B. ..."
4. **Schlussfolgerung**
   „Deshalb sollte man lieber ..."

Manchmal folgt am Schluss eine Aufforderung, z. B. etwas zu tun oder einfach nur anders zu denken.

Aufgabe

Diskutieren Sie in der Klasse die Frage „Leistet der Staat genug für Familien?".

So geht's

Argumentation und Diskussion

Vorbereitung

Bearbeiten Sie die Seiten 26–27 als Grundlage.
Die Klasse wird nun in verschiedene Arbeitsgruppen aufgeteilt. Benötigt werden:

- eine Diskussionsleitung
- eine Pro-Gruppe
- eine Kontra-Gruppe
- Publikum als beobachtende Gruppe (notieren sich Pro-/Kontra-Argumente und achten auf das Einhalten von Diskussionsregeln)

Die Diskussionsleitung überlegt sich einleitende Worte für den Beginn der Diskussion. Die Pro- und Kontra-Gruppen bereiten sich inhaltlich auf die Diskussion vor (ca. 15 Min.). Die beobachtende Gruppe legt vor der Diskussion Kriterien fest, nach denen die Diskutanten beobachtet werden sollen.

Ablauf

Die Diskussionsleitung eröffnet unter Nennung des Themas und des Ziels die Diskussion und leitet sie. Sie greift ein, wenn die Diskutanten durcheinanderreden, wenn die Argumente aneinander vorbeigehen oder wenn Schweigen eintritt.
Während der Diskussion versuchen die Pro- und Kontra-Gruppen, ihren Standpunkt zu verteidigen sowie aufkommende Gegenargumente zu entkräften. Sollte das Publikum Fragen haben, dürfen diese gestellt werden.
Aufgabe der beobachtenden Gruppe ist es, der Diskussion aufmerksam zuzuhören und sich zu notieren, welche Argumente genannt werden. Außerdem achtet sie auch darauf, ob Diskussionsregeln, wie z. B. jemanden ausreden lassen, eingehalten werden. Einfacher ist es für die beobachtende Gruppe, wenn vorher festgelegt wird, wer welche Personen beobachtet.

Schluss

Nachdem die Diskussionsleitung die Diskussionsrunde beendet hat, findet eine Auswertung statt. Hier kommt nun insbesondere die beobachtende Gruppe zu Wort, die den Gesprächsteilnehmenden ein faires Feedback über Inhalt und Darstellung der Diskussion gibt.

Vgl. Sächsisches Staatsinstitut für Bildung und Schulentwicklung (Comenius-Institut): Streitgespräch (Pro- und Kontra-Diskussion), Radebeul 2006, abgerufen unter: www.sn.schule.de/~sud/methodenkompendium/module/2/1_2.htm [15.10.2020].

Ab wann ist man eigentlich erwachsen? Ist man erwachsen, wenn man …

1

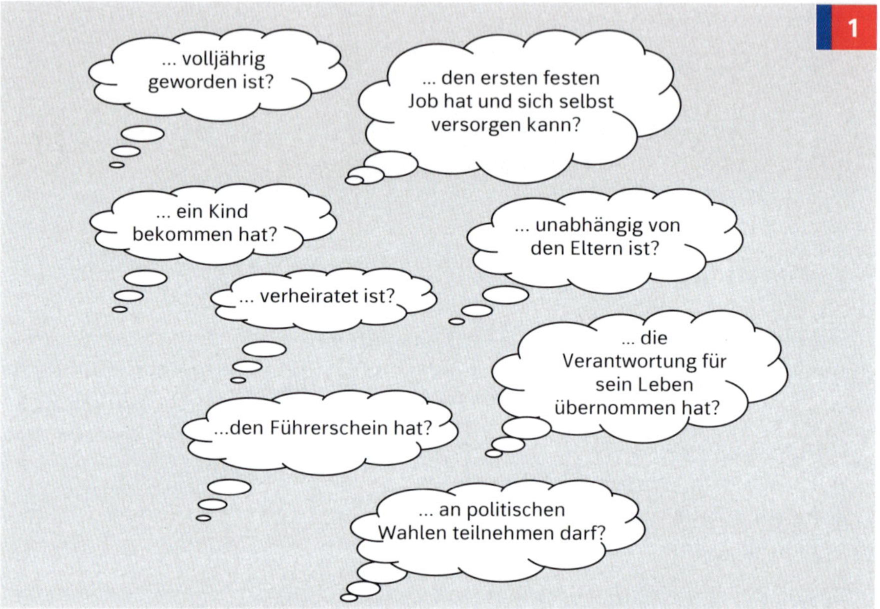

Das **Grundgesetz** überträgt den Eltern mit der **Erziehung** der Kinder eine große Verantwortung. Dazu gehört nicht nur die Befriedigung materieller Bedürfnisse wie Wohnung, Nahrung und Kleidung. Ebenso wichtig ist die geistige und seelische Entwicklung. Wenn Liebe, Zuneigung, Anerkennung und die Vermittlung von Werten fehlen, kann es zu schweren Fehlentwicklungen kommen.

Wie Eltern ihre Kinder erziehen, ist gesetzlich nicht geregelt. Es gibt unterschiedliche **Erziehungsstile**. Am häufigsten wird ein demokratischer Erziehungsstil praktiziert. Der gesamte Erziehungsprozess verläuft allerdings nicht immer ganz reibungslos und konfliktfrei. Je älter und selbstständiger Kinder werden, desto häufiger kommt es zu Konflikten mit den Eltern.

Bürgerliches Gesetzbuch 2

§ 1619
Das Kind ist, solange es dem elterlichen Hausstand angehört und von den Eltern erzogen oder unterhalten wird, verpflichtet, in einer seinen Kräften und seiner Lebenseinstellung entsprechenden Weise den Eltern in ihrem Hauswesen und Geschäft Dienste zu leisten.

§ 1626
(1) Der Vater und die Mutter haben das Recht und die Pflicht, für das minderjährige Kind zu sorgen. Die elterliche Sorge umfasst die Sorge für die Person des Kindes (Personensorge) und das Vermögen des Kindes (Vermögenssorge).
(2) Bei der Pflege und Erziehung berücksichtigen die Eltern die wachsende Fähigkeit und das wachsende Bedürfnis des Kindes zu selbstständigem, verantwortungsbewusstem Handeln.
(3) Zum Wohl des Kindes gehört in der Regel der Umgang mit beiden Elternteilen. […]

Grundgesetz Artikel 6

(2) Pflege und Erziehung der Kinder sind das natürliche Recht der Eltern und die zuvörderst ihnen obliegende Pflicht. Über ihre Betätigung wacht die staatliche Gemeinschaft.
(3) Gegen den Willen der Erziehungsberechtigten dürfen Kinder nur aufgrund eines Gesetzes von der Familie getrennt werden, wenn die Erziehungsberechtigten versagen oder wenn die Kinder aus anderen Gründen zu verwahrlosen drohen.

Schritt für Schritt erwachsen werden

6 Jahre	7 Jahre	14 Jahre	16 Jahre	18 Jahre
• Beginn der Schulpflicht	• beschränkte Geschäftsfähigkeit (Taschengeldparagraf)	• bedingte Strafmündigkeit (Jugendstrafrecht) • Religionsmündigkeit	• Eidesfähigkeit • Besitz eines Personalausweises • Führerschein Klasse M+L • Erlaubnis zum Besuch von Gaststätten und öffentlichen Tanzveranstaltungen • bedingte Heiratsfähigkeit • Erlaubnis zum Konsum von Alkohol (außer Branntwein)	• Volljährigkeit/volle Geschäftsfähigkeit • aktives und passives Wahlrecht • Führerschein (alle Klassen); Modellversuche „begleitetes Fahren“ ab 17 Jahren • Ehemündigkeit • Erlaubnis zum Konsum von Tabak und Branntwein

Häufig wird auch kritisiert, dass viele Eltern ihre Erziehungsaufgabe vernachlässigen oder überfordert sind und sich zu wenig um ihre Kinder kümmern. Der Staat allerdings darf in die Erziehung erst dann eingreifen, wenn das Wohl des Kindes auf dem Spiel steht. Das heißt aber meistens, dass der Staat sich erst dann einschaltet, wenn Kinder misshandelt werden oder zu verwahrlosen drohen.

3

Seit 1989 gibt es die Konvention der Kinderrechte der Vereinten Nationen (UNO). Sie ist inzwischen von fast allen Staaten ratifiziert. Die wichtigsten Kinderrechte sind:

1. Alle Kinder haben die gleichen Rechte. Kein Kind darf wegen seiner Hautfarbe, Sprache, Religion oder weil es Mädchen oder Junge ist benachteiligt werden.
2. Kinder haben das Recht, so gesund wie möglich zu leben.
3. Kinder haben das Recht, zur Schule zu gehen und zu lernen, was wichtig ist.
4. Kinder haben das Recht, zu spielen, sich auszuruhen, ins Museum oder Kino zu gehen oder zum Beispiel selbst Theater zu spielen.
5. Kinder haben das Recht, sich zu informieren, zu sagen, was sie denken, und gehört zu werden.
6. Kinder haben das Recht, ohne Gewalt erzogen zu werden.
7. Kinder haben das Recht, besonders beschützt zu werden, wenn in ihrem Land Krieg ist oder sie auf der Flucht sind.
8. Kinder haben das Recht, vor schädlicher Arbeit, Ausbeutung und Misshandlung geschützt zu werden.
9. Kinder haben das Recht, mit ihren Eltern zu leben und sich regelmäßig mit Mutter oder Vater zu treffen, wenn diese nicht zusammenwohnen.
10. Wenn Kinder behindert sind, haben sie ein Recht auf Hilfe und darauf, gemeinsam mit anderen Kindern zu spielen und zu lernen.

4

Kurzbeschreibung von Erziehungsstilen

Autoritär	Demokratisch	Laissez-faire
Das Kind muss einem strengen Gehorsam folgen – wenn nicht, wird es bestraft. Es erlebt Drohungen und körperliche Züchtigung. Ein Lob erhält es selten. Die Bedürfnisse des Kindes sind denen der Eltern untergeordnet.	Die Wünsche und Bedürfnisse des Kindes werden in der Erziehung in Abhängigkeit von Alter und persönlicher Reife berücksichtigt. Das Kind kann sich entfalten, gleichzeitig erfährt es Grenzen.	Die Erziehung erfolgt passiv ohne Aufzeigen von Grenzen. Das Kind darf tun, was es will, und hat wegen mangelnden Lobes oder fehlenden Tadels keine Orientierung für richtiges oder falsches Handeln.

21 Jahre	24 Jahre	25 Jahre	30 Jahre	35 Jahre	40 Jahre
• volle Strafmündigkeit	• Recht zur Ablegung der Meisterprüfung und Ausbildung von Lehrlingen	• Recht zur Ausübung des Schöffenamts an einem Gericht	• Recht, Richter/-in am Verwaltungs- oder Finanzgericht zu werden	• Recht, Richter/-in an einem obersten Bundesgericht zu werden	• passives Wahlrecht zum Bundespräsidenten/zur Bundespräsidentin

ARBEITSVORSCHLÄGE

1, 2

Was macht einen (jungen) Menschen erwachsen? Diskutieren Sie in der Klasse die Aussagen zum Erwachsensein.

2

Arbeiten Sie aus den Gesetzestexten und den Angaben im Zeitstrahl heraus, welche Rechte und Pflichten Kinder und Eltern haben. Legen Sie dazu eine Tabelle an.

3

Die Kinderrechtskonvention der UNO soll für alle Staaten der Welt gelten.
Überprüfen Sie, welche der zehn genannten Kinderrechte in Deutschland verwirklicht sind und welche noch nicht.
Ergänzen Sie die Tabelle.

Vergleichen Sie die Situation von Kindern in Deutschland mit der in anderen Staaten.

4

Sammeln Sie Beispiele von Aussagen/Handlungen Ihrer Eltern. Welchem Erziehungsstil sind sie jeweils zuzuordnen?

So war es früher

Bis 1976 musste das Brautpaar automatisch den Namen des Ehegatten annehmen. Das Namensrecht wurde später vom Bundesverfassungsgericht (BVG) gelockert, sodass man nun auch den Namen der Frau wählen konnte. Konnten sich beide nicht auf einen Namen einigen, wurde der Name des Mannes zum Familiennamen. 1994 schaffte das BVG auch diese Regelung ab.

Bis 1977 war im BGB die „Hausfrauen-Ehe" geregelt. Die Ehefrau war mit dem Eintritt in die Ehe gesetzlich zur Führung des Haushalts verpflichtet, während der Ehemann die Familie finanziell versorgte. Wenn die Frau berufstätig war und der Ehemann den Eindruck hatte, sie würde ihre „familiären Verpflichtungen" vernachlässigen, konnte er ihre Arbeitsstelle kündigen.

1 Heirat: Wie werden wir uns nennen?

Lisa, 23, und Nils, 25, haben nach fünf Jahren Beziehung beschlossen, dass sie heiraten wollen. In einem ihrer Gespräche unterhalten sie sich über Folgendes:

Lisa: „Hast du dir eigentlich schon mal Gedanken darüber gemacht, wie wir dann mit Nachnamen heißen?"
Nils: „Ganz ehrlich? Eigentlich hätte ich schon gerne meinen Nachnamen als unseren Familiennamen!"
Lisa: (schaut streng)
Nils: „Natürlich nur, wenn du magst. Wir könnten auch deinen ..."
Lisa: „Wirklich? Wie wäre es, wenn jeder einfach seinen Namen behält? Aber wie sollen denn dann mal unsere Kinder mit Nachnamen heißen?"
Nils: „Gute Frage! Könnten sie dann nicht unseren gemeinsamen Nachnamen haben?"
Lisa: „Das weiß ich nicht. Schauen wir später nach ... Wichtig ist mir auch, dass wir uns mal über die Finanzen unterhalten. Wenn man heiratet, ändert sich doch einiges."
Nils: „Stimmt. Eine Heirat würde uns sogar helfen, Steuern zu sparen."
Lisa: „Das müssten wir aber noch prüfen, wie wir am besten sparen. Ich glaube, das hat irgendetwas mit der Steuerklasse und dem Ehegattensplittung zu tun."
Nils: „Nach dem, was ich bei Tante Erika gesehen habe, fürchte ich mich ein bisschen vor einer Hochzeit. Ihr armer Ex-Mann zahlt jetzt schon seit Jahren ..."
Lisa: „Da musst du keine Angst haben. Dafür gibt es aber auch Verträge vor der Hochzeit, dann kann uns beiden so etwas nicht passieren."
Nils: „Meinst du einen Ehevertrag? Ich weiß nicht recht. Jedenfalls sollten wir uns gut überlegen, was wir tun, falls wir uns trennen. Auch wenn ich mir das natürlich nicht vorstellen kann, aber fast jede dritte Ehe wird doch wieder geschieden, oder?"
Lisa: „Das habe ich auch gehört. Aber daran will ich gar nicht denken. Wir wollen uns, wenn wir verheiratet sind, doch gegenseitig helfen und uns die Mühen und Sorgen des Alltags teilen. Da muss man schon viel Rücksicht auf den anderen nehmen. Schließlich vertrauen wir uns und haben auch Verständnis füreinander."
Nils: „Da hast du recht."

2 Steuerklassen im Überblick

1	Ledige, Unverheiratete, Geschiedene, Verwitwete
2	Alleinerziehende bzw. Ledige, Verwitwete oder Geschiedene mit Kindern
3	Verheiratete: Kombination 3/5 wird gewählt, wenn die Einkommen beider Partner sehr unterschiedlich sind (geringere Besteuerung des höheren Einkommens); der andere Ehepartner muss Steuerklasse 5 nehmen
4	Verheiratete mit etwa gleichem Einkommen
5	Verheiratete: Kombination 5/3 wird gewählt, wenn die Einkommen beider Partner sehr unterschiedlich sind (höhere Besteuerung des geringeren Einkommens); der andere Ehepartner muss Steuerklasse 3 nehmen
6	bei Nebentätigkeiten, die zum Hauptverdienst hinzukommen; Besteuerung der Nebentätigkeit mit Steuerklasse 6

3

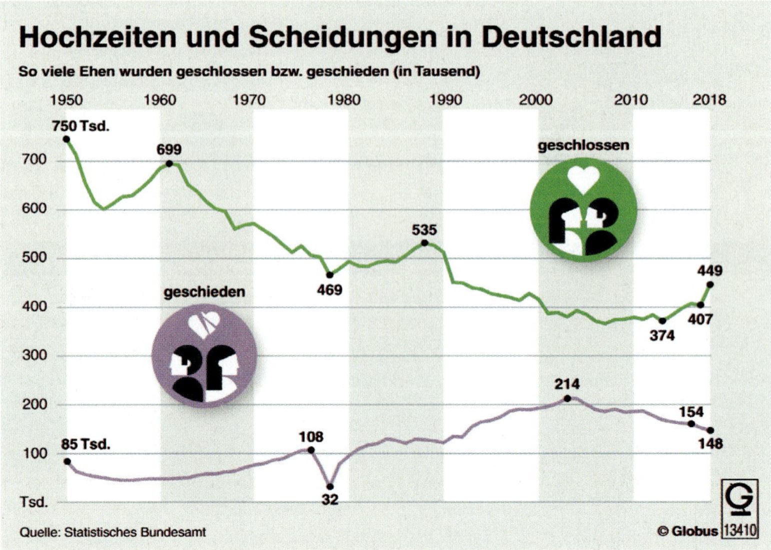

§

Bürgerliches Gesetzbuch (BGB)

4

§1353 Eheliche Lebensgemeinschaft

(1) Die Ehe wird von zwei Personen verschiedenen oder gleichen Geschlechts auf Lebenszeit geschlossen. Die Ehegatten sind einander zur ehelichen Lebensgemeinschaft verpflichtet; sie tragen füreinander Verantwortung. [...]

§1355 Ehename

(1) Die Ehegatten sollen einen gemeinsamen Familiennamen (Ehenamen) bestimmen. [...] Bestimmen die Ehegatten keinen Ehenamen, so führen sie ihren zur Zeit der Eheschließung geführten Namen auch nach der Eheschließung.
(2) Zum Ehenamen können die Ehegatten durch Erklärung [...] den Geburtsnamen oder den zur Zeit der Erklärung über die Bestimmung des Ehenamens geführten Namen eines Ehegatten bestimmen. [...]
(4) Ein Ehegatte, dessen Name nicht Ehename wird, kann durch Erklärung [...] dem Ehenamen seinen Geburtsnamen oder den zur Zeit der Erklärung über die Bestimmung des Ehenamens geführten Namen voranstellen oder anfügen. Dies gilt nicht, wenn der Ehename aus mehreren Namen besteht. Besteht der Name eines Ehegatten aus mehreren Namen, so kann nur einer dieser Namen hinzugefügt werden. [...]

§1356 Haushaltsführung, Erwerbstätigkeit

(1) Die Ehegatten regeln die Haushaltsführung im gegenseitigen Einvernehmen. Ist die Haushaltsführung einem der Ehegatten überlassen, so leitet dieser den Haushalt in eigener Verantwortung.
(2) Beide Ehegatten sind berechtigt, erwerbstätig zu sein. Bei der Wahl und Ausübung einer Erwerbstätigkeit haben sie auf die Belange des anderen Ehegatten und der Familie die gebotene Rücksicht zu nehmen.

§1360 Verpflichtung zum Familienunterhalt

Die Ehegatten sind einander verpflichtet, durch ihre Arbeit und mit ihrem Vermögen die Familie angemessen zu unterhalten. Ist einem Ehegatten die Haushaltsführung überlassen, so erfüllt er seine Verpflichtung, durch Arbeit zum Unterhalt der Familie beizutragen, in der Regel durch die Führung des Haushalts.

§1363 Zugewinngemeinschaft

(1) Die Ehegatten leben im Güterstand der Zugewinngemeinschaft, wenn sie nicht durch Ehevertrag etwas anderes vereinbaren.

Mit der Eheschließung übernehmen die Ehepartner/-innen weitreichende Verpflichtungen, die im Bürgerlichen Gesetzbuch (BGB) stehen. Es gilt seit dem Jahr 1900, wurde jedoch bereits mehrfach geändert und den gesellschaftlichen Verhältnissen angepasst.

Heute besteht in der Ehe vollständige **Gleichberechtigung** zwischen Mann und Frau, was sich zum Beispiel auf das **Namensrecht** und das **Güterrecht** auswirkt. Das Güterrecht regelt die Vermögensverhältnisse von Verheirateten. Unterschieden wird hier zwischen Gütertrennung, Gütergemeinschaft und **Zugewinngemeinschaft**. Wenn die Ehepaare keine Regelung treffen, leben sie im gesetzlichen Güterstand der Zugewinngemeinschaft. „Zugewinngemeinschaft" bedeutet Gütertrennung und nur im Falle des Todes eines Ehegatten oder aber der Scheidung einen (geringen) Ausgleich des Vermögens. Darüber hinaus gibt es die Möglichkeit, einen Ehevertrag abzuschließen. Darin können individuelle Vereinbarungen getroffen werden.

ARBEITSVORSCHLÄGE

1, 2, 3, 4

Arbeiten Sie auf Basis des Gesprächs mithilfe der Quellen heraus, welche gesetzlichen Bestimmungen zutreffend sind. Welche Verpflichtungen geht man mit einer Ehe ein? Unterscheiden Sie dabei rechtlich verbindliche und rechtlich nicht verbindliche Pflichten.

3

Analysieren Sie das Schaubild.

4

Arbeiten Sie heraus, welche Möglichkeiten ein Brautpaar bei der Wahl seines Familiennamens hat. Wie wirkt sich das auf die Namen der Kinder aus? Stellen Sie mithilfe der Heiratsanzeigen in Ihrer Tageszeitung fest, wie sich Brautpaare bei der Wahl des Familiennamens verhalten.

WEITERFÜHRENDE HINWEISE

Die §§ 1355, 1356 und 1357 des BGB sind in den letzten hundert Jahren mehrfach geändert worden (siehe auch: „So war es früher"). Wie erklären Sie sich die Reformen?

Ergebnisse aus einer Untersuchung der Universität München

2

Das „Ehe-Rezept“: Auf die Frage „Was hält Ehen zusammen?“ antworteten die teilnehmenden Ehepaare wie folgt (der Wichtigkeit nach geordnet):

1. Toleranz/Verständnis
2. Vertrauen/Offenheit
3. Liebe
4. Konfliktlösung/Kommunikation
5. gemeinsame Lebensbereiche
6. Solidarität/Unterstützung
7. Kinder/Enkel
8. persönliche Entwicklung in Partnerschaft
9. Treue
10. Finanzen/Besitz
11. übereinstimmende Werte
12. Sexualität

Vgl. Schneewind, Klaus A.; Wunderer, Eva; Erkelenz, Mirjam: Beziehungskompetenzen und Beziehungsmuster in stabilen (Langzeit-)Ehen: Ausgewählte Ergebnisse des Münchner DFG-Projekts „Was hält Ehen zusammen?“. In: Zeitschrift für Familienforschung, 15. Jahrg., Heft 3/2004, S. 225-243.

Fakten zur Scheidung

Ehen halten im Durchschnitt 14,9 Jahre (2018), 32,9 % aller Ehen werden geschieden (2018)

	Zahl der Scheidungen	Betroffene Kinder
1994	166 052	135 318
1996	175 550	148 782
1998	192 416	156 735
2000	194 408	148 192
2002	204 214	170 300
2004	213 691	166 212
2006	190 928	148 624
2008	191 948	150 187
2010	187 027	145 146
2012	179 147	143 022
2014	166 199	134 803
2016	162 397	131 955
2018	148 066	121 343

Vgl. Statistisches Bundesamt (Destatis) (Hrsg.): Eheschließung, Ehescheidung und Lebenspartnerschaften: Ehescheidung und betroffene minderjährige Kinder, Stand: 15.07.2020, Wiesbaden 2020.

Warum immer mehr Ehen in Scheidung enden

1

Ehe ist „der Versuch, zu zweit wenigstens halb so glücklich zu werden, wie man allein gewesen ist“. So die ernüchternde Beschreibung des irischen Schriftstellers Oscar Wilde – und die Statistik scheint ihm recht zu geben. Die Zahl der Eheschließungen fällt seit Jahrzehnten, die der Scheidungen steigt.

Dieses Paar feierte 2016 „Eiserne Hochzeit“: 65 Jahre Ehe

Rund ein Drittel der heute in Deutschland geschlossenen Ehen wird voraussichtlich in Trennung und Scheidung enden. Fachleute gehen davon aus, dass der Anteil der Bundesbürger, die niemals in ihrem Leben heiraten, in Zukunft 40 Prozent und mehr erreichen wird. Als Grund wird der soziale Wandel angeführt: Frauen sind stärker am Erwerbsleben beteiligt und damit unabhängiger von ihren Männern, nicht eheliche Kinder sind kein Makel mehr, zusammenleben können Mann und Frau problemlos auch ohne Trauschein. […] Und: Es gibt immer weniger Kinder, was sich unmittelbar auf die Eheschließung auswirkt, denn diese ist kindorientiert. Geheiratet wird demnach, wenn ein Kinderwunsch vorhanden, das Kind bereits unterwegs oder gar schon vorhanden ist.

Freilich gibt es noch andere Gründe für eine Heirat: den Wunsch nach Sicherheit und Geborgenheit, das Gefühl, erst dann ein richtiges Familienleben zu führen und Steuervorteile. Für mehr als 90 % junger Ehepaare ist schlicht und ergreifend ihre gegenseitige Liebe der Grund, die Ringe zu tauschen. Die steigenden Scheidungszahlen führen Fachleute auch auf die zunehmende Erwerbstätigkeit der Frauen zurück, die es ihnen ermöglicht, nach einer Trennung ihren Lebensunterhalt zu sichern.

Scheidungen gehören in Großstädten fast schon zum normalen Beziehungsalltag. Die Chancen, danach wieder einen Partner zu finden, stehen nicht schlecht – schließlich gibt es genügend Geschiedene. Diskutiert wird auch eine Art „Vererbung“ des Scheidungsrisikos. So haben junge Menschen, die aus Scheidungsfamilien stammen, beispielsweise weniger Vertrauen in die Zukunft ihrer eigenen Ehe.

Die Bereitschaft, eine langjährige Beziehung aufzulösen, steigt – nicht umsonst spricht man vorsorglich nur noch vom „Lebensabschnittbegleiter“.

Ausschlaggebend dafür, ob eine Ehe hält oder nicht, ist vor allem das Verhalten der Ehepartner. Dass konstruktive Konfliktlösefertigkeiten sowie gegenseitige Unterstützung in Stresssituationen eine wichtige Rolle spielen, ist inzwischen belegt.

Die hohe Zufriedenheit vieler langjährig verheirateter Paare zeigt, dass die Ehe kein Auslaufmodell sein muss. Mit Wertschätzung, Komplimenten und aufmerksamen Gesten, mit konstruktiver Konfliktlösung, gegenseitiger Unterstützung, dem Glauben an das Wachstum der Beziehung und einer gehörigen Portion Toleranz im Gepäck können sich Paare also auch heutzutage noch aufmachen in die Ehe.

Wunderer, Eva: Warum immer mehr Ehen in Scheidung enden. In: Das Parlament, 33–34, 2004, S. 3.

Sicherlich heiraten Paare in guter Absicht und gehen von einer lebenslangen ehelichen Bindung aus. Kommt es dennoch zu einer **Ehescheidung**, gelten die Bestimmungen des **Bürgerlichen Gesetzbuchs** (BGB). Zuständig sind die **Familiengerichte**. Das Gericht stellt fest, ob die Ehe zerrüttet ist. Eine Ehe kann erst geschieden werden, wenn alle Scheidungsfolgen (Sorgerecht, Unterhalt usw.) geregelt sind. Leidtragende sind oft die Kinder.

3

Da in vielen Ehen nach wie vor die **traditionelle Rollenverteilung** gilt und der Mann in der Regel mehr verdient als die Frau, empfinden viele Männer das Scheidungsrecht als ungerecht, besonders in Fragen des Unterhalts und des **Versorgungsausgleichs**.

§ 4

Bürgerliches Gesetzbuch

§ 1564 Scheidung durch richterliche Entscheidung

Eine Ehe kann nur durch richterliche Entscheidung auf Antrag eines oder beider Ehegatten geschieden werden. [...]

§ 1565 Scheitern der Ehe

(1) Eine Ehe kann geschieden werden, wenn sie gescheitert ist. Die Ehe ist gescheitert, wenn die Lebensgemeinschaft der Ehegatten nicht mehr besteht. [...] (2) Leben die Ehegatten noch nicht ein Jahr getrennt, so kann die Ehe nur geschieden werden, wenn die Fortsetzung der Ehe für den Antragsteller [...] eine unzumutbare Härte darstellen würde.

§ 1567 Getrenntleben

(1) Die Ehegatten leben getrennt, wenn zwischen ihnen keine häusliche Gemeinschaft besteht [...]. Die häusliche Gemeinschaft besteht auch dann nicht mehr, wenn die Ehegatten innerhalb der ehelichen Wohnung getrennt leben. [...]

§ 1569 Grundsatz der Eigenverantwortung

Nach der Scheidung obliegt es jedem Ehegatten, selbst für seinen Unterhalt zu sorgen. Ist er dazu außerstande, hat er gegen den anderen Ehegatten einen Anspruch auf Unterhalt [...].

§ 1570 Unterhalt wegen Betreuung eines Kindes

(1) Ein geschiedener Ehegatte kann von dem anderen wegen der Pflege oder Erziehung eines gemeinschaftlichen Kindes für mindestens drei Jahre nach der Geburt Unterhalt verlangen. Die Dauer des Unterhaltsanspruchs verlängert sich, solange und soweit dies der Billigkeit entspricht. Dabei sind die Belange des Kindes und die bestehenden Möglichkeiten der Kinderbetreuung zu berücksichtigen.

§ 1587 Verweis auf das Versorgungsausgleichsgesetz

Nach Maßgabe des Versorgungsausgleichsgesetzes findet zwischen den geschiedenen Ehegatten ein Ausgleich von im In- oder Ausland bestehenden Anrechten statt, insbesondere aus der gesetzlichen Rentenversicherung, aus anderen Regelsicherungssystemen wie der Beamtenversorgung oder der berufsständischen Versorgung, aus der betrieblichen Altersversorgung oder aus der privaten Alters- und Invaliditätsvorsorge.

ARBEITSVORSCHLÄGE

1

Analysieren Sie, welche wichtigen Gründe für das Scheitern vieler Ehen in dem Artikel genannt werden.

2

Entwerfen Sie einen Ratgeber für Heiratswillige. Geben Sie darin Empfehlungen, um ein Scheitern der Ehe zu verhindern.

3

Analysieren Sie die Karikatur.

4

Arbeiten Sie die wichtigsten rechtlichen Bestimmungen für die Ehescheidung heraus.

Wieso sind Kinder oft die Leidtragenden einer Ehescheidung?

Geburten in Deutschland

	Geburten gesamt	Davon nicht ehelich
1946	921 677	156 407
1950	1 116 701	117 934
1955	1 113 408	102 555
1960	1 261 614	95 321
1965	1 325 386	76 543
1970	1 047 737	75 802
1975	782 310	66 114
1980	865 789	102 921
1985	813 803	132 032
1990	905 675	138 755
1995	765 221	122 876
2000	766 999	179 574
2005	685 795	200 122
2006	672 724	201 519
2008	682 514	218 887
2010	677 947	225 472
2012	673 570	232 383
2014	714 927	250 074
2016	792 131	281 232
2018	787 523	266 896

Vgl. Statistisches Bundesamt (Destatis) (Hrsg.): 126 Natürliche Bevölkerungsbewegung, Wiesbaden 2020, abgerufen unter: www-genesis.destatis.de/genesis/online?operation=themes&levelindex=0&levelid=1603440209920&code=12#abreadcrumb [18.10.2020].

Meilensteine der Gleichberechtigung

Seit 2001 konnten gleichgeschlechtliche Paare ihre Lebensgemeinschaft eintragen lassen. 2004 beschloss der Bundestag ein neues Lebenspartnerschaftsgesetz. 2017 wurde die „Ehe für alle" geöffnet.

Adoptionsrecht für Homosexuelle

Das Bundesverfassungsgericht hat im Februar 2013 entschieden, dass Homosexuelle, die in einer eingetragenen Lebenspartnerschaft leben, das Adoptivkind des Partners ebenfalls adoptieren dürfen. Bei leiblichen Kindern war dies bereits möglich.

Kinderwunsch ist nicht auf Mann-Frau-Beziehungen beschränkt.

1

Zusammenleben ohne Trauschein

2

Rechtslage bei unverheirateten Paaren:

1. keine Unterhaltspflicht bei einer Trennung (Ausnahme: gemeinsame Kinder); bis zum dritten Lebensjahr des Kindes hat die Mutter Anspruch auf Unterhalt
2. bei Krankenhausaufenthalten erhalten Partner/-innen keine Auskunft (rechtliche Möglichkeit: Vorsorgevollmacht beidseitig erteilen, so dass eine Entbindung von der ärztlichen Schweigepflicht möglich ist)
3. keine beitragsfreie Mitversicherung einer Partnerin/eines Partners bei der Krankenkasse
4. Versicherungen (z. B. Haftpflichtversicherung) können gemeinschaftlich abgeschlossen werden
5. gemeinsame Vermögenswerte (größere Anschaffungen) in einem Partnerschaftsvertrag auflisten (muss nicht notariell erfolgen); Zugewinnausgleich wie bei Verheirateten gibt es nicht
6. bei Haus- oder Wohnungskauf sich eine rechtliche Beratung zu Hilfe nehmen
7. Erbe nur durch ein Testament möglich (Ausnahme: gemeinsame Kinder)
8. bei Einzug einer Partnerin/eines Partners in der Wohnung des anderen muss der Vermieter davon in Kenntnis gesetzt werden
9. bei gemeinsam aufgenommenem Kredit sind beide Partner/-innen haftbar
10. keine Rentenansprüche beim Todesfall der Partnerin/des Partners
11. keine Adoption möglich
12. der leibliche Vater wird nicht automatisch als Vater anerkannt, sondern er muss sich schriftlich dazu bekennen
13. eine gemeinsame Steuererklärung ist nicht möglich
14. Steuervorteile (beispielsweise durch Ehegattensplitting) gibt es nicht

Vgl. Nasemann, Andrea: In „wilder Ehe" leben. Das müssen Sie beachten, in: handwerk-magazin.de, 28.01.2020, abgerufen unter: www.handwerk-magazin.de/in-wilder-ehe-leben-das-muessen-sie-beachten/150/8/398096# [18.10.2020].

Heiraten oder nicht?

Unsere Gesellschaft ist geprägt von unterschiedlichsten Lebensstilen. Niemandem wird vorgeschrieben, wie und mit wem er oder sie leben soll. Das war nicht immer so, wie die folgenden zwei Beispiele zeigen: Noch vor 60 Jahren war es nicht erlaubt, dass Nichtverheiratete gemeinsam in einer Wohnung lebten. **Homosexualität** war strafbar. Heute ist unsere Gesellschaft weit offener, was individuelle Lebensentwürfe angeht. 2017 beschloss der Bundestag mehrheitlich, dass die Ehe nun für alle geöffnet wird. Die bisher mögliche eingetragene Lebenspartnerschaft, die sog. „Homo-Ehe“, erlaubte es gleichgeschlechtlichen Partnerinnen und Partnern, eine rechtlich verbindliche Lebensgemeinschaft einzugehen. Wer heute in einer eingetragenen Lebenspartnerschaft lebt, ist mit der „Ehe für alle“ nicht automatisch verheiratet. Die Ehe muss in beidseitigem Einverständnis vor dem Standesamt geschlossen werden.

Rechtliche Konsequenzen für unverheiratete Paare

3

1. Ute und Hans leben seit 42 Jahren glücklich zusammen. Kinder haben sie nicht, aber beide sind berufstätig und haben sich viel Geld sparen können. Hans hat sich vor Jahren ein kleines Haus gekauft, während Ute ihm dafür „Miete“ gezahlt hat. Plötzlich erkrankt Hans schwer und stirbt schließlich. Einen Partnerschaftsvertrag haben sie nicht abgeschlossen. Mit welchen finanziellen und persönlichen Folgen muss Ute rechnen?

2. Anna und Ben leben seit fünf Jahren zusammen und haben eine zweijährige Tochter. Sie trennen sich schließlich. Wie sind das Sorgerecht und der Unterhalt geregelt?

3. Zwei Jahre lang haben Tina und Martin auf ihre Weltreise gespart. Sie freuen sich riesig, als es endlich losgeht. Bereits nach sechs Wochen passiert ein schreckliches Unglück: Martin stürzt einen Berghang hinunter und liegt schwerverletzt in einer Klinik. Tina möchte gerne zu ihm.

4. Auf einer Automesse lernen sich Maja und Tommy kennen. Sie verlieben sich und werden ein Paar. Ihre Liebe zu Autos ist groß. Sie kaufen sich schließlich gemeinsam einen Porsche. Dafür nehmen sie einen Kredit auf. Nach vier Jahren trennen sich die beiden, während das Auto noch längst nicht bezahlt ist. Tommy verkauft das Auto, aber das Geld reicht nicht, um den Kredit vollständig abzulösen.

5. Stefan und Birgit haben zwei Kinder, den zehnjährigen Tim und die siebenjährige Luisa. Stefan war die letzten Jahre nicht berufstätig und hat sich um den Haushalt und die Kinder gekümmert. Birgits Einkommen als Firmenchefin reichte der Familie gut. Nun ist die Beziehung der beiden gescheitert und Stefan zieht aus dem Haus, das sie gemeinsam erworben haben, aus. Wie wirkt sich die Situation auf die beiden ehemaligen Partner finanziell aus?

ARBEITSVORSCHLÄGE

1

Analysieren Sie die Karikatur. Welche Gründe sprechen für bzw. gegen eine Ehe? Beschreiben Sie die möglichen Probleme, die bei einer nicht ehelichen Lebensgemeinschaft auftreten können.

1, 2

Welche weiteren Gründe sprechen für oder gegen eine Ehe? Welche Lebensform bevorzugen Sie? Begründen Sie.

2, 3

Lesen Sie die Fallbeispiele. Ordnen Sie diese den Nummern in 2 zu. Beurteilen Sie die Situation danach, wie man solchen Problemen vorbeugen könnte.

WEITERFÜHRENDE HINWEISE

Die Zahl der Paare ohne Trauschein nimmt zu. Nicht verheirateten Paaren wird von Fachleuten geraten, einen Partnerschaftsvertrag abzuschließen. Recherchieren Sie, ob es dafür Mustervordrucke gibt und was in einem solchen Vertrag unbedingt geregelt werden sollte.

Grundgesetz Artikel 3

(2) Männer und Frauen sind gleichberechtigt. Der Staat fördert die tatsächliche Durchsetzung der Gleichberechtigung von Frauen und Männern und wirkt auf die Beseitigung bestehender Nachteile hin.

Gender Pay Gap

2

(engl. „geschlechtsspezifische Lohnlücke") geschlechtsspezifischer Lohnunterschied, Bezeichnung für den prozentualen Unterschied zwischen dem durchschnittlichen Bruttostundenverdienst von weiblichen und männlichen Beschäftigten.
Seine Berechnung ist in der Europäischen Union einheitlich geregelt und wird somit europaweit verwendet, um die ungleiche Entlohnung (Lohndiskriminierung) von Männern und Frauen aufzuzeigen.
Methodisch gibt es zwei Berechnungsarten des Gender Pay Gaps:

1. Der unbereinigte Gender Pay Gap vergleicht den Durchschnittsverdienst aller Arbeitnehmenden in allgemeiner Form miteinander.
2. Beim bereinigten Gender Pay Gap wird derjenige Teil des Verdienstunterschiedes herausgerechnet, der durch schlechtere Zugangschancen von Frauen zu bestimmten Berufen oder Karrierestufen verursacht wird.

Laut Datenerhebung des Statistischen Amtes der Europäischen Union (Eurostat) lag der unbereinigte Gender Pay Gap 2018 in der Europäischen Union bei 14,8 %. In Deutschland beträgt er 20,9 % [...].

Brockhaus: Gender Pay Gap, abgerufen unter: brockhaus.de/ecs/enzy/article/gender-pay-gap [09.11.2020].

1

§ **3**

Rollenverteilung gestern und heute

§ 1356 in der Fassung von 1896

Die Frau ist [...] berechtigt und verpflichtet, das gemeinsame Hauswesen zu leiten [...].

§ 1356 in der Fassung von 1957

Die Frau führt den Haushalt in eigener Verantwortung. Sie ist berechtigt, erwerbstätig zu sein, soweit dies mit ihren Pflichten in Ehe und Familie vereinbar ist [...].

§ 1356 in der Fassung von 1977

1. Die Ehegatten regeln die Haushaltsführung in gegenseitigem Einvernehmen [...].
2. Beide Ehegatten sind berechtigt, erwerbstätig zu sein. Bei der Wahl und Ausübung einer Erwerbstätigkeit haben sie auf die Belange des anderen Ehegatten und der Familie die gebotene Rücksicht zu nehmen.

Die über die Jahrhunderte gültige traditionelle **Rollenverteilung** zwischen Mann und Frau hat zu einer starken Abhängigkeit und Unterordnung der Frauen in der Gesellschaft geführt. Erst im 19. Jahrhundert entsteht eine **Frauenbewegung** mit dem Ziel, die Frauen aus ihrer gesellschaftlichen Stellung zu befreien. Dieses Streben der Frauen nach Freiheit und Unabhängigkeit nennt man **Emanzipation**.

Ungleicher Lohn für gleiche Arbeit?

4

Dass die **Gleichberechtigung** zwischen Männern und Frauen noch nicht gänzlich umgesetzt ist, wird häufig am Lohn verdeutlicht. Demnach verdienen Frauen in Deutschland etwa 20 % weniger als Männer.

Diese Zahl zeigt den durchschnittlichen Bruttostundenverdienst aller geleisteten Arbeit von Männern und Frauen. Alle Branchen (besser und schlechter bezahlte Berufe in Voll- und Teilzeit) und Positionen (Berufsanfänger, Meister oder Chef) werden zusammengenommen und der Durchschnittswert errechnet. Das nennt man den unbereinigten Wert. Betrachtet man den bereinigten Wert, so ergibt sich bei vergleichbarer Arbeit und gleicher Qualifikation ein Lohnunterschied von ca. 6 %.

Frauen verdienen also weniger als Männer, weil sie in der Gesamtheit einen geringeren Arbeitsumfang haben und in anderen und schlechter bezahlten Berufen als Männer arbeiten. Die wichtigsten Ursachen zur Erklärung der Unterschiede:

- Frauen arbeiten familiär bedingt häufiger in Teilzeit und leisten mehr unbezahlte Arbeit im häuslich-familiären Bereich (Kinder erziehen, Angehörige pflegen).
- Obwohl Mädchen bzw. junge Frauen ihre männlichen Genossen schulisch mit besseren Noten und höheren Schulabschlüssen überholt haben und selbst ca. die Hälfte aller Hochschulabsolvierenden Frauen sind, üben sie häufiger Berufe in schlechter bezahlten Branchen aus (sozialer/medizinischer/pflegerischer Bereich) oder gelangen seltener in Führungspositionen. Technische Berufe, die überwiegend von Männern ausgeübt werden, werden im Vergleich besser bezahlt.
- Nicht alle beruflichen Positionen sind in Teilzeit möglich. Höher bezahlte Positionen werden mehrheitlich an Männer vergeben, weil Frauen mit Familie seltener in Vollzeit arbeiten.
- Bei Gehältern, die nicht tariflich geregelt sind, sondern auf Verhandlungsbasis beruhen, haben Frauen häufiger das Nachsehen, weil sie bei Gehaltsverhandlungen tendenziell zurückhaltender sind als Männer und letztlich weniger Geld bekommen.

Der **Gender Pay Gap** ist damit ein Indikator für gewisse gesellschaftliche Strukturen, zum Beispiel:

- Frauen mit Kindern sind heute mehrheitlich berufstätig, aber überwiegend in Teilzeit.
- Der Mann ist in vielen Familien der Hauptverdiener. Frauen stecken trotz guter Ausbildung häufiger im Arbeitsleben zurück.
- Männer und Frauen wählen „typische“ Männer- und Frauenberufe. Dies spiegelt sich auch in der Bezahlung wider.
- Soziale bzw. pflegerische Berufe und Erziehungsarbeit sind gesellschaftlich von großer Bedeutung, erfahren aber finanziell wenig Anerkennung.
- Frauen verdienen über ihr gesamtes Erwerbsleben beträchtlich weniger Geld als Männer und erhalten im Alter niedrigere Renten.
- Frauen haben, insbesondere mit Kindern und bei Trennung, ein höheres Armutsrisiko.

Die Bundesregierung reagiert darauf mit verschiedenen Maßnahmen. Zum Beispiel müssen seit dem Jahr 2016 bestimmte Großunternehmen die vom Bundestag beschlossene **Frauenquote** bezüglich Spitzenpositionen in Unternehmen einhalten. Bei Aufsichtsratswahlen müssen die weiblichen Kandidaten einen Anteil von mindestens 30 % ausmachen. Kann diese Zahl nicht erreicht werden, bleibt die Aufsichtsratsstelle unbesetzt. 2017 trat das **Entgelttransparenzgesetz** in Kraft, das dem Prinzip „Gleicher Lohn für gleiche oder gleichwertige Arbeit“ folgt. Unternehmen mit mehr als 200 Beschäftigten haben auf Anfrage ihrer Belegschaft die Pflicht, Auskunft darüber zu erteilen, nach welchen Kriterien die Bezahlung erfolgt.

ARBEITSVORSCHLÄGE

1

Interpretieren Sie die Karikatur.

1

Nennen Sie Beispiele für die Ungleichbehandlung von Männern und Frauen in Deutschland.

3

Beschreiben Sie die traditionelle Rollenverteilung.
Nennen Sie als typisch weiblich und typisch männlich geltende Eigenschaften.
Was hat sich bezüglich der Rollenverteilung bis heute in Deutschland verändert?

2, 4

Erklären Sie die Gründe für den Gender Pay Gap und benennen Sie die Konsequenzen, die sich daraus ergeben.

In einigen Organisationen gibt es schon seit einigen Jahren bei der Besetzung von bestimmten Funktionen Quotenregelungen. Das heißt, dass Männer und Frauen entsprechend ihrem Anteil vertreten sein müssen. Diskutieren Sie Vor- und Nachteile.

Diskutieren Sie, ob in Kindergärten und Grundschulen eine „Männerquote“ eingeführt werden sollte.

WEITERFÜHRENDE HINWEISE

Recherchieren Sie, was der „Equal Pay Day“ ist.

Wissens-Check

Jugend	Die Jugend ist die Lebensphase zwischen Kindes- und Erwachsenenalter. Sie beginnt rechtlich mit dem vollendeten 14. und endet mit dem vollendeten 18. Lebensjahr. Das Ende der Jugendzeit hängt beim Einzelnen sehr stark von der persönlichen Entwicklung ab. Die Abgrenzung der Jugendlichen- von der Erwachsenenwelt führt oft zu Konflikten mit der älteren Generation (Generationenkonflikt).
Berufsausbildung	Berufswahl und Berufsausbildung hängen ab von den persönlichen Interessen und Wünschen, aber auch von den eigenen Fähigkeiten und Kenntnissen. Der Schulabschluss spielt dabei eine große Rolle. Sowohl die Zahl der Schulabgänger/-innen als auch die Zahl der Ausbildungsplätze sind starken Schwankungen unterworfen. Zurzeit sinken die Schulabgängerzahlen. Trotzdem finden nicht alle Bewerber/-innen eine Lehrstelle. Ziel muss es deshalb sein, allen Jugendlichen den Einstieg in das Berufsleben zu ermöglichen.
Lebens- und Familienformen Traditionelle Familie Patchworkfamilie Single-Haushalte Eingetragene Lebenspartnerschaften	Die Familie ist die beständigste Form menschlichen Zusammenlebens. Sie steht unter dem Schutz des Grundgesetzes (Artikel 6). In unserer freien Gesellschaft sind unterschiedliche Lebens- und Familienformen akzeptiert. Die Familie besteht in ihrer traditionellen Form aus den Eltern und ihren Kindern. Es gibt aber auch andere Familienformen: alleinerziehende Mütter und Väter, gleichgeschlechtliche Partnerschaften mit Kindern oder sogenannte Patchworkfamilien. Daneben leben auch viele Menschen in Single-Haushalten. Zur Aufgabe der Familie gehört neben dem sozialen Rückhalt vor allem die Kindererziehung mit der Vorbereitung auf das zukünftige Leben. Nicht eheliche Lebensgemeinschaften haben in den letzten Jahren deutlich zugenommen. Ihr Zusammenleben wird rechtlich anders behandelt als das von Verheirateten. Für gleichgeschlechtliche Partnerschaften hat sich die rechtliche Situation wesentlich verbessert, denn durch die „Ehe für alle“ sind sie vor dem Gesetz heterosexuellen Ehepaaren gleichgestellt.
Familienpolitik	Die Familienpolitik unterstützt das Zusammenleben von Paaren und Familien mit Kindern durch finanzielle, zeitliche und infrastrukturelle Maßnahmen, z. B. durch Kindergeld, Elterngeld, Steuererleichterungen, Ausbau von Kinderbetreuung und Ganztagesschulen, Elternzeit etc.
Umgang mit Konflikten	Konflikte sind ein natürlicher Bestandteil menschlichen Zusammenlebens. Konflikte am Arbeitsplatz können sehr belastend sein. Gesprächsregeln und Ich-Botschaften helfen bei der Konfliktvermeidung und -bewältigung.

Kompetenz-Check

Ich kann ...	☺ 😐 ☹
... meine Rolle im Ausbildungsbetrieb, in der Familie und in der Gesellschaft beschreiben.	
... beschreiben, was mir in meinem Leben wichtig ist.	
... Konfliktlösungsstrategien aufzeigen und mit Konflikten im Privat- und Berufsleben lösungsorientiert umgehen.	

Ich kann ...	☺ 😐 ☹
... erklären, wovon es abhängt, ob man seinen Traumberuf erlernen kann.	
... die Auswirkungen erläutern, die die rückläufigen Schulabgängerzahlen auf den Arbeitsmarkt haben.	

Ich kann ...	☺ 😐 ☹
... beschreiben, welchen Wandel die Familie in den letzten 120 Jahren durchlaufen hat, und die Veränderungen begründen.	
... die verschiedenen Familienformen benennen und sie vergleichen.	
... politische Maßnahmen zur Unterstützung von Familien benennen.	
... begründet zu den familienpolitischen Maßnahmen Stellung beziehen.	
... einen Maßnahmenkatalog für ein kinderfreundliches Deutschland entwickeln.	

Ich kann ...	☺ 😐 ☹
... die wichtigsten rechtlichen Bestimmungen zu Ehe und Scheidung darstellen.	
... begründen, warum Paare heutzutage immer später oder gar nicht heiraten.	
... Vor- und Nachteile einer Ehe bzw. nicht ehelichen Lebensgemeinschaft benennen.	
... die rechtlichen Konsequenzen einer Trennung benennen.	
... analysieren, in welchen Bereichen die Gleichstellung faktisch noch nicht vollständig erfolgt ist, und Gründe dafür finden.	
... beurteilen, ob eine Quotenregelung für Frauen und Männer sinnvoll ist.	

2.1 Ohne Jugend keine Zukunft ...

Demografischer Wandel

Darunter versteht man die sich verändernde Zusammensetzung der Gesamtbevölkerung. Grafisch darstellen lässt sich diese Zusammensetzung mit der sogenannten Alterspyramide, die in den letzten hundert Jahren ihre Form dramatisch verändert hat.

Veränderte Bevölkerungsentwicklung

Die Bevölkerungsentwicklung wird anhand von drei wesentlichen Faktoren bestimmt:

1. Entwicklung der Geburten
2. Sterberate unter Berücksichtigung des Sterbealters
3. Migration

Ursachen des demografischen Wandels

Die Veränderung der Bevölkerungsstruktur hat verschiedene Ursachen. Die Geburtenzahlen spielen ebenso eine Rolle wie die Entwicklung der Lebenserwartung. Aber auch die Zahl der Zuwanderer hat darauf Einfluss.

1

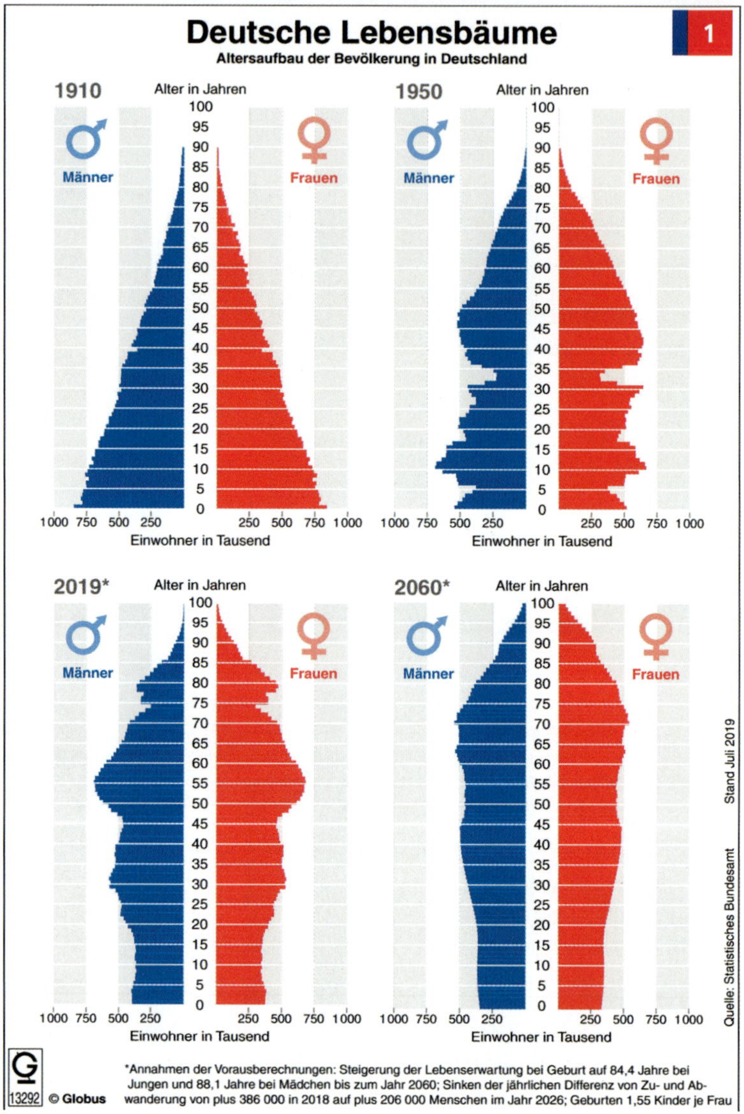

2

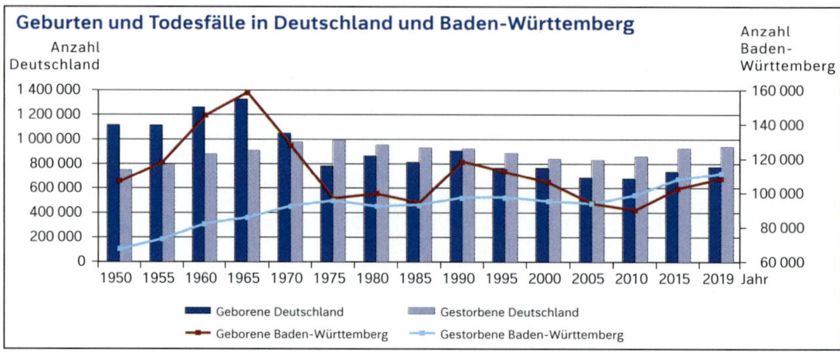

Eigene Zusammenstellung, vgl. Statistisches Bundesamt (Destatis) (Hrsg.): 126 Natürliche Bevölkerungsbewegung, Wiesbaden 2020, abgerufen unter: www-genesis.destatis.de/genesis/online?operation=themes&levelindex=0&levelid=1603440209920&code=12#abreadcrumb [23.10.2020].

... oder Jugend ohne Zukunft?

Im Zusammenhang mit dem demografischen Wandel hört man oft auch Schlagworte wie „Vergreisung der Gesellschaft“ oder „demografische Zeitbombe“. Damit soll zum Ausdruck gebracht werden, dass die veränderte und sich weiter verändernde Bevölkerungszusammensetzung eine Reihe von Problemen aufwirft, die gelöst werden müssen. Junge Menschen sind davon besonders betroffen. Ein sicherer Arbeitsplatz mit entsprechendem tariflichem Schutz und funktionierende Renten- und Gesundheitssysteme sind keine Selbstverständlichkeit mehr (vgl. S. 66).

Da es sich bei den Hochrechnungen aber trotz allem um eine Prognose handelt, löst diese veränderte Situation auch unterschiedliche Reaktionen aus. Nicht alle bewerten die demografische Entwicklung und ihre voraussichtlichen Folgen gleich. Man ist sich uneinig darüber, inwieweit Probleme zu erwarten sind und wie mit diesen umgegangen werden soll.

So gibt es auf der einen Seite die „Pessimisten“, die mit der demografischen Veränderung viel Unheil kommen sehen, und auf der anderen Seite stehen die „Optimisten“, die mit der veränderten Situation mehr Chancen als Risiken verbinden.

3

„Pessimisten“	„Optimisten“
Die Pessimisten glauben, dass ohne eine deutliche Steigerung der Geburtenzahlen die Lage sehr schwierig werden wird. Dadurch, dass die Bevölkerung in Deutschland stark zurückgehen wird, seien die Sozialversicherungen in Zukunft nicht mehr zu bezahlen. Die Bevölkerung werde zum großen Teil aus alten Menschen bestehen, die viel weniger konsumieren würden als die jüngeren zuvor. Dadurch werde die Wirtschaftsleistung dramatisch zurückgehen und damit auch der Wohlstand des Landes. In der Folge nehme die Arbeitslosigkeit zu und die hohen Kosten zur Finanzierung der Alterssicherung führten zu Konflikten zwischen Jung und Alt. Die Pessimisten sehen aus dieser Lage keine geeigneten Auswege und haben kein Vertrauen in bestimmte Abhilfemaßnahmen. So sehen sie z. B. die Hoffnung auf Zuwanderung als trügerisch. Sie meinen, dass diese nicht kommen werde und die Kommenden auch mehr Probleme aufwerfen werden als Nutzen mit sich bringen. Auch eine künftige Produktivitätssteigerung, mit der Sicherungssysteme finanziert werden könnten, werde sich nicht einstellen, da die kommende Alterung der Erwerbstätigen dies verhindern wird.	Optimisten sehen dem demografischen Wandel eher gelassen entgegen. Sie vertreten die Auffassung, dass er Teil der Modernisierung sei und diese Entwicklung durch entsprechende Anpassungen vom System automatisch bewältigt werde. Die demografischen Veränderungen bergen aus Sicht der Optimisten mehr Chancen als Risiken. So würden sich z. B. die Beschäftigungschancen verbessern, vor allem für Hochqualifizierte. Wer keine Kinder hat, sei beruflich flexibler, was in Zeiten der Modernisierung auch gebraucht werde. Es werde auch zu keinem Nachfragerückgang kommen: Ältere konsumieren nicht weniger, sondern anders. Sie geben mehr Geld aus für Wohnung und Gesundheit. Chancen für die Ökonomie werden gesehen bei der Gesundheitsberatung, in neuen mit Informationstechnologien versehenen Wohn- und Inneneinrichtungskonzepten und in altersgerechten Sport- und Wellnessangeboten.

Vgl. Hradil, Stefan: Beurteilungen des demografischen Wandels. 31.05.2012, hrsg. von Bundeszentrale für politische Bildung, Bonn, abgerufen unter: www.bpb.de/politik/grundfragen/deutsche-verhaeltnisse-eine-sozialkunde/138009/beurteilungen-des-demografischen-wandels [23.10.2020].

ARBEITSVORSCHLÄGE

1

Geben Sie mithilfe der dargestellten Alterspyramiden die wichtigsten Veränderungen wieder.

2

Vergleichen Sie die Entwicklung von Geburten- und Sterberate in Deutschland mit der Entwicklung in Baden-Württemberg.

3

Arbeiten Sie die jeweiligen Standpunkte der Optimisten und der Pessimisten heraus und diskutieren Sie diese in der Klasse.

WEITERFÜHRENDE HINWEISE

Statistische Angaben über die Bevölkerungsstruktur und den demografischen Wandel werden vom Statistischen Bundesamt in Wiesbaden und den Statistischen Landesämtern sowie den zuständigen Ministerien veröffentlicht:

www.destatis.de

www.statistik-bw.de

www.bundesregierung.de

Gruppenpuzzle

Beim Gruppenpuzzle erarbeitet man in der Gruppe gemeinsam ein Thema und wird Experte für ein Themengebiet.

Aufgabe für die Stammgruppe

Schauen Sie sich auf Seite 42 die verschiedenen Alterspyramiden an und bearbeiten Sie dazu Aufgabe 1. Überlegen Sie sich gemeinsam, welche Fragen das Thema aufwirft. Teilen Sie die Gruppe anschließend in die einzelnen Experten auf.

Aufgaben für die Expertengruppen

Gruppe A: Wie veränderte sich die Alterspyramide im Laufe der letzten hundert Jahre? Welche Ursachen sind für diese Entwicklung verantwortlich?

Lesen Sie den Text des Kapitels „Ursachen des demografischen Wandels" (2.2) und werten Sie gemeinsam die dazugehörigen Materialien aus.

Beantworten Sie dann die Fragen 1–2.

Gruppe B: Welche Auswirkungen hat der demografische Wandel? Welche Lebensbereiche sind betroffen (Arbeitsmarkt, Bildungssystem, soziales Sicherungssystem)?

Lesen die den Text des Kapitels „Auswirkungen des demografischen Wandels" (2.3) und werten Sie gemeinsam die dazugehörigen Materialien aus.

Beantworten Sie dann die Fragen 1–2.

Gruppe C: Wie könnte dem demografischen Wandel entgegengewirkt werden? Welche Chancen können sich durch Zuwanderung ergeben?

Lesen Sie den Text des Kapitels „Dem demografischen Wandel entgegenwirken" (2.4) und werten Sie gemeinsam die dazugehörigen Materialien aus.

Beantworten Sie dann die Fragen 1–2.

Aufgabe für die Stammgruppe

Stellen Sie sich gegenseitig die Ergebnisse aus den Expertengruppen vor. Fassen Sie gemeinsam eine Übersicht dieser Ergebnisse z. B. in einer Tabelle oder einer Mindmap (s. S. 228) zusammen.

So geht's

Gruppenpuzzle

Aufteilung in Stammgruppen

Beim Gruppenpuzzle wird die Klasse in Gruppen aufgeteilt, in die sogenannten Stammgruppen. In dieser Arbeitsgruppe verschaffen Sie sich einen Überblick über das Thema. Jedes Mitglied der Stammgruppe wählt einen Aspekt des Gesamtthemas aus, welchen er als „Experte“ bearbeitet und später der Stammgruppe vermittelt.

Aufteilung in Expertengruppen

Diejenigen mit dem gleichen Themengebiet treffen sich in ihren Expertengruppen und erarbeiten sich gemeinsam den jeweiligen Inhalt. Dazu werden die Texte gelesen und die Materialien ausgewertet. Dabei werden aufkommende Fragen geklärt und man einigt sich auf die wesentlichen Informationen, die man den Stammgruppen weitergeben möchte. Dazu wird eine übersichtliche Darstellung der Ergebnisse erarbeitet.

Vorstellen der Ergebnisse in den Stammgruppen

Alle Experten kehren in ihre Stammgruppen zurück. Dort stellen sie ihre erarbeiteten Ergebnisse den anderen Gruppenmitgliedern vor. Wenn alle ihre Ergebnisse vorgestellt haben und keine Fragen mehr offen sind, wird das erworbene Wissen zusammengefasst. Dies kann z. B. in einer Tabelle, einem Strukturbild oder einer Mindmap geschehen.

Aufgaben

1. Führen Sie das Gruppenpuzzle durch. Achten Sie darauf, dass sich alle Experten gut in ihren Themenbereichen auskennen und sich geeignete Notizen machen.
2. Beurteilen Sie im Anschluss innerhalb ihrer Stammgruppe das Ergebnis des Gruppenpuzzles. Haben sich alle Gruppenmitglieder gut vorbereitet? Konnten sie ihr Wissen gut weitergeben? Welche Tipps können Sie den einzelnen Gruppenmitgliedern noch geben?
3. Schauen Sie sich gemeinsam noch einmal die Alterspyramiden auf S. 42 an und erklären Sie die wichtigsten Veränderungen. Welche Auswirkung haben diese auf unsere Gesellschaft?

Historische Ereignisse

Erster Weltkrieg (1914–1918)

Weltwirtschaftskrise (1929–1932)

Zweiter Weltkrieg (1939–1945)

Um 1900 sieht die **Alterspyramide** von der Form her tatsächlich einer Pyramide ähnlich. Die Zahl der Geburten nimmt damals deutlich zu, da schon ab 1848 der Staat versucht, die Säuglingssterblichkeit durch eine umfangreiche Gesundheitsprophylaxe einzugrenzen. Es entstehen u. a. Hebammenschulen und erste Impfungen werden durchgeführt. **1**

Gleichzeitig ist die Lebenserwartung der Menschen damals deutlich geringer. Ein im Jahr 1900 geborener Junge hat durchschnittlich 45, ein Mädchen 49 Jahre vor sich. Missernten, auf die schwere Hungerjahre folgen, schwere körperliche Arbeit und eine noch nicht weit entwickelte Medizin bedeuten für viele Menschen einen frühen **Tod**. Was aber soll eine Familie tun, wenn der Familienvater oder die Mutter ausfallen? Bei Arbeitsunfällen ist man nicht abgesichert und es folgen oft Armut und Hunger.

Krisen und Missernten erklären die Einkerbungen in der Pyramide. Ein größerer Einschnitt erklärt sich durch die Migration der Deutschen in die USA. Aufgrund schlechter Verhältnisse während des Übergangs von der Agrar- zur Industriegesellschaft entschließen sich viele Familien, auszuwandern und in den USA ein neues Leben zu beginnen.

Lebendgeborene und Gestorbene 1900 bis 2014

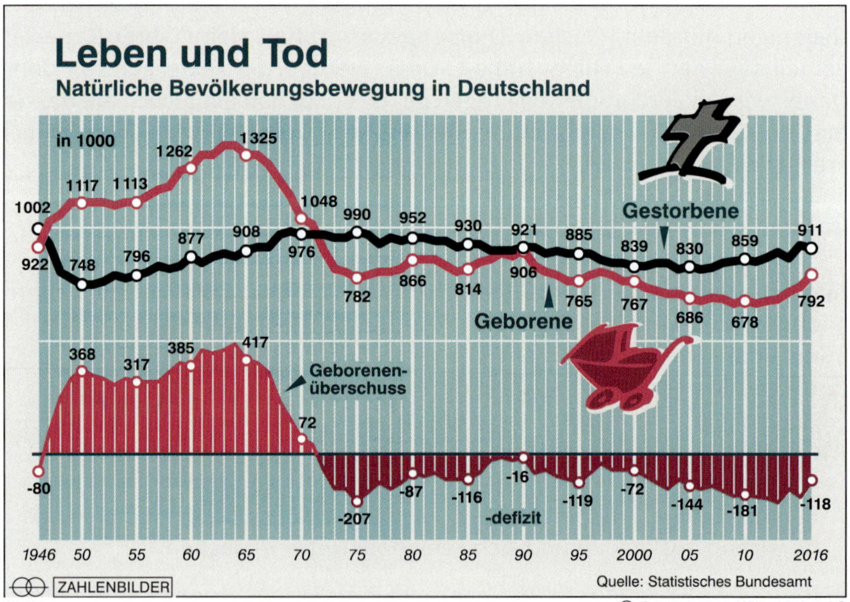

21 101

Um 1950 ändert sich die Form der Pyramide. Man erkennt viele Einkerbungen, die sich durch historische Ereignisse erklären lassen. Eine große Einkerbung auf beiden Seiten erklärt sich durch die **Geburtenausfälle** während des Ersten Weltkriegs. Männer, die in den Krieg ziehen und nicht mehr zurückkommen, der Tod vieler Erwachsener und die Unsicherheit vor der Zukunft führen zu einem starken Geburtenrückgang. Auch die Weltwirtschaftskrise, die zur Verarmung breiter Bevölkerungsschichten führt, hat einen deutlichen Geburtenrückgang zur Folge. Danach steigen die Geburtenzahlen unter dem Einfluss des NS-Regimes und durch das Herausdrängen der Frauen aus dem Erwerbsleben wieder kräftig an, ehe sie mit Beginn des Zweiten Weltkriegs wieder einbrechen. Der tiefste Einschnitt liegt im Kapitulationsjahr 1945. Auch in den ersten Nachkriegsjahren nehmen die Geburten nur allmählich wieder zu.

Nach dem Zweiten Weltkrieg folgt in einem wirtschaftlich günstigen Umfeld der „**Babyboom**" der 1960er-Jahre. Beide Teile Deutschlands erleben einen Anstieg der Geburtenzahl mit den höchsten zusammengefassten Geburtenziffern der Nachkriegszeit von 2,5 Kindern je Frau. Noch im gleichen Jahrzehnt setzt aber ein tiefgehender und nachhaltiger Wandel ein: Die Fruchtbarkeit sinkt aufgrund der Einführung der „Pille" („**Pillenknick**") weit unter das Niveau, das notwendig ist, um die Elterngeneration zu ersetzen.

Seitdem nimmt die Bevölkerung weiter ab und das durchschnittliche Alter der Bevölkerung steigt. Die Gründe sind vielfältig: Frauen schieben ihre Familiengründung in ein höheres Alter auf. Zudem kommt der Wandel des Rollenverhaltens und der Einstellung zur Familie. Frauen identifizieren sich heute nicht mehr nur als Ehefrau und Mutter. Beruflich möchten sie ebenso wie Männer die Karriereleiter aufsteigen können. Außerdem spielen Faktoren wie Zeit und Geld eine wichtige Rolle: Wer kann sich heutzutage noch Kinder leisten? Wer bringt die nötige Zeit für die Betreuung und Erziehung auf?

Die ehemalige DDR wirkt dem **Geburtenrückgang** ab Mitte der 1970er-Jahre mit staatlichen Fördermaßnahmen (z. B. finanzielle Unterstützung, Einrichtung von Kindertagesstätten) entgegen. Diese Politik führt sogar zu einem kurzfristigen Anstieg im Jahr 1980 auf 1,9 Kinder je Frau. Dann geht aber auch hier die Geburtenhäufigkeit allmählich wieder zurück. Auf den wirtschaftlichen und sozialen Umbruch nach der „Wende" 1989/90 folgt in Ostdeutschland ein so starker Rückgang der Geburtenrate, dass die Basis des gesamtdeutschen Altersaufbaus noch einmal deutlich schrumpft.

Durchschnittliches Alter der Mutter bei der Geburt ihrer lebend geborenen Kinder in Deutschland

2

Alter der Mütter	2016	2017	2018	2019
Insgesamt	30,0	31,2	31,3	31,5
Mütter verheiratet[1]				
bei der Geburt des 1. Kindes	30,6	30,5	30,7	30,8
bei der Geburt des 2. Kindes	32,3	31,1	32,5	32,6
bei der Geburt des 3. Kindes	33,4	33,4	33,5	33,6
Zusammen	**31,8**	**31,8**	**32,0**	**32,1**
Mütter nicht verheiratet				
Mütter nicht verheiratet	29,6	29,9	30,1	30,3

[1] Bezogen auf die Kinder der bestehenden Ehe.

Vgl. Statistisches Bundesamt (Destatis): Durchschnittliches Alter der Mutter bei der Geburt ihrer lebend geborenen Kinder in Deutschland. Wiesbaden 29.07.2020, abgerufen unter: www.destatis.de/DE/Themen/Gesellschaft-Umwelt/Bevoelkerung/Geburten/Tabellen/geburten-mutteralter.html [23.10.2020].

ARBEITSVORSCHLÄGE

1

Welche Ursachen sind für den demografischen Wandel verantwortlich?

Vergleichen Sie die Alterspyramiden auf S. 42. Erläutern Sie, wie es zu den Unregelmäßigkeiten kommt.

Dargestellt wird auch die vorausberechnete Alterspyramide des Jahres 2060 (s. S. 42). Überlegen Sie, welche Ursachen zu dieser Prognose führen.

2

Welche wesentlichen Informationen lassen sich anhand der Zahlen in der Tabelle belegen?

Zusammensetzung der deutschen Bevölkerung (in Mio.)

Altersgruppe	1950	2000	2050
Unter 20 Jahre	21,1	16,8	12,1
20–59 Jahre	38,1	44,3	35,5
Über 60 Jahre	10,1	20,6	27,6
Insgesamt	**69,3**	**82,2**	**75,1**

Vgl. Statistisches Bundesamt

Agglomeration

Dieser Begriff wird im deutschen synonym für „Ballungsraum" verwendet. Das heißt, dass sich die Gegend durch eine höhere Siedlungsdichte auszeichnet.

Der demografische Wandel ist eine der größten Herausforderungen für die Zukunft unseres Landes: Die Bevölkerung nimmt ab und das durchschnittliche Alter der Bevölkerung steigt.

Bevölkerungsrückgang

1

Das kommende riesige Geburtendefizit wird trotz Wanderungsgewinnen und steigender Lebenserwartung die Bevölkerung Deutschlands schrumpfen lassen. Das Statistische Bundesamt rechnet damit, dass die Bevölkerungszahl von derzeit etwa 82 Millionen Menschen bis zum Jahre 2060 auf 65 bis 70 Millionen zurückgegangen sein wird. […]

Der Bevölkerungsrückgang wird möglicherweise ökonomische und sozialpolitische Probleme erzeugen. Dann nämlich, wenn eine sinkende Nachfrage nach Konsumgütern oder sinkende Zahlen von Arbeitskräften die Wirtschaftsleistung zurückgehen lassen, sodass die gleichzeitig steigende Nachfrage nach staatlichen Dienstleistungen für ältere Menschen nicht mehr finanziert und befriedigt werden kann. […]

Der Schrumpfungsprozess wird sich regional sehr ungleichmäßig vollziehen. Für die meisten Ballungsräume Westdeutschlands werden keine Rückgänge, sondern steigende Bevölkerungszahlen vorausgesagt. Denn Agglomerationen werden Zuwanderer anziehen, und ältere Menschen werden vermehrt vom Land in die Städte ziehen, um Geschäfte, Ärzte etc. besser erreichen zu können. In den ländlichen Räumen Westdeutschlands und im größten Teil Ostdeutschlands werden jedoch erheblich weniger Menschen als heute wohnen. Deshalb werden dort viele Gemeinden mit drohenden Abwärtsspiralen zu kämpfen haben: Wenn Schulen und Geschäfte mangels Nachfrage schließen, wenn Verkehrsverbindungen und Arztpraxen mangels Kunden eingestellt werden, dann werden sich auch immer weniger Menschen – insbesondere Familien – dort ansiedeln. Betriebe verlagern daraufhin ihren Standort, Arbeitsplätze gehen verloren, Entsorgungsdienste, Energie- und Wasserversorgung werden teurer und problematisch. In der Folge werden immer mehr Menschen wegziehen. Viele kreative Maßnahmen werden erforderlich sein, um diese sich selbst verstärkenden Entleerungsprozesse zu stoppen. […]

Hradil, Stefan: Die Alterung der Bevölkerung. In: Der Bürger im Staat, Heft 2/3, 2015, S. 80 f.

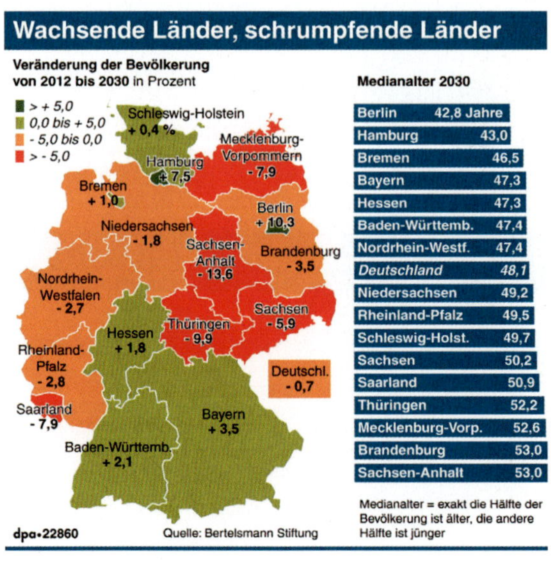

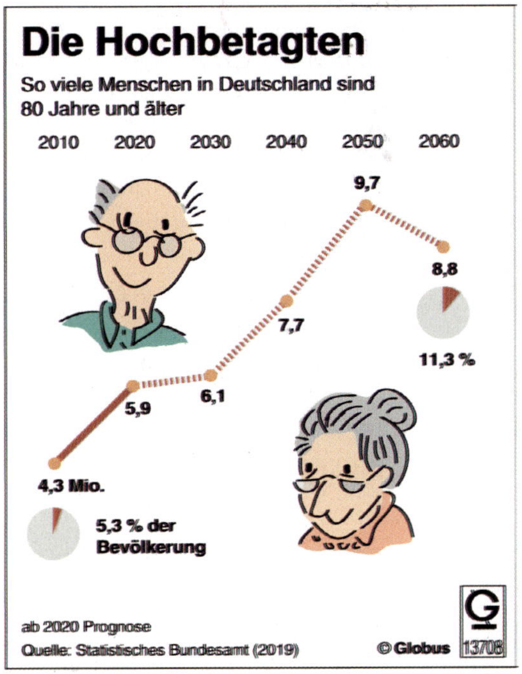

2

Die Bevölkerungszahl in Deutschland geht zurück, gleichzeitig steigt der **Altersdurchschnitt**, was noch problematischer gesehen wird als der **Bevölkerungsrückgang**. Dies bringt Probleme in verschiedenen Bereichen mit sich.

Der demografische Wandel wird sich vor allem auf dem Arbeitsmarkt auswirken. Zum einen werden die Erwerbstätigen im Durchschnitt immer älter. Zwar bringen diese mehr Erfahrung mit, dafür liegt aber auch ihre Ausbildung weiter in der Vergangenheit und somit kann deren Wissen schon veraltet sein. Um dies zu vermeiden, müssen die Betriebe darauf achten, dass es genügend Weiterbildungsmöglichkeiten gibt, was wiederum Kosten verursacht. Zudem sind ältere meistens weniger mobil und anpassungsfähig als junge Leute, die gerade in das Erwerbsleben einsteigen und oftmals noch nicht gebunden sind, an z. B. eine Familie. Auch wird insgesamt die Zahl der Erwerbstätigen zurückgehen, sodass Arbeitskräfte in vielen Bereichen (z. B. Gesundheitsbereich) knapp werden. Wenige erwerbstätige Menschen bedeuten auch weniger Beiträge für Sozialversicherungen und weniger Steuereinnahmen für den Staat, welcher aber wiederum höhere Sozialausgaben haben wird. Die Folge: Die **soziale Sicherung** ist gefährdet (s. Kapitel 2.10 und 2.11).

Eine alternde Gesellschaft wirkt sich auf den gesamten Charakter eines Landes aus. Die Nachfrage nach Konsumgütern geht zurück, aber die Nachfrage nach bestimmten Dienstleistungen, vor allem im Gesundheitswesen, nimmt zu. Man wird in Zukunft mehr auf altersgerechtes Wohnen achten, z.B. Aufzüge in Wohngebäuden. Außerdem werden mehr Seniorenheime gebaut werden. Dagegen werden Kindergärten und Schulen schließen müssen.

ARBEITSVORSCHLÄGE

1
Welche Probleme sieht der Autor mit dem Bevölkerungsrückgang auf uns zukommen?

2
Analysieren Sie, auf welche Bereiche des Lebens sich der demografische Wandel auswirkt.

Ordnen Sie Ihre Ergebnisse in einer Tabelle den Bereichen Politik, Wirtschaft und Gesellschaft zu.

Wie groß die Probleme tatsächlich sein werden, ist unklar. Es gibt Einschätzungen von „Katastrophe" über „Herausforderung" bis hin zu „gar nicht so schlimm".
Wie beurteilen Sie die demografische Situation?

Aktuelle demografische Situation in Deutschland

- Konstant niedrige Geburtenrate (1,54 Kinder pro Frau im Jahr 2019)
- Steigende Lebenserwartung
- Ansteigender Wanderungssaldo (Einwanderungen überwiegen gegenüber Auswanderungen)

Elterngeld

Das Elterngeld unterstützt nach der Geburt des Kindes finanziell, indem es den Wegfall des Einkommens auffängt. Es beträgt 65 % des bisherigen Netto-Einkommens, höchstens aber 1 800,00 € und mindestens 300,00 €. Es wird für Väter und Mütter für maximal 14 Monate gezahlt.

Elternzeit

Die Elternzeit dauert maximal drei Jahre. Väter und Mütter werden für diesen Zeitraum ohne Bezahlung von der Arbeit nach der Geburt des Kindes freigestellt.

Ehegattensplitting

Das zu versteuernde Einkommen der Ehe- oder Lebenspartner wird ermittelt und halbiert. Jedem Ehepartner steht dann ein Steuerfreibetrag von ca. 9 400,00 € zu.

1

Um dem demografischen Wandel entgegenzuwirken und die **Altersstruktur** zu stabilisieren, braucht Deutschland mehr Nachwuchs. Umfragen zufolge wünschen sich Deutschlands Frauen im Mittel zwei Kinder. Bisher liegt der durchschnittliche Wert aber bei 1,54 Kindern pro Frau. Welche Hemmnisse der Erfüllung des Kinderwunsches im Wege stehen, ist bis heute umstritten. Gewiss aber erleichtern Kinderbetreuung und Ganztagsschulen die Vereinbarkeit von Familie und Beruf. Flexible Arbeitszeiten sollten nicht nur älteren Erwerbstätigen, sondern vor allem jungen Müttern ermöglicht werden.

Darüber hinaus versucht der Staat, die Familienplanung zu fördern, z. B. durch die Gewährung von Elternzeit nach der Geburt, durch finanzielle Unterstützung wie dem **Elterngeld**, dem Kindergeld, dem **Ehegattensplitting** sowie der Anrechnung von Erziehungszeiten in der gesetzlichen Rentenversicherung. Kinderlose müssen hingegen Beitragszuschläge in der Pflegeversicherung leisten. Es ist aber nicht damit getan, die Attraktivität durch finanzielle Hilfe zu erhöhen. Was fehlt, ist eine gesellschaftliche Akzeptanz. Denn eine Gesellschaft ohne Kinder ist auf Dauer nicht überlebensfähig.

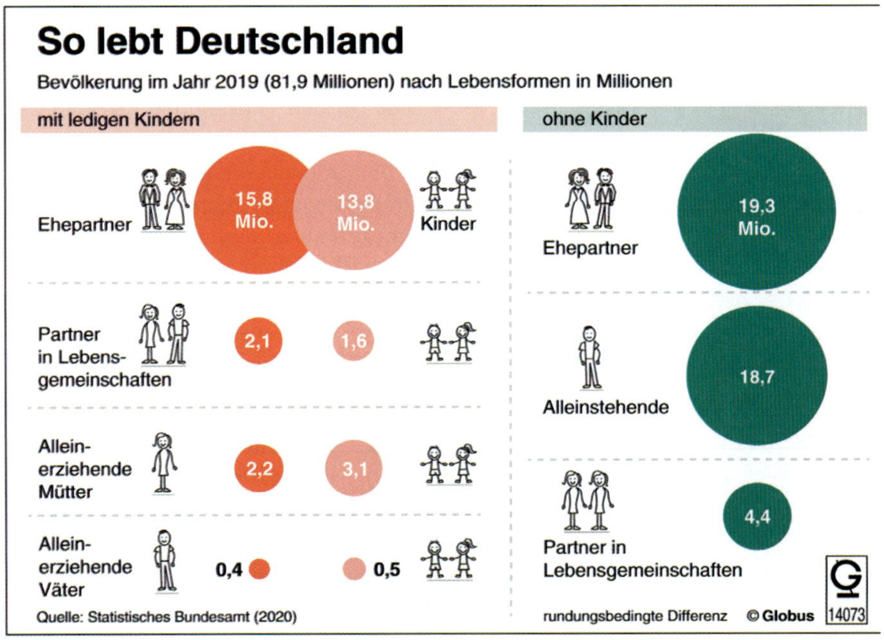

Die negativen Folgen einer alternden Bevölkerung für die Wirtschaft können durch eine Kombination von Maßnahmen aufgehoben oder zumindest abgemildert werden. Die Verlängerung der Lebensarbeitszeit, die durch eine Straffung der Ausbildung und eine Erhöhung des Eintrittsalters in den Ruhestand erreicht wird, würde die Zahl der Beitragszahlenden stabilisieren und so die Finanzierung der Sicherungssysteme verbessern. Die Rentenbeiträge werden aber weiter ansteigen und trotzdem wird das Rentenniveau sinken. Das Land braucht ein geeignetes politisches Reformprogramm, um die Folgen der nicht mehr aufzuhaltenden demografischen Prozesse abzumildern. So könnte man u. a. versuchen, mehr Arbeitslose wieder ins Erwerbsleben zu integrieren, indem man gezielte Fortbildungs- und Umschulungsmaßnahmen anbietet.

Durch eine stärkere Beteiligung von Frauen am Erwerbsleben mithilfe einer gezielten Frauenförderung, Familienpolitik und von Angeboten zur Kinderbetreuung während der Berufstätigkeit sowie durch Zuwanderung könnte dem demografisch bedingten Schwund an Arbeitskräften entgegengewirkt werden.

2

Die Verlängerung der **Lebensarbeitszeit** und die Einbeziehung von Frauen in die Erwerbstätigkeit werden nicht ausreichen, um den kommenden Arbeitskräftemangel zu vermeiden. Deshalb bietet sich als weitere Maßnahme an, **Arbeitsmigranten** zur Einwanderung zu bewegen. Zwar können die zugewanderten Arbeitskräfte die Strukturprobleme unserer alternden Gesellschaft nicht lösen, denn auch die Menschen mit Migrationsbiografie werden älter, aber so könnten zumindest die Folgen mit Blick auf Wirtschaft, Arbeitsmarkt und Sozialsysteme etwas abgefedert werden. Sie schaffen dem Land ein Zeitpolster, um Reformen einzuführen. Voraussetzung für diese begrenzte Hilfe ist allerdings, dass die Einwanderer und Einwanderinnen sozialversicherungspflichtig sind und von ihrer Arbeit leben können und nicht auf Sozialhilfe angewiesen sind.

Seit 2010 kommen immer mehr Menschen nach Deutschland, die wir nicht abweisen können und auch nicht sollten. Auch wenn die Schicksale vieler dieser Menschen tragisch sind, die sie dazu brachten, ihre Heimat zu verlassen, so ist doch klar: Auch wenn die hohe Einwanderungszahl von Flüchtlingen zunächst noch zu keiner Entlastung führt, so ist sie trotzdem eine große Chance für Deutschland.

Deshalb ist es wichtig, diesen Menschen zu helfen, erfolgreich im Berufsleben Fuß zu fassen. Menschen mit Migrationsbiografie sollten in Deutschland aus- und weitergebildet werden. Um die so vermittelte Qualifikation auch hierzulande zu nutzen, sollte auf eine dauerhafte **Integration** dieser Zugewanderten hingewirkt werden.

Eine verstärkte Zuwanderung könnte die Zahl der Erwerbstätigen auf lange Sicht konstant halten und dies würde helfen, die Finanzierung der Sicherheitssysteme zu verbessern.

3

Retter in der Not

ARBEITSVORSCHLÄGE

1

Analysieren Sie, mit welchen Maßnahmen dem demografischen Wandel entgegengewirkt werden könnte.

2

Erklären Sie, welche Chancen sich durch Zuwanderung ergeben könnten.

Sammeln Sie Ideen, welche Bedingungen erfüllt sein müssen, damit Integration funktionieren kann.

3

Beschreiben Sie die Karikatur und erläutern Sie die Kritik des Zeichners (Methode siehe S. 64).

WEITERFÜHRENDE HINWEISE

Deutschland darf einen großen Teil der Menschen, die in das Land kommen, nicht abweisen:

- Menschen aus der EU genießen Freizügigkeit (siehe Kapitel 7–9).
- Kriegsflüchtlinge und Asylsuchende haben verbriefte Schutzrechte.

Auswanderung aus Deutschland

1933–1945:
Während der NS-Herrschaft wird Deutschland zum Auswanderungsland. Ca. 300 000 jüdische Deutsche verlassen ihre Heimat.

2018
Allein in diesem Jahr verlassen fast 261 000 Deutsche ihre Heimat. Grund: fehlende oder schlecht bezahlte Arbeitsplätze.

Staatsangehörige aus EU-(Kandidaten-)Ländern in Deutschland

Stand: 2019
Top Ten

Türkei	1 472 390
Polen	862 535
Rumänien	748 225
Italien	646 460
Kroatien	414 890
Griechenland	363 650
Bulgarien	360 170
Serbien (mit/ohne Kroatien)	237 755
Ungarn	211 740
Österreich	186 725

Vgl. Statistisches Bundesamt (Destatis) (Hrsg.): Ausländische Bevölkerung nach Geschlecht und ausgewählten Staatsangehörigkeiten. Wiesbaden, 31.12.2019, abgerufen unter: www.destatis.de/DE/Themen/Gesellschaft-Umwelt/Bevoelkerung/Migration-Integration/Tabellen/auslaendische-bevoelkerung-geschlecht.html [23.10.2020].

1964: Armado Rodriguez aus Portugal erhält als millionster Gastarbeiter in der Bundesrepublik zur Begrüßung Blumen und ein Moped.

1

19. Jahrhundert: Nach der Gründung des Deutschen Kaiserreichs 1871 erreicht die Industrialisierung in Deutschland ihren Höhepunkt. Es werden Arbeitskräfte in den Bergwerken des Ruhr- und Saargebiets gebraucht. Da der Bedarf nicht allein von heimischen Bergarbeitern gedeckt werden kann, werben die Betriebe Arbeiter aus Oberschlesien und Polen an. Im nächsten Jahrzehnt des 19. Jahrhunderts werden Menschen aus Österreich-Ungarn, Russland und Polen als Arbeitskräfte in der deutschen Landwirtschaft angeworben.

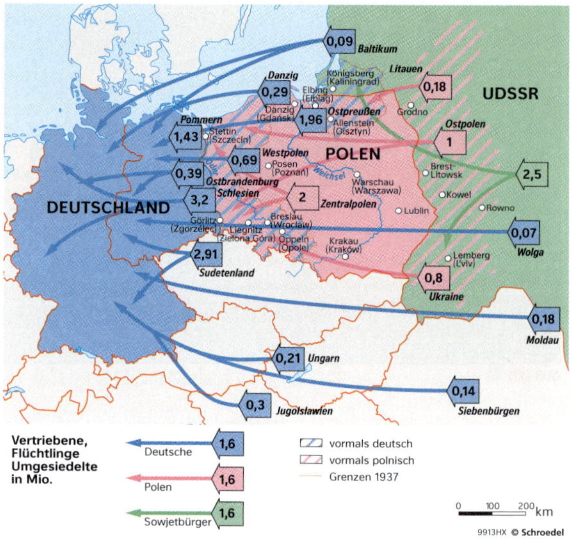

Flucht und Vertreibung Ende des Zweiten Weltkriegs: Nach dem Ende des Kriegs kommen mehr als 12 Millionen Flüchtlinge nach Deutschland. Sie sind aus ihrer Heimat, z. B. Ostpreußen oder Schlesien, vertrieben worden.

Flüchtlinge aus der DDR: Seit der Gründung und bis zum Ende der DDR flüchten fast vier Millionen Menschen von Ost nach West. Die politischen Verhältnisse in der DDR einerseits und der wirtschaftliche Aufschwung in der Bundesrepublik andererseits sind Triebkräfte dieser Wanderungswelle. Als die DDR-Regierung alle Grenzen 1961 dicht macht, gehen die Flüchtlingszahlen stark zurück. Erst 1989 steigt die Zahl der sogenannten Übersiedlerinnen und Übersiedler wieder stark an. Die Wanderungsbewegung von Ost nach West hält bis heute an.

Gastarbeit in Deutschland: Mitte der 1950er-Jahre setzt in Deutschland ein wirtschaftlicher Aufschwung ein, welcher die Nachfrage nach Beschäftigten steigen lässt. Deshalb schließt die Bundesregierung von 1955 bis 1973 **Anwerbeverträge** mit Italien, Spanien, Griechenland, der Türkei, Marokko, Portugal, Tunesien und Jugoslawien. 1973 kommt es dann in Folge der Ölkrise zu einem Anwerbestopp. Doch der Nachzug der Familienangehörigen führt noch einmal zu einem Anstieg der in Deutschland lebenden ausländischen Bevölkerung.

Spätaussiedler/-innen: Mit der Öffnung Osteuropas und den damit leichteren Ausreisemöglichkeiten kommt es seit Mitte der 1980er-Jahre zu einer neuen Einwanderungswelle. Die sogenannten Spätaussiedlerinnen und Spätaussiedler aus der ehemaligen Sowjetunion, aus Polen und Rumänien erhalten in Deutschland automatisch die deutsche Staatsangehörigkeit. Die fünf Millionen Spätaussiedler und ihre Nachkommen gelten als „deutsche Volkszugehörige".

Flüchtlinge: Die ersten Flüchtlinge kommen vorwiegend aus Entwicklungsländern nach Deutschland und nehmen hier das Recht auf Asyl in Anspruch. Anfang der 1990er-Jahre steigen die Zahlen der Flüchtlinge vor allem wegen der Balkankriege. Danach gehen zunächst die Zahlen zurück, weil die EU die sogenannte **Drittstaatenregelung** einführt. Flüchtlinge müssen in dem Land der EU bleiben, in dem sie zuerst ankommen. Erst mit dem Krieg in Syrien erreichen die Flüchtlingszahlen 2015 einen neuen Höhepunkt. Haupttherkunftsländer sind neben Syrien Afghanistan, Albanien und Kosovo.

Ankunft in Deutschland

[... Silvano J. kam 1959] mit weiteren 15 Italienern in Stuttgart an. Dort standen schon Leute von Firmen am Bahnsteig zur Abholung bereit. [...]
Die Unterbringung erfolgte nicht in Holzbaracken, sondern in festen Häusern, zu dritt in einem Zimmer. „Nur das Bett war nicht gut, es bestand aus einem Holzbrett und als Matratze ein bisschen Stroh." Als sie den Chef fragten: „Schlafen Sie auch so?", bekamen sie richtige Betten. [...]
In seiner Abteilung war Silvano J. der erste Ausländer. „Die deutschen Kollegen kannten die Italiener nur vom Hörensagen. Damals hieß es, die Italiener klauen, aber nach ein paar Wochen waren wir die besten Freunde."

Würth, Herbert: Ankunft, in: Vertraute Fremde. Italiani a Ludwigsburg (Ausstellungskatalog), hrsg. von Deutsche und Ausländer zusammen und Städtisches Museum Ludwigsburg, Ludwigsburg: DAZ, 1999, S. 76.

Angezogen vom wirtschaftlichen Aufschwung der 1950er- und 1960er-Jahre kommen Millionen von Menschen aus den Agrargesellschaften des Mittelmeerraums nach (West-) Deutschland. Sie finden Arbeit im Kohlebergbau, in der Stahlindustrie und an den Fließbändern der expandierenden Automobilindustrie.

Viele der „Gastarbeiter" von damals sind geblieben, ihre Familien leben oft schon in der dritten Generation in Deutschland. Wenn sie Staatsangehörige von Mitgliedsländern der EU sind, genießen sie weitgehend die gleichen Rechte wie deutsche Staatsbürger, aber haben sie auch die gleichen Chancen?

Generationen ohne Integration

2

Die zweite Generation besaß nicht mehr die Einstellung ihrer Eltern: „Ich arbeite und spare viel Geld, damit ich in meine Heimat zurückkehren und mir dort eine Existenz aufbauen kann." Die Mehrheit der Gastarbeiter-Generation verfolgte dieses Ziel. Die zweite Generation dagegen hatte kein einheitliches Lebensmodell mehr. [...]
Zum Teil gelang der zweiten Generation der soziale Aufstieg. Sie versuchte gewissermaßen eine nicht immer glückende Balance zwischen Aldi und Ikea, zwischen dem Sparsamkeitsprinzip der Eltern und der Vorstellung von mehr Lebensqualität und Wohlstand. Viele Menschen aus der zweiten Generation schwanken zwischen ihrem eigenen Lebensentwurf und dem ihrer Eltern hin und her. Sie konnten und können ihren Kindern keine eindeutige Orientierung weitergeben, fühlen sie sich doch häufig selbst wurzellos und zerrissen zwischen dem Versuch, sich von der Elterngeneration abzugrenzen, und der Erfahrung, in Deutschland ausgegrenzt zu werden. [...]
Die Mehrheit kann zwar meist die deutsche Sprache einigermaßen sprechen, hat aber oft nur einen schlechten Schulabschluss und arbeitet in einem Hilfsjob. Diese Menschen waren die Ersten, die infolge der schlechten Wirtschaftslage Deutschlands nach der Wiedervereinigung arbeitslos wurden und schließlich beim Sozialamt landeten.
Die oft ausweglose Sozialhilfekarriere der Eltern hat sicherlich einen großen Teil dazu beigetragen, dass die Deutschländer der dritten Generation heute als die absoluten Verlierer dastehen. Die Kinder wachsen mit der Einstellung auf, dass sie in Deutschland weder erwünscht sind noch gebraucht werden und, egal wie sie sich anstrengen, auf dem Arbeitsmarkt sowieso keine Chancen haben.

Ateş, Seyran: Der Multikulti-Irrtum, Berlin: Ullstein-Verlag, 2007, S. 31–32.

ARBEITSVORSCHLÄGE

1

Visualisieren Sie Deutschlands Migrationsgeschichte anhand eines Zeitstrahls.

Warum kamen Menschen nach Deutschland? Waren die Motive der Menschen Push- oder Pull- Faktoren? Prüfen Sie mithilfe der Tabelle von S. 53.

2

Fassen Sie die Äußerungen von Seyran Ateş über die drei Generationen von Menschen mit Migrationshintergrund in Deutschland zusammen.

Stimmen ihre Aussagen mit Ihren eigenen Erfahrungen überein?

WEITERFÜHRENDE HINWEISE

Ein Ausflug in Ihre Familiengeschichte: Stellen Sie dar, wann, woher und warum Sie bzw. Ihre Vorfahren eingewandert sind.

Ein Ausflug in noch frühere Zeiten für Deutsche aus Russland, Rumänien oder Polen: Stellen Sie dar, wann und warum Ihre Vorfahren aus Deutschland ausgewandert sind.

2.7 Anders sein ...

Fakten zur Migration

Mannheim

Von den rund 320 000 Einwohnern haben etwa 145 000, also ca. 45 %, einen Migrationshintergrund, davon haben 19,5 % die deutsche Staatsangehörigkeit.

Vgl. Stadt Mannheim, Kommunale Statistik, abgerufen unter: www.mannheim.de/de/stadt-gestalten/daten-und-fakten/bevoelkerung/einwohner-mit-migrationshintergrund [17.11.2020].

Einwanderungsland Deutschland

Seit dem 1. Januar 2005 hat Deutschland ein Zuwanderungsgesetz. Mit diesem Gesetz bekennt sich die Bundesrepublik nach vielen Jahren politischer Auseinandersetzungen dazu, dass Deutschland ein Einwanderungsland ist.

Deutsche Staatsbürgerschaft für „Nichtdeutsche“

Seit 2000 erhält ein in Deutschland geborenes Kind automatisch die deutsche Staatsangehörigkeit, wenn ein Elternteil seit mindestens acht Jahren in Deutschland lebt und eine unbefristete Aufenthaltsgenehmigung hat.

Antrag auf Staatsbürgerschaft

- seit mindestens acht Jahren in Deutschland
- wirtschaftlich in der Lage, sich und seine Familie zu ernähren
- ausreichende Deutschkenntnisse
- nicht vorbestraft
- Anerkennung des Grundgesetzes
- Aufgabe der bisherigen Staatsbürgerschaft
- geklärte Identität und Staatsangehörigkeit
- keine Verurteilung wegen einer Straftat

Doppelte Staatsbürgerschaft nur für EU-Bürger/-innen

Die Menschen, die in der Bundesrepublik leben, sind geprägt von verschiedenen kulturellen Traditionen mit ihren eigenen Wert- und Rollenvorstellungen. Alte und Junge, Männer und Frauen, Deutsche und Nichtdeutsche, Christen und Moslems, Reiche und Arme, Familien und Singles. Sie alle haben ganz verschiedene Vorstellungen davon, wie sie ihr Leben gestalten. Diese Unterschiede geben oft Anlass zu Konflikten. Gegenseitige Toleranz und **Integration** können helfen, diese Konflikte zu entschärfen oder gar nicht erst aufkommen zu lassen.

1

2

Integration war bisher nicht gewollt

Es gibt sehr viele Deutschländer [= Menschen, die in Deutschland ihren Lebensmittelpunkt haben, ohne auf eine lange Familiengeschichte in Deutschland zurückzublicken], die die deutsche Sprache überdurchschnittlich gut beherrschen. Sie verfügen oft auch über eine beeindruckende Allgemeinbildung, die sowohl Kenntnisse des deutschen Kulturraums als auch solche ihres Herkunftslandes beziehungsweise des Landes ihrer Vorfahren umfasst. Dennoch sind diese Menschen in Deutschland nicht integriert, weil sie sich in Deutschland nicht akzeptiert fühlen und tatsächlich auch nicht akzeptiert sind. Sie werden weiterhin nach ihrem äußeren Erscheinungsbild bewertet oder aufgrund ihres nicht deutsch klingenden Namens nicht als deutsch wahrgenommen. Diese Menschen werden ein wenig wie Außerirdische angesehen, die Besonderes geleistet haben, obwohl sie doch genau das getan haben, was die Mehrheit der Deutschen von ihnen verlangt – sie haben sich nach deren Verständnis integriert. [...] Was also sollen diese Menschen noch tun, um voll- und gleichwertige Mitglieder der deutschen Gesellschaft zu werden? Im Grunde bleibt nur die Assimilation: Aus Ayse wird Anja, aus Mustafa wird Manfred. [...]

Ayse, in Deutschland lebend, will aber nicht Anja werden, denn zu ihrer Persönlichkeit und Identität gehören beide Kulturen. Das macht sie doch gerade so interessant und vielseitig. Sie verfügt über eine interkulturelle Kompetenz, die dieser Gesellschaft nur Vorteile bringen kann.

Ateş, Seyran: Der Multikulti-Irrtum, Berlin: Ullstein-Verlag, 2007, S. 36–37.

Damit die eingewanderten Menschen hier Fuß fassen können, sollte auf eine dauerhafte Integration zugearbeitet werden. Migrantinnen und Migranten sollen von Anfang an die Möglichkeit haben, sich in Deutschland als willkommene Neubürgerinnen und Neubürger zu fühlen.

Fußball und Politik: Generation M

3

Beim Fußball steht „M“ für „Multikulti“. Spieler wie Emre Can, Serge Gnabry oder Nadiem Amiri geben der deutschen Nationalmannschaft ein internationales Gesicht und spiegeln die Entwicklung der deutschen Gesellschaft wider.

Die Bundesligaspieler stammen aus 60 Nationen und auch in den Nachwuchszentren haben fast die Hälfte einen Migrationshintergrund. Es scheint, dass die Integration im Fußball funktioniert. Doch auch hier gibt es Probleme. Der Rücktritt von Mesut Özil aus dem deutschen Nationalteam war das Fußballthema des Jahres 2018. Er führte zu einer neuen Diskussion über Rassismus und Identität.

Und dazu kommt noch die Frage, wie es hinter der bunten Fassade aussieht. Denn in Vorständen, Aufsichtsräten und Sportgerichten liegt der Anteil an Menschen mit Migrationshintergrund unter 10 %. Ein positives Beispiel dagegen ist der ehemalige Nationalspieler Cacau: Nach Beendigung seiner Karriere als Profifußballer 2016 erhielt er die Stelle als Integrationsbeauftragter im Deutschen Fußball Bund. Dass ein ehemaliger Nationalspieler mit Migrationshintergrund den Verband politisch repräsentiert, war vor 20 Jahren kaum denkbar.

Aber auch in der Politik finden sich Politiker mit multikulturellem Hintergrund in vielen Parteien wieder. So war zum Beispiel der türkischstämmige Cem Özdemir Bundesvorsitzender der Grünen. Nezahat Baradari ist Bundestagsabgeordnete für die SPD. Und mit John Ehret gibt es in der Stadt Mauer (bei Heidelberg) den ersten schwarzen Bürgermeister Deutschlands.

Integration heißt „eine neue Heimat finden“

4

Mit diesen vier schlichten Worten ist die zentrale Botschaft des viel diskutierten Begriffs „Integration“ auf einen sehr einfachen Nenner zu bringen. [...] Integration, wie ich sie verstehe, ist ein klares Bekenntnis zu den verfassungsmäßigen Grundwerten Deutschlands. Integration heißt zuvorderst, den Menschen, die sich seit Jahrzehnten in Deutschland niedergelassen und alle ihre Bürgerpflichten erfüllt haben, auch ihre vollen Bürgerrechte zu gewähren, allen voran ihnen den Erwerb der deutschen Staatsangehörigkeit zu erleichtern.
[...] Integration ist ein zweiseitiger Prozess, bei dem sich sowohl die Mehrheitsbevölkerung als auch die kulturellen Minderheiten aufeinander zubewegen müssen. Integration ist ein Prozess der Angleichung beider Teile: der kulturellen Minderheiten, die sich integrieren wollen, und der Mehrheitsbevölkerung, die Elemente der Minderheitenkulturen respektiert und womöglich als bereicherndes Element aufnimmt.
Angleichung darf aber nicht als Assimilation verstanden werden. [...] Assimilation will die Unterschiede von Kulturen verschmelzen und schrittweise eliminieren. Sie führt zu Entfremdung, kann zum Bruch der Kontakte [...] und letztlich zur Entwurzelung und dem Verlust an Bodenhaftung führen.

Keskin, Hakkı: Deutsch-türkische Perspektiven, Plädoyer für eine zukunftsorientierte Integrationspolitik, Schwalbach: Wochenschau-Verlag 2009, S. 19 ff.

ARBEITSVORSCHLÄGE

1

Beschreiben Sie die Karikatur und erläutern Sie die Kritik des Zeichners.

2

Wie beurteilt die Autorin die Integrationsproblematik in Deutschland?

Stimmt ihre Analyse mit Ihren Erfahrungen überein?

3

Erklären Sie in eigenen Worten, warum Spieler Can, Gnabry oder Amiri die Entwicklung der deutschen Gesellschaft widerspiegeln.

Diskutieren Sie, ob die Gnabrys & Co. „Vorbilder für alle anderen mit Migrationshintergrund“ sein können.

3

Diskutieren Sie, warum Sportarten wie Fußball eine wichtige Rolle bei der Integration spielen.
Wie könnte man diese Möglichkeiten auch in anderen Bereichen nutzen?

4

Erklären Sie die Begriffe „Integration“ und „Assimilation“.

WEITERFÜHRENDE HINWEISE

Wie verändert sich Deutschland mit der Einwanderung?

Bereiten Sie eine Diskussion in Ihrer Klasse vor. Als Methode können Sie z. B. Fishbowl wählen (s. S. 208).

Was man über ALG I und ALG II wissen muss

Im Rahmen der Agenda 2010 wurden auch Arbeitslosen- und Sozialhilfe neu geregelt. Danach gliedern sich die staatlichen Leistungen, die Arbeitslose erhalten, hauptsächlich in zwei Grundpfeiler, das Arbeitslosengeld (ALG) I und das Arbeitslosengeld (ALG) II. Das ALG II wird häufig auch als „Hartz IV" bezeichnet.

Existenzielle Armut

Wer von existenzieller Armut betroffen ist, kämpft um sein physisches Überleben, da er sich die wichtigsten Grundbedürfnisse wie Nahrung nicht leisten kann. Eigentlich sollte diese Art der Armut in Deutschland durch staatliche Leistungen nicht auftreten. Sie tritt aber trotzdem auf, wenn Menschen staatliche Hilfe nicht beanspruchen.

Vgl. Bundeszentrale für politische Bildung: Jeder sechste Deutsche von Armut bedroht, Bonn, 28.03.2012, abgerufen unter: www.bpb.de/politik/hintergrundaktuell/125771/jeder-sechste-vonarmut-bedroht [23.10.2020].

Einkommensarmut

Sie misst sich am Lebensstandard der jeweiligen Gesellschaft. Als arm gilt, wer über so geringe Mittel verfügt, dass er von der Lebensweise ausgeschlossen ist, die in der Gesellschaft als Minimum gilt.

Die Tafeln

In Deutschland werden täglich viele Lebensmittel vernichtet, obwohl sie noch verzehrfähig sind. Gleichzeitig gibt es Millionen Menschen, die nicht ausreichend zu essen haben. Die Tafeln schaffen eine Brücke zwischen Überfluss und Mangel: Sie sammeln Lebensmittel, die sonst im Abfall landen würden, und verteilen diese an sozial und wirtschaftlich Benachteiligte.

1

2

Armut in Deutschland

Beim Thema Armut kommt den meisten Menschen nicht als Erstes Deutschland in den Sinn – eine der reichsten Nationen der Welt. Und doch leben hier Millionen Menschen, die von Armut betroffen oder bedroht sind.

In der Regel handelt es sich dabei nicht um existenzielle Armut – also eine Armut, bei der das Leben, etwa durch einen signifikanten Mangel an Lebensmitteln, unmittelbar in Gefahr ist. Dennoch leben die Betroffenen in Deutschland im Vergleich zur übrigen Bevölkerung mit erheblichen Einschränkungen.

Von Armut bedrohte oder betroffene Menschen wenden den größten Teil ihres Einkommens für die Sicherung elementarer Lebensbedürfnisse auf. Für den Kauf von Lebensmitteln bleiben ihnen meist nur wenige Euro pro Tag, die für sämtliche Mahlzeiten ausreichen müssen. Frisches Obst und Gemüse, Fleisch und Milchprodukte werden zu Luxusgütern, die sich Bedürftige nur selten leisten können. Für die Pflege mitmenschlicher Kontakte und soziale Teilhabe bleibt selten Geld übrig.

Die möglichen Folgen sind vielfältig: Mangelernährung, hohe Krankheitsanfälligkeit, soziale Isolation, Suchtprobleme.

Die Tafeln in Deutschland setzen sich dafür ein, die Folgen der Armut in einem Land des Überflusses etwas zu lindern – und den Betroffenen den Alltag etwas zu erleichtern.

Tafel Deutschland e. V. (Hrsg.): Armut, Berlin, abgerufen unter: www.tafel.de/themen/armut/ [09.11.2020].

3

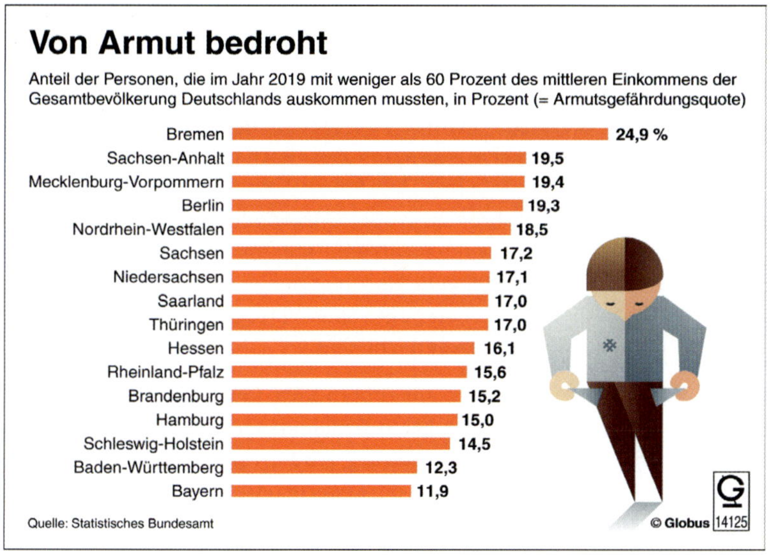

In Deutschland gilt als arm, wer in einem Haushalt lebt, dem weniger als 60 % des mittleren Nettoeinkommens zur Verfügung stehen. Von Einkommensarmut betroffen sind besonders Arbeitslose, Ungelernte und Alleinerziehende.

Im Jahr 2019 liegt die Armutsgefährdungsquote in Deutschland bei 15,9 % (vgl. Sozialberichterstattung des Statistischen Bundesamtes (Destatis)). Damit ist sie nach einem leichten Rückgang in 2018 wieder angestiegen.

Besonders von Armut bedroht sind Kinder. Der Deutsche Kinderschutzbund geht davon aus, dass in Deutschland etwa jede fünfte Person unter 18 Jahren in Einkommensarmut lebt. Da die Bildungschancen in Deutschland nach wie vor vom Elternhaus abhängen, stehen diese Kinder vor einer ungewissen Zukunft. Wird Armut vererbt? Vieles spricht dafür.

Unter den Armen sind auch viele Erwerbstätige. Trotz Vollzeitarbeit und Tarifabsicherung erreichen sie mit ihrem Verdienst nicht einmal das Existenzminimum.

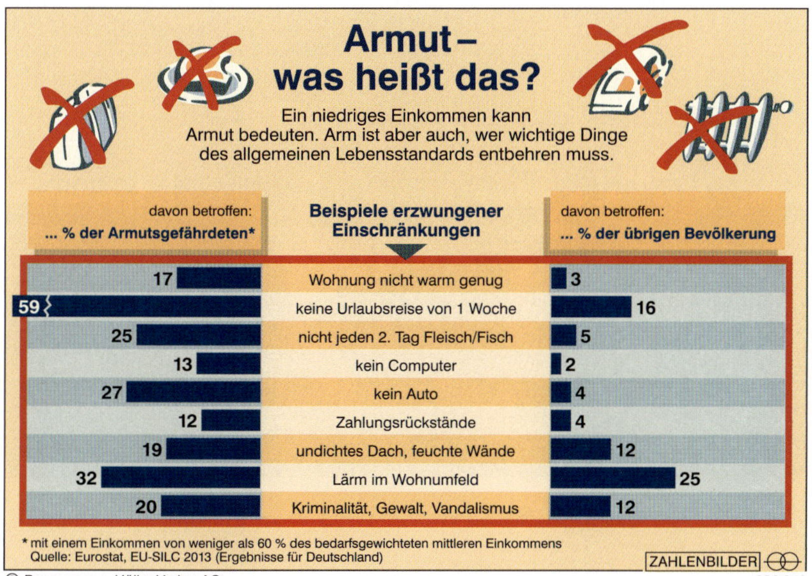

 286 340

ARBEITSVORSCHLÄGE

1

Schauen Sie sich die Karikatur an und sprechen Sie darüber, wie sich Armut auf Chancengerechtigkeit auswirkt.

2

Fassen Sie die wesentlichen Informationen des Textes zusammen.

Versuchen Sie, für eine Woche einen Essensplan aufzustellen, der nicht mehr als 2,50 € pro Tag erfordert.

3

Werten Sie das Schaubild aus. (siehe Methodenseite S. 182).

WEITERFÜHRENDE HINWEISE

Informieren Sie sich über:

- Kombilöhne
- Mindestlöhne
- Konsumgutscheine

Erörtern Sie, welche dieser Vorschläge Ihrer Meinung nach am besten geeignet sind, um den Armen zu helfen.

2.9 Entwicklung der Sozialversicherungen in Deutschland

Otto von Bismarck (1815–1898)

Er war erster Reichskanzler des 1871 gegründeten Deutschen Reiches.

Sozialistengesetz

Damit wurden sozialistische Parteien, Organisationen und Druckschriften sowie politische Versammlungen verboten. Bismarcks Intention war es, den zunehmenden Einfluss der Arbeiterbewegung in Politik und Gesellschaft mit polizeistaatlichen Mitteln auszuschalten und die sozialdemokratischen Strukturen zu zerschlagen.

Dynamische Rente

Die dynamische Rente besagt, dass eine Rente nicht ein für alle Mal in einem bestimmten Betrag festgelegt wird, sondern der Lohnentwicklung angepasst sein soll.

1

Eine tragende Säule des sozialen Rechtsstaats sind die Sozialversicherungen. Am 17. November 1881 verliest Kanzler **Bismarck** die „Kaiserliche Botschaft", eine Regierungserklärung, welche den Aufbruch in den Sozialstaat einläutet. Die Not der Menschen zur damaligen Zeit ist groß. Deutschland entwickelt sich von einer landwirtschaftlich-handwerklich geprägten Gesellschaft zur Industriegesellschaft. Die Leidtragenden sind die Arbeiter. Überfüllte Wohnungen, hohe Säuglingssterblichkeit und sinkende Löhne führen zu großer Unzufriedenheit bei der Bevölkerung. Um einer Revolution entgegenzuwirken, stimmt der Reichstag drei Gesetzeswerken zu, welche die Arbeiter versöhnlich stimmen sollen und bewusst als Ergänzung zu der gleichzeitig betriebenen politischen Verfolgung der organisierten Arbeiter unter den **Sozialistengesetzen** gedacht sind.

Doch das „Zuckerbrot", das den Arbeitern angeboten wird, fällt mager aus: Die Krankenversicherung (1883) schließt anfangs keine Familienangehörigen ein und zahlt keine Heil- und Hilfsmittel. Die Unfallversicherung (1884) verspricht nur im Betrieb verunglückten Arbeitern eine Entschädigung, bei Erwerbsunfähigkeit zwei Drittel des Einkommens. Die Invaliden- und Altersversicherung (1889) gibt es erst ab dem 70. Lebensjahr und nach 30 Beitragsjahren. Diese erreicht aber kaum zwanzig Prozent des knappen Monatslohns.

1911 wird das Gesetz reformiert und man erreicht zumindest die unterste Stufe sozialstaatlicher Mindestnormen.

1927 werden die Versicherungen durch die Arbeitslosenversicherung ergänzt. Nach dem Zweiten Weltkrieg funktioniert das System der Sozialversicherungen erst wieder Mitte der 1950er-Jahre. Mit dem darauffolgenden wirtschaftlichen Aufschwung wird 1957 der Generationenvertrag geschlossen und die **dynamische Rente** eingeführt. Seit 1961 erhält der Arbeiter im Krankheitsfall vollen Lohnausgleich, 1963 wird die Unfallversicherung neu geregelt. Seit 1969 wird die Arbeitslosenversicherung ergänzt durch einen gesetzlichen Komplex der Arbeitsmarktplanung, z. B. Berufsbildung oder Arbeitsbeschaffungsmaßnahmen. 1995 wird die Krankenversicherung durch die gesetzliche Pflegeversicherung ergänzt.

2

„Das Eisenwalzwerk" von Adolph Menzel, 1875

§ **Grundgesetz Artikel 20**

(1) Die Bundesrepublik Deutschland ist ein demokratischer und sozialer Bundesstaat.

Was ist soziale Gerechtigkeit?

3

Ist es sozial gerecht, wenn …

- … es allen gleich gut geht?
- … diejenigen mehr bekommen, die mehr leisten?
- … auch die Schwächeren noch ein menschenwürdiges Leben führen können?
- … jeder die gleichen Chancen auf Bildung, Arbeit, Teilhabe an der Gesellschaft hat?
- … auf diejenigen Rücksicht genommen wird, denen es schlechter geht?
- … die heutige Generation nicht auf Kosten der zukünftigen Generation lebt?
- … niemand Angst vor Krankheit und Alter haben muss?

4

soziale Sicherheit	Sicherung des Existenzminimums	sozialer Schutz/ soziale Teilhabe	sozialer Ausgleich
Krankenversicherung, Unfallversicherung, Rentenversicherung, Arbeitslosenversicherung, Pflegeversicherung	Existenzsicherung durch finanzielle Hilfe für den Bedürftigen und seine Familie sowie Sachleistungen, z. B. für Kleidung und Wohnung	Arbeitsschutz, Kündigungsschutz, Mutterschutz, Mieterschutz, innerbetriebliche Mitbestimmung …	progressive Einkommensteuer, Familienförderung (Ehegattensplitting, Kindergeld), Ausbildungsförderung
Leistungen erhält, wer Beiträge an die Versicherung gezahlt hat.	Leistungen erhält, wer seine Bedürftigkeit nachweisen kann.	Der Gesetzgeber stärkt die rechtliche Lage des Schwächeren.	Der Gesetzgeber stärkt die wirtschaftliche Lage des Schwächeren.

Dem Sozialstaatsgebot in Artikel 20 GG liegt die Überzeugung zugrunde, dass die Gesellschaft eine Solidargemeinschaft ist, in der die Stärkeren für die Schwächeren einstehen. Damit sind der Staat und seine Organe dazu verpflichtet, durch einen Ausgleich zwischen den stärkeren und schwächeren Gruppen der Gesellschaft für **soziale Gerechtigkeit** zu sorgen. Orientierung bieten dabei die folgenden Leitlinien:

- Wer aufgrund von Krankheit, Arbeitslosigkeit und Alter unverschuldet aus dem Erwerbsleben ausscheidet, soll vor sozialem Abstieg gesichert sein.
- Wer nicht in der Lage ist, seinen Lebensunterhalt selbst zu verdienen, soll vor einem Leben in Armut bewahrt werden.
- Jeder soll, unabhängig von seiner sozialen Herkunft, die Chance haben, seine Fähigkeiten zu entwickeln und seine Persönlichkeit zu entfalten.

Zur Verwirklichung des Sozialstaatsgebots ist im Laufe der Jahre ein dicht geknüpftes soziales Netz entstanden.

ARBEITSVORSCHLÄGE

1

Gestalten Sie einen Zeitstrahl zur Entwicklung der Sozialversicherung in Deutschland seit 1883.

Wieso kann man bei Bismarcks Vorgehen von einer Politik von „Zuckerbrot und Peitsche“ sprechen?

2

Betrachten Sie das Bild aufmerksam. Welchen Gefahren und gesundheitlichen Risiken sind die Arbeiter zur Zeit der Industrialisierung hier ausgesetzt?

3

Was ist soziale Gerechtigkeit? Stellen Sie Aspekte sozialer Gerechtigkeit in einer Mindmap (s. S. 228) zusammen.

1, 4

Ordnen Sie die Etappen der Entwicklung aus Ihrem Zeitstrahl den verschiedenen Zielen des Sozialstaats zu und ergänzen Sie weitere Beispiele.

Solidaritätsprinzip

Mit den Beiträgen aller Versicherten werden die erforderlichen Leistungen für Bedürftige finanziert.

Beiträge zu Sozialversicherungen 2020

	% vom Brutto lohn	Beitrags-bemessungs-grenze
Kranken-versi-cherung	14,6	4 687,50 €/ Monat
Pflege-versi-cherung	3,05	4 687,50 €/ Monat
Renten-versi-cherung	18,6	6 900 €/ Monat
Arbeits-losenver-sicherung	2,4	6 900 €/ Monat

Die Beiträge werden je zur Hälfte vom Unternehmen und von den Versicherten gezahlt, Krankenkassen können zudem einen Zusatzbeitrag von ihren Mitgliedern verlangen, der ebenfalls je zur Hälfte von den Versicherten und vom Arbeitgeber bezahlt werden muss.

Die Beitragsbemessungsgrenze
Die Beitragsbemessungsgrenze gibt an, bis zu welcher Höhe das Einkommen bei der Beitragsberechnung herangezogen wird. Die Beitragsbemessungsgrenze liegt 2020 bei 56 250 € jährlich bzw. 4 687,50 € monatlich.
Bei einem höheren Einkommen ist der übersteigende Teil des Verdiensts beitragsfrei.

1

Durch die gesetzliche Sozialversicherung sind fast alle Arbeitnehmerinnen und Arbeitnehmer im Alter, bei Krankheit und bei Arbeitslosigkeit abgesichert. Die Sozialversicherung ist eine Pflichtversicherung und besteht aus fünf Säulen:

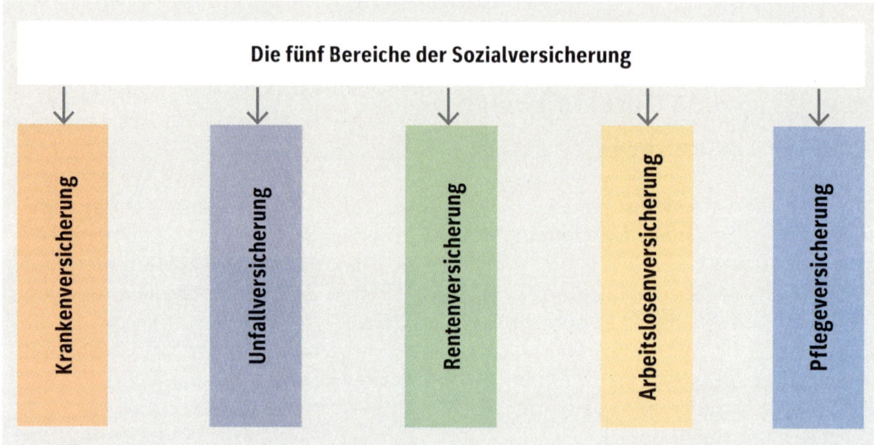

Sozialversicherungen greifen den Solidargedanken auf, weil bei ihnen die Beitragshöhe nicht vom Risiko, sondern vom Einkommen abhängig ist. Dadurch erfolgt ein sozialer Ausgleich: Bei gleicher Versicherungsleistung zahlen die Versicherten mit höherem Einkommen auch höhere Beiträge.

Die Beiträge betragen zusammen etwa 40 % des Bruttolohns. Sie werden je zur Hälfte vom Unternehmen und von den Beschäftigten gezahlt, mit Ausnahme der Unfallversicherung (Unternehmen zahlt 100 %). Die Beiträge werden dann wie die Steuer direkt vom Lohn abgezogen.

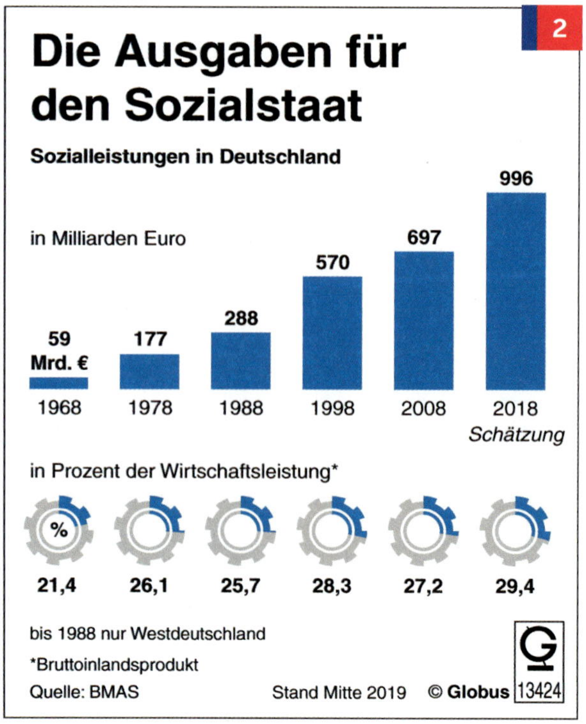

Finanziert werden die Leistungen des Sozialstaats durch Beiträge zu den Sozialversicherungen, die vom Unternehmen und den Beschäftigten gezahlt werden. Dabei ist nicht zu übersehen, dass die Sozialabgaben über die Jahre hinweg deutlich angestiegen sind. Weil den wachsenden Ausgaben entsprechende Einnahmen gegenüberstehen müssen, steigen auch die Sozialabgaben und damit die Belastung von Unternehmen und den Beschäftigten. Um zu verhindern, dass die Abgabenbelastung ins Unerträgliche steigt, erscheint vielen eine Reform des Sozialstaats, und das heißt in vielen Fällen ein Rückbau, unumgänglich. Für diese bedrohlich erscheinende Lage werden vor allem die folgenden Ursachen angeführt:

- Die demografische Entwicklung, das heißt, der Anstieg der Lebenserwartung bei gleichzeitigem Rückgang der Geburten, wird zu einer zunehmenden Belastung der jungen Generation führen.
- Die Globalisierung ermöglicht es den Unternehmen, in Ländern zu investieren, in denen die Lohn- und Lohnnebenkosten niedrig sind. Damit gehen nicht nur Arbeitsplätze verloren, sondern auch die Beiträge der Unternehmen zu den Sozialversicherungen.
- Arbeitslosigkeit verschärft die Finanzierungsprobleme des Sozialstaats: Mehr Arbeitslose bedeuten weniger Beitragszahlende und dafür mehr Menschen, die Leistungen empfangen, also geringere Einnahmen und höhere Ausgaben für die Sozialversicherungen.

Wie die Lasten neu zu verteilen sind, ohne in eine soziale Schieflage zu geraten, wird weiterhin kontrovers zwischen Politik und Interessengruppen diskutiert werden.

Doch, es gibt das Positive 3

[...] Die „Zivilgesellschaft" ist so eine Art Heilsarmee der Demokratie. Sie besteht aus Wohlfahrtsverbänden, aus Stiftungen und vor allem aus vielen großen und kleinen Bürgerinitiativen. Die Zivilgesellschaft beantwortet eine Frage, die in Zeiten von anhaltend schlechten Nachrichten besonders beliebt ist: Wo bleibt eigentlich das Positive? Es gibt dieses Positive – nämlich Zehntausende sozialer und gesellschaftspolitischer Projekte im Land, die dort ansetzen, wo der Staat es nicht oder nicht mehr tut.
Sie machen Kultur; sie finanzieren, was der Staat nicht mehr finanziert. Sie kümmern sich, viel persönlicher als dies die beste staatliche Jobagentur kann, um Ausbildungsplätze für Jugendliche; sie leisten Hausaufgabenhilfe für ausländische Kinder; sie begleiten türkische Eltern zur Klassenversammlung; sie kriechen unter den Teppich, unter den Hartz IV die neuen Armen der Gesellschaft gekehrt hat; und sie tischen ihnen etwas zum Essen auf: [...]
Es gibt eine [...] Renaissance dessen, was man früher „Ehrenamt" nannte. [...] Es gibt aber auch eine zunehmende Tendenz des Staates, sich darauf zu verlassen, dass das, was er als Sozialstaat leisten müsste, von privaten Initiativen geleistet wird. [...]
Bürgerschaftliches Engagement ist aber kein Ersatz für den Sozialstaat [...]. Die Arbeit von Stiftungen, Bürgervereinen und Tafeln kann nur eine Ergänzung des Sozialstaats sein. Der Staat hat seine Pflicht zu erfüllen, privates Engagement ist die Kür. Die Gesellschaft braucht dafür Kümmerer [...]. Es gibt viele dieser Kümmerer, aber der Staat behandelt sie zu oft als nützliche Idioten. [...]

Prantl, Heribert: Doch, es gibt das Positive, in: Süddeutsche Zeitung, 30.04.2009, S. 8, abgerufen unter: www.sz.de/1.452976 [25.11.2020].

ARBEITSVORSCHLÄGE

1

Erläutern Sie, warum die Sozialversicherung eine Pflichtversicherung ist.

Die Partei „XY" stellt in ihrem Wahlprogramm die Forderung auf, den Zwang zu einer gesetzlichen Versicherung abzuschaffen. Nehmen Sie dazu Stellung.

2

Beschreiben Sie die Entwicklung der Sozialausgaben.

Sie haben den Auftrag, die Sozialausgaben um zehn Prozent zu kürzen. Wie gehen Sie vor?

3

Bürgerliches Engagement: Warum ist es nötig? Welche Rolle kann es spielen?

Methodenkompetenz

Karikaturenanalyse

Absicht einer Karikatur ist es, politische, wirtschaftliche oder gesellschaftliche Missstände durch Überzeichnung der Lächerlichkeit preiszugeben und damit Denkanstöße zu liefern. Häufige Stilmittel von Karikaturen sind Charakterkomik (überdeutliches Herausstellen von bestimmten Eigenschaften einer Person), Situationskomik (Darstellung von Menschen in einer lächerlich wirkenden Lage), Ironie (Darstellung des Gegenteils von dem, was gemeint ist).

Wichtig ist, dass Sie zuerst die Karikatur beschreiben. Das heißt, Sie erzählen zunächst, was Sie auf der Zeichnung sehen.
Erst danach geht man auf die Stilmittel ein, also auf die Frage, wie die Inhalte zeichnerisch dargestellt werden. Danach gehen Sie auf die Intention ein. Das bedeutet, Sie analysieren, welche Ziele die Karikaturistin oder der Karikaturist mit seiner Zeichnung erreichen will und welche Wirkung sie auf uns hat. Achten Sie auch auf Bildunterschriften oder Texte innerhalb der Karikatur. Sie enthalten oft wichtige Informationen für die Deutung der Aussage.

Leitfragen zur Analyse von Karikaturen

1. Inhalt
- Welches Problem/Ereignis ist dargestellt?
- Welche Personen sind zu erkennen?
- Welcher Widerspruch wird aufgedeckt?

2. Gestaltungsmittel
- Welche Mittel verwendet die Karikatur?
- Wie werden Personen dargestellt?
- Welche Typisierungen werden verwendet?

3. Intention und Wirkung
- Wer/was wird angegriffen?
- Welche Ziele verfolgt die Karikaturzeichnerin oder der -zeichner?
- Wie wirkt die Karikatur auf uns? Entspricht die Darstellung unserer eigenen Sichtweise?

Beschreiben Sie immer zuerst, was Sie sehen.
Vergessen Sie nicht die Bildunterschrift oder Texte innerhalb der Karikatur. Sie können Ihnen wichtige Informationen für die Deutung der Aussage geben.

Aufgabe

Beschreiben Sie die Karikaturen zum Thema Sozialversicherungen auf den Seiten 66–67 und erläutern Sie die Kritik des Zeichners. Folgen Sie dabei dem vorgegebenen Schema auf der nächsten Seite.

So geht's

Karikaturenanalyse

Aufgabe: Beschreiben Sie die Karikatur auf der linken Seite und erläutern Sie die dargestellte Kritik.

1. Inhalt (Was wird dargestellt?)

Die Karikatur zeigt im hinteren Teil des Bildes einen Mann, der einen Balken trägt, auf dem links ein kleines Kind sitzt und rechts zwei ältere Herrschaften. Im vorderen Teil des Bildes liegt ein weiterer Balken, vor dem ein kleiner Junge steht, der ein Schild mit der Aufschrift „Geburtenrate" unter den Arm geklemmt hat. Rechts auf dem Balken sitzen fünf Rentner, die zu dem Jungen schauen.

2. Gestaltungsmittel (Wie werden die Inhalte dargestellt?)

Der Mann wird im Blaumann mit Helm als „aktiver" Arbeitnehmer dargestellt. Er trägt auf seinem Rücken einen schweren Balken, welcher den Generationenvertrag darstellen soll. Dieser ist nicht ausgeglichen und kippt wie eine Wippe nach hinten weg, da das Gewicht der Rentner höher ist. Man erkennt, dass der Mann bei der Arbeit fast an seine Grenzen kommt, da die Last von zwei Rentnern schon sehr groß ist. Dass noch „alles o. k." ist, erfährt man durch die Aussage unter der Karikatur, in der er aber den Jungen schon darauf aufmerksam macht, dass er, wenn er groß sei, den anderen Balken tragen müsse.

3. Intention und Wirkung (Wie ist diese Quelle einzuschätzen? Welche Bedeutung hat sie?)

Die Idee des Generationenvertrags kann im Moment noch „getragen" werden. Der Mann sorgt mit seiner Arbeit für den Unterhalt des Kindes und gleichzeitig finanziert er durch seinen Beitrag zur Rentenversicherung den Lebensunterhalt der Rentner. Doch die Karikatur zeigt, dass in Zukunft die Geburtenrate sehr niedrig sein wird und es deutlich mehr Rentner geben wird. Der Junge wird, wenn er einmal groß ist, diese schwere Last nicht auf seinem Rücken tragen können.
Das heißt, die Idee des Generationenvertrags wird scheitern.

Rentenniveau

Das Rentenniveau beschreibt den Verhältniswert aus einer Standardrente und einem durchschnittlichen Arbeitsentgelt. Es ist eine Modellrechnung, um eine Kennzahl für die Leistungsfähigkeit des Rentensystems zu haben.

Entwicklung des Rentenniveaus

Jahr	Netto-Rentenniveau (in %)
1990	55,0
1995	53,9
2000	52,9
2005	52,6
2010	51,6
2015	47,7
2020	48,0
2025	48,0
2031	45,5

Vgl. Institut Arbeit und Qualifikation der Universität Duisburg-Essen (Hrsg.): Entwicklung des Netto-Rentenniveaus vor Steuern 1990 – 2033, Duisburg 2019, abgerufen unter: www.sozialpolitik-aktuell.de/tl_files/sozialpolitik-aktuell/_Politikfelder/Alter-Rente/Datensammlung/PDF-Dateien/abbVIII37.pdf [24.10.2020].

Kranken- und Pflegeversicherung

Die Kosten im Bereich **Gesundheitswesen** sind in den letzten Jahren enorm gestiegen. Damit aber die Beiträge zur gesetzlichen Krankenversicherung nicht ins Unermessliche steigen, muss an anderen Stellen gespart werden.

1

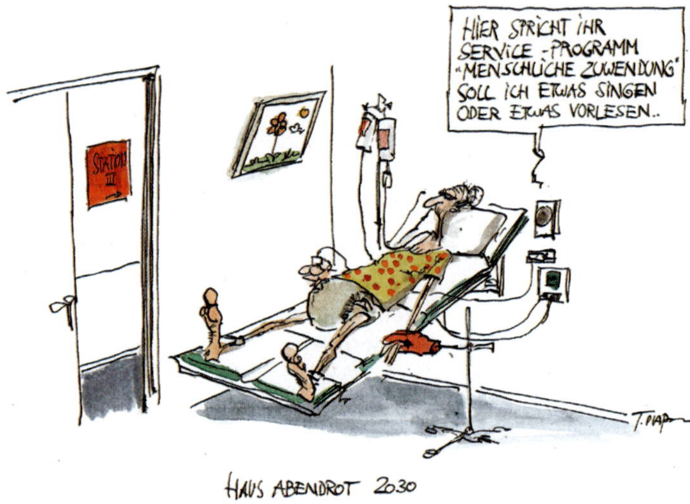

Arbeitslosenversicherung

Die Arbeitslosigkeit ist seit den 1970er-Jahren stark gestiegen und hat zwischenzeitlich Rekordmarken erreicht. Deshalb müssen mithilfe der Beiträge zur **Arbeitslosenversicherung** hohe Summen für die Unterstützung Arbeitsloser aufgebracht werden. Um das Problem zu lösen, wurden Beitragssätze erhöht, Leistungen gekürzt und es wurde eingegrenzt, wer Leistungen beanspruchen kann (Hartz IV).

Rentenversicherung

Die **Rentenversicherung** basiert auf dem Generationenvertrag. Das heißt, dass die Zahl der Beitragszahler und die Zahl der Rentenempfänger im richtigen Verhältnis zueinander stehen müssen. Die Politik wird sich in Zukunft auf die demografischen Veränderungen unserer Gesellschaft einstellen müssen.

Die Sozialpolitik muss sich auf die Veränderungen einstellen. Verschiedene deutsche Regierungen haben bereits reagiert und Reformen eingeleitet, um die Kosten zu verringern. Oft bedeutet dies eine Senkung der Versicherungsleistungen oder ein Anheben der Beiträge. 2005 hat die Regierung mit der Einführung von Hartz IV die Arbeitslosenversicherung entlastet, indem diese Leistung nun gemeinsam mit den Städten bezahlt wird. Die Krankenversicherungen sollen durch höhere Selbstbeteiligung der Versicherten entlastet werden.

Viele Versuche und unterschiedliche Maßnahmen gab es zudem, um die Rentenproblematik in den Griff zu bekommen: 2

- Renten werden nicht angehoben (**Nullrunde**).
- Das Rentenniveau soll von 51 % bis 2030 auf 43 % gesenkt werden.
- Das Renteneintrittsalter wurde von 65 auf 67 Jahre erhöht.
- Die Versicherungsbeiträge werden erhöht.
- Die Renten werden teilprivatisiert (Riesterrente).

Es ist absehbar, dass diese Reformen auch in Zukunft nicht greifen.

Der Anteil der zugewanderten Bevölkerung wird bis zum Jahr 2050 in Deutschland im Durchschnitt rund ein Drittel und in den Großstädten über 50 % erreichen. Durch die Zuwanderung kann z. B. der Bevölkerungsverlust gemildert werden.

ARBEITSVORSCHLÄGE

Erarbeiten Sie in Partnerarbeit, vor welchen Problemen die gesetzliche Sozialversicherung steht.

1

Beschreiben Sie die Karikaturen und erläutern Sie die Kritik des Zeichners.

An welchen Stellen könnte man im Gesundheitswesen sparen?

2

Mit welchen Reformen hat die Politik in den letzten Jahren versucht, auf die demografischen Veränderungen zu reagieren?

WEITERFÜHRENDE HINWEISE

Recherchieren Sie, wie die Sozialversicherung in anderen Ländern gehandhabt wird, und bewerten Sie im Anschluss die verschiedenen Modelle.

2.12 Basisinnovationen – gestern und heute

1

1800	1850	1900	1950	2000

– Dampfmaschine – mechanischer Webstuhl – Kohle- und Eisentechnologie	– Eisenbahn – Telegrafie – Fotografie – Zement	– Chemie – Auto – Elektrifizierung – Aluminium	– Kunststoffe – Fernsehen – Kernkraftwerk – Elektronik – Raumfahrt	– Mikroelektronik – Glasfaser – Laser – Biotechnologie – Nanotechnologie

Der technologische Wandel erhält immer wieder maßgebliche Impulse von sogenannten **Basisinnovationen**. Durch viele solche technischen Erfindungen kommen innerhalb kurzer Zeit überall mehr und mehr Maschinen zum Einsatz, z. B. im Transportwesen, im Bergbau und in der Industrie.

Basisinnovationen sind Motor des wirtschaftlichen Wachstums und **Strukturwandels**. Sie begünstigen die Entstehung neuer Industriezweige mit zukunftsorientierten Arbeitsplätzen. Andererseits gilt: Wer den Anschluss bei den technologischen Entwicklungen verpasst, läuft Gefahr, bald auch wirtschaftlich zurückzufallen.

Heute werden Wirtschaftswachstum und Strukturwandel maßgeblich von der **Informations- und Kommunikationstechnologie** beeinflusst.

Informationsgesellschaft und Arbeitswelt

2

Künstliche Intelligenz (KI) wird zukünftig in immer mehr Bereichen unserer Lebenswelten eine relevante Rolle spielen. So erkennen KI-Systeme Sprachanweisungen, filtern Spammails heraus, erkennen Bilder, sortieren Suchergebnisse, korrigieren Schreibfehler und schlagen Produkte vor. Sie übersetzen Texte und spielen Go oder Schach, letzteres schon lange besser als ein Mensch. Die Systeme steuern Staubsaugerroboter, Fahrassistenzsysteme und ganze Fertigungsanlagen. KI-Systeme helfen Medizinern zunehmend bei der Diagnose und bei der Auswahl der individuell besten Therapie. Es geht dabei um verschiedene Vorteile wie Komfort und Effizienz, aber auch um Sicherheit und Gesundheit. KI und intelligente Systeme bergen darüber hinaus großes Potenzial zur Lösung aktueller gesellschaftlicher Herausforderungen, wie die einer zunehmend älter werdenden Gesellschaft oder des Klimawandels.

Deutscher Bundestag (Hrsg.): Unterrichtung der Enquete-Kommission Künstliche Intelligenz – Gesellschaftliche Verantwortung und wirtschaftliche, soziale und ökologische Potenziale (Vorabfassung 28.10.2020). Drucksache 19/23700, Berlin, S. 25, abgerufen unter: dip21.bundestag.de/dip21/btd/19/237/1923700.pdf [09.11.2020].

Die Wirtschaftswelt entwickelt sich ständig weiter und mit ihr die Anforderungen in den Berufen. Neue Technologien, modernere Fertigungsmethoden, computergesteuerte Maschinen und die veränderten Bedürfnisse und Wünsche der Kunden erfordern ein Umdenken. Die Anforderungen und Tätigkeiten in den Berufen haben sich grundlegend verändert.

Information und Wissen erhalten für die wirtschaftliche Entwicklung eine ähnlich herausragende Bedeutung wie zuvor Rohstoffe, Kapital und Arbeit. Effektiv wirtschaften kann dann nur noch, wer die notwendige Information für den jeweils passenden speziellen Zweck richtig aufgearbeitet, in kürzester Zeit und am entsprechenden Ort zur Verfügung hat.

Basisinnovationen

Dies sind technische Neuerungen, die die Herstellung neuer Produkte ermöglichen und einen Schub von Folgeinnovationen auslösen.

Technologie

Ursprünglich die Wissenschaft von der Technik. Erweitert steht der Begriff für alle technischen Verfahren, mit deren Hilfe (natur-)wissenschaftliche Erkenntnisse praktisch nutzbar gemacht werden.

Informationstechnologie

Abkürzung IT.
Entwicklung und Einführung neuer Erkenntnisse und Methoden der Informationsverarbeitung zur Steigerung der Verfügbarkeit von Information.
IT bedeutet digitale Datenverarbeitung in jeder Form.

Kommunikationstechnologie

Bezeichnung für die moderne Entwicklung der Nachrichten- und Übertragungstechnik, insbesondere der Telekommunikation.
Dazu gehört z. B. schnellere Übertragung in flächendeckenden breitbandigen Netzen.

3

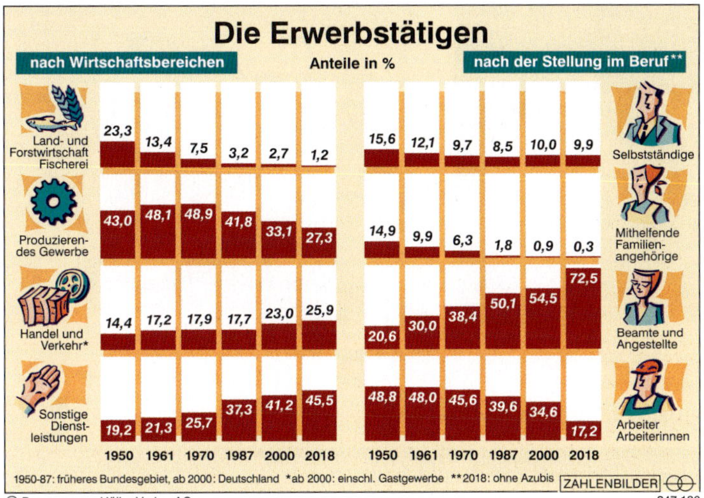

© Bergmoser + Höller Verlag AG 247 130

Berufs- und Arbeitswelt verändern sich. Traditionsberufe verschwinden, bestehende Berufsbilder werden modernisiert und neue Berufe entstehen. War früher die Berufsentscheidung meist eine Entscheidung fürs ganze Leben, so muss man heute damit rechnen, sich mehrmals im Leben beruflich neu zu orientieren.

Dabei sind folgende Trends zu beobachten:

- In der Produktion gehen Arbeitsplätze verloren, im **Dienstleistungsbereich** entstehen neue Arbeitsplätze.
- Berufe mit geringer Qualifikation werden weniger; die Anforderungen steigen beständig. Gefragt sind vor allem auch sogenannte **Schlüsselqualifikationen**.
- Während der Erstausbildung erworbene Kenntnisse und Fertigkeiten reichen nicht mehr aus. Arbeitnehmer/-innen müssen sich ständig weiterbilden.

4

Erwartungen der Unternehmen an die Auszubildenden

Fachliche Kompetenzen

- Beherrschung einfacher Rechentechniken
- Grundlegende naturwissenschaftliche Fähigkeiten
- Grundkenntnisse wirtschaftlicher Zusammenhänge
- Grundkenntnisse in Englisch
- Grundkenntnisse im IT-Bereich
- Kenntnisse und Verständnis über die Grundlagen unserer Kultur

Persönliche Kompetenzen

- Zuverlässigkeit
- Lern- und Leistungsbereitschaft
- Ausdauer
- Durchhaltevermögen
- Belastbarkeit
- Sorgfalt
- Gewissenhaftigkeit
- Konzentrationsfähigkeit
- Verantwortungsbereitschaft
- Selbstständigkeit
- Kritikfähigkeit und Selbstkritik
- Kreativität und Flexibilität

Soziale Kompetenzen

- Kooperationsbereitschaft
- Teamfähigkeit
- Höflichkeit, Freundlichkeit
- Konfliktfähigkeit
- Toleranz

Industrie- und Handelskammer Nord Westfalen: Was erwartet die Wirtschaft?, abgerufen unter: www.ihk-nordwestfalen.de/bildung/ausbildung/schueler/was-erwartet-die-wirtschaft-3579698 [24.10.2020].

ARBEITSVORSCHLÄGE

1

Welche Basisinnovationen haben seit der Industrialisierung im 19. Jahrhundert einschneidende gesellschaftliche Veränderungen bewirkt?

2

Welche Auswirkung hat die künstliche Intelligenz auf die zukünftige Arbeitswelt? Welche Tätigkeiten in Ihrem Berufsfeld könnten dadurch nach und nach ersetzt werden?

3

Beschreiben Sie das Schaubild und geben Sie die wesentlichen Informationen in ganzen Sätzen wieder (s. Methode S. 182).

4

Diskutieren Sie in der Klasse, ob die allgemeinbildenden Schulen ausreichend auf die Anforderungen in der Berufsausbildung vorbereiten.

WEITERFÜHRENDE HINWEISE

Versuchen Sie herauszufinden, welche Weiterbildungsangebote in Ihrer Region gemacht werden, und überlegen Sie, welche Angebote für Ihre berufliche Weiterentwicklung sinnvoll wären.

Beobachten Sie die Entwicklung der Arbeitsplätze in Ihrer Region. In welchen Bereichen gehen Arbeitsplätze verloren, wo entstehen neue?

2.13 Beruf fürs Leben?

So entsteht ein neuer Beruf

Die Initiative für einen neuen Beruf kann sowohl von den Unternehmen als auch von den Gewerkschaften, Arbeitgeberverbänden oder staatlichen Stellen ausgehen:

Arbeitgeberverband und Gewerkschaft verhandeln über die Entwicklung eines neuen Berufsbildes.

▼

In gemeinsamen Kommissionen wird der Ausbildungsrahmenplan erarbeitet.

▼

Das Bundesministerium für Wirtschaft erlässt das neue Berufsbild.

▼

Die Verordnung tritt in Kraft – es gibt einen neuen, staatlich anerkannten Ausbildungsberuf.

Warum macht ein Beruf glücklich?

Geld, genug Freizeit oder freie Entscheidungen treffen? Fehlanzeige! Howard Gardner fand mithilfe von 22 Fragen heraus, dass es recht einfache und leicht umsetzbare Faktoren sind, die einen im Berufsleben glücklich machen. So richtig zufrieden und glücklich machen Berufe, in denen Menschen anspruchsvolle Aufgaben ausüben, genug Zeit für diese besitzen und am Ende des Arbeitstags auch das Gefühl haben, etwas Sinnvolles geleistet zu haben.

In diesen fünf Berufen sind Menschen laut der Umfrage am glücklichsten:

1. Floristen und Gärtner
2. Friseure und Schönheitspflege
3. Klempner und Installateure
4. Marketing, Presse- und Öffentlichkeitsarbeit
5. Wissenschaftler

AUBI-plus: Diese Berufe machen glücklich, 24.06.2020, abgerufen unter: www.aubi-plus.de/blog/diese-berufe-machen-gluecklich-4691/ [24.10.2020] (verändert).

Arbeitsplatz gestern

Arbeitsplatz heute

Bestehende Berufe werden modernisiert **1**

alte Berufsbezeichnung	neue Berufsbezeichnung
Kraftfahrzeugmechaniker/-in	Kraftfahrzeugmechatroniker/-in
Fachkraft für Lagerwirtschaft	Fachkraft für Lagerlogistik
Schauwerbegestalter/-in	Gestalter/-in für visuelles Marketing
Rollladen- und Jalousiebauer/-in	Rollladen- und Sonnenschutzmechatroniker/-in
Kaufmann/Kauffrau für Bürokommunikation	Kaufmann/Kauffrau für Büromanagement
IT-System-Kaufmann	Kaufmann für IT-System-Management
Kellner, Hotel- und Gaststättengehilfin, Fachgehilfe	Fachkraft im Gastgewerbe

Neue Berufe entstehen **2**

Berufsbezeichnung	Inhalte
Kaufmann für Digitalisierungsmanagement	Die Industrie 4.0 und die damit verbundene Digitalisierung fordern neue Kenntnisse, Fertigkeiten und auch noch neue Bereiche in der Ausbildung. Der Kaufmann für Digitalisierungsmanagement (früher Informatikkaufmann) kümmert sich um die Digitalisierung von Geschäftsprozessen, die im direkten Zusammenhang mit Betriebszwecken stehen.
Fachkraft für Kreislauf- und Abfallwirtschaft	Fachkräfte für Kreislauf- und Abfallwirtschaft arbeiten in Entsorgungsunternehmen, Verwertungs- und Beseitigungsanlagen, wie z. B. Glas- und Papierrecycling, Deponien, Kompostierungsanlagen und chemisch-physikalischen Behandlungsanlagen.
Fachmann/Fachfrau für Systemgastronomie	Fachleute für Systemgastronomie setzen ein standardisiertes, zentral gesteuertes Gastronomiekonzept in Betriebsstätten um.
Orgelbauer/Orgelbauerin	Bisher hieß dieser Beruf Orgel- und Harmonieumbauer/-in. Der Beruf Orgelbauer/Orgelbauerin wurde aufgrund der technischen Veränderungen und der Digitalisierung 2019 neu geordnet, denn die alte Verordnung zur Ausbildung wurde im Jahr 1984 entwickelt. Seitdem hat sich einiges verändert. So arbeiten Orgelbauer heutzutage mit hochmodernen CNC-gesteuerten Maschinen und bauen auch elektronisch gesteuerte Orgelsysteme. Die Ausbildung zum Orgelbauer gehört somit zu den technischen Berufen. Der Zusatz Harmoniebauer ist zudem aufgrund der nicht mehr durchgeführten Neubauten von Harmonien weggefallen.
Fachkraft für Veranstaltungstechnik	Fachkräfte für Veranstaltungstechnik realisieren technische, organisatorische und gestalterische Dienstleistungen, z. B. bei Bühnen- und Open-Air-Veranstaltungen, Film- und Fernsehproduktionen, Kongressen, Konzerten, Messen, Produktpräsentationen, Shows, Tagungen, Theateraufführungen.

Mikroelektronik im Beruf

Mikroelektronik spielt heute in den meisten Berufen eine wichtige Rolle. In den letzten Jahren sind viele Ausbildungsgänge modernisiert und neue Berufe geschaffen worden.

Beispiele für diese neuen Ausbildungsberufe sind Kaufmann/Kauffrau für IT-Systemmanagement und Kraftfahrzeugmechatroniker/-in. Wie man sich diese Berufe vorzustellen hat, zeigen die folgenden Tätigkeitsbeschreibungen:

Kaufmann/Kauffrau für IT-Systemmanagement

3

Die Industrie 4.0 und die damit verbundene Digitalisierung fordern neue Kenntnisse, Fertigkeiten und auch noch neue Bereiche in der Ausbildung. Auch die wachsende Bedeutung von Datenspeicherung, Datenübertragung und IT-Sicherheit spiegelt sich in den Unternehmen und Geschäftsprozessen wider, sodass die Ausbildungsinhalte auf die neuen Anforderungen der Berufswelt angepasst werden mussten. Kaufleute im IT-Systemmanagement sind Spezialisten für die verschiedensten Systeme, die in den Unternehmen benötigt werden. Sie beraten ihre Kundinnen und Kunden zu den neusten Entwicklungen und entwickeln IT-Lösungen, die auf den Bedürfnissen des Kunden abgestimmt sind. Auch die Bestellung der benötigten Hard- und Software sowie die Einweisung in die IT-Systeme gehören zu ihrem Aufgabenbereich.

Arbeitsplatz einer Kauffrau für IT-Management

Vgl. AUBI-plus: Kaufmann für IT-Systemmanagement (m/w/d), abgerufen unter: www.aubi-plus.de/berufe/kaufmann-fuer-it-systemmanagement-2116/ [24.11.2020].

Kraftfahrzeug-Mechatroniker/-in

4

Kfz-Mechatroniker kennen sich in allen Bereichen der Fahrzeug-Technik aus, sowohl auf dem Gebiet der „klassischen“ Kfz-Mechanik als auch auf dem der Kfz-Elektronik. Sie analysieren elektrische, elektronische und mechanische Systeme, stellen Fehler und Störungen fest und beheben mit Hilfe computergestützter Mess- und Prüfsysteme deren Ursachen. Nach Instandsetzungs- oder Umbauarbeiten prüfen sie die Funktionen der Fahrzeuge und Teilsysteme und kontrollieren, ob straßenverkehrsrechtliche Vorschriften eingehalten werden.

Die Kfz-Mechatroniker-Ausbildung wird in **5 unterschiedlichen Schwerpunkten** angeboten: Motorradtechnik, Nutzfahrzeugtechnik, System- und Hochvolttechnik, Karosserietechnik, Personenkraftwagentechnik

Im 3. Ausbildungsjahr entscheidest du dich für einen Schwerpunkt und vertiefst dort dein Wissen. [...]

Azubiyo: Kfz-Mechatroniker/Kfz-Mechatronikerin. München, abgerufen unter: www.azubiyo.de/berufe/kfz-mechatroniker/ [09.11.2020].

ARBEITSVORSCHLÄGE

1

Vergleichen Sie die alten mit den neuen Berufsbezeichnungen und überlegen Sie, warum Berufe neu geordnet werden und eine neue Bezeichnung erhalten.

2

Stellen Sie anhand der Beispiele die Gründe zusammen, warum neue Berufsbilder entwickelt werden.

3, 4

Wie sieht der Berufsalltag von
a) Kaufleuten für IT-Systemmanagement und
b) Kraftfahrzeugmechatronikern und -mechatronikerinnen aus?
Was ist neu an diesen Berufen?

In welchen anderen neuen Berufen sind kaufmännische und technische Fähigkeiten gefragt? Finden Sie Beispiele.

WEITERFÜHRENDE HINWEISE

Weitere Berufe werden neu geordnet, z. B. Fahrzeuginterieur-Mechaniker/ Fahrzeuginterieur-Mechanikerin, Lacklaborant/Lacklaborantin usw. Informieren Sie sich über die neuen Berufe beim Bundesinstitut für Berufsbildung in Bonn (www.bibb.de).

Hier finden Sie auch die Profile aller anderen Ausbildungsberufe.

Wissens-Check

Demografischer Wandel Auswirkungen	Er beschreibt die Veränderung der Altersstruktur unserer Bevölkerung in Vergangenheit und Zukunft. Der Anteil der älteren Menschen steigt, der Anteil der jungen Menschen sinkt. Er wird vor allem beeinflusst von der Entwicklung der Geburtenzahlen, der steigenden Lebenserwartung und den Zuwanderungszahlen. Er hat große Auswirkungen auf die Wirtschaft und die sozialen Sicherungssysteme.
Migration Ursachen Folgen	Eine dauerhaft werdende räumliche Veränderung des Lebensmittelpunktes. Es wird unterschieden zwischen internationaler Migration (über die Grenzen) und Binnenmigration (innerhalb der nationalen Grenze). Push-Faktoren: negative Bedingungen im Heimatland Pull-Faktoren: Attraktivität des Ziellands Die Gesellschaft verändert sich zu einer Einwanderungsgesellschaft.
Entwicklung der Sozialversicherungen Erweiterung	Wegmarken der Sozialversicherung in Deutschland • 1881 Beginn der Arbeit an den Sozialgesetzen („Kaiserliche Botschaft“) • 1883 Krankenversicherung für Arbeiter • 1884 Unfallversicherung • 1889 Alters- und Invalidenversicherung für Arbeiter • 1911 Rentenversicherung für Angestellte • 1927 Arbeitslosenversicherung • 1957 Rentenreform („Dynamische Rente“) • 1970 Lohnfortzahlung bei Arbeit im Krankheitsfall • 1986 Anerkennung der Kindererziehungszeiten bei der Rente • 1995 Pflegeversicherung
Beschränkungen	Beschränkung durch z. B. die Hartz-IV-Gesetze (2003–05)
Gründe für die Einführung	Die Entwicklung zur Industriegesellschaft führt zu viel Leid und Unzufriedenheit bei der Arbeitergesellschaft. Um einer Revolution entgegenzuwirken, werden Sozialgesetze eingeführt, welche die Arbeiter versöhnlich stimmen sollen.
Wandel auf dem Arbeitsmarkt	Berufs- und Arbeitswelt verändern sich schnell. Traditionsberufe verschwinden, bestehende Berufsbilder werden modernisiert und neue Berufe entstehen. Dabei sind folgende Trends zu beobachten: • Weniger Arbeitsplätze in der Produktion, neue im Dienstleistungsbereich • Berufe mit geringer Qualifikation werden weniger; die Anforderungen steigen beständig. • Während der Erstausbildung erworbene Kenntnisse und Fertigkeiten reichen nicht mehr dauerhaft aus. • Vollzeitstellen werden seltener vergeben. Der Trend geht zu atypischen Beschäftigungsverhältnissen (z. B. Minijob, Zeitarbeit, Teilzeitstelle).

Kompetenz-Check

ch kann ...	☺ 😐 ☹
.. beschreiben, in welchen Bereichen der Strukturwandel die Gesellschaft verändert.	

Ich kann ...	☺ 😐 ☹
... die Veränderungen der Bevölkerungsstruktur beschreiben.	
... Ursachen und Folgen von Migration benennen und zwischen internationaler und Binnenmigration unterscheiden.	
... Gründe für die Einführung der Sozialversicherung in Deutschland benennen.	
... wichtige Wegmarken der Sozialversicherung darstellen.	
... positive und negative Auswirkungen des Wandels auf dem Arbeitsmarkt benennen.	

Ich kann ...	☺ 😐 ☹
... die Ursachen analysieren, die zu einer Veränderung der Bevölkerungsstruktur führen.	
... mich mit den Ursachen von Migration auseinandersetzen.	
... analysieren, welche Auswirkung der demografische Wandel auf meine persönliche Situation hat.	
... den Wandel auf dem Arbeitsmarkt analysieren und erläutern, welche positiven und negativen Auswirkungen der Wandel hat.	

Ich kann ...	☺ 😐 ☹
... einen Lösungsweg für ein Problem entwickeln, das sich aus dem strukturellen Wandel ergibt.	

3.1 Medienkonsum und Nutzungsverhalten: Was wäre …

Medium

Von lat. *medium* = Mitte/Mittelpunkt, auch: Gemeinwohl: Kommunikationsmittel zur Verbreitung von Wissen, Nachrichten, Meinungen und Unterhaltung durch Schrift, Ton oder Bild. Medien richten sich an einzelne gesellschaftliche Gruppen oder an ein großes Publikum (Massenmedien). Druckerzeugnisse werden auch als Printmedien, Bild- und Tonträger als audiovisuelle Medien bezeichnet.

Digital Natives

Von engl. *digital* = digital und *native* = Ureinwohner: Damit werden Personen der Generation bezeichnet, die mit digitalen Technologien (Computer, Internet, Smartphones usw.) aufgewachsen sind und Übung darin haben, sie zu benutzen.

Medien sind heutzutage in Schule, Beruf und Freizeit allgegenwärtig und werden ganz selbstverständlich genutzt. Dabei kommt dem Internet als Leitmedium des 21. Jahrhunderts eine bedeutende Rolle zu. Die heutigen Jugendlichen gehören zu der Gruppe der **Digital Natives**, d. h., ein Leben ohne Medien ist für Kinder, Jugendliche bzw. junge Erwachsene nur schwer vorstellbar. Über soziale Netzwerke läuft heute ein Großteil der Kommunikation ab. Neben den vielen Möglichkeiten, die sich daraus ergeben, muss man auch über Gefahren Bescheid wissen und entsprechend vorsorgen. Medienkompetenz ist daher unerlässlich.

Medienbeschäftigung in der Freizeit 2020 1

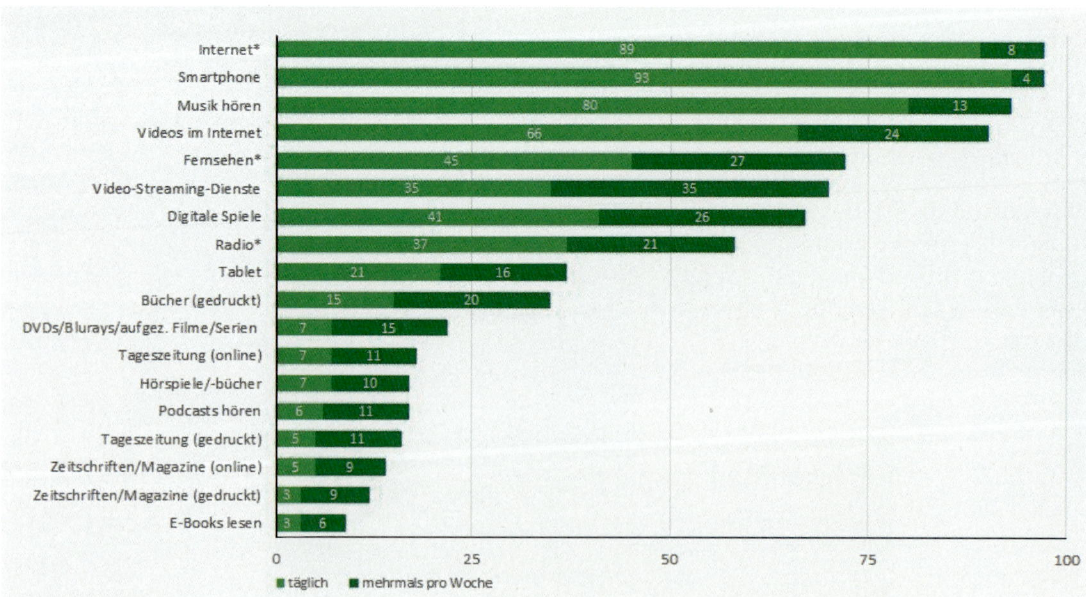

Quelle: JIM 2020, Angaben in Prozent; *egal über welchen Verbreitungsweg, Basis: alle Befragten, n=1.200

JIM-Studie

In der JIM-Studie (Jugend, Information, (Multi-)Media) findet eine jährliche Basisuntersuchung zum Medienumgang 12- bis 19-Jähriger in Deutschland statt. Sie wird vom Medienpädagogischen Forschungsverbund Südwest (mpfs) durchgeführt.

Aktivitäten im Internet – Schwerpunkt: Kommunikation 2020 – Vergleich 2019
- täglich/mehrmals pro Woche -

2

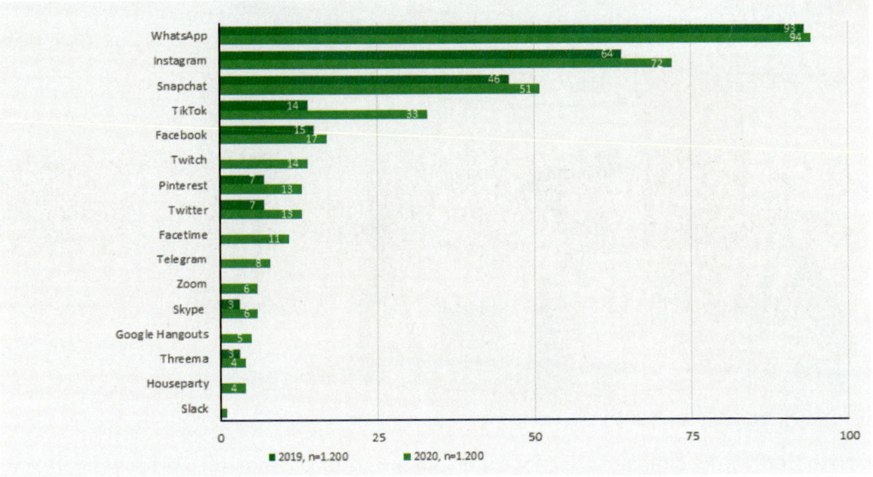

Quelle: JIM 2019, JIM 2020, Angaben in Prozent, Basis: alle Befragten

Bei Informationen vertrauen Jugendliche vor allem den klassischen Medien

3

Vor der Europawahl 2019 sorgten junge YouTuber mit kritischen Beiträgen für viel Wirbel bei den politischen Parteien. Tatsächlich informieren sich Jugendliche – auch die politisch besonders interessierten – bevorzugt im Netz über politisches Geschehen [...]. Wie stehen junge Menschen in ihrem digitalisierten Alltag zu den klassischen Medien? Können sie mit diesen überhaupt noch etwas anfangen, oder sind dies für sie lediglich Relikte aus der Welt ihrer Eltern? Wir haben die 12- bis 25-Jährigen gefragt, für wie vertrauenswürdig sie Informationen auf verschiedenen Nachrichtenkanälen halten – unabhängig von ihrem eigenen Nutzungsverhalten.

Wenn es um das Vertrauen geht, liegen die sogenannten Qualitätsmedien im Vergleich zu den digitalen Kanälen weit vorne. Jeweils vier von fünf Jugendlichen halten Informationen in den öffentlich-rechtlichen Fernsehnachrichten (82 %) oder Meldungen in großen überregionalen Tageszeitungen (80 %) für (sehr) vertrauenswürdig. [...] Obwohl sich Jugendliche auch über Politik in erster Linie online informieren, bringen sie Informationen auf digitalen Kanälen deutlich weniger Vertrauen entgegen. [...] Informationen auf YouTube schneiden unter den abgefragten Onlinekanälen am besten ab. Ihnen vertrauen 43 % der Jugendlichen. Den Nachrichten auf Facebook und Twitter bringen junge Menschen hingegen deutlich weniger Vertrauen entgegen. Da Twitter kein Jugendmedium ist, [...] haben sich viele Jugendliche bezüglich der Vertrauenswürdigkeit noch keine Meinung gebildet. Auffallend schlecht schneidet Facebook ab. Zwei Drittel der Jugendlichen halten die Informationen dieser Plattform für weniger oder nicht vertrauenswürdig. Berichte über Fake News in sozialen Medien zeigen offenbar auch bei jungen Menschen ihre Wirkung. In der Tat bringen in den ausführlichen Interviews mehrere Befragte den Begriff Fake News automatisch mit Facebook in Verbindung [...].

Albert, Mathias; Hurrelmann, Klaus; Quenzel, Gudrun: Shell-Jugendstudie 2019, hrsg. von Shell Deutschland Holding GmbH, Weinheim: Beltz 2019, S. 242–243.

ARBEITSVORSCHLÄGE

1, 2
Analysieren Sie die beiden Statistiken zum medialen Freizeit- und Kommunikationsverhalten der Jugendlichen. Vergleichen Sie bei Material 1 das Verhältnis von Print- und digitalen Medien, bei Material 2 das Verhalten von Mädchen und Jungen.

1, 2
Welche Gefahren bringt ein übermäßiger Medienkonsum mit sich? Entwickeln Sie Handlungsmöglichkeiten.

Führen Sie eine Woche lang ein Medientagebuch. Notieren Sie darin, wie lange Sie welches Medium nutzen.

2, 3
Führen Sie in der Klasse eine Umfrage zu Kommunikation und Information durch. Vergleichen Sie Ihre Ergebnisse mit den Ergebnissen der Studien.

Beurteilen Sie Ihr eigenes Nutzungsverhalten von Print- und digitalen Medien.
Auf welches Medium können Sie am wenigsten verzichten? Begründen Sie dies.

WEITERFÜHRENDE HINWEISE

Sie finden die JIM-Studie unter www.mpfs.de.

Machen Sie folgendes Experiment: Verzichten Sie eine Woche auf Smartphone und Internet! Führen Sie ein Tagebuch dazu. Reflektieren Sie Ihre Erfahrungen.

Personenbezogene Daten

Mit ihnen kann unmittelbar auf eine bestimmte Person geschlossen werden. Man spricht auch von sensiblen Daten.

Sensible Daten

Dazu gehören Hinweise auf Herkunft, politische Meinungen, religiöse oder philosophische Überzeugungen, Gewerkschaftszugehörigkeit, Gesundheit und Sexualleben.

Soziale Netzwerke

Ein soziales Netzwerk ist ein Online-Dienst, der auf einer Plattform anbietet, in einer virtuellen Gemeinschaft soziale Beziehungen zu pflegen und mit Menschen auf der ganzen Welt zu kommunizieren. Es können dabei z. B. Textnachrichten und Fotos ausgetauscht werden. Beispiele sind Facebook, Twitter, Instagram etc.

Online-Community

(engl. Internet-Gemeinschaft) Eine Gruppe von Menschen, die auf einer Plattform im Internet eine virtuelle Gemeinschaft bildet und diese Plattform nutzt.

Bevor Sie private Daten im Netz veröffentlichen, sollten Sie sich vorher fragen:

- Wäre es mir peinlich, wenn diese Informationen meine Eltern, Lehrer oder mein Ausbilder sehen würden?
- Kann jemand diese Information gegen mich verwenden?
- Schädige ich eine andere Person mit diesen Informationen?
- Ist es mir vielleicht unangenehm, wenn in fünf oder zehn Jahren jemand diese Informationen im Netz über mich liest? Könnten für mich dadurch Nachteile entstehen?

1

Soziale Netzwerke sind sehr beliebt, denn sie unterhalten uns und sind praktisch, um mit Leuten auf der ganzen Welt zu kommunizieren. Man kann mit Menschen täglich kostengünstig in Kontakt bleiben, neue Leute z. B. durch Chats oder Interessengruppen kennenlernen, Fotos, Videos und all das, was einen bewegt, mit anderen teilen. Wir präsentieren uns damit im Internet. Online-Communitys leben davon, dass man

2

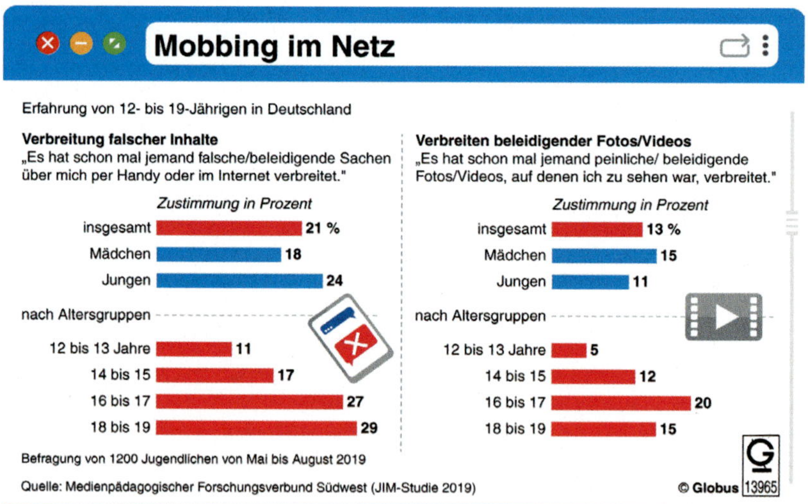

sie aktiv nutzt und auch Daten von sich einstellt. Ist man allerdings zu freizügig mit der Preisgabe seiner Daten, kann das schwerwiegende Folgen nach sich ziehen. Denn im Internet bleiben Daten lange Zeit bestehen. Die Nutzung hinterlässt Spuren. Ein vollständiges Löschen ist nur schwer oder gar nicht erreichbar. Daher ist es sinnvoll, bei der Nutzung sozialer Netzwerke immer zu bedenken, welche privaten Datenz man von sich veröffentlichen will. Hat man sich bei einem sozialen Netzwerk angemeldet bzw. nutzt man immer den gleichen Namen auf verschiedenen Plattformen, so kann man leicht über (Personen-)Suchmaschinen identifiziert werden.

Ein weitverbreitetes Problem ist das Cybermobbing, also das Mobben im Internet. Die psychischen Folgen sind gravierend. Es hat einige Menschen bereits in den Tod getrieben.

Nena Schink schreibt in ihrem Buch „Unfollow – Wie Instagram unser Leben zerstört“ über ihre Erfahrungen mit Instagram. Auszug aus einem Interview:

Auf Instagram geht es uns nur um Aufmerksamkeit

3

[...] **Woran merkt man, dass man süchtig ist nach Instagram?**

Nena Schink: Das erste Anzeichen ist, dass man seine Bilder überprüft, dass man ein Bild hochlädt und sofort beginnt, die Likes nachzuzählen. Wenn die Zahl der Likes anfängt, wichtig zu werden, dann ist man definitiv süchtig nach Instagram, nach digitaler Bestätigung. Wenn dann schlechte Laune dazu kommt, weil man findet, dass man nicht genug Likes bekommen hat oder Neid, weil andere mehr Likes bekommen, dann ist das ein Alarmzeichen. Es gibt sehr viele Frauen, die dann anfangen, die Bilder zu löschen, nur weil sie mal weniger Likes bekommen haben. [...]

Wann haben Sie gemerkt, dass Sie selbst süchtig sind?

Schink: Mir ist schon irgendwann aufgefallen, dass es eigentlich Schwachsinn ist, zwei Stunden am Tag auf Instagram zu verbringen – auch weil meine Mutter mich damals sehr, sehr stark darauf angesprochen und kritisiert hat. Sehr heilsam waren auch die realen Begegnungen mit den Influencern und die Erkenntnis, dass sie auf Instagram cooler wirken als im echten Leben. Da habe ich mich schon gefragt, warum ich eine Stunde am Tag damit verbringe, das Leben dieser Mädchen zu verfolgen. [...]

Der absolute Tiefpunkt war dann, als ich meine Schwester im Kroatien-Urlaub dazu verdonnert habe, Fotos von mir in einem knallroten Bikini auf einer Wassermelonen-Luftmatratze zu machen. Sich als Wirtschaftsjournalistin so fotografieren zu lassen, ist ziemlich dämlich [...]

Dass der Wunsch nach Bestätigung einen gewissen Reiz und ein Suchtpotenzial hat, leuchtet von außen betrachtet noch ein. Aber warum konnten Sie es nicht lassen, fremde Menschen zu beobachten?

Schink: Ich glaube, das ist Voyeurismus. Man wird süchtig danach, jede Einzelheit aus deren Leben zu kennen. Das ist so ähnlich wie beim Dschungelcamp, denke ich. Das schaue ich zwar nicht, aber ich denke, man kann das vergleichen. Und dazu kommt dann bei Instagram, dass die Influencer ein Leben präsentieren, das viel glamouröser ist als das der meisten Mädchen. Die jetten um die Welt und tragen Marken, während man im normalen Leben nur einen Schulabschluss macht. [...]

Sie sind also kein Einzelfall?

Schink: Natürlich nicht. Ich glaube, dass in meinem Freundeskreis ein großer Teil Instagram-süchtig ist. Wenn ein Mädchen sich 83-mal fotografieren lässt, um ein perfektes Bild zu haben, dann ist es eine Sucht. [...]

Warum ist Instagram aus Ihrer Sicht gefährlicher als andere Plattformen?

Schink: Facebook wurde gegründet, um mit Freunden in Verbindung bleiben zu können, LinkedIn, um beruflich voranzukommen. Aber auf Instagram gibt es nichts anderes als die Aufmerksamkeit der anderen zu gewinnen. Deswegen mutieren wir alle eigentlich zu Arschlöchern und es herrscht nichts vor als soziale Angeberei. Und was noch ein Problem ist: Das Frauenbild ist entsetzlich. Wenn man einen guten Text schreibt über Politik und Wirtschaft, ergibt das Bild vielleicht 20 Prozent der Likes von einem Bikini-Bild.

Ein Doktortitel ist auf Instagram weniger wert als eine Heirat. Wenn ein Mädchen mitteilt, dass es seinen Doktor gemacht hat, gibt das weniger Likes als wenn es im Brautkleid dasteht oder einen Verlobungsring in die Kamera hält. Die Frauen auf Instagram zeigen sich nicht in einem progressiven Rollenbild, sondern sie zeigen sich zuhause. Sie dekorieren die Wohnung, das Schlafzimmer. Sie definieren sich als „wifey of“, sind für den Mann da, sie sind für die Kinder da. Da werden furchtbare Rollenklischees verbreitet.

Schink, Nena; Schultejans, Britta; dpa: Autorin Schink: Auf Instagram geht es uns nur um Aufmerksamkeit, in: Westdeutsche Zeitung, 03.02.2020, abgerufen unter: www.wz.de/kultur/autorin-schink-auf-instagram-geht-es-uns-nur-um-aufmerksamkeit_aid-48708983 [26.10.2020].

ARBEITSVORSCHLÄGE

1
Interpretieren Sie die Karikatur.

1, 2, 3
Welche Gefahren bergen soziale Netzwerke?

3
Arbeiten Sie heraus, warum die Autorin Instagram für bedenklich hält.

3
Wie ist Ihr eigenes Verhalten auf Instagram (oder einer ähnlichen Seite eines sozialen Netzwerks)? Vergleichen Sie.

3
Verfassen Sie Regeln für einen sicheren Umgang mit privaten Daten in sozialen Netzwerken. Erstellen Sie dazu ein Plakat.

Nehmen Sie Stellung zu einer Aussage von Max Schrems, der sich international für Datenschutz einsetzt: „Wer nicht permanent persönliche Informationen auf die Seite stellt, geht auf Facebook unter.“

WEITERFÜHRENDE HINWEISE

Geben Sie doch einmal Ihren Vor- und Nachnamen in Anführungszeichen in einer Suchmaschine ein. Wie viele Textdateien, Fotos etc. finden Sie über sich?

3.3 Chancen des Internets: Information ...

Das digitale Zeitalter eröffnet uns zahlreiche komfortable und moderne Möglichkeiten im privaten und beruflichen Bereich. Kommunikation ist ein großer Teil davon, aber das Internet bietet uns bei Weitem noch mehr. Wo man früher z. B. über Behörden, Bibliotheken und Zeitungen einen teilweise umständlichen Zugang zu Informationen hatte, findet man sie heute in Sekundenschnelle und oft schon mit nur einem „Klick".

Für eine schnelle Information besuchen viele Menschen als ersten Schritt die Online-Enzyklopädie Wikipedia.

Enzyklopädie

Eine Enzyklopädie ist ein umfassendes Nachschlagewerk.

Stellen Sie sich eine Welt vor,

1

... in der alle Menschen am Wissen der Menschheit teilhaben, es nutzen und mehren können. *Das ist unsere Vision von Freiem Wissen!*

Der gemeinnützige Verein Wikimedia Deutschland wurde 2004 von ehrenamtlichen Wikipedia-Aktiven gegründet. Seitdem setzen wir uns – gemeinsam mit der Unterstützung von 80 000 Mitgliedern und vielen Tausenden Spenden – dafür ein, dass Wikipedia sich als größte Online-Enzyklopädie weiterentwickelt und darüber hinaus das Freie Wissen stärker in unserem Alltag verankert wird.

Unterstützung für Wikipedia und digitales Ehrenamt

Während die Inhalte der Wikipedia und anderer Wiki-Projekte ausschließlich von ehrenamtlichen Autorinnen und Autoren geschrieben und bearbeitet werden, sind wir das Fundament dieser einzigartigen Community: *Wir fördern die Freiwilligen in ihrem digitalen Ehrenamt* und in der Umsetzung ihrer Ideen und Ziele. Wir entwickeln und verbessern die Software, mit der die Wiki-Seiten betrieben werden, und wir sind auf politischer, kultureller und wissenschaftlicher Ebene für Freies Wissen aktiv.

Freies Wissen schafft Veränderung

Der Zugang zu Wissen und Bildung ist ein Menschenrecht. Freies Wissen führt zu einer weltoffenen und informierten Gesellschaft. Unabhängig von Herkunft oder sozialem Status sollen Menschen das Wissen nicht nur frei abrufen können, sondern auch selbst Wissen beitragen dürfen. Unser Ziel ist deshalb, das Erstellen, Sammeln und Verbreiten von Freiem Wissen in allen gesellschaftlichen Bereichen zu etablieren und zu stärken. Denn: *Gemeinsam wissen wir mehr!*

Wikimedia Deutschland – Gesellschaft zur Förderung Freien Wissens e. V., Berlin 2020, abgerufen unter: www.wikimedia.de/ueber-uns/ [26.10.2020].

Aber auch für Wikipedia gilt: Ein kritischer Blick auf die gefundenen Informationen lohnt sich, da diese immer „aus zweiter Hand" stammen.

Das Internet bietet aber auch Wissen für das tägliche Leben: Wann fährt mein Bus? Wo ist das Fundbüro in meiner Stadt? Wann und wo spielt meine Lieblingsband? Was koche ich heute? Wie wird das Wetter?

Wenn Sie über die folgenden Themenbereiche Informationen im Internet finden wollen, werden Sie auf vielen Seiten fündig.

2

- Ausbildung/Beruf
- Beziehung/Liebe/Familie
- Freizeit
- Gesundheit
- Nachrichten/Neues aus der Welt
- Politik

Dabei ist immer wichtig zu klären: Was suche ich genau und welche Internetadresse kenne ich, bei der ich mit der Recherche starten kann?

Das Internet ist immer mehr auch im Bildungsbereich bedeutsam. E-Learning-Aktivitäten, E-Books, Lernplattformen im Internet, Sprachkurse, Online-Seminare, Fortbildungskurse etc. werden über das Internet angeboten. Heutzutage kommt es häufig vor, dass man nicht ein Leben lang den gleichen Beruf ausübt oder ihn ausüben kann. Erforderlich ist daher ein lebenslanges Lernen in Verbindung mit persönlicher und beruflicher Weiterentwicklung. Vielleicht strebt man eine höhere schulische oder berufliche Qualifikation an, oder man will Karriere machen, sein berufliches Arbeitsfeld erweitern, im Ausland arbeiten oder sucht nach beruflichen Alternativen?

3

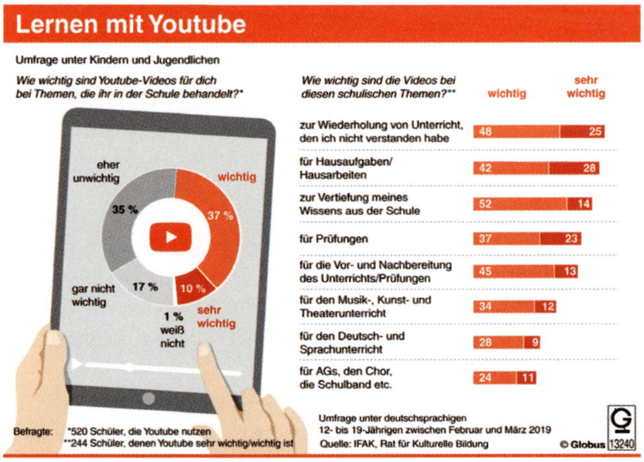

4

 258 544

ARBEITSVORSCHLÄGE

1

Erläutern Sie, wer hinter Wikimedia und Wikipedia steht und welche Ziele sie verfolgen.

2

Wie nutzen Sie das Internet zur Informationssuche? Geben Sie zu jedem Themenbereich ein Beispiel und eine geeignete Internetseite an. Ergänzen Sie die Kategorien nach Bedarf.

3

Analysieren Sie das Schaubild. Wofür nutzen Sie YouTube? Welche anderen digitalen Angebote nutzen Sie, um zu lernen oder sich weiterzubilden? Legen Sie in der Klasse eine Sammlung mit guten digitalen Lernangeboten an.

4

Analysieren Sie das Schaubild.

Überlegen Sie, wie Unternehmen und Erwerbstätige von Weiterbildungen profitieren.

WEITERFÜHRENDE HINWEISE

Informieren Sie sich im Internet über Aufstiegsmöglichkeiten in Ihrem Beruf. Welche Weiterbildungen sind dafür nötig?

Lesen Sie die Methodenseite „Internetrecherche“ auf S. 84/85.

Passende Informationen finden Sie z. B. bei der IHK: **www.ihk.de** oder bei der Bundesagentur für Arbeit: **kursnet-finden.arbeitsagentur.de/kurs/**.

Die örtliche Handwerkskammer bietet ebenfalls Informationen an.

Internetrecherche

Wichtig ist, dass Sie wissen, wie Sie an die Informationen kommen, die Sie suchen, und dass Sie seriöse Quellen ausfindig machen.

1. Was will ich finden?

Sie wollen beispielsweise „Fallbeispiele zu Urheberrechtsverletzungen" im Internet finden.

2. Recherchieren

Wenn Sie in einer Suchmaschine „Urheberrecht" eingeben, führt dies zu annähernd 20 Mio. Internetseiten.

Folgende Eingaben präzisieren den Suchauftrag und bringen zielgerichtetere Ergebnisse:
- mehrere Wörter eingeben, z. B. „Fallbeispiele zu Urheberrechtsverletzungen im Internet"
- genaue Begriffe (Rechtschreibung beachten!) in Anführungszeichen; es wird exakt nach diesen Begriffen in dieser Reihenfolge gesucht, z. B. „Fallbeispiele Urheberrechtsverletzungen"
- bei einer Suchmaschine die Funktion „Erweiterte Suche" nutzen und damit die Suche verfeinern
- Textsuche mit mehreren Stichwörtern: durch ein Plus-Zeichen vor jedem gesuchten Wort die Stichwortsuche aktivieren, z. B. „Fallbeispiel + Urheberrechtsverletzung + Strafe"

3. Startadressen ansteuern

Nutzen Sie bereits angegebene Adressen! Als sinnvoll erscheint in unserem Fall die Adresse www.verbraucherzentrale.de.

4. Erst lesen, dann drucken und kopieren

Drucken Sie nicht sofort alles aus. Wenn Sie passende Informationen finden, können Sie diese in ein Textverarbeitungsprogramm kopieren oder in eigenen Worten aufschreiben.

Internetrecherche

5. Ist die Information seriös?

Falls Sie Teile einer Internetseite kopieren, müssen Sie diese als Zitat kennzeichnen und immer auch die Quelle angeben.

Beachten Sie immer:
- Wer ist der Autor (z. B. unter „Kontakt“ oder „Impressum“ nachschauen)?
- Wie seriös ist die Quelle? Handelt es sich um eine öffentliche Institution, eine große Tages- oder Wochenzeitung oder eine Zeitschrift?
- Was für eine Quelle liegt vor (z. B. eine Originalquelle, eine wissenschaftliche Arbeit, ein Zeitungsartikel, ein Kommentar, eine Meinung in einem Forum etc.?
- Welche Interessen verbergen sich hinter dem Informationsangebot?
- Wo finde ich noch eine andere Meinung zum gleichen Thema?
- Enthalten die Informationen Widersprüche?
- Wie aktuell ist die Information?

6. Geben Sie sich nicht mit einem Informationsangebot zufrieden!

Wenn Sie Zeitungen als Informationsquelle nutzen, werden Sie auch nicht beispielsweise nur in der „Bild“ nachlesen, was die Journalisten zu einem Thema schreiben. Dasselbe gilt natürlich auch für eine Internetrecherche.

Vorgehen

1. Was will ich finden?
Suchen Sie Fallbeispiele für das Referat zum Thema „Urheberrechtsverletzungen im Internet. Was ist erlaubt und was nicht? Welche Strafen drohen?“.

2. Recherchieren
Suchen Sie mit präzisen Suchaufträgen nach Fallbeispielen für Urheberrechtsverletzungen.

3. Startadressen ansteuern
Geben Sie die Adresse www.verbraucherzentrale.de in der Adressleiste ein und suchen Sie nach dem Wort „Urheberrecht“.

4. Erst lesen, dann drucken und kopieren

5. Ist die Information seriös?
Prüfen Sie Ihre Information anhand des oben stehenden Fragenkatalogs.

6. Geben Sie sich nicht mit einem Informationsangebot zufrieden!
Lesen Sie mehrere Quellen und vergleichen Sie, ob die Informationen gleich sind oder Widersprüche aufweisen.

Sucht

Man unterscheidet in stoffgebundene (z. B. Alkohol) und nicht-stoffgebundene Abhängigkeit. Letzteres meint Verhaltenssüchte, wie beispielsweise die Internetsucht.

Digitale Demenz

Vertreter dieser Theorie glauben, dass die Nutzung digitaler Medien die Gehirnleistung beeinträchtigt. Kurz gesagt: Sie machen die Menschen dumm.

Sucht in Deutschland

Alkoholabhängige	1,6 Mio.
Raucher/-innen	4,4 Mio.
Medikamentenabhängige	1,5–1,9 Mio.
Glücksspielsüchtige	200000
Illegale Drogen (Cannabis, Kokain, Amphetamine)	453000

Vgl. Deutsche Hauptstelle für Suchtfragen e.V. (Hrsg.): Suchtstoffe, Suchtverhalten, Stand: 31.12.2017, abgerufen unter: www.dhs.de/suchtstoffe-verhalten.html [26.10.2020].

Spielverhalten von 12- bis 17-Jährigen (2019)

Regelmäßiges Spiel: ca. 3 Mrd.
Davon pathologisches Verhalten: ca. 465 000

Vgl. dazu Report „Geld für Games – wenn Computerspiel zum Glücksspiel wird", in: DAK-Gesundheit: Computerspielsucht, Hamburg, abgerufen unter www.dak.de/dak/bundesthemen/computerspielsucht-2103398.html# [19.11.2020].

1

2

Internet Gaming Disorder

Wenn fünf (oder mehrere) der folgenden Symptome über eine Periode von zwölf Monaten bestehen, liegt eine Internet Gaming Disorder vor (DSM-5):

- andauernde Beschäftigung mit Internet- bzw. Online-Spielen
- Entzugssymptome, wenn nicht gespielt werden kann, zum Beispiel Unruhe, Gereiztheit
- Toleranzentwicklung: Bedürfnis, immer mehr zu spielen
- Kontrollverlust: Versuche, weniger oder nicht zu spielen, missglücken
- Verlust des Interesses an früheren Hobbys oder anderen Aktivitäten
- Täuschung von Familienmitgliedern, Therapeuten oder anderen Personen über das wirkliche Ausmaß des Online-Spielens
- Gebrauch der Online-Spiele, um negativen Emotionen (zum Beispiel Hilflosigkeit, Ängstlichkeit) zu entkommen
- Gefährdung oder Verlust von Beziehungen, Arbeit oder Ausbildung wegen des Online-Spielens
- exzessives Online-Spielen trotz des Wissens um die psychosozialen Probleme

Die Drogenbeauftragte der Bundesregierung beim Bundesministerium für Gesundheit (Hrsg.): Drogen- und Suchtbericht 2019, Berlin, Oktober 2019, S. 104, abgerufen unter: https://www.drogenbeauftragte.de/assets/Service/DSB_2019_mj_barr.pdf [26.10.2020].

Untersuchungen haben ergeben, dass nicht nur langes Sitzen vor dem Computer automatisch zu **Medienabhängigkeit** führt. Experten sprechen von mehreren Faktoren, die dafür gegeben sein müssen.

Personen, die ein geringes Selbstwertgefühl haben, unter sozialer Kontaktarmut, Ängsten und Depressionen leiden oder auch an einer Aufmerksamkeitsstörung erkrankt sind, sind am ehesten davon betroffen, medienabhängig zu werden. Die Anreize des Internets verführen leicht dazu, das Internet exzessiv zu nutzen: Man bleibt anonym, kann so seine wahre Persönlichkeit verstecken und kommt leicht mit Menschen in Kontakt. Man erlebt ein Guppenzugehörigkeitsgefühl, wie man es im wahren Leben vielleicht nicht hat. Neben der Unterhaltung reizt auch das Beschaffen jeglicher Informationen. Das Internet bietet nicht zuletzt vielfältige Beschäftigungsmöglichkeiten, die leicht zur Sucht werden können: Surfen, Lesen, Schreiben, Spielen und Herunterladen.

Aber wo ist die Grenze zwischen normaler Internetnutzung und einer Internetsucht? Ein klar definiertes Krankheitsbild gibt es nicht. Klar ist aber, dass folgende Anzeichen dafür sprechen, dass es sich um eine Medienabhängigkeit handelt:

- mehr als vier Stunden Medienkonsum täglich
- Kontrollverlust über die Mediennutzung
- Entzugserscheinungen ohne das Medium
- Vernachlässigung der Körperpflege und der Ernährung
- sozialer Rückzug bis hin zur Isolation
- nachlassende Leistungsfähigkeit in Schule, Ausbildung oder Beruf
- Konzentrationsschwäche, Gereiztheit, Schlafstörungen
- gesundheitliche Probleme (z. B. Augenschädigungen, Gewichtsprobleme)

Mehrere Lebensbereiche sind durch die Medienabhängigkeit eingeschränkt, und das kann bis zum Tod führen.

Wichtig ist bei der Therapie, dass die Betroffenen Alternativen zu ihrem Medienkonsum kennen- und anwenden lernen. Das Medium gänzlich zu verbieten, ist hier wenig sinnvoll, denn die Internetnutzung gehört heute zu unserem Leben dazu. Vielmehr muss ein verantwortungsvoller Umgang mit dem Medium gelernt werden.

Ein grober Keil auf einen groben Klotz

3

Exzessive Computernutzung bei Kindern kann zu Kontrollverlust, sozialem Abstieg und Depressionen führen: Der Hirnforscher Manfred Spitzer sieht überall die „digitale Demenz“ am Werk.

Wer mit dem Taxi durch London fährt, wird wahrscheinlich, ohne es zu wissen, Zeuge einer bemerkenswerten Hirnsteuerung. Denn er wird, folgen wir dem Hirnforscher Manfred Spitzer, von jemandem kutschiert, dessen Hippocampus vergrößert ist. Jener Teil des Gehirns also, in dem sich sogenannte „Ortszellen“ befinden. Über solche verfügten die Taxifahrer in London in besonderem Maße, weil sie, noch bevor sie ans Steuer dürfen, ihre Ortskenntnis in einem anspruchsvollen Prüfverfahren nachzuweisen haben. „Der Fahrer“, schreibt Spitzer, „weiß, wo es langgeht.“

Für Fahrgäste in Berlin oder Frankfurt mag das schon anders aussehen, für diejenigen, die sich ganz auf ihr digitales Navigationsgerät verlassen, erst recht. Sie lernen nichts, wissen nichts und sind ohne die Hilfe der Maschine vollkommen orientierungslos und verloren. Übertragen aufs große Ganze, also unseren alltäglichen Computergebrauch, führt das den Hirnforscher zu dem Befund der „digitalen Demenz“: Wir verlernen zu denken, wir wissen nicht, wir googeln, von der Wiege bis zum Grab, das Hirn wird nicht gefordert und verkümmert, die Gesellschaft verblödet. [...]

Hanfeld, Michael: Ein grober Keil auf einen groben Klotz. In: FAZ.NET. 04.09.2012. © Alle Rechte vorbehalten. Frankfurter Allgemeine Zeitung GmbH, Frankfurt. www.faz.net/aktuell/feuilleton/buecher/rezensionen/sachbuch/manfred-spitzer-digitale-demenz-ein-grober-keil-auf-einengroben-klotz-11878906.html [25.11.2020].

ARBEITSVORSCHLÄGE

1

Interpretieren Sie die Karikatur.

2

Erläutern Sie die Auswirkungen der einzelnen Symptome einer Computerspielsucht. Welche sind für Sie am gravierendsten? Begründen Sie.
Bewerten Sie Ihren eigenen Computerspiel-Konsum.

Überlegen Sie sich mögliche Alternativen in der Freizeitgestaltung, die das Abgleiten in eine Computerspiel- oder Internetsucht verhindern.

3

Der Ulmer Psychiater und Psychologe Manfred Spitzer vertritt die Theorie, dass Menschen verblöden, weil sie durch die Nutzung digitaler Medien verlernen zu denken. Beurteilen Sie die Theorie anhand ihrer persönlichen Erfahrungen.

Recherchieren Sie, an wen man sich bei einer Internetsucht wenden kann.

WEITERFÜHRENDE HINWEISE

Das Buch „Digitale Demenz – Wie wir uns und unsere Kinder um den Verstand bringen“ ist erschienen im Droemer Knaur Verlag, München 2012.

Grundgesetz Artikel 5

(1) Jeder hat das Recht, seine Meinung in Wort, Schrift und Bild frei zu äußern und zu verbreiten und sich aus allgemein zugänglichen Quellen ungehindert zu unterrichten. Die **Pressefreiheit** und die Freiheit der Berichterstattung durch Rundfunk und Film werden gewährleistet. Eine Zensur findet nicht statt.
(2) Diese Rechte finden ihre Schranken in den Vorschriften der allgemeinen Gesetze, den gesetzlichen Bestimmungen zum Schutze der Jugend und in dem Recht der persönlichen Ehre.

2

Der ehemalige Bundespräsident Gauck zu Zensur und Desinformation

[...] Bitte glauben Sie mir: Ich weiß, was Lügenpresse ist. Ich habe sie erlebt – jahrzehntelang, in der DDR. Eine zentrale Stelle bestimmte, welche Informationen und welche Meinungen verpflichtend waren. Zensur und Desinformation bestimmten den Medienalltag. Und heute? Es ist so völlig anders – und trotzdem: Verschwörungstheoretiker behaupten im Netz und auf der Straße, dass unsere Presse gelenkt sei – so entstünden „Systemmedien".

Aus der Rede des Bundespräsidenten Joachim Gauck vom 12.05.2016 anlässlich der Verleihung des CIVIS Medienpreises 2016 in Berlin, abgerufen unter: www.bundespraesident.de/SharedDocs/Downloads/DE/Reden/2016/05/160512-CIVIS-Medienpreis.pdf;jsessionid=A3A72FFD32F1632EFEDB9D91D34C3F77.1_cid392?__blob=publicationFile [26.10.2020].

Nachrichtenfaktoren sind z. B.:

- Aktualität
- Abweichung vom Gewohnten
- geografische Nähe
- persönliche Betroffenheit
- Emotionalität
- Prominenz der Person

1

Unsere Wahrnehmung von dem, was in der Welt geschieht, unser Wissen und unsere Kenntnisse beruhen immer weniger auf persönlichen Erfahrungen. Sie werden stattdessen mehr und mehr durch Medien wie Zeitungen und Zeitschriften, Hörfunk und Fernsehen sowie – mit zunehmender Bedeutung – das Internet vermittelt. Dies gilt besonders für unsere Wahrnehmung der Politik: Niemand könnte sich über die Beratungen in den staatlichen Organen ein eigenes Bild machen, wenn die Medien nicht frei darüber berichten könnten. Dasselbe gilt für die Auseinandersetzungen zwischen und innerhalb von Parteien, Verbänden und anderen Gruppierungen, die das Leben in einem demokratischen Staat mitprägen. Insbesondere wenn es darum geht, als Wählerin oder Wähler politische Entscheidungen zu treffen, wird uns bewusst, wie wir alle auf eine freie Berichterstattung der Medien angewiesen sind.

- Die erste Aufgabe der Medien ist die Information durch die Verbreitung von Nachrichten.
- Eine weitere Aufgabe haben die Medien bei der Meinungsbildung übernommen. In ihren Kommentaren werden ausgewählte Nachrichten öffentlich erörtert und beurteilt, um dadurch die Mediennutzenden zu eigener Meinungsbildung anzuregen.
- Die Pressefreiheit berechtigt die Medien dazu, durch eigene Nachforschungen Missstände in Staat und Gesellschaft aufzudecken. Wegen dieser Kontrollfunktion werden sie oft als „vierte Gewalt" bezeichnet.

Wenn sich der Trend im Medienkonsum weg von den Printmedien und hin zur Internetnutzung verstärkt, kann dies nicht ohne Auswirkungen auf die Arbeit der Zeitungsredaktionen bleiben. Wenn die Einnahmen wegen abnehmender Leserschaft und rückläufiger Anzeigen sinken, reagieren die Zeitungsverlage mit Stellenabbau und Arbeitsverdichtung, mit unübersehbaren Folgen für die Qualität: Immer öfter werden Meldungen der Nachrichtenagenturen oder Pressemitteilungen von Behörden oder Unternehmen einfach übernommen; eigene Recherchen und unabhängige Kommentare kommen oft zu kurz: Die vierte Gewalt kann dadurch an Bedeutung verlieren.

Haben Zeitungen ausgedient?

Die Seitenzahl der Printmedien ist genauso begrenzt wie die Sendezeiten in Funk und Fernsehen. Das bedeutet: Medien müssen gezwungenermaßen aus der unendlichen Fülle an Informationen auswählen. In den Redaktionen gibt es dafür Kriterien: die Nachrichtenfaktoren, die bei der Entscheidung helfen. Mit ihrer Hilfe entscheiden die Journalistinnen und Journalisten, ob ein Ereignis einen Platz in den Medien erhält. Die Auswahl von Informationen erleichtert dem Mediennutzer die Orientierung in einer immer komplexeren Welt und schützt davor, in der Informationsflut zu ertrinken.

Wer vom Sterben der Zeitung spricht, muss sich zuvor klar machen, wie sie der Demokratie nutzt

3

Journalisten haben die Aufgabe, das Volk zu informieren und aufzuklären. Sie erfüllen eine lebenswichtige Aufgabe in der Demokratie: Der Bürger wählt, bildet Vereine und Initiativen, er demonstriert und klagt um sein gutes Recht, er redet mit und dagegen – kurzum: Er muss wissen, was im Staat und in der Gesellschaft läuft. So sieht unsere Verfassung die Journalisten als Treuhänder der Bürger, wenn es um die Kontrolle der Macht geht [...].

Zeitungen sind eine verlässliche und glaubwürdige Instanz, die auch Massen erreicht. Beides ist untrennbar wichtig: Vertrauen und Öffentlichkeit, Qualität und Quantität. Nur wenn viele Bürger über dieselben seriösen Informationen verfügen, können sie für stabile Regierungen in Berlin und den Städten sorgen, für Widerstand gegen Entscheidungen, die den Bürgern schaden, für Debatten, die nicht in kleinen Zirkeln verpuff[en]. Die Freiheit des einzelnen hängt vom Wissen und Verständnis vieler ab. [...]

Raue, Paul-Josef: Die @Spiegel-Zeitungsdebatte: Ohne gute Lokalzeitungen droht Schaden für die Demokratie – was tun?, abgerufen unter: www.journalismus-handbuch.de/die-spiegel-zeitungsdebatte-ohne-gute-lokalzeitungen-droht-schaden-fur-die-demokratie-was-tun-3826.html [25.11.2020].

ARBEITSVORSCHLÄGE

1
Interpretieren Sie die Karikatur.

Erklären Sie, warum eine Demokratie ohne Medien nicht existieren kann.

2, 3
Erläutern Sie, welche Rolle dem Journalismus im Zusammenhang mit Demokratie zukommt.

3
Erklären Sie, worin sich die Berichterstattung in einer Zeitung von der im Internet unterscheidet.

Warum nutzen Jugendliche verstärkt das Internet, um sich zu informieren? Begründen Sie.

Beurteilen Sie, ob abonnierbare Online-Zeitungen, auch „eZeitung“ genannt, insbesondere für junge Leserinnen und Leser eine Alternative zur Printausgabe einer Zeitung darstellen.

Wie nutzen Sie Medien? Schreiben Sie ein Medientagebuch in Form einer Tabelle mit folgenden Spalten:

- Medium
- Nutzungsgründe
- Dauer der Mediennutzung

WEITERFÜHRENDE HINWEISE

Suchen Sie sich eine aktuelle Tageszeitung aus und untersuchen Sie, welche Nachrichtenfaktoren eine Rolle bei der Zusammenstellung der Titelseite spielen.

Zeitungsanalyse und Zeitungsvergleich

Die Zeitungslandschaft in Deutschland ist vielfältig und auf den ersten Blick unübersichtlich. Deshalb ist es notwendig, sich einen Überblick über das Angebot zu verschaffen und anhand bestimmter Kriterien die Zeitungen zu analysieren und miteinander zu vergleichen.

Kriterien für die Analyse

1. Umfang der Zeitung (Seitenzahl)
2. Wie viel Werbung und Anzeigen enthält die Zeitung (Seitenzahl)?
   Fallen besonders große Werbeanzeigen auf? Von wem?
3. Wie ist das prozentuale Verhältnis zwischen Werbung und Text zum Seitenumfang?
4. Wie ist das prozentuale Verhältnis von Fotos und Text?
5. Die erste Seite, der Aufmacher:
   Wie lautet die Überschrift?
   Was ist das Thema?
   Enthält die Überschrift eine reine Information oder eine Wertung?
   Welche Themen werden noch auf der ersten Seite behandelt?
6. Sortieren Sie die Themen nach der Länge der Artikel.
   Welches sind die Quellen der Beiträge (eigene Mitarbeiterinnen und Mitarbeiter, Nachrichtenagenturen)?
7. Kommentare auf den Seiten 1 bis 3:
   Wie viele Kommentare finden Sie? Sortieren Sie nach der Länge der Artikel.
   Welche Themen behandeln die Kommentare? Beziehen sie sich auf den Aufmacher?
   Beurteilen Sie die Kommentare nach Stilmitteln.
8. Finden Sie Leserbriefe? Worum geht es thematisch?
9. Beurteilen Sie die politische Richtung der Zeitung.

So geht's

Zeitungsanalyse und Zeitungsvergleich

Vorarbeit

Besorgen Sie sich möglichst viele Tageszeitungen vom selben Tag.
Nehmen Sie mindestens je ein Exemplar von:

- Süddeutsche Zeitung
- Frankfurter Rundschau
- Frankfurter Allgemeine
- Die Tageszeitung – taz
- Die Welt
- BILD
- Handelsblatt
- Neues Deutschland

Gruppeneinteilung

8 Zeitungen = 8 Gruppen

Suchen Sie sich eine dieser Zeitungen aus und bilden Sie mit anderen Interessenten eine Gruppe. Die Gruppen sollten gleich groß sein und im besten Fall drei Mitglieder haben.

Gruppenarbeit

1. Bestimmen Sie eine Person in Ihrer Gruppe, die die Ergebnisse übersichtlich mitschreibt. Die Ergebnisse Ihrer Arbeit können Sie z. B. auf einem Flipchart notieren.
   Hinweis: Die anderen Gruppen sollen in der Schlussbesprechung Ihre Ergebnisse gut lesen können.
2. Analysieren Sie Ihre Zeitung nach den Kriterien 1–8 (s. links).
3. Diskutieren Sie in Ihrer Gruppe Kriterium 9. Wie kann man herausfinden, ob und welche politische Richtung eine Zeitung hat?

Besprechung in der Klasse

Alle Gruppen stellen Ihre Analyseergebnisse vor.
Vergleichen Sie nun die Zeitungen:

- Wo sind Auffälligkeiten bei Themen, Wertungen, Werbeanteil, politischer Richtung?
- Welche Zeitung halten Sie für informativ? Welche Zeitung steht für Sie eher für Meinungsmache oder Manipulation?
- Welche Zeitung würden Sie gerne lesen? Begründen Sie!

Weiterführende Hinweise

Recherchieren Sie:

- Wem gehört die Zeitung (zu welchem Konzern, ist sie unabhängig)?
- Wie hoch ist die Auflage?
- Was kostet eine Seite Werbung?

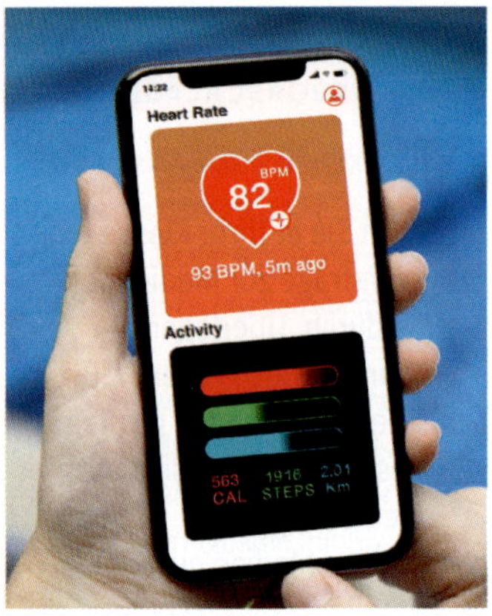

Trend: „Self-Tracking“

Was man nicht alles dokumentiert: Schritte, Puls, Gewicht, Kalorienverbrauch, Aktivitäten, Schlaf – für wen sind diese Daten hilfreich?

Vielleicht haben Sie es selbst schon erlebt: Sie haben sich auf einer Internetseite über eine Reise oder ein Produkt informiert und kurz darauf erscheint auf Ihrer Google- oder Facebook-Seite passgenaue, personalisierte Werbung. Wenn wir im Internet surfen, rufen wir Daten ab, aber gleichzeitig hinterlassen wir auch selbst welche. Online-Shopping, Newsletter, Gewinnspiele, Kundenkarten und „Payback“-Systeme – die meisten sind damit schon in Berührung gekommen oder nutzen sie sogar regelmäßig. Für die Registrierung oder Teilnahme geben wir personenbezogene Daten an. Wir genießen bei diesen Systemen viele Vorteile. Aber was passiert eigentlich mit unseren Daten? Webseitenbetreiber nutzen sie, um z. B. potenzielle Kunden gezielt anzuwerben, denn unsere Kundendaten werden analysiert und auch an Dritte weiterverkauft.

Wie kommen Firmen an meine Daten? 1

Unternehmen wie z. B. Versandhäuser oder Adresshandelsunternehmen vermieten oder verkaufen Kundendaten weiter. Das ist legal, solange sie sich an das **Bundesdatenschutzgesetz** (BDSG) halten. Dazu gehört auch, dass man als Kunde zuvor eine Einwilligungserklärung abgegeben hat, die häufig im „Kleingedruckten“ beim Abschluss von Kaufverträgen vorkommt. Allerdings gibt es hier eine Ausnahme, und zwar, wenn es sich um personenbezogene Daten, also sogenannte Listendaten handelt. Listendaten beinhalten persönliche Basisdaten wie z. B. Name, Anschrift, Geburtsdatum und Beruf. Haben Sie diese Daten dem Werbeunternehmen gegeben oder stehen sie z. B. in einem Telefonverzeichnis, dürfen diese Daten verwendet werden.
Das hat Auswirkungen auf unsere Privatsphäre. Jedoch hat jede Staatsbürgerin und jeder Staatsbürger das Recht auf **informationelle Selbstbestimmung**, d. h., jeder hat das Recht zu bestimmen, ob seine personenbezogenen Daten preisgegeben und verwendet werden dürfen und von wem. Es ist also von großer Bedeutung, dass wir z. B. in den „Allgemeinen Geschäftsbedingungen“ genau nachlesen, was mit unseren Daten passiert, bevor wir auf „zustimmen“ klicken.
Zudem sind datenverarbeitende Unternehmen, Arztpraxen etc. dazu verpflichtet, sich an die **Datenschutz-Grundverordnung (DSGVO)** zu halten. Ohne ausdrückliche Zustimmung dürfen personenbezogene Daten nicht gespeichert und verarbeitet werden. Verstöße können mit hohen Bußgeldern bestraft werden.

Datenschutz-Grundverordnung (DSGVO)

Die Verordnung hat zum Ziel, die Erhebung, Verarbeitung und Speicherung personenbezogener Daten EU-weit zu harmonisieren, die Grundrechte und Grundfreiheiten natürlicher Personen bei der Verarbeitung personenbezogener Daten zu schützen und gleichzeitig den freien Datenverkehr zwischen den Mitgliedstaaten zu gewährleisten. Sie gilt mit Ausnahme der Sicherheitsbehörden für alle Unternehmen und Behörden und wird ab dem 25.05.2018 EU-weit angewendet. Sie ersetzt die aus dem Jahr 1995 stammende EG-Datenschutzrichtlinie. [...]
Im Fall von besonders schweren Verstößen können Bußgelder in Höhe von bis zu 4 % des weltweiten Jahresumsatzes eines Unternehmens verhängt werden.

Brockhaus: DSGVO, abgerufen unter: brockhaus.de/ecs/enzy/article/datenschutz-grundverordnung [09.11.2020].

Ich hab' doch nichts zu verbergen!

Welche Gefahren lauern im Internet und wie schützt man sich davor?

Grundsätzlich sollten bei Router, Browser, Plattformen zuerst die Sicherheitseinstellungen bearbeitet werden. Das Einrichten einer Firewall schützt vor externen Zugriffen auf das Netzwerk. Beim Herunterladen von Dateien sollte man schauen, von welcher Seite sie stammen. So kann man sich neben einer Verwendung einer Antiviren-Software vor schädlichen Programmen wie Viren, Würmern und Trojanern schützen. Das gilt auch für Spam-Mails von unbekannten Absendern. Beim Öffnen der Anhänge können Viren enthalten sein. Alle Schutzprogramme müssen immer aktuell sein. Passwörter kann man sicher erstellen, wenn man eine mindestens achtstellige Kombination aus Groß- und Kleinschreibung, Zahlen ohne persönlichen Bezug sowie Sonderzeichen verwendet und sie geheim hält. Sie sollten sich bei verschiedenen Diensten nicht wiederholen.

Online-Shopping und Online-Banking sind beliebt, denn man kann alles rund um die Uhr von zu Hause aus erledigen. Seriöse Online-Shops erkennt man an vertrauenswürdigen Gütesiegeln. Beim Online-Banking besteht die Gefahr, Opfer einer Phishing-Mail zu werden. Darin wird man von einem täuschend ähnlichen Anbieter aufgefordert, seine PIN und TAN preiszugeben. Geht der Computer einmal kaputt, sollte man einem Datenverlust vorgebeugt haben. Deshalb ist es ratsam, seine Daten mehrfach, z. B. auf externen, virengeprüften Speichermedien, zu sichern.

Sie haben wirklich nichts zu verbergen? 2

[...] Wer ständig beobachtet wird, kann kein selbstbewusster Demokrat werden. Erst dank des Datenschutzes gibt es Schutzräume für absurde, kontroverse und irritierende Ideen.

[...] Jeder hat etwas zu verbergen

Ob explizit oder subtil: Jeder, der für Datenschutz plädiert, wird mit dem „Nothing to Hide"-Argument konfrontiert. Dieses Argument geht so: Wer nichts zu verbergen hat, muss ja keine Angst vor Überwachung haben. Ergo: Wer für Datenschutz ist, hat wohl etwas zu verbergen – und ist deshalb verdächtig. Auf den ersten Blick klingt das plausibel.

Trotzdem ist das Argument falsch. Denn jeder und jede hat etwas zu verbergen, nicht nur Kriminelle oder Terroristen. Das lehrt uns die Entwicklungspsychologie. Jeder Mensch braucht Rückzugsräume, in denen er frei von Beobachtung, sozialer Kontrolle und Überwachung ist. Hier kann man sich gehen lassen und von sozialen Spannungen erholen. Eine geschützte Privatsphäre rettet vor dem seelischen Burnout. Nur unbeobachtete Freiräume bieten die Möglichkeit, alle Facetten der Persönlichkeit auszuleben, auch die, die gesellschaftlich stigmatisiert und sozial unerwünscht sind. Nur wer nicht beobachtet wird, kann sich ohne sozialen Druck ausprobieren und weiter entwickeln: Wer bin ich? Wer und was möchte ich sein? Wer ständig mit Beobachtung rechnen muss, kann solche Fragen nicht wirklich autonom und authentisch beantworten.

Ohne Privatsphäre gibt es keine Demokratie

Datenschutz und Privatsphäre sind nicht nur für den einzelnen Menschen existenziell wichtig. Viel zu wenig wird in der öffentlichen Diskussion gesehen, dass sie auch völlig unverzichtbar für die Demokratie sind. Ohne Privatsphäre und Datenschutz gibt es keine Demokratie [...].

Boehme-Neßler, Volker: Sie haben wirklich nichts zu verbergen?, in: Zeit Online, 31.12.2018, abgerufen unter: www.zeit.de/politik/2018-12/datenschutz-sicherheit-ueberwachung-privatsphaere-voraussetzungen-demokratie/komplettansicht [25.11.2020].

ARBEITSVORSCHLÄGE

1

Begründen Sie, warum Datenschutz wichtig ist.

Gestalten Sie eine übersichtliche Mindmap (Methode s. S. 228/229) zum Thema „Wie kann ich im Internet meine Daten schützen?". Ergänzen Sie eigene Ideen.

Nehmen Sie Stellung zu folgender Aussage: „Daten sind das neue Gold."

2

Begründen Sie die Bedeutung des Datenschutzes für ein funktionierendes demokratisches System.

WEITERFÜHRENDE HINWEISE

www.baden-wuerttemberg.datenschutz.de

www.bfdi.bund.de

Wissens-Check

Eigenes Nutzungsverhalten von Print- und digitalen Medien Kommunikation Informationssuche Umgang mit personenbezogenen Daten	Medien sind heutzutage allgegenwärtig und haben starke Einflüsse auf Schule, Beruf und auf das Freizeitverhalten. Insbesondere bei jungen Menschen bzw. bei denen, die zu den Digital Natives des Internetzeitalters gehören, ist die Kommunikation über soziale Netzwerke von großer Bedeutung. Für einen bewussten Umgang mit personenbezogenen Daten müssen junge Menschen geschult werden. Digitale Medien werden von den jungen Menschen häufiger genutzt als Printmedien. Auch die Informationssuche ist davon betroffen. Wie man im Internet richtig recherchiert und an seriöse Informationen gelangt, ist Teil der Medienkompetenz.
Chancen und Risiken des Internets Information Weiterbildung Abhängigkeit Sucht	Das Internet eröffnet bei der Informationssuche und Weiterbildung große Chancen. Über das Internet können wir auf bequeme Weise rund um die Uhr Informationen zu jeglichen Themen abrufen. Allerdings muss auf die Verlässlichkeit einer Quelle geachtet werden. Weiterbildung ist Teil des lebenslangen Lernens und sowohl persönlich als auch beruflich relevant. Sie findet auch in Unternehmen nicht nur klassisch, sondern auch über das Medium Internet statt. Dennoch kann man durch die alltägliche Internetnutzung in eine schwere Abhängigkeit geraten. Die Ursachen dafür sind vielfältig. Aber es gibt Behandlungsmöglichkeiten. Häufige Internetnutzung führt nicht automatisch zu einer Abhängigkeit.
Medien in einer pluralistischen Gesellschaft Teilhabe Manipulation	In einer pluralistischen Gesellschaft muss es eine Vielfalt an Medien geben, weil freie Meinungsbildung Teil unseres demokratischen Systems ist. Die Zeitung ist neben Fernsehen und Radio immer noch ein bedeutsames Medium, da Inhalte in seriösen Zeitungen einem Qualitätsjournalismus unterliegen, während im Internet die Quellen nicht immer auszumachen sind bzw. Sachverhalte von Laien dargestellt werden. Manipulation findet unter anderem durch bewusst verbreitete Fake News statt. In der Aktualität und Vielfalt ist das Internet jedoch unübertroffen.
Kritischer und verantwortungsvoller Umgang mit Medien Persönlichkeitsrechte Datenschutz Verwertung von Daten	Zum Schutz der Persönlichkeitsrechte und der personenbezogenen Daten sind Kenntnisse über die Verwertung von Daten in Zusammenhang mit Online-Handel, sozialen Netzwerken und dem „Self-Tracking"-Trend unerlässlich. Firmen geben unter Berücksichtigung des Bundesdatenschutzgesetzes Adressen an Dritte weiter. Das ist unter gewissen Gegebenheiten erlaubt. Als Verbraucher muss man darauf achten, was in den Allgemeinen Geschäftsbedingungen bzw. dem „Kleingedruckten" steht. Beschwerden bei Verstößen sind an die jeweiligen Datenschutzbeauftragten eines Unternehmens zu richten.

Kompetenz-Check

Ich kann ...	☺ 😐 ☹
... die Chancen erläutern, die das Internet bietet.	
... die Risiken erklären, die sich aus der Nutzung von Medien ergeben.	

Ich kann ...	☺ 😐 ☹
... mein Nutzungsverhalten von Print- und digitalen Medien beschreiben und reflektieren.	
... Informationen im Internet zielgerichtet suchen und finden.	
... Gefahren in sozialen Netzwerken benennen und weiß, welche personenbezogenen Daten ich schützen muss.	

Ich kann ...	☺ 😐 ☹
... meine Persönlichkeitsrechte bezüglich des Datenschutzes benennen.	
... erklären, was mit meinen Daten passiert, wenn ich z. B. in einem Online-Shop einkaufe.	
... begründen, warum Datenschutz wichtig ist.	
... herausfinden, an wen ich mich wenden muss, wenn meine Datenschutzrechte verletzt wurden.	
... verantwortungsvoll mit digitalen Medien umgehen.	

Ich kann ...	☺ 😐 ☹
... die Aufgaben der Medien erklären.	
... das Medium Zeitung analysieren und Zeitungen unter bestimmten Aspekten vergleichen.	
... analysieren, welche Einflüsse und Auswirkungen Medien auf das Zusammenleben in einer pluralistischen Gesellschaft haben.	
... die Qualität verschiedener Medien beurteilen.	

Junge Menschen im Staat

„Es ist klar, dass ich mich zurzeit mit vielen anderen Dingen beschäftige. Deshalb ist Politik kein Thema, über das ich mir immer und überall Gedanken mache. Doch ich glaube, dass es sich bei mir schon noch dahin entwickelt, dass ich mir über Politik noch mehr Gedanken mache."

Benjamin (15 Jahre)

Wer würde Benjamin nicht zustimmen? Auf den ersten Blick gibt es sicherlich Wichtigeres im Leben als Politik: eine gute Ausbildung, ein sicherer Arbeitsplatz, Unabhängigkeit, die Freiheit, sein Leben so zu gestalten, wie man möchte, Perspektiven für die Zukunft. Doch wenn wir uns fragen, wovon es abhängt, dass wir unsere Vorstellungen realisieren können, stoßen wir schnell darauf: Ob wir wollen oder nicht – die Politik beeinflusst mit ihren Entscheidungen unsere Lebensbedingungen. Jeder von uns ist durch seine Zugehörigkeit zu verschiedenen Gruppierungen ständig betroffen von politischen Entscheidungen, wie dieses Beispiel zeigt:

Das bedeutet aber nicht, dass wir der Politik ohnmächtig ausgeliefert sind. Die Demokratie bietet einige Mitwirkungs- und Mitentscheidungsmöglichkeiten. Wir müssen sie nur nutzen.

Demokratische Prozesse mitgestalten

Partizipation und politischer Entscheidungsprozess	Entwicklung der Demokratie in Deutschland und ihre Gefährdungen	Grund- und Menschenrechte
• Nach welchen Grundsätzen können wir unser Zusammenleben regeln? • Wie kann ich mich selbst an politischen Entscheidungen beteiligen? • Wer beeinflusst das Zustandekommen politischer Entscheidungen? • Warum spielen Parteien eine so wichtige Rolle? • Wer ist alles an politischen Entscheidungen beteiligt? • Welche Vorkehrungen gibt es gegen den Missbrauch politischer Macht? • Was müssen wir tun, damit unsere Demokratie auch in Zukunft noch Bestand hat?	• Wie war die Situation in Deutschland nach der Katastrophe der Hitler-Diktatur und des Zweiten Weltkrieges? • Wurden aus Nazis plötzlich gute Demokraten? • Wie kam es zur Teilung Deutschlands und zur Gründung zweier Staaten? • Welche innenpolitischen Reformen zur Demokratisierung der Gesellschaft gab es? • Welchen Herausforderungen mussten sich die Regierungen stellen? • Wie konnte die Diktatur in der DDR überwunden werden? • Wann ist Deutschland wirklich vereint? • Bedrohen Antisemitismus, Rechtsradikalismus und Populismus unsere Demokratie?	• Warum sind Grundrechte wichtig für das Funktionieren unserer Demokratie? • Wie kann man seine Menschenrechte einfordern? • Was ist der Unterschied zwischen Menschen- und Bürgerrechten? • Welche Stellung nehmen die Grund- und Menschenrechte im Grundgesetz ein? • Welche Pflichten muss ein Staat erfüllen, damit man vor Menschenrechtsverletzungen geschützt ist? • Welche Bedeutung haben Grund- und Menschenrechte für eine zivilisierte Gesellschaft? • Wie geht man mit Grundrechtskonflikten um?

4.1 Politische Entscheidungen vor meiner Haustür

Chronologie der Ereignisse

1

Oktober 2011:
OB Kurz erwähnt erstmals die Idee einer BUGA 2023.

Oktober 2012:
Machbarkeitsstudie zur BUGA wird vorgestellt.

Februar 2013:
Der Gemeinderat entscheidet sich für eine BUGA-Bewerbung.

September 2013:
Bürgerentscheid: 50,7 % sagen „Ja“.

April 2014:
OB Kurz unterschreibt die Verträge zur BUGA.

November 2014:
Ein Verkehrsgutachten soll über die Verlegung der Straße „Am Aubuckel“ erstellt werden.

Dezember 2014:
CDU-Mitgliederbefragung: Eine Mehrheit lehnt den vorgesehenen Standort ab.

Juni 2015:
Im OB-Wahlkampf fordern die Konkurrenten von Kurz einen zweiten Bürgerentscheid.

November 2015:
Die eigentlich vorgesehene Straßenverlegung wird im Gemeinderat abgelehnt.

Mai 2017:
Mit 30 Ja- gegen 16 Nein-Stimmen stimmt der Gemeinderat nach einigen Korrekturen dem Großprojekt „Landschaftspark Grünzug Nordost“, das als Grundlage für die BUGA gilt, zu; die Kosten sollen bei 105 Mio. € gedeckelt werden.

Mai 2020:
Die Bundesgartenschaugesellschaft folgt der Einschätzung des Regierungspräsidiums Karlsruhe und verzichtet auf die Verlegung von 26 Kleingärten.

Man prüft in Mannheim Ende des letzten Jahrtausends, ob man anlässlich des 400-jährigen Stadtjubiläums 2007 nach 1907 und 1975 erneut eine Bundesgartenschau organisieren will. Diese Idee wird aus Kostengründen aber bereits 1995 verworfen.

Doch 2010 kündigen die US-Amerikaner an, schon bald alle Truppen aus der Rhein-Neckar-Region abzuziehen; auch die Garnison Mannheim soll geschlossen werden. Damit werden etwa 500 Hektar frei, die nun einer neuen Nutzung zugeführt werden sollen.
Unter dem Stichwort „Konversion“ setzen sich sogenannte „Zukunftslotsen“ zusammen und sammeln auf mehreren Forumsveranstaltungen mit Bürgerinnen und Bürgern Ideen, was mit den Gebieten geschehen soll.

Vorschläge zur Verwendung der ehemaligen US-Gelände:

2

- Bau eines neuen Flughafens für die Region
- Entstehung einer Kleingartenanlage
- Organisation einer Bundesgartenschau
- Anlegen eines großen Sees zur öffentlichen Nutzung

Die „Spinelli-Kaserne“, ein ehemaliges Lager für Waffen und Fahrzeuge der US-Armee, ist als „Herzstück“ der Bundesgartenschau gedacht. Es wird umgeben sein von einem Grünzug, der die Stadt mit Frischluft versorgen soll.
Eine „Machbarkeitsstudie“, von der die Öffentlichkeit aber zunächst nichts erfährt, wird in Auftrag gegeben: Diese sieht neben der Kaserne zur Hälfte auch die Nutzung des Landschaftsschutzgebiets „Feudenheimer Au“ mit einem neu angelegten See vor. Die mit ca. 20000 Autos täglich befahrene Straße „Am Aubuckel“, die das geplante BUGA-Areal durchschneidet, soll verlegt werden.
Als die Studie im Oktober 2012 vorliegt, stellen Bürgerinitiativen fest, dass alternative Konzepte überhaupt nicht weiter verfolgt werden, der öffentliche Protest wächst. Dennoch stimmt der Gemeinderat für die Pläne – die Stadt bewirbt sich offiziell um die Ausrichtung der Bundesgartenschau 2023.
Doch die Proteste verstummen nicht, im Gegenteil. Auch nach einem knappen Sieg der Befürworter der BUGA bei einem Bürgerentscheid im September 2013 und der anschließenden Vertragsunterzeichnung sind viele Einwohner unzufrieden. Kleingärtner und die Bürgerinitiative „Konversion statt BUGA“ machen mit Schildern, Plakaten und T-Shirts auf sich aufmerksam.

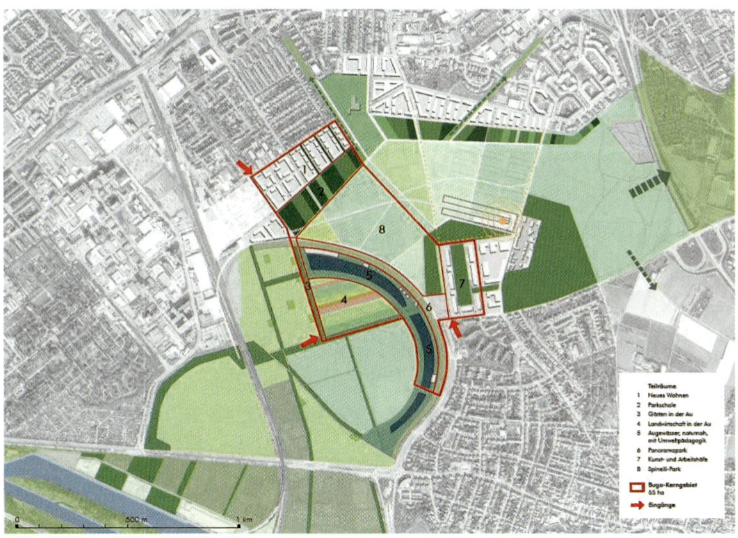

BUGA vor dem Aus? Gemeinderat stimmt gegen Verlegung der Aubuckel-Straße

3

Lange und heftig wurde gestritten im November 2015 im Mannheimer Gemeinderat. Dann stand fest: Die Straße „Am Aubuckel“ wird nicht verlegt.
Vergeblich hatte Oberbürgermeister Kurz noch einmal versucht, die ursprünglichen Pläne zu verteidigen, doch am Ende fehlten ihm drei Stimmen zu einer Mehrheit.
Kurz zeigte sich extrem enttäuscht und stellte selbst infrage, ob eine Bundesgartenschau nun überhaupt noch Sinn habe.
Peter Kurz sagte, er vermisse bei der Opposition echte Alternativkonzepte. Er warf ihr vor, rein aus Prinzip und wahltaktischen Gründen „Nein“ gesagt zu haben.
Begrüßt wurde das Ergebnis hingegen von den zahlreich anwesenden Gegnern des Großprojekts, Kleingärtner und Vertreter der Bürgerinitiative „Konversion statt BUGA“, ausgestattet mit T-Shirts und Schildern.
Kritiker werfen der Stadtverwaltung seit Langem vor, ein reines Prestigeobjekt zu verfolgen, statt die bereits bestehenden Parkanlagen Luisen- und Herzogenriedpark, wo 1975 schon einmal eine Bundesgartenschau stattfand, endlich anständig zu sanieren. Angesichts gerade erhöhter Park- und Kinderbetreuungsgebühren sowie einer höheren Grundsteuer fehlt ihnen jedes Verständnis für eine BUGA 2023. Zudem seien Besucherkalkulationen stets zu optimistisch, es drohe ein riesiges Defizit.

Lernen und Spielen im Grünen

4

„Wir möchten, dass die Besucher vom Buga-Besuch in Mannheim etwas lernen können, das sie später, wieder zuhause, in ihren Alltag übernehmen können“ – so umschreibt Kirsten Batzler, Abteilungsleiterin Marketing, Kultur Veranstaltungen der Mannheimer Buga-Gesellschaft. [...] Mit Bäumen, die waagerecht aus Hauswänden ragen, oder mobilen, pergola-ähnlichen bepflanzten Schattenspendern will Mannheim Akzente setzen. [...] Insgesamt soll die Buga mit farbenprächtigen Gärten, Ideen und Experimenten sowie Kunst und Kultur das gesellschaftliche Mega-Event in der Metropolregion Rhein-Neckar und darüber hinaus werden – ein hoher Anspruch, wie die Macher einräumen.

Seilbahnstation auf dem Spinelli-Gelände

stp: Buga 2023 in Mannheim: Lernen und Spielen im Grünen, Mannheimer Morgen, 23.07.2020, abgerufen unter: www.morgenweb.de/mannheimer-morgen_artikel,-mannheim-buga-2023-in-mannheim-lernen-und-spielen-im-gruenen-_arid,1665511.html [29.07.2020].

Holzpavillon

5

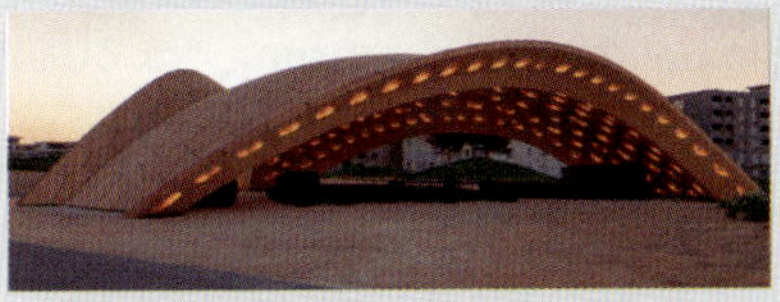

Der Holzpavillon, der aussieht wie ein Seeigel, besteht aus 376 Segmenten, ist 7 Meter hoch und überspannt 30 Meter und eine Fläche von 500 Quadratmetern. Er war bereits Bestandteil der Buga in Heilbronn 2019; während der Bundesgartenschau 2023 ist er in Mannheim zunächst Unterkunft für die „Grüne Schule“. Danach soll er Standort des neuen Insektariums werden.

Ragge, Peter W. (PWR): „Seeigel“ aus Holz wird Klassenzimmer im Grünen, Mannheimer Morgen, 21.07.2020, abgerufen unter: www.morgenweb.de/mannheimer-morgen_artikel,-mannheim-seeigel-aus-holz-wird-klassenzimmer-im-gruenen-_arid,1664499.html [16.11.2020] (verändert).

ARBEITSVORSCHLÄGE

1, 2, 3

Erstellen Sie ein Schaubild, das die Abläufe bei der Entscheidung rund um die BUGA 2023 in Mannheim darstellt.

2

Überlegen Sie gemeinsam, welche Ideen Sie für frei werdende Flächen in Ihrer Region sonst noch hätten.

4, 5

Nehmen Sie Stellung zum BUGA2023-Konzept.
Welche kurz- und langfristigen Vorzüge sehen Sie für die Menschen in der Stadt Mannheim?

WEITERFÜHRENDE HINWEISE

Überlegen Sie, welche Möglichkeiten Sie als Bürgerin oder Bürger vor Ort hätten, sich in den Entscheidungsprozess einzubringen.
Fertigen Sie eine entsprechende Liste an.

Leserbrief

Beim Leserbrief hat man die Möglichkeit, seine Meinung zu einem bestimmten Thema für ein breites Publikum zu formulieren.

Da jede Zeitung Leserbriefe abdruckt, auch wenn sie nicht der Meinung der Redaktion entsprechen, handelt es sich bei dieser Meinungsäußerung um eine reale Möglichkeit, sich an der öffentlichen Willensbildung zu beteiligen.

Thema: **BUGA 2023 in Mannheim – Ja oder Nein?**

Regeln

- Ein Leserbrief sollte sich möglichst auf einen Artikel in der entsprechenden Zeitung beziehen. Deshalb müssen auch der Titel und das Erscheinungsdatum genannt werden.
- Ein Leserbrief drückt eine klare Haltung aus. Er darf und soll also persönlich sein, aber: Man darf andere zwar in der Sache angreifen, nicht jedoch persönlich verletzen oder beleidigen.
- Ein Leserbrief kann von der Redaktion gekürzt werden. Deshalb empfiehlt es sich, die Argumentation kurz und schlüssig zu entwickeln.

Vorbereitung

Bilden Sie in Ihrer Klasse Gruppen von jeweils vier bis fünf Schülerinnen und Schülern.

Ablauf

1. Sammeln Sie in Ihrer Gruppe Kritikpunkte und mögliche Probleme, die Sie bei der Durchführung der BUGA 2023 sehen. Verwenden Sie dafür die Informationen der vorherigen Seiten 102 und 103.
   Tipp: Themenfelder könnten z. B. sein: Kosten; Wünsche und Sorgen der Bürger/-innen; Verkehr …
   Schreiben Sie dann einen entsprechenden Leserbrief.
2. Wechseln Sie nun die Perspektive: Sammeln Sie Argumente für die Ausrichtung der BUGA. Auch hierfür stehen Ihnen die Informationen der vorigen Seiten zur Verfügung.
   Tipp: Mögliche Themenfelder: Zuschüsse; Verbesserung von Infrastruktur und Attraktivität; Ausgang des Bürgerentscheids …
   Schreiben Sie nun einen zweiten Leserbrief.

So geht's

Plakate analysieren – Plakate gestalten

Die beiden Plakate auf dieser Seite wollen interessierte Bürger/-innen dazu bewegen, sich eine klare Meinung zu bilden und sich entweder für oder gegen die Bundesgartenschau 2023 zu engagieren.

Thema: **Bürgerinitiativen zur BUGA 2023**

Aufgabe 1

Analysieren Sie die beiden Plakate auf dieser Seite.

Checkliste für eine Plakatanalyse:
- Farbwahl und Schriftgestaltung entsprechen der Regel 1 (s. u.).
- Die Überschrift drückt deutlich das Anliegen des Plakatthemas aus.
- Der Aufbau ist sofort klar erkennbar und muss nicht erst erklärt werden.
- Die eingesetzten Bilder, Symbole usw. verdeutlichen die Aussagen.
- Die verwendeten Texteinheiten sind gut lesbar, das Plakat ist nicht „überladen".
- Das Gesamtanliegen des Themas ist durch Text, Bild und Gesamtgestaltung überzeugend dargestellt.
- Die Inhalte sind fachlich richtig und der Themenstellung entsprechend vollständig.
- weitere Aspekte (Idee, Schönheit der Darstellung, Überzeugungskraft usw.)

Aufgabe 2

Gestalten Sie nun selbst Plakate zum Thema Bundesgartenschau 2023.
Bilden Sie dafür zunächst Gruppen von je vier bis fünf Schülerinnen und Schülern.
Entscheiden Sie sich für eine Seite: Pro oder Kontra BUGA 2023.
Beachten Sie bei Ihrem Entwurf die unten stehenden Regeln.
Sie können anschließend auch eine Ausstellung Ihrer Plakate machen und diese dann nach der oben stehenden Checkliste analysieren.

Regeln zur Plakatgestaltung
1. Entscheiden Sie sich für maximal drei Farben, Schrifttypen und Schriftgrößen. Schreiben Sie so groß, dass auch alle in der letzten Reihe alles lesen können.
2. Geben Sie Ihrem Plakat eine das Thema verdeutlichende Überschrift.
3. Der Aufbau sollte auf einen Blick erkennbar sein.
4. Verwenden Sie bildhafte Darstellungen, um einen Sachverhalt auszudrücken.
5. Heben Sie wichtige Inhalte hervor, z. B. durch Schriftverstärkung oder entsprechende Farbwahl.
6. Lassen Sie genügend Fläche frei.
7. Verwenden Sie keine Abkürzungen.
8. Prägnante Sätze wirken interessanter als nur einzelne Begriffe.

4.2 Anders sein und doch zusammenleben – Pluralismus

Fakten zur Migration (Stand: 2019)

Von den rund 11,1 Mio. Einwohnern Baden-Württembergs haben rund 1,77 Mio. (ca. 15,9 %) Menschen keine deutsche Staatsangehörigkeit. Rund 30,9 % der Bevölkerung sind Menschen mit Migrationshintergrund, d. h. Personen, die selbst oder deren Eltern aus dem Ausland zugewandert sind.

Vgl. Staatsministerium Baden-Württemberg (Hrsg.): Baden-Württemberger mit Migrationshintergrund, Stuttgart, abgerufen unter: www.baden-wuerttemberg.de/de/unser-land/land-und-leute/bevoelkerung [25.11.2020].

Grundrechte

Der im Grundgesetz verankerte Katalog von Grundrechten besteht aus

- Menschenrechten, die für alle in Deutschland lebenden Personen gelten, z. B. Artikel 2,
- Bürgerrechten, die nur für deutsche Staatsangehörige gelten, z. B.: „Alle Deutschen haben das Recht, Vereine und Gesellschaften zu bilden" (Art. 9 GG).

Artikel 1 Grundgesetz

(1) Die Würde des Menschen ist unantastbar. Sie zu achten und zu schützen ist Verpflichtung aller staatlichen Gewalt.

[...]

(3) Die nachfolgenden Grundrechte binden Gesetzgebung, vollziehende Gewalt und Rechtsprechung als unmittelbar geltendes Recht.

Artikel 2 Grundgesetz

(1) Jeder hat das Recht auf die freie Entfaltung seiner Persönlichkeit, soweit er nicht die Rechte anderer verletzt und nicht gegen die verfassungsmäßige Ordnung oder das Sittengesetz verstößt.

(2) Jeder hat das Recht auf Leben und körperliche Unversehrtheit. Die Freiheit der Person ist unverletzlich. In diese Rechte darf nur aufgrund eines Gesetzes eingegriffen werden.

1

Karamba Diaby, Bundestagsabgeordneter der SPD

Kool Savas, Rapper

Serap Güler, Staatsekretärin NRW

Wichtig für die Demokratie

[...] Der Pluralismus spielt in der deutschen Demokratie und allen demokratischen Staaten eine wichtige Rolle. Er bedeutet, dass man Achtung und Respekt vor allen Menschen hat, die in einem Staat leben, dass man ihre verschiedenen Meinungen, Interessen, Ziele und Hoffnungen anerkennt.

Niemand darf anderen seine politische oder religiöse Überzeugung aufzwingen. Der Staat akzeptiert, dass sich die Menschen in ganz unterschiedlichen Einrichtungen zusammenschließen. Das können Parteien, Verbände und Vereine sein, Kirchen oder Gewerkschaften, oder auch Bürgerinitiativen. [...]

Grundsätzlich ist eine pluralistische Demokratie offen für viele Ideen und Vorstellungen, auch wenn sie noch so abseitig sind oder nur von wenigen Menschen vertreten werden. Aber: Sie dürfen den demokratischen Staat nicht gefährden.

Toyka-Seid, Christiane; Schneider, Gerd: Pluralismus, hrsg. von Bundeszentrale für politische Bildung, abgerufen unter: www.hanisauland.de/wissen/lexikon/grosses-lexikon/p/pluralismus.html [27.10.2020].

2

Teilnehmerin einer Querdenken-Demonstration in Stuttgart gegen Beschränkungen während der Corona-Pandemie (2020)

3

Es gehört zum Leben in einem demokratischen Staat, dass man Kritik nicht nur äußern darf, sondern sie auch aushalten können muss, wenn sie einen selbst betrifft. Dies gilt natürlich insbesondere für Personen, die in der Öffentlichkeit stehen, wie z. B. Politiker oder Stars. Verboten sind selbstverständlich Aufforderungen zu Straftaten, das Verbreiten von Lügen oder ehrverletzende Beleidigungen.

Ein Streitpunkt ist immer wieder, wie weit Satire gehen darf; dies zeigt sich häufig z. B. bei Karikaturen, die den Propheten Mohammed thematisieren, aber auch in der „Affäre Böhmermann", die beinahe eine Staatskrise ausgelöst hätte und das Verhältnis zwischen der Bundesrepublik und der Türkei belastet hat.

4

Die **Grundrechte**, die in der Verfassung der Bundesrepublik verankert sind, bilden die Grundlage für das Zusammenleben aller Menschen in Deutschland – gleich welcher Herkunft. Doch gewähren diese Rechte keine schrankenlose Freiheit: Sie finden ihre Grenze dort, wo die Freiheitsrechte des anderen anfangen. Verbindlich zu entscheiden, wo diese Grenze im Einzelnen verläuft, ist Aufgabe der Gerichte.

Damit die Grundrechte keine unverbindlichen Absichtserklärungen bleiben, enthält das Grundgesetz wichtige Vorkehrungen zu ihrem Schutz:

- Grundrechte sind unmittelbar geltendes Recht, das für alle staatlichen Organe verbindlich ist. Wer sich durch die öffentliche Gewalt in seinen Grundrechten verletzt glaubt, kann dagegen vor den Gerichten Klage erheben.
- Nach Erschöpfung des Rechtsweges kann beim Bundesverfassungsgericht **Verfassungsbeschwerde** eingelegt werden.
- Grundrechte dürfen nur mit einer Zweidrittelmehrheit in Bundestag und Bundesrat geändert werden. Dabei darf aber ihr Wesensgehalt nicht angetastet werden.

ARBEITSVORSCHLÄGE

1

Diskutieren Sie, ob die vorgestellten Personen „Vorbilder für alle anderen mit Migrationshintergrund" sein können. Versuchen Sie, auch in anderen Bereichen der Gesellschaft, z. B. in Sport und Wirtschaft, solche „Vorbilder" zu finden.

2

Prüfen Sie, woher der Spruch „Freiheit ist immer die Freiheit der Andersdenkenden" stammt. Nehmen Sie dazu Stellung, dass er immer wieder bei Demonstrationen verwendet wird.

3

Interpretieren Sie die Karikatur.

4

Erklären Sie, weshalb die Grundrechte ganz am Anfang des Grundgesetzes stehen. Nehmen Sie dazu Stellung, dass es eine Unterscheidung gibt zwischen deutschen Staatsbürgern und Menschen, die in Deutschland leben.

WEITERFÜHRENDE HINWEISE

Überlegen Sie in Gruppen, welche fünf Mindeststandards für alle verbindlich sein sollten, damit alle Gruppen in einer pluralistischen Gesellschaft friedlich zusammenleben können.
Vergleichen Sie Ihre Vorstellungen mit denen der anderen Gruppen und einigen Sie sich auf eine gemeinsame Liste.

Parlamentarisches Regierungssystem

In einem parlamentarischen Regierungssystem wird die Regierung vom Parlament berufen und unter Umständen auch abberufen.

Die traditionelle Gewaltenteilung wird durch die enge Verknüpfung von Legislative (Parlament) und Exekutive (Regierung) zum Teil durchbrochen.

Beispiele: Großbritannien, Deutschland, Österreich

Präsidentielles Regierungssystem

Wichtigstes Merkmal eines präsidentiellen Regierungssystems ist die starke Stellung der Präsidentschaft. Sie ist an eine Direktwahl durch das Volk gebunden, das Staatsoberhaupt besitzt je nach Verfassung unterschiedliche Vollmachten. In manchen Ländern ist die Präsidentin oder der Präsident auch Regierungschef, in anderen müssen sie sich die Macht mit einer Ministerpräsidentin oder einem Ministerpräsidenten teilen.

Beispiele: USA, Frankreich, die Weimarer Republik

Weitere Formen der Gewaltenteilung

- **Medien als „vierte Gewalt“**
  Durch ihre Berichterstattung über politische Fehler und ihre Stellungnahmen zu politischen Maßnahmen leisten die Medien einen Beitrag zur Kontrolle der Politik (s. Kapitel 3).
- **Vertikale Gewaltenteilung**
  Die vertikale Gewaltenteilung besteht in der Aufteilung der staatlichen Aufgaben auf Bund, Länder und Gemeinden, also im bundesstaatlichen Aufbau des Staates (s. S. 126).

1

Gewaltenteilung = Aufteilung der Staatsgewalt

Legislative	Exekutive	Judikative
Gesetzgebung	Regierung Verwaltung	Rechtsprechung
Organe der Gesetzgebung:	Organe der Regierung und der Verwaltung:	Organe der Rechtsprechung auf Bundesebene:
Bundestag, Landtage, Gemeinderäte	Bundesregierung, Länderregierungen, Bürgermeister	Bundesverfassungsgericht, Bundesgerichtshof, weitere Bundesgerichte

2

Gewaltenteilung und Freiheit

Man muss sich gegenwärtig halten, was Unabhängigkeit und was Freiheit ist. Freiheit ist das Recht, alles zu tun, was die Gesetze erlauben. [...] Politische Freiheit findet sich [...] nur dann, wenn man die Macht nicht missbraucht; aber es ist eine ewige Erfahrung, dass jeder, der Macht hat, ihrem Missbrauch geneigt ist: Er geht so weit, bis er auf Schranken stößt. [...] Um den Missbrauch der Macht zu verhindern, muss vermöge einer Ordnung der Dinge [d. h. einer Verfassung] die Macht der Macht Schranken setzen. [...]

Wenn in derselben Person oder der gleichen obrigkeitlichen Körperschaft die gesetzgebende Gewalt mit der vollziehenden vereinigt ist, gibt es keine Freiheit; denn es steht zu befürchten, dass derselbe Monarch oder derselbe Senat tyrannische Gesetze macht, um sie tyrannisch zu vollziehen.

Es gibt ferner keine Freiheit, wenn die richterliche Gewalt nicht von der gesetzgebenden und vollziehenden getrennt ist. [...]

Alles wäre verloren, wenn derselbe Mensch oder die gleiche Körperschaft der Großen, des Adels oder des Volkes diese drei Gewalten ausüben würde: die Macht, Gesetze zu geben, die öffentlichen Beschlüsse zu vollstrecken und die Verbrechen oder die Streitsachen der Einzelnen zu richten. [...]

Montesquieu, Charles de: Vom Geist der Gesetze (1748), übersetzt von Kurt Weigand, Stuttgart: Reclam 1965, S. 210–212.

Durch eine Teilung der Gewalten sollen die drei staatlichen Aufgabenbereiche Gesetzgebung (Legislative), Ausführung (Exekutive) und Rechtsprechung (Judikative) auf verschiedene Organe übertragen werden, damit keines dieser Organe allein über die gesamte Staatsgewalt verfügen kann.

Der Grundsatz der **Gewaltenteilung** wird in den demokratischen Staaten unterschiedlich verwirklicht. Die politische Ordnung der Bundesrepublik orientiert sich dabei am Modell der **parlamentarischen Demokratie**, die ihre geschichtlichen Wurzeln in Großbritannien hat und folgende Merkmale aufweist:

Keine Demokratie ohne Gewaltenteilung

- In der parlamentarischen Demokratie wählt das Parlament (der Bundestag) den Regierungschef (Bundeskanzler/-in) durch Mehrheitsentscheid.
- Das Parlament kann mit Mehrheitsbeschluss die Kanzlerin/den Kanzler samt Regierung auch wieder absetzen (**Misstrauensvotum**).
- Die Regierung spielt eine zentrale Rolle in der Gesetzgebung: Da sie von der Parlamentsmehrheit unterstützt wird, kann sie davon ausgehen, dass ihre Vorschläge für die Gesetzgebung die benötigte Mehrheit bei der Abstimmung finden.
- Um zu erreichen, dass die Regierung für ihre Gesetzgebungsvorhaben mit einer sicheren Mehrheit rechnen kann, stimmen die Abgeordneten einer Fraktion meistens geschlossen ab (**Fraktionsdisziplin**, s. S. 130).

In der parlamentarischen Demokratie sind also Parlamentsmehrheit und Regierung eng miteinander verknüpft. Die enge Verflechtung von Legislative und Exekutive hat den Vorteil, dass der Staat wirksamer regiert werden kann. Dennoch ist weiterhin für eine Kontrolle der staatlichen Macht gesorgt:

- Die unabhängigen Gerichte sorgen dafür, dass das Parlament sich an die Verfassung und die Regierung sich an die Gesetze hält.
- Die Opposition hat die Aufgabe, die Entscheidungen von Regierung und Parlamentsmehrheit zu kritisieren und Alternativen vorzustellen.

Zwar stellt die Opposition nur die Minderheit im Parlament, sie besitzt aber die Chance, beim nächsten Wahltermin die neue Mehrheit zu werden. Jede Regierung, die wieder gewählt werden möchte, wird sich deshalb vor dem allzu unbedenklichen Umgang mit der Macht hüten. So gelingt es auch der parlamentarischen Demokratie, der Macht Schranken zu setzen und ihren Missbrauch zu verhindern.

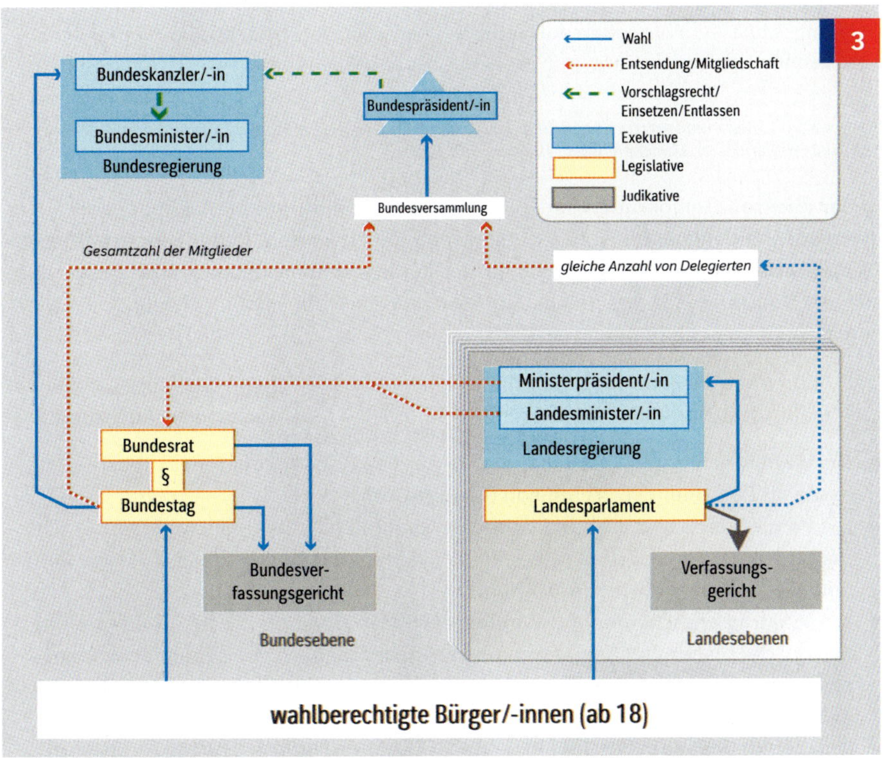

ARBEITSVORSCHLÄGE

1

Definieren Sie die folgenden Begriffe:
- Exekutive
- Legislative
- Judikative

Ordnen Sie diesen Begriffen staatliche Einrichtungen der Bundesrepublik zu.

2

Montesquieu war ein französischer Philosoph im Zeitalter der Aufklärung. Er gilt als Vater der Gewaltenteilungslehre.
Arbeiten Sie heraus, wie seiner Ansicht nach die staatlichen Gewalten angeordnet sein sollen und wie er dies begründet.

3

Untersuchen Sie, inwieweit der Staatsaufbau der Bundesrepublik der traditionellen Vorstellung von Gewaltenteilung entspricht.

Überprüfen Sie, ob das Ergebnis dieser Untersuchung eine Willkürherrschaft in der Bundesrepublik zur Folge haben kann.

WEITERFÜHRENDE HINWEISE

Informieren Sie sich über die Regierungssysteme in Großbritannien, Frankreich und den USA.
Gestalten Sie eine kurze Präsentation darüber und gehen Sie auf die wichtigsten Unterschiede ein.

Art. 20 Abs. 2 Grundgesetz

Alle Staatsgewalt geht vom Volke aus. Sie wird vom Volke in Wahlen und Abstimmungen und durch besondere Organe der Gesetzgebung, der vollziehenden Gewalt und der Rechtsprechung ausgeübt.

Ergebnisse der Landtagswahlen in Baden-Württemberg 2016 — 2

Partei	Stimmen	Sitze
CDU	27,0 % (39 %)	42 (60)
B90/Grüne	30,3 % (24,2 %)	47 (36)
AfD	15,1 % (–)	23 (–)
SPD	12,7 % (23,1 %)	19 (35)
FDP	8,3 % (5,3 %)	12 (7)
Linke	2,9 % (2,8 %)	– (–)
Sonstige	2,51 % (5,6 %)	– (–)

Wahlbeteiligung 70,4 % (66,3 %)
in Klammern: Zahlen 2011

Vgl. Statistisches Landesamt Baden-Württemberg, 2016

Bundestagswahlen 2017 Erst- und Zweitstimmenergebnisse — 3

Partei	Sitze insgesamt	direkt gewählte Abgeordnete	über Landesliste gewählte Abgeordnete
CDU/CSU	246	231	15
SPD	153	59	94
AFD	94	3	91
FDP	80	0	80
Linke	69	5	64
Grüne	67	1	66
Summe	709	299	410

Vgl. Der Bundeswahlleiter (Hrsg.): Pressemitteilung Nr. 34/17, 12.10.2017, abgerufen unter: www.bundeswahlleiter.de/info/presse/mitteilungen/bundestagswahl-2017/34_17_endgueltiges_ergebnis.html [28.10.2020].

Demokratie war nie Volksherrschaft, kann es nicht sein, soll es nicht sein. — 1

Wir, die wir uns Demokraten nennen, sehen eine Diktatur als moralisch böse an [...]. Indem wir sie ertragen, fühlen wir, dass wir etwas Schlechtes tun. Aber sind gezwungen, sie zu ertragen. [...] Eine Diktatur zwingt uns eine Situation auf, die wir nicht verantworten, aber im Allgemeinen auch nicht ändern können. Es ist eine menschlich untragbare Situation. Es ist daher einfach unsere moralische Pflicht, alles zu tun, um zu verhindern, dass eine solche Situation eintritt.

Das versuchen wir durch die sogenannten demokratischen Staatsformen, und das ist ihre einzige mögliche moralische Begründung. Demokratien sind also nicht Volksherrschaften, sondern sie sind in erster Linie gegen eine Diktatur gerüstete Institutionen. Sie erlauben keine diktaturähnliche Herrschaft, keine Akkumulation von Macht, sondern versuchen, die Staatsgewalt zu beschränken. Entscheidend ist, dass eine Demokratie in diesem Sinne die Möglichkeit offen hält, die Regierung ohne Blutvergießen loswerden zu können, wenn sie ihre Rechte und Pflichten verletzt; aber auch sonst, wenn wir ihre Politik als schlecht oder verfehlt beurteilen.

Bei einem Regierungswechsel ist diese negative Macht, die Drohung mit Entlassung, das Wichtige. [...] Wir können eine Regierung oder eine Politik im Nachhinein beurteilen und vielleicht unsere Zustimmung geben und sie wieder wählen. Im Vorhinein können sie vielleicht unser Vertrauen haben; aber wir kennen sie nicht und wir dürfen darum nicht voraussetzen, dass sie unser Vertrauen nicht missbrauchen werden. [...]

Es ist zu beachten, dass hier die Idee einer Herrschaft des Volkes, ja sogar die Idee einer Initiative des Volkes abgelehnt werden. Sie werden durch die ganz andere Idee einer Beurteilung durch das Volk ersetzt. [...] Ideen [...] können nur das Werk von Einzelnen sein [...]. Viele können nachher sehen [...], ob sie gut waren oder nicht. Und solche Beurteilungen, solche „Ja-Nein-Beschlüsse", können auch von einer großen Wählerschaft durchgeführt werden.

Popper, Karl R.: Bemerkungen zur Theorie und Praxis des demokratischen Staates, in: Karl Popper: Alles Leben ist Problemlösen, München: Piper, 1994, S. 220–226.

In der direkten Demokratie können Bürgerinnen und Bürger mit Volksbegehren und Volksentscheiden an politischen Entscheidungen mitwirken. In der **repräsentativen Demokratie**, die das Grundgesetz für die Bundesrepublik festschreibt, beschränkt sich die **Souveränität** des Volkes dagegen auf die Wahl seiner Vertreter, die in seinem Namen Entscheidungen treffen.

Dreh- und Angelpunkt für das Funktionieren der repräsentativen Demokratie sind die regelmäßig stattfindenden **Wahlen**. Sie erfüllen im Wesentlichen vier Aufgaben:

- Die Wahlberechtigten entscheiden sich für eine Person oder Partei, die ihre Interessen im Parlament vertreten soll (**Delegation**).
- Die Wählerinnen und Wähler können durch ihre Entscheidung zwischen verschiedenen politischen Führungsgruppen auswählen und so über die zukünftige Politik mitentscheiden (**politische Teilnahme**).
- Am Wahltag entscheiden die Wahlberechtigten darüber, ob sie den Regierungsauftrag der bisherigen Regierungspartei/-en verlängern oder beenden wollen. Die zeitliche Begrenzung von Herrschaft schützt vor Missbrauch der Regierungsgewalt (**Herrschaftskontrolle**).
- Durch Wahlen erhalten die Wahlsieger das Recht zu regieren. Weil sie das Vertrauen des Volkes bzw. der Mehrheit besitzen, gelten ihre Entscheidungen als für alle verbindlich (**Herrschaftslegitimation**).

Wahlen können ihre Funktion nur erfüllen, wenn einerseits Bürgerinnen und Bürger ihre Rechte verantwortungsbewusst nutzen und andererseits die **Parteien** vertrauenswürdige und fähige Kandidaten zur Wahl stellen.

Die rückläufige Wahlbeteiligung, die sinkende Zahl der Parteimitglieder und der Vertrauensverlust in Politiker und Parlamente lassen jedoch den Schluss zu, dass die repräsentative Demokratie in einer Glaubwürdigkeitskrise steckt. Diese kann nach Auffassung von Wissenschaft und Politik überwunden werden, wenn den Bürgerinnen und Bürgern mehr Mitsprachemöglichkeiten eingeräumt werden, wenn also die repräsentative Demokratie durch Elemente der direkten Demokratie ergänzt wird.

4

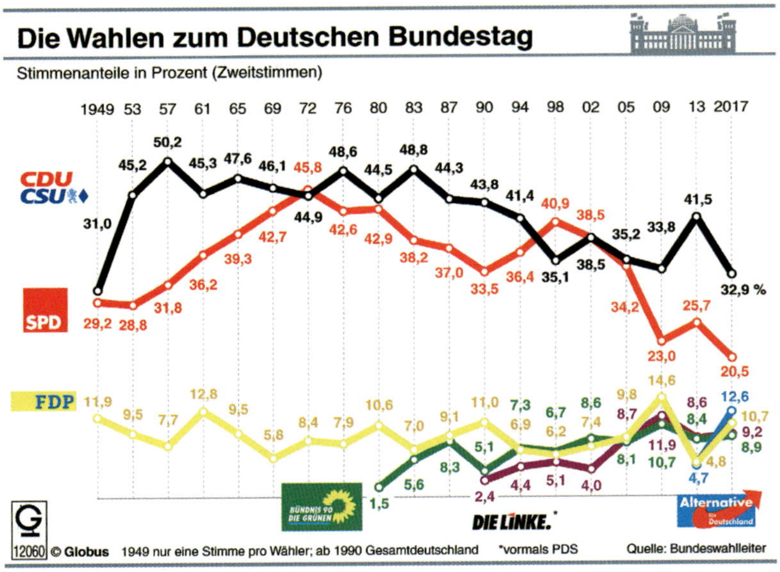

Nach Schließung der Wahllokale werden die Stimmzettel ausgewertet und die Mandate auf die verschiedenen Parteien verteilt. Um an der **Mandatsverteilung** teilzunehmen, muss eine Partei entweder im gesamten Bundesgebiet mindestens 5 % der abgegebenen gültigen Zweitstimmen erhalten oder in mindestens drei Wahlkreisen **Direktmandate** gewinnen.

Parteien, die eine dieser Bedingungen erfüllen, erhalten Sitze nach folgendem Verfahren:

5

1. **Schritt:** Die **Zweitstimmen** werden nach dem **Verhältniswahlrecht** [unter Anwendung des Berechnungsverfahrens nach Sainte-Laguë/Schepers] ausgewertet. Die Auszählung erfolgt auf Landesebene. Die Anzahl der Zweitstimmen entscheidet darüber, wie viele der insgesamt 598 zu vergebenden Sitze eine Partei erhält.
2. **Schritt:** In jedem der 299 Wahlkreise werden die **Erststimmen** nach dem **Mehrheitswahlrecht** ausgezählt und die Wahlkreissieger ermittelt. Die 299 Wahlkreissieger stellen die erste Hälfte der 598 Bundestagsabgeordneten.
3. **Schritt**: Die übrigen 299 Bundestagsabgeordneten werden von den Landeslisten der Parteien genommen.
4. **Schritt**: Hat eine Partei aufgrund ihrer Erststimmen in einem Bundesland mehr Direktmandate gewonnen, als ihr Sitze nach der Auszählung der Zweitstimmen zustehen, erhält sie dementsprechend **Überhangmandate**.
5. **Schritt:** Diese werden meist von den großen Parteien gewonnen; deshalb erhalten alle anderen entsprechend ihrem Anteil an Zweitstimmen **Ausgleichmandate**.

ARBEITSVORSCHLÄGE

1

Karl R. Popper, ein bedeutender Philosoph, behauptet: „Demokratie war nie Volksherrschaft, kann es nicht sein, soll es nicht sein."

Arbeiten Sie aus dem Text heraus, welchen Sinn und welche Grenzen die Demokratie für ihn hat.
Beurteilen Sie, ob er recht hat.

2

Interpretieren Sie die Ergebnisse der baden-württembergischen Landtagswahlen von 2011 und 2016. Welche Veränderungen können Sie erkennen?

Erläutern Sie mögliche Ursachen und Auswirkungen dieser Landtagswahlen.

Erörtern Sie im Zusammenhang mit dem Landtagswahlergebnis 2016 die Aussage, dass man mit der Teilnahme an Wahlen so gut wie nichts bewirken kann.

5

Erstellen Sie eine Mandatsverteilung nach den Regeln des personalisierten Verhältniswahlrechts für ein fiktives Bundesland mit 10,3 Millionen Wählerinnen und Wählern und 20 Abgeordneten in zehn Wahlkreisen. Die Stimmen verteilen sich auf fünf Parteien; bestimmen Sie den Wahlausgang selbst.

3, 4

Vergleichen Sie das Wählerverhalten im Laufe der Zeit. Analysieren Sie mögliche Gründe hierfür und beschreiben Sie aktuelle Trends.

Ergebnisse der Unterhauswahlen in Großbritannien 2019 (in Klammern Ergebnisse 2017) 1

Partei	Stimmen	Abgeordnete	Sitze (%)
Konservative	43,6 (42,4)	365 (318)	56,1
Labour	32,4 (40,0)	203 (262)	31,2
Scottish National Party	3,9 (3,0)	48 (35)	7,4
Liberaldemokraten	11,6 (7,4)	11 (12)	1,7
Andere	8,7 (20,1)	23 (23)	3,5
Summe		**650**	

Vgl. rct/gub: Alle Ergebnisse und Grafiken im Überblick, Welt/Axel Springer SE, 13.12.2019, abgerufen unter: www.welt.de/politik/ausland/article203914212/Grossbritannien-Wahl-2019-Alle-Ergebnisse-und-Grafiken-zur-Brexit-Wahl.html [28.10.2020].

Ergebnisse der Bundestagswahlen 2017

Wahlbeteiligung: 76,2 %
Sitzverteilung einschließlich der Überhang- und Ausgleichsmandate (in Klammern)

Partei	Stimmen	Sitze
CDU/CSU	32,9 %	246
SPD	20,5 %	153
Linke	9,2 %	69
Grüne	8,9 %	67
FDP	10,7 %	80
AfD	12,6 %	94
Sonstige	5,0 %	
Summe	100 %	598 (+111) 709

Vgl. Der Bundeswahlleiter (Hrsg.): Pressemitteilung Nr. 34/17, 12.10.2017, abgerufen unter: www.bundeswahlleiter.de/info/presse/mitteilungen/bundestagswahl-2017/34_17_endgueltiges_ergebnis.html [28.10.2020].

Jede Stimme zählt.

Das Mehrheitswahlsystem

Im **Mehrheitswahlrecht** gilt der Grundsatz: Gewählt ist, wer die meisten Stimmen erhält. Dieses Verfahren eignet sich vor allem zur Wahl einzelner Persönlichkeiten, z. B. werden die Bürgermeister in Baden-Württemberg auf diese Weise bestimmt.

Sollen mehrere Personen – z. B. die 650 Abgeordneten des britischen Parlaments – gewählt werden, muss das Wahlgebiet in so viele Wahlkreise eingeteilt werden, wie es Sitze gibt. In jedem **Wahlkreis** müssen etwa gleich viele **Wahlberechtigte** wohnen.

2

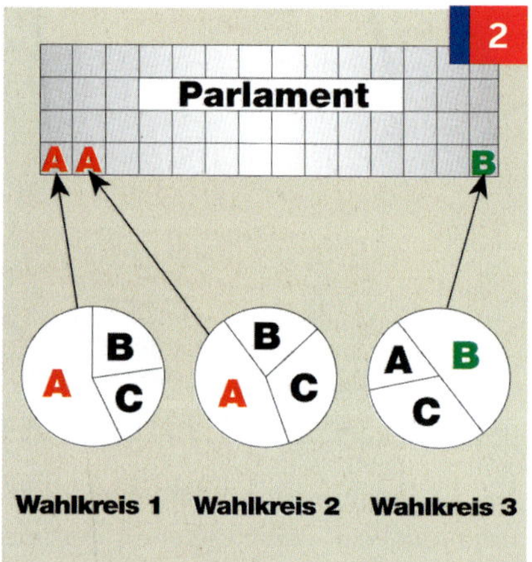

Auswirkungen des Mehrheitswahlrechts 3

- Das Mehrheitswahlrecht begünstigt die Herausbildung von zwei großen Parteien. Wer von beiden die Wahlen gewinnt, stellt üblicherweise die Regierung, der Verlierer geht in die Opposition. Meistens verfügt der Wahlsieger über eine absolute Mehrheit im Parlament. In diesem Fall kann die Regierungspartei alleine, also ohne Koalitionspartner, die Politik gestalten.
- Das Mehrheitswahlrecht benachteiligt kleine Parteien und erschwert die Neugründung von Parteien. Dadurch sind Minderheiten im Parlament unterrepräsentiert und neue Ideen finden oft nur schwer Eingang in die Politik.
- Die Stimmen, die für die unterlegenen Parteien abgegeben werden, werden bei der Sitzverteilung nicht mehr berücksichtigt. Damit kann es zu Verfälschungen des Wählerwillens kommen, weil der Anteil einer Partei an den Wählerstimmen nicht automatisch ihrem Anteil an den Parlamentssitzen entspricht.
- Um einen Parlamentssitz zu gewinnen, müssen die Kandidatinnen und Kandidaten in ihrem Wahlkreis eine Mehrheit gewinnen. Dies ist nur möglich, wenn sie sich um einen engen Kontakt mit ihren Wählerinnen und Wählern bemühen und deren Interessen im Parlament vertreten. Dabei können die Abgeordneten allerdings den Blick für die Interessen der Allgemeinheit verlieren.

Das Verhältniswahlsystem

4

Nach dem **Verhältniswahlrecht** erhält jede Partei so viele Mandate, wie es ihrem Anteil an den Wählerstimmen entspricht. Hat eine Partei z. B. 30 % der Stimmen bei einer Wahl bekommen, erhält sie 30 % der zur Verfügung stehenden Sitze im Parlament. Abgegebene Stimmen und erzielte Mandate stehen so im gleichen Verhältnis zueinander.

Die Wählerinnen und Wähler entscheiden sich zwischen den verschiedenen Listen der Parteien. Diese enthalten die Namen der Kandidaten, die sich um ein Mandat für ihre Partei bewerben. Sie werden vor der Wahl von den Parteien aufgestellt (in Deutschland: von den Landesparteitagen).

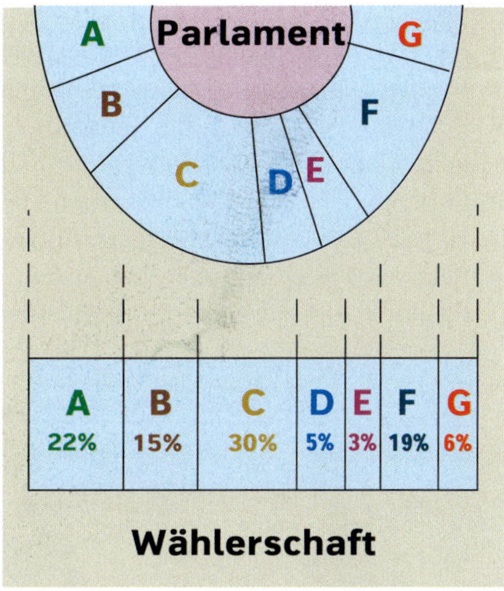

Auswirkungen des Verhältniswahlrechts

5

- Das Verhältniswahlrecht begünstigt die Herausbildung eines Mehrparteiensystems. Zur Bildung einer mehrheitsfähigen Regierung ist es oft nötig, Koalitionen aus mehreren Parteien zu bilden. Je größer die Anzahl der Regierungsparteien, desto größer ist auch die Gefahr, dass die Koalition auseinanderbricht und eine neue Regierung gebildet werden muss.
- Alle Parteien sind entsprechend ihres Anteils an der Wählerschaft im Parlament vertreten. Damit sind auch Minderheiten angemessen vertreten. Allerdings erweist es sich manchmal als schwierig, eine Regierung zu bilden, die eine verlässliche Mehrheit für ihre Politik findet.
- Neue Parteien kommen eher ins Parlament. Die Konkurrenz zwischen den Parteien wird dadurch belebt. Gleichzeitig bekommen auch immer wieder extreme Parteien eine Chance, Parlamentssitze zu erringen, wenn sie genügend Protestwählerinnen und -wähler für sich gewinnen können.
- Wer einen Sitz im Parlament gewinnen will, muss auf einer Parteiliste nominiert sein, die von dem zuständigen Parteitag aufgestellt wird. Der Parteitag kann so Quotenregelungen (z. B. den Anteil der Frauen an den Parlamentariern) verwirklichen. Allerdings ist es schwierig, ohne die Unterstützung einer Partei ein Mandat zu gewinnen.

Das personalisierte Verhältniswahlrecht bei den Bundestagswahlen

Bei den Wahlen zum Deutschen Bundestag, die in der Regel alle vier Jahre stattfinden, wird ein Wahlsystem angewendet, das die Vorteile von Mehrheits- und Verhältniswahl vereint und ihre Nachteile vermeidet: das **personalisierte Verhältniswahlrecht**.

Das personalisierte Verhältniswahlrecht gibt den Wahlberechtigten zwei Stimmen:

- Mit der **Erststimme** entscheiden sie darüber, wer den Wahlkreis im Bundestag vertreten soll. Die Erststimme wird nach dem relativen Mehrheitswahlrecht ausgewertet (**Persönlichkeitswahl**).
- Die **Zweitstimme** wird für die Landesliste einer Partei abgegeben. Sie wird nach dem Verhältniswahlrecht ausgewertet und entscheidet darüber, wie viele Sitze eine Partei im Bundestag erhält (**Listenwahl**).

ARBEITSVORSCHLÄGE

1

Vergleichen Sie Prozentanteile und Sitzverteilung der verschiedenen Parteien in Deutschland und Großbritannien.

Begründen Sie die auffälligen Unterschiede.

1, 4

Erstellen Sie auf Grundlage der Wahlergebnisse von 2019 eine Sitzverteilung im britischen Unterhaus unter Anwendung des Verhältniswahlrechts.

2, 3, 5

Ordnen Sie zu, mit welchem Wahlsystem die folgenden Ziele eher zu erreichen sind:

- einfache Regierungsbildung
- gerechte Vertretung verschiedener gesellschaftlicher Gruppen
- enger Kontakt Wähler/-in – Abgeordnete/-r
- politischer Wandel

Das personalisierte Verhältniswahlrecht gibt den Wählerinnen und Wählern zwei Stimmen. Definieren Sie die Unterschiede zwischen Erst- und Zweitstimme.

„Das personalisierte Verhältniswahlrecht vereint die Vorteile von Mehrheits- und Verhältniswahl und vermeidet ihre Nachteile."
Überprüfen Sie diese Aussage.

Volkspartei

... ist in demokratischen Verfassungsstaaten eine Partei, die in Bezug auf Stimmenanteile und Größe eine gewichtige Rolle spielt und mit ihrer Programmatik für breite Wählerschichten offen ist. Sie unterscheidet sich damit deutlich von der Weltanschauungs- und Interessenpartei.

Mitgliederzahlen der Bundestagsparteien (in Tausend)

4

	2000	2019
AfD	–	34,8
B'90/Grüne	49,5	96,5
CDU	616,7	405,8
CSU	178,3	139,1
FDP	62,9	65,5
Linke (PDS)	88,5	60,9
SPD	734,7	419,3

Vgl. Niedermayer, Oskar: Mitgliederentwicklung der Parteien, hrsg. von Bundeszentrale für politische Bildung, 26.08.2020, abgerufen unter: www.bpb.de/politik/grundfragen/parteien-in-deutschland/zahlen-und-fakten/138672/mitgliederentwicklung [28.10.2020].

Volksparteien können und müssen sich reformieren

5

[...] Es braucht Strategien, um die WählerInnen, die sie an die kleineren Parteien verloren haben, zurückzugewinnen. [...] Wichtig ist, dass es nicht nur „kosmetische" Veränderungen gibt, sondern dass die WählerInnen diesen Wandel tatsächlich spüren.

Pornschlegel, Sophie: Wir brauchen Volksparteien für eine stabile Demokratie, hrsg. von fluter.de/Bundeszentrale für politische Bildung, 04.01.2019, abgerufen unter: www.fluter.de/zukunft-der-volksparteien-pro-contra [28.10.2020].

Parteien spielen gemäß Art. 21 GG in der repräsentativen Demokratie eine zentrale Rolle. Sie erfüllen nämlich die folgenden wichtigen Aufgaben:

- Parteien nehmen Einfluss auf die politische Willensbildung der Bevölkerung.
- Möglichkeit, an Diskussionen und Entscheidungen teilzunehmen.
- Bündelung der Interessen ihrer Mitglieder zu mehrheitsfähigen Positionen, die sie gegenüber den staatlichen Entscheidungsträgern vertreten.
- Parteien nehmen an Wahlen teil mit dem Ziel, für ihre Vorstellungen eine Mehrheit zu gewinnen und Regierungsverantwortung zu übernehmen.
- Parteien stellen auf allen politischen Ebenen Kandidatinnen und Kandidaten auf, die durch Sachkompetenz und Glaubwürdigkeit überzeugen sollen.

1

2

Doch es mehren sich die Zweifel, ob die Parteien diesen Aufgaben noch gerecht werden und tatsächlich die Vermittlerrolle zwischen den Bürgerinnen und Bürgern an der Basis und den politisch Verantwortlichen übernehmen. Dieser Vertrauensverlust trifft vor allem die großen **Volksparteien** CDU/CSU und SPD; deren sinkende Mitgliederzahlen und ein rückläufiger Anteil an den Wählerstimmen sprechen schon seit Jahren eine deutliche Sprache. Über die Gründe herrscht weitgehend Einigkeit:

- Die Stammwählerschaft der Volksparteien schwinden aufgrund gesellschaftlicher Veränderungen.
- In der Überzeugung, dass Wahlen nur gewonnen werden können, wenn die gesellschaftliche Mitte gewonnen wird, haben sich die Volksparteien programmatisch angeglichen, was sie nun mit Profillosigkeit bezahlen.
- Durch vollmundige Versprechungen vor der Wahl werden hohe Erwartungen geschürt, die oft nicht erfüllt werden können.

Von der Krise der Volksparteien profitieren insbesondere die kleinen Parteien: Aus dem ursprünglichen Dreiparteiensystem aus CDU/CSU, SPD und FDP als Zünglein an der Waage ist mittlerweile ein Vielparteiensystem geworden.

Sind Volksparteien noch zeitgemäß?

3

[...]

Die Volkspartei ist tot. Es lebe die Bewegungspartei, findet Daniel Dettling

[...] Die Polarisierung und Spaltung der Wählergruppen in Wissensarbeiter und Industriearbeiter, Land- und Stadtbevölkerung, Einheimische und Zugewanderte, erfolgreiche Frauen und statusängstliche Männer nimmt in Zukunft zu. Denn die Zeit der großen Konflikte (Arbeit versus Kapital, Kirche versus Staat, Mann versus Frau) ist meiner Meinung nach vorbei. In einer Gesellschaft, die immer säkularer, individueller und moderner wird, schwindet die Bedeutung von ideologischen Großorganisationen wie Gewerkschaften, der Kirche oder eben: Parteien. [...] Gesellschaftliche Herausforderungen und Probleme werden in Zukunft nicht über Gegner, sondern über Lösungen definiert. [...] Politische Gelassenheit meint eine Abrüstung der ideologischen Anfeindungen, die heute die politischen Debatten beherrschen. [...]

Die Volksparteien altern schneller und sind homogener als der Rest der Bevölkerung

Die Volksparteien haben nur als Bewegungsparteien eine Zukunft. „Bewegung" heißt: Sie wollen nicht nur mit ihren Mitgliedern, sondern mit möglichst vielen Bürgern Politik unternehmen und eine positive Vision von der Zukunft entwickeln. [...] Die Volksparteien altern schneller und sind homogener als der Rest der Bevölkerung. In einer zunehmend heterogenen und vielfältigen Gesellschaft müssen Zusammenhalt und Integration anders hergestellt werden als durch zwei große Parteien. Die Bürgerinnen und Bürger sind längst weiter und können sich bunte Bündnisse vorstellen. Nicht „Einheit in Vielfalt", sondern „Einheit durch Vielfalt" ist das Motto der Zukunft. Die Volkspartei ist tot. Es lebe die Bewegungspartei!

Daniel Dettling ist Jurist und Verwaltungswissenschaftler. Als Politikberater hilft er Ministerien und Unternehmen sich für die Zukunft zu wappnen. Er ist Gründer des Thinktanks re:publik, Institut für Zukunftspolitik.

Wir brauchen Volksparteien für eine stabile Demokratie, entgegnet Sophie Pornschlegel

Nur mit Bewegungs- und Netzwerkparteien, wie Daniel Dettling sie vorschlägt, wird es keine politische Willensbildung geben, die mehrheitsfähig ist. Ohne breit mobilisierende Organisationen werden die BürgerInnen nicht besser vertreten, als sie es bisher sind. Wir brauchen starke Volksparteien: Sie stabilisieren die Demokratie. Volksparteien sind in der Lage, politische Konflikte und Debatten innerhalb ihrer Strukturen zu kanalisieren. Sie haben die Möglichkeit, ihre zahlreichen Mitglieder bei einem Thema zu vereinen und starke innerparteiliche Bündnisse zu schaffen, noch bevor mit anderen Parteien darüber diskutiert wird. In einer zunehmend polarisierten Gesellschaft, in der politische Diskussionen schnell in moralische „Empörungs-battles" umkippen, sind Volksparteien der Schlüssel zu einer sachlichen Fachdebatte.

Man spricht zu wenig über die grundsätzlichen Vorteile von Volksparteien

[...] Volksparteien sind keine „single issue parties", die nur für ein Thema stehen, sondern sind thematisch breit aufgestellt und haben in ihren Reihen zahlreiche ExpertInnen, die sich in ihren Themen gut auskennen [...].

Außerdem verankern Volksparteien die Demokratie auf lokaler Ebene. Ohne die Infrastruktur von Volksparteien wäre die politische Teilhabe vieler Bevölkerungsgruppen nicht möglich. Denn sie tragen wesentlich dazu bei, dass auf lokaler, regionaler und nationaler Ebene eine konstruktive Debattenkultur herrschen kann.

Sophie Pornschlegel ist Politikwissenschaftlerin und arbeitet beim Thinktank Das Progressive Zentrum. Hier beschäftigt sie sich vor allem mit dem Thema „Zukunft der Demokratie".

Detting, Daniel; Pornschlegel, Sophie: Sind Parteien noch zeitgemäß, hrsg. von fluter.de/Bundeszentrale für politische Bildung, 04.01.2019, abgerufen unter: www.fluter.de/zukunft-der-volksparteien-pro-contra [28.10.2020].

ARBEITSVORSCHLÄGE

Erklären Sie die Aufgabe der Parteien in der repräsentativen Demokratie.

1, 2

Interpretieren Sie die Karikaturen.

3

Fassen Sie die beiden Standpunkte zusammen und stellen Sie die Argumentationen gegenüber. Diskutieren Sie, welche der beiden Sie mehr überzeugt.

4

Beschreiben Sie die Entwicklung der Mitgliederzahlen der Parteien. Könnten Sie sich eine Mitgliedschaft in einer Partei vorstellen? Warum? Warum nicht?

5

Erarbeiten Sie konkrete Vorschläge für die Volksparteien, wie sie Ihrer Meinung nach wieder attraktiver werden könnten.

WEITERFÜHRENDE HINWEISE

Informieren Sie sich über die Programme der im Bundestag vertretenen Parteien.

Die staatliche Parteienfinanzierung

Parteien haben Anspruch auf staatliche Teilfinanzierung, wenn sie 0,5 % der Zweitstimmen bei der letzten Bundestags- oder Europawahl oder 1 % bei einer der letzten Landtagswahlen erzielt haben. Sie erhalten für die ersten vier Millionen Wähler 1,00 € je Wähler, für jeden weiteren Wähler 0,83 €. Spenden von Privatpersonen bis höchstens 3 300,00 € werden mit 0,45 € pro gespendeten Euro bezuschusst. (Stand: Oktober 2017)

Vgl. Deutscher Bundestag (Hrsg.): Die staatliche Parteienfinanzierung, 20.10.2017, abgerufen unter: www.bundestag.de/resource/blob/189364/00049e50b907e0dd5145cfaeb-1d0631f/staatl_partei_finanz-data.pdf [28.10.2020].

Wahl der Parteivorsitzenden bei der SPD 1

2019 konnten die Mitglieder der SPD aus sechs Bewerberduos eine neue Parteispitze bestimmen. Die Wahlbeteiligung lag bei 54,09 %.

Volksabstimmung zu Stuttgart 21 am 27. November 2011

Baden-Württemberg hat sich für den Tiefbahnhof Stuttgart 21 entschieden. Rund 7,6 Millionen Stimmberechtigte waren aufgerufen, über das S21-Kündigungsgesetz abzustimmen. [...] Bei der Volksabstimmung am 27. November haben sich 58,9 Prozent [...] gegen den Ausstieg des Landes aus der Projektfinanzierung von S21 ausgesprochen, 41,1 Prozent stimmten für den Ausstieg. Die Projektgegner verfehlten zudem das Quorum von einem Drittel der Stimmberechtigten um eine Million Stimmen.

Landeszentrale für politische Bildung Baden-Württemberg, abgerufen unter: www.lpb-bw.de/volksabstimmung_stuttgart21.html [25.11.2020].

Aufgrund ihrer Wichtigkeit für den demokratischen Staat sind Parteien im Grundgesetz verankert. Artikel 21 GG legt dabei auch Regeln für ihre Arbeit fest. Dazu gehören unter anderem:

- Möglichkeit, an Diskussionen und Entscheidungen teilzunehmen.
- Bündelung der Interessen ihrer Mitglieder zu mehrheitsfähigen Positionen, die sie gegenüber den staatlichen Entscheidungsträgern vertreten.
- Parteien nehmen an Wahlen teil mit dem Ziel, für ihre Vorstellungen eine Mehrheit zu gewinnen und Regierungsverantwortung zu übernehmen.
- Parteien stellen auf allen politischen Ebenen Kandidatinnen und Kandidaten auf, die durch Sachkompetenz und Glaubwürdigkeit überzeugen sollen.

Es wird Zeit, dass sich die Volksparteien radikal verändern 2

[...] Der Rücktritt von Andrea Nahles hat in der SPD nicht nur eine Debatte darüber ausgelöst, wenn ja, wie viele die SPD führen sollen, sondern auch eine Diskussion darüber, wie überhaupt gewählt werden soll. Dasselbe in der CDU. Auch dort gibt es erste Stimmen, die eine Urwahl der Kanzlerkandidatin oder des -kandidaten fordern. [...]

Hinterzimmerkungelei, fehlende Transparenz

Nur in Deutschland galt lange Zeit das Hinterzimmer, der engere Parteikreis, als Hort der Ernennung. In Zeiten, wo Transparenz, Beteiligung und Mitbestimmung neue Bedeutung gewinnen, wo man sich damit auch abgrenzt gegenüber autoritären Regimen, dürfen wichtige Posten in einer Partei nicht länger allein im Inner Circle vergeben werden. Das schadet der Akzeptanz der Parteien – und der Demokratie insgesamt.

[...] Plötzlich müssen Kandidatinnen und Kandidaten andere Fähigkeiten mitbringen, auch eine andere Ernsthaftigkeit ihrer Bewerbung. Wer vor der Parteibasis bestehen will, wird auch mit deren Ängsten, Sorgen und Nöten konfrontiert und muss Lösungen präsentieren. Ein offenes Auswahlverfahren bietet Chancen für Außenseiter, für Köpfe, die keine jahrelange Funktionärslaufbahn hinter sich haben. [...]

Aber wer sollte überhaupt an einer Urwahl teilnehmen dürfen? Alle Interessierten? Nur Mitglieder? Wenn man den Einfluss der Mitglieder einer Partei stärken und die Attraktivität einer Mitgliedschaft hervorheben will, sollte man den Mitgliedern auch Privilegien zugestehen. Die Wahl des Vorsitzes sollte dazu gehören. [...]

Tretbar, Christian: Mehr Basis wagen, Tagesspiegel, 11.06.2019, abgerufen unter: www.tagesspiegel.de/politik/mehr-basis-wagen-es-wird-zeit-dass-sich-die-volksparteien-radikal-veraendern/24445002.html [28.10.2020].

Offenlegung der Einnahmen und Ausgaben

Wer möchte nicht wissen, wer die Geldgeber einer Partei sind und ob eine Partei ihre Mitglieder oder vielleicht nur die Interessen weniger Großspender vertritt? Deshalb verpflichtet das Grundgesetz die Parteien dazu, die Herkunft ihrer Mittel offenzulegen, weshalb sie jedes Jahr einen Rechenschaftsbericht einreichen, der vom Bundestagspräsidenten geprüft und anschließend veröffentlicht wird.

Um Sachentscheidungen der gewählten Organe zu verhindern, zu verändern oder auch herbeizuführen, bieten die Gemeindeordnungen und Verfassungen der Bundesländer unterschiedliche Mitentscheidungsmöglichkeiten in Form von Volksbegehren und Volksentscheiden. Auf Bundesebene ist ein Volksentscheid, außer für den Fall der Neugliederung des Bundesgebietes, nicht vorgesehen. Immer wieder wird daher die Forderung laut, dies zu ändern und der Bevölkerung stärkeren Einfluss auf die Bundespolitik einzuräumen. Aber diese Forderung ist nicht unumstritten.

Mehr direkte Demokratie wagen? Pro und Contra zu Plebisziten auf nationaler Ebene

3

Pro

[...] Populisten hätten es schwerer, weil [...] weniger pauschal und sachnaher argumentiert werden muss, und die repräsentative Demokratie würde gestärkt, weil Unrecht und Vernachlässigte weniger übersehen und besser vertreten werden könnten im Bundestag.

Wer für den Einbau von direktdemokratischen Elementen plädiert, möchte die Macht besser verteilen, die Freiheit der Bürgerinnen und Bürgern vergrößern, deren Entfremdung zur Politik abbauen und die Lernfähigkeit der Gesellschaft stärken. [...] Wenn [...] die [...] Bürger weit öfter verbindlich entscheiden, dann muss ungleich intensiver und häufiger diskutiert, nachgedacht und vor allem zugehört werden [...].

[...] Entscheidend [...] ist aber die Möglichkeit einer [...] Minderheit der Bürger, jederzeit und auch gegen den Willen von Regierung oder Parlamentsmehrheit einen Volksentscheid zu Bundestagsbeschlüssen oder Gesetzesrevisionen auslösen zu können. Dieses Wissen verändert die politische Kultur. Regierung und Parlamentarier müssen viel mehr in die Gesellschaft hineinhören, viel mehr Überzeugungsanstrengungen auf sich nehmen [...].

Contra

[...] [B]ei Volksentscheiden [handelt] regelmäßig nicht „das Volk", sondern eine mehr oder weniger kleine Minderheit „im" Volk, die überwiegend aus der Mittelschicht stammt.

[...] Direktdemokratische Entscheidungen sind nicht als solche „besser" oder „schlechter" als die repräsentativer Organe. Und sie sind nicht das geborene Instrument „fortschrittlicher" Kreise, sondern werden auch von rechtspopulistischen oder radikalen Gruppierungen genutzt, denen es um die Überwindung der repräsentativen Demokratie geht. [...]

Die heutige demokratische Verfassung ist auf das repräsentative Hervorbringen von für das Gemeinwesen verbindlichen Entscheidungen angewiesen. Sie beruhen auf der umfassenden Ermittlung, Bewertung und Abwägung der innerhalb des Gemeinwesens vorhandenen Interessen und Werten. [...] Eine wichtige Rolle bei der Vermittlung zwischen der „demokratischen Quelle", also den Bürgern, und den politischen Institutionen kommt den Parteien zu.

Gross, Andreas; Steinberg, Rudolf: Mehr direkte Demokratie wagen?, in: Das Parlament, 40/41, 2014, abgerufen unter: www.das-parlament.de/2014/40_41/im_blickpunkt/332168-332168 [28.10.2020].

Fünf Behauptungen zum Diskutieren

4

1. **Dem Volk fehlt die Kompetenz.** Die Abstimmenden sind oft nicht genügend über die Fragen, die zur Entscheidung stehen, informiert.

2. **Bürger/-innen lassen sich leicht beeinflussen.** Volksentscheide bieten Populisten die Möglichkeit, für ihre Vorstellungen zu werben und eine Mehrheit zu finden, die sie im Parlament wahrscheinlich nicht erreicht hätten.

3. **Minderheiten zwingen der Mehrheit ihren Willen auf.** Oft nehmen an einem Volksentscheid nur die direkt Betroffenen teil. Die schweigende Mehrheit muss die Entscheidung dann akzeptieren.

4. **Volksentscheide sind destruktiv.** Sie werden häufig von den Gegnern eines geplanten Gesetzes oder Projekts genutzt, um dieses zu verhindern.

5. **Volksentscheide sind Ausdruck der Ratlosigkeit der Politik.** Wenn sie nicht mehr weiterweiß, weil im Parlament die Mehrheiten fehlen oder weil es starken Widerstand in der Öffentlichkeit gibt, dann stiehlt sie sich aus der Verantwortung, indem sie das Volk entscheiden lässt.

ARBEITSVORSCHLÄGE

1, 2

Beschreiben Sie aus den genannten Beispielen, wie Parteien mit der Frage der internen Mitbestimmung umgehen. Erläutern Sie die Folgen, die ein Mangel an innerparteilicher Demokratie haben kann. Überlegen Sie, was Parteien tun können, um ihre Mitglieder stärker zu beteiligen.

3

Beschreiben Sie, wie die Autoren des Textes ihre Forderung „Mehr direkte Demokratie wagen" begründen.

4

Treffen die fünf Behauptungen Ihrer Meinung nach zu? Erstellen Sie in Gruppen eine Liste mit Argumenten für und gegen Volksentscheide. Führen Sie eine Pro-und-Kontra-Debatte zu folgendem Antrag: „Wir stellen den Antrag, das Recht auf Durchführung von Volksentscheiden in das Grundgesetz aufzunehmen." Stimmen Sie nach der Debatte in Ihrer Klasse über den Antrag ab.

WEITERFÜHRENDE HINWEISE

Untersuchen Sie, ob, wann und zu welchen Themen es in Ihrer Region in den letzten fünf Jahren einen Volksentscheid gegeben hat. Berichten Sie, worum es ging und wie das Ergebnis war.

Bürgerinitiativen

3

Anders als Verbände sind Bürgerinitiativen zunächst nur lose Gruppierungen ohne feste Organisationsstrukturen zur Durchsetzung gemeinsamer Ziele. Ihre Aktivitäten sind oft thematisch, zeitlich und räumlich begrenzt.

NGOs

- **Sport**
  FIFA, IOC
- **Politik und Gesellschaft**
  Amnesty International, Greenpeace

Interessengruppen/ Verbände

sind dauerhaft organisierte Zusammenschlüsse wirtschaftlicher oder gesellschaftlicher Gruppen mit dem Zweck, nach außen gemeinsame Interessen zu artikulieren und auf politische Entscheidungsprozesse Einfluss zu nehmen.
Anders als Parteien sind sie meist an wenigen Themen orientiert, vertreten stärker Sonderinteressen und streben keine direkte Regierungsverantwortung an.

Verbände und ihre Handlungsfelder (Beispiele)

- **Arbeit und Wirtschaft**
  Bundesverband der Deutschen Industrie, Deutscher Gewerkschaftsbund
- **Gesellschaft und Politik**
  Landesjugendring
- **Freizeit und Kultur**
  ADAC, CVJM
- **Bildung und Wissenschaft**
  Volkshochschulverband, Landesfilmdienst
- **Gesundheit und Soziales**
  Deutsches Rotes Kreuz, Deutscher Mieterbund

Neben Parteien und Verbänden haben sich als Reaktion auf Entwicklungen in Gesellschaft, Wirtschaft und Politik, die als problematisch oder als ungerecht empfunden werden, seit den 1970er-Jahren die „neuen sozialen Bewegungen" gebildet, die Ausdruck einer Bürgergesellschaft sind, die Politik aktiv mitgestalten will. Hierzu zählen Gruppen oder Organisationen, die in Größe und Aufbau ganz unterschiedlich sind:

- Einerseits locker organisierte **Bürgerinitiativen**, die meist auf lokaler Ebene agieren, um über die Mobilisierung der Öffentlichkeit politische Entscheidungen in ihrem Sinne zu beeinflussen.
- Dagegen die sogenannten **Nichtregierungsorganisationen** (*non-governmental organizations*, NGOs), die sich als Antwort auf die Entstehung globaler Probleme oder zur Bekämpfung weltweiter Missstände zu übernational vernetzten Organisationen entwickelt haben.

Interessenverbände wie der Deutsche Gewerkschaftsbund (DGB) oder die Bundesvereinigung der Deutschen Arbeitgeberverbände (BDA) bündeln die Interessen ihrer Mitglieder und vertreten diese gegenüber den staatlichen Entscheidungsträgern. Dabei ist es ihr Ziel, die Gesetzgebung in ihrem Sinne zu beeinflussen, eigene Forderungen durchzusetzen oder den eigenen Interessen zuwiderlaufende Entscheidungen zu verhindern. Andererseits sind die Verbände für eine erfolgreiche Politik unverzichtbar. Ihre Vertreter sind wichtige Informationslieferanten, die bei der Vorbereitung politischer Entscheidungen ihren Sachverstand einbringen.

Adressaten und Methoden der Verbände 1

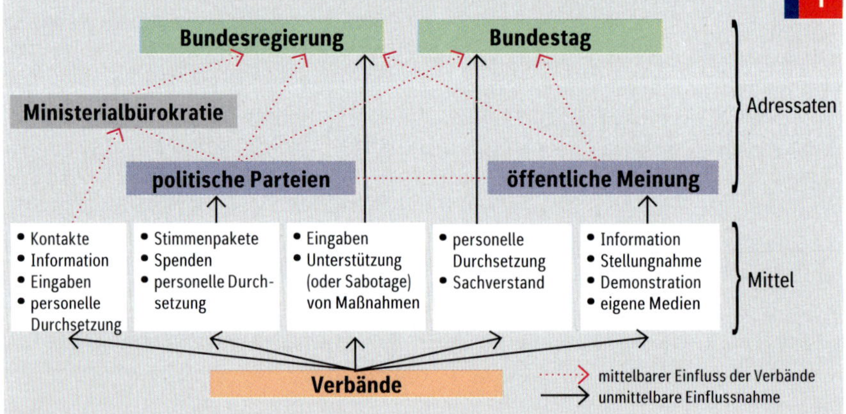

2

Das [...] Idealbild des Lobbyismus setzt darauf, dass Lobbyisten wichtige Informationen für die Politik liefern und durch den Wettstreit verschiedener Interessen demokratische Willensbildung ermöglicht wird. [...] In der Realität sind Interessenvertretung und Lobbyismus von Anfang an durch gesellschaftliche Machtungleichgewichte geprägt. Es gibt ein deutliches Übergewicht an finanziellen und personellen Ressourcen aufseiten von Unternehmen, Wirtschaftsverbänden und ihnen nahe stehenden Denkfabriken. [...] Schwächer repräsentierte Interessen geraten so leicht unter die Räder. Diese Problematik wird verstärkt durch den häufig einseitigen Zugang von Lobbyisten zur Politik und durch den Einsatz verdeckter und manipulativer Methoden. Deshalb ist es nötig, dem Lobbyismus Schranken zu setzen und für mehr Transparenz zu sorgen.

LobbyControl – Initiative für Transparenz und Demokratie e. V. (Hrsg.): Mehr Transparenz und Schranken für den Lobbyismus. Dezember 2008, S. 1, abgerufen unter: www.lobbycontrol.de/wp-content/uploads/download/Mehr%20Transparenz_LobbyControl_Dez08.pdf [28.10.2020].

Gesetzlicher Mindestlohn

4

[...] Der Mindestlohn hat bestehende Tarifverträge verdrängt und kann zu einer dauerhaften staatlichen Einflussnahme auf das Lohngefüge führen. Er schafft zudem Einstellungshindernisse für die Schwächsten am Arbeitsmarkt und bürdet den Unternehmen bürokratische Pflichten auf.

Das erfolgreiche Deutsche Tarifvertragssystem [...] ist durch den gesetzlichen Mindestlohn erheblich belastet worden. Der Gesetzgeber sollte daher zumindest unnötige weitere Bürokratie zu vermeiden helfen. Dazu gehört z. B. eine sinnvolle Begrenzung der Auftraggeberhaftung. Damit der Mindestlohn auch künftig die Tarifautonomie nicht in großem Umfang aushebelt, ist es unverzichtbar, dass sich seine Anpassung auch künftig am Tarifindex orientiert. Vermieden werden müssen politisch motivierte Anhebungen im Widerspruch zu einer moderaten am Tarifindex orientierten Anpassung.

Sinnvolle Differenzierungen zulassen

[...] Der Mindestlohn darf in wirtschaftlich schwierigen Zeiten nicht zur Beschäftigungsbremse werden. Die für Langzeitarbeitslose bereits geltende Ausnahmevorschrift sollte auf 12 Monate ausgeweitet und auf weitere Personengruppen mit Vermittlungshemmnissen am Arbeitsmarkt ausgedehnt werden, z. B. auf Personen ohne Ausbildung oder Personen, die noch nie gearbeitet haben. Auch für Praktika sollte eine Erweiterung der Ausnahmetatbestände erwogen werden. [...]

Bund der Deutschen Arbeitgeberverbände (Hrsg.): Gesetzlicher Mindestlohn, Berlin 2020, abgerufen unter: www.arbeitgeber.de/themen/arbeitsrecht-und-tarifpolitik/mindestlohn/ [27.11.2020].

Mindestlohn steigt deutlich

5

DGB-Vorstandsmitglied Stefan Körzell und Mitglied der Mindestlohnkommission: „[...] Allein in den nächsten beiden Jahren bringen die Mindestlohnsteigerungen insgesamt knapp 2 Milliarden Euro mehr im Portemonnaie der Beschäftigten. [...] Das ist ein deutlicher Schritt, um schneller zu den geforderten 12 Euro zu kommen.

Klar ist, dass der Mindestlohn lediglich eine untere Haltelinie sein kann. Gute und möglichst umfassend geltende Tarifverträge bleiben für Beschäftigte das wichtigste Instrument zur Regelung von Lohn- und Arbeitsbedingungen. Die Tarifbindung muss deshalb wieder deutlich gestärkt werden. Dazu ist auch der Gesetzgeber aufgerufen."

Die Kommission hat sich darauf verständigt, den Mindestlohn in vier Schritten alle sechs Monate bis zum 31.12.2022 zu erhöhen. In einem ersten Schritt steigt der Mindestlohn ab dem 1.01.2021 auf 9,50 Euro, zum 1.07.21 folgen 9,60 Euro, zum 1.01.22 dann 9,82 Euro und zum 1.07.22 schließlich 10,45 Euro. Somit steigt der Mindestlohn in den nächsten beiden Jahren insgesamt um 11,8 Prozent.

Deutscher Gewerkschaftsbund (Hrsg.): Pressemitteilung 043, Berlin, 30.06.2020, abgerufen unter: www.dgb.de/presse/++co++2d44e6d8-bae1-11ea-a46e-525400e5a74a [29.10.2020].

ARBEITSVORSCHLÄGE

1

Überlegen Sie, welche Methoden sich für DGB und BDA eignen, um die politischen Entscheidungsträger beim Thema „Mindestlohn" zu beeinflussen.

2

Setzen Sie sich mit Verbänden und Lobbyisten auseinander: Erklären Sie sowohl ihren positiven Beitrag zur Demokratie als auch die Kritik an ihrer Arbeit.

3

Stellen Sie in einem Schaubild die Unterschiede zwischen Verbänden, Bürgerinitiativen, Nichtregierungsorganisationen und Parteien dar.

4, 5

Beschreiben Sie zunächst, welche Ziele DGB und BDA beim Thema „Mindestlöhne" verfolgen und wie sie ihre Positionen begründen. Diskutieren Sie den Erfolg der Einführung von Mindestlöhnen zum 01.01.2015 und die weitere Zukunft des Mindestlohns (vgl. Sie dazu auch S. 202, Mindestlöhne in Europa).

WEITERFÜHRENDE HINWEISE

Informieren Sie sich über eine global agierende Nichtregierungsorganisation wie z. B. Greenpeace oder Amnesty International und berichten Sie Ihrer Klasse.

Meinungsumfrage

Unter „Meinungsforschung" versteht man die themenorientierte Befragung der Bevölkerung. Meinungsumfragen spielen sowohl in der Politik (z. B. Wahlumfragen) als auch in der Wirtschaft (z. B. Marktforschung) eine große Rolle. Es gibt eine Vielzahl von Meinungsforschungsinstituten, die im Auftrag von Parteien oder Unternehmen Meinungsumfragen durchführen, z. B. EMNID, Allensbach, Forsa oder Infratest.

Thema: **Partizipation**

In der Bundesrepublik ist derzeit ein zunehmendes Sich-Abwenden von der Politik zu beobachten. Daraus ergeben sich folgende Leitfragen für unsere Untersuchung:

- Gibt es in Deutschland ausreichend Möglichkeiten für die Bürger/-innen, sich an politischen Entscheidungsprozessen zu beteiligen?
- Wissen die Menschen darüber eigentlich wirklich Bescheid?
- Könnten mehr oder bessere Beteiligungsmöglichkeiten das Interesse an der Politik spürbar steigern?

Meinungsumfragen können auf unterschiedliche Art und Weise durchgeführt werden:

Repräsentative Befragung

Dabei wird versucht, die zu befragenden Personen so auszuwählen, dass sie die Gesamtbevölkerung repräsentieren. Umfangreiches statistisches Material ist hierbei notwendig, um die richtigen Personen auszuwählen. Um in Deutschland eine repräsentative Befragung durchführen zu können, sind zwischen 1 000 und 1 500 Interviews notwendig.

Zufallsbefragung

Oft werden zufällig anwesende oder vorbeikommende Menschen zu bestimmten Themen befragt. Bei derartigen Umfragen ist die Gefahr der Beeinflussung besonders groß.

Totalbefragung

Wenn eine bestimmte Bevölkerungsgruppe vollständig befragt wird, spricht man von einer Totalbefragung (Beispiel: alle Schülerinnen und Schüler der gewerblichen Schule XY, die bei der nächsten Wahl das erste Mal wählen dürfen). Solche Totalbefragungen sind allerdings relativ selten, da sie sehr aufwendig sind.

Überlegen Sie gemeinsam, welche Art der Befragung für Ihre Zwecke wohl am besten geeignet ist.

So geht's

Fragebogen erstellen

Arbeiten Sie in Gruppen konkrete Fragen aus und erstellen Sie aus den gesammelten Vorschlägen einen endgültigen gemeinsamen Fragebogen. Achten Sie darauf, dass er weder zu lang noch zu kurz wird (Vorschlag: ca. zehn Fragen).
Der Fragebogen muss standardisiert sein, damit die Ergebnisse auch sinnvoll ausgewertet werden können.

Es gibt verschiedene Frageformen, die auch gemischt werden können:

1. **Entscheidungsfragen**, die nur mit Ja oder Nein beantwortet werden können. Vorteil: Solche Fragen lassen sich leicht beantworten und auswerten. Nachteil: Nur sinnvoll, wenn es wirklich nur zwei Antwortmöglichkeiten gibt.
2. **Offene Fragen** ermöglichen es dem Befragten, seine Meinung in eigenen Worten darzustellen. Nachteil: Antworten sind nur schwer vergleichbar. Deshalb: Auswahlantworten vorgeben.
3. **Skalen**, die eine abgestufte Antwort ermöglichen. Vorteil: Die Befragten können sich differenziert äußern. Die Ergebnisse sind vergleichbar und leicht auszuwerten.

Beispiel: Entscheidungsfrage

Bist du Mitglied in einem/einer:	ja	nein
freiwilligen Hilfsorganisation (Feuerwehr, Techn. Hilfswerk)		
kirchlichen Jugendgruppe		
politischen Partei		
Sportverein		
Umweltschutz- bzw. Menschenrechtsorganisation		

Beispiel: Offene Frage

Welche Möglichkeiten zur Beteiligung an politischen Entscheidungen hast du selbst schon einmal genutzt? (Zutreffendes bitte ankreuzen)	
Kommunalwahlen	
Landtagswahlen	
Bundestagswahlen	
Demonstrationen	
Diskussionsveranstaltungen	
Aktivitäten von Bürgerinitiativen	

Beispiel: Skalen-Frage

Persönliche Einstellung zur Politik				
Politik ist langweilig.	1	2	3	4
Welche Partei ich wähle, ist eigentlich egal.	1	2	3	4
Politik hat nichts mit dem wirklichen Leben zu tun.	1	2	3	4
Ich kann an politischen Entscheidungen sowieso nichts ändern.	1	2	3	4

4 = trifft sehr zu   3 = trifft zu
2 = trifft weniger zu   1 = trifft überhaupt nicht zu

Personengruppe festlegen

Entscheiden Sie sich zunächst, welche Personengruppe Sie befragen wollen.
Legen Sie fest, wer die Befragung wann und wo genau durchführen soll – am besten bilden Sie dazu Teams. Meinungsumfragen sind in der Regel anonym. Trotzdem muss überlegt werden, ob für die Auswertung nicht bestimmte Angaben zur Person erfasst werden müssen, z. B. Alter oder Geschlecht.

Durchführung und Auswertung

Führen Sie nunmehr Ihre Umfrage beim definierten Personenkreis durch.

Werten Sie die Ergebnisse Ihrer Befragung gemeinsam aus. Welche davon sind besonders aussagekräftig? Welche davon haben Sie besonders überrascht?

Bestimmen Sie ein kleines Team, das zur Aufbereitung ein Grafikprogramm benutzten sollte, damit Sie eine möglichst interessante Präsentation erstellen und vorführen können.

Kontrolle der Regierung durch die Opposition

Die **Kleine Anfrage** kann von mindestens 15 Abgeordneten gestellt werden und wird schriftlich beantwortet.

Die **Große Anfrage** braucht die Unterstützung von mindestens 30 Abgeordneten und muss in einer Plenardebatte behandelt werden.

Ein **Untersuchungsausschuss** muss auf Antrag eines Viertels der Abgeordneten eingesetzt werden (im 18. Bundestag reichten wegen der kleinen Opposition 120 von 630 Abgeordneten).

Er wird gebildet, um Missstände im Verantwortungsbereich der Regierung aufzuklären.

Mithilfe des **konstruktiven Misstrauensvotums** kann die Opposition den Kanzler und seine Regierung stürzen, wenn sie gleichzeitig einen neuen Kanzler wählt.

Grundgesetz Artikel 63 — 3

(1) Der Bundeskanzler wird auf Vorschlag des Bundespräsidenten vom Bundestage ohne Aussprache gewählt.
(2) Gewählt ist, wer die Stimmen der Mehrheit der Mitglieder des Bundestages auf sich vereinigt. Der Gewählte ist vom Bundespräsidenten zu ernennen.
(3) Wird der Vorgeschlagene nicht gewählt, so kann der Bundestag binnen vierzehn Tagen nach dem Wahlgange mit mehr als der Hälfte seiner Mitglieder einen Bundeskanzler wählen.

1

Der 2017 gewählte 19. **Bundestag** hat einschließlich der 111 Überhang- und Ausgleichmandate 709 Abgeordnete. Zusammen mit dem **Bundesrat** (s. S. 128) bildet er die gesetzgebende Gewalt (Legislative). Neben der Gesetzgebung übernimmt er außerdem Aufgaben als Wahl- und Kontrollorgan.

Der Bundestag als Gesetzgebungsorgan

Der Bundestag ist das oberste Organ der Gesetzgebung. Ohne Verabschiedung durch den Bundestag kann kein Gesetz zustande kommen. Das Recht, Gesetze zur Beratung in den Bundestag einzubringen (**Initiativrecht**), steht der Bundesregierung, dem Bundesrat oder den Mitgliedern des Bundestages zu. Die Gesetzesvorschläge werden in drei Lesungen debattiert und durch Mehrheitsbeschluss verabschiedet. Anschließend werden sie an den Bundesrat weitergeleitet.

2

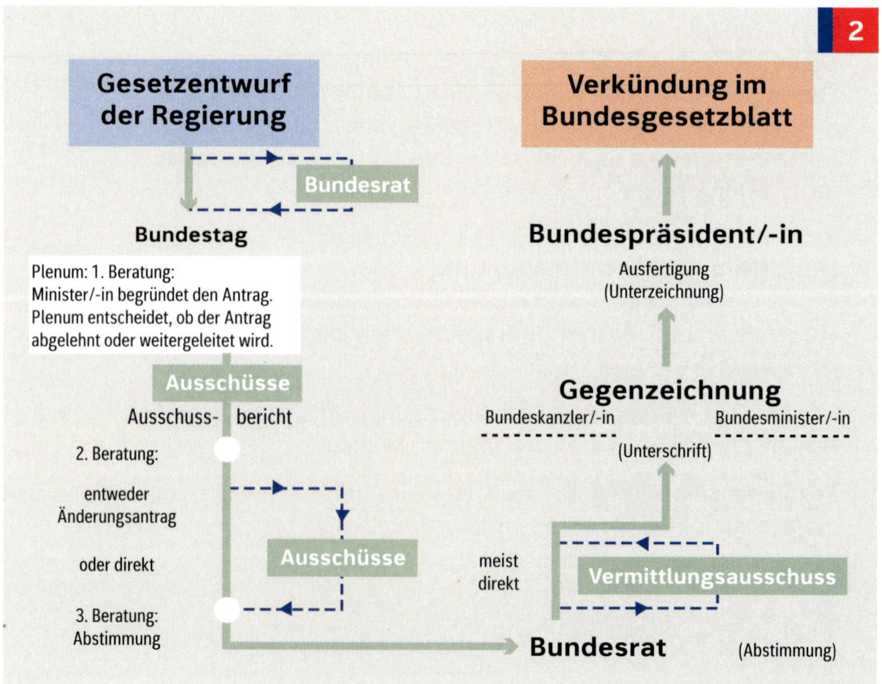

Ständige Ausschüsse

Ein Großteil der parlamentarischen Arbeit spielt sich in den Ausschüssen ab, die auf Beschluss des Bundestages für die Dauer der gesamten Wahlperiode gebildet werden.
Die 23 [jetzt 24] ständigen Ausschüsse der 18. [jetzt 19.] Wahlperiode [. . .] sind, entsprechend den Kräfteverhältnissen im Parlament, mit Abgeordneten der verschiedenen Fraktionen besetzt.
In den Ausschüssen konzentrieren sich die Abgeordneten auf ein Teilgebiet der Politik. Sie beraten alle dazugehörigen Gesetze vor der Beschlussfassung und versuchen, bereits im Ausschuss einen mehrheitsfähigen Kompromiss zu finden.

Deutscher Bundestag (Hrsg.): Ständige Ausschüsse, Berlin 2020, abgerufen unter: www.bundestag.de/webarchiv/Ausschuesse/ausschuesse18/ausschuesse18-214058 [29.10.2020].

Der Bundestag als Kontrollorgan

Weil in der parlamentarischen Demokratie die Parlamentsmehrheit die Regierung unterstützt, ist es vor allem Aufgabe der Opposition, die Regierung zu kontrollieren. Das wichtigste Kontrollinstrument sind die parlamentarischen Untersuchungsausschüsse. Sie müssen eingesetzt werden, wenn dies von einem Viertel der Abgeordneten verlangt wird. Zur Beweiserhebung können Zeugen vernommen werden. Wie vor einem Gericht sind Falschaussagen mit Strafe bedroht.

Der Bundestag als Wahlorgan

In der parlamentarischen Demokratie entscheidet das Parlament darüber, wer das Amt des Regierungschefs einnehmen soll. Dementsprechend wählt der Bundestag die Bundeskanzlerin bzw. den Bundeskanzler. Umgekehrt hat der Bundestag auch das Recht, diese bzw. diesen durch ein konstruktives Misstrauensvotum abzuwählen (s. S. 125).

Des Weiteren wählt der Bundestag gemeinsam mit einer gleichen Anzahl von Vertretern der Landtage in der Bundesversammlung die Bundespräsidentin bzw. den Bundespräsidenten sowie die Hälfte der Bundesverfassungsrichterinnen und -richter.

Untersuchungsausschuss zum Terroranschlag auf dem Breitscheidplatz in Berlin vom 19. Dezember 2016 — 4

Der Deutsche Bundestag hat am 1. März 2018 einstimmig einen Untersuchungsausschuss zum Terroranschlag auf dem Breitscheidplatz in Berlin vom 19. Dezember 2016 eingesetzt. Der Ausschuss unter Vorsitz des Abgeordneten Klaus-Dieter Gröhler (CDU/CSU) soll den Anschlag und seine Hintergründe aufklären und sich ein Gesamtbild vom Handeln der zuständigen Behörden verschaffen. Aufbauend auf den Untersuchungsergebnissen soll er Empfehlungen für die Arbeit der im Untersuchungsauftrag benannten Behörden sowie für die Betreuung und Unterstützung von Hinterbliebenen und Opfern solcher Anschläge entwickeln. Dem Untersuchungsausschuss gehören neun Abgeordnete des Deutschen Bundestages als ordentliche Mitglieder und neun Abgeordnete als stellvertretende Mitglieder an.

[Seit seiner Konstituierung wurden zahlreiche Zeugen, vor allem Beamte des BKA und verschiedener LKAs gehört; die Arbeit des Ausschusses dauert an und kann auf der Website verfolgt werden.]

Deutscher Bundestag (Hrsg.): 1. Untersuchungsausschuss, Berlin 2020, abgerufen unter: www.bundestag.de/ausschuesse/untersuchungsausschuesse/1untersuchungsausschuss [29.10.2020].

ARBEITSVORSCHLÄGE

1

Erläutern und interpretieren Sie die Sitzordnung im Deutschen Bundestag.

2

Beschreiben Sie die Entstehung eines Gesetzes und die Rolle, die der Vermittlungsausschuss dabei spielt.

3

Beschreiben Sie das Verfahren für die Wahl der Bundeskanzlerin bzw. des Bundeskanzlers.

4

Entwickeln Sie am Beispiel des Untersuchungsausschusses zum Anschlag in Berlin ein Schaubild über die Aufgabenstellung und Arbeitsweise eines parlamentarischen Untersuchungsausschusses.

Welche rechtlichen Mittel stehen ihm zur Verfügung?

WEITERFÜHRENDE HINWEISE

Sammeln Sie über eine Woche hinweg Zeitungsartikel, die im Zusammenhang mit dem Deutschen Bundestag und seinen Aufgaben stehen, und erstellen Sie daraus eine Wandzeitung.

Finanzausgleich zwischen den Bundesländern

2

Der Länderfinanzausgleich soll das Gefälle zwischen reicheren und ärmeren Bundesländern verringern.

Geben und Nehmen Länderfinanzausgleich 2019 in Mrd. €

Die Geberländer

Bayern (BY)	6,70
Baden-Württemberg (BW)	2,44
Hessen (HE)	1,91
Hamburg (HH)	0,12

Die Nehmerländer

Berlin (BE)	4,33
Sachsen (SN)	1,17
Nordrhein-Westfalen (NW)	1,04
Niedersachsen (NI)	0,78
Bremen (HB)	0,77
Sachsen-Anhalt (ST)	0,65
Thüringen (TH)	0,63
Brandenburg (BB)	0,56
Mecklenburg-Vorpommern (MV)	0,52
Rheinland-Pfalz (RP)	0,31
Schleswig-Holstein (SH)	0,23
Saarland (SL)	0,18

Vgl. Bundesministerium der Finanzen (Hrsg.): Ergebnisse des Länderfinanzausgleichs 2019, Berlin, März 2020, abgerufen unter: bundesfinanzministerium.de/Monatsberichte/2020/03/Inhalte/Kapitel-3-Analysen/3-1-bundesstaatlicher-laenderfinanzausgleich_pdf.pdf?__blob=publicationFile&v=3 [29.10.2020].

Präsidentschaften des Bundesrates

	Präsident/-in	1. Vize	2. Vize
2021/22	TH	ST	HH
2022/23	HH	TH	MV
2023/24	MV	HH	SL
2024/25	SL	MV	HB
2025/26	HB	SL	NW
2026/27	NW	HB	BY

Vgl. Bundesrat (Hrsg.): Präsidentschaften des Bundesrates ab dem Geschäftsjahr 2020/2021, Berlin 2020, abgerufen unter: www.bundesrat.de/DE/bundesrat/praesidium/kuenftig/kuenftig.html [29.10.2020].

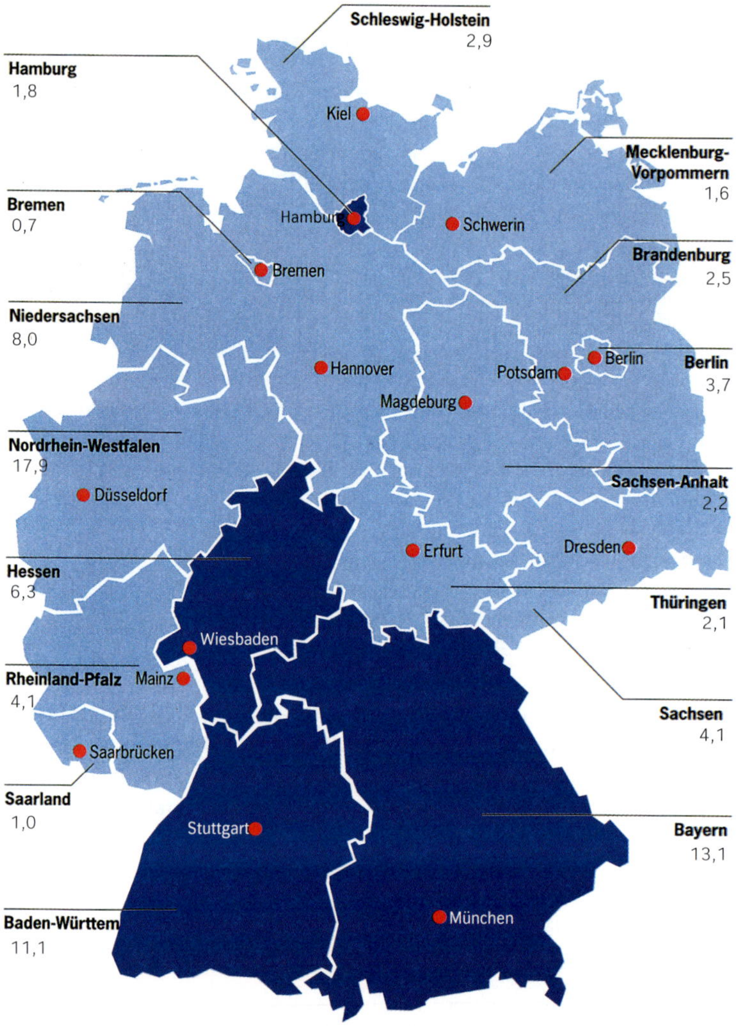

Zahlen nach Statistisches Bundesamt, Wiesbaden, 19.06.2020, abgerufen unter: www.destatis.de/DE/Themen/Gesellschaft-Umwelt/Bevoelkerung/Bevoelkerungsstand/Tabellen/bevoelkerung-nichtdeutsch-laender.html [11.11.2020]. Einfärbungen zeigen die Geberländer beim Länderfinanzausgleich.

Schon der Name „Bundesrepublik“ weist darauf hin, dass wir in Deutschland in einem Bundesstaat leben, in dem mehrere (Bundes-)Länder einen Gesamtstaat bilden.

- In einem **Bundesstaat** wie Deutschland, der Schweiz oder den USA sind die staatlichen Machtbefugnisse zwischen dem Zentralstaat („Bund“) und den Gliedstaaten („Ländern“) aufgeteilt. Zur Wahrnehmung ihrer Aufgaben besitzen sowohl der Bund als auch die Länder eigene Regierungen und Parlamente. Über eine zweite Kammer besitzen die Gliedstaaten ein Mitspracherecht an der politischen Willensbildung des Bundes.
- In einem **Zentralstaat** wie Frankreich liegt die Macht ausschließlich bei der obersten staatlichen Ebene. Es gibt nur eine Regierung und ein Parlament, die für die Politik im ganzen Land verantwortlich sind.
- Ein **Staatenbund** wie die NATO oder die EU ist eine Verbindung souveräner Staaten, die zu einem bestimmten Zweck zusammenarbeiten. Die Mitglieder eines Staatenbundes können bestimmte Machtbefugnisse an gemeinsame Organe abtreten, um in diesem begrenzten Bereich eine gemeinschaftliche Politik festzulegen.

Deutschland – ein Bundesstaat

Der bundesstaatliche Aufbau in Deutschland hat eine lange geschichtliche Tradition. Abgesehen von der NS-Diktatur und der SED-Herrschaft in der DDR ist Deutschland nie zentralistisch regiert worden. Seit der **Wiedervereinigung** am 3. Oktober 1990 gibt es 16 Bundesländer.

Die Aufgabenverteilung zwischen Bund und Ländern ist in den Artikeln 70 bis 74 des Grundgesetzes geregelt. Politikbereiche, die in diesen Artikeln nicht erwähnt werden, können die Länder in eigener Regie gestalten. Dazu einige Beispiele:

3

ausschließliche Gesetzgebung des Bundes	konkurrierende Gesetzgebung des Bundes	Gesetzgebungskompetenz der Länder
auswärtige Angelegenheiten, Verteidigung, Einwanderung, Erzeugung und Nutzung der Kernenergie	bürgerliches Recht, Strafrecht, Vereinsrecht, Gaststättenrecht, Lebensmittelrecht, Straßenverkehr, Luftreinhaltung	Schulwesen, Rundfunk und Fernsehen, Landesplanung, Kunst und Kultur, Polizei

Im Laufe der Jahre ist es dem Bund gelungen, seine Zuständigkeiten zulasten der Länder immer weiter auszudehnen. Umgekehrt sind die Länder durch diese Entwicklung über den Bundesrat immer stärker an der Gesetzgebung des Bundes beteiligt. Die Folge: Bund und Länder blockieren sich oft gegenseitig, sodass politische Veränderungen nur schwer zu verwirklichen sind. Darum erfolgte in den Jahren 2006 und 2007 eine **Föderalismusreform**, die das Bund-Länder-Verhältnis neu geregelt hat (s. S. 128).

4

Bayern zahlt 50 Milliarden Euro in Ländertopf – Berlin bleibt Empfängerland Nummer eins

[...] Berlin. Bayern ist die größte karitative Einrichtung Deutschlands – zumindest im Bereich der Finanzpolitik. Im vergangenen Jahrzehnt hat der Freistaat sage und schreibe 50,7 Milliarden Euro in den Länderfinanzausgleich gezahlt. Ein Großteil des Geldes aus München floss nach Berlin: Die Bundeshauptstadt erhielt von 2010 bis 2019 aus dem Ländertopf Zuweisungen in Höhe von 39,5 Milliarden Euro und war unter den 16 Bundesländern einsamer Spitzenreiter. [...] Insgesamt wurde 2019 mit 11,16 Milliarden Euro etwas weniger umverteilt als im Rekordjahr 2018, als es noch 11,45 Milliarden Euro gewesen waren. [...]

Der Länderfinanzausgleich soll für einheitliche Lebensverhältnisse in Deutschland sorgen. Er bemisst sich an verschiedenen Parametern wie der Wirtschafts- und der Steuerkraft eines Landes. Dies führt etwa dazu, dass Sachsen viel Geld aus dem Topf bekommt, obwohl es kaum Schulden hat und Bayern allein mehr als die Hälfte des Ausgleichs schultern muss. Immer wieder hatte es deshalb von Seiten der Geberländer starke Kritik am Länderfinanzausgleich gegeben, Bayern und Hessen hatten mit einer Verfassungsklage gedroht.

Ab diesem Jahr gilt ein neues System

Ab diesem Jahr gilt ein neues System, das alte gemeinsam mit dem Solidarpakt II zugunsten der östlichen Bundesländer Ende 2019 ausläuft. Der bisherige Länderfinanzausgleich entfällt. Dafür erhalten die Länder über neun Milliarden Euro an Zuweisungen mehr vom Bund, bis 2030 steigt der Betrag sogar auf 13 Milliarden Euro mehr im Jahr. Im Gegenzug erhält der Bund mehr Eingriffsrechte in Bereichen, die eigentlich Ländersache sind, etwa bei Fernstraßen, in der Steuerverwaltung, bei Investitionen in Schulen sowie Online-Angeboten der Verwaltung.

Greive, Martin: Bayern zahlt 50 Milliarden Euro in Ländertopf – Berlin bleibt Empfängerland Nummer eins. In: Handelsblatt, 15.01.2020, abgerufen unter: www.handelsblatt.com/politik/deutschland/laenderfinanzausgleich-bayern-zahlt-50-milliarden-euro-in-laendertopf-berlin-bleibt-empfaengerland-nummer-eins/25434196.html?ticket=ST-13511557-0KvYOnbdHlmIM9dXfSoO-ap4 [18.11.2020].

ARBEITSVORSCHLÄGE

1, 2

16 Schüler/-innen Ihrer Klasse stellen je ein Bundesland dar.
- Stellen Sie sich zunächst in einer Reihe nach der Größe der Bundesländer auf.
- Bilden Sie dann eine Reihe nach der Finanzstärke der Bundesländer.

Versuchen Sie, die beiden Reihen in Beziehung zueinander zu setzen, und interpretieren Sie die Ergebnisse.

3

Erklären Sie die Begriffe ausschließliche und konkurrierende Gesetzgebung. Begründen Sie, wie es dazu kam, dass der Bund im Rahmen der konkurrierenden Gesetzgebung immer mehr Zuständigkeiten übernommen hat.

4

Der Länderfinanzausgleich: Setzen Sie sich kritisch mit seinem Sinn und seiner Problematik auseinander.

WEITERFÜHRENDE HINWEISE

Analysieren Sie, was für und was gegen den Föderalismus spricht.

Fertigen Sie eine Tabelle mit zwei Spalten an: Zentralstaat und Bundesstaat. Recherchieren Sie über das politische System folgender Staaten und fügen Sie sie in die Tabelle ein: Spanien, Österreich, Schweiz, Frankreich, Italien, Türkei, Großbritannien, Australien.

Artikel 38 Grundgesetz

§ 1

(1) Die Abgeordneten des Deutschen Bundestages [...] sind Vertreter des ganzen Volkes, an Aufträge und Weisungen nicht gebunden und nur ihrem Gewissen unterworfen.

Nach dem Grundgesetz verfügen die **Abgeordneten** des Bundestags über ein **freies Mandat**. Ein Blick auf das Abstimmungsverhalten zeigt jedoch, dass die Abgeordneten einer Fraktion in den meisten Fällen einheitlich abstimmen. In geheimen Fraktionssitzungen werden die anstehenden Entscheidungen diskutiert und festgelegt, wie die Fraktion im Parlament abstimmen soll.

Zwar steht diese Praxis dem Grundsatz des freien Mandates entgegen, doch auf **Fraktionsdisziplin** kann eine parlamentarische Demokratie wie die Bundesrepublik kaum verzichten. Da das Parlament das Recht hat, den Bundeskanzler zu wählen und zu stürzen, braucht die Regierung eine zuverlässige Mehrheit im Parlament. Ohne Fraktionsdisziplin gäbe es keine stabile und handlungsfähige Regierung.

Die Fraktionsdisziplin funktioniert auch deswegen weitgehend reibungslos, weil die Abgeordneten wissen, dass ihre politische Zukunft letzten Endes von ihrer Partei abhängt; denn diese fällt die Entscheidung, ob der oder die Abgeordnete beim nächsten Wahltermin erneut kandidieren kann.

Bei tief greifenden Meinungsverschiedenheiten zwischen einzelnen Abgeordneten und der Fraktionsmehrheit verhindert das freie Mandat, dass die Fraktionsdisziplin zum Fraktionszwang wird, denn das freie Mandat gibt ihnen das Recht, aus ihrer Fraktion auszutreten und ihr Mandat zu behalten.

Abgeordnete sind allein ihrem Gewissen unterworfen? 3

Die Wahrheit ist deutlich komplizierter. Eine Spurensuche im Bundestag.

[...] Wie eng das Korsett ist, in dem Abgeordnete leben, zeigt sich besonders deutlich, wenn die Fraktionsspitzen ausnahmsweise ein Thema zur Gewissensfrage erklären und die Abstimmung dazu „freigeben" – wie in der Debatte um Organspenden. Mit dem Wort „freigeben" gestehen die Fraktionschefs ja ein, dass die anderen Abstimmungen zumindest weniger frei sind. [...]

Die parlamentarischen Geschäftsführer haben auch die Macht, Abgeordnete um Auftritte im Parlament zu bringen. Denn sie legen fest, welche Abgeordneten für ihre Fraktion im Bundestag reden. [...]

Doch wie sollen Koalitionen funktionieren, in denen jeder Abgeordnete macht, was er will? Allein in der vergangenen Legislaturperiode hat der Bundestag mehr als 550 Gesetzesvorhaben verabschiedet. Die kann man nicht alle mit allen Abgeordneten ausdiskutieren, ohne den Betrieb weitgehend lahmzulegen [...]

Was mit denen passiert, die eine abweichende Meinung ankündigen, hat der Erste Parlamentarische Geschäftsführer der Unionsfraktion, Michael Grosse-Brömer, einmal sehr anschaulich beschrieben. [...]

Mit Zweiflern treffe er sich [...]. Das sei immer ein freundschaftliches Gespräch. Dann weise er vor allem die jüngeren Kollegen darauf hin, dass sie auch nur eine persönliche Erklärung mit ihrer Kritik abgeben könnten, statt mit Nein zu stimmen. Wenn das nicht hilft, empfiehlt Grosse-Brömer möglichen Abweichlern schon mal, dass sie während der Abstimmung im Plenum ja auch einen Kaffee trinken gehen könnten. Und wenn sie partout mit Nein stimmen wollten, müssten sie sich ja nicht unbedingt in die erste Reihe setzen, wo es jeder sehe. [...]

Roßmann, Robert: Artikel 38: „Sach mal, spinnst du?", in: Süddeutsche Zeitung, 03.05.2019, abgerufen unter: www.sz.de/1.4428672 [25.11.2020].

Die Abgeordneten und ihre Diäten 2

Diäten sind Aufwandsentschädigungen für Parlamentarier, mit denen ihre finanzielle Unabhängigkeit gesichert werden soll.

Die Höhe der Diäten wird durch den Bundestag festgelegt. Diese Praxis geht auf eine Entscheidung des Bundesverfassungsgerichts zurück.

Die Einkünfte der Abgeordneten bestehen aus einer einkommensteuerpflichtigen Grundentschädigung (10 083,47 €) und einer steuerfreien Kostenpauschale, mit der Aufwendungen abgedeckt werden sollen, die mit der Ausübung des Mandats entstehen, z. B. Einrichtung und Unterhaltung von Wahlkreisbüros und die Ausgaben für eine Zweitwohnung am Sitz des Parlaments (4 497,62 €).

(Stand: Januar 2020)

ARBEITSVORSCHLÄGE

1, 2, 3

Beurteilen Sie, ob es ein „Traumjob" ist, Mitglied im Deutschen Bundestag zu sein.

3

Erklären Sie das Spannungsverhältnis von freiem Mandat und Fraktionsdisziplin.

WEITERFÜHRENDE HINWEISE

Informieren Sie sich über „Ihre" Bundestagsabgeordneten und stellen Sie diese in der Klasse vor. Mehr über Ihre/-n Bundestagsabgeordnete/-n erfahren Sie unter:
www.abgeordnetenwatch.de
Hier können Sie den Abgeordneten auch Fragen stellen.

Politik – was geht mich das an?	Politik findet täglich statt, unmittelbar vor unserer Haustür. Von politischen Entscheidungen sind wir alle betroffen. Wir müssen sie aber nicht nur hinnehmen, sondern können auf viele Arten und Weisen Einfluss darauf nehmen.
Wesentliche Elemente der Demokratie	
Pluralismus	Demokratie lebt von Toleranz, Freiräumen und gegenseitiger Rücksichtnahme. Verschiedene Meinungen dürfen und sollen nebeneinander bestehen und miteinander konkurrieren.
Garantie der Grundrechte	Doch es gibt Grenzen: Die Grundrechte sind für alle Menschen gleich, der Staat darf sie nicht beschneiden.
Gewaltenteilung	Legislative (gesetzgebende Gewalt, Parlamente), Exekutive (ausführende Gewalt, Regierung und Verwaltung) und Judikative (gesetzsprechende Gewalt, Gerichte) sollen in der Demokratie möglichst klar voneinander getrennt sein.
Das Mehrheitsprinzip	Die Vertreter der unterlegenen Position haben sich dem Willen der Mehrheit zu fügen – zumindest bis zur nächsten Wahl. Das ist Merkmal der repräsentativen Demokratie.
Wahlen zum Bundestag	Sie finden alle vier Jahre statt, durch personalisiertes Verhältniswahlrecht.
Mehrheitswahlrecht	Wer die meisten Stimmen erhält, gewinnt die Wahl, z. B. Direktwahl eines Kandidaten im Wahlkreis.
Verhältniswahlrecht	Die Zahl der Parlamentssitze entspricht in etwa dem Anteil an Wählerstimmen, z. B. Landeslisten, Zweitstimme bei der Bundestagswahl.
Möglichkeiten zur Partizipation	
Besondere Stellung der Parteien	Das Grundgesetz rechnet den Parteien eine besondere Aufgabe im politischen Prozess zu. Es gelten aber klare Regeln für sie, sie können auch verboten werden.
Niedergang der Volksparteien	Lange dominierten vor allem die großen Volksparteien CDU/CSU und SPD; diese werden aber zuletzt immer schwächer, es entsteht ein Vielparteiensystem.
Parteienfinanzierung	Parteien leben von Mitgliedsbeiträgen und Spenden, sehr stark aber auch von staatlichen Zuschüssen, z. B. über Wahlkampfkostenerstattung.
Parteiinterne Demokratie	Diese wird zwar gefordert, es fällt vielen Parteien aber schwer, dies wirklich umzusetzen, z. B. durch Mitgliederbefragungen.
Volksbegehren – Volksentscheid	Mehr direkte Demokratie wird häufig gefordert, damit sich wieder mehr Menschen für Politik interessieren und an ihr teilnehmen. Aber ist das Volk wirklich kompetent genug und lässt es sich auch nicht zu leicht beeinflussen?

Verbände	Verbände verfolgen klare Ziele, sind meist straff organisiert und nutzen die Methode des Lobbyismus. Mitgliederzahl, Vernetzung und finanzielle Ausstattung sind maßgeblich für ihren Erfolg.
Bürgerinitiativen	Sie bestehen meist nur örtlich und zeitlich begrenzt zu einem bestimmten Thema.
Nichtregierungsorganisationen (NGOs)	Sie agieren oft bei internationalen Themen wie Umwelt, Frieden, Menschenrechte.
Unterschiedliche Interessen und Aufgaben bei den politischen Entscheidungsprozessen	An den politischen Entscheidungsprozessen sind viele Institutionen und Personen beteiligt, die sich teils unterstützen und kooperieren, aber auch gegenseitig kontrollieren sollen.
Aufgaben des Bundestags:	Wichtigster Vertreter der Legislative:
• Wahlorgan	Wahl der Bundeskanzlerin bzw. des -kanzlers durch den Bundestag (Abwahl durch konstruktives Misstrauensvotum)
• Kontrollorgan	Kontrolle durch öffentliche Debatten, Anfragen, Untersuchungsausschüsse.
• Gesetzgebungsorgan	In den Ständigen Ausschüssen werden die Gesetzesvorlagen erarbeitet, über die dann der Bundestag abstimmt.
Bundeskanzler/-in und Bundesregierung:	Bundeskanzler/-in hat Richtlinienkompetenz, gibt also einen Rahmen für das Regierungshandeln im eigenen Kabinett vor.
• Besondere Stellung	Durch eine Vertrauensfrage kann sie oder er sich vom Bundestag darin bestärken lassen.
Föderalismus:	Die Siegermächte des Zweiten Weltkriegs wollten kein zentralistisches Deutschland mehr zulassen.
• Die 16 Bundesländer	Die Bundesrepublik setzt sich aus 16 Bundesländern zusammen. Diese Zahl kann aber durch Volksentscheid kleiner oder größer werden. In allen Ländern gibt es Institutionen aller drei Gewalten. Der Föderalismus dient so auch der Gewaltenteilung.
• Länderfinanzausgleich	In allen Bundesländern sollen annähernd gleiche Lebensbedingungen herrschen. Deshalb zahlen diejenigen von ihnen ein, die mehr Steuereinnahmen haben als der Durchschnitt, die ärmeren Bundesländer erhalten Gelder.
• Aufgaben des Bundesrats	Bei Belangen der Länder müssen Gesetze nicht nur vom Bundestag verabschiedet werden, sondern brauchen die Zustimmung des Bundesrats. Dieser darf auch selbst Gesetzvorschläge machen (Initiativrecht).
Freies Mandat gegen Fraktionszwang	Alle Abgeordneten sind nur ihrem Gewissen verpflichtet – in der Theorie. Tatsächlich braucht jede Partei interne Disziplin und geschlossenes Auftreten; die Abgeordneten wiederum brauchen die Organisation der Partei, die sie aufstellt. So entsteht ein gewisses Abhängigkeitsverhältnis.

Kompetenz-Check

Ich kann …	☺ 😐 ☹
… beschreiben, in welchen Bereichen meines Lebens mich politische Entscheidungen fast täglich und unmittelbar betreffen.	
… erkennen, dass eine große Anzahl an Mitmenschen sich nicht nur über politische Entscheidungen ärgern, sondern sich daran beteiligen wollen.	
… beurteilen, wie wichtig Wahlen für eine repräsentative Demokratie sind, aber auch, dass es daneben auch noch andere Möglichkeiten gibt, Einfluss auf politische Entscheidungen zu nehmen.	

Ich kann …	☺ 😐 ☹
… verschiedene Wahlsysteme verstehen und erklären.	
… definieren, wie Gewaltenteilung in der Bundesrepublik Deutschland funktioniert.	
… beurteilen, was die Arbeit eines Mitglieds im Bundestag umfasst, und diese entsprechend kritisch würdigen.	
… einschätzen, welche besondere Stellung der Bundeskanzler/die Bundeskanzlerin in Deutschland innehat und wo die Grenzen des Amtes liegen.	
… begründen, weshalb die Garantie der Grundrechte und der Pluralismus, aber auch das Mehrheitsprinzip für die Demokratie unverzichtbar sind.	
… die Aufgaben von Bundestag und Bundesrat beschreiben und erklären.	

Ich kann …	☺ 😐 ☹
… die besondere Stellung von Parteien in Beziehung setzen zu ihrer wesentlichen Rolle im politischen Entscheidungsfindungsprozess.	
… Parteien diesbezüglich vergleichen mit Nichtregierungsorganisationen, Verbänden und Bürgerinitiativen.	
… mich kritisch mit den Vorzügen und Schwierigkeiten des Föderalismus auseinandersetzen.	
… dazu Stellung nehmen, ob und inwieweit mehr plebiszitäre Elemente Vorteile für das Verhältnis von Politik und Volk hätten.	

Ich kann …	☺ 😐 ☹
… mir über wichtige Ereignisse und Abläufe in der Politik aus unterschiedlichen Quellen Informationen beschaffen, sie prüfen und so zu einem Urteil gelangen.	
… aus einer Reihe von Möglichkeiten zur Partizipation auswählen und mich politisch engagieren.	
… das Wahlrecht als eine der stärksten Möglichkeiten zur Mitbestimmung erkennen.	

5.1 Der 8. Mai 1945: Kriegsende ...

Richard von Weizsäcker
Geboren 1920 in Stuttgart
1979–1984 Regierender Bürgermeister von Berlin (West)
1984–1994 Bundespräsident

Beispiele für die Zerstörung von Städten in Baden-Württemberg

Heilbronn	ca. 55 %
Mannheim	ca. 50 %
Ulm	ca. 50 %
Friedrichshafen	ca. 50 %
Pforzheim	ca. 42 %
Stuttgart	ca. 33 %

Thomas Mann
Geboren 1875 in Lübeck
Gestorben 1955 in Zürich
Einer der bedeutendsten deutschen Schriftsteller
Im Nationalsozialismus emigriert
1929 Literaturnobelpreis

Damals wie auch später streitet man sich in Deutschland um die Frage, ob der 8. Mai 1945 eher Niederlage oder Befreiung bedeutet.

Rede von Altbundespräsident Richard von Weizsäcker zum 40. Jahrestag des Kriegsendes am 8. Mai 1985

1

Der 8. Mai ist für uns Deutsche kein Tag zum Feiern. Die Menschen, die ihn bewusst erlebt haben, denken an ganz persönliche und damit ganz unterschiedliche Erfahrungen zurück. Der eine kehrte heim, der andere wurde heimatlos. Dieser wurde befreit, für jenen begann die Gefangenschaft. Viele waren einfach nur dafür dankbar, dass Bombennächte und Angst vorüber und sie mit dem Leben davongekommen waren. Andere empfanden Schmerz über die vollständige Niederlage des eigenen Vaterlandes. [...] Und dennoch wurde von Tag zu Tag klarer, was es heute für uns alle gemeinsam zu sagen gilt: Der 8. Mai war ein Tag der Befreiung. Er hat uns alle befreit von dem menschenverachtenden System der nationalsozialistischen Gewaltherrschaft. [...] Aber wir dürfen nicht im Ende des Krieges die Ursache für Flucht, Vertreibung und Unfreiheit sehen. [...] Wir dürfen den 8. Mai 1945 nicht vom 30. Januar 1933 trennen. [...]

Schuld oder Unschuld eines ganzen Volkes gibt es nicht. Schuld ist, wie Unschuld, nicht kollektiv, sondern persönlich. [...] Der ganz überwiegende Teil unserer heutigen Bevölkerung war zur damaligen Zeit entweder im Kindesalter oder noch gar nicht geboren. [...]
Kein fühlender Mensch erwartet von ihnen, ein Büßerhemd zu tragen, nur weil sie Deutsche sind. Aber die Vorfahren haben ihnen eine schwere Erbschaft hinterlassen. [...]
Es geht nicht darum, Vergangenheit zu bewältigen. Das kann man gar nicht. Sie lässt sich ja nicht nachträglich ändern oder ungeschehen machen. Wer aber vor der Vergangenheit die Augen verschließt, wird blind für die Gegenwart. [...]
Ehren wir die Freiheit. Arbeiten wir für den Frieden. Halten wir uns an das Recht. Dienen wir unseren inneren Maßstäben der Gerechtigkeit. [...]

Weizsäcker, Richard von: Reden und Interviews, Band 1, hrsg. vom Presse- und Informationsamt der Bundesregierung, Bonn 1986, S. 279–295.

Rede von Thomas Mann zum Kriegsende, gehalten am 10. Mai 1945 in der BBC

2

Deutsche Hörer!
Wie bitter ist es, wenn der Jubel der Welt der Niederlage, der tiefsten Demütigung des eigenen Landes gilt! [...] Die Sieges-, die Friedensglocken dröhnen, die Gläser klingen, Umarmungen und Glückwünsche ringsum. Der Deutsche aber, [...] er senkt das Haupt in der weltweiten Freude; das Herz krampft sich ihm zusammen bei dem Gedanken, was sie für Deutschland bedeutet, durch welche dunklen Tage [...] es wird gehen müssen.

Und dennoch, die Stunde ist groß – nicht nur für die Siegerwelt, auch für Deutschland –, die Stunde, wo das wüste und krankhafte Ungeheuer, Nationalsozialismus genannt, verröchelt und Deutschland von dem Fluch wenigstens befreit ist, das Land Hitlers zu heißen. Wenn es sich selbst hätte befreien können, früher, als noch Zeit dazu war, oder selbst spät, noch im letzten Augenblick [...] – freilich, das wäre besser gewesen. Es konnte wohl nicht sein. [...]

Ich sage: Es ist eine große Stunde, die Rückkehr Deutschlands zur Menschlichkeit. Sie ist hart und traurig, weil Deutschland sie nicht aus eigener Kraft herbeiführen konnte. Furchtbarer, schwer zu tilgender Schade ist dem deutschen Namen zugefügt worden, und die Macht ist verspielt. Aber Macht ist nicht alles, sie ist nicht einmal die Hauptsache, und nie war deutsche Würde eine bloße Sache der Macht. Deutsch war es einmal und mag es wieder werden, der Macht Achtung, Bewunderung abzugewinnen durch den menschlichen Beitrag, den freien Geist.

Mann, Thomas: Deutsche Hörer! Radiosendungen nach Deutschland aus den Jahren 1940–1945. Frankfurt: Fischer Taschenbuch Verlag, 1987, S. 150 f.

Mannheimer Schloss (im Hintergrund) 1945

Mannheimer Schloss heute

Die Stunde Null

3

Am 8. Mai 1945 unterzeichnen deutsche Generäle die von den Kriegsgegnern geforderte **bedingungslose Kapitulation**. Nach fast sechs Jahren Krieg wird damit die vollständige militärische Niederlage gegenüber den Westalliierten und der Roten Armee eingestanden. Das Deutsche Reich beklagt den Verlust von mindestens drei Millionen toten Soldaten (weitere Millionen befinden sich in Kriegsgefangenschaft) sowie ca. 750 000 getötete Zivilisten.

Das Ausmaß der Zerstörung durch Kampfhandlungen und Fliegerbomben ist immens, es fehlt etwa ein Drittel des Wohnraums: Rund 1,8 Millionen Wohnungen sind völlig unbewohnbar, doppelt so viele stark beschädigt. Dieses Problem wird noch verschärft durch fast 13 Millionen Flüchtlinge, die vor den Sowjets fliehen oder vertrieben worden sind.

Das ganze Land ist von Truppen besetzt; die Siegermächte haben die vollständige Kontrolle übernommen – eine deutsche Regierung gibt es nicht mehr. Auch zur Rechenschaft ziehen kann man von den einstmaligen Entscheidungsträgern des NS-Regimes fast niemanden mehr – Hitler, Goebbels und Himmler haben Selbstmord begangen.

Hinzu kommt langsam, aber sicher das schmerzliche Bewusstsein um das Ausmaß der Gräueltaten des „Dritten Reichs", vor allem in den Konzentrationslagern, und die eigene Mitschuld.

Kurzum: Das Land ist militärisch, wirtschaftlich, politisch und moralisch am Boden zerstört, niemand weiß, wie es nun weitergehen soll.

Doch zur gleichen Zeit jubeln fast überall auf der Welt die Menschen in großen Massen über das Ende des blutigsten Kriegs der Menschheitsgeschichte, der annähernd 60 Millionen Menschen das Leben gekostet hat. Nach fast sechs Jahren Kampf ist der Verursacher der Katastrophe, Adolf Hitler, mitsamt seinem Regime endlich und endgültig niedergerungen.

ARBEITSVORSCHLÄGE

1, 2

Geben Sie die wichtigsten Gedanken der beiden Reden in eigenen Worten wieder.

Wie haben wohl die Deutschen 1945 die Rede Thomas Manns aufgenommen? Gibt es Unterschiede in den Aussagen von Thomas Mann und Bundespräsident von Weizsäcker 40 Jahre später?

3

Erstellen Sie eine Mindmap zum 8. Mai 1945 – wie bewerten die Deutschen die Lage, wie der Rest der Welt?

WEITERFÜHRENDE HINWEISE

Setzen Sie sich mit Zeitzeugenberichten zum Zweiten Weltkrieg auseinander. Berichten Sie in der Klasse darüber.

www.dhm.de/lemo/zeitzeugen

www.faz.net/aktuell/politik/geschichte/8-mai-1945-zeitzeugen-berichten-vom-ende-des-zweiten-weltkriegs-16754782.html

1

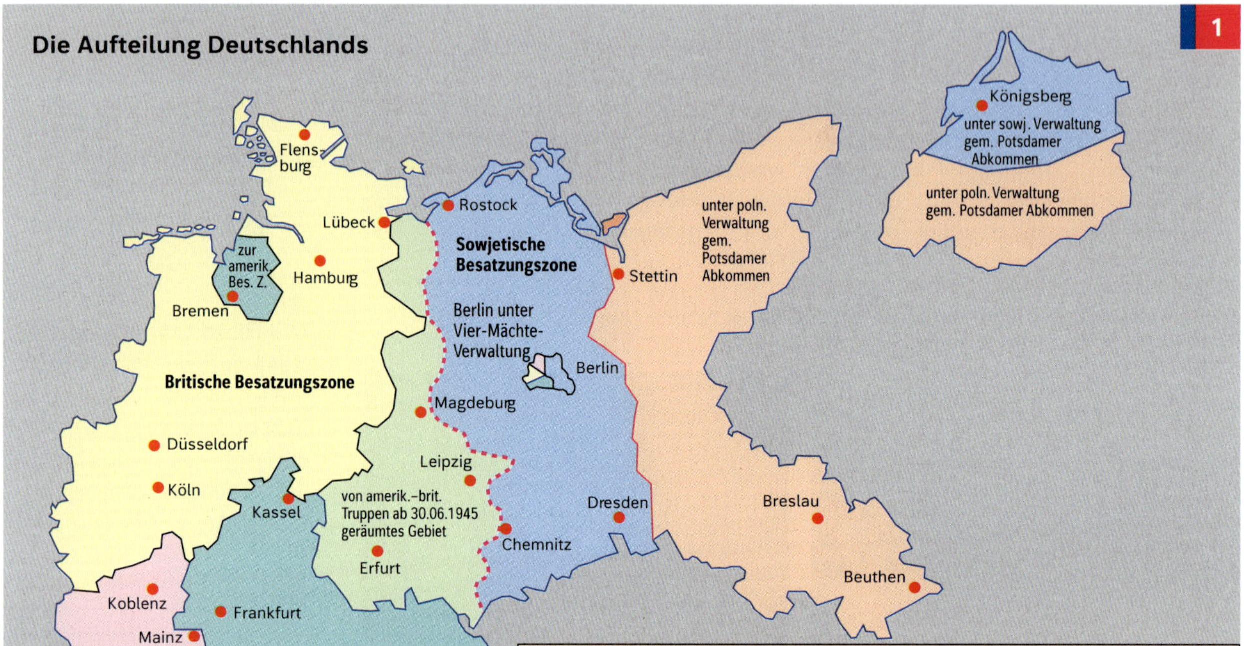

Proklamation Nr. 1

An das deutsche Volk!

Die Oberbefehlshaber der Streitkräfte in Deutschland, der Vereinigten Staaten von Amerika, der Union der Sozialistischen Sowjetrepubliken, des Vereinten Königreiches von Großbritannien und Nordirland und der Provisorischen Regierung der Französischen Republik, verkünden hiermit gemeinsam als Mitglieder des Kontrollrates Folgendes:

I.

Laut Bekanntmachung vom 5. Juni 1945 ist die oberste Regierungsgewalt in Bezug auf Deutschland von den Regierungen der Vereinigten Staaten von Amerika, der Union der Sozialistischen Sowjetrepubliken, des Vereinten Königreiches von Großbritannien und Nordirland und der Provisorischen Regierung der Französischen Republik übernommen worden.

II.

Kraft der obersten Regierungsgewalt und der Machtbefugnisse, die damit von den vier Regierungen übernommen wurden, ist der Kontrollrat eingesetzt und die oberste Machtgewalt in Angelegenheiten, die Deutschland als Ganzes angehen, dem Kontrollrat übertragen worden.

III.

Alle Militärgesetze, Proklamationen, Befehle, Verordnungen, Bekanntmachungen, Vorschriften und Anweisungen, die von den betreffenden Oberbefehlshabern oder in ihrem Namen für die Besatzungszonen herausgegeben worden sind, verbleiben auch weiterhin in diesen ihren Besatzungszonen in Kraft.

DWIGHT D. EISENHOWER General der Armee	GEORGY SHUKOW Marschall der Sowjetunion
BRIAN ROBERTSON Generalleutnant	LOUIS KOELTZ Armeekorps-General

Bei aller Freude über das Ende der Kriegshandlungen und damit auch der Bombenangriffe ist für weite Teile der deutschen Zivilbevölkerung nicht einmal das nackte Überleben wirklich gesichert. So ist z. B. der Winter 1946/47 einer der härtesten seit Beginn der Wetterdatenaufzeichnung. Lebensmittel werden nur gegen Bezugsscheine ausgegeben, nahezu alles Wertvolle wird auf dem Schwarzmarkt gehandelt.

2

Durch das Office for Military Government US (OMGUS), das zuständig war für die Organisation und Administration in den amerikanischen Besatzungszonen, wurden bis Mitte 1947 in mehreren Umfragen insgesamt 75000 Deutsche befragt, wie sie ihre persönliche Lage und die Deutschlands einschätzten.
Die wirtschaftliche Situation beschäftigte die Befragten dabei am stärksten, vor allem in den Städten war das Problem der Ernährung ein großes Thema. Wenngleich die Rationalisierung von Lebensmitteln und deren Umsetzung durch die Amerikaner als einigermaßen gerecht angesehen wurde, gab es doch viele Klagen über die Lebensmittelknappheit. Ende 1946 erklärten fast 40 %, ihr Einkommen (durchschnittlich 129 Reichsmark) reiche nicht aus, die Familie durchzubringen – es war in den vorangegangenen Monaten tatsächlich um etwa 15 % gesunken. Überhaupt sank das Vertrauen in die Währung rapide, viele rechneten mit einem Anstieg der Inflation und folglich mit steigenden Preisen.
Etwa ein Viertel der Befragten gab zu, notwendige Ausgaben über Ersparnisse und/oder Tauschgeschäfte zu bestreiten.
In wirtschaftlich schweren Zeiten sank die Zustimmung zur Politik der Amerikaner auf unter 50 %, nicht wenige meinten sogar, die Amerikaner hätten den Wiederaufbau behindert.

Vgl. Merritt, Anna. J.; Merritt, Richard L.: Public Opinion in Occupied Germany, The OMGUS Surveys 1945–1949, Urbana, IL, 1970, S. 131 f.

Im Zweiten Weltkrieg waren sich Briten, Amerikaner und Sowjets trotz aller sonst bestehenden ideologischen Unterschiede einig, dass Deutschland nach seiner bedingungslosen Kapitulation zumindest anfangs besetzt werden sollte; doch wie es dann weitergehen sollte, blieb zunächst offen. Während der **Alliierte Kontrollrat** sämtliche Entscheidungen für die Deutschen traf, tagte vom 17. Juli bis 2. August 1945 die **Potsdamer Konferenz**, auf der die Regierungschefs der Siegermächte, Stalin, Truman und Churchill, zusammenkamen (Frankreich tritt später bei). Ihre wichtigsten Ergebnisse und Ziele waren:

- **Demontage**: Abbau von Industrieanlagen, Waren- und Güterlieferungen als Reparationsleistungen
- **Demilitarisierung**: komplette Entwaffnung und Abrüstung, Auflösung der Wehrmacht
- **Demokratisierung**: Erziehung durch politische Bildung, Anstreben eigener Verantwortung
- **Denazifizierung**: Verbot der NSDAP und aller ihrer Organisationen, Verfolgung und Bestrafung der Verantwortlichen

Eine eigene Regierung blieb den Deutschen auf unbestimmte Zeit verwehrt, auch die endgültigen Gebietsgrenzen wurden zunächst nicht definiert.

Die UdSSR sollte Königsberg und den nördlichen Teil Ostpreußens verwalten, Polen den übrigen Teil der ehemaligen Reichsgebiete östlich der Oder-Neiße-Linie (s. Karte S. 136). Zudem sollte die deutsche Bevölkerung in Polen, der Tschechoslowakei und Ungarn auf „ordnungsgemäße und humane Weise“ nach Deutschland überführt werden – tatsächlich verlief die Zwangsumsiedlung und Vertreibung von über zwölf Millionen Menschen jedoch meist chaotisch und brutal.

ARBEITSVORSCHLÄGE

1

Finden Sie heraus, zu welcher Besatzungszone Ihre Heimatgemeinde gehörte.

Überlegen Sie, was die „Proklamation Nr. 1“ für die weitere Entwicklung Deutschlands bedeutet.

2

Beschreiben Sie die Probleme für die deutsche Bevölkerung bei Kriegsende.

WEITERFÜHRENDE HINWEISE

Recherchieren Sie, wie das „Leben in den Trümmern“ war, und berichten Sie in der Klasse davon.

www.zeitzeugen-portal.de/zeitraeume/epochen/1945-1949

Entnazifizierung in einer baden-württembergischen Gemeinde

Wir hatten während des Kriegs französische Zwangsarbeiter bei uns; sie haben zum Glück gesagt, dass wir sie immer gut behandelt hätten. Die Franzosen waren recht gründlich, aber nicht immer haben sie die Richtigen erwischt. Einen bis zum Schluss überzeugten SS-Mann haben sie laufen lassen, einen anderen anständigen Kerl, der nur unter Zwang in die Partei eingetreten war, haben sie eingesperrt. Der kam erst wieder frei, nachdem mein Vater, der vor dem Krieg Bürgermeister gewesen war, sich für ihn eingesetzt hat.

Eine Zeitzeugin erinnert sich

Umfrageergebnisse des Office of Military Government for Germany (OMGUS) 1945/1946

- Die Idee des Nationalsozialismus war gut, nur die Umsetzung schlecht – ja: 47 %
- Deutschland ist für den Krieg verantwortlich – nein: 70 %
- Hoffen Sie auf einen neuen, starken Führer und/oder die Wiedergeburt der alten nationalen Gesinnung? – ja: 10 %
- Die Besetzung Deutschlands ist eine Demütigung – ja: 35 %, nein: 55 %

Vgl. Merritt, Anna. J.; Merritt, Richard L.: Public Opinion in Occupied Germany, The OMGUS Surveys 1945–1949, Urbana, IL, 1970, S. 160.

Martin Niemöller, KZ-Überlebender

Als die Nazis die Kommunisten holten, habe ich geschwiegen, ich war ja kein Kommunist. Als sie die Sozialdemokraten einsperrten, habe ich geschwiegen, ich war ja kein Sozialdemokrat. Als sie die Gewerkschafter holten, habe ich geschwiegen, denn ich war ja kein Katholik. Als sie mich holten, gab es keinen mehr, der protestieren konnte.

martin-niemoeller-stiftung.de/martin-niemoeller/als-die-nazis-die-kommunisten-holten [25.11.2020].

1

Legende zum Bild:

Springt immer rein! Was kann schon passieren,
Ihr schwarzen Böcke im braunen Haus!
Man wird euch schmerzlos rehabilitieren.
Als weiße Lämmer kommt ihr unten raus!
Wir wissen schon: Ihr seid es nie gewesen!
(Die anderen sind ja immer schuld daran --)
Wie schnell zum Guten wandeln sich die Bösen,
Man schwarz auf weiß im Bild hier sehen kann.

(J. Mentier) © *Bildarchiv Preußischer Kulturbesitz*

2

Die meisten Deutschen geben im Mai 1945 an, von der ganzen Tragweite der nationalsozialistischen Gewaltherrschaft kaum etwas oder gar nichts gewusst zu haben, geschweige denn, daran beteiligt gewesen zu sein. Doch die Siegermächte führen dem deutschen Volk durch Zwangsbesuche in den Konzentrationslagern (KZs) oder durch drastisches Bildmaterial eindringlich vor Augen, welche unvorstellbaren Taten von Deutschen tatsächlich begangen wurden.

Da es keiner gewesen sein will und doch so viel Unrecht geschehen ist, wollen die Alliierten jede Bürgerin und jeden Bürger überprüfen und gegebenenfalls zur Verantwortung ziehen. In sogenannten Entnazifizierungsverfahren werden die Deutschen als Hauptschuldige, Minderbelastete, Mitläufer oder Entlastete eingestuft – für einen solchen „Persilschein" bedarf es der entsprechenden Aussage von Mitbürgerinnen und Mitbürgern. Dieses Verfahren dauert allerdings lange, wird von vielen Deutschen als ungerecht empfunden und ist recht ineffektiv – am Ende gibt es nicht einmal 0,1 % Belastete oder gar Hauptschuldige. Aus diesen Gründen verläuft die ganze Aktion schon recht bald im Sande.

In den sogenannten **„Nürnberger Prozessen"**, eingesetzt, um gegen Kriegsverbrechen, Verbrechen gegen die Menschlichkeit und gegen den Frieden anzugehen, steht ab Ende 1945 zwar noch die NS-Führungsriege vor Gericht, zumindest die, die von den Siegermächten noch gefasst werden konnten; später müssen sich auch Vertreter ganzer Berufsstände, z. B. Ärzte und Juristen, verantworten. Allerdings sind sich die Alliierten auch hier nicht ganz einig über die Wichtigkeit dieser Verfahren und die deutsche Bevölkerung lehnt sie zunehmend ab.

Hinzu kommt, dass die Siegermächte zum Wiederaufbau und zur Organisation des Alltagslebens alleine gar nicht in der Lage sind. Sie benötigen in der Verwaltung erfahrene Fachkräfte und müssen auch solche Beamte wiedereinsetzen, die schon im „Dritten Reich" in gleicher oder ähnlicher Funktion beschäftigt waren.

Als die alliierten Siegermächte nach 1945 das deutsche Volk „demokratisieren" wollen, können sie keineswegs auf eine lang bewährte Tradition der Demokratie im Land setzen.

Erst seit 1871 gibt es überhaupt ein vereintes Deutsches Reich. Doch auch die **Reichsverfassung** von 1871 ist – im Gegensatz zu der im Zuge der gescheiterten Revolution von 1848 konzipierten demokratischen Verfassung – noch immer die einer Monarchie. Selbst in der Verfassung der ersten „echten" deutschen Republik, der Weimarer Republik, kommt dem Reichspräsidenten eine derart starke Stellung zu, dass Zeitgenossen ihn gern auch „Ersatzkaiser" nennen.

3

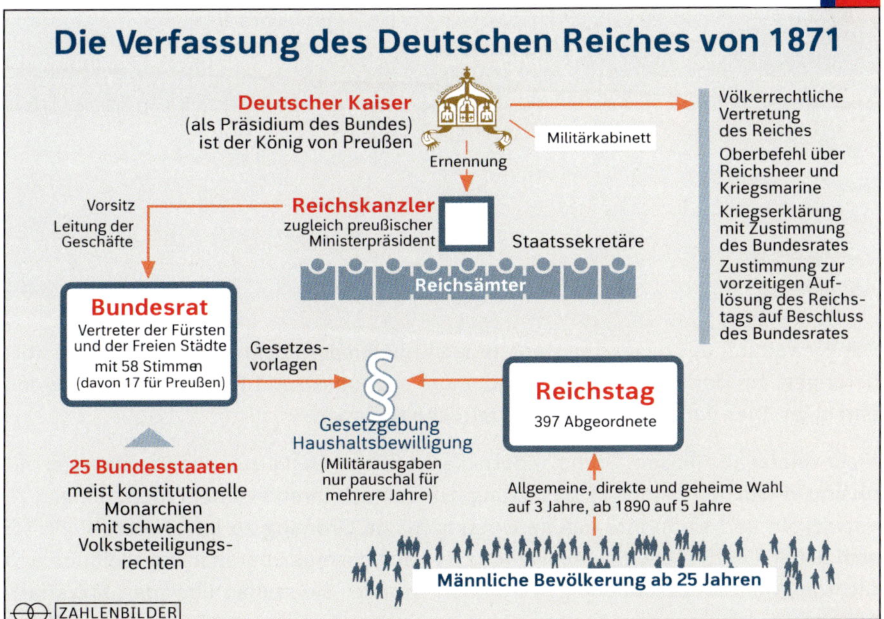

50 060

© Bergmoser + Höller Verlag AG

4

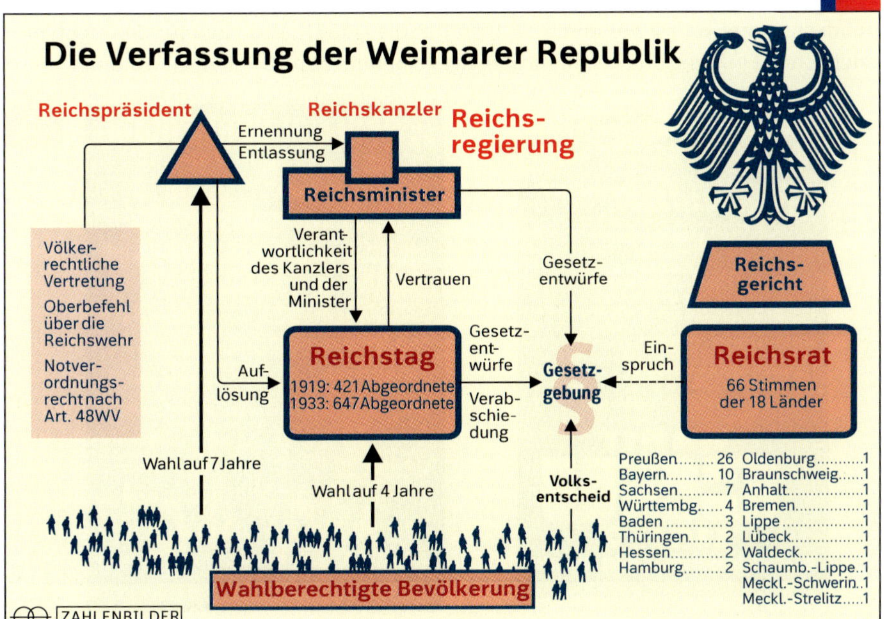

50 070

© Bergmoser + Höller Verlag AG

ARBEITSVORSCHLÄGE

1

Beschreiben Sie, was mit der Karikatur zum Ausdruck gebracht werden soll.

Wie praktizierten die Siegermächte die Entnazifizierung?

Bewerten Sie, wie die deutsche Bevölkerung zum Verfahren der Entnazifizierung stand.

2

Seit dem Ende des Zweiten Weltkriegs sind über 75 Jahre vergangen. Halten Sie es für gerechtfertigt, dass auch heute noch Kriegsverbrecher von damals vor Gericht gestellt werden? Diskutieren Sie das Pro und Kontra.

3

Vergleichen Sie die beiden Verfassungen von 1871 und 1919. Beurteilen Sie, welche der beiden „demokratischer" war.

4

Setzen Sie sich mit der besonderen Stellung des Reichspräsidenten in der Verfassung der Weimarer Republik auseinander.

Die Entstehung des Bundeslandes Baden-Württemberg

Das Bundesland Baden-Württemberg wird erst im Jahr 1952 gegründet. Zunächst bestehen drei eigenständige Bundesländer.

Die Bildung des Südweststaates ist heftig umstritten, besonders in den badischen Landesteilen.

Bei einer Volksabstimmung am 9. Dezember 1951 stimmen die Bürgerinnen und Bürger außer in Südbaden mit deutlicher Mehrheit für das neue Bundesland.

Ergebnis der Bundestagswahl vom 14. August 1949

Wahlbeteiligung	78,5 %	Sitze
CDU/CSU	31,0 %	139
SPD	29,2 %	131
FDP	11,9 %	52
Deutsche Partei (DP)	4,0 %	17
Zentrum	3,1 %	10
Bayernpartei	4,2 %	17
KPD	5,7 %	15
Sonstige	10,9 %	21

Die Fünfprozentklausel wird erst später eingeführt.

Vgl. Der Bundeswahlleiter (Hrsg.): Wahl zum 1. Deutschen Bundestag am 14. August 1949, Wiesbaden 2020, abgerufen unter: www.bundeswahlleiter.de/bundestagswahlen/1949.html [30.10.2020].

Zwar erlauben alle Siegermächte schon 1946 erste Wahlen auf kommunaler Ebene sowie Landtagswahlen in den Jahren 1946/47, doch sind diese in der sowjetisch besetzten Zone (SBZ) nicht wirklich frei, sondern bringen stets den von den Sowjets gewünschten Ausgang, denn die Wählerinnen und Wähler stimmen nur einer vorgelegten Liste zu, auf denen die Kräfteverhältnisse der einzelnen Parteien bereits festgelegt sind. Stets geht dabei die neu gegründete **Sozialistische Einheitspartei Deutschlands** (SED) als stärkste Kraft hervor. Ein einheitlicher deutscher Staat liegt schon zu diesem Zeitpunkt in weiter Ferne.

Die ersten Landtagswahlen 1946/1947

1

	Württemberg-Baden	Württemberg-Hohenzollern	Baden	Westzonen insgesamt	Sowj. Besatzungszone
Wahlbeteilig.	**70,4 % (in allen Ländern der Westzonen)**				**91,6 %**
CDU/CSU	40,9 %	54,2 %	55,9 %	37,6 %	24,5 %
SPD	32,3 %	20,8 %	22,4 %	35,0 %	–
KPD	10,0 %	7,3 %	7,4 %	9,4 %	–
SED	–	–	–	–	47,5 %
FDP/LDP/DVP	16,8 %	17,7 %	14,3 %	9,3 %	24,6 %
Sonstige	–	–	–	8,7 %	3,4 %

Die Verwaltung der besetzten Gebiete stellt die Siegermächte vor große Herausforderungen. Im der SBZ wird rigoros demontiert, Land- und Firmenbesitzer werden enteignet. Dies verschärft die wirtschaftliche Not noch.

Nicht zuletzt aus diesem Grund ändern die westlichen Alliierten ihre Besatzungspolitik und versuchen bald, ihre Besatzungszonen nach ihren eigenen Vorstellungen zu entwickeln und sie in ihre eigene wirtschaftliche Ordnung zu integrieren. Vorreiter sind dabei die USA, die eine Ausweitung des Sozialismus überall in der Welt und erst recht in Westeuropa unbedingt verhindern wollen. Sie stellen über den **Marshall-Plan** massiv zinsgünstige Darlehen bereit, von denen viele europäische Staaten profitieren, vor allem Deutschland – so wird der Wiederaufbau im Westen enorm beschleunigt. Dadurch entfernen sich die westlichen Besatzungszonen allerdings auch politisch immer weiter von der SBZ. Dort hat die UdSSR, wie auch für den Rest ihrer politischen Einflusszone in Osteuropa, die Annahme der Darlehen verboten.

4

Besatzungspolitik und doppelte Staatsgründung

2

Im Alliierten Kontrollrat herrscht das Einstimmigkeitsprinzip, d. h., jede der vier Siegermächte hat ein Vetorecht. Schon bald kommt es in diesem Gremium zu überhaupt keiner Einigung mehr. Deshalb beschließen die USA und Großbritannien, ihr Handeln immer mehr aufeinander abzustimmen, und gründen 1947 die **Bizone**; später schließen sich auch die Franzosen an (Trizone). Die Westmächte treiben nun die Ausarbeitung einer Art Verfassung für den Westen voran. Sie beauftragen den sogenannten „Parlamentarischen Rat“ mit der Ausarbeitung eines Verfassungsentwurfs, dem sie schließlich zustimmen. Mit dem Inkrafttreten des **Grundgesetzes** (GG) am **23.05.1949** entsteht die **Bundesrepublik Deutschland**.

Die Sowjetische Besatzungszone (SBZ) wird kurz darauf durch die **Verabschiedung der Verfassung der Deutschen Demokratischen Republik (07.10.1949)** ebenfalls ein eigenständiger Staat. Damit ist die Teilung Deutschlands in allen Bereichen (Politik, Militär, Wirtschaft, Gesellschaft) vollzogen.

In den folgenden Jahrzehnten, der Zeit des Kalten Krieges, entwickeln sich die Bundesrepublik, die Teil des westlichen Bündnissystems (NATO) wird, und die DDR als Bestandteil des Ostblocks (und des Warschauer Paktes) in völlig verschiedene Richtungen.

3

Konrad Adenauer (1876–1967), von 1949 bis 1963 erster Bundeskanzler der BRD, über die Gründung der DDR:
Es wird niemand behaupten wollen, dass die jetzt geschaffene Organisation der Sowjetzone auf dem freien Willen der Bevölkerung dieser Zone beruht. Sie ist zustande gekommen auf Befehl Sowjetrusslands unter Mitwirkung einer kleinen Minderheit von Deutschen [...]. Die Bundesrepublik fühlt sich verantwortlich für das Schicksal der 18 Millionen Deutschen in der Sowjetzone und ist allein befugt, für das deutsche Volk zu sprechen.

Adenauer, Konrad: Regierungserklärung des Bundeskanzlers in der 13. Sitzung des Deutschen Bundestags zur Gründung der DDR, 21.10.1949.

Walter Ulbricht (1893–1973), von 1950 bis 1971 Partei- und Staatschef der DDR, behauptete seinerseits, die BRD sei unter Bruch des Potsdamer Abkommens und gegen den Willen des Volkes entstanden. Sie sei nur da, um den deutschen Imperialismus fortzusetzen und eindeutig gegen die UdSSR und die anderen sozialistischen Staaten Europas gerichtet.

4

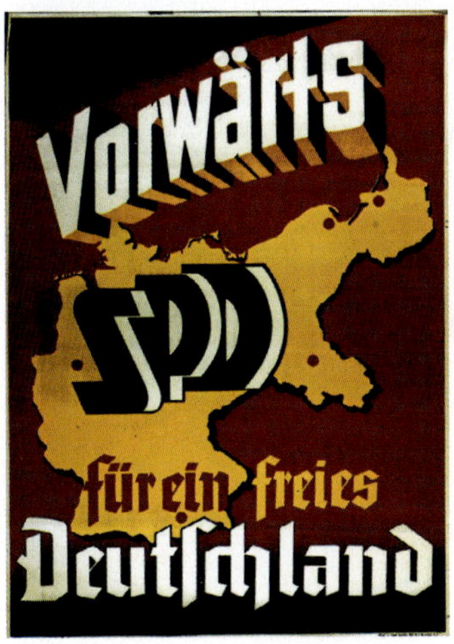

ARBEITSVORSCHLÄGE

1

Vergleichen Sie die Ergebnisse der ersten Landtagswahlen nach dem Zweiten Weltkrieg.

Welche Unterschiede stellen Sie fest zwischen
- den Ländern des späteren Baden-Württemberg und den Westzonen?
- den Westzonen und der SBZ?

2

Erstellen Sie ein Schaubild mit den wichtigsten Etappen auf dem Weg zur doppelten Staatsgründung.
Bewerten Sie dabei den Einfluss der Siegermächte.

3

Stellen Sie dar, wie die beiden Politiker die Gründung des jeweils anderen Staates beurteilen.

4

Erarbeiten Sie aus den Wahlplakaten die wesentlichen Ziele und Forderungen der jeweiligen Parteien.

Beurteilen Sie, ob Wahlplakate heutzutage ähnlich oder ganz anders gestaltet sind.

WEITERFÜHRENDE HINWEISE

Sammeln Sie Informationen über das Verhältnis zwischen Baden und Württemberg.

Bestehen die alten Rivalitäten noch?

Ernst Reuter (SPD), Oberbürgermeister von Berlin (West), in einer Rede vor dem Reichstag am 9. September 1948

Ihr Völker der Welt, ihr Völker in Amerika, in England, in Frankreich, schaut auf diese Stadt! Und erkennt, dass ihr diese Stadt und dieses Volk nicht preisgeben dürft, nicht preisgeben könnt, denn wer dieses Volk von Berlin preisgeben würde, der würde eine Welt preisgeben, noch mehr, er würde sich selber preisgeben.

Hg.: Senatskanzlei Berlin, https://www.berlin.de/berlin-im-ueberblick/geschichte/artikel.453082.php [19.04.2021]

Der amerikanische Militärgouverneur General Clay

Die Blockade Berlins ist einer der brutalsten Versuche der neueren Geschichte, eine Massenhungersnot als politisches Druckmittel zu benutzen.

Auf alle Postsendungen muss eine Zusatzmarke in Höhe von 2 Pfennig geklebt werden. Diese Regelung gilt bis 1956.

Der Kalte Krieg

zwischen den Supermächten USA und UdSSR hielt die Welt mehr als 40 Jahre lang, bis zur Auflösung der UdSSR und des Warschauer Paktes, in Atem. Zwar gab es nie eine Kriegserklärung und eine direkte ausgetragene militärische Auseinandersetzung, doch stand die Welt durch den Rüstungswettlauf und während mehrerer Krisen mehrfach gefährlich nah am Abgrund eines Atomkriegs.

1948/1949: Blockade und Luftbrücke

Ernst Reuter während seiner Rede im September 1948

Mit der Verschärfung des **Ost-West-Konflikts** rückt Berlin immer stärker in den Mittelpunkt des öffentlichen Interesses. Wie ganz Deutschland wird auch Berlin als ehemalige Hauptstadt des Deutschen Reiches zwischen den Siegermächten in vier Sektoren aufgeteilt. Die Entwicklung in den drei Westsektoren orientiert sich an der Entwicklung in den drei Westzonen. Der sowjetische Sektor Berlins wird zur Hauptstadt der DDR erklärt, was der Absprache der vier Siegermächte eindeutig widerspricht.

Sowjetunion und DDR-Führung versuchen in den folgenden Jahren immer wieder, die „Insel" Berlin (West) politisch, wirtschaftlich und militärisch unter Druck zu setzen und aus dem westlichen Einfluss zu lösen, was aber nicht gelingt. Eher das Gegenteil ist der Fall. Berlin (West) entwickelt sich immer mehr zu einem Symbol der Freiheit gegen die Versuche der Sowjetunion, den Einfluss des Kommunismus nach Westen auszudehnen.

Trotz aller Anbindung an den Westen bleibt die Situation und Zukunft von Berlin (West) sehr unsicher. Ohne finanzielle Unterstützung durch die Bundesrepublik ist es auch in den folgenden Jahrzehnten nicht überlebensfähig.

Berlin-Blockade und Luftbrücke

Ein amerikanischer Pilot erinnert sich

1

Am späten Nachmittag des 23. Juni 1948 arbeitete ich in meinem Büro auf dem Flughafen Frankfurt. Da klingelte das Telefon. Die US Air Force war am Apparat.
„Captain, haben Sie eine DC 4, mit der Sie heute Abend Kohlen nach Berlin fliegen können?" „Mann, Sie machen Scherze! Der Kohlenstaub würde unsere Kabinen ruinieren. Wir befördern Passagiere." Es wurde dann tatsächlich der erste Flug der Luftbrücke. Die Piloten waren häufig genug am Rande totaler Erschöpfung. Wenn ich in Berlin ankam, machte ich es mir zur Gewohnheit, während meine Maschine entladen wurde, das Flugbüro aufzusuchen. Dort rollte ich mich unter einem freien Schreibtisch zusammen, um wenigstens eine Mütze Schlaf zu bekommen. [...] Auch während der Flüge wurde geschlafen. Es gab keine andere Möglichkeit, sich auszuruhen. Nach dem Start wechselten sich Pilot und Copilot mit kleinen Schlummerpausen ab.

Arbeitsgemeinschaft Jugend und Bildung e. V. (Hrsg.): Als aus Siegern Freunde wurden. 40 Jahre Berliner Luftbrücke, übers. von Karl-Heinz Kirchner, Thomas Volker, Wiesbaden: Universum Verlag, 1988, S. 34.

Die Entwicklung nach dem Zweiten Weltkrieg bis Ende der 1950er-Jahre ist durch drei große Krisen geprägt:

1. Als Reaktion auf die Einführung der D-Mark in den drei Westzonen und in Berlin (West) blockieren Sowjetunion und DDR die Zufahrtswege zu Land und zu Wasser nach Berlin (West). Fast elf Monate lang wird Berlin aus der Luft versorgt. **Blockade** und **Luftbrücke** stärken den Freiheitswillen der Berliner Bevölkerung.
2. Der Aufbau des Sozialismus führt in der DDR zu einer schweren Ernährungskrise und einem Rückgang der industriellen Produktion. Viele Bürgerinnen und Bürger verlassen das Land. Im Mai 1953 beschließt die SED-Führung ein Gesetz zur Erhöhung der Arbeitsnormen um 10,3 %, was die Stimmung weiter verschlechtert. Auf Druck aus Moskau verspricht das Politbüro zwar einen „neuen Kurs“ mit Preissenkungen und einer verbesserten Versorgungslage, die Erhöhung der Arbeitsnormen hingegen bleibt unangetastet.
   In über 400 Orten und etwa 600 Betrieben überall in der DDR beteiligen sich deshalb am 17. Juni 1953 über 500 000 Menschen an Demonstrationen, die sich zu einem **Aufstand** ausweiten. Schließlich schlagen das sowjetische Militär – teilweise mit Panzern – und die Volkspolizei der DDR den Aufstand blutig nieder. Die genaue Zahl der Opfer bleibt unbekannt, es gibt jedoch nicht nur Tausende Verhaftungen, sondern definitiv auch Tote. In der Bundesrepublik Deutschland wird der 17. Juni zum Nationalfeiertag erklärt.

2

Der 17. Juni 1953 – Volksaufstand in der DDR

3. Ende November 1958 teilt die Sowjetunion den westlichen Alliierten sowie der Bundesrepublik in recht scharfem Ton schriftlich mit, dass sie alle Abkommen bezüglich der Besatzungszonen Deutschlands und den Sonderstatus von Berlin binnen eines halben Jahres kündigen will. Zwar lädt die UdSSR zu Verhandlungen ein, de facto stellen ihre Forderungen jedoch ein **Ultimatum** dar: Alle militärischen Kräfte müssten abziehen, Berlin würde zu einer „freien Stadt“ erklärt und wäre somit auf sich allein gestellt.
   Die Westmächte lassen sich jedoch nicht erpressen, sodass die Sowjets ihre Absichten schließlich fallen lassen. Das Verhältnis zwischen Ost und West wird dadurch allerdings noch schlechter.

ARBEITSVORSCHLÄGE

1

Die Westmächte reagieren auf die Blockade Berlins mit der Luftbrücke.

Erarbeiten Sie, wie diese vonstatten ging und wie sie begründet wurde.

2

Der Volksaufstand der DDR-Bevölkerung am 17. Juni 1953 war Anlass für die Einführung des „Tags der deutschen Einheit“ als nationaler Feiertag in der Bundesrepublik. 1990 wurde der Feiertag wieder abgeschafft. Erklären Sie, warum, und diskutieren Sie, ob diese Entscheidung richtig gewesen ist.

WEITERFÜHRENDE HINWEISE

Recherchieren Sie, welche Auswirkungen die Berlin-Krisen auf die Situation in der Stadt gehabt haben in Bezug auf
- die Lebenssituation der Menschen,
- die Arbeitsplätze,
- die Unternehmen,
- die Sicherheit der Stadt.

„Der Marktplatz“

Die Idee beim „Marktplatz“ lautet: Schülerinnen und Schüler eignen sich Wissen an und werden zu Experten; sie erklären sich gegenseitig Inhalte und Zusammenhänge und erweitern somit ihr Wissen (Schüler unterrichten Schüler).

Thema: **Die deutsch-deutschen Beziehungen im Wandel der Zeit**

1. Vorbereitung

1. Schaffen Sie zunächst einmal einen großen freien Raum im Zentrum des Klassenzimmers (das ist Ihr „Marktplatz“).
2. Alle erhalten eine Karte mit einem Text zu einem Teilgebiet eines übergeordneten Themas. Diesen Text lesen alle aufmerksam für sich durch und bemühen sich darum, möglichst viel von ihrem Text zu behalten. Anschließend werden die Texte wieder eingesammelt. Zeit vorgabe: 3–4 Minuten.

2. Durchführung

Runde 1:

a) Zwei Schülerinnen und Schüler mit unterschiedlichen Themengebieten finden sich zusammen. Partner A informiert Partner B über den Inhalt seiner Karte (90–120 Sekunden).
b) Partner B versucht, das neu Gelernte wiederzugeben; Partner A korrigiert und ergänzt (ca. 90 Sekunden).
c) Aufgabenwechsel: Partner B berichtet nun über den Inhalt seiner Karte (90–120 Sekunden).
d) Partner A gibt nun das gerade Gehörte wieder und wird dabei von Partner B berichtigt und unterstützt (ca. 90 Sekunden).

Runden 2–4 nach gleichem Muster mit wiederum neuen Partnern.

3. Auswertung

Eine Ergebnissicherung kann beispielsweise durch einen kleinen Test am Ende durchgeführt werden. Die Marktplatzmethode eignet sich besonders gut zum Einstieg in ein Thema oder zur sichernden Wiederholung am Ende einer Unterrichtseinheit.

So geht´s

Karte 1: Die Hallstein-Doktrin (1949–1963)

Doktrin = Lehre; Walter Hallstein: Staatssekretär im Auswärtigen Amt
Bedeutung: Außenpolitische Leitlinie der BRD unter Kanzler Adenauer
Kernaussage: Die Bundesrepublik muss für alle Deutschen sprechen („Alleinvertretungsanspruch").
Begründung: Die DDR ist kein rechtmäßig entstandener Staat; die Bürgerinnen und Bürger der DDR dürfen nicht frei wählen und ihren Willen zum Ausdruck bringen.
Umsetzung: Die völkerrechtliche Anerkennung der DDR als Staat ist ein „unfreundlicher Akt"; die BRD wird zu Staaten, die dies tun, keinerlei diplomatische Beziehungen unterhalten.
Ergebnis: Tatsächlicher Abbruch der diplomatischen Beziehungen z. B. zu Jugoslawien und Kuba; die Teilung Deutschlands wird zementiert.

Karte 2: Die Stalin-Note (10. März 1952)

Bedeutung: Vorschläge des sowjetischen Führers Josef Stalin zur Neuregelung der Zukunft Deutschlands
Inhalt:

- Es soll einen freien, einheitlichen deutschen Staat geben.
- Dieser darf zwar eine eigene Armee haben, muss sich aber zur Neutralität verpflichten.
- Die in der Potsdamer Konferenz festgelegten Grenzen müssen anerkannt werden.
- Alle Besatzungstruppen ziehen ab.

Ergebnis: Die Westalliierten und die Bundesrepublik lehnen ab; es handle sich nur um ein „Täuschungsmanöver". In Wirklichkeit wolle die UdSSR den europäischen Einigungsprozess aufhalten und ihren Machtbereich weiter ausbauen.

Karte 3: Friedliche Koexistenz (1963–1969)

Bedeutung: Versuch der beiden deutschen Staaten, trotz völlig unterschiedlicher Gesellschafts- und Wirtschaftsordnungen friedlich zusammenzuleben
Umsetzung:

- Passierscheinabkommen: Westberlinerinnen und -berliner dürfen ihre Verwandten im Osten besuchen.
- Rentnerinnen und Rentner aus der DDR dürfen in die Bundesrepublik einreisen.
- Wirtschaftsabkommen der Bundesrepublik mit osteuropäischen Staaten

Bewertung: Abkehr von der Hallstein-Doktrin; leichte Entspannung nach dem Mauerbau 1961 und dem drohenden Krieg in der Kuba-Krise 1962

Karte 4: Entspannungspolitik („Wandel durch Annäherung", ab 1969)

Bedeutung: Richtungswechsel unter dem neu gewählten Bundeskanzler Willy Brandt
Ziel: Normalisierung der Beziehungen zwischen der Bundesrepublik und der DDR
Umsetzung:

- Grundlagenvertrag 1972 (und weitere Abkommen)
- Erleichterungen für die Bürgerinnen und Bürger beim Reisen, Telefonieren, Besuchen; Kultur- und Sportaustauschprogramme, Städtepartnerschaften
- Ostverträge der Bundesrepublik mit osteuropäischen Staaten; Anerkennung der Grenzen
- Berlin-Abkommen 1972: West-Berlin wird durch die Bundesrepublik vertreten.

Bewertung: Damals von vielen heftig als „Aufgabe" der DDR und damit der deutschen Einheit kritisiert; tatsächlich aber gut für die Bürgerinnen und Bürger und erfolgreicher Entwicklungsschritt
Folge: Aufnahme von Bundesrepublik und DDR in die UNO 1973; gegenseitige Besuche der Regierungschefs der beiden deutschen Staaten

Deutsche Preisunterschiede (1989)

In der DDR teurer als in der Bundesrepublik:

	DDR (Mark)	BRD (DM)
Radiorekorder	1 160,00	194,00
Taschenrechner	123,00	25,00
Bohnenkaffee (1/2 kg)	35,00	8,93
Farbfernseher	4 900,00	1 593,00
Damenstrumpfhose	14,00	5,23
Kühlschrank	1 425,00	559,00
Waschmaschine	2 300,00	981,00

In der DDR billiger als in der Bundesrepublik:

	DDR (Mark)	BRD (DM)
Straßenbahn/Bus	0,20	2,07
Dauerwelle	9,90	62,70
Brot (1 kg)	0,52	3,17
Kartoffeln (5 kg)	0,85	4,94
Strom (75 kW)	7,50	31,60
Miete	75,00	411,00
Rinderbraten (1 kg)	9,80	17,19

Eigene Zusammenstellung

Luxusgüter?

In der DDR beträgt die Wartezeit für ein Auto der Marke Trabant 14 Jahre, für einen Telefonanschluss oft länger als 20 Jahre.

1

Bundesrepublik Deutschland		Deutsche Demokratische Republik
Artikel 20 des Grundgesetzes: (1) Die Bundesrepublik Deutschland ist ein demokratischer und sozialer Bundesstaat. (2) Alle Staatsgewalt geht vom Volke aus. [...]	**Verfassung**	Artikel 1 der DDR-Verfassung: Die Deutsche Demokratische Republik ist ein sozialistischer Staat der Arbeiter und Bauern. Sie ist die politische Organisation der Werktätigen in Stadt und Land unter Führung der Arbeiterklasse und ihrer marxistisch-leninistischen Partei.
Unternehmen befinden sich in Privatbesitz: Einzelunternehmen, Personengesellschaften (KG, OHG), Kapitalgesellschaften (GmbH, AG)	**Eigentum**	Unternehmen sind vergesellschaftet (verstaatlicht): volkseigene Betriebe (VEB), Landwirtschaftliche Produktionsgenossenschaften (LPG).
Unternehmen bestimmen, was produziert wird. Entscheidend ist die Nachfrage. Ziel: Gewinn	**Produktion**	Staat erstellt **Fünfjahresplan**, in dem festgelegt wird, was in welcher Menge produziert wird. Ziel: Planerfüllung
Preise bilden sich auf dem **Markt** entsprechend Angebot und Nachfrage.	**Preise**	Staat setzt Preise fest.
Gewerkschaften und Arbeitgeberverbände schließen Tarifverträge, in denen Mindestlöhne festgelegt sind.	**Löhne**	Löhne und Gehälter werden vom Staat bestimmt.

2

Nach dem Zweiten Weltkrieg erscheint es undenkbar, dass sich das Land in absehbarer Zeit von der gerade erlittenen Katastrophe erholen könnte, erst recht, da es nach den Naziverbrechen fürchten muss, international geächtet zu werden, was sich negativ auf den Handel auswirken würde.

Bundeskanzler Adenauer setzt voll auf die **Westintegration**. In diesem Zusammenhang steht nicht nur die Aufnahme in die NATO 1955, sondern vor allem die Aussöhnung mit Frankreich und der Beginn des europäischen Einigungsprozesses mit dem Ziel einer engen wirtschaftlichen Zusammenarbeit (siehe Kapitel 7). So gelingt der Bundesrepublik, unterstützt vom Westen, ein rascher Wiederaufstieg zur wirtschaftlich stärksten Nation Europas. Maßgebliche Ursache hierfür ist zum einen die **Währungsreform** mit der Einführung der D-Mark als stabiles Zahlungsmittel, zum anderen die Errichtung der **sozialen Marktwirtschaft**, vorangetrieben durch Wirtschaftsminister Ludwig Erhard (1949–1963), die zwar einen starken Einfluss des Staates auf die Wirtschaft ablehnt, zugleich jedoch die Rechte der Arbeitnehmer durch die Mitbestimmung in Betrieben und Gewerkschaften bei der Aushandlung von Tarifverträgen sichert. Zudem unterstützt der Staat seine Bürgerinnen und Bürger durch eine weitreichende Sozialgesetzgebung.

Ein halbes Jahrhundert Wohlstand

3

	1950	1999
Bruttowochenverdienst	36,00 €	563,00 €
Wochenarbeitszeit	49,5 Std.	37,9 Std.
Verbraucherpreise (1950 = 100 %)	100	402

Eigene Zusammenstellung, Verdienstzahl umgerechnet auf heutige Kaufkraft

1947: Lebensmittel-Tagesration

1955: Der millionste Käfer läuft vom Band.

Wirtschaftliche Entwicklung der Bundesrepublik 1950–1960 4

Veränderung gegenüber dem Vorjahr in %	1951	1952	1953	1954	1955	1956	1957	1958	1959	1960
Industrieproduktion	+18	+6	+10	+12	+15	+8	+6	+3	+7	+10
Beschäftigte (Mio.)	14,5	15,0	15,5	16,3	17,1	18,0	18,6	18,8	19,4	19,8
Arbeitslosenquote	9,0	8,4	7,5	7,0	5,1	4,0	3,4	3,5	2,5	1,2
Bruttosozialprodukt	+10,5	+8,3	+7,5	+7,4	+11,5	+6,9	+5,4	+3,3	+6,7	+8,8
Bruttolöhne	+16,3	+7,9	+5,9	+5,2	+7,9	+7,9	+5,0	+6,5	+5,1	+8,9
Preise	+7,8	+2,1	- 1,8	+0,2	+1,6	+2,6	+2,0	+2,2	+1,0	-

Erhard, Ludwig: Deutsche Wirtschaftspolitik. Der Weg der sozialen Marktwirtschaft, Neuauflage. Düsseldorf 1992: Econ Verlag, S. 622 f.

Gründe für das Scheitern der Planwirtschaft in der DDR 5

- schlechte Startbedingungen durch anhaltende Demontagen, keine Finanzhilfe durch den Marshall-Plan
- Nahezu alle Preise sind festgelegt. → Qualität und Nachfrage spielen keine Rolle.
- massive Staatssubventionen → Preisverzerrungen, Verschwendung
- kein Wettbewerb → kein Innovationszwang
- keine Orientierung an den Wünschen der Verbraucherinnen und Verbraucher → Angebot und Nachfrage stimmen nicht überein.
- Produktionsplanung über lange Zeiträume → keine flexible Reaktion auf Veränderungen auf dem Weltmarkt möglich
- Unzufriedenheit weiter Teile der Bevölkerung → Republikflucht vieler Fachkräfte

ARBEITSVORSCHLÄGE

1

Diskutieren Sie in der Klasse die Vorzüge und Nachteile der verschiedenen Wirtschaftsordnungen. Berücksichtigen Sie dabei auch die Zahlenangaben in der Marginalspalte.

2

Erklären Sie die Gründe für das westdeutsche „Wirtschaftswunder“.

3

Vergleichen Sie die wirtschaftliche Entwicklung von 1950 bis 1999 mit den vergangenen beiden Jahrzehnten.

Überlegen Sie, warum sich die Situation verändert hat.

4

Stellen Sie die wirtschaftliche Entwicklung in der Bundesrepublik von 1950 bis 1960 grafisch dar, z. B. in einem Kurvendiagramm.

5

Erstellen Sie eine Mindmap zu den in Textform genannten Gründen für das Scheitern der Planwirtschaft in der DDR.

Willy Brandt (SPD), 1913–1992

1933	Emigration
1945	Rückkehr nach Deutschland
1957–66	Regierender Bürgermeister von Berlin (West)
1966	Außenminister der Großen Koalition
1969–74	Bundeskanzler

Für seine Versöhnungspolitik mit osteuropäischen Staaten erhält Brandt 1971 den Friedensnobelpreis.

Bundeskanzler Brandt bei seinem Regierungsantritt 1969

20 Jahre nach Gründung der Bundesrepublik Deutschland und der DDR müssen wir ein weiteres Auseinanderleben der deutschen Nation verhindern. [...] Eine völkerrechtliche Anerkennung der DDR kann nicht in Betracht kommen. Auch wenn zwei Staaten in Deutschland existieren, sind sie doch füreinander nicht Ausland.

„Mehr Demokratie wagen"

Formell ist die Bundesrepublik Deutschland mit ihrer Gründung 1949 ein demokratischer Staat, seit 1952 noch dazu vollständig souverän.

Das heißt aber noch lange nicht, dass die Deutschen allesamt von einem Moment auf den anderen zu überzeugten Demokraten geworden sind. Noch zwei Jahrzehnte nach dem Ende des Krieges befinden sich in öffentlichen Ämtern, im Schulwesen und im Rechtswesen ehemalige Mitglieder der NSDAP, viele Erziehungsmethoden und -ziele haben sich keineswegs geändert. Dies findet Niederschlag in den Moralvorstellungen weiter Teile der Gesellschaft, aber auch in der Gesetzgebung.

Das ändert sich schlagartig, als 1969 eine **sozialliberale Koalition** aus SPD und FDP die Regierung übernimmt. Bundeskanzler **Willy Brandt** hat Großes vor: Er will eine breit angelegte Reformpolitik betreiben, die keinen Bereich des öffentlichen Lebens unberührt lassen soll. Statt wie früher folgsame Untertanen zu sein, sollen die Deutschen zu „mündigen" Bürgerinnen und Bürgern werden, die selbst für sich Verantwortung übernehmen können und wollen.

Auszüge aus der Regierungserklärung von Willy Brandt vom 28.10.1969

1

Unser Respekt gebührt dem, was in den vergangenen Jahren geleistet worden ist [...]. Ich nenne die Namen Konrad Adenauer, Theodor Heuss und Kurt Schumacher stellvertretend für viele andere, mit denen die Bundesrepublik Deutschland einen Weg zurückgelegt hat, auf den sie stolz sein kann. Niemand wird die Leistungen der letzten zwei Jahrzehnte leugnen, bezweifeln oder geringschätzen. [...]
Unser Volk braucht wie jedes andere seine innere Ordnung. In den 70er-Jahren werden wir aber in diesem Lande nur so viel Ordnung haben, wie wir an Mitverantwortung ermutigen. [...]
Wir wollen mehr Demokratie wagen. Wir werden unsere Arbeitsweise öffnen und darauf hinwirken, dass [...] jeder Bürger die Möglichkeit erhält, an der Reform von Staat und Gesellschaft mitzuwirken. [...]
Wir wenden uns an die im Frieden nachgewachsenen Generationen, die nicht mit den Hypotheken der Älteren belastet sind und belastet werden dürfen; jene jungen Menschen, die uns beim Wort nehmen wollen – und sollen. Diese jungen Menschen müssen aber verstehen, dass auch sie gegenüber Staat und Gesellschaft Verpflichtungen haben. [...]
Wir können nicht die perfekte Demokratie schaffen. Wir wollen eine Gesellschaft, die mehr Freiheit bietet und mehr Mitverantwortung fordert. [...]
Wenn wir leisten wollen, was geleistet werden muss, brauchen wir alle aktiven Kräfte unserer Gesellschaft. [...] Wir werden uns ständig darum bemühen, dass sich die begründeten Wünsche der gesellschaftlichen Kräfte und der politische Wille der Regierung vereinen lassen. [...] Wir dürfen keine Gesellschaft der verkümmerten Talente werden. Jeder muss seine Fähigkeiten entwickeln können. [...] Im Bewusstsein der Verantwortung für die wirtschaftliche Zukunft unseres Landes in den 70er-Jahren werden wir uns besonders intensiv der Ausbildung und Fortbildung sowie der Forschung und der Innovation annehmen. [...]
Wir stehen nicht am Ende unserer Demokratie, wir fangen erst richtig an. Wir wollen ein Volk der guten Nachbarn sein [...,] im Inneren und nach außen.

Bundeskanzler-Willy-Brandt-Stiftung d. ö. R. (Hrsg.): Regierungserklärung von Bundeskanzler Willy Brandt vor dem Deutschen Bundestag in Bonn am 28. Oktober 1969, Berlin, 22.05.2018, abgerufen unter: www.willy-brandt-biografie.de/wp-content/uploads/2017/08/Regierungserklaerung_Willy_Brandt_1969.pdf [30.10.2020].

Überblick über wichtige Veränderungen in den 1970er-Jahren:

2

- Das aktive Wahlalter wird von 21 auf 18 Jahre gesenkt, das passive Wahlalter von 25 auf 21 Jahre.
- Statt mit 21 wird man nun schon mit 18 Jahren volljährig.
- Einführung des Bundesausbildungsförderungsgesetzes (BAFÖG)
- Einführung des Kindergelds schon ab dem ersten Kind
- Gleichberechtigung in der Ehe: Frauen dürfen auch ohne die Zustimmung des Ehegatten arbeiten gehen; der Mann und die Kinder dürfen auch den Nachnamen der Frau annehmen und tragen.
- Im Falle einer Scheidung gilt nicht mehr das Schuldprinzip, sondern die „Zerrüttung" der Ehe.
- Erweiterung der Mitbestimmung von Arbeitern und Angestellten in Unternehmen
- Mehr Befugnisse für Betriebsräte
- Einführung des Jugendarbeitsschutzgesetzes

3

Nicht alle Pläne lassen sich umsetzen. Zum einen reicht das Geld nicht aus, zum anderen verhindert z. B. das Bundesverfassungsgericht eine Reform des § 218 (Schwangerschaftsabbruch). Die Einführung von Gesamtschulen ist stark umstritten und die Überprüfung zahlreicher Bewerber für Stellen im öffentlichen Dienst im Rahmen des „**Radikalenerlasses**" vom 28.01.1972 sorgt auch im linken Lager für Missstimmung.

Die Opposition bekämpft Brandt ohnehin heftig, vor allem wegen seiner Entspannungspolitik gegenüber der DDR. Als wichtige außenpolitische Verträge mit Polen und der UdSSR unterzeichnet werden sollen, nutzt der Vorsitzende der CDU/CSU-Fraktion, Rainer Barzel, am 27.04.1972 die Gelegenheit zu einem **konstruktiven Misstrauensvotum** im Bundestag. Obwohl die Regierungskoalition seit der Wahl vier Abgeordnete durch Wechsel an die Opposition verloren hat, scheitert dieses Ansinnen aber überraschend. Brandt sieht sich gestärkt und kann bei der nächsten Bundestagswahl im November 1972 tatsächlich ein Rekordergebnis erzielen.

Der Unterlegene Rainer Barzel (CDU) gratuliert Bundeskanzler Willy Brandt (SPD), nachdem das von der Opposition angestrengte konstruktive Misstrauensvotum gegen Brandt im Bundestag gescheitert ist.

Doch schon bald darauf verschlechtern sich nicht nur die Wirtschaftsdaten, sondern auch die politische Stimmung insgesamt, die Sympathiewerte Brandts sinken. Als herauskommt, dass ein enger Vertrauter, Günter Guillaume, ein langjähriger Spion der DDR war, reicht der angeschlagene Kanzler am 6. Mai 1974 seinen Rücktritt ein. Sein Nachfolger wird Helmut Schmidt.

ARBEITSVORSCHLÄGE

1, 2

Beschreiben Sie, welche Pläne die sozialliberale Koalition in Angriff nehmen wollte und weshalb sie dies für nötig erachtete.

2, 3

Beurteilen Sie, ob und in welchem Maße die Regierung unter Bundeskanzler Willy Brandt Erfolg bei der Umsetzung ihrer Reformen hatte. Begründen Sie Ihre Meinung.

Diskutieren Sie in der Gruppe, ob Sie sich in der heutigen Politiklandschaft mehr Politikerinnen und Politiker wünschen würden, die Visionen haben und echte Veränderungen wollen.

Erstellen Sie in kleinen Gruppen ein Profil Ihrer Wunschpolitikerinnen und -politiker; listen Sie Eigenschaften auf, die Sie für besonders vorteilhaft und wünschenswert halten.

Auswahlliste der RAF-Anschläge 1

2. April 1968
Brandanschläge auf zwei Frankfurter Kaufhäuser

Ab 1970
Diverse Banküberfälle und Einbrüche in Rathäuser (für falsche Pässe)

24. Mai 1972
Anschlag auf das Europa-Hauptquartier der US-Armee in Heidelberg

10. November 1974
Erschießung des Berliner Richters Günter von Drenkmann

25. Februar 1975
Entführung des Berliner CDU-Politikers Peter Lorenz

25. April 1975
Besetzung der deutschen Botschaft in Stockholm

7. April 1977
Ermordung des Generalbundesanwalts Siegfried Buback

30. Juli 1977
Ermordung des Bankiers Jürgen Ponto

5. September 1977
Entführung des Arbeitgeberpräsidenten Hanns-Martin Schleyer (später ermordet)

13. Oktober 1977
Entführung der Lufthansa-Maschine „Landshut"

25. Mai 1979
Anschlag auf den NATO-Oberbefehlshaber Alexander Haig

1. Februar 1985
Erschießung des MTU-Rüstungskonzernchefs Dr. Ernst Zimmermann

30. November 1989
Ermordung des Vorstandssprechers der Deutschen Bank Alfred Herrhausen

20. April 1998
Die RAF gibt ihre Selbstauflösung bekannt.

In den späten 1960er-Jahren wächst die Unzufriedenheit vieler Menschen in der BRD, vor allem die der jungen Leute. Sie sind enttäuscht von mangelnden Mitbestimmungsmöglichkeiten, noch mehr aber von der unzureichenden Aufarbeitung der NS-Vergangenheit der älteren Generation. Den Militäreinsatz der USA in Vietnam lehnen sie vehement ab und werfen der Bundesrepublik vor, die Amerikaner dabei zu unterstützen.

Beim Besuch des persischen Schahs kommt es 1967 in Berlin zu Demonstrationen, die persische Sicherheitsleute mit Knüppeln niederschlagen, wobei sie durch die deutsche Polizei unterstützt werden. Die Proteste weiten sich aus. Am Ende gibt es einen ersten Toten: Benno Ohnesorg (siehe Foto). Er wird, ebenso wie der 1968 angeschossene Studentenführer Rudi Dutschke, zum Symbol des Widerstands: Mit der **„Bewegung 2. Juni"** gründet sich die erste bewaffnete Untergrundgruppe.

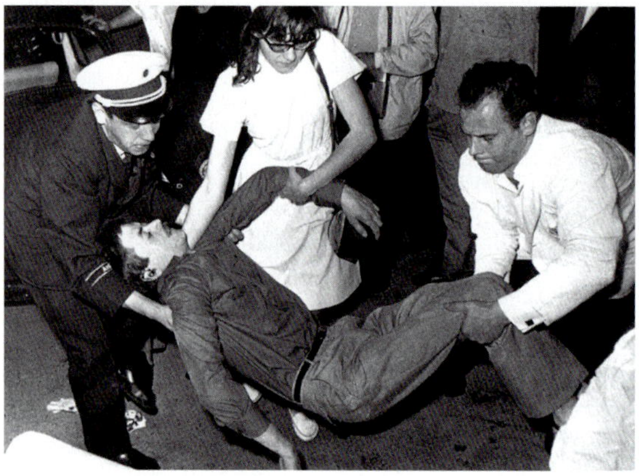

Wenig später folgt die noch radikalere **„RAF"** (Rote-Armee-Fraktion") um Andreas Baader, Gudrun Ensslin und Ulrike Meinhof. Die Gruppe sieht sich als Teil eines weltweiten Kampfes für die Armen und Unterdrückten, lässt sich in Jordanien militärisch ausbilden und trägt die Gewalt nach Deutschland.

Anfangs erfährt die Gruppe durchaus gewisse Sympathien in der Bevölkerung. Dies ändert sich jedoch rasch, als es Tote gibt, erst recht, als es sich dabei nicht mehr ausschließlich um „Repräsentanten des Systems", sondern um Zivilistinnen und Zivilisten handelt.

Der Staat reagiert drastisch: Das Bundeskriminalamt wird massiv ausgebaut und modernisiert, der „Radikalenerlass" wird eingeführt und zahlreiche Gesetzesverschärfungen schränken die Rechte der Menschen erheblich ein.

Dies richtet sich nicht nur gegen die Gefassten aus der Terrorgruppe, die teilweise in Isolationshaft genommen werden und die mit Hungerstreiks antworten, sondern auch gegen deren Anwälte. Doch auch „Normalbürgerinnen und -bürger" sind betroffen, z. B. durch massive Polizeikontrollen.

Von Anfang an steht fest: Der Staat will sich unter keinen Umständen erpressen lassen. Etliches von dem, was die Täter von Beginn am deutschen Staat kritisiert haben, wird erst durch sie selbst Wirklichkeit. 34 Menschen fallen den Anschlägen der RAF zum Opfer.

Aus dem Bekennerschreiben des „Kommando Petra Schelm" 2

„Für die Ausrottungsstrategen von Vietnam sollen Westdeutschland und West-Berlin kein sicheres Hinterland mehr sein. Sie müssen wissen, dass ihre Verbrechen am vietnamesischen Volk ihnen neue, erbitterte Feinde geschaffen haben, dass es für sie keinen Platz mehr geben wird in der Welt, an der sie vor den Angriffen revolutionärer Guerilla-Einheiten sicher sein können."

Bekennerbrief der RAF vom 14.5.1972, zitiert nach Gohr, Andreas: Bombenanschläge – Blutiger Mai '72, Oktober 2009, abgerufen unter: www.rafinfo.de/hist/kap06.php [30.10.2020].

Generalbundesanwalt Buback, sein Fahrer und ein Sicherheitsbeamter werden am 07.04.1977 in Karlsruhe erschossen.

1972 veröffentlicht der „Club of Rome" seinen Bericht „Die Grenzen des Wachstums". Zum ersten Mal wird einer breiten Öffentlichkeit vor Augen geführt, dass unsere Ressourcen endlich sind und dass wirtschaftliches Wachstum nicht selbstverständlich ist. Als die arabischen Staaten aus politischen Gründen im Oktober 1973 ihre Ölförderung drastisch reduzieren, wird dies unmittelbar für jeden spürbar. Der Ölpreis vervierfacht sich, es kommt zu „Hamsterkäufen" an Tankstellen, die plötzlich gar keinen Sprit mehr verkaufen können.

Am 25.11.1973 kommt es erstmals in der Bundesrepublik zu einem allgemeinen Fahrverbot, das auch an den Sonntagen im Dezember gelten soll. Dieser **Ölpreisschock** macht den Deutschen nicht nur Angst – auch für die Wirtschaft gibt es erschreckende Konsequenzen. Die Automobilindustrie muss Einbußen von fast 20 % hinnehmen, binnen zwei Jahren steigt die Zahl der Arbeitslosen von unter 300 000 auf über eine Million an.

Die Energiepolitik ist aber nur ein Thema, bei dem sich immer mehr Menschen nicht mehr von den etablierten Parteien vertreten fühlen. Auch in den Bereichen Gleichberechtigung und vor allem aus der Friedensbewegung heraus entsteht 1979 eine neue Partei: „Die Grünen". Erst 1980 gegründet, schaffen sie schon bei der Bundestagswahl 1983 mit 5,6 % der Stimmen den Einzug in den Deutschen Bundestag.

3

Ansturm auf Benzin während der Ölkrise 1973

ARBEITSVORSCHLÄGE

1

Die RAF nahm für sich in Anspruch, für das Volk zu kämpfen.
Erklären Sie, wie es dazu kam, dass die Gruppe nach und nach fast jeglichen Rückhalt in der Bevölkerung verlor.

2

Bewerten Sie die Argumentation, mit der die Attentäter ihre Taten rechtfertigen.

3

Benzinrationierung, Fahrverbote: Diskutieren Sie, ob Sie diese staatlichen Aktionen für sinnvoll halten.
Wie würden Sie darauf reagieren, wenn es in Zukunft häufiger zu solchen Maßnahmen käme?

Michail Gorbatschow

geb. 1931
1985 Generalsekretär der KPdSU
1988 Staatspräsident der Sowjetunion
Gorbatschow leitet in der Sowjetunion eine weitreichende Reformpolitik ein, steht jedoch wegen Wirtschafts- und Nationalitätenproblemen im eigenen Land unter zunehmendem Druck.
Gorbatschow prägt den Begriff vom „europäischen Haus“, in dem jedes Land seinen eigenen Platz selbst bestimmen kann.
1990 erhält er für seine Friedens- und Abrüstungspolitik den Friedensnobelpreis.
Als sich die UdSSR 1991 auflöst, tritt Gorbatschow zurück.

Erich Honecker (1912–1994)

1976–1989 Generalsekretär der SED und Staatsratsvorsitzender der DDR

Glasnost und Perestroika in der Sowjetunion 1

Als Michail Gorbatschow Mitte der 1980er-Jahre die Regierungsgeschäfte in der Sowjetunion übernimmt, kündigt er große Veränderungen an. Auch wer kein Russisch spricht, kennt bald die beiden Schlagworte **Perestroika** (Umbau) und **Glasnost** (Transparenz, Offenheit), die als Symbol für seine Reformpolitik berühmt werden.

Eine umfassende Demokratisierung, verbunden mit offenen Diskussionen und Meinungsvielfalt, erscheint dem Generalsekretär unerlässlich, um den Sozialismus in der UdSSR überhaupt aufrechterhalten zu können. Auch in den Außenbeziehungen sollen Dialogbereitschaft und Kooperation die jahrzehntelangen Konfrontationen und Drohungen ersetzen.

Die Politik Gorbatschows verändert die Situation in Europa grundlegend. Er setzt sich für Abrüstung und europäische Zusammenarbeit ein. 1987 schließen die USA und die Sowjetunion einen Abrüstungsvertrag, der den Abbau aller atomaren Mittelstreckenraketen in Mitteleuropa vorsieht. In fast allen Staaten Mittel- und Osteuropas entwickelt sich ein Demokratisierungsprozess. Oppositionsgruppen und Bürgerrechtsbewegungen gewinnen an Bedeutung; die kommunistischen Parteien verlieren ihre beherrschende Stellung in Staat und Gesellschaft.

Eine wichtige Antriebskraft für die Demokratisierung ist die wirtschaftliche Situation. In einigen Ländern verschlechtert sich die Versorgungslage erheblich. Das System der zentralen Planwirtschaft scheint vor dem Zusammenbruch zu stehen. Die Führung der DDR aber ignoriert diese Entwicklung.

Die Oppositionsbewegung in der DDR 2

Widerstand gibt es im „Arbeiter- und Bauernstaat“ nicht erst seit dem Politikwechsel in Moskau. Als 1978 „Wehrkundeunterricht“ in den Schulen eingeführt wird, entwickelt sich unter dem Motto „Schwerter zu Pflugscharen“ eine Friedensbewegung, die massiv von den Kirchen unterstützt wird und dort ein Zuhause findet. Dies ist die Keimzelle der späteren **Montagsdemonstrationen**.

Auch noch nach dem Mauerbau 1961 haben mehr als eine halbe Million Bürgerinnen und Bürger als Flüchtlinge oder von der Bundesrepublik freigekaufte Häftlinge die DDR gen Westen verlassen. Doch viele wollen ihrer Heimat nicht einfach den Rücken kehren, sondern den Staat umgestalten, ehe eine weitere Auswanderungswelle über die nun quasi offenen Grenzen der anderen Ostblockstaaten endgültig zu einem Verlust des größten Teils der jungen produktiven Bevölkerung führen würde. Die Zeit zum Handeln scheint nun reif.

„Warum bin ich selbst gegangen?“ 3

Die DDR-Schriftstellerin Monika Maron über den Exodus ihrer Landsleute

Sie haben mehr zu essen als die Polen, mehr Geld als die Ungarn, sie leben unvergleichlich besser als die Russen, Ukrainer, Usbeken. [...]
Warum gehen sie? Warum bin ich selbst gegangen? [...]
Ein junger Mann, auf der Busfahrt nach Wien befragt, wie er sich nun, nach seiner Flucht fühle, sagte, er sei stolz. Er hat etwas gewagt. [...] Vielleicht war das die erste wirkliche Entscheidung, die er in seinem Leben fällen konnte. Eine Lehrstelle wurde ihm zugeteilt, eine Wohnung wurde ihm zugeteilt oder auch nicht. Wenn er wählen ging, gab es nichts zu wählen, sein Lebensplan unterlag seit jeher staatlicher Verfügungsmacht, der er sich durch das Weggehen ein für alle Mal entzogen hat. Das Gehen selbst wird, als demonstrativer Akt der Selbstbestimmung, zur lohnenden Tat.

Maron, Monika: „Warum bin ich selbst gegangen?, in: Der Spiegel 33, 14.08.1989, S. 22 f.

4

Am 7. Oktober 1989 begeht die DDR-Führung feierlich den **40. Jahrestag der Staatsgründung**. Obwohl Zehntausende seit Wochen immer wieder demonstrieren und weitreichende Reformen fordern, feiern sich die Oberen der SED selbst. Auch führende Ostblockpolitiker sind zu Gast, darunter Michail Gorbatschow.

Nach den Feiern gerät die DDR-Führung immer mehr unter Druck. An den **Montagsdemonstrationen** nehmen in allen größeren Städten der DDR immer mehr Menschen teil. SED-Generalsekretär **Erich Honecker** tritt zurück; sein Nachfolger wird **Egon Krenz**. Die Bevölkerung lässt sich aber durch das Auswechseln der Führungspersonen nicht ruhigstellen. Der Ruf nach dem Rücktritt der gesamten DDR-Führung wird lauter. Hinzu kommt, dass viele Bürger/-innen versuchen, das Land zu verlassen.

Doch Staatschef Erich Honecker preist die Erfolge des SED-Regimes und lässt keinen Zweifel daran aufkommen, dass die Regierung nicht bereit ist, abzutreten oder gar die Staatsform zu ändern. Gorbatschow ist erschrocken über die Sturheit und den Machterhaltungswillen Honeckers; er spürt, dass ein Zusammenbruch des Regimes bevorsteht.

5

Bärbel Bohley, Mitbegründerin des „Neuen Forums" zum 40-jährigen Bestehen der DDR

Vierzig Jahre sind eine lange Zeit. Für einen Menschen sind sie das halbe Leben und für viele schon das ganze. Vor vierzig Jahren ist dieser Staat gegründet worden – kein besonderer Grund zum Feiern, denn diese Staatsgründung ist ein Ergebnis des vorausgegangenen entsetzlichen Krieges. In den Geschichtsbüchern späterer Generationen wird der 40. Jahrestag der DDR kein besonderes Datum sein. Aber was bedeutet er für uns heute? Haben wir Grund zum Feiern? Welche Gedanken und Gefühle haben die Menschen, die in diesem Land leben? Sind ihre Erwartungen, ihre Hoffnungen erfüllt worden? Seit der Staatsgründung hat die Regierung mit der Bevölkerung noch immer keinen wirklichen Frieden geschlossen, denn seitdem haben etwa 4 Millionen Menschen das Land verlassen. [...]

Es wird deutlich, wie sehr die Menschen resigniert haben. Alle Hoffnungen wurden zerschlagen, es ging immer nur „bergab", ein ständiger politischer und wirtschaftlicher Niedergang. Gerade die Generation der Vierzigjährigen verzweifelt, wenn sie sich vorstellt, dass es noch einmal 20 Jahre so weitergehen sollte. Dann ist auch ihr Leben vorbei, einer Fiktion geopfert. Denn der Sozialismus ist tot. [...]

Bohley, Bärbel, in: 40 Jahre DDR ... und die Bürger melden sich zu Wort, Berlin: Hanser, 1989, S. 5 ff.

ARBEITSVORSCHLÄGE

1

Erklären Sie, was Michail Gorbatschow unter „Glasnost" und „Perestroika" versteht.

Welche Auswirkungen hat seine Politik auf die Staaten Osteuropas?

2, 3, 5

Beschreiben Sie die Ursachen der Protestbewegung in der DDR.
Beziehen Sie die Aussagen von Bärbel Bohley mit ein.

Erarbeiten Sie die wichtigsten Gründe, warum Menschen die DDR verlassen haben oder dies zumindest vorhatten.

4

Am 07.10.1989 feiert die DDR ihr 40-jähriges Bestehen.

Beurteilen Sie das Verhalten der DDR-Führung rund um diesen Tag.

Die Ereignisse im Überblick

2. Mai 1989
Ungarn öffnet die Grenzen nach Österreich.

August–Oktober 1989
Zehntausende DDR-Bürgerinnen und -Bürger flüchten über Ungarn oder die deutschen Botschaften in Prag und Warschau. 1989 verlassen über 320 000 Übersiedler die DDR.

18. September 1989
In Leipzig findet nach dem Friedensgebet in der Nikolaikirche die erste Montagsdemonstration statt.

7. Oktober 1989
Feiern zum 40. Jahrestag der DDR-Gründung. Michail Gorbatschow mahnt Reformen an: „Wer zu spät kommt, den bestraft das Leben.“

9. Oktober 1989
Erste Massendemonstration in Leipzig

18. Oktober 1989
Erich Honecker tritt aus „gesundheitlichen Gründen“ zurück. Sein Nachfolger wird Egon Krenz.

4. November 1989
1 Million Menschen demonstrieren in Ostberlin für den Rücktritt der Regierung.

7./8. November 1989
DDR-Regierung und SED-Politbüro treten geschlossen zurück. Hans Modrow wird neuer Ministerpräsident.

9. November 1989
SED-Sprecher Günter Schabowski verkündet bei einer Pressekonferenz: „Mir ist soeben mitgeteilt worden – der Ministerrat der DDR hat beschlossen: Privatreisen nach dem Ausland können ohne Vorliegen von Voraussetzungen beantragt werden. Die Genehmigungen werden kurzfristig erteilt. […]“

Montagsdemonstrationen in Leipzig 1989

Wir sind das Volk

1

Eine seltsame Spannung liegt an diesem nach welkem Laub und Braunkohle riechenden 9. Oktober über der Stadt. Gerüchte schwirren: Die Betriebskampfgruppen, so das härteste, haben für heute Schießbefehl erhalten. Tatsache ist: In den Betrieben werden die Eltern aufgefordert, ihre Sprösslinge bis spätestens 15 Uhr aus den Kindergärten zu holen. […] Cafés und Restaurants im Umfeld der Nikolaikirche sind schon am frühen Nachmittag aus „technischen“ oder aus „innerbetrieblichen“ Gründen geschlossen.
Der demonstrative Aufmarsch der Staatsgewalt. […]: Mit Blaulicht umkurven lange Lkw-Kolonnen, beladen mit Volkspolizei, den Ring, der die Leipziger Innenstadt einfasst. Die Wagen halten in Seitenstraßen nahe der Kirche, die Mannschaften bleiben unter den Planen versteckt.
In der Nikolaikirche, wo um 17 Uhr das traditionelle Friedensgebet beginnt, ist bereits eine halbe Stunde vorher nicht einmal mehr ein Stehplatz frei. […]
Vor der Kirche wird die Menge immer dichter. Sie schweigt. […] Um fünf sind es einige tausend, um halb sechs mehr als 10 000, um sechs […] ist der Karl-Marx-Platz schwarz vor Menschen. 20 000 mindestens. Zaghaft ertönen erste Rufe: „Gorbi, Gorbi“, „Demokratie jetzt“, „Wir sind keine Rowdys“.
Die Menge wartet weiter. Plötzlich, ohne erkennbare Regie, setzt sich der Zug in Bewegung. […] Als die Spitze der Kolonne den Platz der Republik erreicht, sind dem Ruf rund 70 000 gefolgt. […] „So etwas“, stößt ein Mann mit zitternder Stimme hervor, „hat Leipzig noch nicht erlebt.“ Und er fällt in den Schrei der 10 000 um ihn herum ein: „Wir sind das Volk, wir sind das Volk.“
Die Masse wälzt sich am Hauptbahnhof vorbei. Wenn jetzt Polizei dazwischenginge, […] sie hätte keine Chance – außer mit der Waffe. […] „Heute waren wir 70 000“, sagt einer um die 50 selbstbewusst und angstfrei, „nächsten Montag werden es 100 000 sein.“

„Wir sind das Volk“, in: Spiegel-Spezial II, Ulrich Schwarz 1990, S. 13 ff.

Am 9. November 1989 ist die Sensation perfekt. Die Regierung erlaubt Auslandsreisen ohne besondere Genehmigung. Das bedeutet praktisch das Ende der Mauer und der deutschen Teilung.

Deutschland befindet sich im „Vereinigungstaumel“. Kilometerlange Staus Richtung Westen und verstopfte Straßen bestimmen das Bild. Der Trabi – einst als Symbol der wirtschaftlich rückständigen DDR verspottet – wird zum Auto des Jahres.

Unklar ist, wie es nach der Öffnung der Mauer politisch weitergeht. Deutlich wird nur, dass die Zahl derjenigen, die den Staat DDR reformieren wollen, plötzlich abnimmt; die Masse ruft nach der deutschen Einheit, auch wenn niemand ernsthaft mit einer schnellen Vereinigung der beiden deutschen Staaten rechnet. Noch gibt es keinen konkreten Plan, wann es dazu kommen könnte oder wie ein wiedervereinigtes Deutschland genau aussehen soll.

Bundeskanzler Helmut Kohl am 19.12.1989 in Dresden

3

„[...] Ich bin heute hierher gekommen zu den Gesprächen mit Ihrem Ministerpräsidenten, um in dieser schwierigen Lage der DDR zu helfen. [...] Wir haben uns verabredet, [...] dass wir noch im Frühjahr einen Vertrag über die Vertragsgemeinschaft zwischen der Bundesrepublik Deutschland und der DDR abschließen können. [...] Wir wollen eine Zusammenarbeit auf allen Gebieten.“

Kohl, Helmut: Rede des Bundeskanzlers auf der Kundgebung vor der Frauenkirche in Dresden, 19.12.1989, Bulletin 150-89, hrsg. von der Bundesregierung, 22.12.1989, abgerufen unter: www.bundesregierung.de/breg-de/service/bulletin/rede-des-bundeskanzlers-auf-der-kundgebung-vor-der-frauenkirche-in-dresden-790762 [30.10.2020].

Die ersten freien Wahlen

4

Nach dem Fall der Mauer wird schnell der Ruf nach Vereinigung der beiden deutschen Staaten laut. Tatsächlich ergibt die erste freie Wahl in der DDR im März 1990 eine Regierung, die ihrerseits nicht mehr für den Erhalt des eigenen Staates eintritt, sondern die Herstellung der Wiedervereinigung anstrebt.

Die Bürgerinnen und Bürger der DDR werden allerdings immer ungeduldiger, verlassen zu Tausenden ihr Land und siedeln in den Westen über. Sie erhoffen sich von der Vereinigung eine Verbesserung ihrer Arbeits- und Lebensverhältnisse. Der neu gewählte Ministerpräsident Lothar de Maizière (wie Bundeskanzler Helmut Kohl Mitglied der CDU) verkündet in seiner Regierungserklärung vom 15. April 1990, die Einheit müsse so schnell wie möglich kommen.

ARBEITSVORSCHLÄGE

1

Der Text beschreibt die Stimmung am 9. Oktober 1989, dem Tag der ersten großen Montagsdemonstration in Leipzig. Geben Sie diese Stimmung mit eigenen Worten wieder und überlegen Sie, ob es auch andere Möglichkeiten für die weitere Entwicklung in der DDR gegeben hätte.

2

Bewerten Sie die unterschiedlichen Aussagen zur Öffnung der Mauer.

3, 4

Analysieren Sie, wer auf dem Weg zur deutschen Einheit in den verschiedenen Phasen die Initiative innehatte.

WEITERFÜHRENDE HINWEISE

Befragen Sie Ihre Eltern, wie sie den 9. November 1989 erlebt haben.

1 Walter Momper, Kundgebung am 10. November 1989 vor dem Rathaus Schöneberg, rbb media GmbH.

2 Rede von Willy Brandt auf dem Programmparteitag, 18.12.1989, Berlin, © 2021 CVCE.EU by UNI.LU, Luxemburg, Seite 3.

3 Interview des Bundespräsidenten Richard von Weizsäcker mit dem DDR Fernsehen, 13.12.1989, Bulletin, hrsg. vom Presse- und Informationsamt der Bundesregierung, Nr. 143, 15. 12. 1989, S. 1213-1216.

Die wichtigsten Ereignisse

22. November 1989
Bei der Montagsdemonstration in Leipzig wird zum ersten Mal der Ruf nach Vereinigung der beiden deutschen Staaten laut. Die Parolen lauten „Wir sind ein Volk" und „Deutschland, einig Vaterland".

7. Dezember 1989
In Ostberlin beginnen die Gespräche am runden Tisch unter Beteiligung aller Oppositionsgruppen.

19. Dezember 1989
Bundeskanzler Kohl und DDR-Ministerpräsident Modrow treffen sich in Dresden und vereinbaren Verhandlungen über eine deutsch-deutsche Vertragsgemeinschaft.

22. Dezember 1989
Das Brandenburger Tor wird geöffnet.

18. März 1990
In der DDR finden die ersten freien Wahlen statt, aus denen die CDU als eindeutige Siegerin hervorgeht.

Neuer DDR-Ministerpräsident wird Lothar de Maizière (CDU).

Er setzt sich für eine rasche Vereinigung der beiden deutschen Staaten ein.

1. Juli 1990

DDR-Bürgerinnen und -Bürger erhalten im Tausch die D-Mark nach festgelegten Regeln für den Umtausch.

Verhältnis 1 : 1: Löhne, Gehälter, Renten, Mieten. Für Bankguthaben (gestaffelt): Kinder bis 14 Jahren bis zu einer Höhe von 2 000 DDR-Mark, 15- bis 59-Jährige bis zu einer Höhe von 4 000 DDR-Mark und ab 60 Jahren bis zu einer Höhe von 6 000 DDR-Mark

Verhältnis 1 : 2: höhere Bankguthaben, Schulden

Verhältnis 1 : 3: Guthaben ab dem 1. Januar 1990

§ **1**

Staatsvertrag zur Schaffung einer Wirtschafts-, Währungs- und Sozialunion (Auszug)

Artikel 1

(1) Die Vertragsparteien errichten eine Währungs-, Wirtschafts- und Sozialunion. [...]

(3) Grundlage der Wirtschaftsunion ist die soziale Marktwirtschaft als gemeinsame Wirtschaftsordnung beider Vertragsparteien. Sie wird insbesondere bestimmt durch Privateigentum, Leistungswettbewerb, freie Preisbildung und grundsätzlich volle Freizügigkeit von Arbeit, Kapital, Gütern und Dienstleistungen. [...]

Artikel 10

Mit Wirkung vom 1. Juli 1990 wird die Deutsche Mark als Währung in der Deutschen Demokratischen Republik eingeführt. [...]

Die Einheit wird vorbereitet

Die Einführung der D-Mark am 1. Juli 1990 ist der erste Schritt zur Einheit. Sie ist allerdings nicht unumstritten. Experten fürchten, dass die DDR-Wirtschaft weitgehend zusammenbricht, und plädieren für einen langsameren Übergang zur Marktwirtschaft.

2

Endlich richtiges Geld! Endlich Konsum!

Als in der DDR die ersten westdeutschen Banken ihre Filialen öffnen und ab dem 1. Juli 1990 die von vielen herbeigesehnte D-Mark ausgeben, haben sich vor den Schaltern schon lange Warteschlangen gebildet. Der Glaube der Bürgerinnen und Bürger an eine bessere wirtschaftliche Zukunft ist groß. Die Verlockungen des Konsums nach westlichem Vorbild sind immens, endlich scheinen sie nun auch erreichbar. Der Blick durch die Schaufenster der Geschäfte und Warenhäuser fällt auf Dinge, die es vorher gar nicht gab (Bananen, Ananas, die neuesten Hits auf CD) oder auf die man lange warten musste. Etliche haben schon ganz konkrete Anschaffungen geplant, neue (West-)Autos oder Elektrogeräte beispielsweise sind bereits vorbestellt. Natürlich trifft das Preisniveau für die Neuanschaffungen die Ostdeutschen hart, ganz ohne Kreditaufnahme wird vieles unerschwinglich bleiben. Und doch – die Perspektive erscheint so günstig, sicher werden auch die Löhne bald gewaltig steigen, dann kann man sich neben Lebensmitteln und „anständigen", schicken Kleidungsstücken auf jeden Fall das eine oder andere leisten und muss nicht mehr immer nur verzichten!

Beitrittserklärung der Volkskammer

Die Volkskammer der DDR beschließt, dass sie – vorausgesetzt, die internationalen Gespräche und Verhandlungen sind bis dahin erfolgreich abgeschlossen – nach Artikel 23 GG dessen Geltungsbereich zum 03.10.1990 beitreten wird.

Bereits am 14.10. sollen in den fünf neuen Bundesländern Brandenburg, Sachsen, Sachsen-Anhalt, Mecklenburg-Vorpommern und Thüringen Parlamente gewählt werden. Noch im selben Herbst soll auch über die Zusammensetzung des Bundestages neu entschieden werden.

Mit dem Abschluss des **Einigungsvertrags** ist die Vereinigung der beiden deutschen Staaten zwar rechtlich vollzogen, praktisch müssen jedoch noch viele Fragen gelöst werden. Einige der wichtigsten Beispiele:

Das offizielle Staatssymbol der DDR wird aus dem Sitzungssaal der Regierung entfernt und im Ostberliner Museum für Deutsche Geschichte ausgestellt.

- Zusammenführung der Bundeswehr und der Nationalen Volksarmee
- Klärung von Eigentumsfragen in der ehemaligen DDR (Entschädigung oder Rückgabe?)
- Angleichung gesetzlicher Bestimmungen in den Fällen, in denen in der BRD und der DDR unterschiedliche Regelungen bestehen (z. B. § 218 Strafgesetzbuch)

§ **Der Einigungsvertrag (Auszug)** 3

Die Bundesrepublik Deutschland und die Deutsche Demokratische Republik [...] sind übereingekommen, einen Vertrag über die Einheit Deutschlands mit den nachfolgenden Bestimmungen zu schließen:

Artikel 1

(1) Mit dem Wirksamwerden des Beitritts der Deutschen Demokratischen Republik zur Bundesrepublik Deutschland gemäß Artikel 23 des Grundgesetzes am 3. Oktober 1990 werden die Länder Brandenburg, Mecklenburg-Vorpommern, Sachsen, Sachsen-Anhalt und Thüringen Länder der Bundesrepublik Deutschland. [...]

(2) Die 23 Bezirke von Berlin bilden das Land Berlin.

Artikel 2

(1) Hauptstadt Deutschlands ist Berlin. Die Frage des Sitzes von Parlament und Regierung wird nach der Herstellung der Einheit Deutschlands entschieden.

(2) Der 3. Oktober ist als Tag der Deutschen Einheit gesetzlicher Feiertag.

Artikel 3

Mit dem Wirksamwerden des Beitritts tritt das Grundgesetz für die Bundesrepublik Deutschland [...] in den Ländern Brandenburg, Mecklenburg-Vorpommern, Sachsen, Sachsen-Anhalt und Thüringen sowie in dem Teil des Landes Berlin, in dem es bisher nicht galt, [...] in Kraft. [...]

ARBEITSVORSCHLÄGE

1, 2

Beschreiben Sie die Hoffnungen der Menschen bei der Einführung der D-Mark.

Wurden diese Hoffnungen eher erfüllt oder enttäuscht?

3

Die Volkskammer der DDR beschloss den Beitritt der fünf neuen Bundesländer Brandenburg, Sachsen, Sachsen-Anhalt, Mecklenburg-Vorpommern und Thüringen zum Geltungsbereich des Grundgesetzes (GG) nach Art. 23 zum 3. Oktober 1990. Diskutieren Sie dieses Prozedere.

Internationaler Fahrplan der Vereinigung

Zwei-plus-Vier-Gespräche

Im Mai 1990 beginnen die Verhandlungen der vier Siegermächte mit den beiden deutschen Staaten. Am 12. September wird der Zwei-plus-Vier-Vertrag unterzeichnet.

Treffen Kohl–Gorbatschow

Am 17. Juli 1990 geben Bundeskanzler Kohl und Präsident Gorbatschow eine Erklärung ab, in der die Sowjetunion der NATO-Mitgliedschaft des vereinten Deutschland zustimmt.

Vertrag Bundesrepublik Deutschland–UdSSR

Im September 1990 unterzeichnen die beiden Außenminister Genscher und Schewardnadse einen Vertrag über gute Nachbarschaft, Partnerschaft und Zusammenarbeit.

Deutsch-polnischer Vertrag

Im November 1990 schließen Deutschland und Polen einen Vertrag ab, in dem die Oder-Neiße-Linie als endgültige Westgrenze Polens festgelegt wird.

Das Ende des Kalten Krieges

Am 19. November 1990 beschließen die Staats- und Regierungschefs der 16 NATO-Staaten und der sechs Warschauer-Pakt-Staaten in Paris den Beginn eines neuen Zeitalters in den Beziehungen der europäischen Staaten. Die Nachkriegszeit und der Kalte Krieg werden für beendet erklärt.

1

„Wir sind so weit, Dachdecker, Beeilung!"

Der **Vereinigungsprozess** ist nicht nur eine Angelegenheit der beiden deutschen Staaten. Sowohl die Siegermächte des Zweiten Weltkrieges als auch die europäischen Nachbarstaaten fürchten, dass ein wiedervereinigtes Deutschland zu mächtig und stark werden könnte.

Besonders schwierig ist es, die Zustimmung der Sowjetunion zu erreichen. Bei einem Gipfeltreffen im Kaukasus einigen sich Kohl und Gorbatschow auf die wichtigsten Punkte eines deutsch-sowjetischen Vertrags:

- Die Sowjetunion stimmt der deutschen Vereinigung zu.
- Das vereinte Deutschland kann Mitglied der NATO sein.
- Der Abzug der sowjetischen Truppen aus der DDR soll bis 1994 erfolgen.
- Die Bundesrepublik Deutschland beteiligt sich an den Stationierungs- und Abzugskosten mit 13 Mrd. DM.

Bundespräsident Richard von Weizsäcker bei der Feierstunde am 3. Oktober 1990 (Auszug) **2**

Aus ganzem Herzen empfinden wir Dankbarkeit und Freude – und zugleich unsere große und ernste Verpflichtung. [...] Wir erleben eine der sehr seltenen historischen Phasen, in denen wirklich etwas zum Guten verändert werden kann. [...]
Zum ersten Mal bilden wir Deutschen keinen Streitpunkt auf der europäischen Tagesordnung. Unsere Einheit wurde niemandem aufgezwungen, sondern friedlich vereinbart. [...]
Die Form der Einheit ist gefunden. Nun gilt es, sie mit Inhalt und Leben zu erfüllen. Parlamente, Regierungen und Parteien müssen dabei helfen. Zu vollziehen aber ist die Einheit nur [...] durch die Köpfe und Herzen der Menschen selbst. [...] Es wäre weder aufrichtig noch hilfreich, wollten wir in dieser Stunde verschweigen, wie viel uns noch voneinander trennt. [...]
Aber kein Weg führt an der Erkenntnis vorbei: Sich zu vereinen heißt teilen lernen. [...] Wirklich vereint werden wir erst sein, wenn wir zu dieser Zuwendung bereit sind. Wir können es. Und viele, ich glaube die meisten, wollen es auch.

Bundespräsidialamt (Hrsg.): Ansprache von Bundespräsident Richard von Weizsäcker beim Staatsakt zum „Tag der deutschen Einheit" in Berlin am 03.10.1990, Berlin 2020, abgerufen unter: www.bundespraesident.de/SharedDocs/Reden/DE/Richard-von-Weizsaecker/Reden/1990/10/19901003_Rede.html [02.11.2020].

Die neue internationale Rolle Deutschlands

Noch vor der Vereinigung schließen die vier Siegermächte und die beiden deutschen Staaten den **Zwei-plus-Vier-Vertrag** ab. Er zieht einen Schlussstrich unter die Nachkriegszeit und hat die Bedeutung eines Friedensvertrags. Ohne das Einverständnis der vier Siegermächte hätte die Einheit Deutschlands nicht vollzogen werden können. Ende 1990 ist die Vereinigung Deutschlands aus internationaler Sicht abgeschlossen. Deutschland erhält seine volle Souveränität. Im Sommer 1994 verlassen die letzten russischen Soldaten das Gebiet der ehemaligen DDR und Berlins; auch die USA ziehen ihre Soldaten aus den alten Bundesländern und Berlin weitgehend ab.

§ **3**

Auszug aus dem Zwei-plus-Vier-Vertrag vom 12. September 1990

Die Bundesrepublik Deutschland, die Deutsche Demokratische Republik, die Französische Republik, das Vereinigte Königreich Großbritannien und Nordirland, die Union der Sozialistischen Sowjetrepubliken und die Vereinigten Staaten von Amerika sind wie folgt übereingekommen.

Artikel 1

(1) Das vereinte Deutschland wird die Gebiete der Bundesrepublik Deutschland, der Deutschen Demokratischen Republik und ganz Berlins umfassen.
(2) Das vereinte Deutschland und die Republik Polen bestätigen die zwischen ihnen bestehende Grenze in einem völkerrechtlich verbindlichen Vertrag.
(3) Das vereinte Deutschland hat keinerlei Gebietsansprüche gegen andere Staaten und wird solche auch nicht in Zukunft erheben.

Artikel 2

Die Regierungen der Bundesrepublik Deutschland und der Deutschen Demokratischen Republik bekräftigen ihre Erklärung, dass von deutschem Boden nur Frieden ausgehen wird. [...]

Artikel 7

(1) Die Französische Republik, das Vereinigte Königreich Großbritannien und Nordirland, die UdSSR und die USA beenden hiermit ihre Rechte und Verantwortlichkeiten in Bezug auf Berlin und Deutschland als Ganzes.
(2) Das vereinte Deutschland hat demgemäß volle Souveränität über seine inneren und äußeren Angelegenheiten.

4

Zwischen Ende und Anfang

Man muss sich das vorstellen: Frankreich oder Polen wären vier Jahrzehnte geteilt gewesen, und dann hätte ihnen die Geschichte fast über Nacht die Einheit beschert. Der nationale Jubel wäre unbeschreiblich. [...] Und die Nachbarn würden alles mit Wohlwollen betrachten.
Mit der deutschen Einheit ist das anders. Vierzig Jahre Teilung, nationalsozialistischer Größen- und Rassenwahn, zwei verlorene Weltkriege – das alles hat in den Köpfen und den Herzen der Menschen tiefe Spuren hinterlassen. [...]
Nach dem 3. Oktober geht es in erster Linie darum, gleiche Lebensverhältnisse im ganzen Land zu schaffen. Aber das ist nicht alles, was deutsche Regierungen in Zukunft leisten müssen. Die Vorstellung, das vereinigte Deutschland könne in Zukunft so Politik betreiben wie bisher die Bundesrepublik allein, ist eine Illusion. Nicht nur das Land wird größer, sondern auch die internationale Rolle dieser neuen Republik. Sie wird eine Politik formulieren müssen, die auf jeden Großmachtwahn verzichtet, aber sie kann sich nicht mehr hinter ihren Verbündeten verstecken. Das gilt für die Außen- und vor allem für die Europapolitik. Heutzutage sind die Starken nicht mehr am mächtigsten allein.

Holzer, Werner: Zwischen Ende und Anfang, in: Frankfurter Rundschau vom 02.10.1990 © Alle Rechte vorbehalten. Frankfurter Rundschau GmbH, Frankfurt.

ARBEITSVORSCHLÄGE

1
Interpretieren Sie die Karikatur.
Erläutern Sie, warum die Wiedervereinigung Deutschlands die Zustimmung der Siegermächte braucht.

2
Bei der Vereinigungsfeier am 3. Oktober 1990 setzt sich Bundespräsident Richard von Weizsäcker mit der Vereinigung auseinander.
Erarbeiten Sie, welche Gefühle er ausdrückt und welche Probleme er benennt.

3
Geben Sie die wichtigsten Bestimmungen des Zwei-plus-Vier-Vertrages wieder.

4
Der Zeitungskommentar vom 2. Oktober 1990 ist rund 30 Jahre alt.

Beschreiben Sie die neuen Aufgaben und Herausforderungen, die der Kommentator für das vereinigte Deutschland sieht.
Setzen Sie sich selbst mit der neuen internationalen Rolle Deutschlands auseinander.

Speakers' Corner

„Speakers' Corner" heißt ein kleiner Platz im Londoner Hyde Park. Seit fast 150 Jahren darf dort jeden Sonntag jeder, der will, über jedes beliebige Thema sprechen und seine Meinung äußern; verboten sind nur Äußerungen über die königliche Familie. Oft findet man dort allerlei merkwürdige Personen und Ansichten, es sprachen an dieser Stelle aber auch schon berühmte Menschen wie Karl Marx oder Lenin.

Thema: **Auseinandersetzung mit umstrittenen Standpunkten zur deutschen Einheit**

1. Vorbereitung

Zunächst werden mehrere provokative Statements zum Thema „Deutsche Einheit" ausgewählt, z. B.:

- „Typisch Besser-Wessis, haben uns ja damals einfach alles übergestülpt!"
- „Die Jammer-Ossis sollten wirklich dankbarer sein, sich ein bisschen anpassen und anstrengen!"
- „In ein bis zwei Generationen wird sich niemand mehr erinnern, dass Deutschland mal geteilt war."
- „Die Mauer in den Köpfen wird nie ganz verschwinden."
- „Es ist immer noch voll ostig da!"

In der Klasse werden drei verschiedene Positionen und passende „Rollenprofile" ausgesucht und erarbeitet, es bilden sich also drei Gruppen. Innerhalb der Gruppen werden verschiedene Argumentationsmuster erarbeitet und Rednerinnen und Redner ausgewählt. Auch die Informationen aus den Materialien dieser Doppelseite können und sollen dabei berücksichtigt werden.
In der Zwischenzeit werden im frei geräumten Klassenraum drei Erhöhungen, z. B. Kisten (oder Tische oder Stühle), im Abstand von einigen Metern zueinander aufgebaut.

2. Ablauf

Die erste Runde startet: Die Rednerinnen und Redner der drei Gruppen versuchen jeweils mit lauter Stimme das Publikum von dem eigenen Standpunkt zu überzeugen. Alle anderen passieren sozusagen Speakers' Corner. Fragen oder Zurufe sind erwünscht und sollen unterstützen oder auch irritieren. Sie sollen und dürfen zwischen den Sprechern und Sprecherinnen hin- und herwandern und Ihre Beobachtungen notieren. Danach folgt eine zweite Runde nach gleichem Muster, dann evtl. noch eine dritte Runde (je nach Zeit).

Auswertung im Plenum: Wer hat am meisten überzeugt und wodurch?

Anschließende Diskussion: Welche Bilanz der Wiedervereinigung ziehen wir nun aus heutiger Sicht?

Zeitbedarf

20–30 Minuten Vorbereitung für das Überlegen und Formulieren der Argumente sowie die Ausarbeitung der Rollen. Redezeit pro Redner/-in: 5 Minuten. Auswertung und Diskussion: 45 Minuten.

So geht's

Materialien

Kritik der Westdeutschen

- Viele Gelder, die in den Osten geflossen sind, wurden dort für Prestigeobjekte verwendet.
- Die Infrastruktur ist in den neuen Bundesländern inzwischen oft besser als in den alten.

Kritik der Ostdeutschen

- Noch immer bekommen sowohl Erwerbstätige als auch Rentnerinnen und Rentner im Westen mehr Geld.
- Nur die Ostdeutschen mussten sich auf massive Veränderungen einlassen, obwohl sie die Wiedervereinigung herbeigeführt haben.

Umfragen zu Ostdeutschland anlässlich der Landtagswahlen 2019

Zustimmung zu Aussagen	Sachsen	Brandenburg	Thüringen
„Ostdeutsche sind Bürger zweiter Klasse."	66 %	59 %	70 %
„Die Unterschiede zwischen Ost und West sind in den letzten Jahren wieder größer geworden."	40 %	37 %	*nicht erfragt*
„Für mich spielt die Unterscheidung zwischen Ost und West keine Rolle mehr."	*nicht erfragt*	*nicht erfragt*	77 %
„Zur DDR-Zeit hat der Staat mehr für seine Bürger getan."	37 %	37 %	41 %
„Politik und Wirtschaft sind immer noch zu stark von Westdeutschen bestimmt."	77 %	70 %	*nicht erfragt*
„Welche Partei hat die besten Antworten auf die Fragen der Zukunft?"	Keine Partei/ Weiß nicht (39 %)	Keine Partei/ Weiß nicht (37 %)	*nicht erfragt*

Eigene Zusammenstellung, vgl. ARD-aktuell/Tagesschau, Hamburg, 14.09.2020, abgerufen unter: wahl.tagesschau.de/landtag.shtml [11.11.2020].
Unterschiede und Gemeinsamkeiten im Erleben der deutschen Einheit finden sich auch in einer Studie der Bertelsmann Stiftung (Hrsg.): 30 Jahre deutsche Einheit, online: DOI 10.11586/2020055.

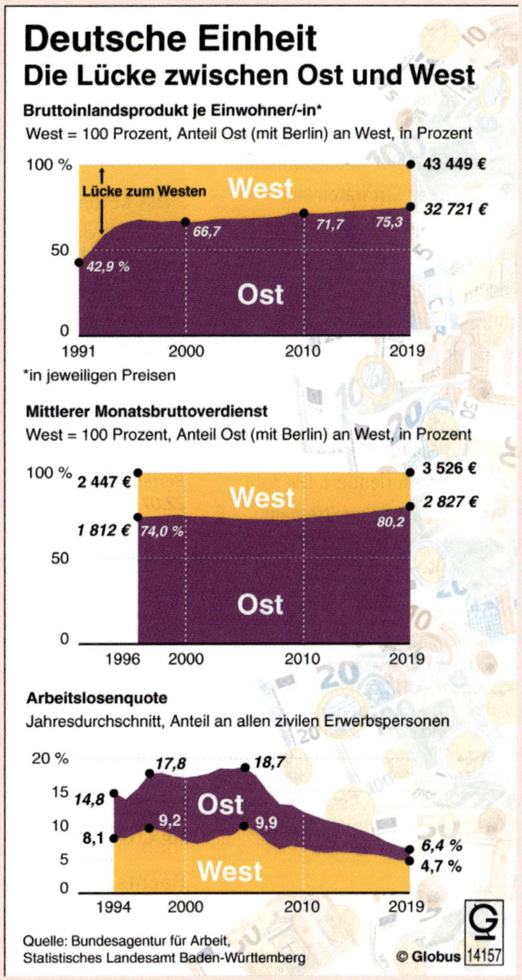

Textanalyse

Immer wieder werden Sie dazu aufgefordert, teils lange, mitunter recht schwere Texte zu analysieren bzw. auszuwerten. Hierzu ein paar nützliche Tipps:

Vorbereitende Fragen

- Wer ist der Verfasser? Was wissen wir über ihn?
- Handelt es sich um eine Rede vor Publikum oder um eine rein schriftliche Äußerung?
- Inwiefern spielt das eine Rolle? An wen wendet sich der Verfasser?
- Zu welchem Anlass wurde der Text verfasst?
- Auf welche Quelle haben Sie zugegriffen? Sagt uns das etwas über eine mögliche Tendenz?

Beim Lesen

- Verwenden Sie stets einen farbigen Textmarker, um die besonders wichtigen Passagen und Schlüsselbegriffe hervorzuheben. Dies erleichtert Ihnen die Orientierung beim nächsten Mal und spart Ihnen viel Zeit.
- Nach dem ersten Lesen sollten Sie in der Lage sein, das Thema des Textes und seine Kernaussage(n) benennen zu können. Lesen Sie dann den Text erneut.
- Strukturieren Sie den Text. Gibt es Abschnitte, die thematisch zueinander passen? Geben Sie diesen einzelne Überschriften oder schreiben Sie jeweils Schlüsselbegriffe dazu an den Rand.
- Versuchen Sie den Inhalt eines Textes (auf das Wesentliche reduziert) mit eigenen Worten wiederzugeben. Gehen Sie dabei immer davon aus, dass die Leserinnen und Leser Ihrer Zusammenfassung den Originaltext nicht kennen. Benutzen Sie also eine verständliche Sprache und liefern Sie die nötigen Inhalte und Hintergründe.

Versuchen Sie nun, einige dieser Tipps bei der Analyse folgenden Textes anzuwenden. Fertigen Sie eine Kopie an und bearbeiten Sie dann die Fragen auf der Kopie.

Festakt zum Tag der Deutschen Einheit

Mainz, 3. Oktober 2017

[...] Liebe Jugendliche, Ihnen gehört die Zukunft dieses Landes! Und wir, die Generation der Eltern und Großeltern, sind in der Pflicht, das an Sie weiterzugeben, was vor 27 Jahren errungen wurde: ein vereintes, freies und friedliches Deutschland. [...] Wir feiern heute [...] nichts Selbstverständliches. Denen, die nach der Einheit geboren wurden, die nicht wissen können, wie das war, denen rate ich: Fragen Sie die, die dabei waren. [...] Fragen Sie gerade jetzt auch die Menschen aus Polen oder Ungarn, deren Wille zur Freiheit und zur Demokratie den Ostblock ins Wanken brachte und der Mauer in Berlin die ersten Risse versetzte. Fragen Sie die Ostdeutschen, die diese Mauer zum Einsturz brachten – nicht durch Hass, nicht mit Gewalt, sondern durch friedlichen Protest und mit großem Mut. [...]
Heute, am 3. Oktober stellen wir fest: [...] Die große Mauer quer durch unser Land ist weg. Aber am 24. September wurde deutlich: Es sind andere Mauern entstanden, weniger sichtbare, ohne Stacheldraht und Todesstreifen – aber Mauern, die unserem gemeinsamen „Wir" im Wege stehen.
Ich meine die Mauern zwischen unseren Lebenswelten: zwischen Stadt und Land, online und offline, Arm und Reich, Alt und Jung – Mauern, hinter denen der eine vom anderen kaum noch etwas mitbekommt. Ich meine die Mauern rund um die Echokammern im Internet; wo der Ton immer lauter und schriller wird, und trotzdem Sprachlosigkeit um sich greift, weil wir kaum noch dieselben Nachrichten hören, Zeitungen lesen, Sendungen sehen. Und ich meine die Mauern aus Entfremdung, Enttäuschung oder Wut, die bei manchen so fest geworden sind, dass Argumente nicht mehr hindurchdringen. Hinter diesen Mauern wird tiefes Misstrauen geschürt, gegenüber der Demokratie und ihren Repräsentanten, dem sogenannten „Establishment", zu dem wahlweise jeder gezählt wird [...]. Verstehen Sie mich richtig: Nicht alle, die sich abwenden, sind deshalb gleich Feinde der Demokratie. Aber sie alle fehlen der Demokratie.
Argumente statt Empörung brauchen wir [...] gerade bei dem Thema, das unser Land in den letzten zwei Jahren so bewegt hat wie kein anderes – Flucht und Migration. Nirgendwo sonst stehen sich die Meinungslager so unversöhnlich gegenüber [...]. Die Debatte über Flucht und Migration hat Deutschland aufgewühlt. [...] Wenn einer sagt „Ich versteh mein Land nicht mehr", dann gibt es etwas zu tun in Deutschland – und zwar mehr als sich in guten Wachstumszahlen und Wirtschaftsstatistiken zeigt. [...] Verstehen und verstanden werden – das ist Heimat. Ich bin überzeugt, wer sich nach Heimat sehnt, der ist nicht von gestern. Im Gegenteil: je schneller die Welt sich um uns dreht, desto größer wird die Sehnsucht nach Heimat.
Diese Sehnsucht nach Heimat dürfen wir nicht denen überlassen, die Heimat konstruieren als ein „Wir gegen Die"; als Blödsinn von Blut und Boden; die eine heile deutsche Vergangenheit beschwören, die es so nie gegeben hat. [...] Ich glaube, Heimat weist in die Zukunft, nicht in die Vergangenheit. Heimat ist der Ort, den wir als Gesellschaft erst schaffen. [...] Heimat gibt es auch im Plural. Ein Mensch kann mehr als eine Heimat haben, und neue Heimat finden. Das hat die Bundesrepublik für Millionen von Menschen bereits bewiesen. Sie alle sind Teil unseres „Wir" geworden. Ganze Generationen von Zuwanderern sagen heute voller Stolz: „Deutschland ist meine Heimat", – und das hat uns bereichert.
[...] Heimat ist offen – aber nicht beliebig. Für die Neuen heißt das zunächst mal, unsere Sprache zu lernen. Ohne sie gibt es kein Verstehen und verstanden werden. Aber es heißt mehr als das. Wer in Deutschland Heimat sucht, kommt in eine Gemeinschaft, die geprägt ist von der Ordnung des Grundgesetzes und von gemeinsamen Überzeugungen: Rechtsstaatlichkeit, die Achtung der Verfassung, die Gleichberechtigung von Mann und Frau. All das ist nicht nur Gesetzestext, es ist für gelingendes Zusammenleben in Deutschland unverzichtbar, und das kann nicht zur Disposition stehen. [...] [E]ines ist nicht verhandelbar in dieser deutschen Demokratie: das Bekenntnis zu unserer Geschichte, einer Geschichte, die für nachwachsende Generationen zwar nicht persönliche Schuld, aber bleibende Verantwortung bedeutet. [...] Und zum Deutsch-Werden gehört, unsere Geschichte anzuerkennen und anzunehmen. [...] Wer in Deutschland Heimat sucht, kann nicht sagen: „Das ist Eure Geschichte, nicht meine". Doch wie sollen wir dieses Bekenntnis von Zuwanderern erwarten, wenn es in der Mitte unserer Demokratie nicht unangefochten bleibt? [...]
[W]as mich so zuversichtlich macht, sind die Millionen anderen, die anpacken, die sich für das Gelingen und den Gemeinsinn in unserem Land täglich einsetzen.
[...] Das sind die, die unser Land zusammenhalten – allen Besserwissern zum Trotz. Das sind die, die Einheit stiften – jeden Tag neu.

Steinmeier, Frank-Walter: Festakt zum Tag der Deutschen Einheit, Mainz, 03.10.2017. Hrsg. vom Bundespräsidialamt 2020, abgerufen unter: www.bundespraesident.de/SharedDocs/Reden/DE/Frank-Walter-Steinmeier/Reden/2017/10/171003-TdDE-Rede-Mainz.html [11.11.2020].

Linksextremismus

Seit der offiziellen Auflösung der RAF 1998 und dem damit verbundenen Ende des linksorientierten Terrorismus ist der Linksextremismus in der öffentlichen Wahrnehmung nicht mehr stark präsent. Doch immer wieder kommt es bei Demonstrationen Linksautonomer zu Auseinandersetzungen mit der Polizei und zu Ausschreitungen, z. B. regelmäßig am 1. Mai in Berlin, Hamburg und anderen Großstädten.

Beim G20-Gipfel in Hamburg kam es im Juli 2017 trotz des Großeinsatzes der Bundespolizei und des Bundeskriminalamtes – neben den örtlichen Polizeikräften – zu zahlreichen, teils massiven Gesetzübertretungen: Autos brannten, Geschäfte wurden geplündert, es kam zu gewaltsamen Auseinandersetzungen linker Aktivisten mit Polizeibeamten. Hunderte Personen wurden dabei verletzt, es entstand Sachschaden in Millionenhöhe.

Aus dem Programm der NSDAP von 1920: 2

Wir fordern, dass sich der Staat verpflichtet, in erster Linie für die Erwerbs- und Lebensmöglichkeit der Deutschen zu sorgen. Wenn es nicht möglich ist, die Gesamtbevölkerung zu ernähren, so sind die Angehörigen fremder Nationen aus dem Reich auszuweisen. Jede weitere Einwanderung Nicht-Deutscher ist zu verhindern.
Wir fordern, dass alle Nicht-Deutschen, die seit dem 2. August 1914 in Deutschland eingewandert sind, sofort zum Verlassen des Reiches gezwungen werden.

Hofer, Walther (Hrsg.): Der Nationalsozialismus. Dokumente 1933–1945, Frankfurt: Fischer Bücherei 1957, S. 29.

Woran erkennt man Rechte? 1

Auch Rechtsradikale und **Neonazis** gehen mit der Zeit. Nur selten sieht man heute noch **Skinheads**, die mit Springerstiefeln und Glatze durch die Lande ziehen und NS-Symbole zur Schau stellen. Selbst die noch vor einigen Jahren gängigen Kleidermarken der rechten Szene (z. B. Fred Perry, Lonsdale) oder „Codes" wie z. B. die Zahlen 18 (für „Adolf Hitler") oder 88 („Heil Hitler") sind inzwischen zu bekannt.

Nicht sofort auffallen und verschrecken, das ist die Devise. Aus diesem Grund sind auch auf Plakaten, Flyern o. Ä. die Verfasser häufig nicht mehr sofort als Rechte erkennbar.

Vielmehr mischen die Rechten Parolen und Propaganda unter Texte auf Flugblättern mit populären, harmlosen Anliegen wie dem Werben für Kindergärten o. Ä., die sie vor allem an junge Leute verteilen. Diese sind ihre größte Zielgruppe. Der potenzielle Nachwuchs soll durch – oft kostenlos verteilte – hippe Musik und Spaßveranstaltungen mit Eventcharakter angelockt werden. Ein Beispiel sind geschickt montierte Videos, z. B. von nächtlichen Fackelmärschen.

Gerade im nur schwer kontrollierbaren Medium Internet beweist die rechte Szene großen Ideenreichtum, wie z. B. durch Nachrichtenseiten, Influencer oder den Einsatz von Trollen, und wirkt durch ihren jugendlichen Stil attraktiv für junge Menschen.

Demonstration gegen Rassismus (Black lives matter), Mannheim 2020

Die Politik steht in der Verantwortung, durch ihr Handeln für eine angemessene Verteilung des Wohlstands zu sorgen (vgl. soziale Marktwirtschaft) und insbesondere auch gleiche Bildungschancen für alle zu schaffen. Auch eine gelungene Integration von Menschen mit Migrationshintergrund und Flüchtlingen gehört dazu.

Offen gezeigte Ablehnung demokratischer Wertvorstellungen müssen unmittelbar bekämpft werden. So gibt es z. B. die Möglichkeit, staatsfeindliche Parteien vom Bundesverfassungsgericht verbieten zu lassen.

3

Stolperstein für den deutschen Dichter, Bühnenautor und Kabarettist Paul Nikolaus Steiner, der vor den Nationalsozialisten in die Schweiz floh und sich dort am 31. März 1933 das Leben nahm.

An vielen Orten und in vielen Gemeinden in Deutschland gedenkt man heute der Opfer der NS-Untaten. Neben international beachteten, großen Mahnmalen wie dem Stelenfeld in Berlin gibt es z. B. zahlreiche KZ-Gedenkstätten und immer neue Ausstellungen. Einen lokalen Bezug stellen Denkmäler mit den Namen der Verschleppten oder die inzwischen weit verbreiteten Stolpersteine her, die das Unfassbare über individuelle Schicksale ins Gedächtnis rufen sollen.

Spiegelverkehrt kann man in diesem Glaskubus, der in der Fußgängerzone steht, die Namen aller im „Dritten Reich" aus Mannheim verschleppten Jüdinnen und Juden lesen.

Es ist auch inakzeptabel, dass Menschen, die in ihrer Region oder auf Bundesebene Verantwortung übernehmen, indem sie Ämter bekleiden, beschimpft und sogar massiv bedroht werden.

All diese für ein friedliches Zusammenleben notwendigen Aufgaben kann die Politik nicht alleine bewältigen – jede und jeder Einzelne steht in der Pflicht, für die Grundrechte und für ein friedliches Zusammenleben einzutreten.

4

Maßnahmenpaket

- Hören Sie nicht weg, wenn andere fremdenfeindliche, rassistische oder sonstige radikale Positionen äußern.
- Überzeugen Sie in Gesprächen und Diskussionen mit sachlichen Argumenten; entlarven Sie unwahre Behauptungen und rein gefühlsmäßige Äußerungen anderer.
- Informieren Sie sich über andere Kulturen und Weltanschauungen.
- Versuchen Sie, Flüchtlinge kennenzulernen.
- Besuchen Sie kulturelle Veranstaltungen (z. B. Straßenfeste, Ausstellungen etc.), die das Ziel haben, dass sich Menschen kennenlernen und austauschen.
- Achten Sie auf offene und versteckte Symbole und Codes extremistischer Gruppierungen.
- Schützen Sie Kinder und Jugendliche: Helfen Sie Ihnen beim Umgang mit dem Internet und verhindern Sie, dass Extremisten z. B. Flyer oder CDs an Schulen verteilen.
- Begegnen Sie Personen, die in ihrer Funktion den Staat repräsentieren, mit Respekt.

ARBEITSVORSCHLÄGE

1
Beschreiben Sie, wie es Rechtsradikalen gelingt, heute auf sich aufmerksam zu machen.
Unterscheiden Sie, was sich in ihrem Erscheinungsbild geändert hat. Berichten Sie von Ihren eigenen Erfahrungen mit rechtsextremen Jugendlichen.

2
Untersuchen Sie Botschaften der rechten Szene von heute auf Ähnlichkeiten mit dem Parteiprogramm der NSDAP von 1920.

3
Erstellen Sie eine Übersicht von Maßnahmen und Einrichtungen zum Gedenken an die Opfer des „Dritten Reichs" in Ihrer Region. Werden diese in der Öffentlichkeit bewusst wahrgenommen?

4
Diskutieren Sie die Wirksamkeit der genannten Maßnahmen. Ergänzen Sie die Liste.

Recherchieren Sie im Internet nach Initiativen gegen rechtsradikale Gewalt.
Wer ist daran beteiligt? Welche Aktionen finden statt?

WEITERFÜHRENDE HINWEISE

www.belltower.de
www.mut-gegen-rechte-gewalt.de
www.aktionsnetzwerk.de
www.fussballvereine-gegen-rechts.de

Teilung Deutschlands und Gründung von Bundesrepublik und DDR Potsdamer Konferenz 1945 Erste demokratische Wahlen 1946 Währungsreform 23.06.1948 Berlin-Blockade/Luftbrücke Inkrafttreten des GG am 23.05.1949 Gründung der DDR am 07.10.1949	1945 wird Deutschland in vier Besatzungszonen aufgeteilt, die Alliierten übernehmen die Regierungsgewalt. Schon bald gibt es Kommunal- und Landtagswahlen; in der DDR hat die Staatspartei SED alle wichtigen Ämter inne. Wegen der Einführung der DM blockiert die UdSSR alle Wege nach Berlin; die Alliierten errichten eine Luftbrücke. Das GG für die drei Westzonen gründet die Bundesrepublik; die Teilung Deutschlands scheint endgültig.
Nachkriegsdeutschland Wirtschaftswunder im Westen Planwirtschaft im Osten Volksaufstand in der DDR am 17.06.1953 Bau der Berliner Mauer am 13.08.1961	Im Westen geht es durch die soziale Marktwirtschaft und den Marshall-Plan wirtschaftlich schnell bergauf. Im Osten hingegen stimmen Produktion und Nachfrage nicht überein, auch fehlt es an Mitbestimmungsrechten. Es kommt zu Protesten, die von sowjetischen Panzern niedergeschlagen werden. Noch mehr Menschen verlassen die DDR; die Grenzen werden dichtgemacht.
Innenpolitische Reformen zur Demokratisierung der Gesellschaft Sozialliberale Reformen Entspannungspolitik	Ab 1969 wirbt Bundeskanzler Willy Brandt mit „Mehr Demokratie wagen" für den gesellschaftlichen Wandel. Auch der Umgang mit der DDR normalisiert sich. Brandts Politik ist umstritten. Ein konstruktives Misstrauensvotum gegen ihn scheitert aber.
Voraussetzungen zur Überwindung der Diktatur in der DDR Mauerfall am 09.11.1989 Erste freie Wahlen in der DDR am 18.03.1990 Wirtschafts- und Währungsunion am 01.07.1990 Zwei-plus-Vier-Vertrag am 12.09.1990 Wiedervereinigung am 03.10.1990	Unter Michael Gorbatschow lockert die UdSSR ihren Führungsanspruch in Osteuropa. Auch in der DDR verliert die SED nach Massendemonstrationen ihre Macht, die Berliner Mauer wird geöffnet. Doch die Menschen wollen mehr: die Wiedervereinigung. Die D-Mark wird auch im Osten zum Zahlungsmittel. Die Siegermächte stimmen der Einheit ebenfalls zu. Die DDR tritt dem Geltungsbereich des GG nach Artikel 23 bei – der Einigungsvertrag wird unterzeichnet.
Gefährdungen der Demokratie Politischer und religiöser Fundamentalismus Soziale Ungleichheit	Der gesellschaftliche Wandel spiegelt sich in friedlichen Protestbewegungen und einer neuen Partei („Die Grünen"), es gibt aber auch radikale Kräfte wie die linksextreme Terrorgruppe „RAF", die mit zahlreichen Anschlägen den Rechtsstaat massiv bedroht. Die Verbrechen der „NSU" machen deutlich, dass Gefahr auch von rechts droht, zudem fürchten sich immer mehr Menschen vor religiös motivierten Attentaten. Doch auch der Wohlstand ist keine Selbstverständlichkeit: Eine ungleiche Verteilung gefährdet den sozialen Frieden, Wirtschaftswachstum und Rohstoffe sind begrenzt.

Kompetenz-Check

Ich kann ...	☺	😐	☹
... mit historischen Quellen Informationen beschaffen.			
... über das Erleben des Kriegsendes 1945 und die Jahre danach berichten.			

Ich kann ...	☺	😐	☹
... Strategien der Bundesregierung zum Umgang mit der DDR unterscheiden und bewerten.			
... (auch anhand der Bewertung der Reformen der sozialliberalen Koalition) erklären, dass die Demokratisierung eines Landes ein langer und schwieriger Prozess ist.			

Ich kann ...	☺	😐	☹
... bewerten, dass Demokratie immer wieder aufs Neue erkämpft und verteidigt werden muss.			
... diverse Formen von Extremismus und Populismus und damit Angriffe auf unsere Demokratie erkennen.			
... Strategien zur Verteidigung der Demokratie entwickeln und entsprechende Maßnahmen ergreifen.			

Ich kann ...	☺	😐	☹
... die wichtigsten Beschlüsse der Siegermächte nach 1945 darstellen.			
... beschreiben, weshalb und in welchen Schritten es zur Gründung zweier deutscher Staaten kam.			
... deren unterschiedliche wirtschaftliche Entwicklung darstellen und begründen.			
... die Lebensbedingungen in der DDR mit dem Entschluss vieler Menschen, die DDR unbedingt verlassen zu wollen, in Beziehung setzen.			

Ich kann ...	☺	😐	☹
... die Herausforderungen der Demokratie in den 1970er-Jahren beschreiben und zu den staatlichen Reaktionen Stellung nehmen.			
... die Etappen auf dem Weg zur Wiedervereinigung Deutschlands ordnen und darstellen.			
... erklären, warum es ohne die Zustimmung der Siegermächte nicht zur Wiedervereinigung gekommen wäre.			
... prüfen, inwieweit die deutsche Einigung bislang ein Erfolg war und wie vollständig sie heute vollzogen ist.			

6.1 Unsere Grundrechte ...

Das Grundgesetz der Bundesrepublik

Die westlichen Besatzungsmächte erteilen den Länderregierungen 1948 den Auftrag, ein Grundgesetz (GG) für Deutschland zu erarbeiten. Das Ergebnis wird vom Parlamentarischen Rat und den Landtagen angenommen und tritt am 23. Mai 1949 in Kraft. Nach der Wiedervereinigung am 3. Oktober 1990 ist das Grundgesetz zur Verfassung des gesamten deutschen Volkes geworden.

Nach Artikel 79 GG ist eine Änderung der Artikel 1 und 20 nicht zulässig.

Wissenswert:
Im zweiten Hauptteil der Weimarer Verfassung von 1919 waren noch Grundrechte und Grundpflichten aufgelistet. Unsere „Grundpflichten" treten im heutigen Grundgesetz nur vereinzelt in Erscheinung.

In den Artikeln 1 bis 19 des **Grundgesetzes** sind die Rechte der Bürgerinnen und Bürger der Bundesrepublik Deutschland festgehalten. Diese Rechte dürfen nicht verletzt werden und sind vom Staat garantiert und in der Verfassung festgehalten. Weil die **Grundrechte** so wichtig sind, stehen sie in unserem Grundgesetz an erster Stelle.

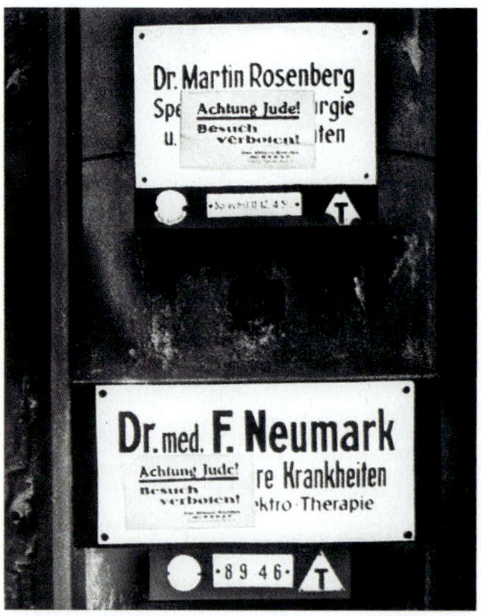

Judenboykott im Dritten Reich: Praxisschilder jüdischer Ärzte werden überklebt.

Die Grundrechte sichern unsere Demokratie. In einer Diktatur sieht das ganz anders aus. Um sich an der Macht zu halten, muss eine Diktatur vor allem dafür sorgen, dass die Bürgerinnen und Bürger eines Landes der Willkür dieser Regierung ausgeliefert sind. Dies erreichen die Machthaber dadurch, dass sie ihnen ihre fundamentalen Freiheiten nehmen.

2

„Die Grundrechte wurden unter der Hitlerdiktatur außer Kraft gesetzt. Die Geschichte hat uns hier gelehrt, wie wichtig unsere Grundrechte sind."

Die Grundrechte lassen sich in Freiheits-, Gleichheits- und Schutz- bzw. Unverletzlichkeitsrechte einteilen. **Freiheitsrechte** gewährleisten die persönliche Freiheit und die freie Entfaltung der Persönlichkeit, **Gleichheitsrechte** sichern die rechtliche Gleichheit der Menschen, **Schutz- oder Unverletzlichkeitsrechte** gewähren Schutz gegen die Staatsgewalt.

Freiheitsrechte	Gleichheitsrechte	Schutz- oder Unverletzlichkeitsrechte
• Freie Entfaltung der Persönlichkeit • Recht auf Leben und körperliche Unversehrtheit • Glaubens- und Gewissensfreiheit • Meinungsfreiheit • Versammlungsfreiheit • Vereinigungsfreiheit • Recht der Freizügigkeit • freie Berufswahl • Petitionsrecht	• Gleichheit vor dem Gesetz • Gleichberechtigung von Männern und Frauen • Diskriminierungsverbot • Gleichstellung unehelicher Kinder	• Menschenwürde • Freiheit der Person • Schutz der Familie • Brief- und Telefongeheimnis • Unverletzlichkeit der Wohnung • Eigentumsgarantie (Staatsangehörigkeit) • Rechtsweggarantie

3

Wer Rechte hat, der hat auch Pflichten

Da wir in einer Gemeinschaft leben, sind wir auch gegenüber unseren Mitmenschen verantwortlich. Deshalb entsprechen den Grundrechten auch immer **Grundpflichten**, die aber nur vereinzelt im Grundgesetz niedergeschrieben sind. So wird z. B. Artikel 5 „Meinungsfreiheit" durch Absatz 3 eingegrenzt: „Die Freiheit der Lehre entbindet nicht von der Treue zur Verfassung". Ebenso gibt es aber auch ungeschriebene Pflichten. Dem Artikel 4 „Glaubensfreiheit" steht die Pflicht gegenüber, den Mitmenschen tolerant zu begegnen.

Ein wichtiger Artikel für unsere Demokratie ist der Artikel 20 des Grundgesetzes. In ihm sind alle wichtigen Grundprinzipien festgelegt:

§

Artikel 20 Grundgesetz

(1) Die Bundesrepublik Deutschland ist ein demokratischer und sozialer Bundesstaat.
(2) Alle Staatsgewalt geht vom Volke aus. Sie wird vom Volke in Wahlen und Abstimmungen und durch besondere Organe der Gesetzgebung, der vollziehenden Gewalt und der Rechtsprechung ausgeübt.
(3) Die Gesetzgebung ist an die verfassungsmäßige Ordnung, die vollziehende Gewalt und die Rechtsprechung sind an Gesetz und Recht gebunden.
(4) Gegen jeden, der es unternimmt, diese Ordnung zu beseitigen, haben alle Deutschen das Recht zum Widerstand, wenn andere Abhilfe nicht möglich ist.

ARBEITSVORSCHLÄGE

1

Wählen Sie vier Grundrechte aus und begründen Sie schriftlich, warum Ihnen diese Rechte so wichtig sind, dass Sie auf diese nicht verzichten würden.

Stellen Sie Ihre Liste Ihren Mitschüler/-innen vor, indem Sie sich im Kugellager einfinden (s. Methodenkompetenz S. 174/175).

2

Stellen Sie sich vor, Sie würden in einer Diktatur leben. Auf welche Rechte müssten Sie dann verzichten? Finden Sie hierzu Beispiele aus der Geschichte.

3

Welche Verstöße gegen das Grundgesetz werden hier verdeutlicht? Wovor sollen uns die Grundrechte schützen? Diskutieren Sie in der Klasse.

„Das Grundgesetz ist die Gebrauchsanweisung für unsere Demokratie."
Nehmen Sie zu dieser Aussage Stellung.

WEITERFÜHRENDE HINWEISE

Wählen Sie ein Grundrecht aus und gestalten Sie mithilfe von Bildern und Materialien ein Plakat, auf dem Sie die Bedeutung des Rechts darstellen.

Kugellager

Die Kugellager-Methode dient dem Meinungsaustausch der ganzen Klasse. Jeder kommt zu Wort und wird mit unterschiedlichen Standpunkten konfrontiert.

Beim Kugellager arbeiten Sie zunächst in Einzelarbeit und machen sich mit dem Thema und der Aufgabe vertraut. Anschließend bauen Sie Ihr Klassenzimmer um und gehen ins „Kugellager". Sobald die Diskussion freigegeben ist, tauschen Sie Ihre Ergebnisse aus.

Aufgabe für die Einzelarbeit

Schauen Sie sich auf im Kapitel 6.1 das Schaubild mit den Grundrechten an.

Wählen Sie vier der Grundrechte aus und begründen Sie schriftlich, warum Ihnen diese Rechte so wichtig sind, dass Sie darauf nicht verzichten würden.

Aufgaben im Kugellager

1. Nehmen Sie Ihre Notizen und suchen Sie sich einen Platz im vorbereiteten Kugellager.
2. Der Außenkreis beginnt: Stellen Sie Ihrem Gegenüber Ihre ausgesuchten Rechte vor und begründen Sie, warum Sie diese gewählt haben.
3. Der Innenkreis: Nachdem Sie die Auswahl Ihres Gegenübers gehört haben, sind Sie an der Reihe und stellen Ihrem Gegenüber Ihr Ergebnis vor.
4. Die Lehrperson gibt ein Signal. Wenn Sie dieses hören, rutschen die Teilnehmer/-innen des Außenkreises zwei Plätze im Uhrzeigersinn weiter.
5. Nun werden die Ergebnisse den neuen Partnern vorgestellt, doch dieses Mal beginnt der Innenkreis.
6. Führen Sie den Wechsel bei jedem Signal durch.

Auswertung

- Wer hat eine besonders gelungene/interessante/ausgefallene Begründung gehört?
- Wer würde sich aufgrund des Gehörten noch einmal umentscheiden?

So geht's

Kugellager

Thema vorbereiten

Zunächst verschaffen Sie sich einen Überblick über das Thema bzw. die Aufgabe. Achten Sie darauf, dass Sie nicht nur Behauptungen aufstellen, sondern Ihren Standpunkt auch begründen und mit Beispielen/Belegen veranschaulichen („Ich habe das Recht der freien Meinungsäußerung gewählt, weil ...").

Klassenzimmer umbauen

Um das Kugellager aufzubauen, brauchen Sie eine entsprechend große Freifläche im Klassenzimmer (evtl. Tische an die Seite rücken).

Dort werden nun die Stühle in zwei Kreise gestellt, d. h., die eine Hälfte der Teilnehmer/-innen setzt sich in einen Innenkreis, mit dem Gesicht nach außen gerichtet, die andere Hälfte setzt sich in einen Außenkreis, mit dem Gesicht nach innen gerichtet, es sitzen sich dann immer zwei Teilnehmer/-innen gegenüber (wenn es nicht aufgeht, kann evtl. die Lehrperson mitmachen).

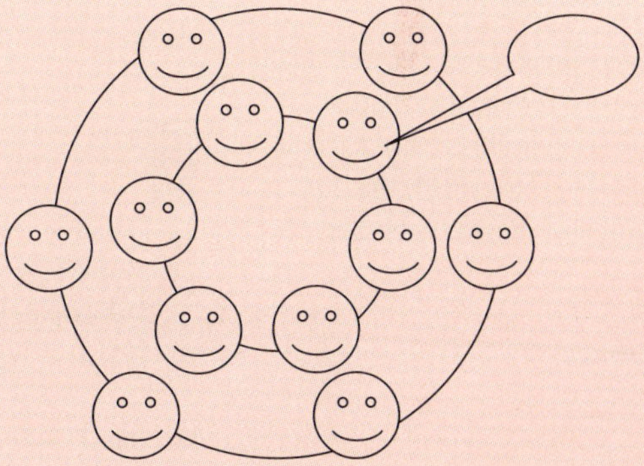

Diskussion

Alle Paare führen nun simultan ein Gespräch, indem sie jeweils ihre Argumente vorstellen. Der Außenkreis beginnt und im Anschluss stellt der Innenkreis vor, bis das Signal der Lehrperson ertönt. Es ist wichtig, dass Sie Ihrem Gegenüber möglichst nahe sitzen, damit Sie nicht zu laut sprechen müssen. Sollten Sie schon vor dem Signal fertig sein, lehnen Sie sich einfach stumm zurück und warten kurz. Sollten Sie noch nicht ganz fertig sein, ist es auch nicht schlimm; Sie dürfen in der nächsten Runde das Gespräch beginnen.

Rotieren

Nachdem die Lehrperson das Signal gegeben hat, rutscht der Außenkreis zwei Plätze im Uhrzeigersinn weiter (Rotieren). Dort beginnt die Diskussion mit neuem Partner von vorne, doch diesmal beginnt der Innenkreis mit seinen Ausführungen.

Immer wenn das Signal der Lehrperson ertönt, rotiert der Außenkreis und es beginnt ein weiterer Gedankenaustausch.

Grundrechte können nach der Personengruppe eingeteilt werden: 1

1. Menschenrechte:
„Jeder"/„Alle Menschen"
Diese Grundrechte sind in persönlicher Hinsicht unbeschränkt.
Beispiele:
Art. 1 GG: Menschenwürde
Art. 2 GG: Allgemeine Persönlichkeitsrechte
Art. 3 GG: Gleichheitssatz
Art. 4 GG: Glaubensfreiheit
Art. 5 GG: Meinungs-, Informations- und Pressefreiheit
Art. 17 GG: Petitionsrecht

2. Staatsbürgerrechte:
„Jeder Deutsche"
Diese Grundrechte stehen nur Deutschen zu.
Beispiele:
Art. 8 GG: Versammlungsfreiheit
Art. 9 GG: Vereinigungsfreiheit
Art. 11 GG Freizügigkeit im Bundesgebiet
Art. 12 GG Berufsfreiheit

Weitere Grundrechte sind auch in den Artikeln 20 (Widerstandsrecht), 33 (Zugang zu öffentlichen Ämtern), 38 (Wahlrecht) und 101, 103, 104 (prozessuale Rechte) enthalten.

2

Im Grundgesetz sind die Menschenrechte in Form von Grundrechten festgeschrieben. Das Grundgesetz ist die Verfassung der Bundesrepublik Deutschland. In ihm stehen die allerwichtigsten „Spielregeln" für das Zusammenleben der Menschen in Deutschland. Alle Behörden, Gerichte und alle Bürgerinnen und Bürger müssen sich daran halten. Kein Gesetz, das in unserem Land gilt, darf dem Grundgesetz widersprechen. Die Grundrechte garantieren uns viele Freiheiten eines demokratischen Zusammenlebens und sind gleichzeitig Schutzrechte gegenüber staatlicher Willkür. Jede Bürgerin und jeder Bürger, der sich in seinen Grundrechten durch staatliches Handeln beeinträchtigt fühlt, kann vor dem Bundesverfassungsgericht Klage erheben.

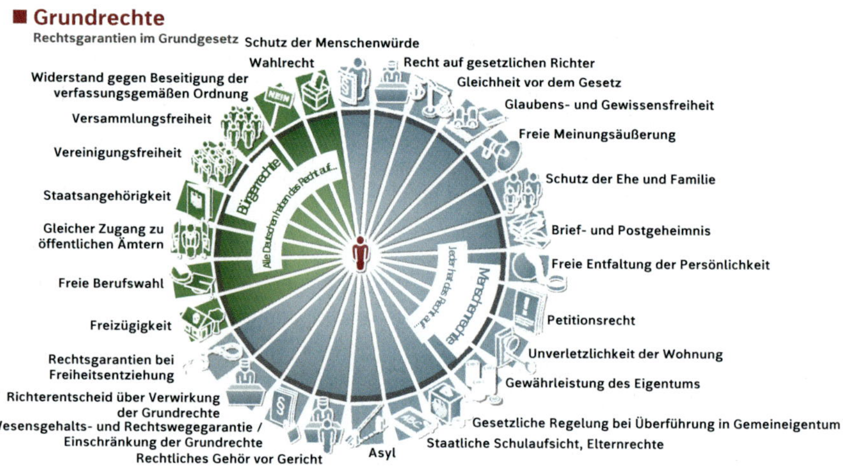

Bundeszentrale für politische Bildung, 2009, www.bpb.de Lizenz: Creative Commons by-nc-nd/3.0/de

§ **Grundgesetz Artikel 79** 3

(3) Eine Änderung dieses Grundgesetzes, durch welche die Gliederung des Bundes in Länder, die grundsätzliche Mitwirkung der Länder bei der Gesetzgebung oder die in den Artikeln 1 und 20 niedergelegten Grundsätze berührt werden, ist unzulässig.

Mit dieser Regelung will der Parlamentarische Rat den Erfahrungen aus der Zeit des Nationalsozialismus begegnen und naturrechtliche Grundsätze in Form der Menschenwürde (vgl. Artikel 1 GG) sowie Strukturprinzipien in Artikel 20 (Republik, Demokratie, Bundesstaat, Rechtsstaat und Sozialstaat) mit einer zusätzlichen Sicherung versehen. Durch diese **Ewigkeitsklausel** ergibt sich selbst innerhalb des Grundgesetzes eine Normenhierarchie. Bis zu einer Ersetzung des Grundgesetzes durch eine andere Verfassung (Art. 146 GG) kann die Ewigkeitsklausel nach heute herrschender Meinung nicht aufgehoben werden. Die Bezeichnung „Ewigkeitsklausel" selbst steht nicht im Grundgesetz, sondern gehört eher der juristischen Umgangssprache an.

4

Aufgrund der schlimmen Erfahrungen zweier Weltkriege werden 1945 die Vereinten Nationen (UN) gegründet. Sie sollen verhindern, dass es in Zukunft wieder zu einem Krieg kommt. Die schrecklichen Erfahrungen veranlassen die Völkergemeinschaft dazu, grundlegende Rechte zu formulieren, die jedem Menschen zugesprochen werden müssen. So wird am 10. Dezember 1948 die **Allgemeine Erklärung der Menschenrechte** (AEMR) durch die UN-Generalversammlung verabschiedet und von vielen Staaten gleichzeitig anerkannt. In 30 Artikeln enthält sie eine umfassende Aufzählung von Freiheits- und Gleichheits- sowie von staatsbürgerlichen und sozialen Rechten.

Nun ist es eine Sache, die Erklärung zu unterzeichnen, aber eine ganz andere, sie in die Tat umzusetzen, vor allem, da die Erklärung kein verbindlicher Vertrag ist, sondern – wie es in der Präambel heißt – als „gemeinsames Ideal" der Völker und Nationen gemeint ist. Da die Allgemeine Erklärung der Menschenrechte lediglich empfehlenden Charakter besitzt, muss nun die Staatengemeinschaft diese in Form von internationalen Verträgen auf ein verbindliches Fundament stellen, dessen Recht man auch einklagen kann. So kommt es seit Anfang der 1950er-Jahre zur Verabschiedung zahlreicher Konventionen, die für die Unterzeichnerstaaten verbindlich sind. Zu jedem Übereinkommen wird ein Gremium zur Überprüfung und Durchsetzung des Menschenrechtsschutzes eingerichtet.

© Bergmoser + Höller Verlag AG 615 531

ARBEITSVORSCHLÄGE

1
Erklären Sie den Unterschied zwischen Menschenrechten und Bürgerrechten.

2
Welche Bedeutung haben die Grund- und Menschenrechte im Grundgesetz?
Vergleichen Sie diese mit der UN-Menschenrechtserklärung.

3
Die Grundrechte im Grundgesetz dürfen von keinem Verfassungsorgan abgeschafft werden. Welchen Grund hat das?

4
Erklären Sie, warum man zusätzlich zu der AEMR weitere internationale Verträge abgeschlossen hat.

WEITERFÜHRENDE HINWEISE

Ordnen Sie die 30 Artikel der AEMR folgenden Kategorien zu:
- Freiheitsrechte
- Gleichheitsrechte
- Staatsbürgerrechte
- Soziale Rechte

Bereiten Sie mithilfe des Artikels der bpb ein Kurzreferat über das Bundesverfassungsgericht vor:
www.bpb.de/izpb/254017/grundrechtsschutz-aus-karlsruhe-das-bundesverfassungsgericht

Folgende Themen sind zu bearbeiten:
- Entstehung
- Zusammensetzung
- Aufgaben
- Verfassungsbeschwerde

Grundrechte und Ausnahmen

Die Grundrechte können nicht allein per Gesetz oder Rechtsverordnung eingeschränkt werden. Es gelten bezogen auf ein Grundrecht jeweils Einschränkungen, damit Missbrauch vorgebeugt wird.

Einschränkungen müssen zeitlich begrenzt sein!
Das Infektionsschutzgesetz sowie alle Verordnungen durch die Bundesregierung und die Länderregierungen haben ein Ablaufdatum.

Die Grundrechte sind die wichtigsten Rechte, die Menschen in Deutschland gegenüber dem Staat haben. Der Staat muss sich an die Grundrechte halten und ist verpflichtet, diese zu schützen.
In streng geregelten Ausnahmefällen darf der Staat unsere Grundrechte einschränken. Dies geht allerdings nur durch ein Gesetz, wie z. B. das Infektionsschutzgesetz. Das Grundrecht auf Menschenwürde aus Art. 1 GG lässt sich gar nicht einschränken, es ist „unantastbar". Mit Art. 79 GG, der **Ewigkeitsklausel**, werden die Grundsätze in Artikel 1 und Artikel 20 gesichert. Da helfen auch keine Zweidrittelmehrheiten in Bundestag und Bundesrat, die sonst für Grundgesetzänderungen erforderlich sind.
Andere Grundrechte dürfen unter bestimmten Voraussetzungen eingeschränkt werden. Dazu müssen allerdings bestimmte Bedingungen erfüllt sein:

Die wichtigste Bedingung ist die **Verhältnismäßigkeit**. Dazu muss ein Gesetz vier Prüfungen bestehen:

Einschränkung von Grundrechten möglich? 1

1. Einschränkungen der Grundrechte müssen **geeignet** sein.
   Das bedeutet, die Einschränkung muss das Erreichen des mit ihr verfolgten Ziels zumindest fördern.
2. Einschränkungen der Grundrechte müssen **erforderlich** sein.
   Das bedeutet, dass geprüft werden muss, ob es auch andere Mittel und Wege gibt, mit denen sich das Ziel mindestens genauso gut erreichen lässt. Nur wenn es keine andere Maßnahme gibt, gilt die Einschränkung als erforderlich.
3. Einschränkungen der Grundrechte müssen **angemessen** sein.
   Vorteile und Nachteile müssen gründlich abgewogen werden. Die Vorteile dürfen nicht außer Verhältnis zu den Nachteilen stehen. Dabei sind alle betroffenen Interessen zu berücksichtigen.
4. Einschränkungen der Grundrechte müssen erlaubt sein **(legitim)**.
   Das heißt, das mit der Einschränkung verfolgte Ziel muss mit dem Grundgesetz in Einklang stehen.

Vgl. Günther, Christian: Auch ohne Corona – wie lassen sich Grundrechte überhaupt einschränken?, 26.02.2021, abgerufen unter: www.anwalt.de/rechtstipps/auch-ohne-corona-wie-lassen-sich-grundrechte-ueberhaupt-einschraenken_166190.html [31.03.2021].

2

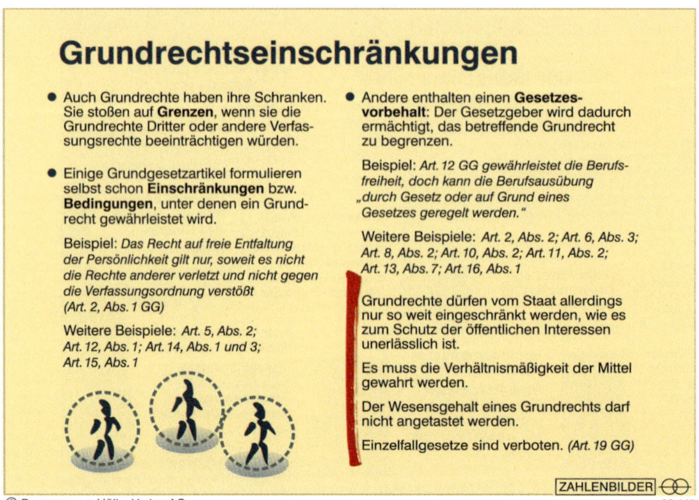

 60 115

Grundrechtskonflikte in der Corona-Krise

Eine Pandemie geht um die Welt. Millionen Menschen erkranken, viele sterben. Die Gesundheitssysteme geraten an ihre Grenzen, Menschen verlieren ihr Einkommen, viele Unternehmen bangen um ihre Existenz und Staaten schotten sich ab.

Fast in allen Ländern der Welt werden ähnliche Maßnahmen getroffen, um eine schnelle Ausbreitung von Covid-19 zu verhindern. Durch diese Maßnahmen werden aber auch massiv Grundrechte eingeschränkt.

Die rechtliche Grundlage dafür bietet vor allem das Infektionsschutzgesetz (IfSG). Hier werden unterschiedliche Schutzmaßnahmen zur Seuchenbekämpfung geregelt, um die Ausbreitung von gefährlichen Krankheiten wie Covid-19 zu verhindern. Außerdem können die Bundesländer nach § 32 IfSG eigene Schutzmaßnahmen in Form von Rechtsverordnungen erlassen, auf deren Grundlage unsere Grundrechte ebenfalls beschränkt werden dürfen, allerdings nur, wenn dies verhältnismäßig ist.

Grundrechtskonflikte

Die Einschränkungen in der Corona-Krise sollen das Grundrecht auf Leben und körperliche Unversehrtheit schützen. Dieses wichtige Grundrecht steht im Grundgesetz Artikel 2 (2). Für den Schutz dieses Grundrechtes werden und wurden viele andere Grundrechte eingeschränkt.

§ **3**

GG Artikel 2 (2)
Jeder hat das Recht auf Leben und körperliche Unversehrtheit.
Die Freiheit der Person ist unverletzlich. In diese Rechte darf nur auf Grund eines Gesetzes eingegriffen werden.

Beispiele für einen Grundrechtskonflikt mit Artikel 2 (2)

Artikel 13 (1) Die Unverletzlichkeit der Wohnung
Eine Frau soll in häusliche Quarantäne, weil sie mit Covid-19-Infizierten Kontakt hatte. Dort wird sie von einem Amtsarzt besucht. Sie ist verpflichtet, ihm zum Zwecke der Befragung oder Untersuchung den Zutritt zu ihrer Wohnung zu gestatten.

Artikel 12 Das Recht auf Berufsfreiheit
Ein Mann arbeitet als Koch in einem Restaurant und konnte seinen Beruf nicht ausüben, weil alle Gaststätten für eine bestimmte Zeit schließen mussten.

Artikel 11 Recht auf Freizügigkeit
Eine Familie möchte auf Sylt ihren Urlaub verbringen. Die Insel Sylt verhängt aber eine Einreisesperre für Menschen, die nicht dauerhaft dort leben.

4

ARBEITSVORSCHLÄGE

1, 2
Geben Sie die wichtigsten Informationen des Schaubildes in eigenen Worten wieder. Wann darf vom Staat ein Grundrecht eingeschränkt werden?

3
Artikel 2 (2) wurde in diesen Fällen über ein anderes Grundrecht gestellt. Beurteilen Sie diese Entscheidungen.

4
Die Bilder zeigen weitere Grundrechtskonflikte. Welche Grundrechte wurden hier eingeschränkt?

3, 4
Wählen Sie sich ein Beispiel aus und versetzen Sie sich in eine Person, deren Grundrecht eingeschränkt wurde. Verfassen Sie aus ihrer Sicht einen Tagebucheintrag, wie sie die Einschränkung erlebt hat.

Die Allgemeine Erklärung der Menschenrechte (AEMR) geht davon aus, dass der Mensch von Natur aus Rechte besitzt. Sie gelten als angeboren und universell. Die 30 Artikel dienen als Wertekatalog und geben eine Orientierung für alle demokratischen Staaten. Dem Staat kommt die Aufgabe zu, die Einhaltung dieser Rechte zu sichern.

1

Achtung der Menschenrechte durch den Staat
Beispiele: Staaten unterlassen willkürliche Verhaftungen und Verurteilungen, Folter, Wahlfälschungen, Gesundheitsgefährdungen oder Trinkwasserverschmutzungen. Staaten schließen keine Bevölkerungsgruppen etwa von öffentlichen Gesundheits- und Bildungseinrichtungen aus.

Schutz vor Eingriffen Dritter in die Menschenrechte
Beispiele: Staaten ergreifen spezifische (gesetzliche) Maßnahmen zum Schutz des Menschen bei der Ausübung des Versammlungs- oder Demonstrationsrechts oder zum Schutz vor Landvertreibungen, Gesundheitsgefährdungen und Ausbeutung.

Gewährleistung der Menschenrechte durch staatliche Leistungen
Beispiele: Staaten schaffen rechtsstaatliche und demokratische Strukturen (faire Gerichte sowie demokratische Wahlen), damit die Menschen ihre Justizgrundrechte wahrnehmen können. Staaten schaffen ein gut ausgebautes Gesundheits- und Bildungssystem.

Amnesty International (Hrsg.): Die allgemeine Erklärung der Menschenrechte, in: Amnesty macht Schule – Bildung ist der Schlüssel zur Freiheit, Bonn, März 2008, S. 9.

Pflichten statt Rechte

1997 legen einige Prominente, u. a. Helmut Schmidt (ehem. Bundeskanzler), eine Allgemeine Erklärung der Menschenpflichten zur Diskussion vor. Bewusstsein und Akzeptanz dieser Pflichten sollen in der ganzen Welt gelehrt und gefördert werden.

3

Allgemeine Erklärung der Menschenpflichten	Allgemeine Erklärung der Menschenrechte
Art. 2 Keine Person soll unmenschliches Verhalten, welcher Art auch immer, unterstützen, vielmehr haben alle Menschen die Pflicht, sich für die Würde und die Selbstachtung aller anderen Menschen einzusetzen. [...]	Art. 2 Jeder hat Anspruch auf die in dieser Erklärung verkündeten Rechte und Freiheiten ohne irgendeinen Unterschied, wie etwa nach Rasse, Farbe, Geschlecht, Sprache, Religion, politischer oder sonstiger Überzeugung, nationaler oder sozialer Herkunft, nach Eigentum, Geburt oder sonstigen Umständen. [...]
Art. 5 Jede Person hat die Pflicht, Leben zu achten. Niemand hat das Recht, eine andere menschliche Person zu verletzen, zu foltern oder zu töten.	Art. 5 Niemand darf der Folter oder grausamer, unmenschlicher oder erniedrigender Behandlung oder Strafe unterworfen werden.

InterAction Council (Hrsg.): Allgemeine Erklärung der Menschenpflichten, abgerufen unter: interaction-council.org/sites/default/files/de_udhr%20ltr.pdf [11.11.2020] und Generalversammlung der Vereinten Nationen (Hrsg.): Allgemeine Erklärung der Menschenrechte, Dokument A/RES/217 A (III), 10.12.1948, abgerufen unter: www.un.org/depts/german/menschenrechte/aemr.pdf [11.11.2020].

Menschenrechtskonformes Verhalten

2

[...] kann auf vielfältige Weise eingefordert und gefördert werden, beispielsweise
- durch diskursive Lernprozesse
- durch formulierte Verhaltenserwartungen seitens der internationalen Staatengemeinschaft
- durch Entscheidungen regionaler Menschenrechtsgerichte und nationaler Gerichte, welche die Regierungen umzusetzen haben
- durch das Anprangern von Menschenrechtsverletzungen und öffentliche Proteste
- durch „stille Diplomatie" und politischen Druck von Regierungen und internationalen Organisationen
- durch politische oder wirtschaftliche Anreize für menschenrechtskonformes Verhalten (z. B. EU-Beitritt, Handelserleichterungen, Entwicklungshilfe)
- durch politische und wirtschaftliche Sanktionen (Einreiseverbote, Einfrierung von Konten, Handelsembargos usw.).

Gandenberger, Gertrud; Krennerich, Michael: Einleitung, in: Politik & Unterricht, Nr. 3/4, 2014, hrsg. von Landeszentrale für politische Bildung Baden-Württemberg (LpB), S. 8.

Einschränkung von Menschenrechten

Einige Menschenrechte, wie das Verbot von Völkermord, Folter oder Sklaverei, gelten als absolut und dürfen unter keinen Umständen eingeschränkt werden.
Die meisten anderen Menschenrechte lassen unter sachlich qualifizierten, legitimen Gründen Einschränkungen zu. (s. S. 178) Die Rechtswissenschaft spricht hier von „Schranken" der Menschenrechte.

Wie Menschenrechtsorganisationen arbeiten

Menschenrechtsorganisationen entstehen, weil man den Schutz der Menschenrechte nicht allein dem Staat überlassen darf. Verwirklichung und Weiterentwicklung müssen von den Menschen selbst gefordert und gefördert werden, denn die Menschenrechte sind der kleinste gemeinsame Nenner, der alle Menschen grenzüberschreitend verbindet.

Die meisten Menschenrechtsorganisationen konzentrieren sich auf bestimmte Arbeitsschwerpunkte und einzelne Artikel aus der AEMR.

4

AMNESTY INTERNATIONAL

Gesellschaft für bedrohte Völker

FIAN

terre des hommes
Hilfe für Kinder in Not

pbi
making space for peace

Gemeinsamkeiten gibt es in der Form des Vorgehens und der Wahl der Arbeitstechniken.

Information über Menschenrechtsverletzungen

Berichte von Betroffenen und Zeugenaussagen werden gesammelt und recherchiert. Anschließend werden sie journalistisch aufbereitet und dann veröffentlicht, z. B. durch Nachrichtenagenturen.

Aufklärung/Information über Menschenrechte

Oft weiß die Bevölkerung wenig über ihre Rechte und noch weniger, wie man diese einfordert. Dies ist vor allem in Entwicklungsländern der Fall. Deshalb wird versucht, Menschen in möglichst vielen Sprachen über ihre Rechte zu informieren.

Hilfe für einzelne Opfer und Betroffene

Hier gibt es verschiedene Möglichkeiten. Oft wird mit Protestbriefen, Telegrammen oder E-Mails an die zuständigen Behörden eine Verbesserung erreicht. Es gilt, öffentlichen und internationalen Druck auf verantwortliche Behörden auszuüben. Oft helfen schon einfache Mittel wie Mahnwachen, Demonstrationen, Protestbriefe oder Unterschriftenlisten. Wichtig ist: Die Verantwortlichen scheuen das Licht der Öffentlichkeit und lassen oft von ihren Opfern ab, sobald man den „Scheinwerfer" auf sie richtet.

Präventives Arbeiten

Ursachen und Hintergründe werden erforscht. Unrecht rechtzeitig zu bekämpfen ist besser, als hinterher den Opfern zu helfen. Hierzu können direkte Maßnahmen durchgeführt werden, z. B. die Forderung nach gesetzlichen Schritten, oder indirekte Maßnahmen, z. B. die Forderung nach strafrechtlicher Verfolgung der Täterinnen und Täter.

ARBEITSVORSCHLÄGE

1
Welche Pflichten muss ein Staat erfüllen, damit man vor Menschenrechtsverletzungen geschützt ist. Finden Sie weitere Beispiele zu den drei genannten Kategorien.

2
Es gibt einige Möglichkeiten, um menschenrechtskonformes Verhalten einzufordern. Welche der genannten Möglichkeiten erscheint Ihnen am effektivsten?

3
Vergleichen Sie die Menschenrechtsartikel mit den formulierten Pflichten.

Diskutieren Sie in der Klasse, welche Formulierung für Menschenpflichten Sie wählen würden.

4
Recherchieren Sie, mit welchen Arbeitsschwerpunkten sich die gezeigten Menschenrechtsorganisationen beschäftigen.

Methodenkompetenz

Schaubildanalyse

Viele Informationen werden uns heute über Schaubilder vermittelt. Mit ihnen können komplexe Sachverhalte verdeutlicht und verständlich gemacht werden. Um diese Sachverhalte aber zu verstehen, muss man die Informationen interpretieren und die Zusammenhänge herausarbeiten können.

Wenn Sie ein Schaubild untersuchen, ist es sinnvoll, sich an folgenden Fragen zu orientieren:

1. Hintergründe und Darstellung

- Worum geht es (Thema)?
- Aus wie vielen Teilen besteht das Schaubild?
- Wer hat das Schaubild in Auftrag gegeben?
- Woher stammen die Angaben (Quelle)?
- Wo und wann ist es veröffentlicht worden (Herausgeber)?
- Wie werden die Inhalte dargestellt?

2. Wesentliche Informationen

- Über welche Bereiche wird informiert und was wird zu den Bereichen gesagt?
- Welche Entwicklung bzw. Veränderung lässt sich ablesen?
- Mit welchen Angaben wird dies verdeutlicht?
- Gibt es Auffälligkeiten (Spitzenwerte, Durchschnittswerte, Tendenzen)?

3. Schlussfolgerung, Erkenntnis

- Welche Schlussfolgerungen bzw. welche Erkenntnis kann man aus dem Schaubild ziehen?
- Welchen Eindruck gewinnt die Betrachterinnen und Betrachter?
- Welche Ursachen sind für die Erkenntnis verantwortlich?
- Was können Folgen der Erkenntnis sein (z. B. für die Betroffenen, den Staat usw.)?

Aufgabe

Ermitteln Sie das Thema des Schaubilds auf Seite 183 und fassen Sie die wesentlichen Informationen in ganzen und zusammenhängenden Sätzen zusammen. Erläutern Sie, welche wesentlichen Erkenntnisse man diesem Schaubild entnehmen kann.

So geht's

Schaubildanalyse

Hintergründe und Darstellung (Was wird dargestellt?)

Das vorliegende Schaubild, das vom Bergmoser + Höller Verlag in der Reihe Zahlenbilder veröffentlicht wurde, zeigt anhand einer Weltkarte und einer farbigen Legende, in welchen Ländern der Welt die Todesstrafe noch als Form der Bestrafung eingesetzt wird und wie viele das insgesamt sind. Die Zahlenangaben sind absolute Zahlen, die sich auf die Legende beziehen und von der Menschenrechtsorganisation Amnesty International im Jahr 2019 bekannt gegeben wurden.

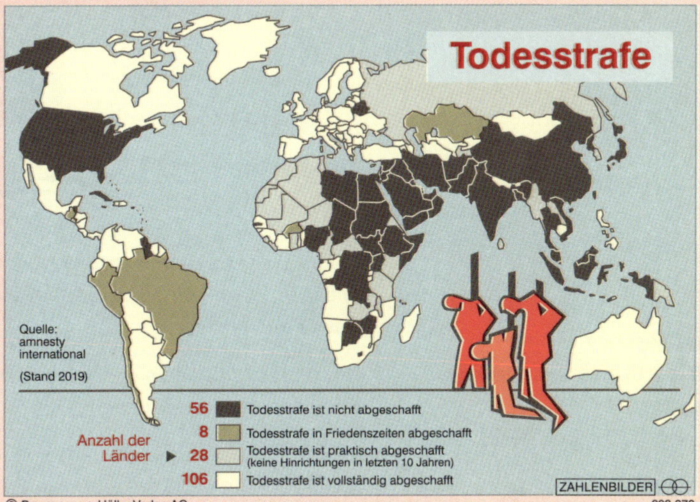

 603 270

Wesentliche Informationen (Spitzenwerte, Durchschnittswerte, Tendenzen)

Heute haben sich etwa zwei Drittel aller Staaten von der Todesstrafe abgewandt. Wie Amnesty International berichtet, halten weltweit aber noch 56 Staaten und Territorien an der Todesstrafe fest. In 28 weiteren Staaten ist die Todesstrafe zwar nach Gesetz noch in Kraft, wird aber nicht mehr angewandt, und acht Staaten sehen in Friedenszeiten von der Todesstrafe ab. In 106 Ländern, also etwas mehr als der Hälfte ist sie vollständig abgeschafft.
Schaut man sich die Karte an, so sieht man, dass die meisten Länder, in denen die Todesstrafe noch durchgeführt wird, in Afrika und Asien liegen. In Europa und Südamerika ist die Todesstrafe nahezu abgeschafft.

Schlussfolgerung/Bewertung (Wie ist diese Quelle einzuschätzen? Welche Bedeutung hat sie?)

Auch wenn die meisten Staaten die Todesstrafe abgeschafft haben oder sie nicht mehr anwenden, bleiben immer noch 56 Länder, in denen Menschen als Bestrafung hingerichtet werden. Das Schaubild zeigt nicht, wie viele Menschen jedes Jahr aufgrund der Todesstrafe hingerichtet werden.
Interessant wäre die Information, ob in den Ländern mit Todesstrafe die gewollte abschreckende Wirkung der Todesstrafe tatsächlich zu weniger Gewaltverbrechen führt.

Hinrichtungsmethoden

Im Jahr 2019 sind nach Kenntnis von Amnesty International folgende Hinrichtungsmethoden bei der Vollstreckung der Todesstrafe zur Anwendung gekommen:

Enthaupten
(Saudi-Arabien)

Elektrischer Stuhl
(USA)

Erhängen
(Ägypten, Bangladesch, Botsuana, Irak, Iran, Japan, Pakistan, Singapur, Sudan, Südsudan, Syrien)

Giftinjektion
(China, USA, Vietnam)

Erschießen
(Bahrain, Belarus, China, Jemen, Nordkorea, Somalia)

Amnesty International (Hrsg.): Wenn der Staat tötet, Aachen, 24.03.2021, S. 7, abgerufen unter: amnesty-todesstrafe.de/wp-content/uploads/325/reader_wenn-der-staat-toetet-1.pdf [19.04.2021].

3

Voraussetzungen für die Beachtung und Durchsetzung von Menschenrechten

1. Die Rechte müssen formuliert sein.
2. politische Voraussetzungen: Errichtung eines Rechtsstaates
3. gesellschaftlich-kulturelle Voraussetzungen: Bildung, gesellschaftliche Werte und Normen, Toleranz
4. wirtschaftliche Voraussetzungen: Sozialstaat, denn wer täglich ums Überleben kämpfen muss, hat es schwer, an die „Würde des Menschen" oder an „Gerechtigkeit" zu glauben.

1

Leider sind Menschenrechtsverletzungen allgegenwärtig. Es gibt nur wenige Staaten, in denen es zu keinen Verstößen kommt. Selbst die westlichen Industriestaaten bieten keinen gesicherten Schutz vor Übergriffen.

Allerdings ereignen sich die meisten Menschenrechtsverletzungen in Schwellen- und Entwicklungsländern.

Das liegt daran, dass dort oftmals die Voraussetzungen für die Beachtung von Menschenrechten nicht gegeben sind.

Aktuelle Beispiele für Menschenrechtsverletzungen aus dem Amnesty International Report 2017/2018

2

Untersucht wurden 159 Länder.

- Im Sudan beschlagnahmten die Behörden in der zweiten Jahreshälfte 26 Mal die komplette Druckauflage von Zeitungen, betroffen waren insgesamt sechs Zeitungen.
- 2017 wurden weltweit 312 Menschen getötet, die sich für den Schutz der Menschenrechte einsetzten.
- 2982 Menschen sind bei dem Versuch, Europa zu erreichen, im Mittelmeer ertrunken.
- In der Türkei sitzen mehr als 100 Journalisten in Haft, mehr als 180 Medienhäuser wurden seit dem gescheiterten Putschversuch im Juli 2016 geschlossen.
- 2017 wurden in acht US-Bundesstaaten insgesamt 23 Männer hingerichtet und insgesamt mindestens 39 Todesurteile verhängt. Ende 2017 waren in den USA etwa 2 800 Personen zum Tode verurteilt.
- Über fünf Millionen Menschen sind vor dem Konflikt in Syrien auf der Flucht.
- Ungarn schränkte den Zugang für Flüchtlinge und Asylsuchende weiterhin in starkem Maße ein, was zur Fol ge hatte, dass zwischen 6 000 und 8 000 Personen in menschenunwürdigen Lagern in Serbien leben mussten.
- In Venezuela wurden laut Angaben der Behörden während Protesten gegen Inflation und Nahrungsknappheit mindestens 120 Menschen getötet und mehr als 1 777 Menschen verletzt.
- In Libyen befanden sich 2017 Schätzungen zufolge bis zu 20 000 Personen in Haftzentren, die sowohl vom libyschen Innenministerium als auch von bewaffneten Gruppen und kriminellen Banden betrieben werden.

Vgl. Amnesty International (Hrsg.): Amnesty Report 2017/18: Zahlen und Fakten zu ausgewählten Ländern, Berlin, 22.02.2018, abgerufen unter: www.amnesty.de/informieren/artikel/afghanistan-amnesty-report-201718-zahlen-und-fakten-zu-ausgewaehlten-laendern [11.11.2020].

4

Die Menschenrechtsorganisation erkennt selbstverständlich auch das Recht und die Verantwortung von Staaten an, Straftatverdächtige vor Gericht zu stellen. [... Sie] lehnt die Todesstrafe ab, weil sie eine Verletzung des Rechts auf Leben (des fundamentalsten Menschenrechts) und des Rechts, keiner grausamen [...] Strafe unterworfen zu werden, darstellt. Diese Rechte sind in der Allgemeinen Erklärung der Menschenrechte der Vereinten Nationen (UN) [...] verankert. Zur Einhaltung dieser Erklärung haben sich alle UN-Mitgliedstaaten verpflichtet.

Amnesty International (Hrsg.): Wenn der Staat tötet, Aachen, 24.03.2021, S. 6, abgerufen unter: amnesty-todesstrafe.de/wp-content/uploads/325/reader_wenn-der-staat-toetet-1.pdf [19.04.2021].

5

In der von Amnesty herausgegebenen Zahl der Todesopfer sind die in China Hingerichteten nicht enthalten, da dort Statistiken über die Todesstrafe als Staatsgeheimnis eingestuft sind. Es wird geschätzt, dass China nach wie vor jedes Jahr Tausende Menschen hinrichtet, mehr als jedes andere Land. Annähernd 50 Delikte können nach dem chinesischen Rechtssystem mit dem Tode bestraft werden.

Ein Augenzeugenbericht

„[...] Plötzlich ging ein Ruf durch die Menge: ‚Es geht los!', und alles erstarrte. Zuerst das Geräusch von Motorrädern, etwa 15 bewaffnete Polizisten kamen auf zwei- oder dreirädrigen Maschinen langsam in Sichtweite. Dann folgte die Hauptattraktion: 45 Pritschen-LKW rollten im Schritttempo vorbei. Vorne auf jeder LKW-Pritsche standen die Verurteilten, jedem zur Seite zwei Polizisten. Die Gefangenen waren gefesselt, auf dem Rücken trugen sie kleine, längliche Schilder. Auf der oberen Hälfte jedes Schildes stand die Anklage: ‚Dieb', ‚Mörder', ‚Vergewaltiger', auf der unteren der Name des Angeklagten, durchgekreuzt von einem großen ‚X'. Einige der Gefesselten hielten die Köpfe gesenkt, andere trugen sie aufrecht, trotzig, manche weinten unverhohlen." [...]

Anmerkung der Herausgeber:
Der Augenzeugenbericht über die Vollstreckung der Todesstrafe in China bezieht sich auf das Jahr 1983. [...] Die Praxis der Vollstreckung der Todesstrafe hat sich in China bis heute nicht grundlegend geändert. Die Hinrichtungen finden in der Regel unmittelbar im Anschluss an die Urteilsverkündung statt.

Engelmann, Reiner; Fiechtner, Urs M. (Hrsg.): Frei und gleich geboren – Ein Menschenrechte-Lesebuch, Aarau/Frankfurt/Salzburg: Verlag Sauerländer, 1997, S. 143.

ARBEITSVORSCHLÄGE

1
Interpretieren Sie die Karikatur.

2
Überlegen Sie, welche Ursachen bzw. Rahmenbedingungen zu Menschenrechtsverletzungen führen können.

3
Diskutieren Sie, welche Bedingungen nötig wären, um solche Ursachen zu verhindern bzw. zu bekämpfen.

4, 5
Beschreiben Sie die Karikatur und erläutern Sie die Kritik des Zeichners (s. Methodenkompetenz S. 64).

Recherchieren Sie, in welchen anderen Ländern die Todesstrafe noch praktiziert wird.

WEITERFÜHRENDE HINWEISE

„Für sich selbst wird jeder gerne seine Rechte in Anspruch nehmen, aber sie anderen zuzugestehen, wenn es einem selber dreckig geht, erfordert wahrlich besondere menschliche Größe."

Diskutieren Sie diese Aussage in der Klasse.

Recherchieren Sie im Internet nach aktuellen Beispielen für Menschenrechtsverletzungen (s. Methodenkompetenz S. 84).

Mitgliedsstaaten der Europäischen Menschenrechtskonvention

Belgien, Dänemark, Frankreich, Großbritannien, Irland, Italien, Luxemburg, Niederlande, Norwegen, Schweden, Griechenland, Türkei, Island, Deutschland, Österreich, Zypern, Schweiz, Malta, Portugal, Spanien, Liechtenstein, San Marino, Finnland, Ungarn, Polen, Bulgarien, Estland, Litauen, Slowenien, Slowakische Republik, Tschechische Republik, Rumänien, Andorra, Lettland, Albanien, Moldawien, Ukraine, Mazedonien, Russische Föderation, Kroatien, Georgien, Armenien, Aserbaidschan, Bosnien und Herzegowina, Serbien, Monaco, Montenegro

Die Konvention sichert folgende Rechte zu:

- Recht auf Leben
- Verbot der Folter
- Verbot von Sklaverei und Zwangsarbeit
- Recht auf Freiheit und Sicherheit
- Recht auf einen gerechten Prozess
- keine Bestrafung ohne Gesetz
- Anspruch auf Achtung des Privat- und Familienlebens
- Gedanken-, Gewissens- und Religionsfreiheit
- freie Meinungsäußerung, Versammlungs- und Vereinigungsfreiheit
- Recht auf Ehe
- Recht auf wirksame Beschwerde und Verbot der Diskriminierung

1

Der **Europäische Gerichtshof für Menschenrechte (EGMR)** wird 1959 gegründet, um Verstöße der Unterzeichnerstaaten gegen die Europäische Konvention zum Schutz der Menschenrechte zu verhandeln.

Er wacht über die Einhaltung der Grundrechte, die in der **Europäischen Menschenrechtskonvention** festgelegt sind und die 1950 vom Europarat angenommen wurden.

Die Anzahl der Richterinnen und Richter entspricht der Anzahl der Staaten, welche die Konvention ratifiziert haben (heute 47). Jede Person, die der Ansicht ist, dass ihre Grundrechte gemäß der Konvention durch einen Staat verletzt werden, kann vor dem Gerichtshof Klage einreichen.

2

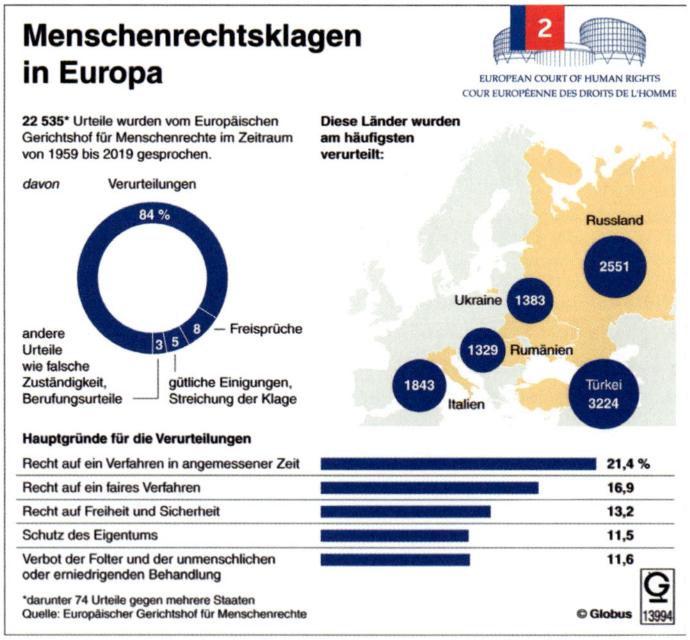

Vor dem EGMR können nur Staaten angeklagt werden, die die Europäischen Menschenrechtskonventionen anerkannt haben. Beschwerden können sowohl von Einzelpersonen als auch von anderen Staaten kommen. In selteneren Fällen gibt er auch Gutachten zur Auslegung der Europäischen Menschenrechtskonvention ab. Voraussetzung für eine Klage ist, dass der innerstaatliche Rechtsweg ausgeschöpft ist. In Deutschland muss die Klage zuvor erfolglos beim Bundesverfassungsgericht gewesen sein.

Stellt der Gerichtshof einen Verstoß gegen die Menschenrechtskonvention fest, sind die Urteile rechtlich bindend, das Ministerkomitee des Europarats überprüft sie.

3

t

www.lto.de/gerichte/aktuelleurteile-und-adresse/gerichtshof-der-europaeischen-union-eugh/

EuGH zur Unterbringung von Flüchtlingen:
Haft in Ungarn
Die Unterbringung von Flüchtlingen in der Transitzone Röszke an der serbisch-ungarischen Grenze kommt laut EuGH einer Haft gleich, weil die Asylbewerber das Lager nicht rechtmäßig in auch nur eine Richtung verlassen könnten.

vbr/LTO-Redaktion, in: Legal Tribune Online, 14.05.2020, www.lto.de/persistent/a_id/41613/ [12.11.2020]

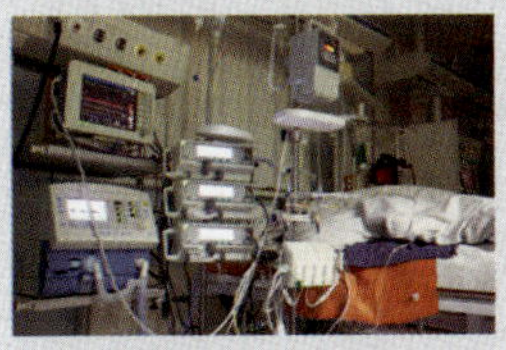

EGMR billigt Sterbehilfe für Wachkomapatienten
Lebenserhaltende Maßnahmen dürfen gestoppt werden
Vincent Lambert, der seit 2008 im Wachkoma liegt und künstlich ernährt wird, darf sterben. Die Richter des EGMR entschieden, dass der Stopp der lebenserhaltenden Maßnahmen kein Verstoß gegen das Recht auf Leben wäre.

Anne-Christine Herr, in: Legal Tribune Online, 05.06.2015, www.lto.de/persistent/a_id/15764/ [12.11.2020]

Anwalt gegen homosexuelle Bewerber
Diskriminierung auch ohne konkretes Stellenangebot
Ein italienischer Anwalt hatte im Radio verkündet, keine homosexuellen Bewerber in seiner Kanzlei einzustellen. Auch ohne konkrete Geschädigte führt dies zu einer Diskriminierung, die eine Vereinigung rügen kann. Dies hat der EuGH klargestellt.

dpa/vbr/LTO-Redaktion, in: Legal Tribune Online, 23.04.2020, www.lto.de/persistent/a_id/41389/ [12.11.2020]

Vertragsverletzungsverfahren
EuGH-Generalanwalt: Ungarisches NGO-Gesetz unverhältnismäßig
Im Vertragsverletzungsverfahren um Ungarns umstrittenes NGO-Gesetz kommt der EuGH-Generalanwalt zu einem klaren Ergebnis: Die den Organisationen auferlegten Beschränkungen seien nicht mit dem Unionsrecht vereinbar.

dpa/acr/LTO-Redaktion, in: Legal Tribune Online, 14.01.2020, www.lto.de/persistent/a_id/39667/ [12.11.2020]

4

Bei seinen Urteilen steht der Europäische Gerichtshof für Menschenrechte oft vor dem Dilemma, ein Menschenrecht gegen ein anderes abwägen zu müssen. Zum Beispiel stehen sich bei einer Klage wegen der Verletzung von Persönlichkeitsrechten durch Medien einerseits das Recht auf Achtung der Persönlichkeit und andererseits das Grundrecht der Pressefreiheit gegenüber. Dieser **Grundrechtskonflikt** wird durch die Richterinnen und Richter des EGMR sorgfältig abgewogen. Bei jedem Urteil muss entschieden werden, welches Recht im speziellen Fall eine größere Bedeutung hat.

Auch in Deutschland müssen die Gerichte, insbesondere das Bundesverfassungsgericht in Karlsruhe, über Grundrechtskonflikte entscheiden.

ARBEITSVORSCHLÄGE

1

Gestalten Sie einen Steckbrief zum Europäischen Gerichtshof für Menschenrechte. Gehen Sie dabei auf folgende Punkte ein:
- Entstehung
- Zusammensetzung
- Aufgaben

2

Ermitteln Sie das Thema des Schaubildes und fassen Sie die wesentlichen Informationen zusammen.

3, 4

Prüfen Sie, über welche Grundrechtskonflikte der EGMR entscheiden muss.
Informieren Sie sich über weitere aktuelle Beispiele. Finden Sie ein Beispiel, das Sie in Ihrer Klasse vorstellen. Recherchieren Sie dazu auch die nötigen Hintergründe.

Diskutieren Sie in Ihrer Klasse über Grundrechtskonflikte in Deutschland, z. B. Diskriminierungsverbot und Pressefreiheit oder freie Meinungsäußerung und Menschenwürde.
Finden Sie weitere Beispiele.

WEITERFÜHRENDE HINWEISE

Gehen Sie auf die Seite der Internationalen Gesellschaft für Menschenrechte (IGFM).

Wählen Sie ein Land aus und informieren Sie sich über die dortige Menschenrechtssituation. Stellen Sie Ihr Ergebnis der Klasse vor.

www.igfm.de/laender/

Wissens-Check

Grundrechte im Grundgesetz	Der im Grundgesetz verankerte Katalog von Grundrechten besteht aus • Menschenrechten, die für alle in Deutschland lebenden Personen gelten („Jeder hat das Recht ...“), und • Bürgerrechten, die nur für deutsche Staatsbürger gelten („Alle Deutschen haben das Recht ...“). Alle Bürger/-innen, die sich in den Grundrechten durch staatliches Handeln beeinträchtigt fühlen, können vor dem Bundesverfassungsgericht Klage erheben.
UNO-Menschenrechtserklärung	Die Allgemeine Erklärung der Menschenrechte • besteht aus 30 Artikeln, • in ihr stehen Freiheits- und Gleichheitsrechte sowie staatsbürgerliche und soziale Rechte, • sie besitzt keine bindende Wirkung für die Staaten, • sie prägt die Formulierung von Grundrechtskatalogen in nationalstaatlichen Verfassungen, • sie ist die Grundlage zahlreicher internationaler und regionaler Abkommen zum Menschenrechtsschutz.
Menschenrechtsverletzungen	Menschenrechtsverletzungen kommen in allen Staaten der Welt vor. Es gibt nirgends auf der Welt die Gewähr, dass Menschenrechte nicht verletzt werden. Verschiedene nichtstaatliche Organisationen (Non-governmental organizations, NGOs), wie Amnesty International oder terre des hommes, die sich für die Umsetzung von Menschenrechten engagieren, bringen in ihren jährlichen Berichten umfangreiche Auflistungen von Menschenrechtsverletzungen in aller Welt.
Europäischer Gerichtshof für Menschenrechte	Der EGMR (Sitz: Straßburg) wurde 1959 eingerichtet, um Verstöße der Unterzeichnerstaaten gegen die Europäische Konvention zum Schutz der Menschenrechte zu verhandeln. Er kann von Mitgliedsstaaten und von Einzelpersonen angerufen werden. Seine Urteile sind bindend. Der EGMR ist kein Organ der EU, sondern des Europarats.
Grundrechtskonflikte	Es kann passieren, dass bei einem Urteil ein Menschenrecht gegen ein anderes abgewogen werden muss. Es muss entschieden werden, welches Recht in dem Fall eine größere Bedeutung hat.

Kompetenz-Check

Ich kann ...	☺ 😐 ☹
... Grundrechte beschreiben, die mir wichtig sind.	

Ich kann ...	☺ 😐 ☹
... einige Grundrechte aufzählen.	
... erklären, warum Grundrechte ein wichtiger Bestandteil unserer Demokratie sind.	
... zwischen Menschen- und Bürgerrechten unterscheiden.	
... die Bedeutung des Europäischen Gerichtshofs darstellen.	
... Beispiele für Menschenrechtsverletzungen benennen.	
... einige Menschenrechtsorganisationen und ihre Arbeitsschwerpunkte benennen.	

Ich kann ...	☺ 😐 ☹
... die Stellung der Grund- und Menschenrechte im Grundgesetz erläutern.	
... erläutern, warum hinter Rechten auch immer Pflichten stehen.	
... Rahmenbedingungen analysieren, die zu Menschenrechtsverletzungen führen können.	
... erläutern, welche Voraussetzungen für die Beachtung und Durchsetzung von Menschenrechten erfüllt sein müssen.	

Ich kann ...	☺ 😐 ☹
... Handlungsmöglichkeiten entwickeln, wie man mit Grundrechtskonflikten umgehen kann.	
... begründen, warum der Schutz von Grund- und Menschenrechten für eine zivilisierte Gesellschaft wichtig ist.	

Junge Menschen in Europa und der Welt

Die Europäische Union

	Beitrittsjahr	Einwohner 2019[1] in Mio.	BIP[1,2] 2018 pro Kopf in Tausend Euro
Belgien	1958	11,5 Mio.	35,7 Tsd. €
Deutschland	1958	83,0	36,9
Frankreich	1958	67,0	31,4
Italien	1958	60,4	29,1
Luxemburg	1958	0,6	78,7
Niederlande	1958	17,3	39,2
Dänemark	1973	5,8	38,7
Irland	1973	4,9	57,8
Griechenland	1981	10,7	20,6
Portugal	1986	10,3	23,2
Spanien	1986	46,9	27,6
Finnland	1995	5,5	33,7
Österreich	1995	8,9	38,6
Schweden	1995	10,2	37,0
Estland	2004	1,3	25,0
Lettland	2004	1,9	21,0
Litauen	2004	2,8	24,6
Malta	2004	0,5	29,6
Polen	2004	38,0	21,5
Slowakei	2004	5,5	23,5
Slowenien	2004	2,1	26,4
Tschechien	2004	10,6	27,6
Ungarn	2004	9,8	21,6
Zypern	2004	0,9	26,8
Bulgarien	2007	7,0	15,5
Rumänien	2007	19,4	19,8
Kroatien	2013	4,1	19,2

[1] zum Teil vorläufig oder geschätzt [2] kaufkraftbereinigt Quelle: Eurostat 13794 © Globus Stand März 2020

Sich in Europa und der Welt zurechtfinden und engagieren

Europa	Globalisierung	Friedenssicherung und Entwicklungszusammenarbeit
Essen gehen wir beim Griechen, Urlaub machen wir in Italien. Immer mehr Menschen sind geschäftlich im europäischen Ausland unterwegs oder haben dort sogar ihren Arbeitsplatz. Kein Zweifel, unser Alltagsleben wird zunehmend durch die enge Zusammenarbeit mit unseren europäischen Nachbarn geprägt. Warum brauchen wir überhaupt eine europäische Integration? Was bringt mir die Europäische Union? Wer entscheidet, was in Europa geschieht? Ist Europa sozial gerecht? Kann Europa die Herausforderungen der Zukunft bewältigen?	Unser Leben wird immer mehr von der Globalisierung beeinflusst. Was ist überhaupt Globalisierung? Welche Auswirkungen hat die Globalisierung in den Bereichen Politik, Wirtschaft, Kommunikation, Kultur, Umwelt und Ressourcen? Wie wirkt sich die Globalisierung auf den Lebensstandard in Industrie-, Schwellen- und Entwicklungsländern aus? Wie geht Nachhaltigkeit – das Prinzip zukunftsfähiger Politik? Welche Chancen und Risiken hat die Globalisierung?	Internationale Konflikte bestimmen die Weltpolitik im 21. Jahrhundert. Was sind die Konfliktursachen? Warum fliehen Menschen aus ihrer Heimat? Nützt die Entwicklungspolitik den armen Ländern der Welt? Entsteht eine friedliche Welt durch die UNO? Gibt es Friedenspolitik ohne Waffen? Was kann ich tun für ein gerechtes und friedliches Miteinander?

7.1 Wenn ich an Europa denke …

… wie lautet Ihre Antwort?

1

Die Versammlung der Regionen Europas (VRE) hat im Internet einen Fragebogen über die Zukunft Europas zur Verfügung gestellt. Angesprochen waren Jugendliche zwischen 18 und 26 Jahren.

Hier eine Auswahl der gestellten Fragen:

- Was ist das Erste, das Sie den führenden Politikern der EU sagen möchten?
- Europa, was bedeutet das für Sie? Ein Traum der Politiker, eine Realität, ein Symbol …?
- Was gefällt Ihnen am meisten im heutigen Europa?
- Was missfällt Ihnen am meisten im heutigen Europa?
- Wie stellen Sie sich das künftige Europa vor?
- Was wünschen Sie sich am meisten im künftigen Europa?

Friedensnobelpreis für die EU

Am 10. Dezember 2012 verleiht das Nobelpreiskomitee den Friedensnobelpreis an die EU „für ihren über sechs Jahrzehnte lang geleisteten Beitrag zu Frieden und Versöhnung, Demokratie und Menschenrechte in Europa".

Tipp: Nehmen Sie teil an folgendem Quiz: europa.eu/learning-corner/quiz_de

2

„Europa", werden viele sagen, „was geht mich das an?" und zeigen mit dieser Frage, wie sehr uns manche Auswirkungen der europäischen Einigung bereits so selbstverständlich sind, dass wir sie kaum noch bewusst wahrnehmen. Dennoch, ein Blick auf unseren Alltag zeigt, dass Europa bereits auf vielfältige Weise unser Leben prägt.

Ein europäisches Angebot an Nahrungsmitteln und Konsumgütern wird mittlerweile als genauso selbstverständlich empfunden wie die offenen Grenzen und die damit verbundene Reisefreiheit in der Europäischen Union. Als Arbeitsmarkt, so wird uns zunehmend bewusst, bietet die Europäische Union bisher ungeahnte Möglichkeiten. Die Grundlage für die zunehmende Europäisierung unseres Alltags liegt darin, dass immer mehr Bereiche des täglichen Lebens auf europäischer Ebene geregelt werden. Die (Mit-)Verantwortung der Europäischen Union reicht heute von Ausbildung und Außenhandel über Lebensmittelsicherheit und Verbraucherschutz bis hin zu Umwelt, Verkehr und Währung, um nur einige Tätigkeitsbereiche der EU zu nennen.

3

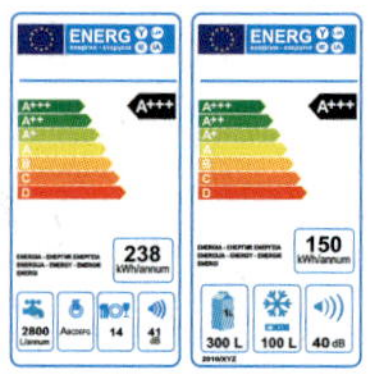

So überrascht es nicht, dass heute bereits über die Hälfte der Gesetzgebung in den Mitgliedsländern der Umsetzung von europäischem Recht in nationales Recht dient. Auf diese Weise entsteht ein einheitlicher europäischer Rechtsraum, der die Voraussetzungen für ein zusammenwachsendes Europa schafft.

Allerdings sollte man dabei aber nicht übersehen, dass europäische Gesetze, also Verordnungen und Richtlinien, nicht von *der* EU oder von anonymer Bürokratie in Brüssel gemacht werden, sondern unter Mitwirkung der Vertretungen aus den einzelnen Mitgliedsstaaten in den Entscheidungsorganen der Europäischen Union.

Erasmus-Programm

4

Seit 2014 ermöglicht das EU-Programm Erasmus+ ein Studium oder Praktikum innerhalb Europas und fördert so den sozialen, kulturellen und sprachlichen Austausch von Schüler/-innen und Studierenden. 2020 wird das Projekt umbenannt und heißt dann nur noch „Erasmus“.

Von 2021 bis 2027 sollen noch mehr junge Menschen an dem Programm teilnehmen; das Budget soll für die kommenden sieben Jahre auf 30 Mrd. € verdoppelt werden. Damit sollen auch Arbeitsplätze gesichert und die soziale Gerechtigkeit innerhalb Europas gefördert werden.

Vgl. Höfling, Tanja: Die Erfolgsgeschichte geht weiter – aus Erasmus+ wird Erasmus, in: Euro Akademie/ ESO Education Group, Stockstadt am Main, 27.11.2019, abgerufen unter: www.euroakademie.de/ magazin/die-erfolgsgeschichte-geht-weiter-aus-erasmus-wird-erasmus/ [12.11.2020].

Wo uns die EU im Alltag begegnet

5

Guten Morgen Europa. Es ist 7.15 [...] Vor uns liegt ein langer Arbeitstag, an dem jeder den Errungenschaften dieser Union etliche Male begegnet, ohne sich dessen bewusst zu sein. Das ging übrigens schon unter der Dusche los: Denn das köstliche Nass, das da aus der Brause rieselt, ist strengstens durch die Trinkwasserrichtlinie 98/93/EG reguliert. Die legt nämlich nicht nur fest, dass das Wasser genauso gut wie Mineralwasser sein muss und sich sogar für Diäten eignet. [...]
Zum Morgenkaffee gibt es Milch? Gerne auch ein Müsli? [...] das Futter für das Vieh und die artgerechte Haltung der Tiere sind europäisch vorgeschrieben. [...]
Der Weg zur Arbeit oder zur Schule wird mit einem Fahrzeug zurückgelegt, dessen Abgase europäisch normiert, dessen aktive und passive Sicherheitsausstattung längst vereinheitlicht wurden. [...] Es lohnt sich, die Fahrt mal mit anderen Augen zu sehen. Denn auch wenn es nicht (mehr) dransteht – ein Großteil von Landes- oder Stadtstraßen, wichtigen Zubringern oder Umgehungsstraßen konnten nur mit Zuschüssen aus dem Infrastrukturfonds der Gemeinschaft gebaut werden. [...]

Mindeststandards zur Gleichstellung von Mann und Frau geschaffen

Um 10 Uhr im Büro oder auf der Baustelle angekommen? Da ist nichts wie früher. [...] So sorgt die gerade erst vor einigen Monaten aktualisierte Entsenderichtlinie dafür, dass EU-Bürger immer den Lohn bekommen, den auch einheimische Arbeitskräfte erhalten. Sie haben Anspruch auf den gleichen Urlaub, die gleichen Zusatzgratifikationen – alles nur um zu verhindern, dass Billiglohnarbeiter das Niveau untergraben. [...]
12 Uhr: Es wird Zeit für die Mittagspause. Auch darauf hat jeder EU-Bürger einen Anspruch. Die Arbeitszeitrichtlinie schreibt vor, wie lange jeder Erwerbstätige arbeiten darf. Höchstens sechs Stunden sind zusammenhängend erlaubt, dann muss eine Pause drin sein. Und innerhalb von 24 Stunden hat jeder Arbeitnehmer einen Anspruch auf eine mindestens elfstündige Unterbrechung. Innerhalb von sieben Tagen ist mindestens ein freier Tag zu gönnen. [...]
20.15 Uhr: Einfach nur noch relaxen, einen guten Film aus der Online-Datenbank eines Anbieters auswählen? Die Auswahl ist deswegen so groß, weil Netflix und andere keine unterschiedlichen Angebote mehr in den Mitgliedstaaten machen dürfen. [...]
Europa ist längst nicht mehr nur ein Raum des Friedens, der Freiheit und des Wohlstands, sondern eben auch der Bürger. Manchmal lohnt es sich, das wieder zu entdecken.

Drewes, Detlef: Wo uns die EU im Alltag begegnet, in: General-Anzeiger Bonn, 03.05.2019, abgerufen unter: ga.de/news/politik/deutschland/wo-uns-die-eu-im-alltag-begegnet_aid-44035599 [24.11.2020].

ARBEITSVORSCHLÄGE

1

Beantworten Sie die Fragen und tauschen Sie die Antworten untereinander aus. Gibt es Übereinstimmungen? Gibt es Unterschiede?

2

Interpretieren Sie die Karikatur. Beurteilen Sie die Kritik des Zeichners.

3

Kennen Sie diese Labels der EU? Was bedeuten Sie? Welche weiteren Labels begegnen Ihnen im Alltag?

4

Besprechen Sie, ob Sie jemanden kennen, der schon einmal an einem Erasmus-Projekt teilgenommen hat. Überlegen Sie, ob ein solches Projekt für Sie infrage käme und welche Vorteile Sie davon haben könnten.

5

Beschreiben Sie die im Text genannten Regelungen der EU.

5

Wo begegnet Ihnen die EU? Erstellen Sie Ihren persönlichen EU-Tagesablauf.

WEITERFÜHRENDE HINWEISE

Hier finden Sie kurze Videos darüber, was die EU für jeden Einzelnen konkret im Alltag macht: europa.eu/euandme/directors-videos_de

Winston Churchill, 1946

1

Wir müssen etwas wie die Vereinigten Staaten von Europa schaffen. Nur so können Hunderte von Millionen schwer arbeitender Menschen wieder die einfachen Freuden und Hoffnungen zurückgewinnen, die das Leben lebenswert machen. Was wir benötigen, ist der Entschluss von Hunderten von Millionen Männern und Frauen, Recht statt Unrecht zu tun und als Lohn Segen statt Fluch zu ernten.

Europa: Dokumente zur Frage der europäischen Einigung, hrsg. vom Auswärtigen Amt, Bonn: Verlag Bonner Universitätsdruckerei 1953, S. 84 f.

Der französische Außenminister Robert Schuman, 1950

Der jahrhundertealte Gegensatz zwischen Frankreich und Deutschland muss überwunden werden. [...] Wir schlagen vor, die gesamte deutsch-französische Kohle- und Stahlproduktion einer Hohen Behörde zu unterstellen, einer Organisation, die den anderen Ländern Europas zum Beitritt offensteht. Dies wird ein erster Grundstein für eine europäische Föderation sein. [...] Europa wird nicht mit einem Schlage zustande kommen. Es wird durch konkrete Schritte entstehen.

Europa: Dokumente zur Frage der europäischen Einigung, hrsg. vom Auswärtigen Amt, Bonn: Verlag Bonner Universitätsdruckerei 1953, S. 301 ff.

Konrad Adenauer, 1951

Ich glaube, dass wohl zum ersten Mal in der Geschichte Länder freiwillig und ohne Zwang auf einen Teil ihrer Souveränität verzichten wollen, um die Souveränität einem supranationalen Gebilde zu übertragen. [...] Ich bin der festen Überzeugung, dass, wenn dieser Anfang einmal gemacht worden ist [...] man dann auch auf anderen Gebieten diesem Vorgang folgen wird und dass damit wirklich der Nationalismus, der Krebsschaden Europas, einen tödlichen Stoß bekommen wird.

Bundestagsrede vom 12.07.1951

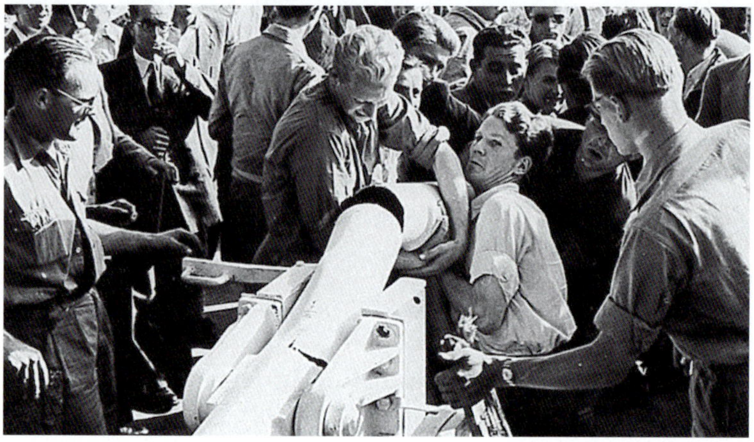

Europa-Begeisterung nach dem Zweiten Weltkrieg: Studenten reißen Schlagbäume nieder.

Aus der Rede des Karlspreisträgers 1950, Graf Coudenhove-Kalergi

2

Wir haben uns hier zusammengefunden im Namen des europäischen Kaisers Karls des Großen, in der altehrwürdigen Hauptstadt seines gewaltigen Reiches, das Deutschland, Frankreich und Italien umschloss.
Es war eine kühne Initiative, durch Stiftung dieses Preises eine Brücke über elf Jahrhunderte zu schlagen, von den großartigen Traditionen des Frankenreichs zur größten Hoffnung unserer Tage: den Vereinigten Staaten von Europa. Zwischen diesen beiden Brückenköpfen fließt ein Strom von Blut und Tränen. Unserer Generation bleibt es vorbehalten, dieser Kette von Kriegen, dieser Erbfeindschaft, für immer ein Ende zu setzen und die Einheit des Abendlandes im Geiste des 20. Jahrhunderts zu erneuern. [...]
Der Europäische Rat in Straßburg [...] ist der erste Schritt zu diesem großen Ziel. Aber der Weg zu einem einigen Europa, von Island bis zur Türkei und darüber hinaus von Finnland bis Portugal, ist weit. Jahre werden vergehen, ehe wir es erreichen. [...]
Die Erneuerung des Karolinger-Reiches im Geiste des Zwanzigsten Jahrhunderts wäre ein entscheidender Schritt vorwärts zur Einigung Europas. Ein neues Weltreich würde entstehen, dessen Bevölkerung größer wäre als die Vereinigten Staaten von Amerika und dessen Territorium, von der Ostsee bis Katanga, nur der Sowjetunion an Größe nachstehen würde. Mit einem gewaltigen inneren Markt von 200 Millionen Menschen und fast unerschöpflichen Rohstoffreserven könnte es binnen Kurzem eine Wirtschaftsblüte schaffen, wie sie Europa nie gekannt hat. Militärisch wäre es unangreifbar und könnte seinen Völkern eine lange Friedensperiode sichern. Für Osteuropa wäre es ein Magnet, der erst Ostdeutschland in seinen Bann ziehen würde und dann die europäischen Oststaaten.
Zu diesem entscheidenden Schritt aus einer tragischen Vergangenheit in eine glänzende Zukunft bedarf es nur der Entschlossenheit und Initiative der Führer und Völker Deutschlands, Frankreichs, Italiens und der Benelux-Staaten. Von ihnen hängt es ab, ob Europa in Wolken von Atombomben versinkt – oder ob es aus den Flammen des letzten Weltkriegs wie ein junger Phönix in neuer Herrlichkeit hervorgeht. [...]

Stiftung Internationaler Karlspreis zu Aachen (Hrsg.): Rede von Richard Nikolaus Graf Coudenhove-Kalergi, Aachen, 18.05.1950, abgerufen unter: www.karlspreis.de/de/preistraeger/richard-nikolaus-graf-coudenhove-kalergi-1950/rede-von-richard-nikolaus-graf-coudehove-kalergi [12.11.2020].

Der Internationale **Karlspreis** zu Aachen wird seit 1950 jedes Jahr an Persönlichkeiten oder Institutionen vergeben, die sich für die Einigung Europas engagieren.

Motive und Ziele der europäischen Einigung

Nach den Schrecken und Zerstörungen des Zweiten Weltkriegs sehen viele Menschen, nicht nur in Deutschland, im überzogenen Nationalismus der zurückliegenden Jahrzehnte die zentrale Ursache für den Zusammenbruch Europas. Nicht in Konkurrenz, sondern nur in Kooperation mit den Nachbarländern, glauben sie, können

- die häufigen zwischenstaatlichen Konflikte gewaltlos gelöst werden und die Völker Europas friedlich zusammenleben,
- sich die Volkswirtschaften im verarmten Nachkriegseuropa entfalten und wieder Arbeit und Wohlstand bieten,
- die gemeinsamen Interessen Europas im beginnenden Kalten Krieg gegenüber den Supermächten USA und UdSSR vertreten werden.

Mit diesen Überlegungen beginnt ein Prozess der schrittweisen Vertiefung der Zusammenarbeit und der Erweiterung der Mitgliederzahl, der bis heute noch nicht abgeschlossen ist.

Gerade die wachsende Zahl von Mitgliedern – von ursprünglich sechs auf mittlerweile 27 – zeigt: Die Zusammenarbeit der Staaten Europas ist zu einer Erfolgsgeschichte geworden. Sicher, es gibt zu viel Bürokratie, zu teure Subventionen und zu wenig Bürgerbeteiligung. Aber gemessen an den ursprünglichen Herausforderungen ist es nicht nur gelungen, den Frieden unter den Mitgliedern zu sichern; darüber hinaus konnten die Mitgliedsstaaten der EU eine deutliche Steigerung des Massenwohlstandes verzeichnen, und auch politisch ist trotz mancher Rückschläge die EU längst nicht mehr der Zwerg, für den sie so lange gehalten wurde.

Doch für Selbstzufriedenheit besteht kein Anlass. Seit dem Ende des Kalten Krieges zu Beginn der 1990er-Jahre stellen sich den Staaten Europas neue Herausforderungen, die sie wegen ihres grenzübergreifenden Charakters nur gemeinsam auf europäischer Ebene lösen können.

Aus der Rede des Karlspreisträgers 2015, Martin Schulz, Präsident des Europäischen Parlaments 2012–2017 **3**

[...] Wir überwanden das Trennende, um das Einende zu schaffen. Das ist die Botschaft Europas: das Trennende zu überwinden, um das Einende zu schaffen. Deshalb stelle ich mich auch jedem energisch in den Weg, der uns diese Freiheit nehmen will! Wer Grenzen wieder einführen will, der will uns erneut trennen!

[...] Deshalb geht von Aachen heute eine Botschaft aus: Hören wir endlich auf, die Europäische Union schlecht zu reden. Wir haben gemeinsam so viel erreicht – gerade wir Deutsche sollten uns das vergegenwärtigen: Feinde wurden zu Freunden, Diktaturen zu Demokratien, Grenzen wurden geöffnet, der größte und reichste Binnenmarkt der Welt geschaffen. Wir haben Menschenrechte und Pressefreiheit, aber keine Todesstrafe oder Kinderarbeit. Warum sind wir darauf nicht stolz?

In unserem europäischen Haus leben viele verschiedene Familien, auch einige neue Familien sind eingezogen. Es geht turbulent zu, manchmal auch laut, aber immer friedlich. Wir haben dieses großartige Haus von unseren Eltern geerbt. Es ist ein wenig in die Jahre gekommen. Deshalb: Lasst es uns erneuern, damit es in seinem Glanz erstrahlt. Mir geht es so, wie ich hoffe auch Ihnen: Ich bin dankbar, ein Bewohner dieses Hauses sein zu dürfen.

Stiftung Internationaler Karlspreis zu Aachen (Hrsg.): Rede von Martin Schulz, Präsident des Europäischen Parlaments, 14.05.2015, abgerufen unter: www.karlspreis.de/de/preistraeger/martin-schulz-2015/rede-von-martin-schulz [12.11.2020].

ARBEITSVORSCHLÄGE

1

Vergleichen Sie die Aussagen der europäischen Staatsmänner.

a. Welche Ziele haben sie?
b. Wie wollen sie diese Ziele erreichen?
c. Wo liegen die größten Gemeinsamkeiten?

2

Graf Coudenhove-Kalergi stellt in seiner Rede seine Vision von Europa vor.
Stellen Sie die wichtigsten Kernaussagen dar.
Nehmen Sie aus Ihrer Sicht Stellung.

3

Arbeiten Sie die wichtigsten Kernaussagen von Martin Schulz heraus.
Beurteilen Sie seine Aussagen aus Ihrer Sicht.

Setzen Sie sich mit den Gründen für europäische Zusammenarbeit nach dem Zweiten Weltkrieg und heute auseinander. Diskutieren Sie in Ihrer Klasse darüber.

WEITERFÜHRENDE HINWEISE

Es gibt auch einen Karlspreis für junge Menschen:
www.charlemagneyouthprize.eu/de/

Wer hat wofür den Jugendkarlspreis im vergangenen Jahr bekommen? Informieren Sie Ihre Klasse darüber.

7.3 Von Rom nach Lissabon:

Wirtschaftliche Zusammenschlüsse

1

Freihandelszone
- Abschaffung der Zölle zwischen den Mitgliedsländern
- unterschiedliche Zölle gegenüber Nichtmitgliedern

Zollunion
- Abschaffung der Zölle zwischen den Mitgliedern
- gleiche Zölle gegenüber Nichtmitgliedern

Gemeinsamer Markt
- freier Warenverkehr durch Schaffung einer Zollunion
- freier Personenverkehr
- freies Angebot von Dienstleistungen
- freier Kapitalverkehr

Schengener Abkommen

Um die Personenkontrollen an den gemeinsamen Grenzen abzuschaffen, unterzeichnen 1985 mehrere EU-Staaten das Schengener Abkommen. Seitdem werden die Bürgerinnen und Bürger der Unterzeichnerstaaten beim Grenzübertritt in ein anderes „Schengen-Land" nicht mehr kontrolliert.

Grenzkontrollen gibt es allerdings noch z. B. bei der Einreise nach Irland.

Dem Schengener Abkommen sind mittlerweile auch die Nicht-EU-Mitglieder wie z. B. die Schweiz beigetreten (s. S. 207).

1951: EGKS	1957: EWG	1957: Euratom
Europäische Gemeinschaft für Kohle und Stahl (Montanunion) **Ziel:** Schaffung eines gemeinsamen Marktes für Kohle und Stahl	Europäische Wirtschaftsgemeinschaft **Ziele:** • Zollunion und gemeinsamer Markt • gemeinsamer Agrarmarkt • politische Zusammenarbeit, Wirtschafts- und Währungsunion	Europäische Atomgemeinschaft **Ziel:** gemeinsame friedliche Nutzung der Kernenergie

Im Jahre 1951 gründen Belgien, (West-)Deutschland, Frankreich, Italien, Luxemburg und die Niederlande die **Montanunion** und vereinbaren damit eine Zusammenarbeit auf dem Gebiet der Schwerindustrie. Hohe Wachstumsraten und die damit einhergehende Schaffung von Arbeitsplätzen führen die Montanunion schnell zum Erfolg. So liegt es nahe, die Grundsätze des gemeinsamen Marktes vom Kohle- und Stahlsektor auf die gesamte Wirtschaft zu übertragen.

Das Ergebnis: 1957 unterschreiben die sechs Mitgliedsländer der Montanunion in Rom die Verträge für die Gründung der Europäischen Wirtschaftsgemeinschaft (EWG) und der Europäischen Atomgemeinschaft (**Römische Verträge**).

§ **Aus dem Vertrag zur Gründung der EWG (1957)** 2

Art. 1: Durch diesen Vertrag gründen die Hohen Vertragsparteien untereinander eine Europäische Wirtschaftsgemeinschaft.
Art. 2: Aufgabe der Gemeinschaft ist es, durch die Errichtung eines Gemeinsamen Marktes und die schrittweise Annäherung der Wirtschaftspolitik der Mitgliedsstaaten eine harmonische Entwicklung des Wirtschaftslebens innerhalb der Gemeinschaft, [...] eine beschleunigte Hebung der Lebenshaltung und engerer Beziehungen zwischen den Staaten zu fördern, die in dieser Gemeinschaft zusammengeschlossen sind.
Art. 8: Der Gemeinsame Markt wird während einer Übergangszeit von zwölf Jahren schrittweise verwirklicht.

Als Erstes machen sich die Mitglieder der EWG daran, nach und nach alle Binnenzölle abzubauen und so eine Zollunion zu schaffen – mit unübersehbaren Auswirkungen: Einerseits profitieren die Verbraucher/-innen von einem Güterangebot, das so groß ist wie nie zuvor. Andererseits können die Unternehmen kostengünstiger exportieren, was insbesondere der exportorientierten deutschen Wirtschaft zugutekommt und zur Schaffung neuer Arbeitsplätze beiträgt.

Auf dem Weg von der Zollunion zum gemeinsamen Markt kommen die Staaten der seit 1967 sogenannten Europäischen Gemeinschaft (EG) zunächst nur mühsam voran. Erst die Einheitliche Europäischen Akte (1987) schafft mit der angestrebten Vollendung des Binnenmarktes bis 1992 einen neuen Impuls zur weiteren Vertiefung der Zusammenarbeit unter den mittlerweile zehn Mitgliedern.

1951	1957	1968	1973	1979	1981	1986	1993
Europäische Gemeinschaft für Kohle und Stahl	Europäische Wirtschaftsgemeinschaft	Vollendung der Zollunion	Beitritt von Großbritannien, Irland und Dänemark	Erste Direktwahl zum EU-Parlament	Beitritt von Griechenland	Beitritt von Spanien und Portugal	Verwirklichung des Binnenmarktes am 01.01.1993

Im Einzelnen will die Einheitliche Europäische Akte folgende Ziele verwirklichen:

- **freier Personenverkehr** durch Wegfall von Grenzkontrollen, Niederlassungs- und Beschäftigungsfreiheit für alle EU-Bürgerinnen und EU-Bürger, Harmonisierung der Einreise- und Asylgesetzgebung
- **freier Warenverkehr** durch Wegfall von Grenzkontrollen, Harmonisierung oder Anerkennung von nationalen Normen und Vorschriften
- **freier Kapitalverkehr** durch größere Freizügigkeit für Geld- und Kapitalbewegungen
- **freier Dienstleistungsverkehr** durch Liberalisierung der Finanzdienste von Banken und Versicherungen, Harmonisierung der Banken- und Versicherungsaufsicht, Öffnung der Transport- und Telekommunikationsmärkte

Die Vollendung des Binnenmarktes schafft jedoch ihre eigene Dynamik. Ein gemeinsamer Markt braucht eine einheitliche Währung. Die Abschaffung der Binnengrenzen ruft nach grenzüberschreitender polizeilicher Zusammenarbeit, um Missbrauch zu verhindern. Verstärkt wird die Dynamik noch durch die Wiedervereinigung Deutschlands: Um das Misstrauen der Nachbarn vor einem zu mächtigen Deutschland abzubauen, soll es stärker in Europa eingebunden werden. Das Ergebnis dieser Bemühungen ist der **Vertrag von Maastricht** (1993), der mit der Schaffung der **Europäischen Union** die Zusammenarbeit unter den Mitgliedern auf eine neue Stufe hebt.

Nun fehlt noch eine gemeinsame Verfassung der EU, damit die politische Europäische Union verwirklicht ist. Die Verhandlungen hierzu scheitern allerdings. Als ein weiterer Meilenstein wird 2009 der **Vertrag von Lissabon** beschlossen. Dadurch werden die Entscheidungsverfahren demokratischer und die Europäische Bürgerinitiative gibt der Bevölkerung der Mitgliedsstaaten mehr Möglichkeiten zum demokratischen Mitgestalten.

714 020 ©Bergmoser + HöllerVerlagAG

1993	1995	2002	2004	2007	2009	2013	2020
Vertrag von Maastricht am 01.11.1993	Beitritt von Finnland, Schweden, Österreich	Einführung des Euro	Osterweiterung: Beitritt von 10 neuen Mitgliedern	Beitritt von Bulgarien und Rumänien	Verabschiedung des Vertrags von Lissabon	Beitritt von Kroatien	Austritt Großbritannien/Vereinigtes Königreich

ARBEITSVORSCHLÄGE

1

Beschreiben Sie die wichtigsten Etappen der europäischen Integration. Verwenden Sie dabei die Begriffe
- Zollunion,
- Binnenmarkt,
- politische Union.

2

Erläutern Sie die Ziele der EWG.

3

Beurteilen Sie die Fortschritte der europäischen Zusammenarbeit seit 1993.

WEITERFÜHRENDE HINWEISE

Wie hat die europäische Integration das Leben der Menschen als
- Verbraucher/-innen,
- Arbeitnehmer/-innen,
- Unternehmer/-innen

verändert?

Welche Veränderungen sind Ihrer Meinung nach eher positiv, welche eher negativ?

Sammeln Sie eine Woche lang Zeitungsartikel zur Europäischen Union und erstellen Sie damit eine Wandzeitung, die Sie Ihren Mitschülerinnen und Mitschülern vorstellen.

Wissenswertes zu den Europawahlen

- Das EU-Parlament wird für fünf Jahre gewählt.
- Die nationalen Parteien jedes Mitgliedslandes stellen ihre Kandidaten auf.
- In allen Staaten wird nach dem Verhältniswahlrecht gewählt.

1

Europawahl 2019

Partei	Stimmen	Sitze
CDU	22,6 %	23
SPD	15,8 %	16
GRÜNE	20,5 %	21
DIE LINKE	5,5 %	5
AfD	11,0 %	7
CSU	6,3 %	6
FDP	5,4 %	5
Kleine Parteien, z. B. FREIE WÄHLER	insg. 12,7 %	9
Wahlbeteiligung	61,38 %	

Vgl. Der Bundeswahlleiter (Hrsg.): Europawahl 2019, Ergebnisse Stimmanteile, Wiesbaden, 2019, abgerufen unter: www.bundeswahlleiter.de/europawahlen/2019/ergebnisse.html [12.11.2020].

David-Maria Sassoli, Italien, Präsident des Europaparlaments

Das Europaparlament – Interessenvertretung der Bevölkerung

Sitz des Europäischen Parlaments in Straßburg

Arbeitsort des Europäischen Parlaments in Brüssel

„Dieses Parlament ist das Herz der Demokratie auf Ebene der EU."

Martin Schulz, Präsident des Europaparlaments 2012-2017, hrsg. von Europäisches Parlament/der Präsident, abgerufen unter: www.europarl.europa.eu/former_ep_presidents/president-schulz-2014-2016/de/index.html [16.11.2020].

Das **Europäische Parlament** vertritt die Bürgerinnen und Bürger der Mitgliedsstaaten. Die Zahl der Abgeordneten ist auf 751 begrenzt. Jeder Mitgliedsstaat schickt mindestens sechs und höchstens 96 Abgeordnete, je nach Einwohnerzahl. Inzwischen hat das EU-Parlament wichtige Rechte:

- **Gesetzgebungsrechte**: In einer wachsenden Zahl von Politikbereichen (z. B. Arbeit, Gesundheit, Umwelt) entscheidet das EU-Parlament mit. Das Verfahren gibt dem Parlament die Möglichkeit, einen vom Rat gebilligten Gesetzentwurf abzulehnen.
- **Haushaltsbefugnisse**: Das Parlament verabschiedet gemeinsam mit dem Rat der Europäischen Union den Haushaltsentwurf. Erst wenn das Parlament zustimmt, darf Geld aus der EU-Kasse fließen.
- **Kontrollrechte**: Das Parlament kontrolliert, ob das Geld der EU korrekt ausgegeben wird. Es kann die Kommission durch ein Misstrauensvotum zum Rücktritt zwingen.
- **Ernennungsrechte**: Der Vorschlag der Regierungschefs für den Vorsitz der Kommission kommt nur durch, wenn das Parlament mehrheitlich zustimmt. Auch die Kommissare müssen sich einer Anhörung durch das Parlament stellen. Anschließend muss das Parlament ihnen das Vertrauen aussprechen.

Das Europaparlament hat aber nicht die Kompetenzen wie z. B. der Deutsche Bundestag. Deshalb spricht man auch vom **Demokratiedefizit**. Dennoch ist es das demokratische Element in der EU, weil es direkt von der Bevölkerung aller Mitgliedsstaaten gewählt wird. Es wird auch oft als Legislative bezeichnet.

Das Parlament wählt eine Präsidentin oder einen Präsidenten für zweieinhalb Jahre. Diese oder dieser vertritt das Parlament in der Öffentlichkeit und bei Verhandlungen mit den anderen Organen der EU.

Europäische Bürgerinitiative – direkte Demokratie für alle

Wenn mindestens eine Million Bürgerinnen und Bürger aus den Mitgliedsstaaten der EU ein bestimmtes Gesetz durchsetzen oder verhindern möchten, können sie ein Bürgerbegehren durchführen. Die Kommission muss sich dann mit diesen Vorschlägen befassen.

Zum ersten Mal in der Geschichte der EU wurden 2014 bei einem Bürgerbegehren über 1,6 Mio. Unterschriften gesammelt und der Kommission übergeben. Das Bürgerbegehren richtete sich gegen die Privatisierung von Trinkwasser und setzte sich für Wasser als Menschenrecht ein.

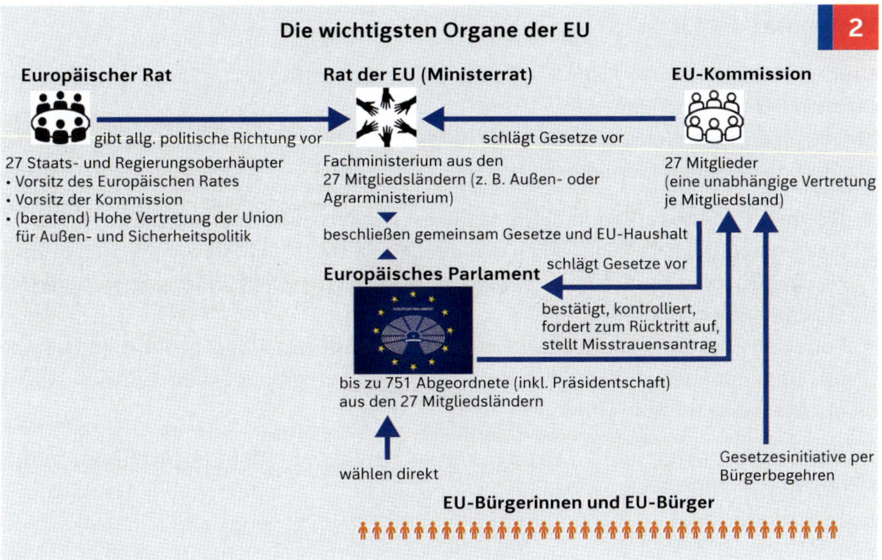

Die Kommission – Vertreterin der europäischen Interessen

Die 27 Mitgliedsstaaten der EU entsenden jeweils eine Person in die Kommission. Diese Personen entscheiden nicht im Interesse der jeweiligen Regierung, sondern achten auf die gemeinsamen europäischen Interessen. Die Kommission entwickelt Vorschläge für neue Richtlinien und Verordnungen. Sie ist verantwortlich für die Durchsetzung der Beschlüsse des Europäischen Parlaments und des Rats der EU. Die Kommission wird oft als Exekutive bezeichnet.

Ursula von der Leyen, Deutschland

Der Rat der Europäischen Union – Stimme der nationalen Regierungen

Früher nannte sich der Rat „Ministerrat", denn er besteht aus den jeweiligen Fachministern der 27 Regierungen der Mitgliedsstaaten. Je nachdem, welches Thema gerade besprochen wird, treffen sich z. B. die Minister für Bildung, für Umwelt oder für Sicherheit. Die Fachministerien entscheiden nach den Interessen ihrer jeweiligen Regierungen, d. h., dass Entscheidungen über Kompromisse oder eine Abstimmung mit qualifizierter Mehrheit stattfinden müssen. Eine Mehrheit ist dann erreicht, wenn 55 % der Mitgliedsstaaten zustimmen, die gleichzeitig mindestens 65 % der Bevölkerung vertreten. So wird verhindert, dass sich große Länder gegen kleinere verbünden und nur ihre nationalen Interessen durchsetzen.

Der Europäische Rat – die Staats- und Regierungschefs

Im Europäischen Rat finden sich die Staats- und Regierungschefs der Mitgliedsstaaten zu sogenannten Gipfeltreffen zusammen. Sie entscheiden über die grundlegende politische Richtung in der europäischen Politik. Ihr Präsident bzw. ihre Präsidentin wird für zweieinhalb Jahre gewählt und gilt als Sprecher/-in der EU.

Charles Michel, Belgien

ARBEITSVORSCHLÄGE

1

Analysieren Sie das Ergebnis der EU-Wahlen von 2019. Was fällt Ihnen auf? Vergleichen Sie es mit den Bundestagswahlen von 2017 (S. 112). Diskutieren Sie die Unterschiede in der Klasse.

2

Erläutern Sie das Schaubild. Erklären Sie die Organe der EU mithilfe der Informationstexte in eigenen Worten.

Alternative:

Analysieren Sie die Informationstexte über die EU-Institutionen und gestalten Sie Ihr persönliches Schaubild.

WEITERFÜHRENDE HINWEISE

Informieren Sie sich über die Arbeit der Abgeordneten aus Baden-Württemberg. Nutzen Sie dafür die Website des EU-Parlaments: www.europabuero-bw.de/node/19

Würden Sie sich an einer Europäischen Bürgerinitiative beteiligen? Welches Thema ist Ihnen wichtig?

Die wichtigsten Handelspartner Deutschlands in Europa

Zwei Drittel der deutschen Exporte gehen in EU-Mitgliedsstaaten.

2

Exporte 2019 in Mrd. Euro

Frankreich	107
Niederlande	91
Großbritannien	79
Italien	68
Österreich	66
Polen	65
Belgien	46
Zum Vergleich:	
USA	119
China	96

Vgl. Statistisches Bundesamt (Destatis) (Hrsg.): Außenhandel, Wiesbaden, 05.11.2020, abgerufen unter: www.destatis.de/DE/Themen/Wirtschaft/Aussenhandel/Tabellen/rangfolge-handelspartner.pdf?__blob=publicationFile [12.11.2020].

Konvergenzkriterien

3

Bedingungen für den Euro

- Preisstabilität: Die Inflation darf nicht höher sein als 1,5 % über dem Durchschnitt der drei preisstabilsten Länder.
- Staatsfinanzen: Das Haushaltsdefizit darf höchstens 3 % des Bruttoinlandsprodukts betragen und die Gesamtverschuldung darf nicht höher sein als 60 % des BIP.
- Währung: Die nationale Währung darf in den letzten beiden Jahren gegenüber dem Euro nicht zu stark auf- bzw. abgewertet werden.
- Zinsen: Zinsen für langfristige Kredite dürfen höchstens um 2 % über dem Durchschnitt der drei preisstabilsten Länder liegen.

Woher hat die EU Geld?

Normalerweise finanziert ein Staat seine öffentlichen Aufgaben durch Steuern. Die EU ist kein Staat und kann daher keine Steuern erheben. So müssen die Finanzen vor allem von den Mitgliedsstaaten selbst aufgebracht werden. Im Einzelnen verfügt die EU über diese Einnahmequellen:

- Mehrwertsteuer-Einnahmen: Die Mitgliedsstaaten führen einen Anteil ab.
- Eigenmittel: Das sind Einnahmen aus den Mitgliedsstaaten, die anhand des Bruttonationaleinkommens festgesetzt werden. Je nach Wirtschaftskraft zahlen Mitgliedsstaaten mehr oder weniger ein.
- Zölle und Zuckerabgabe: Zölle werden beim Import von Waren aus Nicht-EU-Staaten eingenommen. Zusätzlich erhält die EU Sonderzahlungen der Zuckerindustrie als Ausgleich für Subventionen.

Der jährliche **Haushalt** der EU beträgt 172,5 Mrd. € (2020) (siehe zusätzliche Corona-Hilfen, S. 211). Im Vergleich dazu ist der Haushalt der Bundesrepublik Deutschland mehr als doppelt so groß, und dies bei einer Bevölkerung von nur 82 Mio. Menschen.

Es ist damit nachvollziehbar, dass die EU mit diesen begrenzten Mitteln nicht alle Wünsche ihrer 27 Mitgliedsstaaten zufriedenstellen kann. Darüber hinaus darf die EU auch keine Kredite aufnehmen, weil sie keine Schulden machen darf. Es kann also nur so viel verteilt werden, wie es Einnahmen gibt.

1

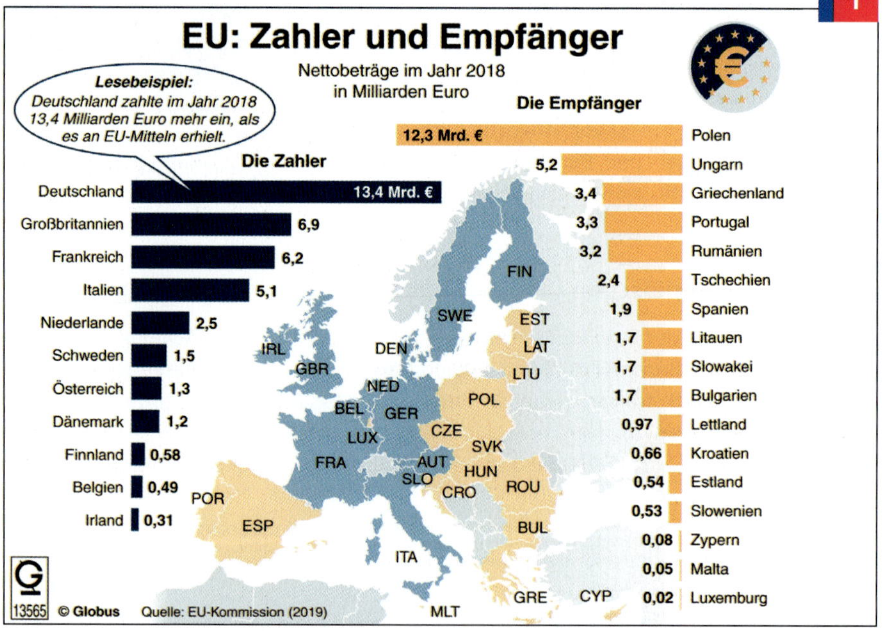

Deutschland zahlt die höchste Summe in den EU-Haushalt ein. Deshalb sieht man sich in Deutschland gerne als „Zahlmeister Europas". Allerdings werden dabei häufig die Vorteile übersehen, die die exportorientierte deutsche Wirtschaft aus dem europäischen Binnenmarkt und der Währungsunion zieht. Die Mitgliedsstaaten der EU sind aufgrund der fehlenden Zollschranken (**Binnenmarkt**) Deutschlands beste Kunden. Konstant gehen zwei Drittel der deutschen Exporte in die EU-Mitgliedsstaaten.

Die **Währungsunion** seit 2002 schafft den Euro als die gemeinsame Währung. Mit dem Beitritt zur EU verpflichtet sich jedes Mitgliedsland, auch dem Euroraum beizutreten, sobald es die Bedingungen (**Konvergenzkriterien**) dafür erfüllt.

Für die Einzelstaaten bedeutet die Teilnahme an der Währungsunion eine erhebliche Einschränkung ihrer Souveränität. Dass die Konvergenzkriterien auch nach dem Eintritt in den Euroraum gelten, sollte eigentlich eine Selbstverständlichkeit sein. Allerdings nehmen die meisten Euroländer diese Verpflichtung nicht ernst.

4

EU: Deutschland droht Milliardenstrafe wegen Exportüberschuss

Die **Finanzkrise** verschärft die Probleme im Euroraum und in der EU. Zunehmend wird das Ungleichgewicht in der Wirtschaftskraft zwischen den Einzelstaaten spürbar. Während einige Staaten mit steigender Staatsverschuldung kämpfen (z. B. Griechenland), erhöhen andere Staaten ihre Wirtschaftskraft durch Exportüberschüsse (z. B. Deutschland). In jedem Fall geht die Schere innerhalb der EU auseinander. Da es keinen Länderfinanzausgleich gibt, wie z. B. in der Bundesrepublik Deutschland, wo die reicheren Bundesländer die ärmeren unterstützen (s. S. 126/127), entscheidet sich die EU für andere Maßnahmen. So wird der **Europäische Stabilitätsmechanismus** ins Leben gerufen. Überschuldete EU-Mitgliedsstaaten können sich aus einem Topf von insgesamt 500 Mrd. € Kredite geben lassen. Sie müssen im Gegenzug Bedingungen akzeptieren, die teilweise ihre nationale Entscheidungssouveränität aufheben. Es werden Staatsausgaben gekürzt, und dies trifft vor allem die Allgemeinheit. Folgen sind geringere Kaufkraft, Armut und Arbeitslosigkeit, vor allem bei jungen Menschen. Die Privatisierung staatlicher Aufgaben, wie z. B. des Gesundheitswesens, führt zur Verschlechterung der medizinischen Versorgung der Bevölkerung.

Sparprogramme töten

5

[...] Unsere Erkenntnis lautet: Die eigentliche Gefahr für die Gesundheit der Allgemeinheit lauert nicht in Rezessionen an sich, sondern in den Sparprogrammen, mit denen diese häufig „bekämpft" werden. Wenn das soziale Netz durch Ausgabenkürzungen Löcher bekommt, kann ein wirtschaftlicher Rückschlag wie der Verlust des Arbeitsplatzes oder des Eigenheims die Gesundheit stark in Mitleidenschaft ziehen. [...]

Stuckler, David; Basu, Sanjay; Barth, Richard (Übers.): Sparprogramme töten. : Die Ökonomisierung der Gesundheit, Verlag Klaus Wagenbach, Berlin, 2014, S. 15-16.

ARBEITSVORSCHLÄGE

1
Beschreiben Sie das Schaubild. Beurteilen Sie anhand der Zahlen, welches Land am meisten und welches am wenigsten an die EU zahlt. Welches Land bekommt am meisten bzw. am wenigsten von der EU?

2
Erklären Sie den Zusammenhang zwischen den deutschen Exporten und der Behauptung, Deutschland sei der „Zahlmeister Europas".

3
Erläutern Sie die Konvergenzkriterien für den Euro.

4
Interpretieren Sie die Karikatur und nehmen Sie Stellung zur Kritik des Zeichners.

5
Erläutern Sie die Aussage „Sparprogramme töten". Nehmen Sie Stellung.

WEITERFÜHRENDE HINWEISE

Vergleichen Sie den Haushalt der EU mit dem deutschen Bundeshaushalt. Welche Unterschiede fallen Ihnen auf?

Informationen zum Bundeshaushalt finden Sie beim Bundesfinanzministerium (www.bundesfinanzministerium.de).

Prüfen Sie, welche Länder den Euro als Währung haben.

1

Kurswechsel für Europa

Die EU – ein Europa der Arbeitgeber? Diese Kritik ist im Zusammenhang mit dem Vertrag von Lissabon und dem Bekenntnis zum freien Markt immer wieder zu hören. Das soziale Gefälle innerhalb der EU, verbunden mit großen Unterschieden bei Lohnkosten, Steuern und Sozialabgaben, ermöglicht es den Unternehmen, die Freiheiten des Binnenmarktes zu ihrem Vorteil zu nutzen und die Produktion an den für sie günstigsten Standort zu verlagern.

Unternehmenssteuern in der EU gerechter machen

2

[...] Das derzeitige Unternehmenssteuerrecht ist nicht mehr zeitgemäß. Im Zeitalter der Digitalisierung ist das wirtschaftliche Umfeld globaler und mobiler geworden, aber Unternehmenseinkünfte werden nach wie vor auf nationaler Ebene besteuert. Geschäftsmodelle und Unternehmensstrukturen sind komplexer geworden, was die Verlagerung von Gewinnen erleichtert. Es ist daher nicht einfach zu bestimmen, in welchem Land die Einkünfte eines multinationalen Unternehmens zu versteuern sind.

Manche Unternehmen nutzen dies aus und verlagern ihre Gewinne in Niedrigsteuerländer, um ihre Gesamtsteuerlast zu reduzieren. Der Umstand, dass erfolgreiche multinationale Unternehmen im Verhältnis zu ihren Einkünften sehr wenig Steuern zahlen, viele Bürger aber zur Kasse gebeten werden, um die öffentlichen Finanzen zu sanieren, hat in der Öffentlichkeit für Unmut gesorgt. Dieser als Mangel an Gerechtigkeit wahrgenommene Umstand gefährdet den Gesellschaftsvertrag zwischen Staat und Bürger und kann dazu führen, dass die Steuerehrlichkeit in Mitleidenschaft gezogen wird. Einem solchen Missbrauch des Steuersystems auf Unternehmensebene muss dringend Einhalt geboten werden. Das Unternehmenssteuerrecht muss reformiert werden, um besser gegen aggressive Steuerplanung vorgehen zu können. [...]

Europäische Kommission (Hrsg.): Eine faire und effiziente Unternehmensbesteuerung in der Europäischen Union – Fünf Aktionsschwerpunkte, Brüssel, 17.06.2015, S. 2, abgerufen unter: ec.europa.eu/taxation_customs/sites/taxation/files/resources/documents/taxation/company_tax/fairer_corporate_taxation/com_2015_302_de.pdf [12.11.2020].

Wenn die Unternehmen die Möglichkeit des Binnenmarktes für sich nutzen, muss die EU-Sozialpolitik die sozialen Folgen auffangen. Dafür stehen der EU allerdings nur bescheidene Mittel zu Verfügung, die in einem deutlichen Missverhältnis zu den Problemen stehen, die zu bewältigen sind.

Gesetzliche Mindestlöhne in Europa 2020 je Stunde in Euro

3

Luxemburg	12,38
Frankreich	10,15
Niederlande	10,14
Irland*	10,10
Belgien	9,66
Großbritannien*	9,93*
Deutschland	**9,35**
Spanien	5,76
Slowenien	5,44
Malta	4,48
Portugal	3,83
Griechenland	3,76
Litauen	3,72
Polen	3,50
Estland	3,48
Tschechien	3,40
Slowakei	3,33
Kroatien	3,17
Ungarn	2,85
Rumänien	2,81
Lettland	2,54
Bulgarien	1,87

*Irland ab 02/2020, Großbritannien ab 04/2020

Vgl. Schulten, Thorsten; Lübker, Malte: WSI-Mindestlohnbericht 2020, hrsg. von Hans-Böckler-Stiftung, WSI Report Nr. 55, Februar 2020, S. 4, abgerufen unter: www.boeckler.de/pdf/p_wsi_report_55_2020.pdf [12.11.2020].

Subsidiaritätsprinzip

Angewendet auf die EU bedeutet dieser Grundsatz, dass von der EU nur die Aufgaben übernommen werden, die die Staaten auf ihren verschiedenen Entscheidungsebenen allein nicht mehr zufriedenstellend wahrnehmen können. Dies soll gewährleisten, dass die Entscheidungen möglichst bürgernah getroffen werden.

Proteste bei Goodyear Philippsburg

Das gilt auch für den sogenannten **Globalisierungsfonds**, dessen Mittel Beschäftigten zugutekommen sollen, deren Fabriken wegen internationaler Konkurrenz geschlossen und ins Ausland verlagert werden.

4

EGF-Projekte in Deutschland

Bisher hat Deutschland zehn Anträge mit einem EGF-Fördervolumen von insgesamt knapp 55 Mio. Euro erfolgreich gestellt.

Das zehnte deutsche EGF-Projekt unterstützt ehemalige Mitarbeiterinnen und Mitarbeiter des Reifenherstellers Goodyear Dunlop Tires Germany GmbH in Philippsburg (Baden-Württemberg), die aufgrund der dortigen Werksschließung ihren Arbeitsplatz verloren haben. Der EGF hilft diesen Personen, wieder in Arbeit zu kommen bzw. sich optimal auf den Arbeitsmarkt vorzubereiten. [...]

Für die Förderung von 622 ehemaligen Beschäftigten des Unternehmens [... wurden] 2,1 Mio. Euro EGF-Mittel von der EU für den Förderzeitraum Januar 2018 bis August 2019 genehmigt. [...] Mit dem Projektumsetzer weitblick – personalpartner GmbH konnten den ehemaligen Reifenbauern zahlreiche Fortbildungen angeboten, zwei Jobmessen durchgeführt und bisher unveröffentlichte Stellengesuche eines Jobscouts unterbreitet werden.

EGF-Projekte in Deutschland, 17.12.2020 © Bundesministerium für Arbeit und Soziales, Berlin. www.bmas.de/DE/Europa-und-die-Welt/Europaeische-Fonds/Europaeischer-Globalisierungsfonds/egf-projekte-in-deutschland.html [19.04.2021]

Eine gemeinsame europäische Sozialpolitik ist nicht ganz einfach. Länder mit niedrigen **Sozialstandards** fürchten, ihre Standortvorteile zu verlieren, wenn sie höhere Standards übernehmen müssen. Andererseits müssen sich Länder mit höheren Sozialstandards den Vorwurf des Sozialabbaus gefallen lassen und mit erheblichen Widerständen rechnen, wenn sie ihre Sozialstandards absenken.

Trotzdem gibt es bei der Sozialpolitik und dem Arbeitsrecht Rechtsvorschriften der EU, die die nationalen Parlamente in den Mitgliedsländern umsetzen, wie die zwei Beispiele in der Tabelle zeigen:

5

Gegen Jugendarbeitslosigkeit	Gegen Diskriminierung am Arbeitsplatz
Um die hohe Jugendarbeitslosigkeit in der EU zu bekämpfen, hat die Kommission die Initiative „Chancen für junge Menschen“ beschlossen. EU-Gelder fließen in die Schaffung neuer Lehrstellen. Außerdem werden junge Menschen bei der Suche nach einem Arbeitsplatz in einem anderen Mitgliedsstaat unterstützt.	Gleichzeitig hat die EU mehrere Richtlinien beschlossen, die es verbieten, Menschen wegen ihrer ethnischen Herkunft, ihres Geschlechts oder ihrer Religion, einer Behinderung, des Alters oder der sexuellen Ausrichtung zu diskriminieren. In Deutschland gilt dementsprechend das Allgemeine Gleichbehandlungsgesetz (AGG).

ARBEITSVORSCHLÄGE

1

Analysieren Sie die Aussage der Karikatur.

2

Analysieren Sie den Text: Inwiefern sind Unternehmenssteuern in der EU ungerecht? Welche Lösung gibt es?

3

Erläutern Sie, wo der höchste und wo der niedrigste Mindestlohn in der EU gilt.
Welche Bedeutung haben Mindestlöhne für die Standortwahl der Unternehmen?

4

Analysieren und beurteilen Sie die Regelungen des Globalisierungsfonds.

5

Erläutern Sie ausgehend von den Beispielen, welche Auswirkungen eine europaweite einheitliche Sozialpolitik hat.

WEITERFÜHRENDE HINWEISE

In Ihrer Firma sind Auszubildende aus Spanien angekommen. Entwerfen Sie eine Begrüßungsrede als Ausbildungsvertreter/-in.

Nutzen Sie auch die folgenden Informationen:
EU-Initiative für junge Menschen:
ec.europa.eu/commission/presscorner/detail/de/MEMO_14_530

Antidiskriminierungsstelle
www.antidiskriminierungsstelle.de

Der ökologische Fußabdruck

5

Der ökologische Fußabdruck besagt, wie viel Fläche der Erde benötigt wird, um die verwendeten Rohstoffe (z. B. für die Herstellung eines Produkts) zur Verfügung zu stellen.

CO_2-Emissionen in der EU 2017

Die sechs größten CO_2-Emittenten (in Mio. Tonnen)

Deutschland	906,6
Großbritannien	470,5
Frankreich	464,6
Italien	427,7
Polen	413,8
Spanien	340,2
Die anderen 22 EU-Länder zusammen	1 301,5

Zusammengestellt nach: Umweltbundesamt (Hrsg.): Treibhausgas-Emissionen in der Europäischen Union. Dessau-Roßlau, 25.08.2020, abgerufen unter: www.umweltbundesamt.de/daten/klima/treibhausgas-emissionen-in-der-europaeischen-union#grosste-emittenten [12.11.2020].

Braunkohletagebau in der Lausitz mit Kraftwerk Schwarze Pumpe

1

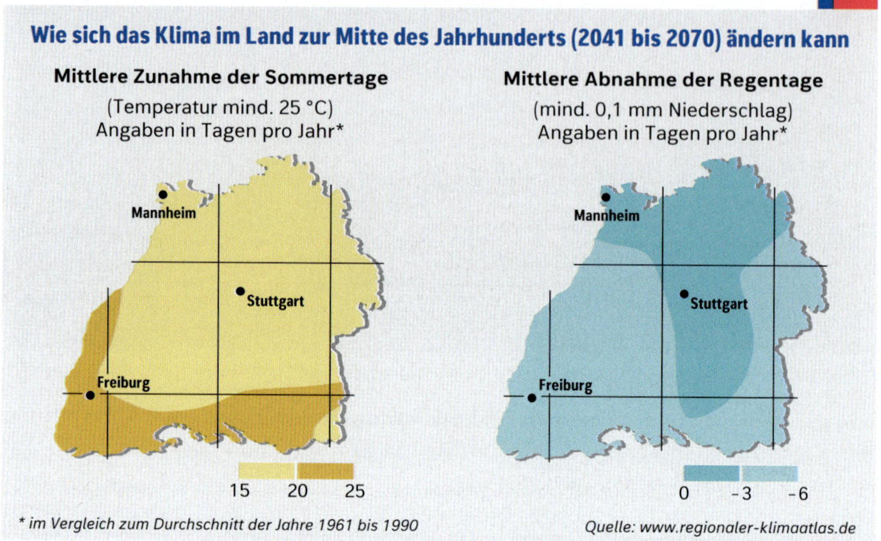

Die Klimaforscher sind sich einig: Die Temperaturen auf der Erde werden steigen. Verantwortlich für diese Entwicklung ist der mit dem Beginn der Industrialisierung steigende Ausstoß von Treibhausgasen, insbesondere von Kohlendioxid (CO_2).

Sollte die Erderwärmung das vorindustrielle Niveau um mehr als 2 °C übersteigen, dürfte der **Klimawandel** unumkehrbar sein – mit schwerwiegenden Folgen: Niedriger liegende Gebiete der Erde könnten aufgrund des steigenden Meeresspiegels verschwinden. In vielen Teilen der Erde käme es zu Trinkwasserknappheit. Schwere Unwetter würden an Häufigkeit zunehmen. Schaut die Menschheit dieser Entwicklung tatenlos zu, wird mit einem Einbruch des globalen Sozialprodukts um bis zu 20 % gerechnet.

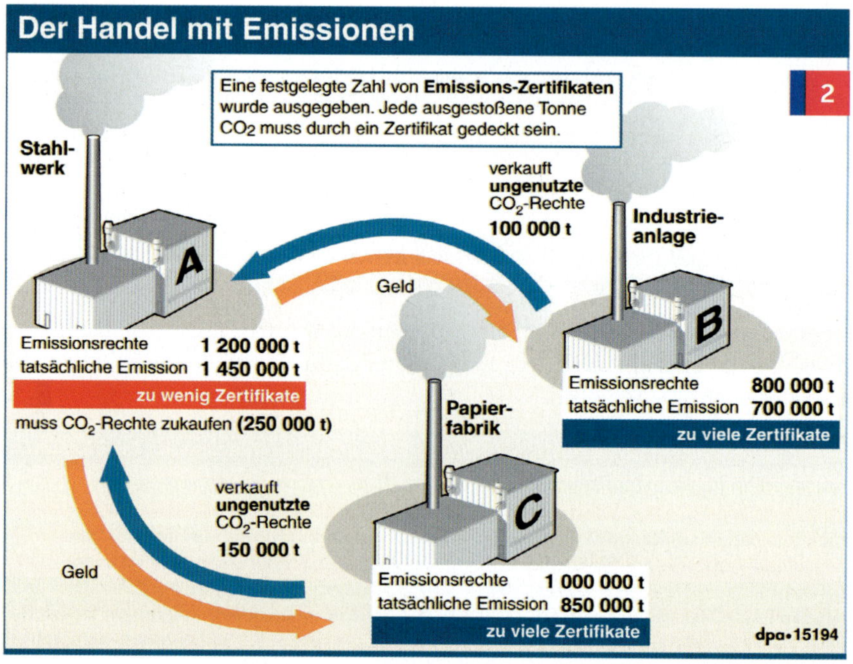

Klima- und energiepolitischer Rahmen bis 2030 | 3

Politische Ziele

[...]

- Senkung der Treibhausgasemissionen um mindestens 40 % (gegenüber 1990) [Anm.: Die Kommission strebt 55 % an].
- Erhöhung des Anteils von Energie aus erneuerbaren Quellen auf mindestens 32 % [Anm: Kann 2023 noch angehoben werden]
- Steigerung der Energieeffizienz um mindestens 32,5 % [...]

Neues Governance-System

[...] Die EU hat integrierte Vorschriften für die Überwachung und Berichterstattung erlassen, um sicherzustellen, dass bei den Klima- und Energiezielen für 2030 und ihren internationalen Verpflichtungen im Rahmen des Übereinkommens von Paris Fortschritte erzielt werden.

Gemäß den Grundsätzen für bessere Rechtsetzung umfasst der Governance-Prozess Konsultationen von Bürgerinnen und Bürgern und Interessenträgern. [...]

Vorteile

Eine gemeinsame Politik für den Zeitraum bis 2030 gibt Investoren mehr Rechtssicherheit und hilft bei der Koordinierung der Maßnahmen der EU-Länder.

Der Rahmen fördert Fortschritte bei der Verwirklichung einer CO_2-armen Wirtschaft und beim Aufbau eines Energiesystems, das

- erschwingliche Energie für alle Verbraucher sicherstellt,
- die Energieversorgungssicherheit der EU erhöht,
- unsere Abhängigkeit von Energieeinfuhren verringert,
- neue Möglichkeiten für Wachstum und Beschäftigung schafft [...].

Europäische Kommission (Hrsg.): Klima- und energiepolitischer Rahmen bis 2030. Europäische Union, 2020, abgerufen unter: ec.europa.eu/clima/policies/strategies/2030_de [18.07.2020].

Die Ziele der EU zum **Klimaschutz** haben allerdings erst dann Auswirkungen, wenn sie in den Mitgliedsstaaten umgesetzt werden. Wie schwierig das ist, zeigt sich auch in Deutschland, wo einerseits die Automobilindustrie ihre Interessen durchsetzen will und andererseits die Kohleproduktion als Energiebestandteil auch von Regierungsseite garantiert werden soll. In anderen Mitgliedsstaaten der EU stehen den Klimazielen andere Faktoren im Wege, z. B. das Festhalten an Atomkraftwerken.

Ausstieg aus Kohle und Öl mindert Fluchtursachen | 4

Mit dem Pariser Klimaabkommen stehen die Zeichen auf Ausstieg aus Kohle, Öl und Gas. Dies kann die enormen Risiken des Klimawandels zwar nicht beseitigen, aber deutlich eindämmen. Der Ausstieg aus den fossilen Energieträgern kann auch weitere Konfliktursachen verhindern. Bei vielen Kriegen war der Zugang zu Öl eine der treibenden Kräfte, etwa im Sudan, im Nigerdelta oder im zweiten Golfkrieg. Auch der internationale Terrorismus speist sich aus Einnahmen aus Erdölverkäufen: Der „Islamische Staat" verfügt beispielsweise über Ölfelder im Irak und Syrien sowie entsprechende Infrastruktur für Förderung und Transport. Kriege und terrorbedingte Krisen zwingen viele Menschen in den betroffenen Regionen zur Flucht.

Im Gegensatz zu fossilen sind erneuerbare Energieträger in jedem Land der Erde dezentral verfügbar. Inzwischen sind sie zunehmend wettbewerbsfähig. Sie ermöglichen Menschen in ärmeren Ländern und ländlichen Gebieten den Zugang zu sauberer Energie und einer nachhaltigen Entwicklung. [...] Und es bedarf auch einer Strategie, um neue Einkommensmöglichkeiten und Arbeitsplätze für die Menschen in den bisherigen fossilen Förderregionen zu generieren.

Künzel, Vera; Bosquet, Nicole: Ausstieg aus Kohle und Öl mindert Fluchtursachen, in: Weitblick 1/2016, Ausstieg aus den fossilen Energien, S. 1, abgerufen unter: germanwatch.org/de/11862 [27.11.2020].

ARBEITSVORSCHLÄGE

1

Beschreiben Sie die beiden Landkarten. Beurteilen Sie, wie sich das Klima für Baden-Württemberg verändern könnte.

2

Erklären Sie den Emissionshandel.

3

Stellen Sie dar, welche Ziele die EU für die nahe Zukunft verfolgt und was sie sich davon verspricht.
Überlegen Sie, durch welche konkreten Maßnahmen sich diese Ziele erreichen lassen könnten.

4

Beurteilen Sie die Aussage „Ausstieg aus Kohle und Öl mindert Fluchtursachen".

5

Wie groß ist Ihr ökologischer Fußabdruck?
Testen Sie bei
www.fussabdruck.de.

WEITERFÜHRENDE HINWEISE

Wie können Sie Ihren CO_2-Fußabdruck verringern?

Maßgeblich für die Verringerung des CO_2-Ausstoßes sind nicht nur politische Entscheidungen und große Investitionen der Industrie. Wichtig ist auch der Beitrag jedes Einzelnen. Kleine Veränderungen können große Wirkungen erzielen.

Überlegen Sie:

- Wie kann man zu Hause Energie sparen?
- Wie kann man beim Autofahren Energie sparen?

Die Kopenhagen-Kriterien

1

Auf seinem Gipfel 1993 in Kopenhagen hat der Europäische Rat Bedingungen für den Beitritt weiterer Kandidaten zur EU festgelegt. Diese Bedingungen nennt man die „Kopenhagen-Kriterien“:

Politische Kriterien
- stabile Demokratie
- Achtung der Menschenrechte
- Schutz von Minderheiten

Wirtschaftliche Kriterien
- funktionierende Marktwirtschaft
- wirtschaftliche Stärke

Gemeinschaftliche Kriterien
- Übernahme des Gemeinschaftsrechts einschließlich der Ziele der Wirtschafts- und Währungsunion, der Entwicklung der politischen Union

Beitrittsbedingungen

Viele Länder zeigen Interesse an einem EU-Beitritt. Nicht jedes interessierte Land erfüllt allerdings die Bedingungen dafür. Es genügt nicht, geografisch zu Europa zu gehören, zumal umstritten ist, wie weit Europa geografisch überhaupt reicht.

Die Bedingungen für eine Aufnahme in die EU sind in den Kopenhagen-Kriterien festgelegt. Wenn ein Land Demokratie, Garantie der Menschenrechte, Schutz von Minderheiten und einen Rechtsstaat vorweisen kann, eine funktionierende Marktwirtschaft hat und bereit ist, Rechtsnormen der EU anzunehmen, dann kann es einen Aufnahmeantrag stellen.

Manche europäische Staaten lehnen die Mitgliedschaft in der EU ab, obwohl sie die Kriterien erfüllen (Norwegen, Schweiz, Liechtenstein). Erstmals entscheidet sich sogar ein Mitgliedsland für den Austritt aus der EU: 2016 stimmt bei einem Referendum in Großbritannien eine Mehrheit für den Austritt des Vereinigten Königreichs aus der Europäischen Union („Brexit“). Auf der anderen Seite drängen Staaten in die EU, deren politische und wirtschaftliche Voraussetzungen den Kopenhagen-Kriterien nicht annähernd genügen.

Balkanstaaten in die EU?

Albanien, Bosnien-Herzegowina, Kosovo, Mazedonien, Montenegro und Serbien sind Länder mit Beitrittsperspektive für die Europäische Union. Jedes Jahr präsentiert die EU-Kommission ihre Einschätzung dieser Länder in sog. Fortschrittsberichten. Darin wird aufgelistet, was diese Länder noch tun müssen, um in die EU aufgenommen zu werden. Nachholbedarf gibt es vor allem beim Kampf gegen Korruption und beim Schutz von Minderheiten.

3

Der Aufnahmeprozess vollzieht sich in drei Stufen:

1. Einem interessierten Land wird die Beitrittsperspektive eröffnet.
2. Das Land bekommt einen offiziellen Status als Beitrittskandidat.
3. Das Land beginnt mit offiziellen Verhandlungen.

Alle EU-Mitgliedsstaaten müssen zustimmen, bevor ein neues Land in die EU aufgenommen wird.

Beitrittskandidat Türkei

Seit Jahrzehnten gibt es eine Zollunion mit der Türkei und dadurch einen regen wirtschaftlichen Austausch. Zudem ist die Türkei seit 1952 Mitglied der NATO.

Die Türkei ist auch seit 2005 Beitrittskandidat. Dennoch gibt es immer wieder Unterbrechungen bei den Verhandlungen, weil sich die türkische Regierung in ihrer Politik eher von der EU entfernt als sich ihr nähert. Die Ereignisse im Sommer 2016 nach dem gescheiterten Militärputsch, vor allem die Aussetzung demokratischer Grundrechte, lassen an einem baldigen Beitritt der Türkei in die EU zweifeln. Es sind auch immer öfter Stimmen zu hören, die sich für einen Abbruch der Beitrittsverhandlungen aussprechen.

Einreisebedingungen

Die Zahl der Menschen, die aus Ländern außerhalb der EU kommen, ist in den letzten Jahren stark angestiegen. Deshalb hat die EU damit begonnen, eine gemeinsame Einwanderungs-, Asyl- und Visumspolitik sowie eine gemeinsame Strategie zur Sicherung der Außengrenzen zu entwickeln.

Der **Schengenraum** garantiert Freizügigkeit für EU-Bürger/-innen. Sie können also ohne Grenzkontrollen durch die EU reisen. Allerdings wirkt der Schengenraum für Menschen aus Drittstaaten wie eine Festung. Wer einmal europäischen Boden betreten hat, darf nicht mehr weiter. Er muss in diesem Land einen Asylantrag stellen.

Die Dramatik dieser Regelung zeigt sich im Zusammenhang mit den Tausenden Flüchtenden aus den Kriegsgebieten in Syrien, aus dem Irak und anderen Ländern. Denn der erste Staat, den diese Menschen betreten, ist meistens Griechenland oder Italien. Sie dürfen dann nicht weiter und müssen hier einen Asylantrag stellen. Wie schwer sich die EU-Staaten mit einer gerechten Verteilung von Geflüchteten tun, zeigt sich in den letzten Jahren. Die fehlende Solidarität innerhalb der EU führt dazu, dass Europa seine Grenzen dicht macht.

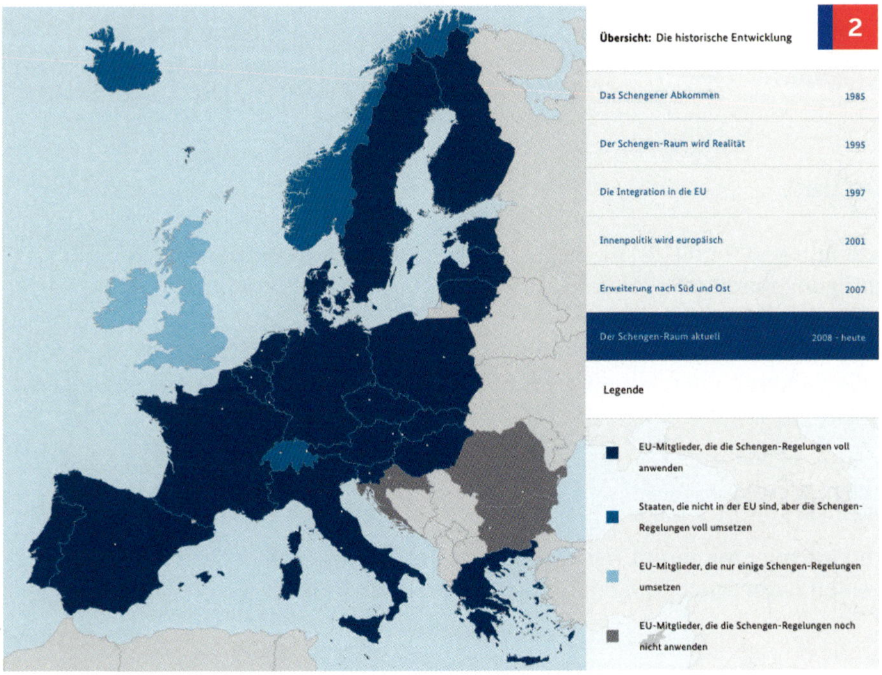

Landkarte Europas mit den Schengenstaaten sowie den EU-Staaten ohne Anwendung der Schengen-Übereinkommen

ARBEITSVORSCHLÄGE

1

Wer darf Mitglied der EU werden? Erläutern Sie die Kopenhagen-Kriterien.

2

Beschreiben Sie die Landkarte des Schengenraums.
Welche Länder sind nicht dabei?
Beurteilen Sie die Problematik, die sich darin zeigt.

3

Interpretieren Sie die Karikatur.

WEITERFÜHRENDE HINWEISE

Informieren Sie sich über die aktuelle Lage der Flüchtlinge, die in der EU einen Asylantrag stellen wollen.
Diskutieren Sie in Ihrer Klasse über Lösungsmöglichkeiten, um eine humanitäre Aufnahme der Flüchtlinge zu gewährleisten.
Informieren Sie sich über den Verhandlungsverlauf zwischen Großbritannien und der EU zum Brexit.

Informieren Sie sich über die Beitrittsperspektive der Balkanländer:
ec.europa.eu/regional_policy/DE/policy/themes/enlargment/

Methodenkompetenz

Fishbowl

Beim Fishbowl diskutieren Sie in Ihrer Klasse ein politisches Thema. Sie erarbeiten sich einen Standpunkt und stellen sich anderen Positionen.

Thema: **Wie groß soll die EU werden?**

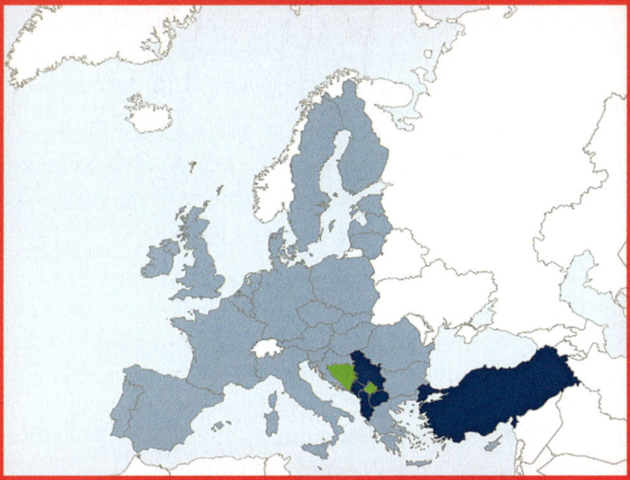

Potenzieller EU-Beitrittskandidat: grün
EU-Beitrittskandidat: dunkelblau
EU-Mitgliedstaat: hellblau

1. Vorbereitung in Einzelarbeit

- Beschreiben Sie die Beitrittsbedingungen für die EU (S. 206).
- Vergleichen Sie die Beitrittsbedingungen mit den Länderportraits. Beim Auswärtigen Amt finden Sie Portraits aller Beitrittskandidaten: www.auswaertiges-amt.de/de/aussenpolitik/europa/erweiterung-nachbarschaft/eu-beitrittskandidaten-node
- Nehmen Sie Stellung dazu, ob die Balkanstaaten Mitglied der EU werden sollen. Schreiben Sie mindestens zwei vollständige Argumente auf.

2. Vorbereitung in Zweiergruppen

Setzen Sie sich mit Ihrer Tischnachbarin oder mit Ihrem Tischnachbarn zusammen und tauschen Sie Ihre Ergebnisse aus. Welche Informationen fehlen Ihnen noch, um ein fundiertes Urteil zu fällen?

3. Zusatzinformationen

Stellen Sie die fehlenden Informationen zusammen. Als Informationsquelle dient Ihnen das komplette Kapitel 7 (S. 192 – 207).

So geht´s

Fishbowl

Raumgestaltung

Es gibt einen Innenkreis mit fünf bis sieben Stühlen.
Es gibt einen Außenkreis mit Platz für alle.

Legende:
Moderator/-in
Beitragende

Regeln

Nur im Innenkreis wird diskutiert.
Der Außenkreis beobachtet und macht sich Notizen.
Wer etwas beitragen möchte, setzt sich in den Innenkreis.
Wer nichts mehr zu sagen hat, verlässt den Innenkreis.

Ablauf

Im Innenkreis sitzt eine Person, die moderiert. Das kann die Lehrperson oder auch eine Schülerin bzw. ein Schüler sein.
Dazu kommen weitere Personen, die diskutieren möchten.
Zwei Stühle bleiben im Innenkreis frei.
Das Thema wird anmoderiert und dann beginnt die Diskussion.
Setzt sich eine neue Person in den Innenkreis, erhält sie sofort das Wort.
Wer sich nicht mehr äußern möchte, geht in den Außenkreis zurück.

Schluss

Die moderierende Person holt in der Klasse ein Feedback ein.
- Welche Argumente waren für Sie neu?
- Welche Argumente haben Sie überzeugt?
- Welche Gesichtspunkte fehlen Ihnen?
- Was möchten Sie noch ergänzen?

Vorteile der Methode

- Die Teilnahme an der Diskussion ist freiwillig.
- Es gibt einen ritualisierten Ablauf.
- Niemand muss sich einer Auseinandersetzung stellen.
- Auch alle im Außenkreis sind beteiligt, weil sie die Argumente mitschreiben.

Zeitlicher Rahmen: 30 Minuten

Die Europäische Einigung hat unbestritten Erfolge zu verbuchen.

2012 wird die EU mit dem **Friedensnobelpreis** geehrt. Aus ehemals verfeindeten Staaten sind Nachbarn geworden, die friedlich zusammenleben. Es ist in der europäischen Geschichte nicht selbstverständlich, dass es in einer Region einen Zeitraum von über 60 Jahren ohne Krieg gibt. Diese Friedensbemühungen sind Anlass für das Nobelpreiskomitee, die Politik der EU zu würdigen (s. S. 192).

Die EU ist auch wirtschaftlich von großer Bedeutung. Der **Weltmarktanteil** beim Handel mit Waren und Dienstleistungen liegt bei rund 15 %. Beim **Warenexport** hat die EU inzwischen eine Spitzenposition vor den USA und knapp hinter China.

1

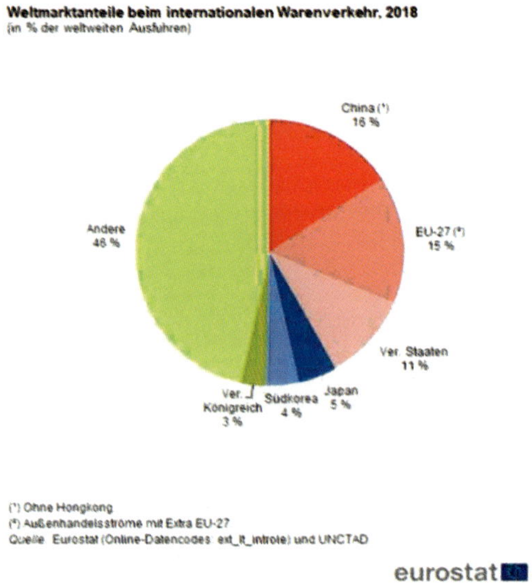

Damit der Warenhandel noch optimaler läuft, setzt sich die EU für **Freihandelsabkommen** wie z. B. **TTIP** ein. Diese Liberalisierung sehen viele Menschen in Europa kritisch. Sie befürchten, dass die Normen der EU im Verbraucherschutz aufgeweicht werden. Aber auch Menschen in den ärmeren Ländern, mit denen die EU Handel treibt, sehen negative Folgen für ihre eigene Wirtschaft.

Mythos: „EU-Agrarsubventionen zerstören Märkte in Afrika" 2

[...] Es gehört [...] zu den europäischen Prinzipien, die Entwicklungschancen Afrikas nicht aus wirtschaftlichem Eigennutz zu untergraben.

Das Thema ist komplex. Tatsächlich werden Trockenmilch, Getreide oder Hähnchenfleisch aus Europa nach Afrika exportiert. Der Vorwurf lautet: Solange solche Produkte aus Europa so billig den lokalen Markt überschwemmen, können einheimische Bauern nicht mithalten und Kleinunternehmen müssen ihre Betriebe schließen. Als Reaktion auf diese Kritik und im Sinne eines fairen Handels wurden in der EU die Exporterstattungen auf null zurückgefahren. Die EU verpflichtet sich in ihren Handelsabkommen, keine Exportsubventionen zu gewähren, die europäische Waren konkurrenzlos billig auf afrikanischen Märkten machen. EU-Geflügelexporte nach Afrika erhalten seit 2003 keine Ausfuhrsubventionen mehr. [...]

Umgekehrt öffnet die EU ihre Märkte für Produkte aus Afrika. Die EU gewährt den am wenigsten entwickelten Ländern vor allem in Afrika einseitig einen vollständigen zoll- und quotenfreien Marktzugang für ihre Waren, besonders für verarbeitete Produkte mit tieferer Wertschöpfung. Dadurch konnte beispielsweise Ghana seit 2008 seine Ausfuhren von verarbeitetem Kakao in die EU um das Vierfache und die Elfenbeinküste um das Zweieinhalbfache steigern. [...]

Europäische Kommission – Vertretung in Deutschland (Hrsg.): Mythos: „Agrarsubventionen zerstören Märkte in Afrika", 09.05.2019, Berlin, abgerufen unter: ec.europa.eu/germany/news/eu-myths/mythos-aussenhandel_de [24.11.2020].

TTIP – Transatlantisches Freihandelsabkommen zwischen der EU und den USA 3

Ziele:
Handelserleichterungen durch
- Abschaffung der Zölle,
- Abschaffung von sog. nichttarifären Handelshemmnissen, z. B. gleiche Sicherheits- und Gesundheitsstandards bei Autos, Lebensmitteln, Chemikalien, Medikamenten.

Maßnahmen:
- Investitionsschutzrecht, d. h., Firmen können gegen ausländische Regierungen klagen, wenn diese ungünstige Gesetze erlassen, die ihren Freihandel erschweren. Besonders umstritten ist, dass die Gerichte keine staatlichen Gerichte sein sollen, sondern private Schiedsgerichte.
- Die Verhandlungen über TTIP finden „hinter verschlossenen Türen" statt. Auch die Vertragsunterlagen sind für die Bevölkerung nicht einsehbar.

TTIP ist umstritten. Eine Einigung ist nicht in Sicht, seit 2017 ruhen die Verhandlungen.

CETA

Die EU-Kommission hat 2016 mit Kanada ein Handels- und Investitionsschutzabkommen abgeschlossen: CETA, „Comprehensive Economic and Trade Agreement". Am 21. September 2017 tritt CETA vorläufig in Kraft. Der größte Teil des Abkommens findet damit Anwendung.
Die nationalen – in einigen Fällen auch die regionalen – Parlamente in den EU-Ländern müssen CETA noch zustimmen, damit es uneingeschränkt gültig wird.
Durch das ebenfalls umstrittene CETA sollen nahezu alle Zölle zwischen den beiden Volkswirtschaften wegfallen.

… oder nationaler Egoismus?

Mit einer Gemeinsamen Außen- und Sicherheitspolitik (**GASP**) klappt es noch nicht in der EU. Es gibt inzwischen ein Amt für Außen- und Sicherheitspolitik. Die Mitgliedstaaten sind aber nicht bereit, auf eine eigene nationale Außenpolitik zu verzichten. Bedenken gibt es ebenso gegen einen gemeinsamen Finanzminister, den der französische Präsident Macron 2017 anregt.

Nicht nur Regierungen von Mitgliedsstaaten der EU stellen immer öfter ihre egoistischen nationalstaatlichen Interessen in den Vordergrund, sondern auch größere Teile der Bevölkerung. Dies zeigt sich an Wahlen, in denen sogenannte Europakritiker auffallend viele Stimmen bekommen. Im Europäischen Parlament gibt es sogar eine Fraktion der Europagegnerinnen und -gegner.

In Ländern mit einem Recht auf Volksabstimmungen führt die **Europakritik** inzwischen sogar so weit, dass über einen Austritt aus der Europäischen Union abgestimmt wird, z. B. in Großbritannien („Brexit").

Manche EU-Mitglieder lehnen den **Euro** als gemeinsame Währung ab. Sie behalten mit Sondergenehmigung der EU ihre nationalen Währungen bei.

So gibt es viele Beispiele dafür, dass nationale Interessen einer gemeinsamen europäischen Politik im Wege stehen.

4

Wie es mit der EU weitergeht, ist umstritten. So gibt es auch hier Pessimisten und Optimisten.

Immerhin: Im Juli 2020 haben sich die 27 EU-Staaten auf ein Corona-Wiederaufbaupaket geeinigt, um den enormen Wirtschaftseinbruch etwas zu kompensieren und den EU-Binnenmarkt zusammenzuhalten. 390 Mrd. € Zuschüsse werden für von der Pandemie besonders hart getroffene Staaten ausgezahlt (z. B. 70 Mrd. € an Italien), weitere 360 Mrd. € entfallen auf Kredite, die ab 2027 zurückgezahlt werden sollen.

Für die Verwendung der Gelder schlagen die Länder Projekte vor, über die dann die Kommission entscheidet; Klimaneutralität und Digitalisierung sollen besonders gefördert werden.

Gleichzeitig verabschiedeten die Regierungschefs den Rahmen des EU-Haushalts bis 2027, der 1 074 Mrd. € für sieben Jahre umfassen soll.

ARBEITSVORSCHLÄGE

1

Beschreiben Sie das Schaubild. Wer exportiert wohin wie viel? Beurteilen Sie die Bedeutung des Exports für Deutschland.

2

Stellen Sie die Thesen des Textes dar.
Nehmen Sie persönlich Stellung zur Thematik.

3

Erläutern Sie TTIP und CETA. Beurteilen Sie Vor- und Nachteile. Nehmen Sie Stellung.

4

Interpretieren Sie die Karikatur.

WEITERFÜHRENDE HINWEISE

Überprüfen Sie an aktuellen Beispielen, welche Mitgliedsstaaten der EU sich besonders egoistisch verhalten.
Diskutieren Sie die Problematik in Ihrer Klasse.
Als Methode können Sie z. B. Fishbowl wählen (s. Methodenkompetenz auf S. 208 f.).

Wissens-Check

Motive der Europäischen Einigung	Friedliches Zusammenleben zwischen den Völkern und wirtschaftliche Zusammenarbeit
Etappen der Europäischen Einigung	
Römische Verträge 1957	Gründung der Europäischen Wirtschaftsgemeinschaft (EWG) mit Zollunion und gemeinsamem Markt (Belgien, Deutschland, Frankreich, Italien, Luxemburg, Niederlande)
Schengener Abkommen 1985	Offene Grenzen ohne Personenkontrollen (alle EU-Staaten außer Bulgarien, Irland, Großbritannien, Kroatien, Rumänien). Die Nicht-EU-Staaten Island, Liechtenstein, Norwegen und Schweiz sind auch im Schengenraum.
Vertrag von Maastricht 1993	Der Binnenmarkt entsteht: freier Warenverkehr, freier Personenverkehr, freier Kapital- und Dienstleistungsverkehr (= vier Freiheiten)
Institutionen der EU	
EU-Parlament	Vertretung der Bevölkerung der Mitgliedsstaaten 751 direkt gewählte Abgeordnete Mitwirkung bei der Gesetzgebung, Kontrolle der Kommission
EU-Kommission	Vertretung der europäischen Interessen 27 Mitglieder (je eins pro Mitgliedsland) Erarbeitung von Gesetzesvorschlägen, Durchführung von Maßnahmen
Rat der Europäischen Union	Stimme der nationalen Regierungen 27 Ministerinnen bzw. Minister des zuständigen Ressorts Verbindliche Beschlüsse von Maßnahmen
Europäischer Rat	27 Staats- und Regierungsoberhäupter der Mitgliedsstaaten Grundsatzentscheidungen zur EU
Konflikte in der EU	Manchen Mitgliedsstaaten geht die europäische Zusammenarbeit zu weit. Sie stellen ihre nationalen Interessen in den Vordergrund. Großbritannien hat die EU im Januar 2020 verlassen.

Kompetenz-Check

Ich kann ...	☺	😐	☹
... beschreiben, wie die EU meinen Alltag beeinflusst.			

Ich kann ...	☺	😐	☹
... analysieren, worum es geht, wenn ich auf den Internetseiten der EU recherchiere.			
... analysieren, worum es geht, wenn ich eine Nachricht über die EU in einer Zeitung lese oder im Radio höre bzw. im Fernsehen sehe.			
... mich auseinandersetzen mit Problemen, die es innerhalb der EU gibt.			
... erläutern, wer welche Interessen innerhalb der EU verfolgt.			

Ich kann ...	☺	😐	☹
... darstellen, welche Motive es für den europäischen Einigungsprozess gab.			
... erklären, in welchen Etappen die europäische Einigung verlaufen ist.			
... erläutern, welche Änderungen sich ergeben haben durch a) die Römischen Verträge, b) das Schengener Abkommen, c) den Vertrag von Maastricht.			
... beschreiben, welche Institutionen es in der EU gibt.			
... zuordnen, wer wofür zuständig ist.			
... erläutern, wie diese Institutionen zusammenarbeiten.			
... beschreiben, welche Staaten Mitglieder der EU sind, und diese auf einer Landkarte zeigen.			

Ich kann ...	☺	😐	☹
... begründen, ob ich für oder gegen eine Erweiterung der EU bin.			

8 Globalisierung

8.1 Alles ist überall

1

Catherine, 25 Jahre
Tansania

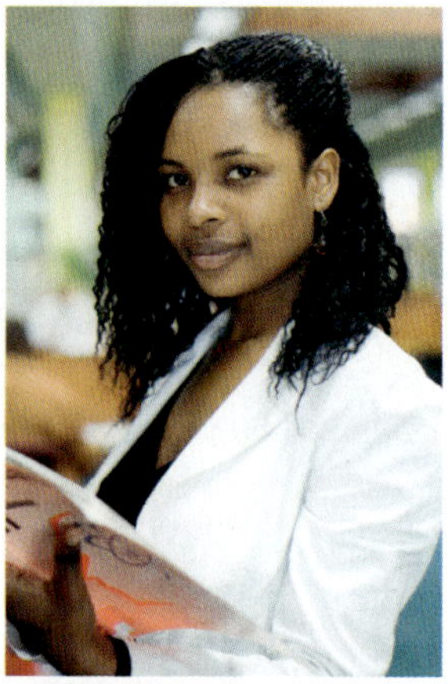

Renso, 15 Jahre
Ecuador

Reja, 17 Jahre
Indien

Leva, 17 Jahre
Litauen

Stephan, 18 Jahre
Deutschland

Dottie, 28 Jahre
Indonesien

Weltweite Kommunikation im Internet

Die UNESCO (Organisation der Vereinten Nationen für Wissenschaft, Bildung und Kultur) bietet Informations- und Kooperationsangebote für junge Menschen:

www.unesco.de

Überall in der Welt sehen Jugendliche dieselben Fernsehserien. Den Durst löschen auch die Jugendlichen in Asien, Afrika und Lateinamerika gerne mit Cola, auch sie haben eine Schwäche für Hamburger und Sandwichs. Am liebsten kleiden sie sich mit Sportschuhen bekannter internationaler Hersteller.

Die Lebensgestaltung, mindestens aber die Wünsche sind ähnlich. Dort, wo sich die jungen Menschen alle diese Dinge nicht leisten können, die für uns selbstverständlich sind, träumen sie davon.

Überall auf der Welt gibt es aber nicht nur dasselbe Warenangebot und dieselben Träume, überall sind die Menschen konfrontiert mit der Bedrohung durch Armut und Krieg, durch AIDS, mit den Folgen der Zerstörung der Regenwälder. Auch den jungen Menschen in Afrika, Asien und Südamerika sitzt die Angst vor Arbeitslosigkeit im Nacken.

Alles ist überall.

Es gibt aber nicht nur die Angleichung von Lebensbildern und -einstellungen, sondern immer noch viele Unterschiede.

Konsum global

2

In Deutschland kann man Waren aus aller Welt einkaufen, direkt nebenan im Supermarkt oder übers Internet. Unabhängig von der Jahreszeit sind frisches Obst und Gemüse im Angebot, das aus allen Kontinenten nach Europa exportiert wird. Es gibt nichts, was es nicht gibt: Erdbeeren aus China, Orangen und Wein aus Chile oder Südafrika, Grapefruits aus Mittelamerika, Avocados aus Neuseeland. Die Liste ist unvollständig.

Arbeiterinnen in China montieren Smartphoneteile am Fließband

Bekannte Textilketten bieten modische Kleidung aus China, Pakistan oder Indien an. Smartphones werden vorwiegend in Südostasien hergestellt, während viele Bestandteile aus Afrika stammen. Selbst Autos, die in Deutschland bei bekannten Firmen montiert werden, enthalten Teile aus Rumänien, Südkorea oder von den Philippinen. Auch diese Liste ist unvollständig.

Alles ist im Angebot. Und vieles ist günstig zu haben.

3

Näherinnen in einer Textilfabrik in Bangladesch

Bananenproduktion in Mittelamerika

Unterhaltung global

Spielshows wie „Wer wird Millionär“ werden in fast 80 Ländern der Erde ausgestrahlt. Beliebte Serien wie „Die Simpsons“ sind in über 100 Ländern im Programm, „Game of Thrones“ wurde von den Produzenten bereits in 80 Länder verkauft. Musikgruppen wie Rammstein oder Metallica touren durch die ganze Welt. Auch diese Liste ist unvollständig.

Kommunikation global

Computer, Tablets und Smartphones ermöglichen den ständigen Kontakt mit der Welt. Freunde, die irgendwo im Ausland arbeiten, eine Ausbildung absolvieren oder studieren, können mit ihrer Heimat in Kontakt bleiben.

Schülergruppen fahren zum internationalen Austausch sogar nach China, nach Singapur oder nach Südafrika. Schülergruppen aus fernen Ländern kommen als Gäste nach Deutschland. Partnerschaften mit Schulen weit weg von Deutschland ermöglichen einen kulturellen und sprachlichen Austausch.

ARBEITSVORSCHLÄGE

1

Betrachten Sie die Fotos der Jugendlichen aus verschiedenen Teilen der Erde.
Können Sie sich vorstellen, was sie verbindet (Wünsche, Träume, Hoffnungen)?
Wie erklären Sie sich diese Angleichung der Lebensbilder?

2

Beschreiben Sie das Angebot auf dem Foto.
Ergänzen Sie die Produkte mit denen, die Sie selbst aus anderen Ländern einkaufen.

3

Beschreiben Sie die Fotos.
Erläutern Sie, wer wo was produziert. Tauschen Sie in Ihrer Klasse alle Informationen aus, die Sie über die Produktionsbedingungen dieser Menschen haben.

WEITERFÜHRENDE HINWEISE

Analysieren Sie die Herkunft Ihrer Lebensmittel, Ihrer Kleidung und Ihres Smartphones oder Tablets.
Erstellen Sie eine Liste mit den Produkten und Herkunftsländern.

8.2 Was ist Globalisierung?

1

Die Stufen der wirtschaftlichen Globalisierung

1. Neue Märkte werden erschlossen: Es werden lediglich Waren exportiert.
2. Erste Montageaufträge: Teile werden im Ausland produziert. Kostenvorteile sollen genutzt werden.
3. Komplette Auslandsfertigung auf neuen Märkten wird möglich durch die Verbesserung der Informationstechniken.
   Firmenteile arbeiten selbstständig vor Ort.
4. Globale Strategien: Strategische Partnerschaften sollen Wettbewerbsvorteile und Wissensvorsprung sichern.

Neoliberalismus

ist die Wirtschaftstheorie, die der Globalisierung zugrunde liegt. Diese Theorie setzt auf den freien Konkurrenzkampf der wirtschaftlichen Kräfte und will die Politik so weit wie möglich aus der Regulierung dieser weltweiten Ökonomie heraushalten.

Globalisierung bedeutet die weltweite Vernetzung aller Lebensbereiche. Dazu gehören die Bereiche Politik, Wirtschaft, Kommunikation, Kultur, Umwelt und Ressourcen.

Vier Faktoren spielen für die Entwicklung der Globalisierung eine Rolle:

1. Transportkosten von Gütern und Dienstleistungen sinken. Symbol sind die gigantischen Containerschiffe, die Waren auf den Weltmeeren zu günstigen Preisen transportieren.
2. Kommunikationstechniken sind weltweit verfügbar und kostengünstig. Symbol ist das Internet, das zeitgleiche und kostengünstige Kommunikation mit der ganzen Welt ermöglicht.
3. Finanz- und Investitionskapital kann international ungehemmt fließen. Symbol sind die Börsen, an denen im Sekundentakt Billionen Euro bzw. Dollar gehandelt werden.
4. Nationale Rechtsvorschriften und Steuern werden zunehmend einander angeglichen, die Grenzen werden geöffnet. Symbol hierfür sind Freihandelsabkommen.

Die Welt ist zum Binnenmarkt geworden. Nie zuvor wurden so viele Waren, Dienstleistungen und Finanzen transferiert.

Handel global

2

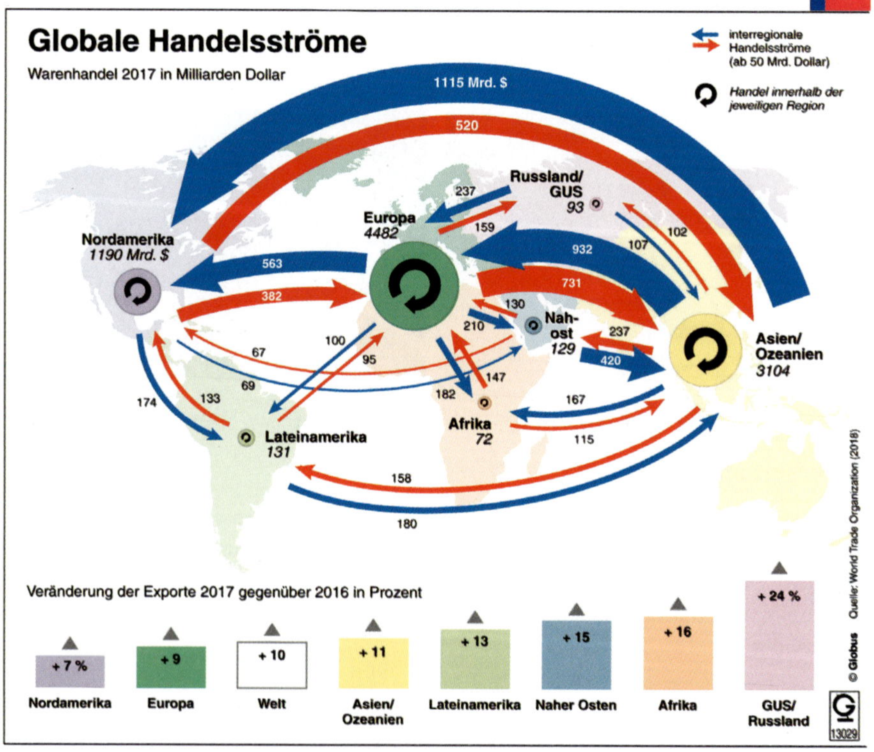

Die Wirtschaftszentren liegen in Nordamerika, Westeuropa und Asien. Ob sich in den nächsten Jahren die Handelsströme in Richtung Afrika und Lateinamerika verstärken, kann noch nicht gesagt werden.

Globalisierung ist kein Naturereignis, sondern das Ergebnis technologischer Entwicklungen und politischer Entscheidungen.

Seit dem Ende des Kommunismus in Osteuropa haben sich die Ökonomien der westlichen Länder, aber auch Japans nach den Prinzipien des **Neoliberalismus** entwickelt. Entsprechend dieser Wirtschaftstheorie soll sich die Politik aus dem Konkurrenzkampf der Wirtschaft heraushalten. Das Ergebnis sind weltweit operierende Unternehmen, sogenannte **Global Player**. Diese Unternehmen produzieren global und handeln global, ob mit Waren, Dienstleistungen oder Geld.

Anteilsbesitz der Bosch-Gruppe

3

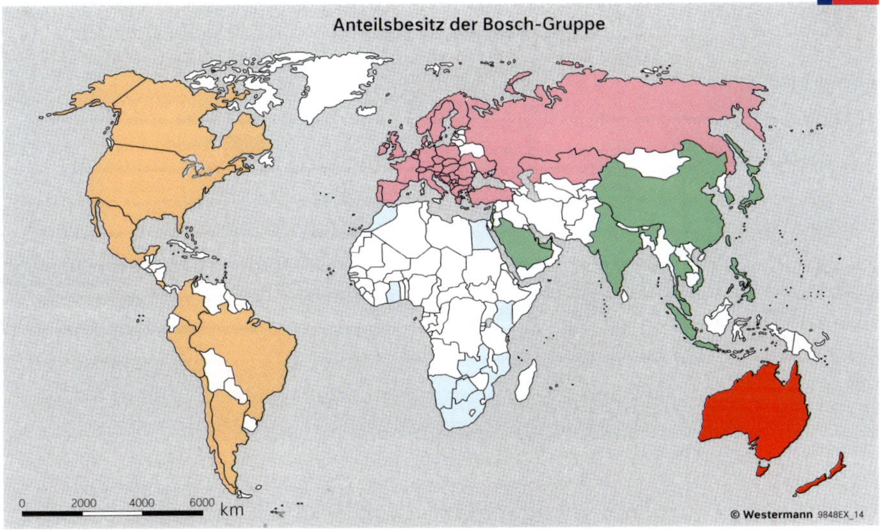

Eigene Zusammenstellung (Anteil am Kapital), vgl. Robert Bosch GmbH (2020): Geschäftsbericht 2019, online unter: assets.bosch.com/media/global/bosch_group/our_figures/pdf/bosch-geschaeftsbericht-2019.pdf, S. 139 ff. [24.11.2020].

Während die deutsche Wirtschaft vom globalen Markt profitiert, fürchten viele Menschen um ihren Arbeitsplatz. In Asien und Lateinamerika, allerdings auch in den ärmeren osteuropäischen Staaten wie z. B. Bulgarien und Rumänien, können Firmen billiger produzieren als in Deutschland. Deshalb gehen immer wieder Arbeitsplätze in Deutschland verloren. Beispiele für die Abwanderung von Firmen gibt es ausreichend.

Gründe für die Verlagerung der Produktion ins Ausland:

4

- Niedrigere Lohnkosten
- Niedrigere Lohnnebenkosten (wenig oder keine Sozialabgaben)
- Höhere Wochen- und Jahresarbeitszeiten
- Längere Maschinenlaufzeiten
- Produktionsstandorte liegen nahe an den Absatzmärkten
- Billigere Grundstücks- und Gebäudekosten
- Niedrigere Energiekosten
- Kürzere Wege, geringere Transportkosten (näher am Kunden)
- Keine Zölle
- Keine Wechselkursschwankungen
- Weniger Steuern

ARBEITSVORSCHLÄGE

1

Die Weltkugel ist ein Symbol für Globalisierung. Definieren Sie den Begriff Globalisierung mit eigenen Worten.

2

Beschreiben Sie das Schaubild. Beurteilen Sie, wo die größten und wo die geringsten Handelsströme fließen.

3

Beschreiben Sie die Weltkarte mit den Standorten der Firma Bosch. Analysieren Sie, welche Produkte die Firma herstellt und wo ihre wichtigsten Absatzmärkte sind.

www.bosch.de

www.bosch.com

4

Erläutern Sie die Gründe für die Verlagerung der Produktion ins Ausland. Belegen Sie die einzelnen Punkte mit konkreten Beispielen, z. B. aus Ihrem Ausbildungsbetrieb.

WEITERFÜHRENDE HINWEISE

Analysieren Sie, welche Produkte Deutschland vor allem exportiert: www.destatis.de, Stichwort „Außenhandel“

Typische Rohstoffe für ein Mobiltelefon

Woraus besteht ein Mobiltelefon?

56 % Kunststoff

25 % Metalle

- 15 % Kupfer
- 3 % Eisen
- 3 % Aluminium
- 2% Nickel
- 1 % Zinn
- 1 % Andere

16 % Glas und Keramik

3 % Sonstiges

Zahlen nach BMBF: Die Rohstoff Expedition (2012); BMBU Umwelt im Unterricht (2012); EU Kommission (2014)

Vgl. Lichtblick Kommunikation (Hrsg.): Informationszentrum-Mobilfunk. de: Woraus besteht ein Mobiltelefon, abgerufen unter: www.informations-zentrum-mobilfunk.de/umwelt/ mobilfunkendgeraete/herstellung [12.11.2020].

Die großen Industrienationen exportieren Autos und Maschinen aller Art in die Welt, den ärmeren Ländern bleibt oft nur der Export ihrer nationalen Ressourcen. Mit **Rohstoffen** wie Öl, Edelmetallen, aber auch Palmöl bedienen sie die Bedürfnisse der reichen Länder.

1

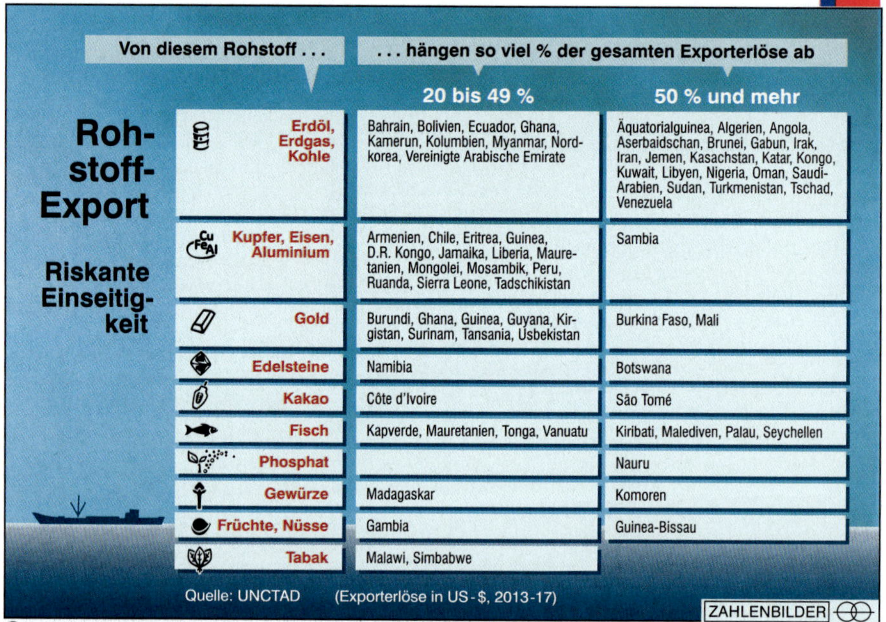

Rohstoff-Export – Riskante Einseitigkeit

Von diesem Rohstoff …	… hängen so viel % der gesamten Exporterlöse ab: 20 bis 49 %	50 % und mehr
Erdöl, Erdgas, Kohle	Bahrain, Bolivien, Ecuador, Ghana, Kamerun, Kolumbien, Myanmar, Nordkorea, Vereinigte Arabische Emirate	Äquatorialguinea, Algerien, Angola, Aserbaidschan, Brunei, Gabun, Irak, Iran, Jemen, Kasachstan, Katar, Kongo, Kuwait, Libyen, Nigeria, Oman, Saudi-Arabien, Sudan, Turkmenistan, Tschad, Venezuela
Kupfer, Eisen, Aluminium	Armenien, Chile, Eritrea, Guinea, D.R. Kongo, Jamaika, Liberia, Mauretanien, Mongolei, Mosambik, Peru, Ruanda, Sierra Leone, Tadschikistan	Sambia
Gold	Burundi, Ghana, Guinea, Guyana, Kirgistan, Surinam, Tansania, Usbekistan	Burkina Faso, Mali
Edelsteine	Namibia	Botswana
Kakao	Côte d'Ivoire	São Tomé
Fisch	Kapverde, Mauretanien, Tonga, Vanuatu	Kiribati, Malediven, Palau, Seychellen
Phosphat		Nauru
Gewürze	Madagaskar	Komoren
Früchte, Nüsse	Gambia	Guinea-Bissau
Tabak	Malawi, Simbabwe	

Quelle: UNCTAD (Exporterlöse in US-$, 2013-17) ZAHLENBILDER

 635 110

Für die Produktion von z. B. Smartphones oder Tablets werden viele Rohstoffe benötigt, die in den armen Ländern der Erde abgebaut werden, wie z. B. Cobalt, Coltan, Gold, Kupfer, Nickel, Palladium, Platin oder Silber.

Wenn eine Jeans 50 Euro kostet, fließen …

Der Lohn einer Näherin ist demnach verschwindend gering.

Schwellenländer, die reicheren unter den armen Ländern, können neben Rohstoffen auch Fertigprodukte oder Teile für die Produktion in den Industrienationen auf dem Weltmarkt anbieten. Sie sind damit aktiver Teil der weltweiten Arbeitsteilung.

Ein Beispiel für eine solche **globale Arbeitsteilung** ist der Produktionsprozess einer Jeans. Die ärmsten Länder liefern den Rohstoff (Baumwolle), in vielen anderen Ländern werden einzelne Produktionsschritte vorgenommen. Bis die Jeans in Deutschland im Laden angeboten wird, hat sie eine weite Reise hinter sich.

2

Kasachstan/Usbekistan/Indien: Baumwolle anbauen und ernten
Türkei: Garn spinnen
Taiwan: Stoff weben
Polen: Farbe herstellen
Tunesien: Stoff färben
Bulgarien: Stoff veredeln
Schweiz: Futterstoff herstellen
Italien: Nieten und Reißverschluss einnähen
Frankreich: Stonewash-Effekt
Deutschland: verkaufen
Niederlande: Alte Jeans einsammeln
Ghana: Jeans tauchen auf den Märkten auf

Die Welthandelsschere 3

Agrarexporte und -importe der ärmsten Länder in Milliarden US-Dollar

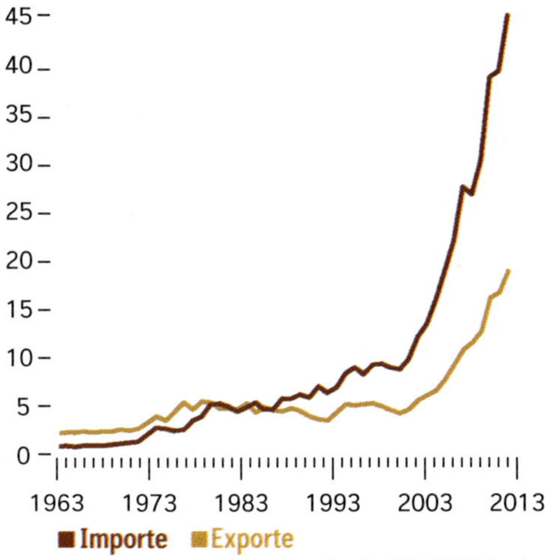

Quelle: FAOSTAT, Trade

Die wichtigsten **Importprodukte** in den ärmeren Ländern sind Nahrungsmittel. Besonders paradox ist die Situation in Ländern, die eigentlich genügend Lebensmittel zur Verfügung hätten, diese aber exportieren.

Ein solches Beispiel zeigt der Dokumentarfilm „Darwins Alptraum" von Hubert Sauper. Die Menschen am Viktoriasee in Afrika verkaufen ihr Fischfilet nach Europa und USA. Ihnen bleibt nicht genug zum Essen übrig.

Markt in Äthiopien

Weizen, Reis und Mais sind die wichtigsten Grundnahrungsmittel weltweit. Doch viele Entwicklungsländer produzieren nicht genügend für ihren eigenen Bedarf. So sind sie von Nahrungsmittelimporten abhängig.

Gefährliche Importabhängigkeit der armen Länder 4

Für die nationale Landwirtschaftspolitik vieler sogenannter Entwicklungsländer spielt der Welthandel oft eine fatale Rolle. Anstatt die Versorgung der eigenen Bevölkerung und die Entwicklung der heimischen Märkte und der ländlichen Gebiete zu fördern, verfolgen deren Regierungen und städtische Eliten häufig vorrangig das Ziel, durch Agrarexporte Devisen und Steuereinkommen zu erzielen.

Viele Länder, in denen große Teile gerade der ländlichen Bevölkerung Hunger leiden, versorgen die Futter-, Faser-, Treibstoff- und Genussmittelindustrie des Nordens mit billigen Rohstoffen zu hohen ökologischen und sozialen Kosten.

Als Importeure von Lebensmitteln geraten sie zugleich in Abhängigkeit von Weltmärkten, auf die sie selbst keinen Einfluss haben.

Zukunftsstiftung Landwirtschaft GLS Treuhand e. V. (Hrsg.): Weltmarkt und Handel, abgerufen unter: www.weltagrarbericht.de/themen-des-weltagrarberichts/weltmarkt-und-handel/weltmarkt-und-handel.html [12.11.2020].

ARBEITSVORSCHLÄGE

1

Beschreiben Sie das Schaubild. Erläutern Sie anhand einer Weltkarte, wo die genannten Länder liegen.

2

Beschreiben Sie den Weg einer Jeans vom Ernten der Baumwolle bis zum Verkauf. Analysieren Sie, wie viele Kilometer die Teilprodukte zurücklegen, bis die Jeans in den Verkauf kommt. Nehmen Sie die Weltkarte S. 284 f. zu Hilfe.

3, 4

Erklären Sie, warum die Importabhängigkeit für die armen Länder ein Problem ist. Setzen Sie sich mit dem Schaubild und dem Text auseinander.

WEITERFÜHRENDE HINWEISE

Analysieren Sie, woher die Rohstoffe für ein Smartphone kommen und wo die Produkte zusammengebaut werden: www.informationszentrum-mobilfunk.de, Stichwort „Rohstoffe".

Prüfen Sie anhand der Informationen auf S. 222 f., zu welcher Kategorie die genannten Länder jeweils gehören: Industrieländer, Schwellenländer oder Entwicklungsländer?

Arme und reiche Länder 2

Die ersten 10:
1. Norwegen
2. Schweiz
3. Irland
4. Deutschland/Hongkong, China (gleichrangig)
6. Australien/Island (ebenfalls gleichrangig, 5 und 7 gibt es nicht)
8. Schweden
9. Singapur
10. Niederlande

Die letzten 10:
180. Mosambik
181. Sierra Leone
182. Burkina Faso
183. Eritrea
184. Mali
185. Burundi
186. Südsudan
187. Tschad
188. Zentralafrikanische Republik
189. Niger

Deutsche Gesellschaft für die Vereinten Nationen e. V. (DGVN) (Hrsg.): Bericht über die menschliche Entwicklung 2019, übersetzt von Angela Großmann, Berlin 2019, S. 32 ff, abgerufen unter: dgvn.de/fileadmin/publications/PDFs/UN_Berichte/HDR/HDR-2019.pdf [13.11.2020].

Slums von Kibera in der Nähe von Nairobi, Kenia

1

Yachthafen von Dubai

Die Einteilung der Länder der Erde in **Erste, Zweite, Dritte** und gar **Vierte Welt** stimmt nicht mehr. Diese Begriffe versuchen seit den 1950er-Jahren, die Welt nach Wirtschaftsleistung oder nach einem wie auch immer definierten Entwicklungsstand einzuteilen. Einen wesentlichen Anteil an dieser Definition hat auch der Ost-West-Konflikt; schließlich galten als „Erste Welt" die westlichen Industriestaaten und als „Zweite Welt" die sozialistischen östlichen Länder aus dem Machtbereich der UdSSR. Alle anderen Staaten werden lange Zeit der „Dritten Welt" zugerechnet.

Auch der Begriff „**Nord-Süd-Konflikt**" trifft nicht mehr die Realität. Es gibt auch im Norden arme Länder und im Süden reiche Länder. Am meisten verbreitet ist die Einteilung der Länder in **Industrieländer**, **Schwellenländer** und **Entwicklungsländer**.

Das Wirtschafts- und Wohlstandsgefälle zwischen diesen Ländern errechnet die UNO über einen bestimmten Faktor, der Lebenserwartung, Bildung und Kaufkraft als wesentliche Merkmale vergleicht. Jedes Jahr gibt es den „Bericht für menschliche Entwicklung", in dem die Länder der Erde nach diesem Faktor (**HDI = Human Development Index**) miteinander verglichen werden.

Eine einheitliche Definition, wann ein Land als Schwellenland gilt, gibt es nicht. So gelten einerseits China und Indien als Schwellenland, andererseits auch Brasilien und Südafrika. Was diese Länder gemeinsam haben, ist: Sie nehmen immer mehr am Welthandel teil und verzeichnen teilweise hohes Wirtschaftswachstum. Ihr Agrarsektor wird zugunsten einer Industrialisierung zurückgedrängt.

Diese fünf Kriterien definieren ein Entwicklungsland:

3

1. eine schlechte Versorgung großer Gruppen der Bevölkerung mit Nahrungsmitteln, dadurch Unterernährung und Hunger
2. ein niedriges Pro-Kopf-Einkommen (Armut)
3. keine oder nur eine mangelhafte Gesundheitsversorgung, eine hohe Kindersterblichkeitsrate und eine geringe Lebenserwartung
4. mangelhafte Bildungsmöglichkeiten, eine hohe Analphabetenquote
5. hohe Arbeitslosigkeit, ein insgesamt niedriger Lebensstandard, eine oft extrem ungleiche Verteilung der vorhandenen Güter

Bundesministerium für wirtschaftliche Zusammenarbeit und Entwicklung (BMZ) (Hrsg.): Entwicklungsland, Berlin 2020, abgerufen unter: www.bmz.de/de/service/glossar/E/entwicklungsland.html [13.11.2020].

4

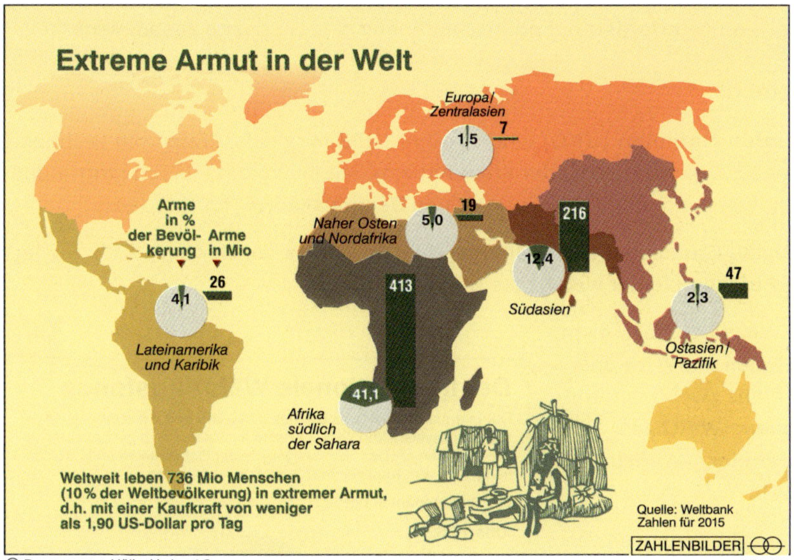

© Bergmoser + Höller Verlag AG 632 147

Die Kaufkraft pro Person und Tag liegt in vielen Entwicklungsländern bei weniger als 1,90 US-$. Davon kann niemand menschenwürdig leben.

Auch deshalb nehmen Menschen in Entwicklungsländern Arbeitsstellen an, bei denen sie mehr verdienen, auch wenn die Arbeitsbedingungen menschenunwürdig sind.

Beispiel Textilindustrie

5

Textilfabrik in Bangladesch

In der Textilindustrie arbeiten weltweit hauptsächlich Frauen. Die Arbeitsbedingungen sind vor allem in Asien und Lateinamerika oft katastrophal. Geringe Löhne sind normal, extrem lange Arbeitszeiten ebenso. In der Regel wird an sechs Tagen pro Woche gearbeitet. Es gibt keinen Kündigungsschutz. Wer krank ist, kann gehen. Oft muss in giftigen Dämpfen, in Gestank und Lärm gearbeitet werden. Schikanen sind an der Tagesordnung. Ein Monatslohn von 50,00 US-$ ist nicht überall garantiert. Es ist verboten, sich in Gewerkschaften zu organisieren.

Die reichen Länder profitieren von diesen günstigen Produktionskosten.

ARBEITSVORSCHLÄGE

1

Beschreiben Sie die beiden Fotos. Welche anderen Motive würden Sie wählen, um den Kontrast zwischen Arm und Reich weltweit deutlich zu machen?

2

Finden Sie die genannten Länder auf der Weltkarte (S. 284 f.). Ordnen Sie die Länder den Kontinenten zu. Erläutern Sie, auf welchen Kontinenten die ersten zehn und die letzten zehn Länder zu finden sind.

3

Definieren Sie den Begriff „Entwicklungsland“ in eigenen Worten.
Beurteilen Sie, weshalb der Begriff „Schwellenland“ nicht eindeutig zu definieren ist.

4

Beschreiben Sie das Schaubild. Erläutern Sie, wo die meisten Menschen in extremer Armut leben.

5

Beschreiben Sie das Foto. Setzen Sie sich mit den Produktions- und den Verkaufspreisen von T-Shirts, Sportschuhen etc. auseinander.
Eine geeignete Informationsseite für Ihre Recherche finden Sie hier:

www.bpb.de, Stichwort „Textilindustrie“

António Guterres (Portugal), Generalsekretär der Vereinten Nationen

Internationales Insolvenzrecht

Nichtregierungsorganisationen fordern ähnlich wie bei der Privatinsolvenz oder bei der Insolvenz von Unternehmen auch für verschuldete Staaten ein Insolvenzrecht (www.erlassjahr.de).

erlassjahr.de
Entwicklung braucht Entschuldung

OECD – Organisation für wirtschaftliche Zusammenarbeit und Entwicklung

Ziel ist die wirtschaftliche Zusammenarbeit von inzwischen 37 Mitgliedsländern. Neben den wirtschaftlich starken Industrienationen gehören auch die Schwellenländer Mexiko, Chile und Türkei zur OECD. Kooperationen gibt es mit China, Brasilien und Indien.

Die Globalisierung erfordert auf politischer Ebene eine weltweite Zusammenarbeit.

Politik global

Die **Vereinten Nationen (UNO)** sind mit ihren 193 Mitgliedsstaaten die wichtigste internationale Organisation. Jeder Staat hat eine Stimme in der jährlich stattfindenden Generalversammlung. Diese wählt einen Generalsekretär für fünf Jahre.

Die wichtigste Grundlage für die UNO ist die **UN-Charta** von 1945 (S. 250). Sie legt Ziele und Aufgaben für ihr weltweites Handeln fest.

Um die Weltwirtschaft nicht nur dem freien Markt zu überlassen, gibt es zwei Sonderorganisationen: **Weltbank** und **Internationaler Währungsfonds (IWF)**.

Der **IWF** vergibt Kredite an verschuldete Länder, um einen Staatsbankrott zu verhindern. Allerdings stellt er harte Bedingungen, sogenannte Strukturanpassungsmaßnahmen:

- Verringerung der Staatsausgaben
- Abbau der Staatsschulden
- Begrenzung der Lohnzuwächse bzw. Senkung der Löhne
- Abwertung der Landeswährung, um Exporte zu verbilligen und Importe zu verteuern
- Liberalisierung des Außenhandels und des Kapitalverkehrs
- Privatisierung von Staatsbetrieben und öffentlichen Ausgaben (z. B. Wasserversorgung).

1

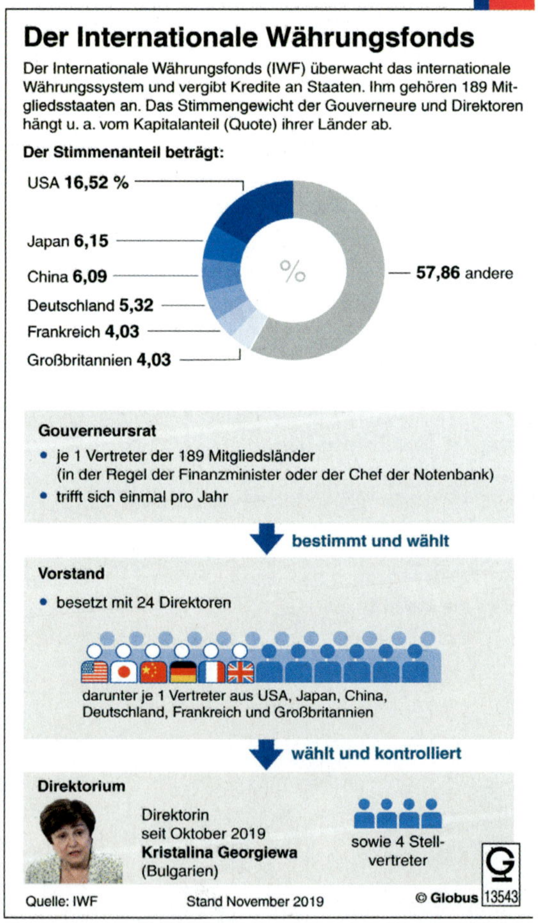

Die **Weltbank** ist der wichtigste Geldgeber für Projekte in den Entwicklungsländern. Sie engagiert sich in fast 1 800 Projekten in verschiedenen Bereichen und in unterschiedlichen Ländern. Beispiele für diese Aktivitäten sind Mikrokredite in Bosnien, Förderung der Schulbildung von Mädchen in Bangladesch, Gesundheitsprogramme in Mexiko oder Wiederaufbauhilfen nach Naturkatastrophen.

Die Politik von IWF und Weltbank ist sowohl in den Industriestaaten als auch in den Entwicklungsländern umstritten. Kritiker verweisen dabei auf die Folgen der Strukturanpassungsprogramme, die vor allem die Schwächsten treffen: Löhne werden gekürzt, Subventionen und öffentliche Leistungen werden gestrichen und Kleinbauern werden von ihrem Land vertrieben.

Die dritte Wirtschaftsorganisation der UNO ist die **WTO** (**Welthandelsorganisation**). Sie soll den weltweiten Handel von Waren, Dienstleistungen und Kapital erleichtern. Dazu finden Konferenzen ihrer Mitgliedstaaten statt, die z. B. Zollerleichterungen beschließen oder besondere Handelsabkommen untereinander vereinbaren.

Eine weitere Sonderorganisation der UNO ist die **Internationale Arbeitsorganisation** (**ILO**). Sie kümmert sich um weltweite soziale Standards. Dieser Organisation ist es zu verdanken, dass seit dem Jahr 2000 Kinderarbeit weltweit geächtet ist. Die Beschlüsse der ILO sind Empfehlungen an die Mitgliedsstaaten der UNO. Auch wenn alle Mitgliedsstaaten zustimmen, müssen die Regelungen noch in nationales Recht umgesetzt werden.

2

Internationale Sozialstandards der ILO: Kernarbeitsnormen

Tag der Arbeit in Thailand

- für Vereinigungsfreiheit
- für Entlohnung entsprechend dem gesetzlichen Mindestlohn des jeweiligen Landes
- für geregelte Arbeitszeiten und Entlohnung von Überstunden (8 Std./Tag bzw. 48 Std./Woche)
- für Prävention im Gesundheits- und Arbeitsschutz
- gegen alle Formen der Zwangsarbeit
- gegen Kinderarbeit (Mindestalter 15 Jahre)
- gegen Diskriminierung

Vgl. Internationale Arbeitsorganisation (ILO) (Hrsg.): Kernarbeitsnormen, abgerufen unter: www.ilo.org/berlin/arbeits-und-standards/kernarbeitsnormen/lang--de/index.htm [13.11.2020].

G7, G8 oder **G20** sind globale Clubs. Hier treffen sich die Regierungschefs der reichsten Länder der Erde. Die G20 repräsentieren zwei Drittel der Weltbevölkerung, 75 % des Welthandels und 85 % des Weltbruttosozialprodukts. Das gibt diesen Gruppierungen noch keine demokratische Legitimation. So können diese Staaten auch keine Beschlüsse fassen, an die sich die anderen UN-Mitglieder halten müssen. Sie können sich aber auf eine einheitliche Politik untereinander einigen und diese umsetzen.

3

Viele Länder sehen diese Clubs kritisch, insbesondere, wenn sie davon ausgeschlossen sind, wie alle Entwicklungsländer. Auch neu aufstrebende Schwellenländer haben nicht automatisch Zutritt zu G20.

Die Globalisierung erleichtert es auch zivilgesellschaftlichen Gruppen, sogenannten **Nichtregierungsorganisationen** (**NGO**), weltweit zusammenzuarbeiten. Beispiele hierfür sind Greenpeace und Amnesty International oder auch Ärzte ohne Grenzen. Nichtregierungsorganisationen finanzieren sich durch Spenden oder Mitgliedsbeiträge und organisieren und koordinieren Projekte in aller Welt. Es gibt auch globalisierungskritische NGOs wie ATTAC.

ARBEITSVORSCHLÄGE

1

Analysieren Sie die Mehrheitsverhältnisse des IWF.

2

Erläutern Sie die Kernarbeitsnormen der ILO. Beurteilen Sie die Wirksamkeit dieser Normen.

3

Beschreiben Sie die Zusammensetzung des Clubs G20. Ordnen Sie die Flaggen den Ländern zu und finden Sie diese Länder auf der Weltkarte.

Entwerfen Sie eine Skizze, in der Sie alle globalen politischen Akteure übersichtlich darstellen. Beurteilen Sie die Legitimität der verschiedenen Akteure.

WEITERFÜHRENDE HINWEISE

Vergleichen Sie die Ziele und Aktivitäten der genannten NGOs:
www.greenpeace.de
www.amnesty-international.de
www.aerzte-ohne-grenzen.de
www.attac.de

Ergänzen Sie weitere NGOs, die Sie kennen, und erläutern Sie Ihrer Klasse deren Ziele und Aktivitäten.

„Wir haben die Erde von unseren Eltern nicht geerbt, sondern wir haben sie nur von unseren Kindern ausgeliehen."
Indianisches Sprichwort

Brandrodung in Brasilien

Nachhaltigkeit ist ein Grundprinzip internationaler Politik. Nachhaltig handeln bedeutet, dass die Bedürfnisse der Gegenwart befriedigt werden, ohne zu riskieren, dass künftige Generationen keine Chance mehr haben, ihre eigenen Bedürfnisse zu befriedigen. 1

Dieses Prinzip gilt auch für die Umweltpolitik.

Der **Klimawandel** betrifft alle Menschen auf der Erde. Er macht nicht an Grenzen halt. Dem Klimawandel kann man nur international begegnen. Die wichtigsten Faktoren des Klimawandels hat der Weltklimarat der Vereinten Nationen zusammengefasst:

1. Die Temperatur auf der Erde steigt.
2. Die Wüstenbildung nimmt zu.
3. Die Wassertemperatur der Meere steigt.
4. Das Eis in der Antarktis und in Grönland geht zurück.
5. Die schneebedeckte Fläche auf der Erde schrumpft.
6. Der Meeresspiegel der Ozeane steigt.

Als Ursache wird die wachsende Konzentration von Treibhausgasen in der Atmosphäre genannt. Ursachen hierfür sind vor allem die Nutzung fossiler Brennstoffe wie z. B. Kohle, die weltweite Rodung von Wäldern und die Ausweitung der Viehzucht.

2

Fridays-for-Future-Demonstration in Karlsruhe, 2019. Angeregt von der schwedischen Klimaaktivistin Greta Thunberg demonstrierten eine Zeit lang jeden Freitag vor allem Schülerinnen und Schüler für einen nachhaltigen Umgang mit der Umwelt.

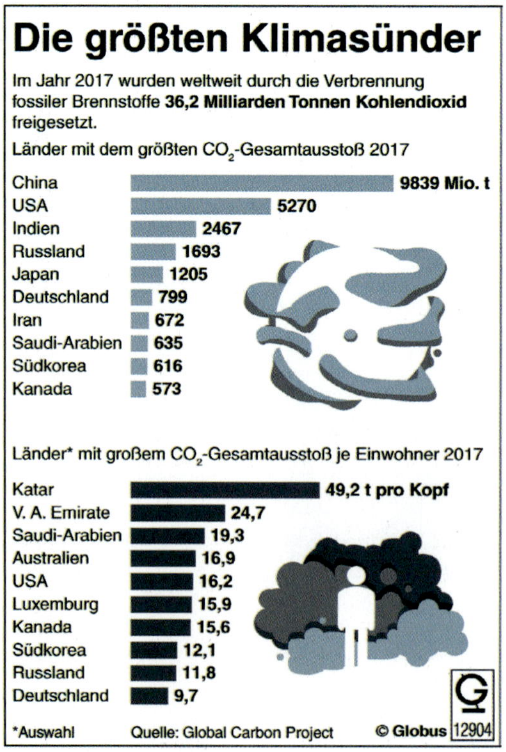

Die internationalen Klimakonferenzen im Rahmen der UNO formulieren seit den 1990er-Jahren Maßnahmen für einen verantwortungsvollen Umgang mit der Natur. Ziel ist es, den CO_2-Ausstoß in jedem Land zu senken und damit eine Klimaerwärmung auf der Erde um mehr als 2 °C zu verhindern. Die Glaubwürdigkeit der internationalen Konferenzen und Abkommen hängt davon ab, inwieweit die Teilnehmer und Unterzeichnerstaaten die Verpflichtungen in ihrer nationalen Politik auch wirklich umsetzen.

3

Industriestaaten wie Deutschland oder andere Staaten der Europäischen Union reagieren auf die Folgen des Klimawandels durch **Anpassungsmaßnahmen**. Damit sind einerseits klimapolitische Beschlüsse der jeweiligen Regierung gemeint, aber auch verantwortliches Verhalten der Bevölkerung. Regierungen und Bevölkerung in ärmeren Regionen der Erde haben weniger Möglichkeiten, solche Anpassungsmaßnahmen umzusetzen.

Die Maßnahmen der Industriestaaten betreffen sowohl die Landwirtschaft als auch Industrie und Verkehr. Dazu kommen Ideen zur Raum- und Stadtplanung. Beispiele für solche Anpassungsmaßnahmen können sein:

- Schutz der Frischluftschneisen in den Städten
- Begrünung von Dächern
- Warnsysteme für die Bevölkerung bei extremer Hitze
- Kühlung von öffentlichen Einrichtungen wie Krankenhäusern
- Sicherung der Stromversorgung bei extremen Wetterbedingungen
- Anbau hitzeresistenter Pflanzen
- verbesserter Straßenbelag usw.

Alle diese Maßnahmen werden in Deutschland durch eine Kosten-Nutzen-Analyse vom Umweltbundesamt bewertet. Was davon umgesetzt wird, hängt auch von den finanziellen Möglichkeiten der Städte und Gemeinden ab.

An diesen vielfältigen Beispielen kann man sehen, dass nur reiche Länder ernsthaft über die Umsetzung von Klimaanpassungsmaßnahmen nachdenken können. Die armen Länder der Erde können Anpassungsmaßnahmen nicht selbst finanzieren. Dazu benötigen sie die Unterstützung der Industrieländer. Ein Beispiel, wie diese Unterstützung funktionieren kann, sind Katastrophenfrühwarnsysteme, die bei Überschwemmungen das Leben der Bevölkerung z. B. in Mosambik oder in Indonesien retten können.

ARBEITSVORSCHLÄGE

1

Erläutern Sie den Begriff Nachhaltigkeit, indem Sie eine Liste nach der Kopfstandmethode erstellen:
Die Meere leer fischen ist nicht nachhaltig, weil …
Die Regenwälder abholzen ist nicht nachhaltig, weil …

2

Interpretieren Sie das Schaubild. Recherchieren Sie darüber hinaus die Einwohnerzahlen der Länder, die nicht im unteren Teil des Schaubildes vorkommen. Berechnen Sie den Wert für den CO_2-Gesamtausstoß pro Kopf.

3

Interpretieren Sie die Karikatur.

WEITERFÜHRENDE HINWEISE

Prüfen Sie, welche Anpassungsmaßnahmen sich die Industrieländer leisten, um die Folgen des Klimawandels aufzufangen:
www.nachhaltigkeitsrat.de
www.bmu.de
www.umweltbundesamt.de
www.greenpeace.de

Beim Umweltbundesamt können Sie Ihre persönliche Klimabilanz ausrechnen:
www.uba.klima-aktiv.de

Gestalten Sie ein Informationsplakat zum Schutz der Regenwälder. Umfangreiches Material finden Sie hier:
www.regenwald-schuetzen.org

Methodenkompetenz

Mindmap

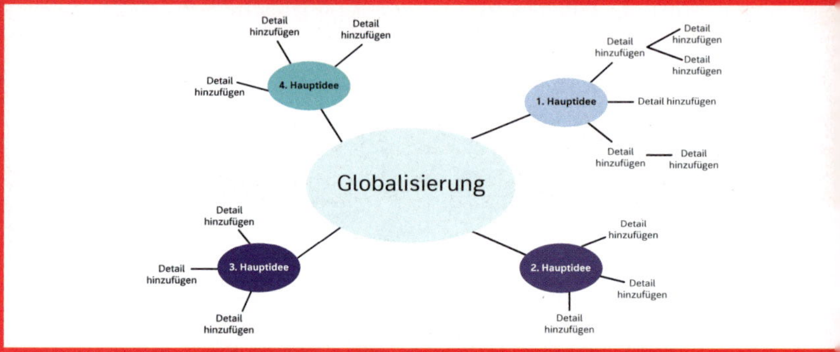

Mindmap bedeutet eigentlich Gedankenlandkarte.

Diese Methode ist eine Form der Visualisierung von Ideen zu einem Thema, das noch nicht endgültig durchdacht ist. Mindmapping ermöglicht es, sich assoziativ und kreativ einem Problem zu nähern.

Die Methode ist aber auch geeignet zur Strukturierung einer schriftlichen Stellungnahme oder eines Vortrags. Mit einer Mindmap können Sie auch die Phasen einer (Team-)Arbeit planen.

In einigen Arbeitsvorschlägen werden Sie aufgefordert, eine Mindmap zu einem Quellentext zu entwerfen. Hier dient Ihnen diese Methode als Strukturierungshilfe zum Verständnis eines Textes.

Eine Mindmap zeigt auf einen Blick das Wesentliche zu einem Thema. Sie eignet sich daher auch als Gedächtnisstütze für die Vorbereitung auf eine Klassenarbeit oder Prüfung.

Das Thema Globalisierung in diesem Kapitel umfasst sehr viele Gesichtspunkte und ist ziemlich komplex. Daher eignet sich hier die Methode des Mindmappings, um sich einen Überblick zu verschaffen und diesen gut strukturiert aufzuzeichnen.

Thema: **Mindmap zum Stichwort „Globalisierung"**

Vorbereitung

1. Lesen Sie das Kapitel 8 sorgfältig durch.
2. Entscheiden Sie sich dann für einen passenden Begriff zur Definition von Globalisierung.
3. Stellen Sie in Stichworten die Bereiche zusammen, in denen sich Globalisierung auswirkt.
4. Sammeln Sie Akteure, Institutionen, Gruppierungen, die Globalisierung gestalten bzw. von ihr betroffen sind.
5. Sortieren Sie die Begriffe nach Hauptaspekten, untergeordneten Gesichtspunkten usw.

Hinweis:

Wenn Sie bei den vielen Begriffen die Übersicht verlieren, beginnen Sie mit einer kleineren Mindmap, z. B. zum Thema „Ursachen der Globalisierung".

So geht's

Mindmap

Vorgehen

Wenn Sie Ihre Begriffe gefunden und sortiert haben, geht's los:

1. Nehmen Sie ein Blatt Papier im Querformat.
2. In der Mitte notieren Sie das Thema.
3. Alle Begriffe, die zu diesem Thema gehören, zeichnen Sie als Äste (= Abzweigungen) im Uhrzeigersinn um diese Mitte herum ein.
4. Weitere Details, die zu den Hauptästen gehören, zeichnen Sie als Nebenäste ein.
5. Danach können Sie weitere Untergliederungen vornehmen.

So entsteht ein organisches Gebilde, das ergänzt oder verändert werden kann.

Tipps

Verwenden Sie Stichworte, keine Sätze.

Unterscheiden Sie die Hauptäste und Nebenäste deutlich voneinander, z. B. mit einer anderen Farbe.

Vielleicht steht Ihnen „MindManager Smart" oder eine andere Software zur Verfügung, mit der Sie Ihre Mindmap am Computer gestalten können.

Kriterien für die Beurteilung einer Mindmap

- Ist die Mindmap übersichtlich gestaltet?
- Erkenne ich auf den ersten Blick, worum es geht?
- Sind die Begriffe fachlich richtig zugeordnet?
- Sind die Beziehungen zwischen den Ästen logisch?
- Kann ich die Mindmap auch in einem halben Jahr noch verstehen?
- Kann jemand anderes meine Mindmap verstehen?

Was sind Grundbedürfnisse?

1

Die Internationale Arbeitsorganisation (ILO) ist eine Sonderorganisation der Vereinten Nationen (UNO).

Die Internationale Arbeitsorganisation (**ILO**) hat die Grundbedürfnisse eines Menschen definiert. Sie hat festgelegt, was der Mindestbedarf für ein menschenwürdiges Leben ist:

- Nahrung
- Unterkunft
- Kleidung
- Sauberes Trinkwasser
- Sanitäre Einrichtungen
- Gesundheitsversorgung
- Bildung
- Arbeit
- Transportmittel

Zu den Grundbedürfnissen gehört auch eine gesunde und menschliche Umwelt.

Außerdem sollen alle Menschen in ihrem Land politisch mitentscheiden dürfen.

Für jede Person gelten die individuellen Freiheitsrechte.

Eigentlich ist jeder Staat und damit die Regierung eines Landes für die Sicherung der Bedürfnisse der eigenen Bevölkerung zuständig. Die Sicherstellung der Grundbedürfnisse ist eine öffentliche Aufgabe, die z. B. in Deutschland weitgehend aus Steuergeldern finanziert wird.

Wie kann aber ein Entwicklungsland diese öffentlichen Aufgaben wahrnehmen?

Es fehlen Steuereinnahmen, weil die Bevölkerung arm ist. Es fehlen Deviseneinnahmen, weil es wenig Export gibt. Es fehlt Geld für Investitionen, weil der Staat verschuldet ist und für Kredite Zinsen bezahlt werden müssen. Und manchmal fehlt auch Geld, weil herrschende Eliten korrupt sind und lieber ihre eigenen Bedürfnisse bedienen.

Grundbedürfnis Nahrung

Grundbedürfnis Wohnung

Grundbedürfnis sauberes Wasser

Grundbedürfnis Bildung

Ohne Wasser kein Leben

Am Beispiel **Wasserversorgung** lässt sich zeigen, wie schwierig es ist, dieses Grundbedürfnis der Menschen zu sichern. Bis heute gibt es immer noch 2,1 Milliarden Menschen, denen kein gesundes Wasser zur Verfügung steht. Und immer noch fehlen für 4,3 Milliarden Menschen sanitäre Anlagen. Verunreinigtes Wasser führt zu Krankheiten und Tod.

Durch den fortschreitenden Klimawandel, der in immer mehr Regionen der Erde zu Wasserknappheit führt, hat sich in den letzten Jahren die Auseinandersetzung um diese Ressource verschärft. Zudem wird Wasser teurer, weil internationale Nahrungsmittelkonzerne Wasserrechte kaufen und damit Wasser zu einer Handelsware machen.

2

Die Generalversammlung der Vereinten Nationen erklärt im Jahr 2010 Wasser zu einem **Menschenrecht**. Jeder Mensch soll freien Zugang zu sauberem Trinkwasser haben. Einklagbar ist dies nicht, es ist aber ein Symbol dafür, wie wichtig die UNO die Wasserproblematik nimmt.

Es ist auch ein Signal an Länder, die für schnelles Geld ihre öffentliche Wasserversorgung an private Firmen verkauft haben und mit den neuen Besitzern schlechte Erfahrungen machen. Auch in Deutschland haben manche Städte ihre Wasserversorgung privatisiert. Viele dieser Städte beginnen, die Wasserrechte zurückzukaufen und eigene öffentliche Wasserwerke einzurichten. In Europa hat die Bürgerinitiative gegen Privatisierung von Wasser einen großen Erfolg erreicht.

Virtueller Wasserverbrauch in Deutschland

3

[...] „Deutschland hat bei vielen Waren ein Besorgnis erregend hohes, importiertes Wasserrisiko", sagt Roland Gramling vom *World Wildlife Fund for Nature* (WWF).

Wir sind einfach auf Produkte aus dem Ausland angewiesen, und viele Produkte kommen eben auch aus wasserkritischen Regionen. Das fängt bei Gemüse an, das aus Spanien kommt, und geht bei Phosphor aus China und Rosen aus Kenia weiter. Dass die Produkte in Deutschland unter guten Bedingungen weiter verarbeitet werden, sagt nichts über die Bedingungen vor Ort aus.

Jeder Deutsche verbraucht somit nicht nur die 130 Liter aus dem Wasserhahn, sondern insgesamt – pro Tag – rund 4 000 bis 5 000 Liter virtuelles Wasser. Deutschlands Wasser-Fußabdruck liegt also jährlich bei etwa 1 430 Kubikmeter pro Einwohner, wobei der Verbrauch fast 70 Prozent außerhalb unserer Landesgrenzen entsteht. Zum Vergleich: Der durchschnittliche Chinese verbraucht jährlich etwa 1 070 Kubikmeter, aber nur zehn Prozent außerhalb des Landes. [...]

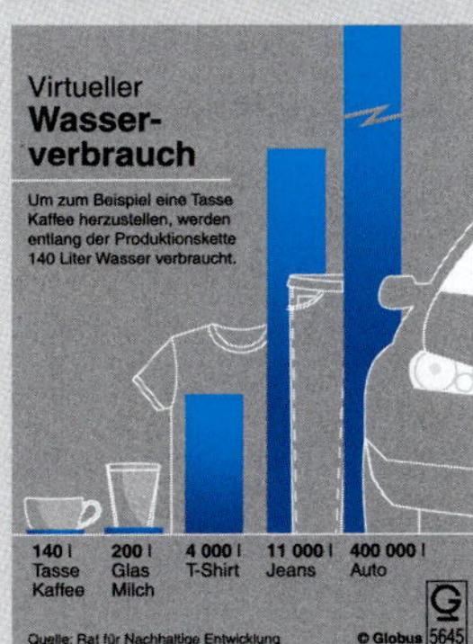

Dallmus, Alexander: Wie viel Wasser steckt in Kleidung und Nahrung?, in: Bayerischer Rundfunk, München, 19.03.2019, abgerufen unter: www.br.de/radio/bayern1/inhalt/experten-tipps/umweltkommissar/wasserverbrauch-virtuell-herstellung-umweltkommissar-100.html [24.11.2020].

ARBEITSVORSCHLÄGE

1 Prüfen Sie, inwieweit die Zusammenstellung der Grundbedürfnisse auch Ihren Grundbedürfnissen entspricht.

Was braucht ein Mensch zum Leben? Diskutieren Sie in Ihrer Klasse.

2 „Wasser ist ein Menschenrecht." Nehmen Sie Stellung.

3 Definieren Sie mit Ihren Worten, was „virtuelles Wasser" bedeutet.

WEITERFÜHRENDE HINWEISE

Schauen Sie sich die ausführliche Produktsammlung unter www.virtuelles-wasser.de an (Stichwort „Mehr zu virtuellem Wasser"). Wählen Sie aus der Liste ein Produkt aus, das Sie selbst konsumieren. Überprüfen Sie, wie viel virtuelles Wasser in diesem Produkt steckt.

Erstellen Sie Ihren persönlichen Wasser-Fußabdruck mithilfe dieses Kalkulators: aquapath-project.eu/calculator-ge/calculator.html

Haben diese Informationen Einfluss auf Ihr persönliches Konsumverhalten? Diskutieren Sie in Ihrer Klasse.

Auf einer UN-Versammlung im September 2015 beschließen mehr als 150 Staats- und Regierungschefs einstimmig ein globales Programm für nachhaltige Entwicklung. Der Zeitrahmen ist festgelegt: Bis 2030 sollen die Maßnahmen umgesetzt werden.

Transformation unserer Welt: die Agenda 2030 für nachhaltige Entwicklung

1

[...] Wir sind entschlossen, von heute bis 2030 Armut und Hunger überall auf der Welt zu beenden, die Ungleichheiten in und zwischen Ländern zu bekämpfen, friedliche, gerechte und inklusive Gesellschaften auszubauen, die Menschenrechte zu schützen und Geschlechtergleichstellung und die Selbstbestimmung der Frauen und Mädchen zu fördern und den dauerhaften Schutz unseres Planeten und seiner natürlichen Ressourcen sicherzustellen. [...]

Vereinte Nationen – Resolution der Generalversammlung, verabschiedet am 25. September 2015: Transformation unserer Welt: die Agenda 2030 für nachhaltige Entwicklung (Dokument A/RES/70/1), 21.10.2015, S. 3, abgerufen unter: www.un.org/Depts/german/gv-70/band1/ar70001.pdf [13.11.2020]

2

Bereits zwischen 2000 und 2015 setzt die UNO mit den Millenniumsentwicklungszielen Maßstäbe für eine Verbesserung der Lebenssituation in den Entwicklungsländern. Nicht alle der dort formulierten Ziele sind erreicht worden. Dennoch können die Vereinten Nationen auf bemerkenswerte Verbesserungen verweisen.

Insbesondere der Zugang zu sauberem Wasser hat sich für viele Menschen verbessert. Zudem besuchen heute 80 % der Kinder im südlichen Afrika eine Grundschule.

Viele zivilgesellschaftliche Gruppen beteiligen sich im Vorfeld der UN-Versammlung an der Diskussion über die Ziele und Maßnahmen. Die neuen Ziele der Vereinten Nationen berücksichtigen jetzt mehr den Zusammenhang von Entwicklung und Nachhaltigkeit. Ökonomische, ökologische und soziale Dimensionen spielen eine größere Rolle.

3

Afrika: Eine Frau melkt eine Kuh

Asien: Reisterrassen in Vietnam

4

Nachhaltige Landwirtschaft

Ziel 2 Den Hunger beenden, Ernährungssicherheit und eine bessere Ernährung erreichen und eine nachhaltige Landwirtschaft fördern.

Es soll erreicht werden, dass alle Menschen „ganzjährig Zugang zu sicheren, nährstoffreichen und ausreichenden Nahrungsmitteln haben“. Obwohl bereits heute genügend Nahrungsmittel zur Verfügung stehen, haben immer noch nicht alle Menschen Zugang zu ihnen. Dies soll sich bis 2030 geändert haben. Ebenso sollen bis 2030 alle Formen der Mangelernährung beseitigt sowie die landwirtschaftliche Produktivität und die Einkommen der kleinen Nahrungsmittelproduzenten verdoppelt werden.

Außerdem soll die Nachhaltigkeit der Systeme der Nahrungsmittelproduktion sichergestellt werden. Bestimmte landwirtschaftliche Methoden sollen zur Erhaltung der Ökosysteme beitragen und eine Anpassung an den Klimawandel und durch ihn bedingte Naturkatastrophen ermöglichen. Auch sollen die Bodenqualität verbessert und die genetische Vielfalt bewahrt werden.

Vgl. Deutsche Gesellschaft für die Vereinten Nationen e. V. (DGVN) (Hrsg.): 17 Ziele für eine nachhaltige Entwicklung, in: UN-Basis-Informationen Nr. 52, 12/2015, S. 4

Familienbetriebe oder kleine Produktionskooperationen in der Landwirtschaft können in den Entwicklungsländern die Grundlage für Ernährungssicherheit schaffen. Voraussetzung ist, dass diese Menschen Land besitzen und bewirtschaften können.

Internationale Großkonzerne kaufen oft Kleinbauern das Land ab. Sie stellen dann mit Maschinen, resistentem Saatgut und billigen Arbeitskräften Lebensmittel her und verkaufen diese gewinnbringend auf dem Weltmarkt. Manchmal wird Kleinbauern auch fruchtbares Ackerland ohne Entschädigung weggenommen, um auf ihrem Boden z. B. Mais als Basis für Bioenergie- oder Tierfutterrohstoffe anzubauen. Diese Produkte werden dann exportiert. Die Einheimischen haben danach weder Land noch Einkünfte.

Diese Vorgänge sollen mit dem Ziel 2 der Agenda 2030 beendet werden.

ARBEITSVORSCHLÄGE

1, 2

Beschreiben Sie die 17 Ziele für nachhaltige Entwicklung, indem Sie eine Tabelle mit den wichtigsten Stichworten erstellen. Tragen Sie nach und nach in eine zweite Spalte konkrete Beispiele ein.

2

Entscheiden Sie sich für eines der 17 Ziele (außer 2). Erläutern Sie, welche Maßnahmen die UNO anstrebt, und stellen Sie Ihre Ergebnisse in der Klasse vor. Ausführliche Beschreibungen finden Sie hier: www.dgvn.de (Publikationen → UN-Basis-Informationen 52 vom 14.12.2015 → Ziele für nachhaltige Entwicklung → Download).

3, 4

Beurteilen Sie die dargestellten Maßnahmen, um Ziel 2 zu erreichen: Wo finden Sie hier ökonomische, ökologische und soziale Dimensionen?
Welche Maßnahmen halten Sie persönlich für besonders sinnvoll?

WEITERFÜHRENDE HINWEISE

Es gibt eine Bilanz des bisher Erreichten durch die sogenannten Millenniumsentwicklungsziele.

Arbeiten Sie heraus, wo die UNO Erfolge zu verzeichnen hat und wo es noch Handlungsbedarf gibt: www.dgvn.de (Publikationen → UN-Basis-Informationen 52 vom 14.12.2015) → Ziele für nachhaltige Entwicklung → Download).

Eine ausführliche Fassung gibt es beim Bundesministerium für wirtschaftliche Zusammenarbeit und Entwicklung: www.bmz.de (Stichwort „Fortschrittsbericht“).

Globalisierung hat dann für alle Länder der Erde Vorteile, wenn auch alle Länder Zugang zu den Weltmärkten haben. Der Abbau von Handelsschranken bedeutet eigentlich einen besseren Zugang zum Weltmarkt. Das heißt aber für einen Kleinproduzenten in einem armen Land nicht automatisch, dass er vom Verkauf seiner Produkte sich und seine Familie ernähren kann.

Beispiel Kaffee

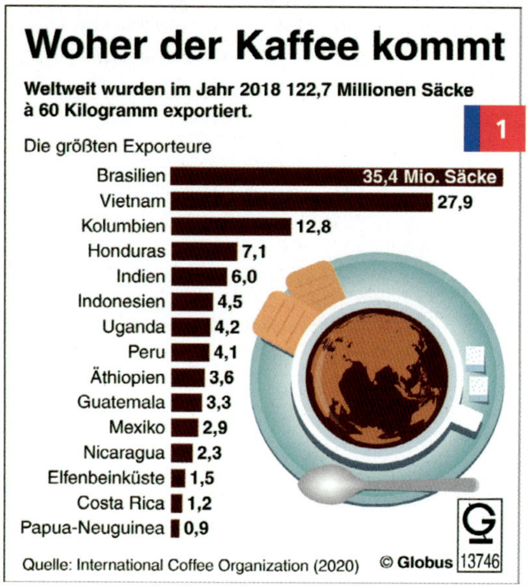

Kaffee ist nach Erdöl der weltweit wichtigste **Exportrohstoff**. In 76 Anbauländern, vor allem Entwicklungsländer, gehört der Kaffee zum wichtigsten Exportprodukt. Wenn das Angebot an Kaffee auf dem Weltmarkt steigt, wie in den letzten Jahren geschehen, fällt der Preis, der sich durch Angebot und Nachfrage bestimmt. Die großen Kaffeeröstereien kaufen ihre Rohprodukte vom billigsten Anbieter auf dem Weltmarkt und können so auch ihre Gewinne halten oder sogar steigern. Da der Kaffeekonsum in den Verbraucherländern im Wesentlichen gleich bleibt, gehen die Kaffeebauern leer aus. Sie können ihr Rohprodukt entweder zu Dumpingpreisen oder gar nicht mehr verkaufen. In jedem Fall reichen die Erlöse nicht zum Leben.

Die Kaffee exportierenden Länder haben eine Organisation gegründet, die sich zum Ziel setzt, den Kleinbauern einen höheren Preis zu bezahlen, der ihnen ein menschenwürdiges Leben ermöglicht.

Kaffeeernte bei Cenfrocafè in Peru

Gesäuberter und getrockneter Kaffee

Rohe Kaffeebohnen

Fair produzieren – fair handeln – fair konsumieren

Kooperationen zwischen Kleinproduzenten in den Entwicklungsländern und Organisationen, die den fairen Handel fördern wollen, garantieren Mindeststandards:

- einen kostendeckenden Mindestpreis, unabhängig von den Preisschwankungen auf dem Weltmarkt
- eine Prämie für Investitionen in die Infrastruktur, z. B. Schulen
- einen Zuschuss für Bioprodukte
- In der Produktion werden weder Pestizide noch gentechnisch veränderte Bestandteile eingesetzt.
- Zwangsarbeit, Kinderarbeit und Diskriminierungen sind verboten.

Produkte aus fairer Produktion und fairem Handel kann man in Weltläden, aber auch in manchen Supermärkten oder Drogerien kaufen. Sie finden sich auch zunehmend im Angebot von Cafés, Kantinen und Bäckereien. Man erkennt die als nachhaltig zertifizierten Produkte an einem Siegel. Am bekanntesten ist das „**Fairtrade**"-Siegel.

Was ist Fairer Handel?

4

Das Siegel für fairen Handel

Wenn ein Bauer trotz harter körperlicher Arbeit seine Familie nicht ernähren kann, dann liegt das zum Teil auch an ungerechten Welthandelsstrukturen. Im Fairen Handel sind die Strukturen anders: Die Produkte werden zu fairen Bedingungen hergestellt und importiert. Im Mittelpunkt stehen die Produzentinnen und Produzenten, denn: Der Faire Handel ist mehr als Import und Vertrieb von Produkten. Er gibt den Menschen hinter den Produkten ein Gesicht. Ihre Lebens- und Arbeitsbedingungen zu verbessern, ist das Ziel des Fairen Handels.

GEPA Gesellschaft zur Förderung der Partnerschaft mit der Dritten Welt mbH: Was ist Fairer Handel?, abgerufen unter: www.fairtrade.de/index.php/mID/1.1/lan/de [13.11.2020].

Die Auswahl an fairen Produkten ist inzwischen groß. Sie umfasst Lebensmittel wie Bananen, Fruchtsäfte, Kaffee, Tee, Schokolade, aber auch Blumen, Fußbälle, Holz- und Baumwollprodukte sowie Kosmetik.

5

Immer mehr Städte und Gemeinden lassen sich als „Fairtrade-Stadt“ zertifizieren. Dazu müssen sie sich verpflichten, die folgenden Bedingungen zu gewährleisten:

1. Der Gemeinderat muss einen Beschluss fassen, dass die Stadt fairen Handel fördern wird. Bei allen öffentlichen Sitzungen muss fairer Kaffee ausgeschenkt werden.
2. Eine Organisationsgruppe plant und steuert die Maßnahmen. Sie muss aus mindestens je drei Personen aus Zivilgesellschaft, Politik und Wirtschaft bestehen.
3. In den Einzelhandelsgeschäften, bei Blumenläden und in Cafés und Restaurants müssen mindestens zwei Produkte aus fairem Handel zum Verkauf angeboten werden.
4. In öffentlichen Einrichtungen, in Schulen und Vereinen werden Produkte aus fairem Handel angeboten.
5. Die Zeitungen, Radio- und Fernsehsender der Region berichten regelmäßig über die Aktivitäten.

Die Zusammenarbeit zwischen Kleinproduzenten in den Entwicklungsländern und Konsumenten in den Industrieländern kann dazu beitragen, dass der Welthandel ein bisschen gerechter wird. Die Bevölkerung in den Industrieländern kann diesen Prozess aktiv mitgestalten.

ARBEITSVORSCHLÄGE

1
Analysieren Sie das Schaubild. Welche Länder exportieren viel, welche wenig Kaffee?
Finden Sie die Länder auf der Weltkarte (S. 284 f.).

2
Beschreiben Sie die Fotos. Stellen Sie dar, welche Arbeitsschritte Sie erkennen.

3
Erläutern Sie anhand des Textes, weshalb die Kaffeeproduzenten in den Entwicklungsländern von ihren Exporterlösen nicht leben können.

4
Erklären Sie in eigenen Worten, wie fairer Handel funktioniert.

5
Überprüfen Sie in Supermärkten, Drogerien und anderen Geschäften, welche Produkte aus Asien, Afrika und Lateinamerika stammen. Welche dieser Produkte tragen ein Fairtrade-Siegel?
Halten Sie Ihre Ergebnisse in einer Liste fest.

WEITERFÜHRENDE HINWEISE

Überprüfen Sie, ob Ihre Heimatstadt eine „Fairtrade-Stadt“ ist.
Sie finden eine Landkarte und eine Liste bei:
www.fairtrade-towns.de.

Kampagne

Eine Kampagne ist eine Werbeaktion von mehreren Personen oder einer Gruppe, die ein gemeinsames Ziel erreichen wollen. Eine Kampagne ist immer zeitlich begrenzt.

Parteien führen vor allem vor Wahlen Kampagnen durch. Zivilgesellschaftliche Gruppen wie z. B. Greenpeace machen mit Kampagnen auf sich aufmerksam. Gewerkschaften oder Arbeitgeberverbände werben mit Kampagnen in der Öffentlichkeit. Auch Lobbyisten nehmen mit Kampagnen Einfluss auf die öffentliche Meinung und die Politik.

Bei Kampagnen werden Plakate, Flyer, Informationsbroschüren und Zeitungsanzeigen erstellt. Auch Informationsstände dienen dazu, möglichst viele Menschen zu erreichen.

Thema: **Kampagne für fairen Handel**

1. Vorbereitung

Entscheiden Sie sich für ein Thema und bilden Sie zu jedem Thema eine Gruppe von drei Personen.

Themen zur Auswahl:

1. Was ist fairer Handel? Wie funktioniert er? Welche Vorteile haben die Kleinproduzenten in den Entwicklungsländern?
2. Beispiel faire Fußbälle
3. Beispiel fairer Kakao/fairer Tee
4. Beispiel faire Textilien
5. Beispiel faire Bananen/faire Fruchtsäfte
6. Beispiel faire Blumen
7. Beispiel faire Kosmetik
8. Beispiel faire Süßwaren/Zucker
9. ...

2. Informationsbeschaffung

Bei folgender Adresse finden Sie ausführliche Informationen: www.fairtrade-deutschland.de.

Dort gibt es eine Produktliste und Informationen zu den Produzenten.

Sie können auch direkt in einem Weltladen in Ihrer Nähe oder online unter weltladen.de Informationen zusammenstellen.

So geht's

Kampagne

Hinweis:

Sie können Ihre Kampagne auch auf Ihre Schule beziehen. Nutzen Sie dafür die Informationen unter:
www.fairtrade-schools.de
Überprüfen Sie, welche Schritte Sie tun müssten, um Ihre Schule zu einer Fairtrade-Schule zu machen.

Flyer oder Informationsplakat erstellen

Kriterien für Gestaltung und Inhalt:
- Klare Überschrift
- Klare Stichworte
- Logischer inhaltlicher Aufbau
- Kurze und prägnante Texte
- Gut platzierte Fotos
- Gut sichtbares Logo
- Gut lesbare Schrift
- Harmonisches Gesamtbild
- Impressum (Verfasser und Kontaktadresse)

Informationsstand aufbauen

Kriterien für einen guten Infostand:
- Informationsmaterial gut auswählen
- Informationsmaterial übersichtlich platzieren
- Kostproben anbieten (Schokolade, Bananen, ...)
- Das Personal ist freundlich und kommunikativ.
- Das Personal ist gut informiert und gibt Auskunft.

Austausch

Machen Sie bei den anderen Informationsständen einen Rundgang und lassen Sie sich über die jeweiligen Produkte informieren. Stellen Sie Fragen, wenn Ihnen etwas nicht gut genug erklärt wird.
Alternative: Laden Sie eine andere Klasse zu einem Informationsrundgang ein.

Zusätzliche Ideen:

„Radioreporter/-innen" machen Interviews und nehmen diese auf.
„Fernsehreporter/-innen" nehmen kleine Videos auf.

Schlussrunde

Beurteilen Sie die Informationsstände. Was hat Ihnen besonders gut gefallen? Was könnte noch verbessert werden?

Wissens-Check

Definition von Globalisierung	Globalisierung bedeutet die weltweite Vernetzung aller Lebensbereiche.
Bereiche der Globalisierung	Die Globalisierung wirkt sich aus auf die Bereiche Politik, Wirtschaft, Kommunikation, Kultur, Umwelt und Ressourcen.
Ursachen der Globalisierung	Vier Faktoren sind verantwortlich, dass die Welt sich zu einem Binnenmarkt entwickelt: 1. Transportkosten von Gütern und Dienstleistungen sinken. 2. Kommunikationstechniken sind weltweit verfügbar und kostengünstig. 3. Finanz- und Investitionskapital kann international ungehemmt fließen. 4. Nationale Rechtsvorschriften und Steuern werden zunehmend einander angeglichen, die Grenzen werden geöffnet.
Neoliberalismus	Neoliberalismus ist die Wirtschaftstheorie, die der Globalisierung zugrunde liegt. Diese Theorie setzt auf den freien Konkurrenzkampf der wirtschaftlichen Kräfte und will die Politik so weit wie möglich aus der Regulierung dieser weltweiten Ökonomie heraushalten.
Industrieländer – Schwellenländer – Entwicklungsländer	In der Welt gibt es ein Wirtschafts- und Wohlstandsgefälle: 1. Industrieländer sind die wirtschaftlich stärksten Länder mit dem höchsten Lebensstandard. 2. Schwellenländer zeigen eine wachsende Wirtschaft und nehmen zunehmend am Welthandel teil. 3. Die Menschen in den Entwicklungsländern haben den niedrigsten Lebensstandard.
Definition von Nachhaltigkeit	Nachhaltigkeit ist das Grundprinzip internationaler (Umwelt-)Politik. Nachhaltig handeln bedeutet, dass die Bedürfnisse der Gegenwart befriedigt werden, ohne zu riskieren, dass künftige Generationen keine Chance mehr haben, ihre eigenen Bedürfnisse zu befriedigen. Die Agenda 2030 der UNO zeigt Wege zu einer nachhaltigen Politik.
Politische Akteure in der globalisierten Welt	UNO, IWF, Weltbank, ILO, G20, NGOs
Chancen und Risiken der Globalisierung	Die positiven Seiten der Globalisierung werden vor allem von der Wirtschaft hervorgehoben, während Nichtregierungsorganisationen, wie zum Beispiel ATTAC, vor den Risiken warnen. Es wird befürchtet, dass vor allem die armen Länder durch die Globalisierung Nachteile haben, weil sie nicht gleichberechtigt am Weltmarkt teilnehmen können. Andererseits können international anerkannte Organisationen dafür sorgen, dass weltweit Standards eingehalten werden, die allen Ländern nützen. Ein Beispiel für eine solche Organisation ist die ILO (Internationale Arbeitsorganisation), die sich um menschenwürdige Arbeitsbedingungen in der globalisierten Produktion kümmert.

Kompetenz-Check

Ich kann …	☺ 😐 ☹
… beschreiben, wie die Globalisierung mein Leben beeinflusst.	

Ich kann …	☺ 😐 ☹
… zuordnen, auf welche Bereiche des Lebens die Globalisierung Auswirkungen hat.	
… analysieren, welche Länder den weltweiten Handel bestimmen.	
… herausarbeiten, wie die weltweite Arbeitsteilung bei der Warenproduktion funktioniert (Beispiel Jeans).	
… unterscheiden, welche Rolle Industrieländer, Schwellenländer und Entwicklungsländer auf dem Weltmarkt spielen.	
… unterscheiden, welche Ziele die politischen Akteure in der globalisierten Welt verfolgen.	
… analysieren, welche Maßnahmen angesichts des Klimawandels für die Industrieländer und die Entwicklungsländer nachhaltig sind.	
… vergleichen, welche Produkte im Warenangebot fair produziert bzw. fair gehandelt werden.	

Ich kann …	☺ 😐 ☹
… definieren, was Globalisierung bedeutet.	
… erklären, warum sich die Welt zu einem Binnenmarkt entwickelt.	
… erläutern, worin sich Industrieländer, Schwellenländer und Entwicklungsländer unterscheiden.	
… beschreiben, welche politischen Akteure es in der globalisierten Welt gibt.	
… definieren, was Nachhaltigkeit bedeutet.	
… erklären, welche Ziele die Vereinten Nationen mit der Agenda 2030 verfolgen.	
… erläutern, was man unter Grundbedürfnissen versteht.	
… definieren, was „fairer Handel“ bedeutet.	

Ich kann …	☺ 😐 ☹
… beurteilen, welche Auswirkungen faire Produktion und fairer Handel für die Lebensbedingungen in den Entwicklungsländern haben.	
… Stellung beziehen zum Angebot an fair gehandelten Waren.	
… beurteilen, welche Chancen und Risiken mit der Globalisierung verbunden sind.	
… eine Mindmap erstellen.	
… eine Kampagne planen und durchführen.	

9.1 Krieg

Definitionen

1

Das Heidelberger Institut für Konfliktforschung unterscheidet bei bewaffneten Konflikten mehrere Stufen.

Gewaltsame Krise

Es kommt vereinzelt zu Gewaltausbrüchen zwischen den Konfliktparteien (*violent crisis*).

Begrenzter Krieg

Die Konfliktparteien liefern sich immer wieder gewalttätige Auseinandersetzungen. Es gibt aber auch Kampfpausen (*limited war*).

Krieg

Die Gewalt zwischen den Konfliktparteien ist organisiert und wird systematisch vorbereitet und durchgeführt.
Dabei kann es sich um Bürgerkriege innerhalb eines Landes oder um länderübergreifende Kriege zwischen verschiedenen Konfliktgruppen handeln (*war*).

3

Das Gedankenexperiment „Krieg. Stell Dir vor, er wäre hier“ stellt eine Situation dar, in der demokratische Politik gescheitert ist und die Herrschaft nun bei autoritären Regimen liegt. Einigen Menschen gelingt es, in den Nahen Osten zu fliehen, zum Beispiel dem 14-jährigen Protagonisten aus Deutschland.

Viele Familien in Deutschland haben Angehörige, die **Krieg** erlebt haben. Darunter sind vor allem Deutsche älterer Jahrgänge, die den Zweiten Weltkrieg überlebt haben, aber auch zugewanderte Familien, die wegen Krieg in ihren Heimatländern nach Deutschland geflohen sind und jetzt hier leben.

Alle Menschen, die einen nahestehenden Menschen bei einem Terroranschlag oder bei einem Auslandseinsatz der Bundeswehr verloren haben, sind ebenfalls mit Folgen von Krieg schmerzlich in Berührung gekommen. Auch Bundeswehrsoldaten, die z. B. in Afghanistan eingesetzt waren, tragen oft jahrelang an den Folgen ihrer Erlebnisse.

Viele Menschen, die Krieg erlebt haben, können nicht darüber sprechen. Die Erlebnisse sind im Unterbewusstsein verdrängt und werden manchmal erst im hohen Alter ausgesprochen.

Die nach 1945 in Deutschland geborenen Jahrgänge können auf eine Zeit in Frieden zurückblicken wie keine Generation zuvor. Diese Zeit des Friedens ist auch ein Erfolg des europäischen Versöhnungsprozesses (s. S. 196 ff.).

Bewaffnete Konflikte finden im 21. Jahrhundert vor allem außerhalb Europas statt.

2

Kriege 2019

Im Jahr 2019 zählte das Heidelberger Institut für Internationale Konfliktforschung **358 Konflikte weltweit**, 196 davon wurden gewaltsam ausgetragen. Folgende erreichten die höchste Intensitätsstufe eines Krieges:

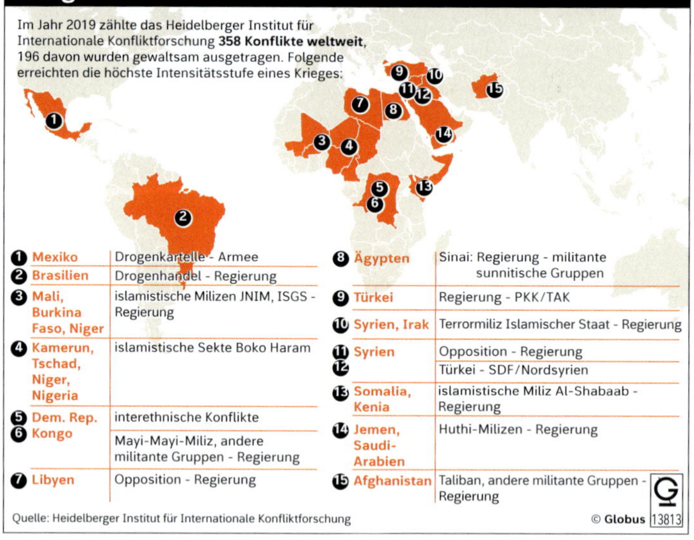

1	Mexiko	Drogenkartelle - Armee
2	Brasilien	Drogenhandel - Regierung
3	Mali, Burkina Faso, Niger	islamistische Milizen JNIM, ISGS - Regierung
4	Kamerun, Tschad, Niger, Nigeria	islamistische Sekte Boko Haram
5	Dem. Rep. Kongo	interethnische Konflikte
6	Dem. Rep. Kongo	Mayi-Mayi-Miliz, andere militante Gruppen - Regierung
7	Libyen	Opposition - Regierung
8	Ägypten	Sinai: Regierung - militante sunnitische Gruppen
9	Türkei	Regierung - PKK/TAK
10	Syrien, Irak	Terrormiliz Islamischer Staat - Regierung
11	Syrien	Opposition - Regierung
12	Syrien	Türkei - SDF/Nordsyrien
13	Somalia, Kenia	islamistische Miliz Al-Shabaab - Regierung
14	Jemen, Saudi-Arabien	Huthi-Milizen - Regierung
15	Afghanistan	Taliban, andere militante Gruppen - Regierung

Quelle: Heidelberger Institut für Internationale Konfliktforschung © Globus 13813

In dem Buch „Krieg – Stell dir vor, er wäre hier“ konfrontiert die Autorin Janne Teller ihre Leserinnen und Leser mit einem Gedankenexperiment. Der Perspektivenwechsel, den die Autorin vornimmt, ist „eine Einladung an das Vorstellungsvermögen. Eine Einladung, das Leben der anderen nachzuvollziehen, ein Schicksal, das hoffentlich nie unser eigenes sein wird. Dafür sind wir alle verantwortlich.“ (Teller, Janne: Krieg – Stell dir vor, er wäre hier, München, Carl Hanser Verlag, 2011, S. 58).

> Wenn durch die Bomben der größte Teil des Landes, der größte Teil der Stadt in Ruinen läge? Wenn das Haus, in dem du mit deiner Familie lebst, Löcher in den Wänden hätte? Wenn alle Fensterscheiben zerbrochen, das Dach weggerissen wäre? [...]

Teller, Janne: Krieg – Stell dir vor, er wäre hier, übers. von Sigrid C. Engeler, München: Carl Hanser Verlag, 2011, S. 7.

Die **Terroranschläge** in den USA und den europäischen Metropolen zeigen: Kein Teil der Welt ist sicher. War in den Jahren zuvor der Frieden eher außerhalb des eigenen Landes bedroht, zeigt sich nach diesen Ereignissen, wie verwundbar auch die großen Industrienationen der Erde sind. Neu ist die schmerzliche Erkenntnis, dass für Gewalt nicht mehr einfach Regierungen verantwortlich gemacht werden können, sondern dass es zunehmend privatisierte Gewalt und Gewalt terroristischer Netzwerke gibt, die das friedliche Zusammenleben der Menschen bedrohen.

4

Seit den 1990er-Jahren werden in vielen Konfliktregionen Kinder und Jugendliche als Soldaten rekrutiert. Terroristische Gruppen erwerben günstig Kleinwaffen und statten die Kinder damit aus. Von diesen missbrauchten Kindern geht Gewalt gegen andere Zivilisten aus, werden Massaker und „ethnische Säuberungen“ verübt. Diese Kinder sind traumatisiert.

Auf der anderen Seite werden modernste Waffen eingesetzt, bei denen die Akteure nicht mal mehr vor Ort sein müssen, um ihre tödliche Munition einzusetzen.

5

ARBEITSVORSCHLÄGE

1

Erläutern Sie die drei Stufen von bewaffneten Konflikten an jeweils einem konkreten Beispiel.

2

Analysieren Sie die Konfliktkarte. Wo finden die meisten Kriege statt?
Finden Sie die Länder auf der Weltkarte (S. 284 f.).
Erstellen Sie eine Liste nach Regionen und Konfliktstufen.

3

Wie stellen Sie sich Krieg vor?
Alternative:
Lesen Sie das Buch „Krieg – Stell dir vor, er wäre hier“. Diskutieren Sie darüber in Ihrer Klasse.

4

Beschreiben Sie das Foto. Was wissen Sie über Kindersoldaten? Tauschen Sie sich untereinander aus.

5

Interpretieren Sie die Karikatur.

WEITERFÜHRENDE HINWEISE

Interviewen Sie behutsam Ihre (Ur-)Großeltern bzw. andere Verwandte oder auch Bekannte, von denen Sie wissen, dass Sie Kriege erlebt haben.

Vergleichen Sie Filme und Bücher zum Thema Krieg. Nehmen Sie Stellung dazu, wie diese Filme oder Bücher auf Sie gewirkt haben.

Was ist Terrorismus? 1

Unter „Terrorismus" versteht man Gewalt gegen eine politische Ordnung, die das Ziel hat, einen politischen Wandel zu erzwingen (z. B. Entführungen oder Attentate). Terror soll Unsicherheit und Schrecken oder auch Sympathie und Unterstützungsbereitschaft erzeugen und dadurch Druck ausüben. Das Wort „Terrorismus" stammt aus dem Lateinischen (lat. *terror*: Furcht, Schrecken).

Bis ins 20. Jahrhundert sind Kriege zwischen Staaten die Regel. Ein Staat erklärt einem anderen den Krieg, verbündete Staaten unterstützen jeweils die eine oder andere Seite. Der Krieg eskaliert.

Im 21. Jahrhundert gibt es weniger Kriege zwischen Staaten. Die meisten bewaffneten Konflikte sind heutzutage **innerstaatliche Konflikte**. In einem zerfallenden Staat, in dem es keine Zentralregierung gibt, kämpfen verschiedene Interessengruppen um die Macht. Auch terroristische Gruppen sind in solchen Staaten aktiv. Viele dieser Gruppierungen finanzieren sich über Öl-, Diamanten- und Drogenhandel. Oft mischen sich dann auch andere Staaten in diesen Konflikt ein. So entstehen aus Bürgerkriegen, die scheinbar nur innerhalb eines Landes stattfinden, regionale bewaffnete Konflikte oder sogar Kriege mit überregionaler Beteiligung.

Für alle diese bewaffneten Konflikte gibt es viele Ursachen, wie auch das folgende Interview mit Heiner Bielefeldt, UN-Sonderberichterstatter für Religions- und Weltanschauungsfreiheit, zeigt.

„Religion ist nie allein die Ursache" 2

[...]

Werden so die tatsächlichen Ursachen verkannt?

Die Lage in Syrien lässt sich nicht ungebrochen als religiöser Konflikt bezeichnen. Vor drei Jahren ging es zunächst um den Kampf gegen eine Diktatur – unbewaffnete Demonstranten gegen einen bis unter die Zähne bewaffneten Despoten. Irgendwann waren dann die Demonstranten auch bewaffnet, der Konflikt wurde immer mehr in Kategorien des Bürgerkriegs beschrieben und obendrein zum Stellvertreterkonflikt großer, regionaler Gruppen. Und auf einmal war es in der öffentlichen Wahrnehmung dann nur noch der Kampf der Sunniten gegen Schiiten, mit den Christen irgendwo dazwischen. Religion ist zweifellos oft ein Faktor von Eskalation. Doch Religion ist nie allein die Ursache. Aktuell sehe ich sie in keinem einzigen Konflikt eindeutig als der entscheidende Auslöser. Weder in Syrien noch anderswo.

In der Zentralafrikanischen Republik ist die Rede vom Kampf zwischen Muslimen und Christen. Zu einfach?

Vom Konflikt der Christen gegen Muslime zu sprechen ist einerseits richtig, jedoch geht es meist nicht um christliche oder islamische Inhalte, sondern um Gruppenzugehörigkeiten. Identitäten werden oft religiös definiert und die Religion wird ihrerseits als Kriterium von Identität instrumentalisiert. In einer Situation des politischen Zerfalls wie in Zentralafrika zählt nur eine Botschaft: Wir sind anders als die. Die anderen sind böse. Sie haben meinen Vater umgebracht, sie haben meine Kinder bedroht oder vergewaltigen unsere Frauen. Das hat nichts mit unterschiedlichen Offenbarungsbekenntnissen, heiligen Büchern, Propheten oder anderen substanziellen Inhalten der Religionen zu tun.

Aber dennoch steht Religion im Zentrum?

Auch wenn es so erscheint: In vielen Konflikten – im subsaharischen Afrika und anderswo –, geht es im Kern um etwas anderes: um Staatsversagen, um Vertrauensverlust. Menschen glauben nicht mehr daran, dass die staatliche Ordnung funktioniert und dass man sich auf die öffentlichen Institutionen verlassen kann. [...]

Stettin, Isabel: „Religion ist nie allein die Ursache", Interview mit Heiner Bielefeldt, in: Süddeutsche.de, joku/leja, 28.01.2014, abgerufen unter: www.sz.de/1.1868435 [13.11.2020].

Ursachen bewaffneter Konflikte in der Welt

3

Politische Ursachen:

- Ein Staat will eine ganze Region beherrschen oder beansprucht einen Teil seines Nachbarstaates (Eritrea/Äthiopien, Indien/Pakistan).
- In einem Staat gibt es eine schwache Zentralregierung und viele konkurrierende Interessengruppen mit regionaler Macht (Jemen, Somalia, Libyen).
- In einem Staat herrscht eine kleine korrupte Clique. Die Bevölkerung verbündet sich mit dem Militär (Ägypten).

Wirtschaftliche Ursachen:

- In einem Land herrscht ein extremes Wohlstandsgefälle. Die Bevölkerungsmehrheit möchte am Wohlstand der herrschenden Eliten teilhaben (fast überall).
- Zugang zu Ressourcen (Öl, Gas, Wasser, Verkehrswege) führt zwischen Nachbarstaaten zu Konflikten (Nigeria, Tschad).
- Unterschiedliche Interessengruppen innerhalb eines Staates möchten Zugang zu den Rohstoffen des Landes. Es kommt zu bewaffneten Konflikten (Demokratische Republik Kongo, Sierra Leone).

Religiöse Ursachen:

- Eine Glaubensrichtung will die Vormachtstellung über alle anderen (Sunniten gegen Schiiten, Christen gegen Muslime).

Ethnische Ursachen:

- Ganze Volksgruppen werden aufgrund ihrer Nationalität benachteiligt und unterdrückt. Nationale Minderheiten fordern politische Mitbestimmung und Gleichberechtigung (Kurden).

Neben diesen Faktoren gibt es auch ökologische Ursachen von bewaffneten Konflikten, z. B. beim Zugang zu Wasser. Je größer die Wasserknappheit auf der Erde wird, umso wahrscheinlicher werden Konflikte um die Wasserversorgung (Türkei/Syrien/Irak bzw. Israel/Palästina).

4

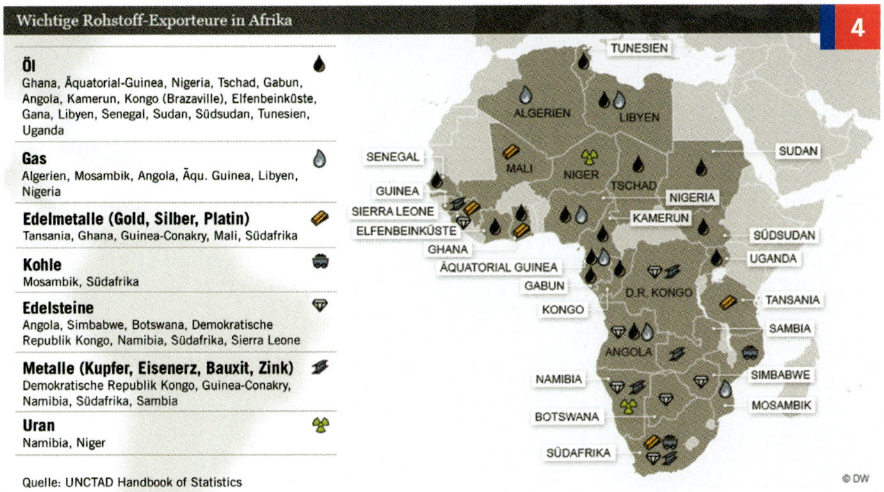

ARBEITSVORSCHLÄGE

1

Fassen Sie in eigenen Worten zusammen, wie Terrorismus definiert wird.

2

Erläutern Sie die Hauptthese von Heiner Bielefeldt. Erklären Sie, wie er diese These begründet. Beurteilen Sie diese These am Beispiel von Syrien und der Zentralafrikanischen Republik.

3

Vergleichen Sie die unterschiedlichen Konfliktursachen. Was wissen Sie über die genannten Beispiele? Tauschen Sie sich untereinander aus.

4

Beschreiben Sie die Afrika-Karte. Belegen Sie, inwiefern hier Ursachen von bewaffneten Konflikten dargestellt sind.

WEITERFÜHRENDE HINWEISE

Beschreiben Sie die Bestandteile Ihres Smartphones. Woher kommen diese Teile (s. S. 222).

Analysieren Sie die in 3 genannten Konflikte genauer. Detaillierte Informationen finden Sie z. B. bei der Bundeszentrale Politische Bildung: www.bpb.de, Stichwort „Konfliktporträts".

Stellen Sie weitere Konfliktursachen zusammen, die Sie bei Ihrer Recherche entdeckt haben.

Fallanalyse

Bei einer Fallanalyse werden Sie mit einem Problem konfrontiert, das sich nicht auf den ersten Blick erklärt. Deshalb ist eine gründliche Recherche erforderlich. Dazu benötigen Sie Kriterien, mit deren Hilfe Sie das Problem untersuchen können.

Thema: **Fallanalyse eines aktuellen bewaffneten Konflikts**

Aufgabe

Analysieren Sie einen aktuellen bewaffneten Konflikt.
Entscheiden Sie sich zu zweit für ein Land (s. Konfliktkarte S. 240).

Vorarbeiten

Beurteilen Sie die Kriterien, die Ihnen im Folgenden vorgestellt werden, finden Sie weitere und entscheiden Sie sich für diejenigen Kriterien, nach denen Sie den ausgewählten Konflikt untersuchen wollen.
Entwickeln Sie einen Katalog von Leitfragen, um den Konflikt aufzuschlüsseln.

Analysekriterien

Naheliegende Kriterien sind:
- Wer sind die Beteiligten?
- Was wollen sie erreichen?
- Wie ist der Verlauf des Konflikts?
- Gibt es Lösungsansätze?

So geht's

Fallanalyse

Vorgehen

1. Beschaffen Sie sich zur Beantwortung Ihrer Leitfragen die nötigen Informationen. Neben Artikeln in der Presse können folgende Internetadressen hilfreich sein:

- Bundeszentrale für politische Bildung: www.bpb.de, Suchbegriff „Konfliktporträts“
- Auswärtiges Amt: www.auswaertiges-amt.de, Stichwort „Länderinformationen“
- Deutsche Gesellschaft für die Vereinten Nationen e. V.: www.dgvn.de, „Frieden sichern“ → „Konflikte & Brennpunkte“

2. Ordnen Sie Ihre Ergebnisse den jeweiligen Leitfragen aus Ihrem Katalog zu.
   Übertragen Sie Ihre Leitfragen und Antworten in eine übersichtliche Tabelle oder gestalten Sie Leitfragen und Antworten übersichtlich auf einem Plakat.
3. Stellen Sie Ihre Fallanalysen in der Klasse vor.
4. Analysieren Sie nun gemeinsam im Querschnitt (in der folgenden Abbildung blau) die unterschiedliche oder gleiche Ausprägung der aktuellen Konflikte. Das funktioniert auch dann, wenn Sie verschiedene Kategorien verwendet haben.

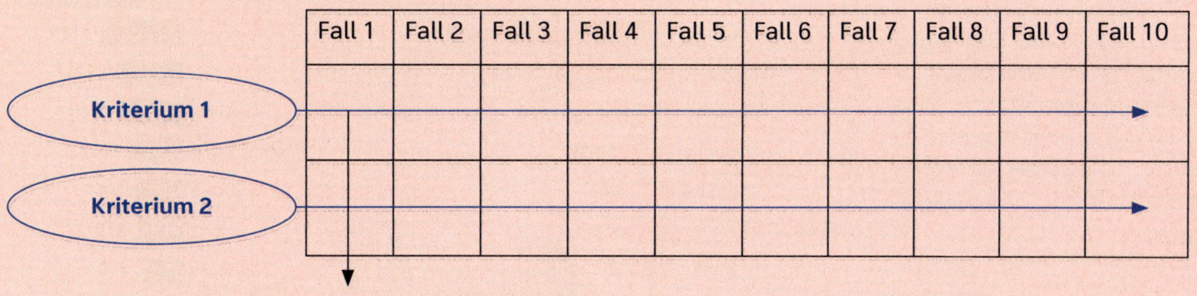

5. Diskutieren Sie in Ihrer Klasse unterschiedliche Lösungsmöglichkeiten, um Frieden in den betroffenen Ländern zu erreichen.

Friedensnobelpreis für den UNHCR

Schon zweimal, 1954 und 1981, hat das Flüchtlingskommissariat der UNO den Friedensnobelpreis für seine Arbeit erhalten.

UN-Flüchtlingskonvention (1951)

auch „Genfer Konvention" genannt, bestimmt die Rechte von Flüchtlingen, zu denen Religions- und Bewegungsfreiheit sowie das Recht zu arbeiten, das Recht auf Bildung und das Recht auf den Erhalt von Reisedokumenten gehören.

Wer gilt als Flüchtling?

1

Artikel 1 der Genfer Flüchtlingskonvention definiert einen Flüchtling als Person, die sich außerhalb des Landes befindet, dessen Staatsangehörigkeit sie besitzt oder in dem sie ihren ständigen Wohnsitz hat, und die wegen ihrer Rasse, Religion, Nationalität, Zugehörigkeit zu einer bestimmten sozialen Gruppe oder wegen ihrer politischen Überzeugung eine wohlbegründete Furcht vor Verfolgung hat und den Schutz dieses Landes nicht in Anspruch nehmen kann oder wegen dieser Furcht vor Verfolgung nicht dorthin zurückkehren kann.

Die Zahl der **Flüchtlinge** steigt weltweit an. Millionen Menschen verlassen ihr Land, weil sie wegen ihrer Rasse, ihrer Religion, ihrer Nationalität oder ihrer politischen Überzeugung verfolgt werden. Dazu kommen Menschen, die wegen Armut, Hunger und Umweltschäden aus ihrer Heimat fliehen. Die meisten Flüchtlingsströme entstehen in Entwicklungsländern und enden ebenfalls in einem anderen Entwicklungsland. Der Kontinent mit der größten Flüchtlingszahl ist Afrika. Dort nehmen fast ein Drittel der weltweiten Flüchtlingsströme ihren Anfang. Insbesondere durch Bürgerkriege werden heute Menschen entwurzelt. Diese überschreiten bei ihrer Flucht oft nicht einmal die Grenzen ihres Staates. Das **Flüchtlingskommissariat der Vereinten Nationen (UNHCR)** weist darauf hin, dass der Anteil dieser „Binnenvertriebenen" immer größer wird, diese Menschen aber gleichzeitig in keiner Statistik auftauchen. Humanitäre Hilfe für die Menschen scheitert oft an der Weigerung ihrer Regierung, die internationale Hilfe des UNHCR ins Land zu lassen.

Für die Flüchtlingsbetreuung der Vereinten Nationen ist es nicht damit getan, die Menschen wieder in ihrer Heimat unterzubringen. Die Eingliederung in das dortige Leben – teilweise nach vielen Jahren erzwungener Abwesenheit – ist nicht einfach. Überbrückungshilfen müssen zur Verfügung gestellt werden, um den Heimgekehrten ein menschenwürdiges Leben zu ermöglichen. Dies lässt sich aber nur durchführen, wenn genügend Geld zur Verfügung steht. Das UNHCR befürchtet, diese Maßnahmen bald nicht mehr bezahlen zu können, da jährlich eine Million neue Flüchtlinge dazukommen, die sofort betreut werden müssen.

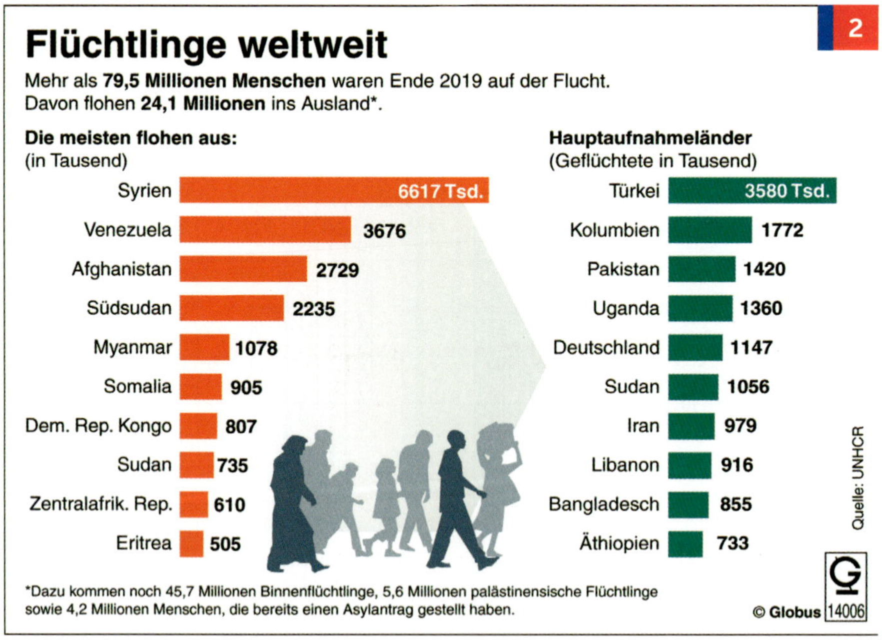

Es gibt aber nicht nur Millionen sogenannter **Binnenflüchtlinge**, sondern ebenso Millionen Menschen, die in einem anderen Land eine neue Heimat suchen. Oft werden Menschen, die ihre Heimat verlassen, als „Wirtschaftsflüchtlinge" bezeichnet. Ihnen wird das Recht abgesprochen, in Deutschland oder einem anderen Industriestaat aufgenommen zu werden.

3

Die Europäische Union zeigt sich angesichts der gestiegenen Zahl von Geflüchteten uneinig. Statt eine gemeinsame solidarische Lösung für die Verteilung der Menschen auf die 27 Mitgliedsstaaten zu finden, schotten sich immer mehr EU-Mitgliedsländer mit Zäunen gegen Flüchtlinge ab.

Der Flüchtlingsbeauftragte der UNO kritisiert diese Haltung und fordert von der EU Maßnahmen:

- Griechenland unterstützen, weil es die Hauptlast trägt.
- Mehr legale Einwanderungsmöglichkeiten schaffen, z. B. Familienzusammenführung.
- Mehr Schutz und bessere Rettungsmaßnahmen garantieren, besonders für Minderjährige, z. B. auf dem Meer, aber auch gegen rassistische Angriffe.
- Gerechte Verteilung der Geflüchteten auf alle EU-Mitgliedsstaaten ermöglichen.

4

Mit der Aktion „SOS Europe" gedenkt Amnesty International der im Mittelmeer umgekommenen Flüchtlinge und fordert sichere Fluchtwege nach Europa.

ARBEITSVORSCHLÄGE

1

Erläutern Sie für jeden der genannten Fluchtgründe ein konkretes Beispiel – aus den Medien, aus Ihrem Bekanntenkreis, aus Ihrer Familie, aus der Geschichte.

2

Analysieren Sie, in welchen Ländern Flüchtlingsströme beginnen.
Vergleichen Sie die Einwohnerzahl der Aufnahmeländer mit der Zahl der aufgenommenen Flüchtlinge.

3

Erklären Sie den Begriff „Non-Refoulement Prinzip".
In welchem Zusammenhang steht dieses Prinzip auch mit der allgemeinen Erklärung der Menschenrechte?

4

Beschreiben Sie das Foto.
Woran denken Sie, wenn Sie das Bild ansehen?

WEITERFÜHRENDE HINWEISE

Arbeiten Sie heraus, wie der aktuelle Stand der Flüchtlingspolitik der EU ist.
Folgende Seiten können hilfreich sein:
www.europarl.de
www.bamf.de, Stichwort „Flüchtlingspolitik"
www.proasyl.de

Beurteilen Sie, inwieweit die Forderungen des UN-Flüchtlingsbeauftragten umgesetzt worden sind.

Bundesminister für wirtschaftliche Zusammenarbeit und Entwicklung

Dr. Gerd Müller (CSU)

In Deutschland ist für die staatliche Entwicklungspolitik das **Bundesministerium für wirtschaftliche Zusammenarbeit (BMZ)** zuständig.

1

Entwicklungszusammenarbeit – weil Wohlstand verpflichtet

Gerechtigkeit und Solidarität sind Grundwerte des menschlichen Lebens: Keiner darf wegsehen, wenn in einem anderen Land unmenschliche Verhältnisse herrschen. Wir sind nicht nur für das verantwortlich, was wir tun, sondern auch für das, was wir nicht tun. Unsere Kultur basiert auf dem Ideal, dass die Starken die Schwachen unterstützen. Und im deutschen Grundgesetz steht: „Eigentum verpflichtet. Sein Gebrauch soll zugleich dem Wohle der Allgemeinheit dienen." Die Allgemeinheit, das sind in der globalisierten Welt nicht nur die Menschen in Deutschland und Europa, sondern auch die Menschen auf anderen Kontinenten. Der Großteil der Menschheit lebt in Entwicklungsländern. Der Reichtum der Welt konzentriert sich jedoch in den Industriestaaten – sie tragen dadurch Mitverantwortung dafür, die Armut auf der Welt zu beseitigen.

BMZ: Grundsatzfrage: Warum brauchen wir Entwicklungspolitik?, abgerufen unter: www.bmz.de/de/ministerium/ziele/grundsaetze/index.html [13.11.2020].

Zu den aktuellen Aufgaben des BMZ gehören Maßnahmen, um **Fluchtursachen** zu bekämpfen, und Maßnahmen zur Unterstützung der Länder, die besonders viele Flüchtlinge aufnehmen. Es werden aber auch Projekte in anderen Ländern gefördert, damit die Lebensbedingungen der Menschen vor Ort verbessert werden.

2

Wasser in Jordanien: Infrastruktur erneuern

[...] Damit alle Einheimischen und Flüchtlinge ausreichend mit Wasser versorgt werden können und um Konflikte zwischen den beiden Gruppen zu vermeiden, stellt die Bundesregierung seit 2012 erheblich mehr Geld für den jordanischen Wassersektor zur Verfügung. Derzeit werden von der KfW Wasserprojekte im Gesamtumfang von rund 877 Millionen Euro betreut oder vorbereitet. Damit werden sowohl kurzfristig angelegte Maßnahmen zur Linderung der Notlage in den Grenzregionen finanziert als auch Programme zur langfristigen und nachhaltigen Verbesserung der Wasserversorgung in Jordanien.

Zum Beispiel sollen alte Tiefbrunnen repariert werden [...].

BMZ: Verbesserung der Wasserversorgung in Jordanien, Berlin 2010-2020, abgerufen unter: www.bmz.de/webapps/flucht/index.html#/de/aus_der_praxis/projekt_wasserversorgung_jordanien [26.11.2020].

Bei diesen Projekten arbeitet das BMZ mit EU und UNO zusammen, aber auch mit nicht staatlichen Organisationen, den sog. **NGOs** (*non-governmental organization*). Diese sind wichtige Partner in der Entwicklungszusammenarbeit. Sie kennen sich oft bei den Problemen vor Ort besser aus als die Vertretungen der jeweiligen Regierungen. Auch deshalb spielen sie auf internationaler Ebene als Sprachrohr der Entwicklungsländer eine immer größere Rolle.

Nichtregierungsorganisationen in Deutschland

3

Brot für die Welt
Caroline-Michaelis-Straße 1
10115 Berlin
www.brot-fuer-die-welt.de

Misereor
Mozartstraße 9
52064 Aachen
www.misereor.de

Deutsche Welthungerhilfe e. V.
Friedrich-Ebert-Straße 1
53113 Bonn
www.welthungerhilfe.de

Deutsche Gesellschaft für Internationale Zusammenarbeit (GIZ)
Friedrich-Ebert-Allee 32 + 36
53113 Bonn
www.giz.de

Zusätzlich zu Fördermitteln aus dem Etat des BMZ finanzieren die NGOs ihre Projekte durch Spenden.

Das DZI-Spendensiegel ist das Markenzeichen für eine seriöse Spendenorganisation.
www.dzi.de

DZI Spenden-Siegel

Projektbeispiel Welthungerhilfe: Straßenbau im Kongo

4

Straßenbau ist entscheidend für die Versorgung von Flüchtlingen in abgelegenen Gegenden. Nur wenn Lastwagen die Verbindungsstrecken befahren können, kommen die lebenswichtigen Güter wie Nahrungsmittel, Medikamente und andere Hilfsgüter in den Flüchtlingslagern an.

Die Welthungerhilfe bindet die Bevölkerung in die Arbeiten ein, bezahlt sie für diese Arbeit und ermöglicht den Menschen dadurch eine aktive Mitgestaltung der Verbesserung ihrer Situation. So sind in den letzten Jahren 1 500 km Straßen ausgebaut und mehrere Brücken ausgebessert worden.

MISEREOR fördert Kleinbauern in Bangladesch.

Brot für die Welt: Ein ehemaliger Kindersoldat lernt Instrumentenbauer.

Andere NGOs kümmern sich um die Bildung von Kindern und Jugendlichen, betreuen ehemalige Kindersoldaten oder unterstützen Kleinbauernfamilien in landwirtschaftlichen Kooperativen. Sie helfen Initiativen vor Ort, die sich für mehr Demokratie und menschenwürdige Arbeitsbedingungen einsetzen, und stehen Menschen zur Seite, die von Naturkatastrophen betroffen sind.

ARBEITSVORSCHLÄGE

1

Arbeiten Sie heraus, wie das BMZ die Frage „Warum brauchen wir Entwicklungspolitik?“ beantwortet.
Beurteilen Sie diese Antwort aus Ihrer Sicht.

2

Erläutern Sie das Projekt des BMZ in Jordanien und beurteilen Sie dessen Bedeutung für die Bevölkerung.

3

Analysieren Sie, zu welchen Themen und in welchen Ländern die genannten NGOs Entwicklungsprojekte durchführen.

3

Entscheiden Sie sich für ein Projekt und beurteilen Sie dessen Bedeutung für den Lebensstandard der Bevölkerung des jeweiligen Landes.
Gestalten Sie eine Ausstellung für Ihr Klassenzimmer.

4

Beschreiben Sie das Foto.
Erläutern Sie anschließend das Projekt der Welthungerhilfe.

WEITERFÜHRENDE HINWEISE

Auf den Seiten des BMZ finden Sie eine Länderliste. Dort können Sie nach Themen suchen, die Sie besonders interessieren.
Beurteilen Sie die Projekte des BMZ.
Prüfen Sie, inwieweit diese Projekte dem Prinzip der Nachhaltigkeit entsprechen (s. S. 226).

UNO-Flagge

Die Vereinten Nationen

Nach dem Zweiten Weltkrieg wird die Organisation der Vereinten Nationen (UNO) gegründet. Ziel dieser Gemeinschaft aller Staaten der Erde ist die Sicherung des Weltfriedens. 193 Staaten sind Mitglied der UNO. Palästina und der Vatikanstaat haben einen Beobachterstatus.

Einmal im Jahr treffen sich die Vertretungen dieser Staaten in der **Generalversammlung** in New York. Dort werden Grundsatzentscheidungen getroffen.

Der **Sicherheitsrat** ist das wichtigste Organ der UNO.

Die Vereinten Nationen setzen sich folgende Ziele: 1

1. den Weltfrieden und die internationale Sicherheit zu wahren und zu diesem Zweck wirksame Kollektivmaßnahmen zu treffen, um Bedrohungen des Friedens zu verhüten und zu beseitigen, Angriffshandlungen und andere Friedensbrüche zu unterdrücken und internationale Streitigkeiten oder Situationen, die zu einem Friedensbruch führen könnten, durch friedliche Mittel nach den Grundsätzen der Gerechtigkeit und des Völkerrechts zu bereinigen oder beizulegen;
2. freundschaftliche, auf der Achtung vor dem Grundsatz der Gleichberechtigung und Selbstbestimmung der Völker beruhende Beziehungen zwischen den Nationen zu entwickeln und andere geeignete Maßnahmen zur Festigung des Weltfriedens zu treffen;
3. eine internationale Zusammenarbeit herbeizuführen, um internationale Probleme wirtschaftlicher, sozialer, kultureller und humanitärer Art zu lösen und die Achtung vor den Menschenrechten und Grundfreiheiten für alle ohne Unterschied der Rasse, des Geschlechts, der Sprache oder der Religion zu fördern und zu festigen;
4. ein Mittelpunkt zu sein, in dem die Bemühungen der Nationen zur Verwirklichung dieser gemeinsamen Ziele aufeinander abgestimmt werden.

Artikel 1 der Charta der Vereinten Nationen, beschlossen 1945

Laufende UN-Friedensmissionen 2020 3

seit	
1948	Nahost (Palästina)
1949	Kaschmir (Indien/Pakistan)
1964	Zypern
1974	Nahost (Golanhöhen)
1978	Nahost (Libanon)
1991	Westsahara
1999	Kosovo
2007	Sudan (Darfur)
2010	Kongo
2011	Sudan
2013	Mali
2014	Zentralafrikanische Republik

Vgl. United Nations: Where we operate, New York, abgerufen unter: peacekeeping.un.org/en/where-we-operate [13.11.2020].

Damit die UNO ihre Ziele, Konflikte zu beenden und Frieden zu sichern, auch umsetzen kann, stellt sie zivile Kommissionen und Militäreinheiten zusammen. Weil aber die UNO über keine eigene Armee verfügt, müssen die Mitgliedsstaaten für jede UN-Friedensmission Kontingente aus ihren nationalen Armeen zur Verfügung stellen. Diese **Blauhelme** sind die Friedenstruppen der Vereinten Nationen.

„Non Violence": Bronzeskulptur des schwedischen Künstlers Carl Frederik Reuterswand vor dem UN-Sitz in New York

Instrumente zur Friedenssicherung 2

vorbeugende Diplomatie Entstehung von Streitigkeiten im Vorfeld verhindern	**Friedensschaffung** Beendigung eines Konflikts durch Verhandlungen, z. B. Waffenstillstand
Friedenserzwingung durch militärische Gewalt militärisches Eingreifen im Auftrag des Sicherheitsrates bei Friedensbruch oder bei Angriffshandlungen, aber auch Sanktionen wie Wirtschaftsembargo	
Friedenssicherung Überwachung eines Waffenstillstandes, Wahlbeobachtung	**Friedenskonsolidierung** Unterstützung des Aufbaus rechtsstaatlicher Strukturen, Sicherung der Menschenrechte nach Beendigung eines Konflikts

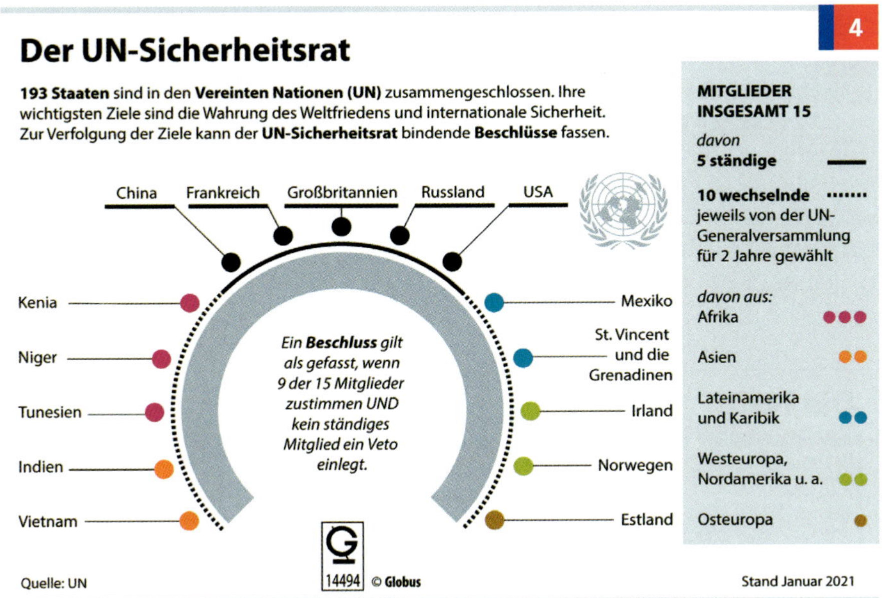

Der Sicherheitsrat besteht aus 15 Mitgliedstaaten der Vereinten Nationen. Fünf davon sind ständige Mitglieder: China, Frankreich, Großbritannien, Russland und die USA. Die anderen zehn Mitglieder werden als nichtständige Mitglieder für jeweils zwei Jahre nach einem regionalen Schlüssel gewählt.

Der Sicherheitsrat kann als einziges Organ der UNO Beschlüsse fassen, die für alle Mitgliedsstaaten verbindlich sind. Damit ein Beschluss gültig ist, sind mindestens neun Ja-Stimmen erforderlich, darunter müssen alle fünf ständigen Mitglieder sein. Nur mit dieser Mehrheit kann der Sicherheitsrat ein Mandat für Zwangsmaßnahmen oder für die Entsendung von Blauhelmen erteilen. Die fünf ständigen Mitglieder haben ein Vetorecht: Wenn nur eines dieser Länder nicht einverstanden ist, kommt kein Beschluss zustande.

Die fünf ständigen Mitglieder sind zugleich die fünf offiziellen Atommächte: Vereinigte Staaten von Amerika, Russland, Frankreich, Großbritannien und China.

Die Organisation für Sicherheit und Zusammenarbeit in Europa (OSZE)

Die OSZE hat im europäischen Rahmen die Aufgabe, Konflikte zwischen Staaten im Vorfeld militärischer Auseinandersetzungen zu lösen, also präventive Diplomatie zu betreiben. Ihre Bedeutung liegt vor allem darin, dass sie die einzige Institution darstellt, in der alle europäischen Staaten, auch die Nachfolgestaaten der ehemaligen Sowjetunion und alle Staaten des ehemaligen Ostblocks, gleichberechtigte Mitglieder sind. Die OSZE versteht sich als europäische UNO.

ARBEITSAUFTRÄGE

1

Fassen Sie die Ziele der UN-Charta in eigenen Worten zusammen.

2

Erläutern Sie, mit welchen Instrumenten die UNO ihre Ziele durchsetzen kann. Beurteilen Sie die Wirksamkeit dieser Maßnahmen.

3

Ordnen Sie die UN-Friedensmissionen auf der Weltkarte (S. 284 f.) den verschiedenen Kontinenten zu. Auf welchem Kontinent haben die UN-Blauhelme vor allem zu tun?

4

Analysieren Sie die Zusammensetzung des Sicherheitsrates. Beurteilen Sie, ob statt Frankreich und Großbritannien eine gemeinsame Vertretung der EU als ständiges Mitglied in den Sicherheitsrat aufgenommen werden sollte.

WEITERFÜHRENDE HINWEISE

Prüfen Sie, bei welchen UN-Friedensmissionen auch Bundeswehrsoldaten beteiligt sind.

Informationen dazu finden Sie auf S. 254 f. und bei www.bundeswehr.de, Stichwort „Einsätze“.

NATO-Flagge

Die **NATO** (North Atlantic Treaty Organization, Nordatlantik-Pakt) ist ein Militärbündnis, das 1949 von den USA, Kanada und zehn westeuropäischen Staaten gegründet wird. Erst 1955 tritt Deutschland (damals nur Westdeutschland) dem Bündnis bei. Nach dem Ende der Sowjetunion schließen sich viele osteuropäische Länder der NATO an. Inzwischen gehören 30 Staaten zur NATO.

NATO-Hauptquartier in Brüssel

NATO-Vertrag 1949 — 1

Die Parteien vereinbaren, dass ein bewaffneter Angriff gegen eine oder mehrere von ihnen in Europa oder Nordamerika als ein Angriff gegen sie alle angesehen wird; sie vereinbaren daher, dass [...] jede von ihnen [...] Beistand leistet, indem jede von ihnen unverzüglich [...] die Maßnahmen, einschließlich der Anwendung von Waffengewalt, trifft, die sie für erforderlich erachtet [...].

Nato-Vertrag, Artikel 5 (Auszug)

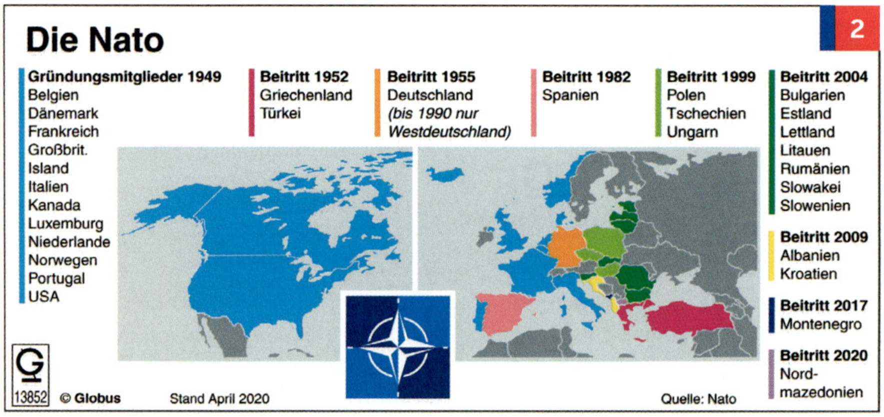

Jens Stoltenberg (Norwegen), NATO-Generalsekretär (bis 2022 verlängert)

In den fast 70 Jahren ihres Bestehens ändert die NATO mehrfach ihre Strategie. Vor dem Mauerfall 1989 setzt das Bündnis vor allem auf **Abschreckung** durch militärische Stärke, während in den ersten Jahren nach dem Mauerfall aufgrund der veränderten Sicherheitslage die **Kooperation** mit osteuropäischen Staaten in den Mittelpunkt rückt.

Nach den Terroranschlägen in den USA am 11. September 2001 erklärt der NATO-Rat erstmals in seiner Geschichte den „Bündnisfall". Als Grundlage für diese Entscheidung wird der Artikel 5 des NATO-Vertrags von 1949 herangezogen. Dadurch sehen sich die NATO-Staaten verpflichtet, die Regierung der USA in ihrem Kampf gegen den Terrorismus zu unterstützen. Zugleich verpflichten sich die NATO-Staaten, mit dem Sicherheitsrat der UNO zusammenzuarbeiten.

Deutscher Nato-Soldat der ISAF in Kabul

Der größte Einsatz der NATO außerhalb des Territoriums ihrer Mitgliedsstaaten findet in Afghanistan statt. Dieser Auslandseinsatz dauert 13 Jahre. Fast 130 000 Soldaten aus 50 Ländern sind beteiligt, über 3 000 Soldaten sterben.

Die neue strategische Konzeption der NATO wird 2010 in Lissabon verabschiedet. Sie gibt Antworten auf die sicherheitspolitischen Herausforderungen in der Welt: internationaler Terrorismus, Cyber-Angriffe, Sicherheitsprobleme bei der Energieversorgung und Verbreitung von Massenvernichtungswaffen.

Lissabon-Gipfel: Neues Strategisches Konzept der NATO

3

Das vorliegende Strategische Konzept wird Leitfaden für die nächste Phase der Entwicklung der NATO sein [...]:

- Es bekräftigt die Verpflichtung unserer Staaten, einander gegen einen Angriff zu verteidigen, auch gegen neue Bedrohungen der Sicherheit unserer Bürger.
- Es verpflichtet das Bündnis, Krisen zu verhindern, Konflikte zu bewältigen und die Lage nach einem Konflikt zu stabilisieren, auch indem es enger mit unseren internationalen Partnern zusammenarbeitet, in erster Linie mit den Vereinten Nationen und der Europäischen Union. [...]
- Es bekräftigt unsere feste Entschlossenheit, die Tür der NATO für alle europäischen demokratischen Staaten offen zu halten, die die Bedingungen einer Mitgliedschaft erfüllen, da die Erweiterung zu unserem Ziel eines ungeteilten, freien und friedlichen Europas beiträgt.

Ständige Vertretung der Bundesrepublik Deutschland bei der Nordatlantikvertrags-Organisation: Strategisches Konzept für die Verteidigung und Sicherheit der Mitglieder der Nordatlantikvertrags-Organisation – Aktives Engagement, moderne Verteidigung, abgerufen unter: www.nato.diplo.de/contentblob/2978550/Daten/1854725/strat_Konzept_Lisboa_DLD.pdf [11.06.2016].

Die Mitgliedsstaaten der NATO sind sich nicht immer einig. Während sich z. B. 2011 neben den USA auch Frankreich und Großbritannien an Kampfeinsätzen in Libyen beteiligen, lehnen Deutschland und andere NATO-Mitglieder dies ab.

Der NATO-Russland-Rat dient der Verständigung zwischen der NATO und Russland. Seit der Krim- und Ukrainekrise ist das Verhältnis angespannt. Die NATO verlegt 2017 Truppen an ihre Ostgrenze im Baltikum. Auch Russland führt militärische Übungen durch.

Der vorige US-Präsident Donald Trump (2016–2020 im Amt) galt als „unberechenbarer“ Bündnispartner. Er nannte die NATO „obsolet“, weil sie zum einen vor vielen Jahren entworfen wurde und weil die Länder seiner Meinung nach nicht das zahlen, was sie zahlen müssten. Er drohte daraufhin, sein eigenes Ding zu machen, sollten die Beiträge nicht steigen. Damit stellt er den Artikel 5 des Vertrages infrage. Wenn sich aber die Länder nicht mehr darauf verlassen können, dass die anderen im Fall eines feindlichen Angriffs zu Hilfe eilen, hat sich die Allianz selbst erledigt.

Frankreichs Präsident Emmanuel Macron kritisierte die NATO und bezeichnete sie als „hirntot“. Zu dieser drastischen Aussage kam es, weil Macron die Geschehnisse in Syrien kritisierte. Dort haben die USA und die Türkei ohne jede Absprache mit ihren Partnern gehandelt, obwohl deren Interessen auf dem Spiel stehen würden. Macron fordert als Konsequenz die Europäer auf, sich gemeinsam militärisch unabhängig von anderen Partnern zu machen.

ARBEITSVORSCHLÄGE

1, 3

Vergleichen Sie die Grundsätze der NATO 1949 und 2010. Was hat sich geändert?

2

Analysieren Sie die Landkarte mit den NATO-Mitgliedsstaaten. Finden Sie die Länder auf der Europakarte (S. 283). Welche dieser Länder sind keine Mitglieder der EU?

NATO oder Europäische Verteidigungsgemeinschaft? Diskutieren Sie in der Klasse, ob sich die Europäer gemeinsam militärisch unabhängig von anderen Partnern machen sollten.

WEITERFÜHRENDE HINWEISE

Erklären Sie, weshalb die Türkei schon 1952 der NATO beitritt.

Erklären Sie, weshalb Albanien Mitglied der NATO ist.

Setzen Sie sich mit den folgenden Auslandseinsätzen der NATO auseinander:
- Kosovo 1999
- Libyen 2011
- Afghanistan 2001–2014

Analysieren und beurteilen Sie die aktuellen Beziehungen zwischen der NATO und Russland.

Die Sicherheitslage hat sich durch den internationalen Terrorismus verändert, neue Bedrohungen und Risiken sind entstanden. Die **Bundeswehr** steht vor neuen Herausforderungen. Zur Sicherheitspolitik des **Bundesverteidigungsministeriums** (BMVG) gehören die Zusammenarbeit mit den Verbündeten und Partnern in der NATO und der Europäischen Union (EU) sowie die aktive Mitarbeit bei den Vereinten Nationen (UNO) und der Organisation für Sicherheit und Zusammenarbeit in Europa (OSZE). Zugleich ergibt sich daraus die internationale Verantwortung der Bundeswehr.

2

Bundeswehr rettet Flüchtlinge aus Seenot

1

EUTM Mali: Bundeswehr bildet malische Soldaten aus

3

Bundeswehrsoldaten helfen beim Hochwasser in Brandenburg

4

Auftrag und Aufgaben der Bundeswehr

Die Bundeswehr verteidigt Deutschlands Souveränität sowie das Staatsgebiet und schützt seine Bürger. [...]

Schutz, Verteidigung und Abschreckung

Um Deutschland, seine Staatsbürger und Partner zu schützen und mögliche Gegner abzuschrecken, verteidigt die Bundeswehr das Land und seine Bündnisse im Rahmen der NATO und der EU. Mit aktiven militärischen und zivilmilitärischen Beiträgen betreibt sie internationales Krisenmanagement und stabilisiert so das internationale Umfeld. [...]

Aufgaben in Deutschland

Im Inland trägt die Bundeswehr zur Krisen- und Risikovorsorge bei und hilft bei Naturkatastrophen oder in Unglücksfällen. [...] Im Cyber- und Informationsraum leistet die Bundeswehr ihren Beitrag für die Sicherheitsarchitektur der Netze.

Bundesministerium für Verteidigung (Hrsg.): Der Auftrag der Bundeswehr, abgerufen unter: www.bmvg.de/de/themen/verteidigung/bundeswehr-parlamentsarmee/der-auftrag [13.11.2020].

Im Weißbuch sind die Leitlinien der Sicherheitspolitik der nächsten zehn Jahre zusammengefasst. Das aktuelle Weißbuch stammt aus dem Jahr 2016.
www.bmvg.de/de/themen/weissbuch

Annegret Kramp-Karrenbauer (CDU), Bundesministerin der Verteidigung

Das Weißbuch 2016 trägt den Untertitel „Zur Sicherheitspolitik und zur Zukunft der Bundeswehr".

Nachdem sich die Sicherheitslage in Deutschland seit der Ausarbeitung des letzten Weißbuchs 2006 stark verändert hat (Aussetzung der Wehrpflicht, Arabischer Frühling, Annexion der Krim), wird die künftige Hauptaufgabe der Bundeswehr in der Landes- und Bundesverteidigung gesehen, wie auch im Heimatschutz, dem Einsatz der Bundeswehr im Inneren und erstmals bei der Cybersicherheit.

5

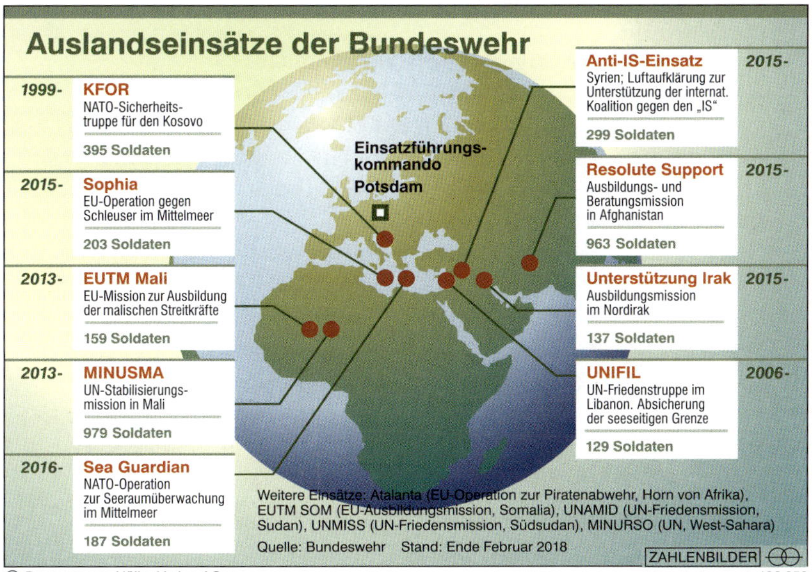

© Bergmoser + Höller Verlag AG 136 250

Für **Auslandseinsätze** der Bundeswehr gibt es bestimmte Bedingungen, die das Bundesverfassungsgericht bereits 1994 festlegt. Diese sind:

1. Vor jedem Einsatz muss der Bundestag ein Gesetz verabschieden, das genau regelt, in welchem Rahmen der Einsatz stattfinden darf. Das Gesetz gilt nur für ein Jahr.
2. Auftraggeber von internationalen Beteiligungen der Bundeswehr im Rahmen der NATO darf nur der UN-Sicherheitsrat sein.

Der „**Parlamentsvorbehalt**" (1.) bedeutet, dass nur der Gesetzgeber, also der Bundestag, darüber entscheiden darf, ob deutsche Soldatinnen und Soldaten in einen Auslandseinsatz geschickt werden dürfen.

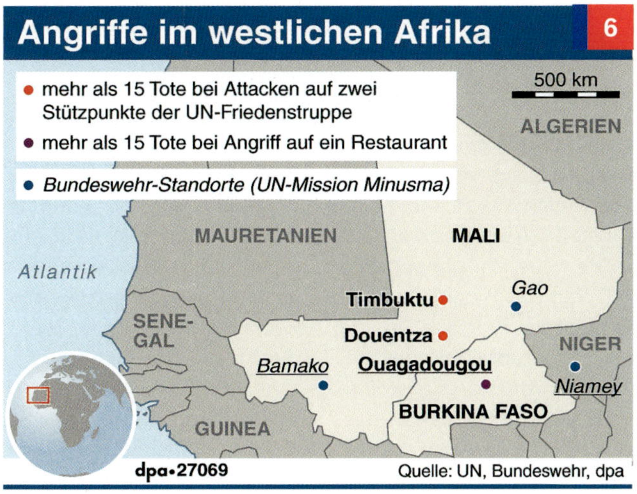

In **Mali** sind rund 12 000 Blauhelme und knapp 1 500 Polizisten im Auftrag der UNO im Einsatz. Der Deutsche Bundestag hat für die Beteiligung der Bundeswehr eine Obergrenze von 1 100 Soldatinnen und Soldaten festgelegt. Die UN-Mission MINUSMA soll dazu beitragen, das Land zu stabilisieren. Die Blauhelme haben ein robustes Mandat, das bedeutet: Der Einsatz von Waffen ist erlaubt.

ARBEITSVORSCHLÄGE

1, 2, 3

Beschreiben Sie die Fotos. Welche Tätigkeiten der Bundeswehr zeigen sie?

4

Gestalten Sie eine Mindmap (s. S. 228) mit den im Text genannten Aufgaben der Bundeswehr.

5

Beschreiben Sie, in welchen Ländern die Bundeswehr an Auslandseinsätzen beteiligt ist, und analysieren Sie, welche Aufgaben die Bundeswehr in diesen Ländern übernimmt. Informationen finden Sie hier:
www.bundeswehr.de
www.bmvg.de

6

Analysieren Sie, welche Ziele die Bundeswehr in Mali verfolgt. Informieren Sie sich zusätzlich bei www.bundeswehr.de, Stichwort „Einsätze/Mali".

WEITERFÜHRENDE HINWEISE

Erklären Sie in eigenen Worten, was „Parlamentsvorbehalt" bedeutet. Beurteilen Sie die Bedeutung dieser Regelung für die Demokratie.

Die Auslandseinsätze der Bundeswehr haben schon vielen Bundeswehrangehörigen das Leben gekostet. Informieren Sie sich über die Hintergründe unter www.bundeswehr.de, Stichwort „Todesfälle".

Frauen in der Bundeswehr

Der Europäische Gerichtshof in Luxemburg verpflichtet mit seinem Urteil vom 11. Januar 2000 die Bundeswehr, auch Frauen als Soldaten in der Armee zuzulassen. Heute sind mehr als 22 000 Frauen in der Bundeswehr tätig.

Bundeswehr in der Demokratie

2

Unterordnung des Militärs unter die politische Führung = **Primat der Politik**

Befehls- und Kommandogewalt bei der Regierung

Kontrolle durch Parlament und Wehrbeauftragten

Innere Führung der Bundeswehr

Leitbild vom Staatsbürger in Uniform

Einschränkung der demokratischen Rechte nur in bestimmten gesetzlich festgelegten Fällen

Berufsarmeen in den NATO-Mitgliedsstaaten

Die meisten NATO-Mitgliedsstaaten haben inzwischen eine Berufsarmee.

Werbung der Bundeswehr

§ 1

Die allgemeine Wehrpflicht

Grundgesetz Artikel 12 a

(1) Männer können vom vollendeten achtzehnten Lebensjahr an zum Dienst in den Streitkräften, im Bundesgrenzschutz oder in einem Zivilschutzverband verpflichtet werden [...]

(4) Kann im Verteidigungsfalle der Bedarf an zivilen Dienstleistungen im zivilen Sanitäts- und Heilwesen sowie in der ortsfesten militärischen Lazarettorganisation nicht auf freiwilliger Grundlage gedeckt werden, so können Frauen vom vollendeten achtzehnten bis zum vollendeten fünfundvierzigsten Lebensjahr durch Gesetz oder auf Grund eines Gesetzes zu derartigen Dienstleistungen herangezogen werden. Sie dürfen auf keinen Fall Dienst mit der Waffe leisten.

2011 wird die **allgemeine Wehrpflicht** ausgesetzt. Der Bundestag beschließt das dafür nötige Gesetz mit der Einschränkung, dass in einem Spannungs- oder Verteidigungsfall die Wehrpflicht jederzeit wieder aktiviert werden kann. Die Aussetzung der Wehrpflicht ist Teil einer Reform der Bundeswehr. Angesichts der veränderten sicherheitspolitischen Lage soll niemand gegen seinen Willen eingezogen werden. Zudem wird im Rahmen dieser Reform die Truppenstärke verkleinert.

Kein junger Mann ist derzeit also verpflichtet, Wehrdienst zu leisten. Als Alternative bietet die Bundeswehr ab 1. April 2021 einen neuen Freiwilligendienst an. Unter dem Titel „Dein Jahr für Deutschland" sollen Jugendliche, die sich für den Dienst entscheiden, zunächst eine siebenmonatige militärische Ausbildung erhalten. Anschließend sind die jungen Frauen und Männer für sechs Jahre Reservisten der Bundeswehr und sollen in dieser Zeit mindestens fünf Monate lang im Heimatschutz zum Einsatz kommen, also zur Unterstützung der Bevölkerung wie z. B. in der Corona-Pandemie.

Högl will über Wehrpflicht diskutieren – Aussetzung „Riesenfehler"

3

2011 wurde die Wehrpflicht ausgesetzt. Sie wieder in Kraft zu setzen, wird immer wieder mal diskutiert. Jetzt kommt ein Diskussionsanstoß von prominenter Seite.

Berlin (dpa) Die neue Wehrbeauftragte Eva Högl (SPD) hat vor dem Hintergrund rechtsextremistischer Vorfälle in der Bundeswehr eine Debatte über die Wiedereinführung Wehrpflicht angestoßen. „Ich halte es für einen Riesenfehler, dass die Wehrpflicht ausgesetzt wurde", sagte sie den Zeitungen der Funke-Mediengruppe. „Wir müssen diese Entscheidung sehr kritisch analysieren."

Auf die Nachfrage, ob sie für die Wiedereinführung sei, antwortete die Sozialdemokratin: „Natürlich müssen wir das Problem der Wehrgerechtigkeit im Auge behalten. Es tut der Bundeswehr jedenfalls sehr gut, wenn ein großer Teil der Gesellschaft eine Zeit lang seinen Dienst leistet. Das erschwert es auch, dass sich Rechtsextremismus in der Truppe breit macht. Ich möchte darüber im nächsten Jahr intensiv diskutieren." Dann ist die Aussetzung der Wehrpflicht zehn Jahre her.

Ob es für die Rücknahme der Entscheidung eine politische Mehrheit gibt, „das wird sich am Ende der Debatte zeigen", sagte Högl.

§ **Das Grundrecht auf Kriegsdienstverweigerung**

4

Grundgesetz Artikel 4

(3) Niemand darf gegen sein Gewissen zum Kriegsdienst mit der Waffe gezwungen werden. [...]

Artikel 12 a

(2) Wer aus Gewissensgründen den Kriegsdienst mit der Waffe verweigert, kann zu einem Ersatzdienst verpflichtet werden.

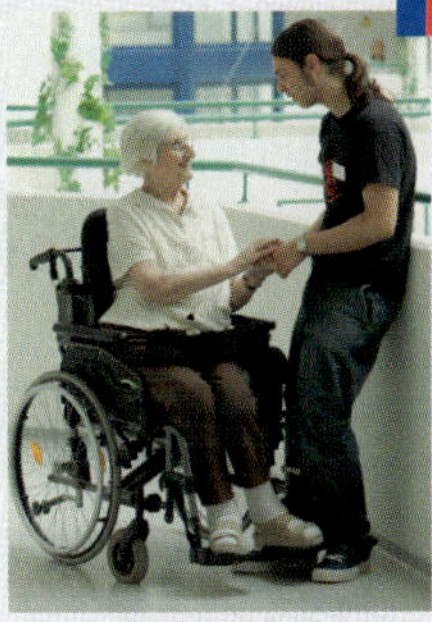

Im Grundgesetz der Bundesrepublik Deutschland ist seit 1949 das Grundrecht auf **Kriegsdienstverweigerung** festgelegt. Es erhält seine eigentliche Bedeutung aber erst, als 1955 die Bundeswehr und die allgemeine Wehrpflicht eingeführt werden.

In der DDR gab es kein Recht auf Kriegsdienstverweigerung und nur wenige europäische Staaten haben dieses Recht in der Verfassung verankert.

Die Zahl der Kriegsdienstverweigerer erhöht sich jedes Jahr. Im ersten Jahr des Golfkrieges 1991 sind es sogar 151 000 junge Männer, die keinen Wehrdienst leisten möchten. Der Einsatz der Bundeswehr bei internationalen Konflikten führt zu weiteren Steigerungsraten.

Anerkannte Kriegsdienstverweigerer sind immer zum **Zivildienst** verpflichtet. Dort leisten sie wichtige Unterstützung in Krankenhäusern, in der Altenpflege, in Kindergärten, bei der Betreuung von Menschen mit Behinderungen und in vielen anderen sozialen Bereichen.

Mit der Aussetzung der Wehrpflicht endet auch 2011 die Pflicht zum Zivildienst.

Seit 2011 gibt es den **Bundesfreiwilligendienst** (BFD). Die Bundesregierung hofft, dass sich jedes Jahr 35 000 Menschen freiwillig melden, um die Lücke zu füllen, die die fehlenden Zivildienstleistenden hinterlassen. Der Freiwilligendienst kann zwischen sechs Monaten und zwei Jahren dauern. Die Altersgrenze ist nach oben offen. So können sich auch ältere Menschen für diese Aufgabe melden.

5

BFD
Der Bundesfreiwilligendienst
Zeit, das Richtige zu tun.

ARBEITSVORSCHLÄGE

1

Erklären Sie, was allgemeine Wehrpflicht bedeutet. Prüfen Sie, weshalb sie 2011 ausgesetzt wird.

2

Die Bundeswehr in der Demokratie der Bundesrepublik: Deutschland orientiert sich an bestimmten Grundsätzen. Erstellen Sie eine Mindmap mit diesen Grundsätzen.

3

Diskutieren Sie, ob Sie eine Wiedereinführung der Wehrpflicht für sinnvoll halten.

4

Erläutern Sie das Recht auf Kriegsdienstverweigerung und beurteilen Sie die praktische Umsetzung bis 2011.

5

Beschreiben Sie die Bilder. Nehmen Sie Stellung, ob Sie sich auch für den BFD entscheiden könnten.

WEITERFÜHRENDE HINWEISE

Auf der Informationsplattform des Bundesfreiwilligendienstes finden Sie Einsatzmöglichkeiten für Menschen beim BFD:

www.bundesfreiwilligendienst.de, Stichwort „Einsatzfelder“.

Martin Luther King, Pfarrer, 1929–1968

Führer der amerikanischen Bürgerrechtsbewegung, setzte sich für eine friedliche Lösung der Rassenfrage ein und propagierte den gewaltlosen Widerstand. Für seinen Einsatz erhielt er 1964 den Friedensnobelpreis. King wurde 1968 von einem Weißen ermordet.

Mahatma Gandhi, Rechtsanwalt, 1869–1948

Indischer Nationalführer, der den gewaltlosen Widerstand gegen die britische Kolonialherrschaft anführte. Gandhi setzte sich auch für die Versöhnung der Hindus mit den Moslems ein. 1948 wurde Gandhi von einem fanatischen Hindu erschossen.

In Deutschland gibt es viele Menschen, die gegen die militärische Lösung von Konflikten sind. Diese Überzeugung hat mit den Erfahrungen von zwei Weltkriegen zu tun: Von deutschem Boden darf nie wieder Krieg ausgehen. Die **Friedensbewegungen** in den 1980er-Jahren sind in diesem Zusammenhang ebenso zu erwähnen wie die Friedens- und Konfliktforschung, die sich um nicht militärische Konfliktlösungen bemüht, sich aber bisher nicht in der Politik durchsetzen kann. Allen gemeinsam ist die Erkenntnis, dass Frieden mehr bedeutet als die Abwesenheit von Krieg.

Martin Luther King zum Frieden

1

Eines Tages fragte ein einflussreicher weißer Bürger von Montgomery Martin Luther King Folgendes: „Jahrelang hatten wir hier so friedliche und harmonische Beziehungen zwischen unseren beiden Rassen. Warum haben Sie und Ihre Anhänger sie zerstört?“ King antwortete: „Mein Herr, Sie haben niemals wirklich Frieden in Montgomery gehabt. Sie hatten eine Art negativen Frieden, bei dem der Neger meist seine untergeordnete Stellung einfach hinnahm. Aber das ist kein wirklicher Frieden. Nicht dann ist Frieden, wenn man nichts von Spannungen merkt, sondern wenn Gerechtigkeit herrscht. Wenn heute in Montgomery die Unterdrückten aufstehen und anfangen, sich um einen dauernden positiven Frieden zu bemühen, so ist diese Spannung notwendig.“

King, Martin Luther: Freiheit, aus dem Amerikanischen übersetzt von Ruth Rostock und Alfred Schmidt, Kassel: Oncken, 1964, S. 29 f. (Original-Wortlaut wurde beibehalten).

In früheren Zeiten wird Frieden als ein Zustand definiert, in dem kein Krieg herrscht. Krieg und Gewalt als Mittel zur Lösung von Streitigkeiten oder zur Durchsetzung eigener Interessen werden als normal angesehen. So wird Krieg vielfach als Fortsetzung der Politik mit anderen Mitteln, also als etwas Selbstverständliches betrachtet. Dieser negative Friedensbegriff gilt auch heute noch im internationalen Völkerrecht.

Unter „Frieden" versteht man aber nicht nur die Abwesenheit von Krieg. Die moderne **Friedensforschung** verwendet einen sehr viel umfassenderen Friedensbegriff und spricht von einem positiven Frieden, der als Ziel erreicht werden soll. Darunter versteht man einen Zustand, in dem folgende Voraussetzungen erfüllt sind: gewaltfreie Lösungen von Konflikten, soziale Gerechtigkeit, Wohlstand aller Menschen, Verwirklichung von Freiheit und Demokratie, Achtung der Menschenwürde und sorgsamer Umgang mit der Natur. Der erweiterte Friedensbegriff bezieht sich deshalb nicht nur auf das Verhältnis zwischen Völkern und Staaten zueinander, sondern auch auf das alltägliche Leben der Menschen. Frieden fängt also bei jedem Einzelnen an: in der Familie, in der Schule, am Arbeitsplatz und im Freundeskreis.

So können wir alle zur Verwirklichung eines positiven Friedens beitragen, indem wir versuchen, Konflikte friedlich zu lösen, Vorurteile abzubauen, Andersdenkende zu tolerieren, Gegner nicht als Feinde zu betrachten und Angehörige anderer Nationen besser zu verstehen.

Friedensnobelpreis 2017

2017 geht der Friedensnobelpreis an die Internationale Kampagne für ein Atomwaffenverbot (ICAN).

Das Norwegische Nobelpreiskomitee zeichnet damit die Kampagne von ICAN für eine atomwaffenfreie Welt aus. 122 Staaten haben bisher einen Vertrag zum Verbot von Atomwaffen unterzeichnet.

Dass Gewalt nur Gegengewalt erzeugt, zeigt sich immer wieder. Von dieser Überzeugung gehen Friedenskonzepte aus, die sich den **gewaltlosen Widerstand** der indischen Bevölkerung gegen die englische Kolonialmacht oder der afroamerikanischen Bevölkerung gegen die rassistische Herrschaft der Weißen zum Vorbild nehmen. Herausragende Personen des gewaltlosen Widerstands sind Mahatma Gandhi und Martin Luther King.

2

„Meine Erfahrung, so begrenzt sie auch sein mag, sagt mir, dass Gewaltlosigkeit eine sehr starke, wirkende Kraft darstellt. Es ist meine Absicht, diese Kraft gegen die organisierte Gewalt der britischen Herrschaft einzusetzen. Da ich bedingungsloses und unbeirrbares Vertrauen in die Wirksamkeit der Gewaltlosigkeit, wie ich sie verstehe, habe, wäre es mir eine Sünde, länger zu warten. Diese Gewaltlosigkeit wird in einem bürgerlichen Ungehorsam zum Ausdruck kommen."

Gandhi, Mahatma: Brief an den britischen Vizekönig am 02.03.1930, in: Peter, Karl Heinrich (Hrsg.): Briefe zur Weltgeschichte, Stuttgart: Cotta 1961, S. 427 ff.

Auch politische Bewegungen der letzten Jahre, z. B. die Bewegung des sogenannten „Arabischen Frühlings", sind von dieser Form des gewaltlosen Widerstands geprägt.

3

Friedliche Proteste in Weißrussland

Demonstrant und Soldaten in Tunis

Gewaltfreiheit

4

Eine allgemein anerkannte Definition von Gewaltfreiheit gibt es nicht. Unter „Gewaltlosigkeit" versteht man den Verzicht auf die Androhung oder Anwendung jeglicher Form von Gewalt gegen Menschen oder Dinge, um eigene Ziele zu erreichen. Darüber hinausgehend gehört es zu den Grundprinzipien von „Gewaltfreiheit", nicht nur passiv auf Gewalt zu verzichten, sondern aktiv Widerstand zu leisten gegen Gewalt in Form von Ungerechtigkeit, Unterdrückung oder Diskriminierung.

Evangelisches Werk für Diakonie und Entwicklung für Brot für die Welt – Evangelischer Entwicklungsdienst (Hrsg.): Gewaltfreiheit, in: Global lernen, 19. Jahrgang, Nr. 2, 2013, S. 5.

Formen von gewaltfreien Protestaktionen können sein: Demonstration durchführen – Kirchenasyl organisieren – Symbol bei sich tragen – Petition unterzeichnen – Musik machen – Briefe an Politikerinnen und Politiker schreiben – sich auf die Straße setzen – in der Öffentlichkeit laut seine Meinung sagen – jemanden verstecken – ein Gebäude umzingeln – Flyer verteilen …

Vgl. Evangelisches Werk für Diakonie und Entwicklung für Brot für die Welt – Evangelischer Entwicklungsdienst (Hrsg.): Gewaltfreiheit, in: Global lernen, 19. Jahrgang, Nr. 2, 2013, S. 4.

ARBEITSVORSCHLÄGE

1

Erläutern Sie, wie Martin Luther King Frieden definiert.

2

Erläutern Sie Gandhis Position zur Gewaltlosigkeit. Informieren Sie sich über Gandhis Weg des gewaltlosen Widerstands.

3

Beschreiben Sie die Fotos. Wie beurteilen Sie die Chance, Konflikte gewaltlos zu lösen?

4

Erläutern Sie, weshalb Gewaltfreiheit als „aktiv Widerstand leisten" bezeichnet wird. Diskutieren Sie über gewaltfreie Protestaktionen.

WEITERFÜHRENDE HINWEISE

Erläutern Sie, wie das Nobelpreiskomitee die Verleihung des Friedensnobelpreises an Barack Obama (2008), an die Europäische Union (2012) und an ICAN (2017) begründet. Die Liste aller Friedensnobelpreisträger finden Sie im Internet.

Diskutieren Sie in Ihrer Klasse über die Legitimität von gewaltfreien Aktionen. Finden Sie Beispiele aus Deutschland, Europa und der Welt, z. B. Occupy-Bewegung, Femen-Aktivistinnen, Kirchenasyl usw.

Methodenkompetenz

Karikaturenrallye

Wie Sie eine Karikatur interpretieren, haben Sie bereits im Kapitel 2 (S. 64 f.) erfahren. Eine Karikaturenrallye ist die Erweiterung dieser Methode. Sie können sich bei einer Karikaturenrallye mit einem komplexen Thema beschäftigen, sich Informationen in Erinnerung rufen und Probleme überdenken, die in diesem Themenbereich eine Rolle spielen.

Damit ist diese Methode auch als Klausur- und Prüfungsvorbereitung geeignet.

Vorarbeiten

- Orientieren Sie sich **in Einzelarbeit** noch einmal im Kapitel 9 (Friedenssicherung und Entwicklungszusammenarbeit) und notieren Sie sich die Seiten, auf denen Karikaturen stehen.
- Erstellen Sie eine Tabelle (Querformat) und nummerieren Sie die Karikaturen. Nehmen Sie auch die folgenden Beispiele dazu.

Stürmische Zeiten

Die UNO kümmert sich...

So geht's

Karikaturenrallye

Ihre Tabelle müsste nun Platz für acht Karikaturen haben.

	1	2	3	4	5	6	7	8
Inhalt								
Gestaltungsmittel								
Intention und Wirkung								

Vorgehen

- Bilden Sie **Zweiergruppen**.
- Interpretieren Sie gemeinsam die Karikaturen. Orientieren Sie sich dabei an den drei Kriterien (s. S. 64).
- Besprechen Sie miteinander, was Sie in Ihre Tabelle eintragen. Wählen Sie geeignete Stichworte.

Auswertung

Schließlich haben alle Teams die acht Karikaturen interpretiert. Möglicherweise sind dabei unterschiedliche Deutungen herausgekommen. Deshalb werden jetzt die Karikaturen nacheinander besprochen:
- Ein Team stellt seine Interpretation von Karikatur 1 vor.
- Die anderen Teams ergänzen, bestätigen oder widersprechen.
- Das nächste Team stellt seine Interpretation von Karikatur 2 vor.
- usw.

Schlussdiskussion

Diskutieren Sie über folgende Fragen:
- Gibt es bei der Interpretation einer Karikatur eine richtige und eine falsche Deutung?
- Welche Kriterien kann man an die Interpretation einer Karikatur anlegen?
- Wie beurteilen Sie die Interpretationen der Teams?

Tipp: Sie können auch zu den anderen Kapiteln eine Karikaturenrallye durchführen.

Wissens-Check

Bewaffnete Konflikte	Bewaffnete Konflikte finden hauptsächlich außerhalb Europas statt. Sie beginnen meist als innerstaatliche Konflikte und weiten sich manchmal in einer ganzen Region aus.
Ursachen bewaffneter Konflikte	Politisch: Machtansprüche innerhalb und außerhalb des Landes, korrupte Machtelite. Wirtschaftlich: soziale Ungleichheit, Streit um Zugang zu Ressourcen. Religiös: Unterdrückung anderer Glaubensrichtungen. Ethnisch: Unterdrückung nationaler Minderheiten.
Flucht	Weltweit sind so viele Menschen wie noch nie auf der Flucht (ca. 79 Millionen). Die meisten sind Binnenflüchtlinge. Die wenigsten schaffen es bis nach Europa.
Entwicklungspolitik	Ziel: Fluchtursachen beseitigen. Staatliche und zivilgesellschaftliche Entwicklungspolitik soll Hunger, Ungerechtigkeit und soziale Ungleichheit in der Welt beseitigen helfen. In Deutschland ist das Bundesministerium für wirtschaftliche Zusammenarbeit und Entwicklung (BMZ) zuständig.
Nichtregierungsorganisationen (NGO)	Gruppierungen wie z. B. Brot für die Welt, Misereor, Welthungerhilfe u. v. m. finanzieren Projekte in den armen Ländern, um die Lebensverhältnisse zu verbessern.
Vereinte Nationen (UNO)	Die UNO ist die größte weltweite Organisation, die sich für den Frieden in der Welt einsetzt. Fast alle Länder der Erde sind Mitglieder der UNO.
Weltsicherheitsrat der UNO	Der Weltsicherheitsrat ist die mächtigste Organisation innerhalb der UNO. Er verfügt über verschiedene Instrumente, um Frieden zu sichern, zu erzwingen oder zu festigen. Blauhelme sind Soldaten im Auftrag der UNO.
NATO	Die NATO ist ein Militärbündnis der westlichen Industriestaaten. Sie engagiert sich international meist im Auftrag der UNO bei Maßnahmen zur Friedenssicherung. Sie beteiligt sich auch an bewaffneten Kampfeinsätzen.
Bundeswehr	Die Bundeswehr ist die Armee in Deutschland. Sie operiert im Auftrag des Bundestags auch international. Die Soldaten und Soldatinnen sind Freiwillige, die allgemeine Wehrpflicht ist ausgesetzt.
Gewaltfreie Friedenspolitik	Beispiele aus der Geschichte sind Martin Luther King (USA) und Mahatma Gandhi (Indien). Gewaltfreiheit meint aktiven, aber gewaltfreien Widerstand gegen Gewalt.

Kompetenz-Check

Ich kann ...	☺	😐	☹
... beschreiben, welche Auswirkungen Krieg auf Menschen hat.			
... definieren, was für mich persönlich Frieden bedeutet.			

Ich kann ...	☺	😐	☹
... einen internationalen Konflikt anhand klarer Kriterien analysieren.			
... Ursachen von bewaffneten Konflikten politischen, wirtschaftlichen, religiösen und ethnischen Kategorien zuordnen.			
... Folgen von bewaffneten Konflikten analysieren.			
... darstellen, welche Bedeutung die Entwicklungspolitik für die Friedenssicherung hat.			
... darstellen, welche Rolle Nichtregierungsorganisationen in Bezug auf Friedenssicherung weltweit spielen.			
... analysieren, welche Ziele die UNO in Bezug auf Friedenssicherung weltweit verfolgt.			
... die unterschiedlichen Instrumente der UNO zur Friedenssicherung unterscheiden.			
... die Bedeutung von UNO und NATO für die internationale Friedenspolitik vergleichen.			

Ich kann ...	☺	😐	☹
... unterschiedliche Ursachen von bewaffneten Konflikten beschreiben.			
... beschreiben, warum Menschen fliehen.			
... beschreiben, was man unter Entwicklungspolitik versteht.			
... die verschiedenen entwicklungspolitischen Akteure beschreiben (BMZ, NGOs).			
... erklären, welche Bedeutung die UNO hat.			
... die Zusammensetzung und Rolle des Weltsicherheitsrats erklären.			
... beschreiben, was Blauhelme tun.			
... erklären, welche Ziele die NATO verfolgt.			
... die NATO-Mitgliedsstaaten auf der Landkarte zuordnen.			
... beschreiben, welche Aufgaben die Bundeswehr hat.			
... Beispiele für einen Bundeswehreinsatz im Ausland darstellen.			
... definieren, was der Unterschied zwischen negativem und positivem Frieden ist.			
... erklären, was man unter gewaltfreiem Widerstand versteht.			

Ich kann ...	☺	😐	☹
... Stellung beziehen zur Wirksamkeit von entwicklungspolitischen Projekten.			
... begründen, welche Handlungsmöglichkeiten jeder Mensch hat, um eine friedliche und gerechte Welt mitzugestalten.			

Prüfungsaufgabe 1

Modul 3: Medien und Mediennutzung

Modul 4: Partizipation und politischer Entscheidungsprozess

Modul 6: Grund- und Menschenrechte

Handlungssituation

Beim Surfen in einem sozialen Netzwerk fällt Ihnen in einer Gruppe folgende Diskussion auf:

Kai N.: „Schwule sind doch alle widerlich, überhaupt ist das gegen die Natur!!! Die gehören doch alle in den Knast!"

Anna B.: „Das kannst du doch so nicht sagen! Schon mal was von Menschenrechten gehört?"

Kai N.: „Wieso? Man wird doch noch die Wahrheit sagen dürfen? Schließlich haben wir Meinungsfreiheit. Das ist schließlich ein Menschenrecht!!!"

Aufgabe

	Aufgabe	Punkte
	Hinweis: Alle Aufgaben sind, sofern nicht anders angegeben, in ganzen Sätzen zu beantworten.	30
1	Kai verstößt mit seinen Aussagen gegen die Menschenrechte.	
1.1	Definieren Sie, was man unter Menschenrechten versteht.	3
1.2	Kai verstößt mit seinen Aussagen auch gegen mindestens zwei Grundgesetz-Artikel. Erklären Sie diesen Sachverhalt mithilfe des Grundgesetzes (Anlage 1) an zwei Beispielen aus dem abgedruckten Dialog.	6
2	Auch die deutsche Politik beschäftigt sich mit den sozialen Netzwerken. (Anlage 2).	
2.1	Stellen Sie in eigenen Worten den in Anlage 2 geschilderten Sachverhalt dar.	3
2.2	Sie fragen sich, ob das geplante Vorhaben des Justizministers sinnvoll ist. Begründen Sie Ihre Meinung mit zwei Argumenten und jeweils einem dazu passenden Beispiel.	8
3	Die Diskussion im sozialen Netzwerk geht weiter. Kai N. äußert sich folgendermaßen: Kai N.: „Was ich über Schwule gesagt habe, stimmt hundertprozentig. Das habe ich nämlich schon oft im Netz gelesen." Beurteilen Sie ausgehend von Kais Aussage, inwieweit soziale Netzwerke, im Unterschied zu klassischen Medien, als Informationsquelle sinnvoll sind. Beziehen Sie sich auf mindestens fünf unterschiedliche Gesichtspunkte.	10

Anlage 1

§ **Die Grundrechte**

Artikel 1

(1) Die Würde des Menschen ist unantastbar. Sie zu achten und zu schützen ist Verpflichtung aller staatlichen Gewalt.

(2) Das Deutsche Volk bekennt sich darum zu unverletzlichen und unveräußerlichen Menschenrechten als Grundlage jeder menschlichen Gemeinschaft, des Friedens und der Gerechtigkeit in der Welt. [...]

Artikel 2
(1) Jeder hat das Recht auf die freie Entfaltung seiner Persönlichkeit, soweit er nicht die Rechte anderer verletzt und nicht gegen die verfassungsmäßige Ordnung oder das Sittengesetz verstößt.
(2) Jeder hat das Recht auf Leben und körperliche Unversehrtheit. Die Freiheit der Person ist unverletzlich. In diese Rechte darf nur auf Grund eines Gesetzes eingegriffen werden.

Artikel 3
(1) Alle Menschen sind vor dem Gesetz gleich.
(2) Männer und Frauen sind gleichberechtigt. Der Staat fördert die tatsächliche Durchsetzung der Gleichberechtigung von Frauen und Männern und wirkt auf die Beseitigung bestehender Nachteile hin.
(3) Niemand darf wegen seines Geschlechtes, seiner Abstammung, seiner Rasse, seiner Sprache, seiner Heimat und Herkunft, seines Glaubens, seiner religiösen oder politischen Anschauungen benachteiligt oder bevorzugt werden. Niemand darf wegen seiner Behinderung benachteiligt werden.

Artikel 4
(1) Die Freiheit des Glaubens, des Gewissens und die Freiheit des religiösen und weltanschaulichen Bekenntnisses sind unverletzlich.
(2) Die ungestörte Religionsausübung wird gewährleistet. [...]

Artikel 5
(1) Jeder hat das Recht, seine Meinung in Wort, Schrift und Bild frei zu äußern und zu verbreiten und sich aus allgemein zugänglichen Quellen ungehindert zu unterrichten. Die Pressefreiheit und die Freiheit der Berichterstattung durch Rundfunk und Film werden gewährleistet. Eine Zensur findet nicht statt.
(2) Diese Rechte finden ihre Schranken in den Vorschriften der allgemeinen Gesetze, den gesetzlichen Bestimmungen zum Schutze der Jugend und in dem Recht der persönlichen Ehre. [...]

Anlage 2

Vorgehen gegen Hasskommentare: Maas droht Facebook (17.07.2016)

Bundesminister Heiko Maas hat Facebook vorgeworfen, Zusagen im Kampf gegen Hassbotschaften nicht vollständig einzuhalten. In einem dem „Spiegel" vorliegenden Brief an die Cheflobbyisten[1] des Kommunikationskonzerns in Berlin und London verweist er auf eine gemeinsame Arbeitsgruppe zum Thema Hetze im Netz. „Das Ergebnis Ihrer Anstrengungen bleibt bisher hinter dem zurück, was wir in der Task Force[2] gemeinsam verabredet haben", zitiert das Nachrichtenmagazin daraus.
Maas moniert[3] demnach, dass „noch immer zu wenig, zu langsam und zu oft auch das Falsche gelöscht" werde. Meldungen problematischer Beiträge durch Nutzer müssten genauso zügig und sorgfältig bearbeitet werden wie solche von Organisationen.
Indirekt drohte Maas mit einer Regelung auf europäischer Ebene. Er sei sich mit seinen EU-Kollegen einig, dass von Hassbotschaften „eine erhebliche Gefahr für den gesellschaftlichen Frieden" ausgehe. „Je besser es den beteiligten Unternehmen hier gelingt, ihrer Verantwortung gerecht zu werden, desto geringer ist der Bedarf für weitere Regelungen", schrieb er. Maas hatte im September Facebook die Selbstverpflichtung abgenommen, wegen Volksverhetzung gemeldete Beiträge binnen 24 Stunden auf Grundlage des deutschen Rechts zu prüfen.

tagesschau.de (Hrsg.): Maas droht Facebook, 17.07.2016, abgerufen unter: www.tagesschau.de/inland/maas-facebook-111.html [13.10.2016].

Ministerium für Kultus, Jugend und Sport Baden-Württemberg, Koordinierungsstelle für Abschlussprüfungen von Berufsschule und Wirtschaft (Hrsg.): Handreichung zur schriftlichen Abschlussprüfung in der Berufsschule nach dem neuen Bildungsplan Gemeinschaftskunde, Stuttgart 2017, S. 9 f.

[1] *Cheflobbyist: oberster Interessenvertreter eines Verbandes*
[2] *Task Force: aufgrund von dringlichen Problemen für eine begrenzte Zeit einberufene Arbeitsgruppe*
[3] *monieren: anmahnen*

Modul 4: Partizipation und politischer Entscheidungsprozess

Modul 7: Europa im 20. und 21. Jahrhundert

Modul 8: Globalisierung

Handlungssituation

Seit Jahren verändert sich das Klima auf der Welt und grenzübergreifend sind Menschen von den Auswirkungen betroffen. Als eine der Ursachen dafür wird u.a. die Zunahme von Treibhausgasen wie CO_2 und Methan genannt.
Im Rahmen eines schulischen Umweltprojektes beschäftigt sich Ihre Klasse mit diesem Klimawandel. Gegenstand des Projekts sind sowohl internationale Klimaabkommen als auch nationale Beschlüsse.

Aufgabe		Punkte
	Hinweis: Alle Aufgaben sind, sofern nicht anders angegeben, in ganzen Sätzen zu beantworten.	30
1.1	Im Zentrum des Projektes steht die Frage, was jeder Einzelne für den Klimaschutz tun kann. Beschreiben Sie drei konkrete Möglichkeiten, wie Sie selbst zum Schutz des Klimas beitragen können.	3
1.2	Bei Ihren Recherchen stoßen Sie auch auf folgende Karikatur zum Klimawandel. Beschreiben und interpretieren Sie die beiliegende Karikatur (Anlage 1). Berücksichtigen Sie bei Ihrer Interpretation die zunehmende Globalisierung.	5
1.3	Bei Ihrer weiteren Arbeit für das Projekt entdecken Sie im Internet folgenden Artikel (Anlage 2). Geben Sie den Inhalt des Textes in eigenen Worten wieder, indem Sie das Ziel und den Vorschlag des Bundesrates herausarbeiten.	4
1.4	Beim Durcharbeiten des Textes wird Ihnen bewusst, dass es weitere globale Umweltprobleme gibt. Erläutern Sie zwei weitere aktuelle globale Umweltprobleme und deren negativen Auswirkungen.	6
2	Ein europaweiter Gesetzesvorschlag, wie er in Anlage 2 gefordert wird, kann nur durch die Institutionen der Europäischen Union beschlossen werden. Stellen Sie mithilfe des Schaubilds (Anlage 3) in eigenen Worten zwei mögliche Wege dar, wie ein solcher Gesetzesvorschlag für die gesamte EU zustande kommen kann.	4
3	Im Rahmen Ihres Schulprojektes haben Sie auch einen Internetblog. Verfassen Sie in diesem Zusammenhang einen Kommentar zum Vorschlag des Bundesrats. Nehmen Sie darin zu diesem Vorschlag Stellung und begründen Sie Ihre Haltung mit drei ausformulierten Argumenten.	8

Anlage 1

Anlage 2

Ab 2030: Bundesländer wollen Benzin- und Dieselautos verbieten

Von Sven Böll

Die Bundesländer wollen nach SPIEGEL-Informationen ab 2030 keine Benzin- und Dieselautos mehr neu zulassen. Das geht aus einem Beschluss hervor, den der Bundesrat in seiner jüngsten Sitzung gefasst hat. Damit befürworten sowohl die SPD- als auch die unionsregierten Länder ein entsprechendes Verbot.

In dem Beschluss wird die EU-Kommission aufgefordert, „die bisherigen Steuer- und Abgabenpraktiken der Mitgliedsstaaten auf ihre Wirksamkeit hinsichtlich der Förderung emissionsfreier Mobilität[1] auszuweiten [...], damit spätestens ab 2030 unionsweit nur noch emissionsfreie Pkw zugelassen werden".

Um das Klimaabkommen zu erfüllen, sollen die deutschen CO_2-Emissionen bis 2050 um bis zu 95 Prozent gesenkt werden. Eine Maßnahme ist dabei die Förderung der Elektromobilität[2] – allerdings bislang mit bescheidenem Erfolg. Auch eine Kaufprämie hat noch nicht den gewünschten Anschub gebracht.

Sven Böll: Bundesländer wollen Benzin- und Dieselautos verbieten, in: Spiegel.de, 08.10.2016, abgerufen unter: www.spiegel.de/auto/aktuell/bundeslaender-wollen-benzin-und-dieselautos-ab-2030-verbieten-a-1115671.html [11.10.2016]

---

[1] *emissionsfreie Mobilität: Fahren ohne Schadstoffausstoß*
[2] *Elektromobilität: Fahren mit Elektromotor*

Anlage 3

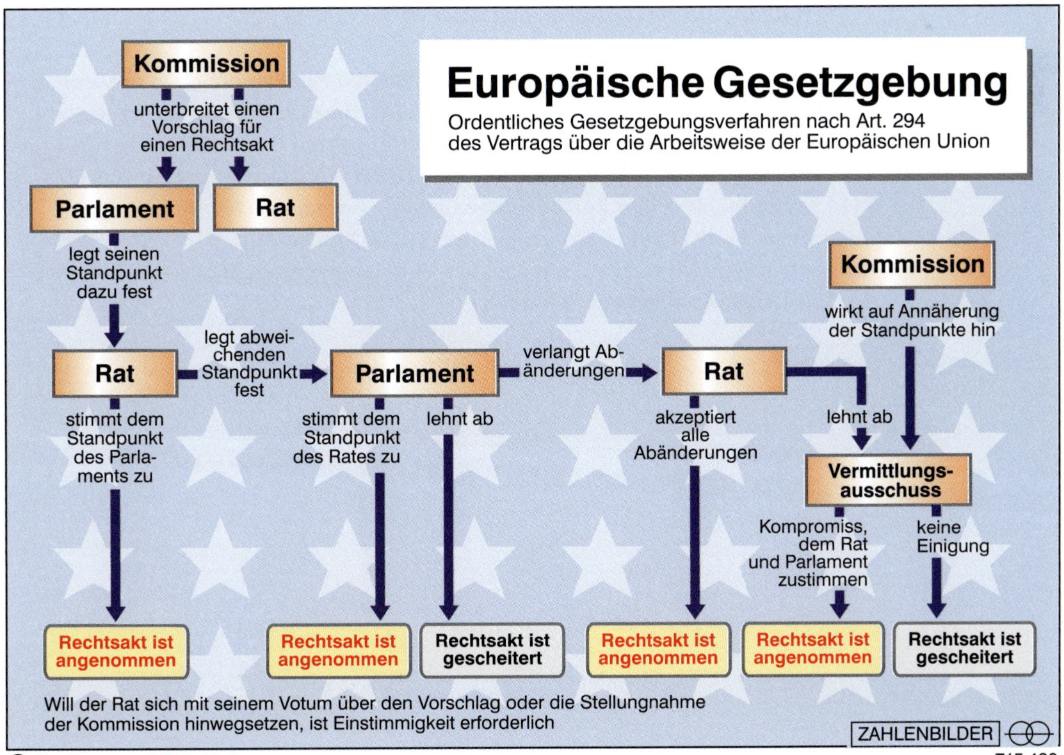

© Bergmoser + Höller Verlag 715 420

Ministerium für Kultus, Jugend und Sport Baden-Württemberg, Koordinierungsstelle für Abschlussprüfungen von Berufsschule und Wirtschaft (Hrsg.): Handreichung zur schriftlichen Abschlussprüfung in der Berufsschule nach dem neuen Bildungsplan Gemeinschaftskunde, Stuttgart 2017, S. 14ff.

Modul 1: Auszubildende und ihre Lebenswelt

Modul 2: Strukturwandel der Gesellschaft

Modul 6: Grund- und Menschenrechte

Handlungssituation

Eine Austauschschülerin aus Indien berichtet Ihnen von ihrer Familie. Sie wohnt in Indien zusammen mit ihren Großeltern, Eltern und drei Geschwistern in einem Haus. Die meisten ihrer Freunde dort leben in ähnlichen Familienverhältnissen. Sie fragt Sie, ob die Situation in Deutschland vergleichbar ist.

Aufgabe — Punkte

	Aufgabe	Punkte
	Hinweis: Alle Aufgaben sind, sofern nicht anders angegeben, in ganzen Sätzen zu beantworten.	30
1	Sie überlegen sich daraufhin, in welchen Familien- und Lebensformen Menschen in der heutigen Zeit in Deutschland leben. Beschreiben Sie zwei unterschiedliche aktuelle Familien- und Lebensformen.	4
2	Sie wollen wissen, wie sich die Familie im Einzelnen verändert hat. Arbeiten Sie aus dem Schaubild (Anlage 1) drei wesentliche Entwicklungen heraus und stellen Sie diese in zusammenhängenden Sätzen dar.	6
3	Sie informieren sich weiter und stoßen auf den Text in Anlage 2.	
3.1	Arbeiten Sie aus dem Text (Anlage 2) drei besonders wichtige Veränderungen heraus, wie sich die Bevölkerungs- und die Altersstruktur in der Bundesrepublik zukünftig entwickeln wird.	6
3.2	Sie berichten Ihrer indischen Austauschschülerin von diesen Veränderungen und diese ist der Meinung, dass zum Beispiel Zuwanderung die negativen Folgen dieser Situation verändern werde. Erläutern Sie drei positive Folgen der Zuwanderung auf Wirtschaft, Staat oder Gesellschaft in Deutschland.	6
4	In Ihrem Gespräch thematisieren Sie auch die Familienpolitik in anderen Ländern. Dabei erwähnt Ihre Mitschülerin, dass zum Beispiel Bürger in China nur wenige Kinder bekommen dürfen, damit die Bevölkerung nicht so schnell wächst. Wer dagegen verstößt, kann bestraft werden.	
4.1	Beurteilen Sie unter Zuhilfenahme unseres Grundgesetzes (Anlage 3), ob dies in Deutschland auch möglich wäre. (2 Argumente)	4
4.2	Entwickeln Sie zwei Vorschläge, wie eine familienfreundlichere Politik in Deutschland aussehen könnte.	4

Anlage 1

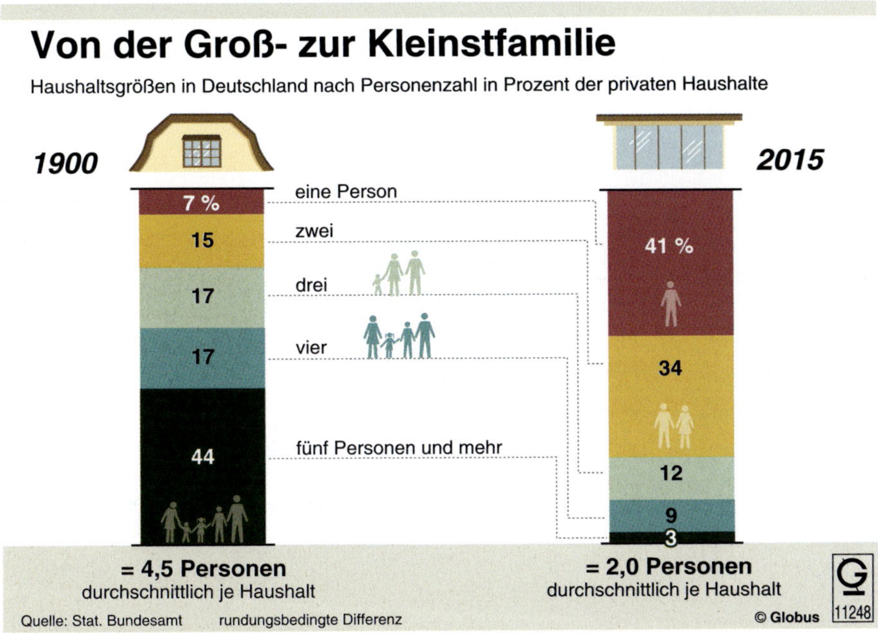

Anlage 2

Nach der Variante der Bevölkerungsvorausberechnung, bei der eine annähernd konstante Geburtenrate je Frau, ein moderater Anstieg der Lebenserwartung sowie ein positiver Wanderungssaldo von 200.000 Personen pro Jahr ab 2021 angenommen wird, wird sich das Generationenverhältnis weiter zu Lasten der Jüngeren verschieben. Der Anteil der unter 20-Jährigen wird von 18,1 Prozent im Jahr 2013 bis 2060 auf 16,4 Prozent zurückgehen. [...]
Besonders stark wird die Bevölkerung im erwerbsfähigen Alter schrumpfen. Die Zahl der 20- bis unter 65-Jährigen wird ab 2020 deutlich zurückgehen und je nach Höhe der Nettozuwanderung von 49,2 Millionen im Jahr 2013 auf 37,9 Millionen bzw. 34,3 Millionen im Jahr 2060 fallen. Der Anteil an der Gesamtbevölkerung sinkt dabei von 61,0 auf 51,9 bzw. 50,8 Prozent. [...]
Der demografische Wandel schlägt sich besonders deutlich bei der Anzahl der Hochbetagten nieder. Im Jahr 2013 lebten 4,4 Millionen 80-Jährige und Ältere in Deutschland. Ihre Anzahl wird bis 2050 (bei stärkerer Zuwanderung) auf 9,9 Millionen steigen (2060: 9,0 Mio.). Der Anteil der 80-Jährigen und Älteren an der Gesamtbevölkerung betrug 2013 rund 5 Prozent, bis 2050 wird sich der Anteil auf 13,0 Prozent erhöhen. 2060 wird jede achte Person 80 Jahre oder älter sein (12,3 Prozent).

Bundeszentrale für politische Bildung (Hrsg.): Bevölkerungsentwicklung und Altersstruktur, 27.12.2015, abgerufen unter: www.bpb.de/nachschlagen/zahlen-und-fakten/soziale-situation-in-deutschland/61541/altersstruktur (stark gekürzt und sprachlich verändert).

Anlage 3

Die Grundrechte
siehe Anlage 1 auf S. 264 f.

Ministerium für Kultus, Jugend und Sport Baden-Württemberg, Koordinierungsstelle für Abschlussprüfungen von Berufsschule und Wirtschaft (Hrsg.): Handreichung zur schriftlichen Abschlussprüfung in der Berufsschule nach dem neuen Bildungsplan Gemeinschaftskunde, Stuttgart 2017, S. 20 f.

Deutschland

Europa

Zeichenerklärung
Verwaltung
Staatsgrenze
umstrittene Grenze
Hauptstadt eines Staates
Grönland
(mit Dänemark assoziiert)
Spitzbergen
(Norw.)
Bäreninsel
(Norw.)
Nowaja Semlja
Jan Mayen
(Norw.)
Europäisches
Nordmeer
Island
Reykjavík
Atlantischer Ozean
Färöer
(Dän.)
Shetland-Inseln
Orkney-Inseln
Nordsee
Nord-irland
Dublin
Irland
Vereinigtes
Großbritannien
Königreich
London
Kanalinseln
(G.-B.)
Norwegen
Oslo
Schweden
Stockholm
Finnland
Helsinki
Tallinn
Estland
Riga
Lettland
Litauen
Vilnius
(zu Russland)
Ostsee
Dänemark
Kopenhagen
Russland
Moskau
Minsk
Weißrussland
(Belarus)
Nieder-lande
Amsterdam
Berlin
Polen
Warschau
Kiew
Ukraine
Brüssel
Belgien
Deutschland
Luxemburg
Luxemburg
Paris
Prag
Tschechische Republik
Slowakei
Moldau
Kischinau
Bratislava
Wien
Budapest
Liechten-stein
Österreich
Ungarn
Rumänien
Krim
(von Russland kontrolliert)
Frankreich
Bern
Schweiz
Slowenien
Ljubljana
Zagreb
Kroatien
Bukarest
Schwarzes Meer
Bosnien u. Herzegowina
Belgrad
Serbien
Sarajevo
Bulgarien
Sofia
San Marino
Monaco
Monte-negro
Kosovo
Skopje
Mazedonien
Ankara
Portugal
Andorra
Madrid
Korsika
Vatikanstadt
Rom
Tirana
Albanien
Italien
Griechenland
Türkei
Lissabon
Spanien
Balearen
Sardinien
Athen
Mittelmeer
Nikosia
Zypern
Beirut
Libanon
Gibraltar
(G.-B.)
Ceuta
(Spanien)
Melilla
(Spanien)
Algier
Tunis
Sizilien
Valletta
Malta
Kreta
Westjordanland
Jerusalem
Israel
Gazastreifen
Rabat
Marokko
Tunesien
Tripolis
Kairo
Algerien
Ägypten
Libyen
Maßstab 1:25 000 000
0 100 200 300 400 500 km
© westermann

Grönland
(mit Dänemark assoziiert)
Nuuk
Island
Reykjavík
Färöer
(Dän.)
Alaska
(Bundesstaat
der USA)
Kanada
Ottawa
Nordirland
Irland
Groß-
britannien
Paris
Frankreich
Vereinigte Staaten
von Amerika
(USA)
Washington
Portugal
Lissabon
Spanien
Madrid
Azoren
(Port.)
Bermuda-Inseln
(G.-B.)
Rabat
Marokko
Kanarische Inseln
(Span.)
Atlantischer
Mexiko
Havanna
Nassau
Bahamas
El-Aaiún
Sahara
(von Marokko
besetzt)
Alge
Mexiko-
Stadt
Kuba
Dominik.
Rep.
Haiti
Puerto Rico (USA)
Antigua u. Barbuda
Guadeloupe (Fr.)
Martinique (Fr.)
Barbados
Belize
Honduras
Jamaika
St. Kitts u. Nevis
Dominica
St. Lucia
Grenada
Caracas
St. Vincent und
die Grenadinen
Trinidad u. Tobago
Guatemala
El Salvador
Nicaragua
San José
Costa Rica
Panama-
Stadt
Panama
Venezuela
Guyana
Suriname
Französisch-
Guayana
Mauretanien
Nouakchott
Mali
Kap Verde
Praia
Senegal
Gambia
Guinea-Bissau
Bissau
Bamako
Burkina
Faso
Guinea
Conakry
Freetown
Sierra Leone
Monrovia
Liberia
Côte
d'Ivoire
Togo
Ghana
Bogotá
Kolumbien
Galápagos-
Inseln
(Ecuador)
Ecuador
Quito
São Tomé
Princip
Peru
Lima
Brasilien
Brasília
Pazifischer
Ozean
Ozean
Französisch
Polynesien
Pitcairn-Inseln
(G.-B)
Bolivien
Sucre
Paraguay
Asunción
Uruguay
Montevideo
Santiago
Buenos
Aires
Chile
Argentinien
Falkland-Inseln
(Malwinen)
(G.-B.)
Südgeorgien
(G.-B.)
Südpolarmee

Nordpolarmeer
Zeichenerklärung
Verwaltung
Staatsgrenze
umstrittene Grenze
Hauptstadt eines Staates
Réunion (Fr.)
Außengebiet mit innerer Autonomie
Azoren (Port.)
abhängiges Gebiet, Außenbesitzung
Russland
Finnland
Helsinki
Estland
Lettland
Litauen
Moskau
Weißrussland
Polen
Kiew
Ukraine
Slowakei
Moldau
Ungarn
RO
SRB
BIH
RKS
MK
AL
Bulgarien
Griechenland
Türkei
Ankara
Georgien
Armenien
Aserbaidschan
Zypern
Syrien
Libanon
Israel
Jordanien
Bagdad
Irak
Kuwait
Bahrain
Katar
VAE
Teheran
Iran
Astana
Kasachstan
Usbekistan
Taschkent
Turkmenistan
Aşgabat
Bischkek
Kirgisistan
Duschanbe
Tadschikistan
Kabul
Afghanistan
Islamabad
Pakistan
Ulan-Bator
Mongolei
China
Peking
Nordkorea
Pjöngjang
Seoul
Südkorea
Japan
Tokio
(russische Verwaltung)
Pazifischer Ozean
Libyen
Kairo
Ägypten
Saudi-Arabien
Riad
Maskat
Oman
Neu-Delhi
Nepal
Kathmandu
Bhutan
Bangladesch
Dhaka
Indien
Naypyidaw
Myanmar (Birma)
Hanoi
Laos
Vientiane
Vietnam
Thailand
Bangkok
Kambodscha
Phnom Penh
Taipeh
Taiwan
Manila
Philippinen
Nördliche Marianen (USA)
Guam (USA)
Marshallinseln
Majuro
Melekeok
Palau
Mikronesien
Palikir
Tschad
Sudan
Khartum
Eritrea
Asmara
Jemen
Sana
Dschibuti
Sokotra (Jemen)
Zentralafrikan. Republik
Bangui
Südsudan
Juba
Addis Abeba
Äthiopien
Somalia
Mogadischu
Uganda
Kampala
Kenia
Nairobi
D. R. Kongo
Kinshasa
Ruanda
Burundi
Dodoma
Tansania
Sri Lanka
Colombo
Malé
Malediven
Malaysia
Brunei
Kuala Lumpur
Singapur
Jakarta
Indonesien
Dili
Timor-Leste
Papua-Neuguinea
Port Moresby
Yaren
Nauru
South Tarawa
Salomonen
Honiara
Victoria
Seychellen
Moroni
Komoren
Sambia
Lusaka
Lilongwe
Malawi
Harare
Simbabwe
Windhuk
Botsuana
Gaborone
Pretoria
Mosambik
Maputo
Mbabane
Swasiland
Maseru
Lesotho
Südafrika
Madagaskar
Antananarivo
Port Louis
Mauritius
Réunion (Fr.)
Indischer Ozean
Vanuatu
Port Vila
Suva
Fidschi
Neukaledonien (Fr.)
Australien
Canberra
Neuseeland
Wellington
Kerguelen (Fr.)
Antarktis
© westermann

Stichwortverzeichnis

A

B

C

D

E

F

G

H

I

J

K

L

M

N

O

P

R

S

T

U

V

W

Z

Bildquellenverzeichnis

akg-images GmbH, Berlin: 24.1, 24.2, 60.2, 68.3, 134.1, 142.2, 142.3, 143.1; Heinz Ducklau/AP 156.1; Jahn, Harald A. 101.3.

Alamy Stock Photo (RMB), Abingdon/ Oxfordshire: Cancalosi, John 222.1; Middle East 222.2; Stark, Friedrich 233.1.

Amnesty International Deutschland e.V., Berlin: 177.1, 181.2, 185.1.

Baaske Cartoons, Müllheim: Burkhard Mohr 51.3; Gerhard Mester 67.1, 165.2, 184.1, 241.2; Mohr, Burkhard 260.1; Plaßmann, Thomas/Young Data 10.4; Thomas Plaßmann 38.1, 58.1, 66.1, 66.2, 67.2, 80.1, 266.1.

Bengen, Harm, Norden: 88.1.

Bergmoser + Höller Verlag AG, Aachen: 20.1, 46.1, 53.1, 59.2, 69.1, 83.3, 139.1, 139.2, 140.1, 145.1, 177.2, 178.1, 183.1, 197.1, 220.1, 223.1, 255.1, 267.1; Zahlenbilder 172.1.

Bertelsmann Stiftung, Gütersloh: 164.1.

bpk-Bildagentur, Berlin: 68.1, 138.1.

Brauner, Angelika, Hohenpeißenberg: 136.1.

Brot für die Welt, Berlin: Christoph Püschner 249.3.

Bundesamt für Familie und zivilgesellschaftliche Aufgaben, Köln: 257.2; Bertram Hoekstra 257.3, 257.4.

Bundesgartenschau Mannheim 2023 gGmbH, Mannheim: 102.1, 105.1.

Bundesministerium des Innern, für Bau und Heimat, Referat DG I 2, Berlin: 207.1.

Bundesrat Presse- und Kommunikation, Berlin: 129.1.

Bundeswehr, Berlin: 256.2.

Calleri, Paolo, Ulm: 201.1, 211.1.

Carl Hanser Verlag GmbH & Co. KG, München: 240.2.

Das Bundesarchiv, Koblenz: BArch, Plak 005-004-017 / o.Ang. 140.3; BArch, Plak 005-009-025 / o.Ang 140.2; BArch, Plak 005-011-009 / o. Ang 141.3; BArch, Plak 005-016-010 / o.Ang 141.4.

Deutsche Welle, Bonn: 243.1.

Doppelmayr Seilbahnen GmbH, Wolfurt: MOJA Design GmbH 103.1.

DZI (Deutsches Zentralinstitut für soziale Fragen), Berlin: 248.3.

erlassjahr.de - Entwicklung braucht Entschuldung e. V., Düsseldorf: 224.4.

Eurostat - Statistisches Amt der Europäischen Union, Luxemburg: 210.1.

Fairtrade Deutschland, Köln: 234.5, 235.1; Christoph Köstlin 234.1, 234.3, 235.4; Gerhard Wasserbauer 235.3; Jakub Kaliszewski 236.1; Jörg Böthling 235.2; Katharina Kulakow 237.1; Sean Hawkey 234.4.

FIAN Deutschland e.V. - FoodFirst Informations- & Aktions-Netzwerk, Köln: 181.3.

fotolia.com, New York: ah_fotobox 230.2; ajr_images 52.4; BillionPhotos.com 52.3; contrastwerkstatt 216.7; David Davis 216.4; fotomek 100.3, 173.2; Herrndorff 70.1; Kamin, Sven 68.4; Karin & Uwe Annas 71.2; kartoxjm 242.1, 242.2; lassedesignen 86.1; mapoli-photo 104.1; Marco2811 173.3; michaeljung 216.2; Patrick Daxenbichler 216.6; pixhunter.com 216.3; Riccardo Niels Mayer 230.3, 230.4; ruticar 221.2, 230.1; T. Michel 51.2; Tran-Photography 16.2, 52.2; Victoria 191.1; VRD 120.1, 218.1; Wendler, Joachim 191.3; WoGi 74.1.

Gesellschaft für bedrohte Völker, Göttingen: 181.1.

Getty Images (RF), München: Echo 190.1.

Graphic Recording & Illustration, Berlin: 51.1.

Haitzinger, Horst, München: 160.1.

Hild, Claudia, Angelburg: 204.1.

ICD Institut für Computerbasiertes Entwerfen und Baufertigung, Stuttgart: BUGA 2019 Holzpavillon 103.2.

Imago, Berlin: China Foto Press 217.2; Florian Gaertner 256.1; imagebroker/ Reutersward, Carl Fredrik © VG Bild-Kunst, Bonn 2021 250.2; imago/7aktuell 203.1.

Interfoto, München: 258.1; picturedesk.com 68.2.

iStockphoto.com, Calgary: AdrianHancu 198.1; bernardbodo 32.1; querbeet 4.1, 101.1; © Petmal 204.2.

Kaiser Photography, Hamburg: 249.1.

Kassing, Reinhild, Kassel: 25.1.

Marchivum, Mannheim: Bildsammlung, KF000468 135.1; Bildsammlung, KF041867, Foto: Sarah Hähnle 135.2.

mauritius images GmbH, Mittenwald: Wendler 217.3.

Medienpädagogischer Forschungsverbund Südwest (mpfs), Stuttgart: 78.2, 79.1.

Meinecke, Barbara, Stuttgart: 34.1.

Mihm, Karin, Düsseldorf: 206.1.

Mithoff, Stephanie, Gehrden: 209.1.

Oßwald, Bernd, Mannheim: 169.1, 169.2.

PantherMedia GmbH (panthermedia.net), München: drical 24.3; Heim, Ramona 174.1.

peace brigades international /

Deutscher Zweig e. V., Hamburg: 181.4.

Picture-Alliance GmbH, Frankfurt/M.: 155.1; AA 162.1; AA/Yalcin, Mustafa 199.4; abaca/Roses, Nicolas 198.3; akg-images 150.1, 172.2; Anspach, Uwe 168.1; AP Images 159.1; AP/ Matthews, Bebeto 224.2; Aranka Szabo 254.3; Arne Dedert/dpa Arne Dedert 166.1; ASSOCIATED PRESS 259.1; augenklick/ Minkoff, Sammy 248.1; Babbar, Sachelle 165.1; Bartilla, Thomas /Geisler-Fotopres 106.3; Bundeswehr 254.1; Charisius, Christian 93.2; dpa 54.1, 142.1; dpa Themendienst/Warnecke, Andrea 16.1; Dpa | - 151.1; dpa | - 192.3; dpa | Alberto Estevez 247.2; dpa | Bertram 153.2; dpa | Christian Charisius 49.3; dpa | Gerd Herold 149.2; dpa | Heinz Wieseler 153.1; dpa | Marijan Murat 90.1; dpa | Uwe Anspach 105.2; dpa-Bildarchiv 154.2; dpa-infografik 13.1, 17.1, 24.4, 25.2, 26.1, 32.2, 42.1, 48.1, 49.1, 50.1, 59.1, 62.1, 72.1, 73.1, 80.2, 83.2, 94.2, 111.1, 163.1, 190.4, 200.1, 204.3, 224.3, 226.3, 231.2, 234.2, 240.1, 246.1, 251.1, 252.3, 255.2; dpa-infografik GmbH 122.1, 186.2, 218.2, 269.1; dpa/AFP/Aubert, Dominique 241.1; dpa/dpaweb | Jürgen Effner 72.3; dpa/Fiedler, Doreen 217.4; dpa/Hennig, Alfred 141.1; dpa/Hoffmann, Carsten 254.4; dpa/Kleinschmidt, Tobias 89.1; dpa/ Kneffel, Peter 252.5; dpa/Link, Hubert 250.1; dpa/Nietfeld, Kay 252.2; dpa/

Palitza, Kristin 254.2; dpa/Pilick, Stephanie 154.1; dpa/Scholz, Markus 10.3, 52.1; dpa/Smolka, Peter 216.1; dpa/Str 259.2; dpa/Wolfgang Eilmes 157.1; EPA/N. Arvanitidis 191.2; EPA/RUNGROJ YONGRIT 225.1; European Commission/Georges Boulougouris/Ec/Handout 192.2; Foto Huebner 226.2; Galuschka, Horst 93.1; Glaser, Paul 158.1; Hase, Tobias 81.1; Jensen, Rainer 186.1; Julian Stratenschulte 84.1; Keystone/AP/Herr 152.1; Koeller, Markus 106.2; Nietfeld, Kay 106.1; NurPhoto 249.2; REUTERS | FRANCOIS LENOIR 252.4; REUTERS/REUTERS STAFF 96.2; Ringhofer, Hans 231.1; Schmidt, Christoph 106.4; The Print Collector 60.1; ZB | Peter Endig 49.2; ZB/P. Pleul 257.1; Zoonar/scusi 44.1; ZUMA Wire 223.2.

punktgenau gmbh, Bühl: 30.1, 109.1, 112.2, 113.1, 122.2, 126.1, 175.1, 175.2, 199.1, 208.1, 220.2, 228.1.

Roger Schmidt/cartoons.pub, Brunsbüttel: 75.1.

Sakurai, Heiko, Köln: 107.1, 185.2, 192.1.

Schwarwel, Leipzig: 247.1, 260.4.

Shell Deutschland Oil GmbH, Hamburg: 14.1.

Shutterstock.com, New York: Gajus 10.2; Kray, Lana 248.2; Michailidis, Alexandros 199.3; Semichev, Ruslan 220.3; Shutter B Photo 22.1; siribao 233.2; Weyo, Marian 200.2.

Speth, Frank, Quickborn: 260.3.

stock.adobe.com, Dublin: Antonioguillem Titel; anyaberkut 83.1; arahan 187.1; blacksalmon 173.1; Calado 72.4; Cezanne, Wolfgang 204.4; daniel0 187.4; dennizn/Wikipedia 82.1; detailblick-foto 36.2; DR pics 179.1; fotomek 28.1; franz12 Titel; fusolino 192.4; Gina Sanders 112.1; Grecaud Paul 6.1, 190.2; guentermanaus 226.1; HLPhoto 68.5; industrieblick 10.1, 72.2, 72.5; Ingber, Udo 198.2; iordani 216.5; Kalyakan 190.3; Kiryl Lis 187.5; made_by_nana 192.5; mapoli-photo 21.2; martialred 199.2, 199.2, 199.2; Mitelski, Piotr 224.1; MQ-Illustrations 21.1; NDABCREATIVITY 71.1; nito 187.2; Olena 199.2; panuwat 96.1; penofoto.de 187.3; photophonie 101.2; Prykhodov, Denys 94.1; Rawpixel.com 11.3; REDPIXEL 78.1; Robert Kneschke 70.2; Schwier, Christian 100.1, 146.1, 179.2; Siegi 217.1; thorabeti 100.2; Trueffelpix 13.2; Yemelyanov, Maksym 225.2; yossarian6 252.1; ©igorkol_ter 182.1; ©Photographee.eu 56.2.

Stuttmann, Klaus, Berlin: 114.2, 244.1, 260.2.

Süddeutsche Zeitung - Photo, München: 144.2, 149.1; dpa 194.1.

Tafel Deutschland e.V., Berlin: Nikolaus Urban 58.2, 58.3.

terre des hommes Deutschland e.V., Osnabrück: 181.5.

TOM - Thomas Körner, Berlin: 56.1.

Tomicek/www.tomicek.de, Werl: 227.1.

toonpool.com, Berlin, Castrop-Rauxel: 114.1; Harm Bengen 202.1; JaB 36.1; KA GREVE 86.2; Karsten Schley 35.1.

ullstein bild, Berlin: 141.2; Abraham Pisarek 134.2; Lineair/MinBuZa 258.2; Peter Auer 144.1.

United Nations - UNRIC Verbindungsbüro in Deutschland, Bonn: https://www.un.org/sustainabledevelopment/ "The content of this publication has not been approved by the United Nations and does not reflect the views of the United Nations or its officials or Member States" 232.1.

Universitäts- und Landesbibliothek Münster, Münster: N. Schöpper K 12,057 64.1.

wgr-kartographie, Braunschweig: 270.1, 271.1, 273.1.

wgr-tegra, Braunschweig: 219.1.

YPS - York Publishing Solutions Pvt. Ltd.: 15.1, 17.2, 42.2.

Zukunftsstiftung Landwirtschaft, Berlin: 221.1.

© Bundeszentrale für politische Bildung/www.bpb.de, Bonn: 97.1, 176.1.